Ein Duft von Pfingstrosen • Günter Cave

Roman

Dies ist eine wahre Geschichte.
Es ist meine Geschichte.

Einige Namen sind geändert, ebenso einige Bezüge auf
Personen, Orte und Handlungen.

(Regelwerk; Duden 20. Auflage)

Günter Cave

Ein Duft von Pfingstrosen

Roman

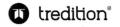 tredition®

Heimat ist da, wo man sich nicht erklären muß.
Johann Gottfried Herder

Kapitel

Meinen Großeltern gewidmet

Erstes Kapitel

Wie man einen Hasen fängt

Fest hielt ich Großvaters Hand, als wir an diesem lauen Junimorgen in Richtung Wald marschierten, um Pilze zu sammeln. Die Sonne reichte noch nicht über den Horizont, doch der junge Tag lebte bereits von ihrem Atem. Wie riecht eigentlich Morgendämmerung an so einem wunderbaren Tag? An diesem Morgen roch es nach dem kleinen See, der zur linken Seite unseres Weges lag. Seine lustigen Wellen glitzerten, als würden sie uns zuzwinkern. Ein Hauch von Moder drang aus dem Morast herüber. Aus seinem Schilfgürtel hörte man das Gequake und Geschnatter der Wildenten und den Ruf des Haubentauchers. Auf der anderen Seite umsäumte eine lange Reihe alter, verkrüppelter Weiden eine Koppel mit dösenden Kühen.

Wir waren nicht die einzigen Frühaufsteher. In den Zweigen gab es bereits geschäftiges Treiben. Spatzen mit lautem Gezänk, Singvögel mit den verschiedensten Melodien, und selbst die Saatkrähen, beschäftigt mit einem frischen Kuhfladen, steuerten ihren jämmerlich klingenden Part bei. Über allem lag jungfräulicher Tau, der in wenigen Minuten das Mahl der aufgehenden Sonne werden sollte. Es roch nach diesen Kuhfladen, und es roch nach Pferdeäpfeln, die unseren Weg garnierten. Zusammen mit dem Duft der Blumen und Gräser, die auf der Koppel hinter den Weiden wuchsen, ergab sich dieser kaum zu beschreibende Geruch. Ein Geruch, der sich einem Kind tief ins Bewußtsein prägt, den es nie mehr vergißt und der ein Leben lang einen kleinen sehnsüchtigen Schmerz in der Brust entstehen läßt – Heimat.

Großmutter hatte unseren kleinen Rucksack gepackt. Margarinestullen und gekochte Eier, einzeln eingeschlagen in Zeitungspapier, und diesen dann in meine Verantwortung überstellt.

Als sei der Verpflegungsauftrag nicht schon verantwortungsvoll genug, erweiterte sie ihn um: „ ... und bring' zum Mittag einen Hasen mit!"

Immer, wenn mein Großvater aus dem Haus ging, küßte er seine Leni dreimal auf den Mund: „Tschüs, Leni." – „Tschüs, Hannes." Wenn es gut lief, blieb es für mich bei einer warmen Umarmung. Meistens jedoch kam ich um das berüchtigte Taschentuch, mit etwas Spucke benetzt, nicht herum: „Hast' dir wieder nicht den Mund abgewischt." Doch – meine Großeltern liebten sich sehr. Und sie liebten mich – und ich sie. Ihre lebenslange Ehe hatte drei Söhne hervorgebracht: Karl und Paul, meine Onkel, und Günter, der mein Vater war.

Großvaters Hände waren für einen Mann nicht besonders groß, dafür sehr kräftig. Er reichte dieses Merkmal an seine beiden Söhne Karl und Günter weiter, und ich bekam als Dreingabe noch ein wenig zu kurze Arme, also vorteilhaft kurze Hebel, wie der Anatom sagen würde.

Kombiniert mit je fünf kleinen, geschickten Werkzeugen an den Enden, konnte man mit dieser Erblast gut leben. Als Ausgleich für die etwas zu kurzen Arme erhielt ich von meiner Mutter die langen, recht kräftigen Beine. Nein, natürlich nicht ihre – es waren schon meine, aber der Bauplan war derselbe.

Die Freude über mich, den Erstgeborenen, muß sehr groß gewesen sein, denn man gab mir gleich drei Vornamen: Den meines Vaters, eine tolle Idee, den meines Großvaters und den meines Urgroßvaters: Günter-Karl-Johannes – man kann sich's nicht aussuchen.

So gingen wir im Wanderschritt in Richtung Wald.

An der einen Hand hielt ich meinen Großvater oder umgekehrt, in der anderen Hand trug ich sorgsam meine „Hasenwaffe":

Eine aus Zeitungspapier gedrehte Tüte mit einer Portion Kochsalz, das nicht nur zum Genuß der mitgeführten Eier bestimmt war, sondern auch einfach auf den Schwanz eines noch zu findenden Hasen gestreut werden sollte, um diesen dann, praktisch willenlos, der Bratpfanne meiner Großmutter zuzuführen. Diese an Einfachheit kaum zu über-bietende Jagdtechnik werde seit Generationen angewandt, erklärte mir meine Großmutter. Über die Erfolgsrate derartiger Aktionen schwieg sie sich allerdings wohlweislich aus.

Ungefähr eine Stunde marschierte ich nun schon tapfer neben Groß-vater her. Im bläulichen Dunst war der Waldrand bereits als dunkler

Streifen am Horizont erkennbar. Großvater erklärte mir, wenn man ein Ziel in der Ferne bereits ausmachen könne, wäre man als Wandersmann etwa eine Stunde davon entfernt. Für unser flaches Mecklenburg durfte man das wohl gelten lassen. Des weiteren beherrschte er eine mir unbegreifliche Orientierungstechnik: Mit den Zeigern seiner Taschenuhr und dem Sonnenstand bestimmte er die Himmelsrichtung.

Grandios!

Die Weidekoppel lag nun hinter uns, und wir kamen in ein kleines Dorf. Was heißt Dorf. Drei Häuser und vier Spitzbuben, sagt man hier bei uns salopp. Der Weg gabelte sich.

„Wenn wir links abbiegen, laufen wir um den See herum und kommen wieder nach Hause", sprach der Ortskundige mit der Taschenuhr. Also rechts herum. Ein Pferdefuhrwerk kam uns entgegen. Aha, der Pferdeäpfelmacher. Obwohl einander unbekannt, grüßte man sich. Erstens waren wir allein auf weiter Flur und zweitens war zu der Zeit Herr Knigge noch Allgemeingut.

„Opa?" – „Ja, mien Jung."

„Wenn die Sonne nicht scheint, wie kommen wir dann wieder nach Hause?" Der Trick mit der Taschenuhr machte mir doch Sorgen, zumal ich ihn nicht richtig kapiert hatte. Was, wenn das Ding mal stehen blieb? Im vergangenen Herbst hatte Opa die Uhr in unserem Garten verloren. Das heißt, daß sie dort lag, wußte er da noch nicht.

Im Frühjahr fand er sie unter dem Laub wieder. Die dicke Chromschicht hatte die Oberfläche nicht einmal anrosten lassen. Es handelte sich um eine „Russenuhr". Nach der Befreiung durch die Rote Armee war unser kleines Städtchen von Kasernen „der Freunde" umzingelt. Diese Jungs tauschten ihre ohnehin dürftige Habe gegen Schnaps oder auch Dinge, welche sie „gefunden" hatten.

Von dort stammte auch diese Uhr.

Opa wischte sie einfach ab und zog sie behutsam wieder auf:

Tick-tick-tick. Sie lief, als wäre nichts geschehen.

„Was ist denn nun, wenn die Sonne nicht scheint?", fragte ich besorgt.

„Dann benutzen wir eben einen Kompaß."

„Was ist das?"

9

„Ein Ding, ähnlich wie eine Uhr, aber mit nur einem Zeiger, der immer nach Norden zeigt." – „Haben wir so was auch?" – „Nein, aber wir finden auch so nach Hause", sprach der Ortskundige abermals.

Opa konnte sogar die Himmelsrichtung im Wald von den Bäumen ablesen. Mein Vertrauen in meinen Opa war riesengroß. Er wußte einfach alles. So ließ ich es erst einmal gut sein.

Großvater stimmte ein Lied an: „In der Lüneburger Heide, in dem wunderschönen Land …" – „Elefant", füllte ich die Pause.

„Ja, da hatt' ich meine Freude …"

Großvater wurde in einem kleinen mecklenburgischen Dorf unweit unseres Städtchens geboren, dem Ort seiner Kindheitserinnerungen. Seine Jugend verbrachte er bereits als Soldat im Ersten Weltkrieg. Bei uns auf der Kommode stand ein Bild aus dieser Zeit: Ein junger Mann mit Pickelhaube, Karabiner und aufgepflanztem Bajonett.

Brust raus, Bauch rein, stolz stand er da. Mein Opa hat bestimmt nie einen Menschen umgebracht – bestimmt nicht!

Für mich war das so selbstverständlich, daß ich mich nicht erinnere, je danach gefragt zu haben.

„Valleri, vallera". Ich hatte in den Gesang eingestimmt.

Ich kannte sie alle, alle seine Lieder:

„Liebe kleine Schaffnerin, kling, kling, kling …",

„In einer kleinen Konditorei, da saßen wir zwei …",

„Die Kirschen in Nachbars Garten" und viele weitere.

Artige Liedchen, manchmal ein klein wenig frivol, meistens Operettenmelodien. Das waren die Hits jener Zeit.

In unserem Wohnzimmer hing ein kleines Mandolinenbanjo an der Wand. Großvater hatte es sich in den Zwanzigern gekauft und mit seinen Freunden den Tanzboden unsicher gemacht. Ein großer Saal wie im Schützenhaus wurde von einem Trio bespielt! Ohne Mikrofone! Nur mit Akkordeon und Banjo. Der Schlagzeuger hatte eine kleine Trommel auf einem hölzernen Dreibock und ein paar Jazzbesen.

Das war die gesamte „Kapelle Knorke".

Es gab ein Bild von diesen „heißen Jungs". Irgendwann ist es mir leider verloren gegangen. Ich hätt' es so gern wieder.

10

„Es war einfach wunderbar."

„Ja, Hannes, das waren Zeiten auf den Schützenfesten, was?"

„Ja, Leni, war eine tolle Zeit. Was haben wir geschwoft!"

Nach den Mühen des Tages und in den Schummerstunden der Wintermonate stand mein Großvater nicht selten am Kachelofen in der Stube,
ein Bein auf der Ofenbank, um für das Banjo eine Auflage zu haben.
Sein Blick ging durch das Stubenfenster über den Horizont hinaus.
Weit weg ...

Heute glaube ich zu wissen, wo seine Gedanken waren. Sie waren in
seinem Dorf, in dem er Lausbub sein durfte und sie waren bei seiner
durch den Ersten Weltkrieg versauten Jugend. Die Goldenen Zwanziger
waren eine kurze Zeit des Glücks mit Leni, meiner geliebten Oma,
dann wurde ihm auch das verdorben.

Aus dem Zweiten Weltkrieg kehrte er mit einem Granatsplitter im
Ellenbogen zurück. Nach all' diesen Unsäglichkeiten wäre er beinahe
noch, halbwegs heil heimgekehrt, an Typhus gestorben.

Nun stand er da und sang: „Alle Tage ist kein Sonntag ..."

Mein lieber Opa – Großvater – Vater.

Wir hatten unser Ziel erreicht. Opa fand seine geheimen Stellen und
begann, sich nach Pfifferlingen zu bücken. Ich bereitete mich mit Eifer
auf meinen Einsatz vor: „Parole?" – „Hase!"

Das Grinsen meiner Oma beim „Waffenempfang" entschlüsselte sich
für mich, als wir tatsächlich einige Hasen auf einer Lichtung erblickten,
von denen jedoch nicht ein einziger meinem Vorhaben aufgeschlossen
gegenüberstand. Mist.

Ich meine, blöd war ich schon mit vier Jahren nicht, hier hatte ich
aber offensichtlich strategischen Nachholebedarf. Großvater war mit
Pilzesammeln zu beschäftigt, um mich tiefer in diese Jagdtechnik ein-
zuführen. So hatten wir beide unser Tun. Er erfolgreich bei den Pilzen,
ich ohne – also ohne Erfolg. Beim Durchforsten meiner doch noch
recht jungen Erinnerungen fand sich, genau genommen, kein einziges
Ereignis auch nur in der Nähe von Hasenbraten.

Wruken ja – schlicht Kohlrüben oder auch Mecklenburger Ananas.

Recht häufig verabreicht, aber immer variantenreich. Etwas dicker zum Überfüllen, Kartoffeln waren in den Fünfzigern kein Problem mehr, oder auch gern etwas dünner, als Eintopf mit einer Prise Zucker gegen den strengen Geschmack. Manchmal auch ein wenig „angesetzt", mit leichter Bratennote sozusagen. Das offene Herdfeuer mit den schwarzen Eisentöpfen darauf war eben nicht so leicht zu steuern.

Die Junisonne hatte inzwischen einige Sprossen der Himmelsleiter erklommen und lugte hier und da durch das dichte Blätterdach. Diese besondere Stille im Wald – die ja eigentlich gar keine ist und doch als solche empfunden wird. Ständig knackte und raschelte es im Unterholz. Eine Eidechse floh vor unseren Schritten. Hoch im Geäst ertönte fröhlicher Vogelgesang. Ein Specht hämmerte ohne Unterlaß, und ein Kuckuck in der Ferne brüstete sich lauthals seines unredlichen Geschäftsgebarens.

„Na, dann helfe ich dir eben beim Pilzesammeln, Opilein."
Ich sah mich um, entdeckte aber nur hier und da einen einsamen Pilz.
„Du trampelst ja die ganzen Pilze kaputt!", rief Großvater unwirsch.
„Welche?", fragte ich zurück. „Na, dort unter dem Moos ist doch alles voll", und wies auf meinen Trampelpfad.
„Ausreißen darf man die auch nicht, sonst wachsen sie nicht wieder!"
Großvater schnitt die Pilze sorgfältig mit seinem Taschenmesser dicht über der Erde ab. Dasselbe Taschenmesser war auch sein Eßbesteck, und er beschnitt damit im Garten die Sträucher.
Des weiteren schlitzte er beim Angeln den Fischen damit die Bäuche auf, um sie gleich an Ort und Stelle auszunehmen: „Hat Leni zu Hause nich' die Sauerei auf'm Küchentisch."
Wer schon nichts zu Stande bringt, sollte wenigstens ordentlich essen.
Ich packte unsere Stullen nebst Eiern aus. Salz hatten wir im Überfluß.
„Hast ja gar nix verbraucht, mien Jung'?", grinste nun auch Opa.
„Nee!", was sollte ich auch sonst sagen?
Seine rauhe Hand fuhr über meinen Kopf. Ich kann mich nur an ein einziges Mal erinnern, daß ihm die Hand „ausgerutscht" ist, und auch das nur halbherzig. Es war, als eines seiner jungen Pfirsichbäumchen

meiner selbstgebauten Sprengladung zum Opfer fiel. Bum.

Das ist aber eine viel spätere Geschichte. Außerdem ist das Bäumchen auch wieder vollständig angewachsen.

Am frühen Vormittag standen dann endlich zwei Wassereimer voll mit Pfifferlingen für den Abtransport bereit. Vor uns lagen wieder zwei Stunden Fußmarsch. Nach Hause geht es immer irgendwie schneller. Ein Wassereimer wurde in den großen Rucksack geschoben, den trug Großvater auf dem Rücken. Den zweiten Eimer wechselte er alle hundert Schritte von einer Hand in die andere. Das muß eine Viecherei gewesen sein. Eine angeregte Unterhaltung gab es auf dem Rückweg nicht – auch keinen Gesang.

Auf halbem Weg kamen wir wieder durch das Dorf, in dem der Pferdeäpfelhersteller wahrscheinlich sein Zuhause hatte. Im Dunst der Ferne tauchte allmählich unser kleines Städtchen auf – unser Zuhause.

Mit einem kleinen, aber sehr tiefen See direkt im Zentrum, und einem größeren am Stadtrand, gelegen inmitten der Mecklenburger Seenplatte und umgeben von Hunderten weiteren kleinen Seen, ist ihr zentrales Wahrzeichen die schnörkellose Stadtkirche direkt am Marktplatz.

Sie macht die Silhouette unverkennbar.

Großvater setzte seinen Eimer ab und nahm den Rucksack herunter.

Wir blickten einen Moment lang andächtig in die Ferne.

Dann sprach er zu mir eindringlich:

„Günti, wenn du dich einmal verlaufen solltest, versuch' den Kirchturm zu erblicken. Geh' auf einen Hügel oder klettere auf einen Baum. Dann gehst du in diese Richtung! Merkst du dir das?"

„Ja, Opa!"

„Siehst du den Kirchturm?"

„Ja, Opa!"

13

Zweites Kapitel

Alle Jahre wieder

Es mußte wohl noch recht früh am Morgen sein. Großmutter lag schlafend allein in dem großen Doppelbett. War Opa schon wieder bei Sonnenaufgang nach hinten in den Garten gegangen?

Wir hatten zwei Gärten: Einer gehörte direkt zu unserem Haus und hatte seine Eingangspforte zum Hof hin. Das war einfach *der* Garten. Einen zweiten hatte mein Großvater den Wiesen am Stadtrand abgerungen. Das war *hinten* im Garten.

Ich reckte meine jungen Glieder wie die Katze auf dem Fensterbrett unseres Schlafzimmers und blinzelte in die Sonne. Von meinem Bett aus konnte ich durch das Fenster direkt auf den Hof blicken. Alles war noch ruhig. Ab und an gab eines unserer Hühner ein leises „Goook" von sich. Großvater mußte sie heute wohl schon sehr früh aus dem Stall gelassen haben.

Auf Zehenspitzen wechselte ich leise in das Bett meiner Großmutter hinüber. Die alten, massiven Eichenbettgestelle „kannten" schon mindestens eine Generation unserer Vorfahren. Ein kurzes Stöhnen der alten Matratzen, und ich rollte in die gleiche Kuhle, in der schon Großmutter lag. Ich kuschelte mich an sie.

Der Wecker auf dem Nachtschrank tickte leise vor sich hin. Unter dem Bett stand ein Nachttopf aus Porzellan. Früher hatte der bestimmt mal einen Deckel gehabt. Ich kannte ihn jedoch nur ohne Deckel.

Er duftete ebenfalls „leise" vor sich hin.

Unsere Toiletten, zwei gab es für das gesamte Haus, befanden sich auf dem Hof in einem Nebengebäude, was auch gleichzeitig als Waschküche diente. Nachts war es unheimlich, im Kerzenschein oder mit Taschenlampe dort hinzugehen – besonders im Winter. Großvater pullerte immer einfach in der Küche in den Ausguß – auch am Tag. Großmutter konnte das naturgemäß nicht, und ich reichte noch nicht heran oder herauf – wie man möchte. Im Bogen pinkeln war einfach nicht genau genug. Ein weiterer, aber sehr angenehmer Duft überlagerte die „Schlafzimmerwolke". Auf der alten Kommode stand ein großer Strauß rosafarbener Pfingstrosen. Großvater mußte sie heute schon sehr früh aus dem Garten geholt haben.

„Na, Günti", fragte Großmutter leise, „weißt du, was heute für ein Tag ist?" Mein „Gewurschtel" hatte sie wach gemacht.

„Ja, ich habe heute Geburtstag!", rief ich recht aufgeregt.

„Richtig, heute ist der 10. Juni 1955 und du bist jetzt fünf Jahre alt", belehrte sie mich. „Schau' mal in die Stube, dort steht ein Paket von Mutti und Papa auf dem Tisch", versuchte Großmutter den Satz zu beenden. Beim Wort „Paket" war ich aber bereits im Wohnzimmer.

So ein „Westpaket" ließ einen Raum irgendwie heller aussehen – oder war es das Adrenalin, welches den Puls in die Höhe trieb und die Pupillen weitete? Auf jeden Fall roch das Zimmer anders, nach Westpaket eben. Nachdem ich mich durch allerlei „Nebensächlichkeiten", wie die „gute" Rahma-Margarine, diverse Backzutaten, Seife, Opas Pfeifentabak und mehrere Tafeln Schokolade gekämpft hatte, kam ein bunter Karton zum Vorschein. Allein das Bild auf der Vorderseite ließ mein kleines Herz Purzelbäume schlagen. Dann hielt ich sie in den Händen: Eine Raupe – mit richtigen Ketten.

Meine Augen glänzten vor Freude.

Sie hatte knallrote Kettenräder und ein dunkelblaues Gehäuse aus Blech. Recht groß und schwer war sie – meine Raupe. Ich konnte sie nur mit beiden Händen tragen. Wozu ein Schlüssel gut war, kannte ich von unserem Regulator an der Wand. Irgendwo mußte hier ein Loch sein – ahh, unten. Ich zog sie auf und setzte sie auf die Fußbodendielen: Sssssss, schon zog sie los.

„Oma, Oma schau mal hier, eine Raupe", rief ich und kehrte ins Bett zurück – mit Raupe selbstverständlich.

Wenn ich die meinen Spielkameraden vorführe ...

Nach meiner Logik befand ich mich in der äußerst komfortablen Situation, gleich zweimal Eltern zu haben. Bei Oma und Opa ging es mir bestens, und die zweiten Eltern schickten mir Westpakete.

15

Worüber sollte ich mich da beklagen? Auf der anderen Seite kannte ich meine Eltern nur von Postkarten und Briefen – hatte sie praktisch noch nie zu Gesicht bekommen. Natürlich war das genau genommen nicht vollständig richtig, denn bei meiner Geburt müssen sie dabei gewesen sein – mindestens meine Mutter. Fotos kannte ich, hatte aber keine wirklichen Erinnerungen – oder doch?

Als Mutti und Papa in den Westen gingen, „abhauten", so lautete im Osten das gängige Vokabular, war ich eineinhalb Jahre alt. Mein Bruder Maximilian war gerade erst geboren worden und brauchte noch seine Mutter – hieß es.

Der Familienrat beschloß: Günti bleibt hier!

Damit *Der Herr* die Pein mildere, und überhaupt für alle Fälle, ließ mich meine Mutter noch eiligst taufen. Sie ahnte wohl, daß ich diese Weihe nie erhalten würde, wäre ich erst einmal fern ihres Zugriffes. So wurde ich ungefragt zum Katholik.

Zum Glück hielten meine Großeltern die ganze Mischpoke für scheinheilig. Der liebe Gott zog bei uns immer nur kurzzeitig ein.

Zu Weihnachten nämlich, in Form von Liedern und gutem Essen.

Eigentlich sollte man ihm, *Dem Herrn*, für das gute und reichliche Essen danken. Dafür gab es jedoch keinen Grund. Es stammte immer von meiner Oma – ohne Ausnahme – ehrlich!

Jedenfalls, und die Neurologen mögen mir das bestätigen, bin ich der festen Überzeugung, daß ich von diesem unerhörten Ereignis einen ersten Eindruck abgespeichert habe: Jemand goß mir einfach Wasser über den Kopf – im Ernst!

Das war eine der ersten Sekunden in meinem gerade begonnenen Leben, welche auf meiner noch kaum benutzten Festplatte in den Ordner „Nich' vergessen" abgespeichert wurde. Und ein ähnliches, weiteres Fragment schlummert dort auch noch:

Ich erinnere mich an die Gesichtszüge einer jungen Frau mit langen dunklen Haaren, die sich über das Kopfende meines Bettchens beugt und mich anlächelt. Ebenfalls nur ein kurzer Augenblick – dann ist wieder Dunkelheit in meinem Oberstübchen.

Kann so etwas sein? Ich denke, solche frühkindlichen Erinnerungen bleiben bestimmt nur den wirklich herausragenden Köpfen unserer Spezies vorbehalten. – Kann aber auch sein, daß ich einfach einen Dachschaden zurückbehalten habe. Vielleicht von der Taufe?

„Günti", fragte Oma, „wollen wir nicht aufstehen?"
„Ooch, noch nicht", bat ich, „erzähl' mir doch noch ein bißchen, wie das damals mit Mutti und Papa war."
„Na, gut", gab Großmutter nach, „aber dann mußt du danach schnell Milch holen gehen, und ich mache uns in der Zeit das Frühstück."
Großmutter nahm mich in den Arm. Mein Kopf lag an ihrer weichen Brust. Dann hörte ich eine Geschichte, an die ich mich etwa so erinnere:

Meine Mutter, Helena, in Deutschland hieß sie dann Helene, landete im Zuge der Vertreibung aus dem Sudetenland in Mecklenburg.
Hier fand sie Arbeit bei einer russischen Offiziersfamilie als Hausangestellte. An den Wochenenden kellnerte sie in einem damals bekannten Tanzlokal. Dort traf sie auf meinen Vater, der in der Tanzkapelle als Schlagzeuger mitspielte. Meine Mutter war eine hübsche junge Frau. An Avancen von Verehrern bestand sicher kein Mangel, doch trotzdem machte der etwas zu kurz geratene Witzbold am Schlagzeug letztlich das Rennen!
Mein Vater kam nach Ende des Zweiten Weltkrieges aus englischer Kriegsgefangenschaft zurück. In seinem Ausweis stand als Berufsbezeichnung: „Artist"! Seine Eltern, also meine Großeltern, haben sich schief gelacht: „Was hat der denen da nur erzählt?" Schon als Kind war mein Vater bekannt und berüchtigt als „Kasper Cave".
Immer schon sei er für die Unterhaltung zuständig gewesen. Kunststückchen auf dem Fahrrad, Karten- und Taschenspielertricks sowie Musikclownerie gehörten zu seinem Repertoire. In meinen späteren Lebensjahren hörte ich von seinen Schul- und Spielkameraden manche „dolle" Geschichte über „Kasper Cave".
Nach Hause zurückgekehrt, fand er jedenfalls, wie viele andere auch, keine ordentliche Arbeit. Also spielte er an den Wochenenden in dem besagten Tanzlokal, und in der Woche ging er anderen „Geschäften"

nach. Wie eben so viele andere auch!

Solche Schwarzmarktgeschäfte waren jedoch in der Regel illegal und bei Strafe verboten. Die Russen hatten ihn jedenfalls dabei erwischt und wollten ihn „einbuchten" – oder aber – er sollte sich als „Geheimer" in den Pendelverkehr zwischen Ost und West mischen, der ja bekanntermaßen erst 1961 durch den Mauerbau unterbunden wurde. Er sollte herausbekommen, wer denn vorhaben könne, nicht wieder in den Osten zurückzukehren. Dafür werde er von Strafe verschont bleiben ...!

Diese Methode war wohl schon immer erfolgreiche Praxis der Geheimdienste, denn dreißig Jahre später sollte ich Ähnliches am eigenen Leib erfahren. Aber da bin ich noch lange nicht.

Meine Eltern hatten sich also gefunden und heirateten.

Zuerst gebar meine Mutter einen „dicken Brocken" – mich – was sie beinahe nicht überlebt hätte. Ein gesundes kräftiges Mädel aus dem Böhmerwald gibt aber so schnell nicht auf. Mein Bruder kam bereits achtzehn Monate später auf die Welt.

Ich besitze noch ein kleines Foto vom Weihnachtsfest 1952:

Ein geschmückter Tannenbaum mit echten Wachskerzen, meine Großeltern, meine Onkel sowie meine junge Mutter und ich. Vater war schon nicht mehr mit dabei. Er sondierte die Lage im Westen. Meine Mutter folgte ihm wenige Tage später mit meinem kleinen Bruder, noch bevor das Fortbleiben meines Vaters aktenkundig wurde und meine Mutter im Osten als Druckmittel benutzt werden konnte.

Zunächst jedoch kam die junge Familie im Westen vom Regen in die Traufe. Mein Vater war nämlich in seiner Einfalt zu den Amerikanern gelaufen und hatte ihnen vorgeheult, die Russen seien hinter ihm her. Nach einigen Verhören waren die Amis aber davon überzeugt, daß sie nur ein Fischlein an der Angel hatten – und ließen ihn laufen.

„Jetzt ist es aber genug, mein Junge", sagte Oma und schob mich vor sich her aus dem Bett. „Wasch' dich ein bißchen und ab zum Milch holen." Das mit dem ein „bißchen" Waschen nahm ich gerne wörtlich. Die Reinlichkeit war bei uns Kindern der fünfziger Generation nicht besonders hoch. Ein bißchen Schmutz war nicht so problematisch.

18

Dafür war das Wort „Allergie" kaum bekannt.

Schließlich stand ich auf der Straße. Ächzend hatte sich die Haustür hinter mir geschlossen. Im Juni tauchte die Morgensonne unsere sonst so graue Straße schon früh in ein freundliches Licht. Mit unserer leicht verbeulten Aluminiummilchkanne machte ich mich in Richtung Marktplatz auf den Weg. Ein Haus weiter guckten schon Gisela und Brigitte aus dem Fenster, die Töchter vom reichen Stellmachermeister. Wir waren etwa gleichaltrig. Meine Großeltern waren sich mit der Sippe „nich' grün". Mein Großvater sagte immer, das sei ein „Sozi". Keine Ahnung, was Opa damit meinte. Eigentlich sah der wie alle anderen aus. Im nächsten Haus hatte unser Bäcker seinen Laden. Wir hatten in unserer Straße vier Bäckereien. Jeder von ihnen konnte etwas besonders gut, und so hatten alle ihre Kundschaft. Außerdem gab es kaum ein Haus, in dem nicht irgendein Geschäft war, obwohl man nicht von einer Geschäftsstraße im üblichen Sinne sprechen konnte.

Ein paar Häuser weiter befand sich dann schon unser Milchmann. Ein weiterer Milch- und Käseladen war genau vis-à-vis. Da mochte ich aber die „olle" Verkäuferin nich'.

Drei spektakelnde Frauen standen im Laden vor mir und regten sich laut über Männer auf. Horst und irgendein Willi waren gestern Abend wieder besoffen, derweil der andere Kumpel mit der Frau vom Nachbarn ... „Schlimm ist das mit dem Volk", meinte die eine. „Jo, jo", pflichtete die andere bei, „alle gleich sind se."

„Na, mein Junge", sprach mich der freundliche Glatzkopf mit der weißen Mütze an, „was soll es denn bei dir sein?"

„Einen Liter Vollmilch bitte!", sagte ich und reichte meine Kanne mit den abgezählten 68 Pfennigen rüber. Mit seiner langen Kelle rührte er in einem großen Aluminiumkessel herum und füllte dann meine Kanne. „Danke, auf Wiedersehen", draußen war ich.

Normalerweise hat so eine Milchkanne ja einen Deckel, unser war aber wieder mal weg. Wenn man die Milchkanne schnell genug am ausgestreckten Arm durch die Luft kreisen ließ, verlor man seltsamerweise keine Milch. Das probierte ich auf dem Nachhauseweg mehrmals aus und vergaß auch nicht, ab und zu mal einen Schluck von der kühlen

Milch zu nehmen. Oma hatte inzwischen den Tisch gedeckt, und so hätten wir gleich frühstücken können ... Die Marmelade war alle. Großmutter drückte mir eine kleine Glasschüssel und 50 Pfennige in die Hand und bat: „Lauf' doch schnell mal zum Kaufmann rüber." Also auch das noch. Zum Glück war es nur schräg über die Straße. „Guten Morgen", sagte ich artig beim Betreten des Ladens. Die zwei Kundinnen vor mir nickten nur, und der Verkäufer war mit einem Sauerkrautfaß beschäftigt.

Meine Großmutter achtete sehr auf höfliche Umgangsformen, denn sie stammte aus einer „besseren" Familie. Ihr Vater, also mein Urgroßvater, hatte eine Anstellung als Stadtgärtner in einer thüringischen Kleinstadt und war Beamter. Großmutter hatte die „Höhere Töchterschule", das Lyzeum, besucht, hatte eine umfassende Allgemeinbildung und konnte sogar etwas Französisch. Das kam mir alles irgendwie zu Gute, denn die Bekannten meiner Großmutter hörte ich nicht selten sagen: „Also Leni, der Junge spricht aber gut und hat so gute Manieren." Großmutter ging nach so einem Vorkommnis immer ein wenig aufrechter.

Wieder mußte ich warten, bis ich an der Reihe war.

Der Geruch des eben frisch geöffneten Sauerkrautfasses vermischte sich mit allerlei weiteren Gerüchen: Kartoffeln, Kohl, Gemüse, Kräuter, Salzheringe, Faßgurken und Brennspiritus mischten sich mit Seife, Waschpulver und dem gärig-süßlichen Geruch von Bier- und Limonadeflaschen, die in klapprigen Getränkekisten direkt neben mir aufgestapelt waren. Auf der Ladentheke stand eine Batterie aus Bonbongläsern aufgereiht: Rote Himbeerbonbons, grüne Maiblätter, gelbe Fenchelbonbons, silbrig glänzende Nougatbonbons mit Kakao-Streifen, Lutscher und Zuckerstangen in allen Farben – das Schlaraffenland schlechthin. Die beiden Kundinnen waren endlich draußen, und so schob ich mein Glasschälchen über die Theke.

„Für 50 Pfennig Marmelade bitte", trug ich mein Anliegen vor.

Es gab zwar mehrere Sorten Marmelade, aber man gab sich in der Regel mit der Sorte zufrieden, deren 10-Kilogramm-Pappeimer gerade angebrochen war. Die gängigste Sorte war Vierfruchtmarmelade, aber man ließ sich durchaus auch gern mal überraschen. Der Verkäufer stellte mein Schälchen auf seine große Porzellanwaage mit dem langen Zeiger und tausend Zahlen auf der bunten Skala. Dann kleckste er mit einer Holzkelle die Marmelade in mein Schälchen, während er konzentriert auf den Zeiger blickte. So viel war das nun auch wieder nicht – wenn das man immer so seine Richtigkeit hatte ...

Oma hatte derweil für mich Kakao gekocht. Aus'm Westen! Neben meinem Lieblingskuchen, Marmorkuchen, zierte eine Geburtstagstorte mit einer Fünf darauf den Tisch. „Die schneiden wir aber erst heute Nachmittag an", bremste sie gleich meine Gier. Dann entzündete sie eine gewöhnliche weiße Haushaltskerze und wies ihr feierlich die Bedeutung eines Lebenslichtes zu. Wir frühstückten.

Im Flur und auf der Treppe wurde es langsam unruhig.

Unser Haus war ein kleines Mietshaus. Opa hatte es von seiner Tante Caroline Gley geerbt. Auch bei uns gab es ein Ladengeschäft. Über dem Ladeneingang konnte man noch blaß den Namen meiner Urgroßtante erkennen. Darüber in kräftigen Lettern „Kolonialwarenhandel" und Großvaters Name. Mein lieber Opa hatte es geschafft, den Laden innerhalb weniger Jahre zu ruinieren. Er war, obwohl er in Hamburg Kaufmann gelernt hatte, zum Geschäftemacher nicht geboren. Alle mochten ihn. Auch wenn die Leute mal kein Geld hatten, bekamen sie von meinem Opa Waren. – Eines Tages war der Laden dann leer.

Dabei war mein Opa alles andere als einfältig. Er war ein „gefürchteter" Skatspieler und konnte Kopfrechnen wie der Teufel. Auch im Schach war er der ungeschlagene „Großmeister". Wenn er zum Preisskat ging, war schon mal klar, wer den ersten Preis mit nach Hause nehmen würde. Nein – er war einfach nur zu gutmütig.

Ich kannte meine Großeltern als Geschäftsleute jedenfalls nicht mehr. Der Laden war an einen Buchbinder vermietet.

Auf der anderen Seite im Parterre wohnte eine Familie mit einem fast erwachsenen Sohn. Der schied als Spielkamerad zwar aus, war aber mit seinen Späßen bei uns Kindern gern gesehen. Im ersten Stock gab es nur zwei Wohnungen. Auf der einen Seite wohnte eine Familie mit einem Sohn „Sohni" und einem Mädchen, Ruthchen, in meinem Alter. Auf der anderen Seite wohnte eine Familie mit fünf Kindern.

21

Drei davon gehörten zu unserem Spieltrupp. Im Dachausbau wohnte auf der einen Seite eine alleinstehende Mutter mit zwei Kindern, beide „truppentauglich" und auf der anderen Seite hatte mein Onkel Paul ein Zimmer. So hatte ich also allein schon in unserem kleinen Haus sieben Spielkameraden! In den anderen Häusern waren die Verhältnisse nicht viel anders. Auf der Straße lärmten wir nicht selten in Kompaniestärke, doch regte sich kaum einmal jemand auf.

So war das – in der Ostzone.

Das Frühstück war beendet und auf dem Hof reichlich Tumult – also Normalzustand. Die wichtigsten Rivalen waren inzwischen anwesend, und so wurde es Zeit für meinen großen Auftritt.

Mit der aufgezogenen, einsatzbereiten rot-blauen Raupe betrat ich die Arena. Ich setzte sie auf den Boden, schon zog sie surrend ihre Bahn ... Kinder verbergen ihren Neid nicht!

Nur Ruthchen war von dem Teil nicht besonders groß beeindruckt, Mädchen eben. Wir Jungs banden kleine Holzstückchen oder auch Steinchen hinten an und freuten uns, wenn die Raupe es schaffte, diese fortzuziehen. Für heute war *ich* jedenfalls der Chef.

Oben flog ein Fenster auf. Die Mutter der Großfamilie mit den fünf Kindern krähte: „Na, Günna, hast' Geburtstag?

Glückwunsch! – hähähä – hast' aus'm Westen, wa?"

„Ja."

Am Nachmittags fand dann die „amtliche" Geburtstagsfeier statt.

Um den rechteckigen großen Tisch im Wohnzimmer versammelte sich alles, was zu unserem „Stall" gehörte und in unserem Städtchen wohnten. Auch Tante Mathilde vom Dorf war gekommen, und Omas zwei beste Freundinnen fehlten ebenfalls nicht. Es war ein sehr großer Tisch! Nach dem Händegeschüttel und einigen weiteren Geschenken, die Raupe war ohnehin nicht zu übertreffen, bekam ich dann endlich ein großes Stück von der Torte mit der Sahnefünf. Tante Else saß mit ihrem Dackel auf dem Arm am Kaffeetisch, was meine Großmutter sichtlich pikierte. Sie bewahrte jedoch selbstverständlich, wie wir es immer von ihr erwarten konnten, Contenance.

Tante Else stand hoch im Kurs, vor allem bei mir. Großvater war bei solchen Festivitäten auch immer sehr entspannt und scherzte gern mit der lustigen Else. Eigentlich war sie weder meine Tante noch gehörte sie zu unserer Familie. Sie war unser ehemaliges Kindermädchen, das sich meine „hochwohlgeborene" Großmutter zur „Aufzucht" ihrer drei Söhne geleistet hatte. Jetzt war sie das Relikt jener Zeit, als wir noch als wohlhabend galten.

Fräulein Heyden war ebenfalls eingeladen. Sie war ein eher schlichtes Gemüt und wohnte nur zwei Häuser entfernt mit ihrem Sohn Peter. Den hatte sie von einem russischen Soldaten ungefragt empfangen.

Der Freundschaft wegen!

Peter war zwei Jahre älter als ich und ein gutmütiger friedfertiger Spielkamerad. Fräulein Heyden machte bei uns noch sauber, als wir schon arm waren. Sie kam, so glaube ich mich zu erinnern, bis 1957 zweimal in der Woche für drei Mark. Meine Großmutter konnte sich von ihrem Standesdünkel nur schwer lossagen. Für sie war es heile Welt, wenn bei angesagten Feiern die „Zofe" und die „Magd" anwesend waren.

Meine Funktion als Hauptperson hielt ungefähr bis zum Ende der Kaffeetafel an. Nach Kuchen und Torte wandte sich die Runde Opas selbstgemachtem Apfelwein zu.

Ich zog mich zurück und sichtete erstmal die anderen Geschenke.

Gleich danach ging ich auf den Hof zu meinen Spielkameraden und versorgte sie mit Streuselkuchen.

„Mach dir aber nicht die guten Sachen schmutzig!"

„Nein, nein, Oma!"

Die Erwachsenen feierten dann noch in trauter Runde bis in die späten Abendstunden – meinen fünften Geburtstag.

Drittes Kapitel

Die Kirschen in unserem Garten

Auch die unendliche Zeit eines Kindersommers geht einmal zu Ende. Anfang Oktober war es in unserer kleinen Wohnung bereits recht kalt. Doppelfenster gab es im ganzen Haus nicht, und so stand uns bald wieder die Zeit bevor, in der, die Scheiben dick vereist und trotz Decken vor den Fenstern, die Kälte durch jede kleine Ritze dringen würde.
An solchen Tagen blieb ich nicht selten vormittags im Bett. Obwohl es das, was wir heute die Medien nennen, noch nicht gab, kann ich mich nicht erinnern, irgendwann Langeweile gehabt zu haben. Von Onkel Paul hatten wir zwar ein Radio bekommen, aber daran durfte ich selbst noch nicht drehen. So schaute ich mir stundenlang Kinderbücher an. Lesen konnte ich erst wenig, wußte aber vieles auswendig. Die wunderbaren Illustrationen der „Hasenschule" oder des „Struwwelpeter" sind bestimmt auch noch anderen meiner Generation in guter Erinnerung.

An irgendeinem dieser Morgen holte ich mir Opas Banjo von der Wand. Ein Banjo kennen sicher viele, aber ein Mandolinenbanjo ist nicht sehr verbreitet. Ein „normales" Banjo hat vier Saiten. Das Mandolinenbanjo hat diese jedoch paarweise, also acht Saiten, wobei ein Paar immer die gleiche Stimmung hat. Es ist auch deutlich kleiner. Man greift es wie eine Mandoline und ist wie diese ebenfalls in Quinten gestimmt. Opa hatte nie vorher versucht, mir das Spielen darauf beizubringen. Wie es „ging" hatte ich ja aber schon viele Stunden beobachtet. Ich fing also einfach an, und es dauerte bestimmt keinen halben Tag, da spielte ich schon „Alle meine Entchen". Großvater staunte nicht schlecht, als er von einem seiner Markttage zurückkehrte.
Das war der Anfang meiner „Musikerkarriere". Von nun an saßen Opa und ich meistens morgens im Bett zusammen, und ich lernte von ihm alle seine Lieder auf dem Banjo zu spielen. Was hier so idyllisch klingt, hatte auch eine profane Seite. In Wirklichkeit lebten wir in

recht ärmlichen Verhältnissen. Großmutter bekam, wenn ich mich recht erinnere, knapp über 300 Mark Rente. Das war unser ganzes Monatsbudget. Mein Großvater fühlte sich nach dem Ersten Weltkrieg einfach „angeschissen" und nach dem Zweiten Weltkrieg erst recht. Von den Kommunisten nahm er kein Stück Brot – auch keine Rente! Wer hat heute noch so viel Stolz, wenn er was bekommen kann? Seinen „Adolf-Bart" und den dazu passenden Scheitel trug er bis zum letzten Atemzug. Politische Beiträge habe ich nie von ihm vernommen. Er hat einfach „zugemacht", und das war's für ihn.

Neben der Rente meiner Großmutter waren somit die beiden Gärten unsere Lebensgrundlage. In den Sommermonaten war Opa praktisch immer mit der Bestellung und der Ernte beschäftigt. Hinten im Garten hatten wir reihenweise Apfel- und Kirschbäume. Großmutter weckte viel ein, und der Überschuß wurde dann an die umliegenden Händler verkauft. Das besserte die Haushaltskasse etwas auf. Auch unsere Pilze und Blaubeeren nahmen diesen Weg. Selbst gegessen haben wir davon den geringsten Teil. Opa leistete sich von dem Erlös nur den Tabak für seine Pfeife, „de Piep". Weitere Bedürfnisse hatte er nicht.

Der Hausgarten war in erster Linie Blumengarten. Winterastern und Chrysanthemen trugen meine Großeltern in Waschkörben auf den Markt. Das waren dann die Morgen, an denen ich allein in der Wohnung zurückblieb. Vorher heizte Oma die Öfen an und legte nochmal Kohlen nach. Dann bekam ich den Auftrag, das Feuer zu hüten. Ich schaute ab und zu nach, ob das Feuer noch loderte oder ob es schon eine gleichmäßige Glut war. Dann schraubte ich die Ofenklappe zu. Diese Aufgabe nahm ich sehr ernst und habe auch nie die Feuertür geöffnet. Großmutter hatte mir eingeschärft: „Günti, wenn uns das Haus abbrennt, stehen wir auf der Straße und haben keine Wohnung mehr!" Den Ernst der Lage habe ich schon als kleiner Junge begriffen."

Das Schönste am Winter waren seine frühen Abende.

Am späten Nachmittag nannten wir das bei uns die Schummerstunde. Nur die Straßenlaternen und die glimmende Skala unseres Radios tauchten unser Wohnzimmer in ein gemütliches Halbdunkel.

Das Radio hatte überhaupt einen hohen Stellenwert. Mein Opa ließ sich möglichst keine Nachrichtensendung entgehen. Ich höre immer noch Großmutter sagen: „Hannes, das hast du doch heute schon zweimal gehört!" Er reagierte dann meistens unwirsch:

„Pssscht, laß mich mal, Leni!"

Heute denke ich, er hat wohl auf die Meldung gehofft, daß alles ein Irrtum gewesen sei und Deutschland doch noch den Krieg gewonnen hätte oder so ähnlich. Jedenfalls waren weder der Kaiser noch Adolf völlig aus seinem Kopf verschwunden. Drei Gesellschaftssysteme in einem Leben wollen erst einmal verarbeitet sein.

Manchmal verhängte ich das kleine Clubtischchen, auf dem unser Radio stand, mit einer Decke und kroch dahinter. Dann sprach ich für meinen Opa seine geliebten Nachrichten:

„Adenauer und die Bonner Ultras wollen immer nur Krieg."

„Wilhelm Pieck und seine Kommunisten wollen den Frieden."

Wobei ich auch nicht vergaß, den Zickenbart Walter Ulbricht, Opa nannte ihn immer so, regelmäßig zu erwähnen.

Ich quatschte jede Menge Blödsinn von dem, was ich so alles aus den Nachrichten aufgeschnappt hatte, bunt durcheinander. Oma und Opa amüsierten sich köstlich. Wenn Opas Skatbrüder kamen, war so eine Einlage von mir der Brüller. Sie hauten sich auf die Schenkel. Bei den „vörnehmen Damen", Omas besten Freundinnen, durfte ich das nicht! „Günti, geh' mal spielen", sagte Oma dann, „die Erwachsenen möchten sich unterhalten. Das ist noch nichts für deine Ohren."

Der Höhepunkt des Winters war natürlich das Weihnachtsfest. Die Adventsabende bei Kerzenschein, selbst gebackenen Ausstechern, Malzkaffee und leiser Radiomusik haben eine angenehme Hinterlassenschaft in meinem „Oberstübchen". Die kirchlichen Feste wurden wohl schon damals von den meisten vom praktizierenden Glauben weitestgehend abgetrennt. Hauptsache, es gab etwas zu feiern. Mein Onkel Paul war an solchen Abenden auch oft bei uns. Er war Büroangestellter bei der Konsumgenossenschaft und brachte regelmäßig „richtigen" Kaffee, also Bohnenkaffee, mit. Der „gute Kaffee" aus den Westpaketen war für uns „zu schade", den machte Großmutter lieber zu Bargeld, was wir dringender brauchten als derartigen Luxus. Dem Duft und dem

Genuß dieses Gebräus sollte ich später für den Rest meines Lebens verfallen. Ansonsten habe ich von den Wintermonaten meiner Kinderjahre nur *eine* grundsätzliche Erinnerung: Es war immer kalt.

Kleidung hatte ich eigentlich nur das Notwendigste. Meine Eltern schickten zwar Sachen, aber eben auch nur in größeren Abständen, so daß diese Dinge auch lange getragen werden mußten, bis sie dann endgültig zu klein waren. Alles in allem sah es aber auch bei meinen Spielkameraden nicht viel anders aus. Wir, die Nachkriegsgeneration, konnten uns keine Eitelkeiten leisten. Man war froh, wenn man einigermaßen zurecht kam. Vielleicht war das auch der Grund, warum ich regelmäßig krank war. Erkältungen bis hin zu schweren Mandelentzündungen ziehen sich wie ein roter Faden durch meine Kindheit. Großmutter kümmerte sich wirklich fürsorglich um mich. Wenn es mich mal wieder erwischt hatte, schlief ich immer bei ihr im Bett, und oft genug habe ich in meinen Fieberträumen während des Schlafes erbrochen. Niemals gab es deshalb einen Vorwurf. Sie hat sich um die Sauerei gekümmert, die ich da in ihrem Bett veranstaltet hatte, und mir in der Nacht Tee gekocht, mir vorgelesen und mich getröstet, bis ich wieder schlief.

Das Frühjahr kam, und ich erwartete den sechsten Sommer meines jungen Lebens. Normalerweise wäre ich in diesem Jahr in die Schule gekommen, aber mein Geburtstag lag zehn Tage hinter einem sogenannten amtlichen Stichtag. Wenn in der Deutschen Demokratischen Republik was wirklich gut funktionierte, dann war es das Amtliche. Ich würde also erst mit sieben Jahren eingeschult werden. Heute wäre ich wohl eher ein Kandidat für eine frühere Einschulung gewesen, denn Oma hatte mir einfaches Grundrechnen und etwas Lesen bereits beigebracht – in Sütterlin!

Auf Anraten der lieben Verwandten hatten sich meine Großeltern für dieses Jahr 1956 etwas Besonderes ausgedacht. Man wollte mich schon mal auf ein Leben nach dem Sandkasten vorbereiten.

Ich sollte ein Jahr in den Kindergarten gehen!

In den katholischen Kindergarten!

Mein lieber Opa lieferte mich also eines Morgens bei den barmherzigen Schwestern ab und verzog sich dann schleunigst.

Meine Laufbahn als glühender Atheist oder richtig Agnostiker nahm an diesem Morgen erste Formen an. Aber Spaß bei Seite, das konnte ich da noch nicht wissen.

Ich sah mich zunächst mal zu einer grundsätzlichen Meinungsäußerung genötigt und begann ein lautstarkes Heulkonzert.

Damals heulte ich noch im Sopran!

Eine alte und recht schrumplige Pinguintante fuhr mich barsch an: „Quietsch doch nicht so!"

Die hatte bei mir sofort für alle Zeiten verschissen und der liebe Gott gleich mit. Eine sehr hübsche junge Schwester, die in Weiß und helle Grautöne gekleidet war, nahm sich dann meiner an und wies mich in die Gepflogenheiten dieses Hortes der Glückseligkeit ein.

Ich hatte aber bereits einen solchen Hort und der hieß Sandkasten und war auf unserem Hof. Ob beim Spielen oder beim Essen, nichts ging ohne den lieben Gott. Das konnte so nicht bleiben, und ich entschloß mich zur Notwehr:

Es waren so zwei oder drei Wochen vergangen, länger habe ich den Spuk bestimmt nicht ertragen, als ich mich eines Morgens, kurz vor dem Gang zum Kindergarten, auf unserem Hof zwischen zwei Holzmieten verkroch. Ich war mucksmäuschenstill und reagierte nicht auf das immer ängstlicher werdende Rufen meiner Großeltern.

Niemals hätte ich unter normalen Umständen Oma und Opa solche Sorgen bereitet, woran man ermessen kann, wie groß meine Not gewesen sein muß. Nach einigen Minuten, es kann durchaus auch eine halbe Stunde gewesen sein, kam ich dann doch aus meinem Versteck. Oma und Opa sagten kein Wort. Kein Vorwurf! Keine Strafe!

Meine katholische Laufbahn war beendet. So war ich also wieder den ganzen Tag zu Hause und hatte mein sorgenfreies Leben zurückerobert. Großvater ging nach hinten in den Garten, wo er sonst schon lange hätte sein sollen – denn es war Süßkirschenzeit. Das wußten auch die Stare – und die sind Frühaufsteher!

An diesem Vormittag war auf unserem Hof jedenfalls nicht mehr viel los, eigentlich gar nichts. Der Spieltrupp war wahrscheinlich bereits einige Häuser weiter gezogen oder war wieder in den Kiesgruben am Stadtrand. Da hatte ich ohnehin striktes Verbot.

So saß ich auf meinem Lieblingsplatz, auf dem Dach unserer Waschküche. Von dort konnte ich in den Gang schauen, der unsere Straße mit dem Mühlberg verband. Eine Mühle gab es dort schon lange nicht mehr und von dem Berg war über die Jahre allenfalls eine kleine Erhebung geblieben. Einige kleine Häuser standen dort, eine alte Kachelofenfabrik, die aber immer noch in Betrieb war, und einige Scheunen. Wenn man den Weg an den Scheunen vorbei ging, kam man in die Gartenanlage, die sich bis zu den Wiesen am Stadtrand hinzog.

Am Wiesenrand lag dann Opas Garten – hinten im Garten.

Er war einer der letzten und Opa hatte einen Teil der Wiese in mühevoller Arbeit urbar gemacht. Immer wieder kamen Kräuter, wilde Gräser und Brennesseln hoch.

Großmutter „pfiff" mich vom Dach. „Du sollst da doch nicht rauf, das geht kaputt", rief sie. „Geh' doch zu Opa in den Garten!"

Vom Dach aus ließ ich mich auf die alte Mauer runter, die unseren Hof vom Mühlberggang trennte. Dort balancierte ich bis zum Ende und benutzte die Maschen unseres Gartenzauns als Leiter zum Abstieg in den Gang. Eigentlich wäre das einen weiteren Anschiß wert gewesen, aber Oma war schon wieder im Haus verschwunden. So schlenderte ich in Richtung alte Scheunen und war gerade auf der Hälfte des Mühlbergs angekommen, als mich der Ganter vom Förster Lehmann erspähte. Ein Riesengeschrei der gesamten Gänsemeute ging los und das Vieh begann, mich mit langgestrecktem Hals und furchteinflößendem Gezische zu verfolgen. Großvater hatte mir geraten, ich sollte das Tier am Hals packen und mich mit ihm im Kreis drehen, dann wäre ich ihn für alle Zeiten los. Meine Befürchtung war jedoch, daß dieser Rat von der gleichen Qualität sein könnte wie die berüchtigte Methode zur Hasenjagd. So entschloß ich mich lieber fürs Fersengeld. Das war mit meinen kräftigen Beinen eine verläßliche Sache. Der Ganter gab auf, und ich bog außer Atem in die Gartenanlage ein.

29

Die meisten Gartenzäune waren zusätzlich mit Hecken als Sichtschutz bepflanzt, die höher waren als ich. So ergaben sich Wege wie in einem Labyrinth, was für einen kleinen Steppke wie mich ein wenig was von Abenteuer hatte. Es duftete nach Buschwindröschen und es summte, flog und krabbelte allenthalben.

Eile hatte ich keine, denn Opa erwartete mich ja nicht. Was sprach also gegen einen kleinen Umweg über die Wiesen. Links abbiegen und rüber über den Koppelzaun. Ich bahnte mir den Weg durch die üppige Wildwiese. Blumen, Kräuter und Gräser reichten mir oftmals bis zur Brust. Über mir ein blauer Himmel, laue Luft und Sonnenschein. Ich ließ mich in das hohe weiche Gras fallen, schaute den Wolken nach und genoß in Gedanken nochmals meinen Sieg über den Kindergarten ...

Muuuh – erschrocken fuhr ich hoch. Um mich herum standen neugierig Kühe. Waren mir doch für einen Moment die Augen zugefallen. Die Kühe waren jedenfalls friedlich und verzogen sich, als ich mich aus dem Gras erhob. Opas Garten war nicht mehr fern und so „pflügte" ich mit ausgebreiteten Armen durch das hohe Gras bis zum kleinen Entwässerungsgraben, der Wiesen und Gartenanlage trennte. Mit einem beherzten Satz stand ich auf der anderen Seite.

Unser Gartenzaun hatte keine Hecke, sondern war nur aus Drahtresten „zusammengepfriemelt". So konnte ich Großvater schon von weitem durch das grobmaschige Geflecht erkennen. Er saß unter seinem Süßkirschenbaum, der ziemlich genau in der Mitte des Gartens stand, auf einer kleinen, ebenso rustikal „zusammengepfriemelten" Bank.

„Opilein, Opilein", rief ich, als ich die beiden kleinen Stufen zur Gartenpforte hinuntersprang. „Na, mien Jung", fragte Großvater, als ich mich zu ihm auf die Bank quetschte, „keine Kinder zum Spielen auf dem Hof?" – „Nee, keiner da", maulte ich. – „Na, dann erzähl' mir mal ein bißchen was", ermunterte er mich.

„Ich muß aber mal „Groß", nörgelte ich weiter.

„Da hinten steht ein Spaten, du weißt ja, wie es geht", sagte er und wies auf die Gartengeräte in der Ecke. Ich holte mir den Spaten, riß ein großes Rhabarberblatt ab, und verschwand hinter den Johannisbeersträuchern, die am Ende des Gartens standen. Was nun folgte, war die naturbelassene Variante der Verrichtung einer Notdurft. Für diesen operativen Vorgang war es vorteilhaft, daß ich als Kind zu hartem Stuhlgang neigte. Manchmal sogar zu sehr hartem. Dann saß ich bei offener Tür auf unserem Klo in der Waschküche, und Oma schob mir ein kleines Stück Kernseife in den Hintern. Das reizte so sehr, daß ich verzweifelt alle meine Kräfte mobilisierte, um den Scheiß wieder loszuwerden, im wahrsten Sinne. Oma unterstütze mich dabei verbal, indem sie mich anfeuerte. Oftmals erhielt ich hinterher zum Trost für meine Qualen zehn Pfennige, damit ich mir vom Bäcker nebenan eine Streuselschnecke holen konnte. Der nächste harte Stuhlgang war also gesichert, aber das wußten wir damals wohl beide nicht besser.

So war sie – meine Oma – hilfreich in allen Lebenslagen.

Unter den Kirschbaum zurückgekehrt, hörte ich Opa gerade wieder schimpfen: „Mistvolk!" Die Stare hatten sich vollzählig versammelt und schaukelten fröhlich auf den Spiegelscherben und Blechbüchsen, die Opa ihnen zur Abschreckung in die Zweige gehängt hatte.

Die fanden das lustig. „Ein Luftgewehr müßte man haben", meinte Großvater. Hatten wir aber nicht. Also suchte er sich zwei handliche Bretter und schlug sie aneinander. Es krachte wie bei einem Schuß.

Das wirkte – für zehn Minuten.

Über die Wiesen sahen wir von weitem drei Soldaten kommen, die mehr schlichen als gingen. Logisch, die waren aus den Kasernen der Roten Arme ausgebüxt, die sich gleich hinter den Wiesen befanden. Dafür gab es harte Strafen. Ich habe das mal später beobachten können, als an irdendeinem Wochenende zwei solcher Ausreißer von der Kommandantur auf unserem Hof festgenommen wurden. Das war wie bei einem Viehtransport. Die armen Jungs wollten sich sicher nur ein bißchen Schnaps besorgen. Die hat auch keiner gefragt, ob sie nach Deutschland wollen, um dort hinter hohen Zäunen eingepfercht ihre Jugend zu verbringen. Alle drei Jahre durften sie ein Mal nach Hause fahren. Bis 1993 waren sie hier.

Großvater hatte gegenüber den Russen keinen Groll. Das trennte er irgendwie säuberlich vom verlorenen Krieg ab. Es war ihm wohl klar, daß diese Soldaten hier ein ähnlich beschissenes Schicksal ertragen

31

mußten, wie er es erfahren hatte. Durch seine russische Kriegsgefangenschaft konnte er sich ein wenig verständigen. So rief er die drei „Kamerad" zu sich und reichte ihnen Äpfel und Kirschen über den Zaun. „Spasiba, spasiba, do swidanija", sagten sie und liefen ängstlich um sich schauend eiligst weiter.

„Was heißt das, Opa?", fragte ich.

„Das heißt danke, danke und auf Wiedersehen", erklärte er mir.

Ich muß meinem Opa im nachhinein bescheinigen, daß er doch recht fein differenzierte, wer in der Geschichte das Arschloch war und wer der Angeschissene – nach seinem Weltbild jedenfalls.

Gern hätte Opa wohl auch ein Schälchen Kirschen für die Stare übrig gehabt, aber die bedienten sich selbst, und zwar so, daß sie möglichst von allen Kirschen kosteten. Die konnte man zwar trotzdem essen, Stare sind ja keine Mistkäfer, aber verkaufen konnte man die angepickten Dinger nicht mehr. Außerdem verfaulten sie dann natürlich bereits am Baum. Das war schon ärgerlich.

„Opilein?", das war die offizielle Anrede, wenn ich was wollte. Es gab auch noch die verschärfte Form für den außerordentlichen Fall. Die hieß dann „Öpilein"! Hier genügte „Opilein".

„Na, was willst du denn?", fragte Opilein zurück.

„Erzähle mir doch ein bißchen von früher", nervte ich.

„Wovon soll ich dir denn erzählen?"

„Na, irgendwas, als ich noch kleiner war."

„Hm, ja, da gab es eine schlimme Geschichte, an die du dich natürlich nicht erinnern kannst. Da wärst du beinahe gestorben."

„Gestorben? – Du meinst richtig tot?"

Opa begann zu erzählen: „Es war im Winter 1952. Du warst schon einige Tage krank. In der Nacht war ständig Aufruhr, weil du gar nicht mehr zu weinen aufhörtest. Der Arzt meinte, das wären ein bißchen Ohrenschmerzen, aber das würde sich wieder geben.

Eines Morgens konntest du die Augen nicht mehr öffnen, weil sie dick zugeklebt waren. Da hat dich die Mutti warm eingepackt, und ihr seid mit dem Zug nach Rostock in die Kinderklinik gefahren. Das waren immerhin über zwei Stunden Bahnfahrt. Die Ärzte dort haben gesagt, es wäre höchste Zeit gewesen. Du wurdest dann noch am gleichen Tag operiert. Der Schädel mußte geöffnet werden. Daher hast du auch jetzt die beiden Narben hinter den Ohren."

„Und dann?", ich fand das total spannend.

„Es ist alles gut gegangen", erzählte Opa weiter. „Wie man merkt, kannst du ja gut hören, meistens jedenfalls", Opa grinste. „Die Narben sieht man später sicher auch nicht mehr. Das verwächst sich. Die Oma hat allerdings mit der Mutti sehr geschimpft, denn sie war der Meinung, das wäre alles nur gekommen, weil sie mit dir ohne Mütze auf dem Rummel in Karussells und dem Riesenrad gefahren ist."

25 Jahre später habe ich meine Mutter mal nach dieser Begebenheit gefragt. Sie hatte da eine etwas andere Version von der Geschichte, in der sie selbst ein wenig besser bei weg kam – egal. Letztlich hat sie sich nicht reinreden lassen und alles gut und richtig gemacht.

„Und Opa, hast du noch so eine Geschichte?"

„Noch so eine traurige Geschichte?"

„Ja, ja."

„Also gut", und Opa erzählte weiter: „Das muß wohl im Herbst 1953 gewesen sein. Du bist mit der Oma wieder einmal im Schloßgarten spazieren gegangen. Ihr habt da des öfteren auf einer der vielen Bänke gesessen und die Eichhörnchen gefüttert."

„Ja, da gab es ganz viele. Die sind manchmal sogar bis auf die Bank gekommen", redete ich ihm dazwischen.

„Jedenfalls", sprach Opa weiter, „ist eines Tages eine junge Frau an euch vorübergegangen, die du für deine Mutti gehalten hast, weil sie wohl so ähnlich aussah. Du bist ihr hinterher gelaufen und hast Mutti, Mutti gerufen. Oma hat dann sehr geweint als sie nach Hause kam und mir das erzählte."

„Ja, Opa", antwortete ich, „ich glaube, das weiß ich noch. Aber das war doch nicht so schlimm. Ich dachte doch nur, daß die Mutti wieder zurückgekommen ist."

„Na ja, mein Junge", meinte Opa, „das sehen Erwachsene schon noch mit etwas anderen Augen."

Plötzlich hörten wir vor unserem Gartentor eine Fahrradglocke. Mein

Busenfreund Rudi stand davor mit strahlendem Gesicht und einem nagelneuen Tretroller. „Mit richtiger Luftbereifung! Oh, Mann ..."

So einen Roller lieh ich mir selten mal in unserem Fahrradgeschäft aus. Das kostete 30 Pfennige für eine Stunde und ich mußte Omas Ausweis mitbringen. Rudi hatte nun seinen eigenen „Gummiroller".

„Guck mal", rief er, „den hat mir Onkel Franz gekauft!"

Rudi wohnte in einem der kleinen Häuser auf dem Mühlberg, in dem auch sein Onkel Franz mit seiner Frau Minna lebte. Das Haus war in Familienbesitz und sein Onkel betrieb darin ein kleines Fuhrunternehmen mit zwei Lastkraftwagen und einer Werkstatt. Wir waren seit etwa einem Jahr befreundet, und ich war recht oft dort – später nicht selten sogar von morgens bis abends.

„Das trifft sich gut", meinte Opa, „dann können wir ja einen Waschkorb mit Kläräpfeln auf das Trittbrett des Rollers stellen. Muß ich die nicht in Körben nach Hause schleppen."

Rudi war einverstanden. Während Opa den Waschkorb füllte, stopften wir uns die Mäuler mit Süßkirschen voll.

Es war Mittagszeit geworden.

Auf dem Nachhauseweg schob Opa den Roller, und wir paßten an beiden Seiten auf, daß der große Waschkorb nicht herunterrutschte. Das war allemal besser, als mehrere kleine Körbe tragen zu müssen.

„Wollen wir uns nach dem Mittagessen treffen?", fragte ich Rudi.

„Ja", sagte er, „vielleicht kannst du dir ja heute nachmittag auch einen Roller ausleihen, dann können wir zusammen fahren."

„Darf ich, Opa?"

„Aber klar, mien Jung!"

Viertes Kapitel

Wie man zu Rollschuhen kommt

Nie war ich öfter in einer Konditorei als im Sommer 1956!
Jeden Samstag machte mich meine Großmutter schick.
Onkel Paul hatte samstags keine Bürozeit und ging dann mit mir
spazieren. Das war durchaus lieb von ihm gemeint. So war er ja auch.
Allerdings war nicht die Konditorei sein angestrebtes Ziel.
Fein gemacht wie ich war, mit Pomade im Haar, vorne einen „Bock",
schlicht eine fettige Tolle, damals auch unter Schmalzlocke bekannt,
promenierten wir die Hauptstraße hinunter:
„Guten Tag, Herr Cave."
„ Tach, Paul."
„Mönsch, Paulchen, hast' schon so 'n großen Bengel?" – grins.
Man näherte sich der Konditorei.
Drei Stufen trennten den Tortentempel vom Treiben auf der Straße.
Im Eingangsbereich befand sich eine riesige Theke mit mehreren Etagen.
Konditoreiwaren in einer Qualität und Vielfalt, wie man sie in einer
Großstadt erwarten würde, thronten hier auf Silber und Porzellan.
Der Konditormeister und Inhaber tänzelte höchst persönlich durch die
Tischreihen. In Weiß gehüllt, mit einer Konditormütze auf dem Kopf,
alles peinlichst reinlich, erkundigte er sich hier und da bei den Gästen,
ob denn alles so recht sei.
Angedeutete Verbeugungen mit „steifem" Oberkörper, in Verbindung
mit einem überaus freundlichen Gesicht und einer höfisch-höflichen
Minimalkonversation, ließen auf alte Schule schließen.
Daniel hieß er – und schwul war er.
Wir bekamen einen Platz am Fenster und ich nach kurzer Zeit einen
Windbeutel, groß wie ein Kürbis – na, fast. Dazu reichte man mir ein
Täßchen Kakao, Schokolade hieß das hier!
Man konnte sich mit mir durchaus in einer Konditorei blicken lassen,
denn meine Manieren ... Meine Oma!

35

Meine Linke lag artig neben dem Kuchenteller.

Meine Rechte hantierte routiniert mit der Kuchengabel.

Windbeutel! – Is' so einfach nich'! Schlürfen? Nicht hier.

Onkel Paul begnügte sich mit einem Mokka und dampfte dazu genüß-
lich eine Zigarette seiner Marke *Turf*. Die gehörte zum Genuß einfach
dazu. Hier herrschte noch das Flair der 20er Jahre.

Sonntags mit Stehgeiger!

Kaffeehaus-Atmosphäre eben.

Samstags hatte mein Onkel, wie gesagt, frei. Die Verkäuferinnen im
gegenüberliegenden Kaufhaus aber nicht!

Darum ging's in Wahrheit.

Wir schlenderten durch die zwei Etagen des Kaufhauses, und eigentlich war hier alles ziemlich langweilig. Eine Spielwarenabteilung war
hier jedenfalls nicht. Allerdings gab es eine Kosmetikabteilung, und an
der liefen wir verdächtig oft vorbei.

„Guck mal, Günti", sprach Onkel Paul mit seidigem Timbre, als hätte
er Kreide gefressen, „wie findest du denn die blonde Frau dort?"

„Blond!"

Damals urteilte ich allerdings noch nichtsahnend: „Hübsch."

„Wollen wir mal an den Stand gehen?" Wir gingen.

Natürlich kann ich den Wortlaut des nun folgenden Geplänkels nicht
mehr genau wiedergeben, glaube aber mich zu erinnern, daß meinem
Onkel Paul spontan eine Feder wuchs. Hinten.

Der Sinn der Sache war: Ich sollte zu Hause Oma und Opa etwas von
einer außergewöhnlichen Frau vorschwärmen!

Ich tat, wie mir geheißen.

Mehrere Windbeutel später saß Auguste schließlich bei uns zu Hause
auf der Couch. Meine Großmutter hatte einen untrüglichen Instinkt,
was andere Frauen betraf. Wahrscheinlich, weil sie selbst komplett ohne
Fehl und Tadel war. Vor meiner späteren Auserwählten hatte sie mich
auch rechtzeitig gewarnt, umsonst zwar, aber letztlich sollte sie Recht
behalten. Doch zurück zu Auguste.

Ich wollte mich nicht beklagen. Ich hatte schöne Spaziergänge mit den
beiden und konnte in der Funktion als Anstandswauwau so manche

Kleinigkeit nebenbei „abstauben". Auguste war immer nett zu mir, alles andere entspräche einfach nicht der Wahrheit.

Großvater fand angehende Schwiegertöchter im allgemeinen gut.

Großmutter war in regelmäßigen Abständen ein Knäuel mit Pauls angehender Ehefrau Auguste – nach der Hochzeit!

Diese trug sich alsbald im Oktober anno 1956 zu. Wir lernten eine durch und durch gottesfürchtige Familie kennen. Ich habe diesen Tag noch gut in Erinnerung: Das Mittagessen fand bei uns zu Hause statt. Großmutter zog alle Register. Schließlich hatte sie in Thüringen eine Haushaltsschule besucht. Kochen konnte sie – wenn wir uns die Zutaten leisten konnten. Diesmal gab es jedoch kein Limit. So einen üppig gedeckten Tisch habe ich bei uns nie wieder gesehen. Hintergrund: Die Schwiegereltern sollten schlicht blaß werden ...

Wurde Augustes Mutter auch – weil sie sich überfressen hatte.

Opa und Augustes Vater konnten gut miteinander. Sie trugen beide die gleiche Frisur, das gleiche Oberlippenbärtchen.

Allerdings war der „Alte" heilig, aber kein Heiliger!

Augustes Mutter wohnte praktisch in der Kirche.

Unter zwei, besser drei Gottesdiensten am Tag machte sie es nicht. „Mein Gott, wieviel Dreck muß die Alte am Stecken haben, wenn die nur am Beten ist." Originalton: Meine Großmutter.

Ständig klopfte es an unsere Wohnungstür. Ob denn das junge Paar da sei? Die Gratulanten der weltlichen Fraktion lärmten fröhlich in unsere Küche herein, hieben Paul auf die Schulter:

„Ha, alter Junge, nu' wird's ernst. Kopf hoch!"

Die von Andacht Geplagten hatten ein völlig anderes Vokabular. Schon die Körperhaltung fiel auf. Auf jeden Fall könne sich das junge Paar sicher sein, daß *Der Herr* immer bei ihnen wäre. Ob Onkel Paul sich dieser Drohung tatsächlich im vollen Umfang bewußt war?

Am späteren Nachmittag zog die Hochzeitsgesellschaft eine Straße weiter. Kaffee und Abendbrot waren nun Sache der anderen Seite. Die Eltern von Tante Auguste wohnten in einem großen Mietshaus in einer Nebenstraße nahe der Stadtkirche – kurze Wege!

Sie bewohnten eine Dreizimmerwohnung und überließen ein wirklich schönes großes Zimmer dem jungen Paar nebst Küchenbenutzung. Onkel Paul wohnte nun also nicht mehr bei uns – schade!

Von nun an besuchte man sich gegenseitig.

Ich kann mich an viele Geburtstage und andere Festtage erinnern, an denen wir zusammen feierten. Ebenso regelmäßig gab es „Vorkommnisse" zwischen Auguste und meiner Großmutter.

So stand einmal anläßlich einer Geburtstagsfeier neben einer einzigen maßvoll belegten Obsttorte ein großer Teller mit Streuselschnecken auf dem Tisch. 10 Pfennige das Stück!

So konnte man natürlich auch satt werden, und vom Kaffee hätte ich als Kind mehrere Liter ohne Herzklopfen vertragen.

Meine Großmutter erblickte den Teller – sie hyperventilierte.

„Leni, denk' an deinen Blutdruck!" Tante Auguste erläuterte: „Das ist erstmal zum Füllen – wir haben jetzt halt wenig Geld!"

Wir hatten alle wenig Geld! Ein Wort ergab das andere ...

Auguste konnte richtig ausfallend werden – das ist wohl wahr.

Jedenfalls war Onkel Paul wiederholt damit beschäftigt, den schriftlichen(!) Schlagabtausch von einer Straße in die andere zu überbringen. Man vertrug sich auch wieder – bis zum nächsten Mal.

Das sah dann so aus:

Onkel Paul verklickerte mir: Wenn ich Tante Augustes Mutter mal besuchen würde und mich auch ab und an zu einem Gottesdienst überreden ließe, könne das durchaus auf eine Zuwendung in Form von zum Beispiel Rollschuhen hinauslaufen!

Rollschuhe!

Es gab, zumindest in unserem kleinen Städtchen, über einige Jahre eine Epidemie: Rollschuhe! Wer keine hatte, war quasi amputiert.

Für mich völlig indiskutabel – die kosteten 38 Mark.

„... und führe uns nicht in Versuchung." Ich erlag.

Ich will nicht sagen spontan, aber viele Tage vergingen sicher nicht, bis ich auf der Matte stand. Augustes Mutter saß in ihrem großen Wohnzimmer mit hoher Decke. Die Ehebetten standen an der einen Wand, ein großer Kleiderschrank an der anderen. Dazwischen reichlich Platz für einen ebenfalls großen Tisch und zwei große Sessel. Hier war alles groß, außer Augustes Mutter. Die hockte in einem Kleid – demütiges Schwarz, kleiner weißer Kragen, silbernes Kruzifix um den Hals – im Sessel am Fenster. Neben ihr ein Tischchen voll mit heiligem Tinnef. Ihr Altar für zwischendurch.

Über dem Sessel hing *Der Herr.* Ich denke, ein Meter Kantenlänge sind auch im nachhinein nicht übertrieben.

Der nächste Schinken: Das Abendmahl – über den Ehebetten.

Mehr als einen Meter – deutlich mehr. Weitere Flügelgestalten, die ich aber nicht kannte, bevölkerten den Rest der Flächen – ringsherum. Es roch, wie es bei alten Leuten manchmal riecht. Nicht bei allen! Hier aber kam der über 2000 Jahre alte Mief noch dazu.

Die Vernehmung:

Eigentlich sei ich doch ein lieber Junge? Keine Frage!

Getauft sei ich auch? Das stimmte ebenfalls.

Waren die ausschlaggebenden Bedingungen bereits erfüllt?

Ob ich denn auch beten würde? – Jetzt wurd's eckig.

„Also, ich habe manchmal vor dem Schlafen zusammen mit meiner Oma gebetet: „Ich bin klein, mein Herz ist rein ...“

„Das reicht bestimmt nicht für Rollschuhe“, dachte ich bei mir.

Es war nicht gelogen. Großmutter hatte mir sogar das *Vaterunser* eingetrichtert. Ich denke, das geschah eher im Auftrag meiner „flüchtigen“ Mutter, damit ich nicht völlig den Ungläubigen anheim falle.

Ich konnte das *Vaterunser* aus dem Stand und fehlerfrei. Wenn ich nun noch den Besuch eines Gottesdienstes absolvieren würde, wären schon alle Bedingungen erfüllt? „Das läßt sich sicher einrichten“, dachte ich.

Es muß ein Adventssonntag gewesen sein, an dem ich schließlich in der Kirche saß. Auguste und Paul zur einen Seite. Ja, Paul!

In der Adventszeit gab es auch für ihn kein Entrinnen.

Zur anderen Seite saß meine mutmaßliche Wohltäterin mit Gefolge. Von der Predigt kann ich nicht viel berichten. Die Lieder zwischendurch waren mir unbekannt, bis auf die Weihnachtslieder. Von Musik hatte ich aber so viel Verständnis in den Genen, daß mir der Orgelspieler leid tat. Von Takt halten konnte man nun nicht sprechen. Er hatte alle Mühe, den elendig hinterherschleppenden Gesängen der

Gemeinde einen Rest von Feierlichkeit zu erhalten. Vom Geheule der alten Weiber neben mir verstand ich immer nur ein Wort:

„Jäähhsu, Jää-hää-su.

Wieviel „Jäähhsu" würden meine Rollschuhe noch entfernt sein?

Heilig Abend wären sie vielleicht da, aber wie käme ich aus dieser Nummer wieder heraus? Meine Befürchtungen erledigten sich von selbst, als sich just zum heiligen Fest folgendes begab:

Am zweiten Feiertag waren wir bei Paul und Augustes Eltern herzlich eingeladen. Es war ein unbeschwerter Nachmittag. Streuselschnecken gehörten der Vergangenheit an. Großvater und der „Alte" hatten inzwischen immer mal wieder von dessen selbstgemachtem Wein gekostet. Unser Aufbruch am Abend hätte der harmonische Abschluß des Tages sein können, wenn nicht ...

Im Korridor half man sich gegenseitig in die Mäntel. Da der Korridor relativ eng war, stand meine Großmutter noch zwischen Tür und Angel, so jedenfalls, daß sie für meinen Großvater schlecht „einsehbar" war. Das hielt der „Alte" für den geeigneten Moment, um sein persönliches weihnachtliches Glockenläuten zu zelebrieren ...

In „erweiterter Hilfestellung" half er meiner Großmutter zunächst galant in den Mantel, um bei der Gelegenheit vermeintlich unauffällig ihre recht ordentlichen „Glocken" zu bedienen!

Meine Aufmerksamkeit wurde erst durch das klatschende Geräusch einer saftigen Ohrfeige auf den Tatort gerichtet. Die Tat selbst entzog sich mir leider wegen meines ungünstigen Blickwinkels.

„Um Gottes willen, Vater", rief Onkel Paul, wobei er in letzter Sekunde meinen bereits in der Einflugschneise waagerecht in der Luft liegenden Großvater knapp vor dem Ziel notlanden konnte. Sein beherztes Eingreifen rettete den „Alten" vor dem Würgegriff meines Opas.

Auf dem Heimweg hörte ich von meinen Großeltern Wörter, die ich bis dato noch gar nicht gekannt hatte. Jedenfalls waren die Rollschuhe im Kasten – und dieser wiederum unter meinem Arm.

Danach war für Monate Funkstille zwischen den Schwiegereltern.

Ich profitierte von diesem Vorfall, indem mir keine weiteren Beweise bezüglich meiner Frömmigkeit abverlangt wurden.

Fünftes Kapitel

Einschulung mit Hindernissen

War das ein heißer Juli. Die letzten Wochen hatte ich nur am See verbracht. Beim Frühstück schmierte mir Oma gleich zusätzlich vier Klappstullen mit Margarine und Marmelade, denn oft kam ich nicht einmal zum Mittag nach Hause. Unser Badesee war der größere, flache am Stadtrand. Opa kannte diesen See wie seine Westentasche. Er sagte immer: „Wenn man sich auskennt, kann man den See durchwaten, ohne daß die Schultern naß werden."

Als Kind habe ich das so geglaubt, und völlig Unrecht hatte Opa auch nicht. Unweit der Badestelle war jedoch ein kleines Hafenbecken für den Güterverkehr zu Wasser und damit durchquerte eine ausgebaggerte Fahrrinne den See. Man konnte also tatsächlich von unserem kleinen Hafen aus durch Schleusen und Kanäle mit einer geeigneten Yacht in die Weltmeere gelangen. Ist das nich'n Ding?

Für uns Kinder hatte dieser See den Vorzug einer langen, flachen Uferzone. Wir konnten unbekümmert herumtoben, ohne daß die Gefahr bestand, einen Schritt zu weit ins Tiefe zu machen.

Der andere See in der Stadt war das genaue Gegenteil. Hier mußte man unbedingt schwimmen können, denn schon nach fünf Schritten war man unter Wasser. In der Mitte soll er über dreißig Meter tief sein. Im Volksmund hieß es immer: „Da paßt der Kirchturm rein."

Das stimmt aber nicht. Dazu fehlen noch einige Meter.

So lagen wir in der brütenden Hitze dicht an dicht auf der großen Liegewiese neben kompletten Familien. Es gab sogar einen Bademeister und einen kleinen Kiosk. Die Brause kostete 21 Pfennige, so viel hatte ich meistens dabei, und die Rolle „Sportkeks" 30 Pfennige. Manchmal gab es auch Eis. 10 Pfennige eine Kugel Vanille und 20 Pfennige eine Kugel Schoko. Dann standen die Leute in langer Schlange an, und nach einer halben Stunde war Feierabend. Ich glaube, es war das letzte oder vorletzte Jahr Badespaß, denn die Wasserqualität sank durch die geringe Tiefe des Gewässers und die angrenzende veraltete Kläranlage so stark ab, daß der See verschlammte und für den Badebetrieb gesperrt werden mußte. Ich kann jedenfalls behaupten, einer von den letzten gewesen zu sein, die dort noch gebadet haben.

Es wurde August und meine Einschulung im September nahte. Eine Woche vor diesem wichtigen Termin wurde ich krank.
Ich lag bei schönstem Sommerwetter im Bett und hatte fürchterliche Bauchschmerzen. Ich konnte nur noch trinken, und auch das kam manchmal wieder heraus. Bei unklaren Unterbauchbeschwerden tippen die Ärzte auch heute noch gern auf den Blinddarm. Das war er diesmal jedoch nicht. Was es war, blieb unklar.
Zwieback, Tee und Bettruhe heilen fast alles – aber eben nicht in jedem Fall termingerecht.
Am Morgen des großen Tages stand meine Schultüte an meinem Bett bereit. Sie war eine Nummer kleiner als eine „normale", dafür aber mit reichlich bunten Süßigkeiten aus einem Paket meiner Eltern gefüllt, aus'm Westen also.
Nein, so ging es einfach nicht. Ich war blaß und stand wackelig auf den Beinen. Also mußte ich schließlich doch zu Hause bleiben. Man kann darum sagen, ich hatte nie eine richtige Einschulung!
Ein paar Tage später war es dann endlich so weit. Ich schulterte meinen Ranzen. Darin eine Federtasche aus Holz, einen sogenannten Griffelkasten, in diesem zwei Bleistifte. Großmutter hatte im Schreibwarenladen zwei Hefte gekauft. Eines zum Schreiben und eines fürs Rechnen. Sie hätte auch fragen können, was man denn in der ersten Klasse für Hefte benutzt. Bei ihrem Bildungsstand ließ sie sich da aber auch nicht groß reinreden. Wie mit der Marmelade:
„Was gibt's heute?" – „Vierfrucht!" – „Die nehmen wir."
Großvater gab mir auch noch einen guten Rat mit auf den Weg:
„Fünf Minuten vor der Zeit ist des Soldaten Pünktlichkeit."
Auf zur Schule: Pünktlich fünf Minuten vor acht Uhr stand ich vor dem Schulgebäude. Es war wie ausgestorben. Keiner da?
Ich ging die Treppen zum Haupteingang hinauf, schließlich war das

die Tür zur Schule. Daß dieser den Lehrern vorbehalten war und die Schüler sich auf dem Schulhof zu sammeln hatten, konnte ich ja nicht wissen. So stand ich ratlos im großen Flur des Gebäudes. In der Mitte befand sich eine breite Treppe. Links und rechts von mir sah ich zwei lange Korridore mit vielen Türen. Ich suchte mir eine aus und klopfte brav an: „Herein!" Das erste Mal blickte ich in eine Schulklasse.

Da waren drei Bankreihen und vorne ein Tisch mit einer Frau, die aufstand und mir entgegen kam.

„Na, hast du dich verlaufen?", fragte sie mich.

„Ich – ich soll hier zur Schule gehen", stammelte ich verunsichert.

Großes Gelächter bei den anderen.

Gleich vorne in der ersten Reihe saß Rolf, einer von der Großfamilie aus unserem Haus, und grinste mich an.

„Ruhe!", rief die Frau. Dann wandte sie sich wieder mir zu.

„Du bist also ein ABC-Schütze und möchtest gleich mit der sechsten Klasse beginnen?", dabei lächelte sie nun auch ein bißchen amüsiert.

„Und warum kommst du eigentlich erst jetzt?"

„Der Unterricht beginnt um dreiviertel acht!", fragte sie weiter.

„Na, meine Oma hat gesagt ..."

Wieder ein Riesengelächter. Ich wurde noch ein Stück kleiner.

Langsam wurde mir die Sache recht peinlich.

„Ruhe!", rief die Frau nun richtig laut.

„Dann komm' mal mit, du gehörst doch bestimmt in die erste Klasse."

Jetzt nickte ich nur noch.

Wir gingen zusammen den Gang hinunter bis zur letzten Tür. Dort klopfte die Frau an. Ohne abzuwarten öffnete sie diese. Hier wieder die gleiche Situation. Diese Kinder paßten aber schon besser zu mir, und ich erkannte auch sofort einige Spielkameraden.

„Frau Kollegin", sagte meine Begleiterin, „hier habe ich einen Nachzügler für sie." – „Ach, du bist sicher der Günter?" fragte diese, „bist du wieder gesund?" Ich nickte. „Dann setz' dich mal neben den Manfred in die Bankreihe am Fenster", fuhr sie fort, „wir haben jetzt Deutschstunde. Ich bin Fräulein Jahnke, deine Klassenlehrerin."

„Hast du denn schon Schulbücher bekommen?", war die nächste Frage.

„Nein", antwortete ich. „Dann komm' mal in der Pause zu mir. Ich gebe dir deine Bücher und einen Zettel mit den Dingen, die du dir auch noch besorgen mußt."

Fräulein Jahnke war eine hübsche junge Frau. Sie war nicht verheiratet, hatte aber zwei Töchter, von denen eine in dieser Klasse war. Eigentlich war Fräulein Jahnke dann ja wohl eher eine Frau Jahnke, aber in den fünfziger Jahren koppelte man die Anrede noch üblicherweise an den Familienstand. In der großen Pause bekam ich jedenfalls meine Bücher und erfuhr von meinen Klassenkameraden die allgemeinen Gepflogenheiten. Wenn ich mich recht erinnere, waren es nur drei Bücher: Lesen, Rechnen und Heimatkunde.

Am nächsten Morgen lief es dann schon besser. Um halb acht stand ich vor unserer Haustür. Vom unteren Ende der Straße kamen Dietmar, Friedrich und ein Karl-Friedrich herauf. Vom Haus gegenüber stieß Sönken dazu und Klaus von zwei Häusern weiter. Schließlich gesellten sich noch Lothar und ein weiterer Klaus zu uns.

Sieben Erstklässler in meiner Klasse allein aus unserer Straße. Es gab aber noch zwei weitere erste Klassen an unserer Schule!

Kindermangel hatte der Osten wahrlich nicht.

Auf dem Schulhof angekommen, wurde sich brav klassenweise in Zweierreihen aufgestellt und gewartet, bis der Lehrer uns ins Schulgebäude und weiter in den Klassenraum führte.

Gleich in der nächsten Deutschstunde machte ich mich bei Fräulein Jahnke „beliebt". Ich hatte eine vorlaute Klappe. Eine Eigenschaft, die mich während meiner gesamten Schulzeit auszeichnete und die mich manche Sympathie bei bestimmten Lehrern gekostet hat. Frech war ich, denke ich, dabei aber kaum. Meinen Einwürfen konnte man ein gewisses Niveau nicht absprechen. Aber das, oder gerade das, nervte so manchen „humorlosen" Pauker.

Später, in den höheren Klassen, hatte ich aber auch durchaus einige „Anhänger" unter den Angehörigen des „Lehrkörpers".

Jedenfalls überschlug ich in der ersten Deutschstunde in meinem Lesebuch die ersten Seiten verbunden mit der „öffentlichen" Durchsage: „So was Leichtes kann ich schon lange."

Da hatte ich doch tatsächlich mit Bewunderung gerechnet ...

In der darauffolgenden Rechenstunde beließ ich es bei einer weniger aufsässigen Bemerkung: „Rechnen bis zur Zehn is' ja einfach."

Auch das brachte mir in dieser deutlich zurückhaltenden Form nicht *die* Anerkennung. Jedenfalls nicht beim „Lehrkörper".

Damals bekamen wir noch sogenannte Kopfnoten. Das waren die Zensuren für Betragen, Ordnung, Fleiß und Mitarbeit. Meine Note fürs Betragen stieg zu keiner Zeit über die Dreiermarke und Ordnung war was für Leute, die mit ihrer Zeit nichts Besseres anzufangen wußten. In den unteren Klassen hatte ich aber sonst nur Einsen auf dem Zeugnis.

Ein besonderes Ereignis darf nicht unerwähnt bleiben:

Am 4. Oktober 1957 brach das Raumfahrtzeitalter an. In der UdSSR war im Kasachischen Baikonur eine Trägerrakete mit dem ersten künstlichen Erdtrabanten Sputnik 1 erfolgreich gestartet. Das war ein echtes Weltereignis. Den gesamten Tag über konnte man im Radio das Piepen, die Funksignale des ersten künstlichen Erdtrabanten, hören.

Der Osten feierte auf allen Radiostationen, und der sich immer so überlegen dünkende Westen war bis ins Mark erschüttert.

Also die Russen nu' wieder ...

Und noch ein weiteres Ereignis stand wenige Wochen später an:

Am 7. Oktober, dem Tag der Republik, gab es auf unserem Schulhof einen großen Fahnenappell. Der Direktor hielt eine Ansprache und der Pionierleiter, Meister Lampe, eine glühende Rede. Danach wurden wir Erstklässler Jungpioniere. Wir bekamen das blaue Halstuch. Die weiße Pionierbluse mit dem Emblem auf dem Ärmel mußten wir uns selbst kaufen. Die Anschaffungskosten dafür waren jedoch vom Staat für sehr gering „befohlen" worden.

Ich fand das „Outfit" damals äußerst bedeutsam und habe das sehr gern angezogen. Mein Großvater bemerkte dazu: „Das haben meine drei Bengel auch gern angezogen. Bei denen war das Hemd allerdings nicht weiß und ein Koppel mit Tragegestell nebst einer schicken Armbinde gab es auch noch dazu."

Das Jahr neigte sich wieder einmal seinem Ende entgegen.

Wenige Wochen vor dem Winteranfang wurde unsere Familie größer.

Mein zweiter Onkel kehrte aus der „Fremde" zurück und zog mit in unsere Wohnung ein. Ich wußte zwar, daß es ihn gab, jedoch war er vorher immer nur kurzzeitig auf Urlaub bei uns gewesen und daher in meinem Gedächtnis nicht so präsent. Onkel Karl war als Erzieher im Jugendwerkhof in Blücherhof tätig. Das Schloß Blücherhof ist eine barocke Anlage am Malchiner See in der „Mecklenburgischen Schweiz" und diente von 1950 bis 1961 als Heim für verwahrloste bzw. elternlose Jugendliche. Ihm wird geschwant haben, daß diese Einrichtung in wenigen Jahren geschlossen werden würde, und so besann er sich rechtzeitig auf seinen ersten Beruf. Eigentlich war er nämlich Musiker: Klarinette und Saxophon. Mit ihm zog nun die Musik aktiv in unser Haus ein. Onkel Karl hatte umgehend Kontakt zur hiesigen „Szene" und spielte zunächst in den verschiedensten Tanzkapellen mit.

Davon gab es in den Fünfzigern reichlich.

Zunächst jedoch wurde es mal wieder Weihnachten.

Ich besitze noch ein altes Fotoalbum, in dem hinten mein Wunschzettel aus dem Jahr 1957 eingeklebt ist:

„Lieber Weihnachtsmann, ich wünsche mir einen Elektrobaukasten."

Darunter ein Tannenzweig mit Weihnachtsbaumkugel und brennender Kerze, original handgemalt. Mein Interesse an der Elektrizität war schon früh geweckt worden, als ich einmal aus Langeweile mit einem Nagel an der Steckdose herumspielte. Es blitzte und gab einen Knall. Die Sicherung flog raus und sogar Opa schimpfte mit mir.

Der Schreck war groß – das Interesse an dieser geheimnisvollen Kraft blieb. Am Heiligabend bekam ich den gewünschten Elektrobaukasten. Onkel Paul und Onkel Karl schenkten mir gemeinsam einen Kaufmannsladen. Ich erinnere mich an diesen Abend recht genau. In diesem wundervollen Elektrobaukasten fand sich alles, was man zur Elektrifizierung eines Kaufmannsladens benötigte. Onkel Karl bremste mich: „Wir gehen beide morgen vormittag zu Onkel Ali", zu einem seiner Musikerkollegen, der war gelernter Elektriker.

Ich konnte es kaum erwarten, sah aber ein, daß ich praktisch überhaupt keine Ahnung hatte, wie denn die kleinen Schalter, Lämpchen und Steckdosen richtig mit der Batterie verbunden werden sollten.

Am ersten Weihnachtsfeiertag zogen wir dann tatsächlich zu „Ali" los. Dort angekommen, gab es erstmal einen Schluck. Onkel Karl entdeckte nämlich nicht nur die Leidenschaft des Musizierens neu, sondern auch die des Trinkens, und zwar Alkohol – und davon reichlich. Eigentlich muß man ehrlicherweise sagen: Er soff.

Gut zwei Stunden bohrte und schraubte „Onkel Ali" mit mir an meinem Kaufmannsladen, und ich begriff das erste Mal, was ein geschlossener Stromkreis ist. Auf dem Nachhauseweg war mein Baukasten fast leer, dafür war Onkel Karl voll. Wir brauchten die gesamte Breite unserer Straße. Ich fand das nicht so sonderbar, denn „Besoffene" gehörten damals nicht selten zum Straßenbild und machten uns Kindern viel Freude. Großmutter schimpfte fürchterlich, und Onkel Karl wiederholte einfach nur mit zugekniffenem Gesicht seinen Lieblingssatz: „Wieso denn?"

Was seine Mutter ihm auch vorwarf, immer nur: „Wieso denn?"

In meinem Kaufmannsladen brannte jedenfalls ab sofort Licht!

Bei Onkel Karl war gerade die letzte Lampe erloschen!

Oma brachte ihn ins Bett!

Wütig war er allerdings nicht veranlagt: „Wieso denn?"

Das erste Halbjahr der zweiten Klasse verging ohne größere Besonderheiten. Mein schulischer „Durchbruch" war ein kleiner Deutschaufsatz. Das Thema war uns freigestellt. Ich schrieb von einer kleinen Meise, welche ich über den Winter gefüttert und die mich dafür im Frühjahr mit ihrem Gesang reichlich belohnt hatte. Das muß wohl zum Herzerweichen schön gewesen sein, denn ich bekam nicht nur eine Eins, sondern Fräulein Jahnke schrieb noch extra „sehr gut" darunter.

Ein „summa cum laude" also, wie der Lateiner sagt.

Im Juni 1959, kurz vor meinen zweiten Sommerferien, bahnte sich in unserer Familie die nächste Hochzeit an.

Onkel Karl brachte eines Morgens ein junges Mädchen mit zu uns nach Hause. Sie war erst siebzehn Jahre alt und kam aus einem kleinen Dorf „gleich um die Ecke". Er hatte sie bei einem seiner zahlreichen Einsätze auf dem „Dorfbums" kennen gelernt. Wenn auf unseren Dörfern Feste angesagt waren, und in der DDR waren bei jeder sich bietenden

Gelegenheit Feste angesagt, fand dieses immer unter Mitwirkung von Tanzkapellen statt. Man nannte das bei uns „Dorfbums" und meinte damit auch das zumeist eher weiter unten angesiedelte Niveau solcher Veranstaltungen. Trinkgelage wäre die treffende Beschreibung.

Ein Großteil der damaligen Tanzkapellen fügte sich in dieses Niveau auch mühelos ein. Die Tanzkapelle meines Onkels gehörte aber durchaus schon in die höhere Liga.

Jedenfalls muß der Wunsch der jungen Dame recht groß gewesen sein, aus ihrem Dorf möglichst rasch „weggeheiratet" zu werden. So schlug sie dann auch einen 22 Jahre älteren Bräutigam nicht aus. Mein Onkel Karl war zu dieser Zeit bereits 39 Jahre alt!

Ursula stellte sich bei uns mit einem kleinen Knicks vor. Sie hatte kurze blonde Haare, trug ein leichtes Sommerkleid mit Petticoat und war insgesamt gut anzusehen. Genau das war auch Großvater anzusehen, daß er sie ansehenswert fand. Ursula war aus dem Stand heraus „genehmigt". Auch ich war begeistert. Großmutter nich'!

Hans war ein Mann und Ursula war ein Kind – Punkt.

Ursulas offenes fröhliches Wesen brachte ein wenig mehr Sonnenschein in unser Haus. Trotzdem versagte meine Oma dieser Beziehung ihren Segen. Das ging sogar so weit, daß sie an der Hochzeit nicht teilnahm. Diese fand recht schnell in den letzten Augusttagen in ihrem kleinen Dorf statt. Vorher mußte allerdings noch beim Standesamt eine schriftliche Einverständniserklärung der Brauteltern vorgelegt werden. Vor dem Gesetz galt Ursula noch als minderjährig. In der DDR war man jedoch bereits im Alter von 18 Jahren volljährig. Die wenigen Monate hätten die Heiratswilligen wohl noch gut warten können. Sie wollten aber nicht, und der Staat wäre der Letzte gewesen, der einer sozialistischen Eheschließung Steine in den Weg gerollt hätte.

Paul und Auguste, Opa und ich nahmen jedenfalls am Fest teil.

Ursulas Eltern besaßen ein kleines Bauernhaus mit Hof und Garten, Stallungen und Misthaufen. Die Hühner guckten in der Küche zu, wie ihre Eier im Kuchenteig verschwanden. Die Milch benötigte keine zwanzig Schritte vom Erzeuger zum Verbraucher. Für meine Oma wäre das in der Tat ein wenig zu naturbelassen gewesen, obwohl unser Heim auch kein Vorzeigeobjekt für Reinlichkeit war. So wurde es dann eine echte Bauernhochzeit mit viel Essen und noch mehr Trinken. Hier gab es keinen Standesdünkel und keine Distanzen – alles war echt.

In meinem Album sind von diesem Fest einige kleine 6 x 6-Fotos. Ich, in meinen kurzen Lederhosen und fettiger Tolle, neben Ursula im Brautkleid. Opa mit Ursula im Arm. Gruppenbild ...

Kurz vorher war in unserem Haus eine Wohnung frei geworden. Ruthchen, das war die, die meiner blauen Raupe mit den roten Rädern ihren Respekt versagt hatte, zog weit weg – fünf Straßen weiter, um genau zu sein. In diese Wohnung zogen Ursula und Karl. Sie gehörte nun zu meiner unmittelbaren Umgebung und war nur 8 Jahre älter als ich! Also eher Spielkameradin als Tante. Bald verstand sich auch Großmutter recht gut mit ihrer neuen, viel zu jungen Schwiegertochter.

Im September begann für mich die dritte Klasse. Das Jahr nahm seinen Lauf. Weihnachten feierten wir diesmal mit zwei Schwiegertöchtern, was für unseren großen Tisch im Wohnzimmer kein Problem war.

Karl gründete eine größere Tanzkapelle mit ausgesuchten Musikern, darunter auch Profis aus unserem durchaus nicht unbekannten Theater. Weiterhin engagierte er sich in der Kulturarbeit. Er wurde Mitglied der Einstufungskommission für Laientanzkapellen und leitete die zentrale Anlaufstelle für deren Einsätze. Hierfür bekamen wir ein Telefon!

Warum ich das erwähne? Wir schrieben das Jahr 1960. Private Telefone waren eine Seltenheit! Wir hatten die Nummer 407. Eine dreistellige Telefonnummer in einer Stadt mit 27. 000 Einwohnern!

Wie oft habe ich den Hörer abgehoben und mich gemeldet: „Ja, hier ist der Apparat 407, Musikvermittlung ... Nein, mein Onkel ist nicht da. Soll ich ihm was ausrichten? Moment, ich schreib' auf!"

Mann, ich war vielleicht wichtig.

Karl und Ursula lebten anscheinend recht glücklich miteinander. Gern war ich stundenlang bei den beiden. Wir machten Spaziergänge und fuhren im Sommer mit einem Ruderboot auf unserem flachen See. Wenn Karl in unserer Stadt mit seiner Tanzkapelle auftrat, gingen Ursula und ich regelmäßig dorthin. Meist saß ich dann fasziniert am Bühnenrand und *mein* Onkel zählte den Takt ein. Da wollte ich wohl gern dazugehören. Mit meinem kleinen Banjo war hier jedoch nichts auszurichten. Die spielten auch alle nach Noten! Vielleicht besser, ich würde erstmal *das* lernen.

Jedenfalls bekam die Musik innerhalb meiner vielfältigen Interessen nun einen noch höheren Stellenwert. *Das* wollte ich später unbedingt auch machen! Wenn Onkel Karl zu Hause probte, saß ich nun regelmäßig neben ihm. Er zeigte mir, wie man das komplizierte Gebilde Klarinette auseinandernahm und wieder zusammensetzte. Manchmal durfte ich die Klarinette sogar mit auf unseren Hof nehmen. Meistens war ich dann von Kindern umringt, während ich probierte, ihr Töne zu entlocken. Um sein Instrument mußte sich Onkel Karl keine Sorgen machen. Ich ging damit immer sehr verantwortungsvoll um. Niemals hätte ich die Klarinette aus der Hand gegeben. Trotzdem war es von ihm eine didaktische Fehlleistung. Einen „angehenden Holzbläser" läßt man nicht mal so probieren, sondern zeigt es richtig oder läßt es lieber. Schnell trainiert man sich dabei Falsches an, was nur mühevoll zu korrigieren ist. Meine späteren Lehrer waren allerdings auch nicht besser.

Am 10. Juni 1960 erwachte ich in der Frühe. Ein wohlbekannter Duft durchströmte das Schlafzimmer – wie die Jahre zuvor. Auf der alten Kommode stand unsere große bunte Vase mit Pfingstrosen. Darunter lag, geziert von einer kleinen weißen Schleife – Opas Banjo!
„Herzlichen Glückwunsch zu deinem zehnten Geburtstag, mein Junge", sprach Opa. „Du kannst auf dem Banjo inzwischen besser als ich spielen, und so soll es nun dir gehören – paß gut darauf auf!"
„Ja, Opa!"
Eine kleine Schachtel, in Geschenkpapier gehüllt, lag ebenfalls unter dem Blumenstrauß. Wahrscheinlich ein Füllfederhalter? Nein, war es nicht. Es war eine Armbanduhr! Das Geschenk von Karl und Ursula. Um ein ähnliches Gefühl zu erzeugen, müßte man mir heute schon ein Auto schenken. Eine Armbanduhr! – In Zukunft würde ich also auf der Straße, so circa alle zwanzig Schritte, die genaue Uhrzeit kennen. Dazu müßte ich zuerst meinen linken Arm weit hochstrecken, damit der Hemdsärmel hochrutschen kann, um dann einen längeren Blick

auf das Zifferblatt richten zu können. Ich könnte dabei auch eventuell noch stehen bleiben? Auf jeden Fall übte ich diese beeindruckende Geste schon mal ein. Und auf dem Schulhof erst ...

Karl und Ursula sollten nicht einmal ihren ersten Hochzeitstag gemeinsam feiern. Gar keinen – um genau zu sein. Nach knapp einem Jahr Eheglück hatte sich Karl wieder seinem „Freund", dem Alkohol, zugewandt. Er kam vom Spielen immer öfter völlig besoffen nach Hause. Eines Morgens fiel Ursula mit verheultem Gesicht meinem Opa in die Arme. „Was ist denn, mein Mädchen?"
„Karl ist vom Spielen nicht nach Hause gekommen. Eben waren zwei Polizisten bei mir. Karl sitzt im Gefängnis!"
Opa hielt Ursula im Arm. Oma wurde blaß. Bevor sie es im Detail erfuhr, wußte sie es eigentlich schon. So, wie sie immer alles wußte oder ahnte. Diese Verbindung konnte einfach nicht gut gehen.
Was war geschehen? Karl hatte sich auf dem Tanzboden in seinem Suff ein minderjähriges Mädchen gegriffen und versucht, es auf die Toilette zu zerren. Es soll allerdings zu keinem „richtigen Übergriff" gekommen sein, weil andere Leute dazwischen gingen. Ob Karl in seinem Suff überhaupt hätte „übergreifen" können? Das alles spielte für das Gericht nicht die entscheidende Rolle. Er bekam dafür zwei Jahre Zuchthaus in Bützow. Bezeichnend für unsere Justiz war, daß der Täter vom Tatort in den Knast wanderte! Das war eine gute Lösung, denke ich. Die Sicherheit der Bevölkerung hatte absoluten Vorrang.
Was ich bis heute nicht weiß: Könnte es sein, daß er die Tätigkeit als Erzieher in Blücherhof gar nicht freiwillig aufgegeben hatte? Vielleicht hatte er eine Neigung zu Minderjährigen? Oma und Opa könnten das gewußt haben – oder auch nicht.
Nichts war mehr wie vorher. Ursula fing bald darauf ein Lotterleben an. Sie wohnte ja nun allein in der Wohnung über uns und pflegte wechselnde Männerbekanntschaften. Als ob es meine Großmutter nicht geahnt hätte, was in „dieser Person" steckte.
Bis zum Umgangsverbot mit Ursula ging Oma nicht. Ich sollte jedoch nicht „verdorben" werden. Trotzdem schlich ich regelmäßig auf leisen

Sohlen die Treppe zu ihr hinauf. Bei ihr roch es immer wunderbar nach Kaffee und Zigaretten. Sie hatte einen Sinn für Gemütlichkeit. Zudem hatte sie ein besseres Radio als wir und empfing Radio Luxemburg und den Soldatensender. Mein Musikgeschmack befand sich noch auf „Schlagerniveau" – damals.

Zwangsläufig lernte ich auch so manchen ihrer „Freunde" kennen. In der Rückbesinnung würde ich inzwischen dann aber auch eher „Freier" sagen wollen – vielleicht war es mal so und mal so. Vom Busfahrer bis zum russischen Offizier war alles dabei. Unter irgendeinem Vorwand schickte mich Ursula dann manchmal irgendetwas holen. Bei meiner Rückkehr war die Tür dann verschlossen. In „solchen Dingen" war ich eben noch so richtig unbedarft – mit meinen zehn Jahren.

Auf jeden Fall brachte sie es nicht über das Herz, mich einfach zum Gehen aufzufordern, was sie ja auch hätte tun können.

Die dritte Klasse verging wie im Flug. Ich war ein sehr guter Schüler und mußte kaum lernen, praktisch gar nicht. Das Einzige, was ich wirklich gepaukt habe, war das 1x1, und zwar bis zur Zwölf. Oma sagte: „Mein Junge, neben einer sauberen Muttersprache ist das 1x1 das Wichtigste im Leben." Die Zahlenreihen sitzen bis heute, vorwärts und rückwärts. Im September 1960 begann für mich die letzte Klasse der Unterstufe, die vierte Klasse. Unsere Schule war so überfüllt, daß einige Klassen der Unterstufe, auch meine Klasse, „ausgelagert" wurden. Wir hatten den Unterricht im Pionierhaus. Dort waren zwei Klassenräume eigens für diesen Zweck hergerichtet worden. Das Pionierhaus war sozusagen unser Freizeitpark. Arbeitsgemeinschaften hatten dort ihr Zuhause und es gab einen Kinosaal und die Pionierbibliothek. Daß das alles ohne Geld ablief, war für uns Kinder des Ostens eine Selbstverständlichkeit. Die FDJler wiederum hatten ihre eigene Heimstatt, das Klubhaus der Jugend, eingegliedert in das Kreiskulturhaus.

Der Unterricht im Pionierhaus war jedenfalls eine feine Sache. Alles lief dort entspannter ab. Wir unterbrachen sogar den Unterricht, wenn die Etappenberichte unserer Friedensfahrer durchgesagt wurden. Es war Täves Zeit. Seine heroische Tat, auf seinen eigenen Etappensieg zugunsten der gesamten Mannschaft zu verzichten, paßte genau in das Sportlerbild unserer DDR. Heinz Florian Oertel heulte fast ins Mikrofon vor Rührung – und wir mit.

Dieser Geist – zuerst kommt mal meine Mannschaft und dann erst „Ich" – dürfte in der neuen Bundesrepublik Deutschland erfolgreich ausgerottet sein. Dafür keinen Glückwunsch!

In der letzten Musikstunde, kurz vor der Zeugnisausgabe, bekam unsere Klasse Besuch. Zwei Vertreter der Kreismusikschule, eine Dame und ein Herr, hielten eine kleine Ansprache. Sie waren auf der Suche nach geeigneten Musikschülern. Wer denn dazu Lust hätte, war die Frage. Ich meldete mich und sagte, daß ich bereits Mandoline und Banjo spielen könne und auch auf der Klarinette meines Onkels leichte Melodien hervorbrächte. Meine Musiklehrerin nickte, gab aber zu bedenken, daß das Probleme bereiten könne, denn die Musikschule war nicht völlig kostenfrei. Durch die Hausbesuche kannte sie unsere finanzielle Lage recht gut. „Darüber reden wir nochmal in der Pause", sagte Fräulein Dehn, so hieß die Dame von der Musikschule. Kann sein, daß wir auch dafür eine Lösung finden. Ich glaube mich zu erinnern, daß ich der Einzige in der Klasse war, der ein Interesse bekundet hatte.

Wenige Tage später hatten wir eine Einladung von der Direktion der Kreismusikschule im Briefkasten. Opa zog seinen dunkelbraunen Anzug an, den einzigen, den er besaß, und nahm mich an die Hand. Er trug *mein* Banjo unter dem Arm und ich die Klarinette von Onkel Karl. Erklärend muß ich hinzufügen, daß es zu der Zeit kein alleiniges Gebäude gab, an dem Kreismusikschule stand. Die einzelnen Unterrichtsräume waren über die Stadt verteilt. So wurde der Probensaal des Theaters genutzt, einige Räume im Kreiskulturhaus, und einige Lehrer unterrichteten auch in ihren privaten Wohnungen.

Die Direktorin empfing uns ebenfalls in ihren Privatgemächern, in denen sie auch Gesangsunterricht gab. Die Wohnung befand sich in einem der vielen alten Herrschaftshäusern unserer Stadt mit großen Zimmern und hohen Decken. Nach dem Anklopfen betraten wir ein recht großes Zimmer. Lange, halb zugezogene Vorhänge an den hohen

Fenstern und dicke Teppiche auf den Dielen sollten wahrscheinlich den Schall dämpfen. In der Mitte stand ein großer schwarzer Konzertflügel. An seinen Tasten saß eine beachtliche Dame reiferen Alters.

„Charlotte Pfeiffer", donnerte sie uns entgegen.

„Meine Herren ..."

Ohne große Umschweife kam ich auf den Prüfstand. Sie schlug einen Ton auf dem Flügel an und sagte: „Sing den mal nach!"

„Laaa." – „Hm, hm."

Dann schlug sie einen Akkord an, drei Töne zusammen, und fragte: „Erkennst du den Grundton?" Aber hallo: „Laaa."

Sie wieder: „Hm, hm."

Sie schlug einen weiteren Akkord an und sagte dann: „Singe bitte mal den Akkord als Arpeggio!"

Ich schaute Großvater an, der zuckte die Schultern. „Ach so", sagte Pfeiffers Charlotte, „das hast du also noch nicht gehört?"

„Nein", gab ich zu.

„Also", fuhr sie fort, „natürlich kannst du nicht alle Töne gleichzeitig singen, aber sicher hintereinander. Wir sagen dazu gebrochener Akkord oder eben Arpeggio." „Ach so", begriff ich, „ja, das kann ich."

Nachdem sie mich noch mehrere Male in Halbtonschritten in die Höhe getrieben und ich auch mühelos eine kleine Terz im Akkord erkannt hatte, sagte sie schließlich zu Großvater:

„Ja, der Junge ist recht musikalisch." Ich mache folgenden Vorschlag: „Der Günter bekommt hier bei uns zunächst mal eine Freistelle. Die kann ich aber nur für besonders begabte Kinder anmelden. Bereits im ersten Halbjahr müssen gute Leistungen nachgewiesen werden, sonst wird das wieder zurückgenommen! Sind Sie damit einverstanden?"

„Natürlich", sagte Großvater.

„Gut, dann kommen wir mal zum Instrument", fuhr sie fort.

„Du kannst Mandoline und Klarinette spielen?"

„Ja, Mandoline recht gut und Klarinette erst ein bißchen", gab ich zur Antwort. „Soll ich Ihnen mal was vorspielen?"

„Nein, brauchst du nicht, ich habe auch gleich eine Schülerin", antwortete sie. „Ich wollte mit dir nur den Gehörtest machen, alles andere ist Aufgabe der Lehrer. Da wir Saiteninstrumente reichlich haben, wäre es mir sehr recht, wenn du dich für die Klarinette entscheiden könntest, denn Holzbläser sind bei uns leider recht spärlich vertreten."

„Ja, gern", antwortete ich.

„Gut, unser Unterricht und auch die Ferien sind genauso wie in deiner Schule. Dein erster Klarinettenunterricht ist dann am Nachmittag des ersten September im Probensaal des Stadttheaters. Dein Lehrer ist der Herr Behrmann. Er ist der erste Klarinettist hier am Theater."

Ein warmer Händedruck folgte – ich war Musikschüler!

Kurz darauf standen wir wieder auf der Straße und mußten erstmal Luft holen. Großvater muß von der Forschheit der Dame wohl auch beeindruckt gewesen sein, denn ich hatte von ihm fast nichts vernommen. Nicht mal unser Duett waren wir losgeworden.

„Auf der Lüneburger Heide" hatten wir eingeübt, Großvater auf dem Banjo und ich die zweite Stimme auf der Klarinette.

Na ja – nun waren erst einmal die großen Sommerferien.

Zeit für Badespaß und acht Wochen Faulenzen.

Sechstes Kapitel

Großvater – unser letztes Jahr

Selig hatte ich bis in den frühen Vormittag hinein geschlafen.

Die Kinderschar hatte sich vor meinem Fenster versammelt, um das Tagesabenteuer auszuhecken. Durch die nicht unerhebliche Geräuschkulisse der Meute drang deutlich laute Musik. Diese kam nicht etwa aus irgendeiner Wohnung, das hätte anders geklungen, sondern direkt von unserem Hof. Raus aus den Federn und noch im Nachthemd aus dem Fenster geschaut.

Uwe, der drittälteste der Großfamilie, er war vier Jahre älter als ich, hielt oben aus dem Fenster einen „nackten" Lautsprecher an zwei Drähten einfach so in der Hand. Hellauf begeistert standen die Kinder unter seinem Fenster. Sie lauschten staunend der Vorführung des „Meisters", einschließlich seiner ausschweifenden Selbstbeweihräucherung. Rein in die Lederhosen und ...

An meiner Oma kam ich nicht vorbei. Daß ich auf die morgendliche Waschung in den Ferien oft verzichtete, erregte nicht unbedingt ihren Unmut, aber: „Ohne Stulle kommst du mir nicht aus dem Haus!" Sie drückte mir eine Klappstulle mit Schmalz bestrichen in die Hand und dazu eine Tasse heißen Muckefuck. Ich verbrannte mir die Zunge, kam aber trotzdem nicht mehr rechtzeitig. Das Ereignis war beendet. Uwe hatte das Fenster wieder geschlossen. Zur Befriedigung meiner Neugier blieb mir nur noch der Weg über eine Privataudienz. So klopfte ich dann eine Treppe höher an Uwes Wohnungstür:

„Na, Günna!"

„Kommt Uwe raus?", wollte ich wissen. „Ma seh'n, ich frach ma."

(Danke, Großmutter, daß du mich ordentlich sprechen lehrtest.)

„Uuwäää!"

Uwe erschien in der Tür. „Wie hast du denn das mit dem Lautsprecher gemacht?", wollte ich wissen. Uwe holte einen Schlüssel aus der Wohnung und genehmigte mir einen exklusiven Blick in seine Schatztruhe.

Es handelte sich um eine große alte Holztruhe, die von innen an den Holzdielen des Hausflurs festgeschraubt war. Als er dann den schweren Deckel lüftete, hatte ich, ähnlich wie bei einem Westpaket, so etwas wie einen Adrenalinstoß: Schalter, Steckdosen, kleine und große Glühlampen, Telefonhörer, Kabel verschiedener Farben und Werkzeug jeglicher Art und Größe lagen in dieser Kiste. Traumhaft! Alles war ordentlich sortiert und eingeordnet. Zuoberst lag der Lautsprecher. Ich war sprachlos. „Den habe ich aus dem alten Volksempfänger meiner Oma ausgebaut", erklärte mir Uwe. „Die hört sowieso nichts mehr."
„Und wieso spielt der von allein aus dem Fenster heraus?"
„Hier, guck mal", erwiderte Uwe und zeigte auf eine große Rolle Klingeldraht. „Damit habe ich den Lautsprecher an das Radio in unserer Stube angeschlossen!" – „Aha!" Ob das wohl mit unserem Radio auch gehen würde? Ich mußte diesen Lautsprecher haben. Die Drahtrolle natürlich auch. „Können wir vielleicht tauschen?", versuchte ich ihn zu überreden. – „Was hast du denn anzubieten?"
Ratlosigkeit. – Schließlich machte Uwe einen Vorschlag:
Ich hatte ein oder zwei Jahre vorher in einem Paket ein Modellauto mit einer Fernsteuerung bekommen. Natürlich war das keine Funkfernsteuerung. Diese wäre in der DDR auch nicht zulässig gewesen. Es handelte sich einfach um einen ein Meter langen Bowdenzug an einem Handstück. Mit diesem konnte man einen Vorwärts- und einen Rückwärtsgang direkt am Auto schalten und lenken natürlich auch. Man mußte allerdings hinterherlaufen. Das Auto wurde batteriebetrieben und diese war immer viel zu schnell leer. Ständig Batterien kaufen war bei unserer Finanzlage eine echte Belastung. So geriet das Auto bald aus dem Blickfeld, und Oma würde es gar nicht bemerken, wenn ich heimlich und fein säuberlich den Elektromotor ausbaute.
Auf *diesen* hatte es Uwe nämlich abgesehen!
Doch – ich zögerte schon. Schließlich war das ein recht wertvolles Geschenk meiner Eltern. Trotzdem, der illegale Akt war unvermeidbar. Das Auto sah ja auch weiterhin äußerlich unversehrt aus. Oma würde schon nichts merken. Wenn doch, könnte ja auch möglicherweise was kaputt gegangen sein. So besaß ich nun diesen magischen Lautsprecher

und dazu zehn Meter Draht von der großen Rolle. Wieder in unserer Wohnung angekommen, machte ich mich gleich ans Werk. Erklärtes Ziel war die Beschallung unserer Schlafstube. Hammer und Nagel her, los ging's. Unser Werkzeug aus der Schublade unter dem Küchentisch war spärlich und in einem jämmerlichen Zustand. Das mußte sich demnächst auch noch ändern.

Der Lautsprecher war schnell über der Tür montiert. Einen großen Nagel eingeschlagen und fertig war die Halterung! Den Draht zum Radio zog ich an der Decke entlang quer durch die Wohnstube. Solcherlei Tatendrang wurde durch meine Großeltern kaum ausgebremst. Wenn ich in den Türrahmen einen Nagel einschlug, weil ich „Kran" spielen wollte, schlug ich dort einen Nagel ein. Bei dem schlechten Allgemeinzustand unserer Wohnung, speziell der Türen und Fenster, machte eine Schramme mehr oder weniger „den Kohl auch nicht fett".

„Na, Günti, du hast doch schon wieder einen Plan?" Genau.

Als ich dann allerdings unser Radio umdrehte, um an die rückseitigen Anschlüsse zu gelangen, mußte ich schon noch eine beschwichtigende Erklärung abgeben: „Uwe hat das auch gemacht!" Na, dann. Es funktionierte. Dieser Tag war der Anfang meiner *zweiten* „Karriere".

Ich war jetzt „anerkannter" Elektrobastler.

Damit sollte ich zwanzig Jahre später viel Geld verdienen.

Der Sommer 1961 war kein Badesommer. Die langen heißen Tage fielen in diesem Jahr komplett aus. Der Torweg zwischen unserem Haus und dem des „reichen" Stellmachermeisters war eine beliebte Spielzone. Man bekam alles mit, was auf der Straße los war, und konnte noch auf die Torwege gegenüber blicken. Begann hier einer zu spielen, wuchs die Schar zusehends. Mädchen und Jungen spielten in unserem Alter noch viel gemeinsam. Beliebt war zu dieser Zeit das Hüpfen auf einem in den Sand geritzten oder mit Kreide auf die Gehwegplatten gemalten Muster. Die Spielregeln dazu wurden oftmals lautstark erörtert. Ebenso beliebt war auch das Murmelspiel. Dazu wurde eine flache Mulde gekratzt oder auch eine Blechbüchse in die Erde eingelassen. Zusätzlich benötigte man ein Säckchen eigener Murmeln. Das waren kleine bunte Steinkugeln oder auch die teureren Glaskugeln. Jeder machte aus einer festgelegten Entfernung einen Eröffnungswurf und versuchte, möglichst nahe an das Ziel zu gelangen. Danach wurden der Reihe nach die danebengegangenen Murmeln mit dem Finger in das Loch geschnippt. Gelang das nicht vollständig, war der Nächste dran.

Wer die letzte Murmel einlochte, bekam den gesamten Einsatz. Da es die verschiedensten Größen dieser Murmeln gab, wurde oft heftig diskutiert, was denn so eine Murmel letztlich wert sei. Für eine große „Steiner" mußte man drei kleinere „Steiner" als Einsatz gegenhalten. Die „Glaser" waren am wertvollsten. Das machte viel Spaß, wuchs sich aber manchmal in heftige Streitigkeiten aus, die durchaus tränenreich sein konnten. „Der hat meine ganzen Murmeln, huhuhu, das ist gemein." Jungs waren in der Regel nicht bei den „Heulsusen". Ich erinnere mich jedoch, einmal kurz davor gewesen zu sein:

In einem Paket meiner Eltern hatte ich u.a. Murmeln bekommen, die natürlich noch etwas schöner aussahen als unsere „Glaser".

Die „Ohhs" und „Ahhs" waren mal wieder auf meiner Seite.

Jedenfalls war ich nach kurzer Zeit fast alle meine „Westglaser" los und hatte statt dessen „Ostglaser" und „Steiner" in meinem Säckchen. Es kann durchaus sein, daß die Älteren mich ausgetrickst haben, wenn ich im Eifer des Gefechts mal nicht so genau auf den Gegner geachtet hatte.

Recht bedeppert verließ ich die Runde.

Irgendwie sah mir meine Oma an, daß ich seelische Qualen litt.

Schließlich rückte ich mit meinem Ungemach heraus.

Meine liebe Oma fällte ihr Urteil ohne Prozeß, quasi standrechtlich:

Die Bande hat meinen Günti beschissen!

Sie „fegte" über den Hof und befahl: „Los, die Murmeln wieder her!"

Der Ton duldete keinen Widerspruch. Meine Murmeln bekam ich zwar zurück, brauchte mich aber für diesen Tag nicht mehr bei den anderen blicken zu lassen. „Was spielst du auch mit den großen Bengels Murmeln, und dann auch noch mit den ‚Guten'."

Ja, was macht man denn mit Murmeln – murmeln?

Am nächsten Tag war die Sache schon kein Thema mehr.

Wir waren alle friedliche und ordentlich erzogene Kinder …

Nein, das nun wirklich nicht. In unserer Alterklasse gab es natürlich schon die gesamte Bandbreite der sogenannten Schichten, sozusagen im Anfangsstadium, jedoch bereits erkennbar.

Ebenso gab es einen ungeschriebenen Verhaltenskodex, welcher in der Regel auch von allen befolgt wurde. Wenn das fäkale Vokabular nicht mehr ausreichte, wurden auch mal die Fäuste zur Hilfe genommen. Das hatte seine Grenze dort, wo einer sagte: „Ich geb' auf" oder die Nase blutete. Dann war der Streit entschieden. Mit „Recht" mußte das trotzdem nichts zu tun haben. Mit Füßen stoßen war bei allen geächtet, ohne Ausnahme. Der Arschtritt war erlaubt – einer!

In den Ferien wurden die Abende oft recht lang. Die Kleineren wurden zur Sandmännchen-Zeit von der Straße gepfiffen. Ich war nun schon einer der Größeren. Nach dem Abendbrot gehörte die Straße bis zum Anbruch der Dunkelheit uns. Einige rasten mit ihren Fahrrädern auf dem Bürgersteig hin und her. Ausgewertet wurde die Länge der Bremsspuren, die sie bei einer Vollbremsung auf das Pflaster radierten. Dafür gab es dann auch mal einen „Katzenkopf" vom jeweiligen Vater. Der mußte schließlich die neue Bereifung bezahlen. Andere spielten Federball mitten auf der Fahrbahn. Ergänzend muß man hinzufügen, daß am Abend praktisch kein Verkehr mehr auf der Straße war. Sehr selten donnerte mal ein Russenauto die Fahrbahn entlang. Dann hieß es, vorsichtig sein. Die „Freunde" hatten ihre eigenen Vorstellungen von Verkehrsregeln. Ihre Fahrzeuge hießen bei uns: „Bolschoi Maschin".

Soll heißen: Die Dinger fuhren zwar, aber es konnte auch durchaus während der Fahrt mal was abfallen. Opa sagte des öfteren: „Das stelle man sich mal vor, damit haben die den Krieg gewonnen."

Sönken von schräg gegenüber ließ mich manchmal eine Runde auf seinem Fahrrad drehen. Ich glaube, ich hab' mich draufgesetzt und los ging es. An eine Lernphase kann ich mich jedenfalls nicht mehr erinnern. Ein eigenes Fahrrad besaß ich natürlich nicht.

Horst wohnte mir genau gegenüber. Mit ihm spielte ich nicht so gerne. Ein Grobian mit sehr lauter Stimme und schlechter Sprache. Er war einer mit den längsten Bremsspuren. Das war bei seinem Fahrrad auch egal. Die Bereifung war „Glatze" und die ursprüngliche Farbe nicht einmal zu erahnen. Ein Rosthaufen ohne Schutzbleche und ohne Licht. Einfach nur ein Rahmen, zwei Räder, ein Lenker und fertig.

Aber man konnte damit fahren!

Eines Abends verkündete er lauthals, sein Bruder bekäme bald ein neues Westfahrrad und er dann das seines Bruders. Das war bereits schon ein Modell aus dem Westen mit einer Drei-Gang-Nabenschaltung, lila Metallic-Lack und äußerst gepflegt. Was Horst alles vorab verkündete, war mir herzlich egal. Was würde aus seinem Rosthaufen?

Man konnte damit fahren!

Ich wollte für Horst nun *doch* ein wenig Sympathie empfinden und suchte ein klärendes Gespräch. „Sag' mal, was wird denn aus deinem Fahrrad, wenn du das von deinem Bruder bekommst?"

„Wist haben?" – „Oh ja, das wäre prima", antwortete ich. Was würdest du denn dafür haben wollen?"

„Muß ick ma mit meim Vatta reden."

In unserer Straße wurden die verschiedensten Varianten des Plattdeutschen gesprochen. Die verstand ich alle. Jeglicher Form von Radebrechen begegnete ich aber bereits als Kind mit Verachtung.

Heute war das also nicht zu klären.

Horst genoß die dem positiven Ausgang eines eventuellen Geschäftes geschuldete „Unterwürfigkeit" meinerseits und versuchte sein Ansehen noch weiter zu steigern, indem er eine Zehnerpackung *Casino* aus seiner Hosentasche zauberte. In unserem Haushalt rauchten alle, bis auf Großmutter. Das Rauchen war für mich nichts Ungewöhnliches. Nur, es selbst zu probieren, auf die Idee war ich bisher noch nicht gekommen. Wir schlichen also bei Horst über den Hof und verschanzten uns unter dem Dach eines Stallgebäudes. Durch die Fensterluke konnten wir den gesamten Hof gut überblicken. Hätte uns da einer erwischt – Auweia. Horst zündete sich eine Zigarette an und gab mir dann die Rauchutensilien. Na gut, der Umgang damit war nicht das Problem.

So paffte ich dann auch tapfer vor mich hin. „Mußt uff Lunge rochen, man." Horst machte mir das genau vor. Ja, das stimmte. So kannte ich das von unseren Familienrauchern auch. Der erste „richtige" Zug nahm mir fast den Atem. „Mönsch, hust' doch nich so laut. Dat hört sons noch ena." Ich hatte genug. Horst grinste und gab mir eine kleine weiße Pfefferminzpastille. „Hier, dat riecht ma sons un dann gibs noch Ärger mit deina Omma."

Rauchen war noch nicht mein Ding. Vorerst!

Obwohl ich nur ein paar Zigaretten gepafft hatte, mußte doch wohl etwas Nikotin über die Mundschleimhaut in meinen Körper gelangt sein. Wieder in unserer Wohnung angekommen, schnappte ich mir den Wassereimer aus der Küche und ging mit recht eiligen Schritten über den Hof in Richtung unserer Toiletten.

Den Wassereimer stellte ich zunächst nur unter den Wasserhahn in der Waschküche, ohne diesen aufzudrehen und den Eimer zu füllen.

Meine Wahrnehmung sagte mir: „ Die Zeit hast du nicht mehr!"

Nix wie rauf auf den Lokus – gerade rechtzeitig.

Jetzt erst bemerkte ich, daß das andere Klo auch besetzt war. Die beiden Klos waren mittels eines Bretterverschlages von der übrigen Waschküche abgetrennt. Man saß praktisch Rücken an Rücken. Zwischen den „Teilnehmern" befand sich nur eine dünne Bretterwand, durch deren schmale Lücken man hindurchsehen und – hindurchriechen konnte. Da man sich aber kannte ...

So empfindlich waren wir wohl damals nicht.

Hinter mir vernahm ich leises Stöhnen. Da hatte es einer recht schwer. Ich räusperte mich und gab mich dadurch zu erkennen.

„Cävchen?"

„Ja!"

Josef, der Jüngste von der Großfamilie, er war zwei Jahre älter als ich und nannte mich immer „Cävchen", thronte also hinter mir.

„Was stöhnst du denn so?", fragte ich ihn.

„Ich schüttel mir einen von der Palme."

„Von der Palme?" – „Mensch, ich hol' mir einen runter!"

Es knisterte leise hinter mir. Durch eine der Ritzen schob mir Josef ein Stück festeres Papier hindurch. „Hier, guck mal."

Inzwischen war es so schummrig geworden, daß man sich zwar noch zurechtfand, aber keine Zeitung lesen konnte. Über der Toilettentür tastete ich nach einer Streichholzschachtel. Die lag meistens dort. Auf der kleinen Ablage neben mir war ein großer Klecks zerlaufener Wachskerzen. Das war die offizielle Toilettenbeleuchtung. Ich zündete den verbliebenen Kerzenstummel an, der noch aus dem Klumpen herausragte. Jetzt konnte ich Josefs Botschaft betrachten. Es war ein Bild, ausgeschnitten aus einer Zeitschrift: Eine üppige Frau – völlig nackt. Ich hatte zwar schon ab und zu mal Bilder aus unserem *Magazin* (eine DDR-Monatszeitschrift) betrachtet, aber diese hier ...

Die Frau hatte sehr große Brüste und saß mit gespreizten Beinen auf einem Schemel. Man konnte *alles* sehen!

Als Josef keine Reaktion von mir bekam, fragte er: „Na, hast' wohl auch einen Steifen?" Es dauerte einen Moment, bis ich meine Fassung wiedergefunden hatte: „Ooooch – ja."

„Kannst dir ja auch einen runterholen. Ich hab hier noch andere Bilder. Guck mal durch die Ritze!"

Ich preßte mein Gesicht an eine Lücke zwischen zwei Brettern.

Josef hatte in der Zeit mit seiner Wachskerze für eine stimmungsvolle Illumination seiner nun folgenden Vorführung gesorgt. Er stand im Profil. In der Linken hielt er eines seiner Bilder. Mit der Rechten werkelte er an besagter Palme. – „Aha!"

Bei mir ging das nicht so richtig.

Entweder war meine Hand zu groß – oder die Palme ...

„Geht bei mir nicht!"

Josef schaute nun seinerseits durch die Ritze und erkannte mitfühlend das Problem. „Du mußt den ‚Kronengriff' machen!"

Hilfreich erweiterte er seine Präsentation um diesen „Spezialgriff".

Während ich weiter probierte, fragte er mich: „Hast du schon mal den Schwanz von Dieter gesehen?" Dieter war der ältere von den beiden Jungen, die mit ihrer Mutter bei uns unter dem Dach wohnten. Dieter und sein Bruder hatten jeweils einen eigenen Vater, klar, jedoch keinen gemeinsamen. Beide Jungen kannten ihre Väter nicht.

„Nein, hab' ich noch nicht gesehen."

„Der hat vielleicht 'n Rüssel, kann ich dir sagen."

„Günti?" – „Ja, Omi, ich komme gleich rein!"

Ich schob das Bild durch die Ritze zurück. Beim Hosehochziehen erkundigte ich mich noch schnell, woher er die Bilder hätte. Josef antwortete, daß Emil, der wohnte am unteren Ende unserer Straße, Hefte von seinem Vater aus dem Westen bekäme. Emil war bereits sechzehn Jahre alt. Monate später war er eines Tages einfach so verschwunden. Man erzählte sich, er wäre als blinder Passagier mit der Schwedenfähre zu seinem Vater in den Westen abgehauen.

Mit Emil hätte ich sowieso keine „Geschäfte" machen können. Für ihn gehörte ich immer noch zu den Kleinen.

Ein ereignisreicher und aufregender Tag ging zu Ende. Endlich lag ich in meinem Bett. Oma hatte von meiner Qualmerei mit Horst glücklicherweise nichts bemerkt. Vor meinem inneren Auge tauchte wieder diese aufregende Frau auf. Ich versuchte mir vorzustellen, wie es wohl sein würde, wenn ich sie anfassen könnte ...

In mein zartes Palmenpflänzchen kehrte erneut Leben ein. Ich nahm es fest zwischen die Schenkel und zog rhythmisch die Beine an und streckte sie wieder aus. Der Erfolg stellte sich alsbald ein. Das war ein wunderbares Gefühl. Schon einige Jahre vorher hatte ich mir diese „Sondertechnik" angeeignet. Sogar bei Oma im Bett. Die sagte dann immer nur: „Günti, hör' mit der Ruckelei auf!"

Da ich bereits der vierte Junge war, den sie aufzog, mußte das wohl nichts Neues für sie gewesen sein.

Jedenfalls war von diesem Tag an der Zusammenhang zwischen einem Frauenleib und meiner „Ruckelei" hergestellt. Das war nun wirklich neu. Mit einem kleinen Seufzer schlief ich ein.

Am nächsten Tag ströperte ich mit meinem Busenfreund Rudi über den Mühlberg. Links neben der Kachelofenfabrik war ein kleiner Gang, der parallel zu unser Straße verlief. Fast am Ende führte er an einem hohen Bretterzaun vorbei. Dahinter hielten die Russen Hühner und Schweine. Über den Zaun guckten zwei dieser Jungs und riefen uns Wörter zu, die wir aber nicht verstanden. Sie waren sehr freundlich und wollten uns zwei *Papirossi* (eine bekannte russische Zigarettenmarke) herunter werfen. „Njet", (nein) rief Rudi und ahmte einen Hustenanfall nach. Großes Gelächter bei den „Freunden". Nach meinem gestrigen Erlebnis hatte ich die Nase von der Raucherei sowieso erstmal voll. Rudi kramte aus seinem dürftigen Wortschatz ein anderes Wort hervor.

„Towarischtsch, Kleb?" Towarischtsch heißt übersetzt Genosse. In der DDR nannten wir alle Russen „Towarischtsch".

Kleb heißt Brot und wird richtig „Chleb" gesprochen.

Rudi fragte also, ob sie Brot hätten. Ich sagte zu Rudi, ob er nicht wüßte, daß die Jungs selbst nur wenig zum Essen hätten. „Das hast du bestimmt noch nicht gegessen. Warte mal ab", erwiderte er. Die beiden Soldaten wiesen auf die gegenüberliegende Straßenseite und sagten: „Tamm!" Das heißt „dort".

„Doswidanja", rief Rudi zurück. „Woher kennst du denn diese Wörter?", fragte ich. „Na, mein Opa kommt doch aus Rußland", antwortete er. „Ach so?", sagte ich erstaunt. „Wir können meine Oma und meinen Opa ja mal besuchen gehen", schlug Rudi vor.

„Ist denn deine Oma auch eine Russin?", wollte ich wissen.

„Nee", antwortete Rudi, „die is' 'ne Deutsche."

„Und dein Vater?" Die Sache begann interessant zu werden.

„Mein Vater ist zur Hälfte Russe", antwortete er.

„Und was ist mit deiner Mutter?" „Na, die is' auch 'ne Deutsche."

Ich begann im Kopf eins und eins zusammenzuzählen: „Dann bist du also ein Viertelrusse", war mein logischer Schluß. Während wir noch lachten, waren wir an dem gegenüberliegenden Bretterzaun angekommen. Dahinter befand sich die „Russenbäckerei". Der Duft von frischem Brot zog über die Straße. Rudi führte die „Verhandlungen" mit drei Bäckergesellen, die wohl gerade Pause machten und auch über den Zaun guckten. Schließlich kam er, ein ofenfrisches Schwarzbrot über dem Kopf schwenkend, mächtig stolz zurück. Der Weg zur Wiese führte uns wieder an den Hühner- und Schweinezüchtern vorbei, die aber nicht mehr zu sehen waren. Mit unserer Beute verzogen wir uns auf die Kuhkoppel. Die begann gleich dort, wo der Russenzaun endete. Es war kein heißer Tag, aber es war windstill und angenehm warm. Ein Plätzchen zwischen den Kuhfladen war schnell gefunden, und so lagen wir im Gras und teilten brüderlich das „Kleb". Es schmeckte vorzüglich. Ein halbes Brot pro Nase, das war nicht zu schaffen. Wir kannten und beherzigten jedoch beide unsere Erziehung, was Brot betraf: Brot wirft man nicht weg! Wir nahmen den Rest mit nach Hause. Großmutter legte es in den Brotkasten und sagte: „Das machst du mir bitte nicht wieder! Wir haben genug zu essen. Trotzdem ist es richtig, daß du es mit nach Hause gebracht hast."

„Nein, Großmutter, das mache ich nicht wieder." Am Abendbrottisch erkannte Großvater das Brot sofort. „Ja", sagte er, „die Kohlsuppe war in Rußland immer dünn, aber das Brot war gut."

Der August war keine zwei Wochen alt, als ein Ereignis in aller Munde war. Die DDR hatte ihre Grenzen endgültig geschlossen und insbesondere das letzte Schlupfloch zwischen West- und Ostberlin gestopft. Die Erwachsenen waren in diesen Tagen sehr aufgeregt, und jeder hatte dazu seine eigene Meinung – neben der offiziellen, die man eigentlich haben sollte. Uns Kindern waren die weitreichenden Folgen dieser neuen Situation nicht klar, zumindest nicht in meinem Umfeld.

Daß so mancher Westbesuch für die nächsten Jahre ausfallen würde, drang erst nach und nach ins Bewußtsein. Ich hörte zwar von Familien, die durch diese überraschende Maßnahme getrennt wurden. Meine Trennung wurde jedoch bereits vor neun Jahren, 1952, vollzogen und hat mir auch keine größere Seelennot verursacht.

Viel wichtiger war, daß Horst das Fahrrad seines Bruders bekommen hatte! Eines Abends fuhr er damit die Straße rauf und runter. Unsere Straße war vollkommen eben. Trotzdem erachtete es Horst für nötig, regelmäßig seine drei Gänge durchzuschalten. Die Zeit der Bremsspuren war für ihn vorbei, dafür war jetzt der Putzlappen sein wichtigstes Utensil. Was war nun mit seinem Rosthaufen? *Das* interessierte mich. Horst hatte mein Begehren schon vergessen, aber er versprach, noch am gleichen Abend mit seinem Vater darüber zu reden. Unruhige Nächte kannte ich bisher nur im Krankheitsfalle. Jetzt erfuhr ich, daß es auch noch andere Gründe geben konnte. Tatsächlich sprach mich Horst am darauffolgenden Morgen an. Sein Vater wäre mit zehn Mark einverstanden. Das wußte ich nun also. Ebenso wußte ich, was zehn Mark für meine Großeltern bedeuteten. Jedenfalls war das recht viel Geld.

Zum Beispiel bekam man dafür zehn große Brote, Nahrung für einen ganzen Monat! Betteln kannten sie eigentlich nicht von mir.

Spielsachen kamen aus dem Westen und Kleidung nähte oder strickte Oma oft selbst. Wegen anderer Dinge mal so zwischendurch brauchte ich erst gar nicht zu fragen.

Diesmal tat ich es aber: „Opa?", druckste ich herum, „ich könnte von Horst sein altes Fahrrad haben."

„Hmm."

„Das kostet aber zehn Mark – bitte!", bettelte ich.

Wie gesagt, die Form von Quengelei war ungewöhnlich. Großvater spürte sehr wohl, wie wichtig mir die Sache war. Schließlich erhob er sich von der Couch: „Das will ich erst sehen."

Als er es dann sah, das sogenannte Fahrrad, las ich in seinem Gesicht: Daraus wird nichts. In Gedanken hatte ich das Gefährt bereits fest in meine kleine Welt einbezogen. Endlich könnte ich mit den anderen mitfahren, denn immer größer wurde der Radius unserer Abenteuerspielplätze. Als ich meine Felle davonschwimmen sah, muß mir eine große Enttäuschung sicher anzusehen gewesen sein.

Opas „Fell" war in den beiden Weltkriegen gewiß um einiges dicker geworden. Seine sprichwörtliche Gutmütigkeit blieb ihm unbenommen. Da stand nun der Sohn seines Sohnes neben ihm und war den Tränen nahe. – „Dann nimm das Scheißding mit!"

Ich sehe es noch wie heute vor mir: Im Film hätte der Regisseur jetzt „Slow Motion" angewiesen. Opa holte sein braunes abgegriffenes Portemonnaie aus der Hosentasche und entnahm ihm den einzigen Schein. Einen Zehnmarkschein. Der wechselte jetzt seinen Besitzer. Von Stund an bekam mein Leben eine andere Dimension. Das Fahrrad, ich nenne es mal so, stand nun neben unserer Waschküchentür. Zwei Schritte aus der Wohnung und rauf auf das rostige Gefährt, das war jetzt mein normaler Tagesablauf. An dieser Stelle möchte ich zunächst einmal erklären, was ein Abschnittsbevollmächtigter war.

Zunächst mal war ein ABV (offizielle Abkürzung) ein Streifenpolizist. Jemand, der in seinem zugeteilten Abschnitt Streife läuft, sprich: für Ordnung sorgte. So ein Abschnitt umfaßte eine oder auch mehrere

Straßen. Hier war er ständig präsent und gehörte zum Straßenbild. Man kannte ihn und man respektierte ihn. In der Regel wohnte er selbst in dieser Straße oder hatte dort zumindest sein Büro. Mit kleineren zivilrechtlichen Streitereien belästigte man nicht gleich das Gericht, sondern rief zur Schlichtung zunächst mal den ABV an. Der wiederum konnte sich einer Schiedskommission bedienen, falls er den Fall nicht allein in den Griff bekam. Überdies kannte er seine „Pappenheimer" persönlich mit Namen und Adresse. Säufer und Faulpelze, die es auch in der DDR gab, holte er morgens lautstark aus dem Bett: „Öffnen, Deutsche Volkspolizei!" Wer nicht zur Arbeit ging, der kam im Wiederholungsfall auch mal in den Knast. Asoziales Verhalten – lautete der Richterspruch. Voraussetzung war natürlich, daß es für alle eine Arbeitsstelle gab! – Natürlich gab es für alle eine Arbeitsstelle!

Ob es sich in jedem Fall um eine ökonomisch sinnvolle Tätigkeit gehandelt hat, kann man vielleicht heute nach Jahrzehnten anders bewerten. Erzieherisch sinnvoll war es in jedem Fall. Sich dem Aufbau des Sozialismus und der Mehrung des Volkseigentums zu verweigern, war eine Straftat. Basta!

Dieser, unser ABV, erblickte wenige Tage später mich und meinen „neuen" Rostschlitten. Ein kurzer Pfiff mit der Trillerpfeife, und ich hatte anzutanzen. „Was ist das denn?", fragte er streng. Dann zählte er auf: Abgefahrene Bereifung, keine Schutzbleche, keine Handbremse, keine Beleuchtung, kein Rückspiegel ...

Wie hatte es Horst nur so lange geschafft, diesem Ordnungshüter nicht in die Fänge zu geraten? Nachdem die Mängelliste aufgestellt war, verkündete er umgehend das Urteil: „Sehe ich dich mit dem Ding noch einmal auf der Straße, wird das eingezogen!" Ich mußte mein geliebtes Gefährt nach Haus schieben. Dabei rannen mir dann doch Tränen über das Gesicht. Ich sah keine Lösung.

Wenn überhaupt, konnten mir nur meine Eltern, in diesem Fall meine leiblichen, helfen. So schrieb ich dann einen langen Brief:

Liebe Mutti, lieber Papa, lieber Bruder Maximilian ...

Da der 1. September 1961 ein Freitag war, begann die fünfte Klasse, die sogenannte Mittelstufe, erst am 4. September. Zum Stundenplan kamen naturwissenschaftliche Fächer und die Fremdsprache Russisch hinzu. Zudem gab es weitere neue Gesichter beim „Lehrkörper".

So zum Beispiel unsere Deutschlehrerin, Frau Bluhm:

Bereits auf dem Schulhof war sie uns aufgefallen. Ihre Haare waren fuchsrot, wahrscheinlich gefärbt, denn in der Regel gesellt sich zu diesem Typ eine blasse Haut mit Sommersprossen. Ihre Haut war zwar hell, jedoch makellos rein. Eine schöne Frau. Ab der fünften Klasse verändert sich bereits das Verhältnis zum weiblichen Geschlecht.

Unsere Mädchen befanden wir zwar weiterhin für doof, aber junge Frauen berührten und erregten allmählich unsere Jungenherzen.

Da wurden dann auch schon mal Phantasien ausgetauscht.

In der dritten und vierten Unterrichtsstunde hatten wir dann endlich Deutschunterricht. Frau Bluhm betrat die Klasse. Sie trug einen dünnen weiß-violett quergestreiften Strickpullover. Diese Querstreifen konnte sie sich, ihrer wohl proportionierten Statur wegen, ohne weiteres leisten. Dazu eine violette Silastikhose mit Stegen unter den Füßen, die in den Schuhen unsichtbar waren. Das hielt die Hose immer faltenfrei und war in den 60ern todschick.

Nach einer kurzen Vorstellung nahm sie am Lehrertisch Platz und studierte unsere Namenseinträge im Klassenbuch.

Besonders „beliebte" Schüler wie ich durften in der mittleren Bankreihe vorn am Lehrertisch Platz nehmen. Wenn auch diese Plazierung eher dazu gedacht war, solche „Lieblinge" besser im Auge zu behalten, brachte mich das in diesem speziellen Fall in eine vorteilhafte Position. Zwei Meter vor mir saß diese Frau! Das hätte ich auch ohne Unterricht zwei Stunden lang ausgehalten.

Die männliche „Speerspitze" unserer Klasse war ein Dreigestirn: Sönken, Manfred und ich hatten die besten Zensuren. Erst in den nachfolgenden Klassen rutschte ich ins Mittelfeld, weil ich partout nichts lernen wollte, was nicht meinen Interessen entsprach.

Frau Bluhm machte im Deutschunterricht gerne Spielchen wie: „Alle aufstehen!" Dann ging es querbeet durch die Grammatik …

Falsche Antwort: „Setzen!" In der Regel blieben wir drei stehen.

Aufsätze waren ebenso mein Ding. Um mich bei Frau Bluhm so richtig „einzuschleimen", aber auch aus wirklichem Interesse, bat ich sie einmal, mir ein Thema zu geben, welches ich „literarisch" in einem längeren „Werk" bearbeiten wollte. Reines Imponiergehabe – in dem Alter. Ich bin damit zwar nicht grundsätzlich gescheitert, habe aber irgendwann die Lust verloren und es nicht zu Ende gebracht. Einen Abgabetermin hatte ich ohnehin nicht. Vielleicht hatte ich mich auch übernommen. Der Weg war das Ziel.

Frau Bluhm blieb uns nicht lange erhalten. Ich bin mir gar nicht mehr sicher, ob sie uns das nächste Schuljahr noch begleitet hat.

Eines Morgens gab es bei den Schülern und beim „Lehrkörper" heftige Diskussionen. Der Klassenfeind hatte sich erdreistet, Frau Bluhms Ehemann in Westberlin zu inhaftieren. Opa sagte dazu: „Kann man sich ja denken, was der da zu tun hatte. Wer kommt denn sonst in den Westen?" So wird es wohl gewesen sein.

In unserer Tagespresse fand der Fall Bluhm seinen Niederschlag und unsere Deutschlehrerin verfaßte einen offenen Brief, in dem sie das „imperialistische Regime" dazu aufforderte, ihren Mann unverzüglich freizulassen. Bestimmt haben die sich mächtig gefürchtet. Ein Porträt von ihr war ebenfalls in der Zeitung abgebildet. Ich hatte es mir ausgeschnitten und es lange in meinem Deutschheft aufbewahrt.

Irgendwann ist sie dann weggezogen – die Frau Bluhm.

Irgendwann – war auch das Deutschheft weg.

Anfang September hatte ich nochmals eine Einschulung. In die erste Klasse der Musikschule nämlich. Diesmal klappte aber alles reibungslos und auch termingerecht.

Wieder hatte Großvater seine „guten Sachen" an. Wieder führte uns der Weg zur Musikschule. Diesmal war nur *ein* Instrument dabei, die Klarinette. Sie hatte seit Monaten verwaist in unserer Kommode gelegen und auf die Rückkehr ihres Besitzers aus der Haftanstalt gewartet. Auf den letzten Schritten zum Probenhaus unseres Stadttheaters empfingen uns, aus einigen weit geöffneten Fenstern herrührend, die unterschiedlichsten Klänge. Sängerinnen und Sänger übten Phrasen aus Arien, Instrumentalisten „nudelten" schwierige Stellen rauf und runter und aus dem Ballettsaal kamen rhythmische Geräusche, die von lautstarken Befehlen der Ballettmeisterin übertönt wurden. Als wir die Tür zum Haupteingang öffneten, empfing uns diese eigene Welt – die Welt der Kunst und der Musik. Ich sollte nun in kleinstem Rahmen irgendwie dazugehören.

Der Pförtner wies uns den Weg in die erste Etage. Durch eine der schweren Türen drangen stark gedämpfte Töne einer Klarinette. Hier mußte es sein. Opa klopfte an – nichts tat sich. Als wir zaghaft die Tür öffneten, standen wir vor einer weiteren Tür. Klar, um sich nicht gegenseitig zu stören, waren hier alles Doppeltüren.

Nun standen wir in einem großen Raum. Stuhlreihen waren aufgebaut, davor Notenpulte. Wahrscheinlich probte hier wohl sonst das gesamte Orchester. An einem der Fenster stand ein Junge, einige Jahre älter als ich, mit rotem Kopf und schien sich hinter seinem Notenpult sehr zu bemühen. Davor sein „Peiniger". Das mußte Herr Behrmann sein. Opa ging auf ihn zu und sprach mit ihm einige Sätze. Ich hatte mich brav an die Seite gesetzt. Der große Junge grinste mir zu und verdrehte die Augen. Dann begrüßte mich Herr Behrmann. Er war sehr freundlich, und so blieb er auch während der nächsten folgenden drei Jahre.

„Baue doch schon mal dein Instrument zusammen, ich bin mit dem Martin gleich fertig." Martin hieß also der andere.

Großvater verabschiedete sich von mir, nicht bevor er mir nochmals über den Kopf strich: „Na, dann viel Glück mein Junge."

Martin mußte seine Hausaufgaben nicht ordentlich gemacht haben. Herr Behrmann war sichtlich ärgerlich, ja ungehalten. Endlich durfte Martin „wegtreten". Er reinigte in der Ecke sein Instrument, während sich Herr Behrmann mir zuwandte:

„Na, Günter, bekommst du denn schon einen Ton aus der Klarinette heraus?", fragte er. Ich nickte. Dann betrachtete er sich meine Klarinette und bemerkte: „Das ist aber schon ein recht ordentliches Instrument. Woher hast du die?" – „Die gehört meinem Onkel Karl" und fügte schnell hinzu, „die braucht er aber im Augenblick nicht!"

Daß Onkel Karl im Gefängnis saß, wollte ich möglichst verschweigen.

„Kannst du vielleicht schon eine Tonleiter?" Wieder nickte ich: „Ja, die

G-Dur-Tonleiter." – „Dann zeig' doch mal!"

Ich setzte die Klarinette an und blies in der unteren Lage eine Oktave rauf und runter. „Na, das geht ja schon prima", rief Herr Behrmann. „Du bläst aber schon etwas länger?", vermutete er, „denn dein Ton ist recht kräftig." „Ja", antwortete ich, „ich übe immer Schlager aus dem Radio." Das war jetzt gründlich daneben. Zu der Zeit war das in der Musikschule eine glatte Straftat. Er spürte jedoch meine „Blauäugigkeit" und riet mir, ich solle das lieber bleiben lassen und es schon gar nicht in diesem Umfeld erwähnen.

Die Stunde war so schnell vorüber, daß ich erstaunt war, als mir Herr Behrmann eine bereits abgegriffene Klarinettenschule (Übungsnoten) in die Hand gab und sagte: „Die kannst du behalten."

Mein Finanzstatus war also auch bei ihm bereits angekommen.

„Dann sehen wir uns wieder in der nächsten Woche zur gleichen Zeit."

Zum Abschied gab er mir die Hand.

Ich schlenderte die große Treppe hinunter. Die Tür zum Ballettsaal öffnete sich und eine Gruppe junger Frauen kam heraus. Als sie an mir vorübergingen, fiel mir ihre Art sich zu bewegen auf. Außerdem sahen sie alle recht hübsch aus. Ich schaute ihnen nach.

Den Nachhauseweg wählte ich durch unseren Schloßgarten. Hier war ich öfter mit Onkel Paul spazieren gegangen, und auf diesen Bänken hatte ich oft als kleiner Junge mit Oma gesessen. Eichhörnchen gab es immer noch recht viele. Am Ausgang des Schloßgartens lag ein großer Findling. Der liegt heute noch dort. Onkel Paul hatte mich an diesem Stein fotografiert als ich ungefähr fünf Jahre alt war.

Komisch, ist der etwa kleiner geworden?

Der Weg führte mich am Krankenhaus vorbei. Ich mußte daran denken, wie ich mitten in der Nacht mit Oma hierher gelaufen war, weil ich eine so starke Mandelentzündung hatte, daß ich kaum Luft bekam. Man wollte mir demnächst die Mandeln herausoperieren. Großmutter konsultierte in ihrer Weisheit aber nochmals unseren alten Hausarzt. Der gehörte noch zur „alten Garde", die auch mal in der Nacht einen Hausbesuch machten, wenn es pressierte. Jedenfalls riet er: „Warten sie mal noch ab. In der Pubertät verändert sich noch einiges ..."

Recht sollte er behalten. Ich habe meine Mandeln heute noch.

Zu Hause angekommen, erwarteten mich meine Großeltern.

„Na, Günti, wie war's denn?" – „Prima!"

Wenige Tage später war der Musikausbildung zweiter Teil angesagt. Der Unterricht war aufgeteilt in einen praktischen und einen theoretischen Teil. Nun war die Theorie an der Reihe. Diese fand in den unteren Räumen des Klubhauses der Jugend statt. Die Musikschule hatte zwei richtige Klassenräume mit Tafel, Tischen und Bänken eingerichtet. Hier traf ich auch Fräulein Dehn wieder, die damals bei uns in der Schule geworben hatte. Sie unterrichtete die Musiktheorie.

Vor den Klassenräumen erblickte ich unter den Wartenden einige mir bereits bekannte Gesichter. Fräulein Dehn hieß uns herzlich willkommen und begann sogleich den Unterricht für Anfänger. Sie sang uns eine Tonleiter vor: *Do - re - mi - fa - so - la - ti - do.*

Dabei unterschied sie mittels ihrer Handbewegungen zwischen Halb- und Ganztonschritten. Ähnliches kannte ich schon von Großvater. Er war des Notenlesens nicht völlig unkundig. Ein großes doppelseitiges und inzwischen stark vergilbtes Notenblatt besitze und hüte ich bis heute: *Die Tonleitern für das Pianoforte nebst Schluss-Cadenzen.* Auf diesem Blatt sind am Rand handschriftliche Anmerkungen meines Opas mit Bleistift geschrieben. Manchmal holte er dieses Blatt aus dem Schubfach unseres großen Bufetts und spielte die Tonleitern auf dem Banjo. Halb- und Ganztonschritte waren mir also nichts Neues. Des weiteren hatte mir mein Onkel Karl die G-Dur-Tonleiter aufgeschrieben. Diese ist auf der Klarinette praktisch die Grundtonleiter, weil sie im unteren Register keine Seitenklappen benötigt. Ich kannte also die C- und G-Dur-Tonleiter aus meinen praktischen Anfängen. Nach nur wenigen Minuten konnte ich wieder einmal meine große Klappe nicht bändigen: „Das kann ich alles schon!", mußte ich unbedingt loswerden.

„Ach so?" „Dann komm' mal nach vorn!"

Fräulein Dehn drückte mir ein Stück Kreide in die Hand und sagte: „Dann kannst du uns vielleicht die C-Dur-Tonleiter an die Tafel malen und auch die Töne benennen?"

Dieses Gefühl des Angebens füllt den Körper mit so wohligem Prickeln aus. Ich malte die richtigen Töne an und benannte sie auch richtig. Danach konnte ich nicht anders, ich mußte noch einen draufsetzen: „Die nächste Tonleiter könnte ich auch noch!"

„Dann mach' mal!"

Ich zog weitere fünf Linien, setzte vorn einen nicht besonders gut gelungenen G-Schlüssel und dann ein Kreuz auf die F-Linie.

„In G-Dur haben wir nämlich ein Fis!" Langsam drehte ich mich um, um die Bewunderung der Klasse abzuschöpfen. – Nichts. Nun, die Mißachtung meines Genius kannte ich ja bereits aus der Schule. Ich hatte aber alles richtig gemacht. Daraufhin sprach Fräulein Dehn: „Du kommst demnächst nicht um 15 Uhr, sondern erst um 17 Uhr. Ich übernehme dich in die zweite Klasse."

„Taa-taa!"

Ich konnte gar nicht schnell genug nach Hause kommen, um Opa und Oma zu berichten, daß ich eine Klasse übersprungen hatte. Beim nächsten Mal saß ich dann zwischen älteren Kindern. Hier lernte ich Horst und Walter kennen, mit denen ich wenige Jahre später auf einer Bühne stehen sollte. Mit Schlagern und Rockmusik!

Es war wahrscheinlich die letzte Woche des Septembers oder die erste Oktoberwoche, jedenfalls war es ein angenehm warmer Spätsommertag, an dem ich bei schönstem Sonnenschein, vom Klarinettenunterricht kommend, nach Hause schlenderte. Oma und Opa empfingen mich mit einem freudigen Gesicht. Irgendetwas Besonderes mußte geschehen sein. Im Wohnzimmer stand ein ziemlich großes Paket auf dem Tisch. Oma hatte es schon geöffnet und ausgebreitet lagen – ich traute meinen Augen kaum – eine verchromte Bosch-Fahrradlampe, ein Rücklicht, ein Dynamo, ein komplettes Tretlager mit Kette und Pedalen, eine Vorderradbremse, ein Rückspiegel ... unfaßbar.

Sie las den dazugehörigen Brief vor. Meine Eltern hatten versucht, mir ein Fahrrad zu schicken, das aber nicht durch den Zoll gekommen war. Wenn ich auch so manche „Maßnahme" unserer DDR verstanden habe, besonders aus heutiger Sicht, so war dieses hier eines der Dinge, die man sich gut hätte sparen können. Von einem Fahrrad ging sicher keine Gefahr für den Weltfrieden aus. Zumindest hatten es aber meine Eltern zurückbekommen! Eigentlich behielt der Zoll solche „verbotenen Gegenstände" in der Regel ein, und keiner konnte was dagegen tun. Statt dessen bekam ich nun alle Teile, die mir an meinem Rosthaufen so dringend fehlten. Ein Rosthaufen mit nagelneuen Westteilen?

An dieser Stelle muß ich noch mal einen kleinen Ausflug in die Jahre davor machen und einen Mann hervorheben, der mir bei mancherlei Dingen hilfreich zur Seite stand, der mir bei Schularbeiten half, der mir meinen ersten Lötkolben und einen Kompaß schenkte und der früh meine praktischen Fähigkeiten erkannte, diese förderte und begleitete: Herr Bünger.

Der kleine Kaufmannsladen in unserem Haus, der ursprünglich mal das Kolonialwarengeschäft meines Großvaters war, wurde von einem Buchbindermeister als Werkstatt genutzt. Wann genau er diese Werkstatt gegen eine größere sechs Häuser weiter eintauschte, weiß ich nicht mehr. In meiner Erinnerung war die Werkstatt in unserem Haus an einen Waagenbauer vermietet. Dieser Waagenbauer, dessen Name mir nicht mehr gegenwärtig ist, hatte einen Gesellen: Herr Bünger.

Meine Großmutter und Herr Bünger verstanden sich sehr gut und hielten oftmals am Abend einen Schwatz. Er arbeitete viel bis in den späten Abend hinein an seinem Meisterstück, denn er sollte die Werkstatt übernehmen. Oft schaute ich ihm dabei zu, wie er Messingteile polierte und an der Drehbank kleine Teile herstellte. Dabei hatte ich immer viele Fragen, und so wuchs mein Wissen sehr früh, was Werkzeuge und Maschinen anbelangte. War bei uns im Haus mal die Wasserleitung eingefroren, taute Herr Bünger diese mit seiner Lötlampe auf. War ein Wohnungsschloß defekt, nahm es Herr Bünger in seiner Werkstatt auseinander, reparierte und ölte es und ersparte meinen Großeltern so manche Ausgabe. Dafür bekam er in der Regel unseren Kaffee aus den Westpaketen meiner Eltern.

Natürlich war Herr Bünger der erste, der meine nagelneuen Fahrradteile begutachtete. Daß ich diesen größeren Umbau nicht selbst vornehmen konnte, war genauso klar, wie es klar war, daß hierfür nur Herr Bünger in Frage käme. Also nahm ich meinen Rosthaufen auseinander und deponierte alles in seiner Werkstatt nebst der neuen Teile. Die erste Aufgabe bestand nun darin, die alten Teile vom Rost zu befreien. Das war meine Aufgabe. Ich bekam von ihm Schaber und Drahtbürste und schrubbte tagelang am Rahmen und den Rädern herum. Der Schaber wurde natürlich regelmäßig stumpf. Dann ging ich in die Werkstatt und schliff ihn wieder an. An die Schleifmaschine durfte ich schon. Irgendwann war es dann geschafft. Der Tag der Neulackierung war gekommen. Ich hatte mich für *Grün* entschieden. Im Farbnebel der Spritzpistole erblickte ein grüner Fahrradrahmen das Licht der Welt. Der sah nun aus wie neu.

So nach und nach, immer in den Stunden nach Feierabend, wurde schließlich ein Fahrrad daraus – und was für eins.

Genau wie Horst hatte ich nun auch ein Westfahrrad. Gut, eine Gangschaltung hatte meines nicht. Dafür war meine Elektrobastelei inzwischen so weit gediehen, daß ich in der Lage war, mir für mein Fahrrad eine Blinkanlage zu bauen. Alle anderen, auch Horst, mußten zur Fahrtrichtungsanzeige üblicherweise eine Hand raushalten. Ich nicht! Ich drückte nur auf einen Knopf am Lenker und blinkte.

Soll ich's noch mal sagen? – Ich hatte Blinklicht!

Da klappte auch Horst die Kinnlade runter. Selbst die großen Jungs beguckten sich interessiert meine Bastelei. Aus vier Eierbechern hatte ich vorn und hinten Blinkleuchten gebaut und zwei Flachbatterien in der Satteltasche versteckt. Der ABV konnte kommen. Der kam, das dauerte gar nicht lange. Diesmal beguckte er sich mein Fahrrad sehr lange und sagte: „Na, siehst du, das sieht doch richtig gut aus. Demnächst solltest du noch die Bereifung erneuern, dann ist alles in Ordnung. Viel Spaß mit deinem Fahrrad!" Damit ging er seiner Wege.

In den letzten Herbstwochen galt es, für den Winter vorzusorgen. Unser Kohlenschuppen war fast leer geworden. Das war jetzt meine Aufgabe. Vier Häuser weiter war ein Kohlenhandel. Oma fragte bei der Großfamilie an, ob wir den Handwagen haben könnten. Das war schon die Jahre davor so gewesen, nur hatte Opa bisher immer den Handwagen gezogen. Nun sollte ich alt genug dafür sein.

Ich bekam die Kohlenbezugsmarken nebst Geld in die Hand gedrückt und ratterte mit dem Wagen die Straße entlang. Auf dem Hof des Kohlenhandels stellte ich diesen ab und ging ins Vorderhaus zum Büro. Auf dem Weg dorthin mußte ich an einer merkwürdigen Maschine vorbei. Sie hatte mit einer Kanone große Ähnlichkeit, aus deren Rohr keine Kugeln kamen, sondern Presslinge aus Kohlengrus. Hinten schnaufte zum Antrieb eine Dampfmaschine. Diese sogenannten Kohlen kauften nicht einmal wir. „Den Dreck kann man in den Garten kippen, aber nicht in den Ofen", meinte Opa.

Ich betrat das kleine Büro. Hier war es derart warm und stickig, daß das Atmen schwer fiel. Zum Glück war nur ein Kunde vor mir. Auf einem großen uralten Schreibtisch standen eine Schreibmaschine und eine mechanische Rechenmaschine hinter Bergen von Unterlagen und losen Blättern. Dahinter hatte sich eine schrumplige kleine Frau verschanzt, die mich durch einen Tunnel zwischen den Papierbergen anschnarrte: „Und was willst du?" Wäre ich ein paar Jahre älter gewesen, hätte ich wohl geantwortet: „Zehn Zentner Vierfruchtmarmelade bitte." So aber gab ich artig zur Antwort: „Ich möchte gerne zehn Zentner Kohlen."

„Marken?"

Ich reichte meine Marken rüber. Sie bediente auf sehr undurchsichtige Weise diese merkwürdige Rechenmaschine, um mich dann abermals in ihrer „freundlichen" Art anzuranzen:

„Geld?"

Ich reichte das Geld über den Tisch. Neben ihr stand eine relativ große Stahlkassette. Das Öffnen und Schließen des Deckels erinnerte sehr an unsere Haustür, ebenso knarrend. Das paßte perfekt zu der Alten. Ich erhielt einen Zettel sowie das Wechselgeld und verließ entgegen meiner Erziehung grußlos das Büro. Blöde Ziege.

Auf dem Hof reihte ich mich in die Schlange Wartender ein. Vorn schwitzte ein Arbeiter und füllte mit einer Forke immer einen Zentner Briketts in die Mulde einer rostigen Waage. Dann kippte er diesen Zentner in Säcke oder in die Handwagen der Wartenden. Das konnte dauern. Das dauerte auch. Endlich rumsten zwei Zentner Kohlen auch in meinen Handwagen. Der Arbeiter kritzelte einen Strich auf meinen

Zettel und eine Zwei dahinter. Das Spiel mußte ich nun noch vier weitere Male machen.

Wieder auf unserem Hof angekommen, füllte ich die Kohlen in zwei Körbe und schleppte diese dann in unseren Schuppen. Das dauerte ebenfalls so seine Zeit. Und wieder ging's los zum Kohlenhandel. Zum Glück gab es so einen Tag nur zwei Mal im Jahr. Im Januar war diese Tortour noch einmal fällig. Um den Kohlenschuppen gleich in einem Zug prall zu füllen, hatten wir einfach nicht genügend „Kohle".

Der Handwagen kannte aber noch ein weiteres Einsatzgebiet. Wieder war es mein Part. Einkellerungskartoffeln – die brauchten wir auch alle Jahre wieder. Heute kauft man die Kartoffeln, wie man sie benötigt, im Laden. Nicht so in den sechziger Jahren.

Zum Ende des Herbstes waren alljährlich riesige Berge von Kartoffeln auf unserem Mühlberg aufgeschüttet. Damit nicht auch in der Nacht „eingekauft" wurde, stand inmitten der Kartoffelberge ein Bauwagen. Darin ein „armer" Nachtwächter. Dieser befand sich quasi im Kriegszustand – und zwar mit uns. Wir konnten es kaum abwarten, bis es abends recht früh dunkel wurde. Dann begann unser Abenteuer:

Ich denke, wir waren auf dem Mühlberg eine Bande so um die zwanzig Mann. Die erste Angriffswelle bestand aus einem Bombardement mit Kartoffeln. Unser Trommelfeuer rumste recht ordentlich an die Planken des Bauwagens. Lange hielt der arme Kerl das nicht aus. Erwischen konnte er uns natürlich nicht. Öffnete er die Tür, stoben wir auseinander und versteckten uns. Vorsicht war geboten, wenn kein Licht im Bauwagen war. Dann konnte der „Gegner" überall auftauchen. Durch die hohen Kartoffelberge hatten auch wir selbst über das Terrain keinen wirklich guten Überblick.

Eines Abends gab es eine besondere Einlage. Die Söhne vom Förster brachten mit Wasser gefüllte Brauseflaschen nebst einer Blechbüchse mit „komischen Steinen" darin an. Die rochen irgendwie nach Gas. Die „Steine" waren Karbidstücke. Ich weiß nicht, woher sie die hatten, aber auf dem Mühlberg gab es zwei Werkstätten, die des Onkels von meinem Rudi und eine recht große Maschinenfabrik. Dort gab es natürlich Schweißgeräte und damit auch Karbid für die Gasentwickler. Wahrscheinlich stammte das Zeug daher. Gab man nun – sehr schnell(!) – einige dieser Karbidstückchen in eine Flasche mit Wasser und verschloß sie, was durch den Schnellverschluß der Brauseflaschen auch nur eine Sekunde dauerte, hatte man nur wenige weitere Sekunden Zeit, diese „Handgranate" am Ziel zu plazieren: Unter dem Bauwagen!

Für den armen Kerl darinnen war nun echt der Krieg ausgebrochen. Karbid und Wasser reagieren nämlich heftig zu einem Gas: Azetylen. Das ließ sich auch von einer dickwandigen Brauseflasche nicht aufhalten, was wiederum eine recht ordentliche Sprengkraft mit einem ebensolchen Geräusch hervorbrachte.

Zwei oder drei Abende saß der Nachtwächter auf diesem Pulverfaß, dann stand plötzlich der Toniwagen (Polizei) da. Die kamen aber auch nur wenige Abende. Kurz darauf war es wieder unser Platz. Allerdings beschränkten wir uns von nun an auf das Trommelfeuer mit Kartoffeln. Nach 22 Uhr war der Spuk für den Nachtwächter ohnehin vorbei. Dann lagen wir friedlich in unseren Betten.

Meine Großeltern machten sich Sorgen. Wir hatten nicht genügend Geld zur Verfügung. Die Ernte war in jenem Jahr fast ausgefallen. Der Sommer war zu kalt gewesen, die Bienen waren kaum geflogen. Die Obstbäume gaben darum nicht genug her, und die paar Winterastern konnten uns nicht satt machen. Großvater war inzwischen 72 Jahre alt. Ihm blieb nichts weiter übrig, als sich über die Wintermonate eine weitere Geldquelle zu erschließen:

Die höheren Offiziere der Sowjetarmee wohnten nicht alle in Militärobjekten. Es gab auch eine Reihe Häuser, die „normal" bewohnt wurden, nur eben durch Offiziersfamilien der Roten Armee. Eines dieser Häuser war relativ groß und hatte eine Zentralheizung. Wie Großvater dazu gekommen war, weiß ich nicht, aber er fand hier eine Arbeit als Heizer. Schwächlich war Großvater nicht, aber zentnerweise Kohlen bewegen in seinem Alter? Die Gartenarbeit war auch kein Zuckerschlecken, doch so fertig hatte ich ihn noch nie erlebt.

Ein Abend im November ist mir in allen Einzelheiten vor meinem inneren Auge gegenwärtig. Es war kurz nach dem Abendbrot. Ich lag seit Tagen mal wieder mit einer Erkältung im Bett. Damit ich nicht im kalten Schlafzimmer liegen mußte, durfte ich auf unserer Couch im Wohnzimmer bleiben. Nur einen Meter entfernt saß Opa mit seinen Skatbrüdern an unserem großen Wohnzimmertisch. Da ging es nicht gerade leise zu. Mich störte das nicht. Die Geräusche meiner Familie, Blitz und Donner, prasselnder Regen und Froschgesänge, all' das wirkt auf mich bis heute eher beruhigend. Plötzlich klingelte es an unserer Wohnungstür. Wenn auch unser Haus fast auseinanderfiel, wir genossen den Luxus einer elektrischen Türklingel. Mein Werk!

Die Skatrunde ließ sich nicht stören, denn Oma war ja in der Küche. Wir würden sicher gleich erfahren, wer so spät am Abend noch zu uns wollte. Durch die Wohnzimmertür drang leises Gemurmel. Endlich kam Oma ins Wohnzimmer, zog die Tür hinter sich zu und flüsterte leise zu Opa: „Karl ist aus dem Gefängnis entlassen worden und fragt, ob er hereinkommen darf."

Es war Totenstille im Wohnzimmer.

Dann sagte Opa: „Nein, ich will ihn nicht sehen.

Er kommt mir nicht mehr in mein Haus!"

Großmutter fing zu weinen an. Die Skatbrüder redeten leise auf Opa ein: „Mensch, Hannes, das ist doch dein Sohn."

Wie ich bald darauf aus den Gesprächen der Erwachsenen entnehmen konnte, hatte sich Karl in der Haftanstalt tadellos geführt. Er war ja auch kein Dummkopf. Sicher hat er sich gesellschaftlich betätigt und war für seine Mitinsassen ein Vorbild. Jedenfalls hatte man ihm den Rest seiner Strafe so kurz vor Weihnachten zur Bewährung ausgesetzt. Die Skatrunde war natürlich beendet. Betreten verabschiedete man sich, und Großvater ging schließlich doch in die Küche. Durch die offenstehende Tür konnte ich sehen, wie Onkel Karl vor seinem Vater auf die Knie fiel, seine Beine umfaßte und heulte wie ein kleiner Junge. Ich war echt bestürzt und zog mir, ebenfalls leise vor mich hinheulend, die Bettdecke über den Kopf.

Die darauffolgenden Wochen sind schnell erzählt. Ursula und Karl gingen freundlich miteinander um, aber die Beziehung war beendet. Oma wird ihren Sohn über Ursulas Verfehlungen in seiner Abwesenheit informiert haben. Aber er hatte ja nun auch „Dreck am Stecken". Die Scheidung wurde eingereicht und die gemeinsame Wohnung geteilt. Das ging recht einfach, da das gemeinsame Schlafzimmer eine Tür zum Flur hatte, die bisher immer verschlossen gehalten wurde. Diese Tür bekam nun wieder ihre ursprüngliche Funktion zurück. Dagegen wurde in der Wohnung die Tür zwischen Schlaf- und Wohnzimmer verschlossen und ein Schrank davor gerückt. Ursula hatte jetzt nur eine Küche und ein Wohnzimmer und schlief auf dem Sofa. Karl hatte nur einen Raum, praktisch ein kombiniertes Schlaf-Wohnzimmer mit separatem Eingang. Bis auf das Schlafen wohnte Karl nun wieder bei uns. Oma hatte seinen „harten" Vater erweichen können. Dabei wird es auch eine Rolle gespielt haben, daß sich Karl selbstverständlich finanziell am Haushalt beteiligte. Das entschärfte die Situation etwas. Trotzdem blieb Großvater aber vorerst weiter Heizer bei den Russen.

Die Musikerkarriere von Onkel Karl war beendet. Er hat nie mehr in einer Kapelle gespielt. Wahrscheinlich hatte man ihm die Spielerlaubnis entzogen. Die Klarinette gehörte jetzt praktisch mir.

Ich denke, er hatte bei seiner Entlassung aus dem Gefängnis Auflagen erhalten, denn er war nun Lagerarbeiter im Getreidespeicher an unserem kleinen Hafen. Obwohl in diesen Kreisen mächtig gesoffen wurde, hielt sich Karl für lange Zeit vom Alkohol fern.

Als ob es für dieses Jahr nicht schon reichte, zudem wieder kurz vor Weihnachten, mußten wir noch ein Schreckensszenario aushalten.

Großmutter bereitete gerade in der Küche das Frühstück, als Großvater aus dem Schlafzimmer kam. Sein erster Gang führte ihn zum Ausguß, um dort wie üblich hineinzupinkeln. Ich höre immer noch seinen leisen Ruf: „Leni ...!" Aber da war er schon zusammengebrochen.

„Karl, Karl!", schrie Großmutter. Der kam gerade die Treppe herunter und hob Großvater vom Boden auf. Mit seinen kräftigen Armen trug er seinen Vater wie ein Kind ins Wohnzimmer und legte ihn vorsichtig auf die Couch. Dort schlug Opa wieder die Augen auf. Auch mein Herz begann wieder zu schlagen. Mir war, als wäre es kurz zuvor stehen geblieben. Schließlich löste sich auch meine Erstarrung. Mit großen

Schritten stürzte ich auf die Couch zu, warf mich neben Großvater und schmiegte mich dicht an seine Brust. „Opilein, was hast du?"

Jetzt erst heulte ich wie ein Schloßhund.

Opa drückte mich an sich und strich mir beruhigend über den Kopf. „Ach, mir war eben nur ein bißchen schwindlig."

Die Bilder dieses Morgens, Opa am Boden, sind fest in mein Hirn gebrannt. Ich ging auch nicht in die Schule, und keiner sagte was.

Schnell mußte es aufgefallen sein, daß es in einigen Offizierswohnungen kalt geblieben war. Es dauerte gar nicht lange und ein Soldat kam, um zu fragen, warum Opa nicht zum Heizen gekommen sei. Irgendwie machte ihm meine Großmutter verständlich, daß Opa krank im Bett läge. Das begriff der Soldat und ging wieder.

Am späten Nachmittag tauchten zwei Offiziere bei uns auf. Einer von ihnen sprach fließend Deutsch, ohne jeglichen Akzent. Sie luden in der Küche mehrere Pakete ab, darunter eine „goldene" Blechdose. Ich denke, es war eine 5-Kilo-Konserve. Bestes Fleisch, wie wir später feststellten. Dann gingen beide ins Wohnzimmer zu Großvater ans Krankenlager. Großmutter und ich warteten in der Küche. Nach einiger Zeit kamen die beiden wieder heraus und verabschiedeten sich von uns freundlich mit einem Handschlag. Oma brachte sie zur Tür und bedankte sich nochmals. Dann gingen wir zu Opa in die Stube.

„Na, Hannes, wie soll es nun weitergehen? Du kannst doch dort nicht mehr arbeiten?", fragte Oma besorgt. „Nein, Leni, brauche ich auch nicht. Die Arbeit dort kann ich nicht mehr machen, aber schau mal hier!" Dabei zog er fünf blaue Geldscheine unter der Bettdecke hervor. Zum Abschied hatten die beiden Offiziere meinem Opa fünfhundert Mark in die Hand gedrückt! Weihnachten konnte kommen.

Die geschenkten Lebensmittel kamen gerade recht. Ich erinnere mich noch an den großen Klotz Butter. Die war viel gelber als unsere und schmeckte kräftiger. Opa hatte eine plausible Erklärung: „Die kommt aus Sibirien und ist aus Bärenmilch." – „Ach so?"

In der Vorweihnachtszeit besuchte ich mit meiner Klasse unser Theater. An das Stück erinnere ich mich nicht mehr, nur daran, daß Sönken mit seinem Fotoapparat das Geschehen auf der Bühne fotografieren wollte.

Ich erklärte ihm, daß das mit einer Box nicht so einfach geht, die wäre nicht lichtstark genug. Es sei denn, er würde ein Stativ benutzen und eine Langzeitbelichtung machen. „Hää?"

„Gib mal her", damit nahm ich ihm den Apparat aus der Hand.

„Verstell' bloß nichts daran", argwöhnte Sönken. Da gab es fast nichts zu verstellen. Es handelte sich um eine „Pouva Start", eine einfache preiswerte Plastikbox aus DDR-Produktion. Die war sehr verbreitet und machte Bilder im Format 6 x 6 cm. Es gab nur zwei Blendenstufen, Sonne und trüb, und eine einzige Verschlußgeschwindigkeit, etwa 1/30 Sekunde, sowie die Möglichkeit einer Langzeitbelichtung (B).

Die Bezeichnung „B" für die Langzeitbelichtung ist in Deutschland als „beliebig" geläufig, also eine beliebig lange Zeit, solange man eben den Auslöser gedrückt hält. „B" kommt aber eigentlich von „Ball". Das wiederum hat seinen Ursprung bei den alten Atelierkameras, deren Verschluß oft pneumatisch über einen kurzen Gummischlauch mit einem Gummiball als Handstück ausgelöst wurde.

Also „verstellte" ich Sönkens Kamera auf „B" und wählte die größte Blende „trüb". Dann belichtete ich zwei Sekunden lang aus der Hand, wobei ich meine Ellenbogen fest auf die Rückenlehne meines Vordermannes aufsetzte. Letztlich war es das einzige gelungene Bild, welches mir Sönken eine Woche später zeigte. Irgendwie hat mich wohl dieser „offizielle Erfolg" angetrieben, mich noch mehr mit der Fotografie zu beschäftigen. Sönken stellte mir jetzt auch ständig Fragen. Alle meine Weisheiten über die Fotografie waren jedoch bisher nur theoretischer Natur gewesen und stammten aus Büchern aus der Pionierbibliothek. Schon seit längerer Zeit hatte ich mir immer mal wieder Bücher über Elektrotechnik und Fotografie dort ausgeliehen. In erster Linie ging es mir dabei um meine Elektrobasteleien. Die Fotobücher hatte ich zunächst nur aus reiner Neugier mitgenommen. Der Fotograf war bei uns nämlich Onkel Paul. Alle meine Kinderbilder stammten von ihm. In der Kommodenschublade im Schlafzimmer schlummerte seit langem eine alte Agfa-Box. Immer mal wieder hatte ich sie in der Hand gehabt und wieder zurückgelegt. Irgendetwas klapperte darin, und angerostet war sie auch. Mit der brauchte ich gar nicht erst anzufangen. Ich wollte aber nun auch selbst fotografieren und äußerte den Wunsch nach einem eigenen Fotoapparat. Weihnachten stand schließlich vor der Tür. Dabei dachte ich ebenfalls an eine bezahlbare „Pouva Start". In den Fotobüchern hatte ich gelesen, man könne mit allerlei Hilfsmitteln auch mit einer einfachen Box durchaus beachtliche Ergebnisse erzielen. Am Heiligabend schenkte mir Onkel Paul seinen „guten" Fotoapparat. Damit hatte ich nun wirklich nicht gerechnet. Es handelte sich um eine „Belfoca", eine Klappkamera im Format 6 x 9 cm. Diese hatte jetzt einen „richtigen" Verschluß und ein recht gutes Objektiv. So um die 250 Mark hatte sie einmal gekostet. Onkel Paul hatte ein Taschenstativ, einen Drahtauslöser und einen Belichtungsschieber aus Pappe dazugelegt. „Wenn du damit richtig fotografieren lernen willst, bei mir liegt das schon lange nur noch herum", sagte er.

Ich stellte mir vor, wie ich bei nächster Gelegenheit meine Kamera zücken würde, um Sönkens „Plastikimitat" so richtig alt aussehen zu lassen. Ja, so ein bißchen Angeberei darf nicht nur negativ bewertet werden. Daraus erwächst auch Schaffenskraft. Bei mir war das jedenfalls so. Letzterer ließ ich umgehend ihren Lauf.

Der Film war schnell eingelegt. Acht Bilder sind nicht viel und so hieß es gut überlegen. Endlich war Weihnachten vorüber und ich stand im Fotoladen. Diesen betrachtete ich nun mit anderen Augen, schließlich hatte gerade meine dritte „Karriere" als Fotoamateur begonnen. Fast eine Woche dauerte es, bis ich endlich meinen Film abholen konnte. „Na, da wollen wir mal sehen", sprach Herr Letzner. Der sollte nun mein Verbündeter werden – was die Fotografie anbelangte.

„Da wirst du wohl noch ein wenig lernen müssen", meinte er, als wir uns meinen ersten Film gemeinsam betrachteten. Ein paar Bildspuren, mehr war nicht drauf. Ich muß zugeben, diesem Film war noch nicht anzusehen, daß ich zwanzig Jahre später den Meisterbrief im Fotografenhandwerk erwerben würde.

Am 14. Februar 1962, wie immer am Valentinstag, sollte Großvater seinen 73. Geburtstag feiern. Oma und ich hatten schon Tage vorher an einem selbstverfaßten Gedicht gebastelt. Über die Jahre habe ich es vergessen, aber es kamen Opas Schrullen, liebevoll in lyrische Verse gesetzt, ebenso darin vor wie sein brauner Hut und die unvermeidbare Tabakspfeife. „De Piep".

Am Geburtstagsmorgen lagen wir alle drei im Bett. Mal lag ich bei Oma, mal bei Opa, und dort blieben wir bis in den späten Vormittag. Das Gedicht habe ich noch mehrmals aufsagen müssen, und immer wieder war es eine Gaudi. Das Mittagessen ließen wir ausfallen, denn am Nachmittag hatte Paul für seinen Vater eine Geburtstagsfeier vorbereitet. Auf zu Paul und Auguste.

Dort angekommen, legten wir im Korridor unsere Sachen ab und mußten vor der Wohnzimmertür warten. Paul verschwand geheimnisvoll im Wohnzimmer. Kurz darauf wurde uns die Tür geöffnet.

Der Plattenspieler untermalte den Akt mit dem „Goldenen Pavillon" von Hans-Hendrik Wehding. Dieses Musikstück sollte für mein weiteres Leben eine besondere Bedeutung behalten, bis heute.

Auf dem Geburtstagstisch stand eine große Torte. Diesmal wirklich nicht die Sparvariante. Opas Platz war mit Blumen und brennenden Kerzen geschmückt. Ein schöner Tag – keine Vorkommnisse!

Ein neues Jahr war angebrochen, ein neuer Schock wartete auf mich. Kurz nach Opas Geburtstag, ich kam gerade aus der Schule, erwarteten mich meine Großeltern mit ernsten Gesichtern an unserem großen Wohnzimmertisch. Vor ihnen lag ein Brief. Oma las ihn vor, wobei sie sichtlich mit ihrer Fassung kämpfte.

Ich hatte im Westen noch eine Großmutter, mütterlicherseits. Das wurde zwar irgendwann mal erwähnt, hatte für mich aber nie irgendeine Bedeutung gehabt. Was die Frau wohl geritten hatte? Vielleicht war ja der Mauerbau erst jetzt bei ihr angekommen? Jedenfalls hatte diese „Westoma" Himmel und Hölle in Bewegung gesetzt, um über das Deutsche Rote Kreuz eine Familienzusammenführung durchzuboxen. Damit nicht genug. Überdies hatte sie für mich in einem katholischen Internat einen Platz reserviert und entschieden, ich solle katholischer Priester werden. Als ob die Frau irgend etwas zu entscheiden gehabt hätte. Das war alles kein Witz! Diese Oma hatte einfach einen Knall, und zwar einen noch „katholischeren" als meine Rollschuhoma. – Nee, die war ja bei der anderen Fraktion, was die Sache aber nicht weniger ernst machte. Die Rolle meiner Mutter konnte ich bis heute nicht eindeutig klären. Angeblich wäre alles hinter ihrem Rücken geschehen. Egal, das Ding war in Papier und Tüten.

Es lag eine Kopie vom Deutschen Roten Kreuz dabei, die Sache wäre positiv beschieden, wenn – ich auch zustimmen würde.

Meine Großeltern bemühten sich krampfhaft um neutrale Gesichter und stellten mir die Wahl ohne Beeinflussung frei. Mein Protest muß außerordentlich gewesen sein. Ich konnte mich gar nicht einkriegen. Der Gedanke war für mich so was von absurd ...

„Ich will aber hier bleiben!" – Pause.

„Ich will bei euch bleiben!", wiederholte ich etwas weinerlich.

Oma zerriß den Brief. Das war's dann. – Ich und Priester. Tsss.

Im Frühjahr begann Großvater wie üblich mit der Bestellung der beiden Gärten. Alles ging wieder seinen gewohnten Gang. Seine Stimme hatte sich in den letzten Wochen verändert. Er sprach irgendwie schnarrend und räusperte sich ständig.

„Was hast du denn, Hannes?"

„Ich glaub', mir ist hinten im Hals die Schale einer Erbse aus der Suppe hängengeblieben", antwortete Großvater.

„Komm' mal her", sein Sträuben half nichts. Großmutter bewaffnete sich mit einem großen Löffel und Opa sagte: „Aaa".

Wie ich später erfuhr, hatte Oma in seinem Hals eine grünlich-schwarz verfärbte Mandel entdeckt, die sich beim Gegenstoßen mit dem Löffel hart anfühlte. Sie ließ sich zunächst nichts anmerken, hatte aber gleich eine böse Ahnung. Ich bekam davon aber noch nichts mit.

„Du gehst sofort zum Arzt!" Man konnte das auch einen Befehl nennen. Da brauchte Opa gar nicht erst zu diskutieren, Leni hatte gesprochen! Als ich am nächsten Tag aus der Schule kam, war Oma mit Opa vom Arzt zurückgekehrt. Omas Verdacht hatte sich bestätigt. Eine Mandel war von Krebs befallen. Nach Ansicht des Hals-Nasen-Ohren-Arztes war das jedoch lokal begrenzt und durchaus operabel – nur eben nicht hier. Das würde er am liebsten der Berliner Charité überlassen, sagte der Arzt. Alles, was ich in den letzten elf Jahren erlebt hatte, war nichts gegen diese Nachricht. Wir hatten Angst – alle drei.

Es gab nicht einen einzigen Tag in meinem bisherigen Leben, an dem ich von Oma und Opa getrennt gewesen war. Nun sollte es so weit sein? Nicht mal einen Koffer besaßen wir – wozu auch?

Onkel Paul brachte seinen Koffer und Oma packte die wenigen Sachen zusammen. Ein Schlafanzug für Opa mußte noch schnell angeschafft werden. Opilein brauchte so was vorher nicht. Die Alltags- bzw. Arbeitskleidung wurden eben mal ausgezogen und dann ging er mit Hemd und Unterhosen in die Federn. So war er – unser Opilein.

Es waren sehr bedrückende Tage, bis er schließlich noch in derselben Woche mit einem Krankentransport nach Berlin mitfahren konnte.

Ich mag den Abschied gar nicht beschreiben. „Er kommt doch wieder", tröstete mich Oma, selbst unter Tränen.

Nur wenige Tage vergingen, als Oma morgens aufgeregt ein Telegramm schwenkte: *Kommen sofort erforderlich. Charité Berlin.*

Kommen! Ja, wie?

Sofort!

Mit dem Zug?

Oma ging davon aus, daß Opa im Sterben liegen würde. Da würde dann wohl selbst eine Bahnfahrt zu langsam sein. Zum Glück hatte der sparsame Paul etwas Geld in der Rücklage.

So nahmen sich schließlich Großmutter und Onkel Paul ein Taxi nach Berlin, um Opa rechtzeitig noch einmal zu sehen.

Ich hütete das Haus ...

Am späten Nachmittag kehrten beide mit verweinten Augen zurück. Oma nahm mich in die Arme und sagte mit erstickender Stimme: „Nun haben wir keinen Opa mehr".

Diese Worte sind so tief in mich gedrungen, daß ich diesen Nachmittag fast minutiös wiedergeben könnte. Ich hörte alles wie aus der Ferne. Das Gesicht glühte und der Puls klopfte in meinen Ohren.

Ich weiß genau, ich weinte nicht. Ich stand wie erstarrt im Zimmer.

Oma und Paul mußten in die Stadt, weil es „Dinge" zu erledigen gab.

Ursula war inzwischen auch bei uns aufgetaucht und weinte hemmungslos. Opa stand ihr sehr nahe. Ihr Schmerz kam aus tiefster Seele. Sie wußte wohl auch nicht, wie sie in diesem Moment mit mir umgehen sollte, und so fiel ihr nichts Besseres ein als zu sagen: „Ich gehe mal schnell zum Bäcker und hole uns ein Stück Kuchen." Ich nickte.

Als sie aus der Wohnung ging, verschloß ich hinter ihr die Tür.

Endlich war ich allein. Dann brach es aus mir heraus ...

Die nächsten Tage erfuhr ich Genaueres. Als die Klinik das Telegramm abgesendet hatte, war Opa seit Stunden tot. Die Operation war erfolgreich verlaufen, aber er war auf der Wachstation nicht mehr zu sich gekommen. Sein Herz hatte versagt. Der letzte Zusammenbruch war ja gerade erst wenige Monate her. Mit einer etwas anderen Formulierung des Telegramms wären uns sicher einige hundert Mark erspart geblieben. Für die Beerdigungskosten verkaufte Oma wenig später den einzigen streng gehüteten Reichtum, den wir noch besaßen, und von dem ich nie etwas erfahren hatte: Ein schweres goldenes Armband.

Das Hochzeitsgeschenk ihrer Eltern.

Opa wurde überführt und in der Leichenhalle unseres Friedhofs aufgebahrt. Damit ich ihn auch noch mal sehen sollte, ging Onkel Paul am nächsten Vormittag mit mir dort hin. Nahe an den Sarg traute ich mich nicht. Warum nicht, das kann ich nicht erklären. Angst wäre das falsche Wort. Opa lag da, als ob er schliefe.

In seinem braunen Anzug, mit seinem Feuerzeug und seiner Tabakspfeife, mit seinem Taschenmesser und der Russenuhr – die nun nicht mehr tickte. Oma hatte ihm all' seine Dinge mit in den Sarg gegeben. Der Ehering – blieb an seinem Finger.

Zur Beerdigung ging ich nicht mit.

Ich wollte nicht zusehen, wie man meinen Opa vergraben würde.

Am nächsten Tag fuhr ich allein zum Friedhof, schaute auf den kleinen mit Blumen bedeckten Grabhügel und weinte bitterlich.

An meiner Seite – mein grünes Fahrrad.

Siebentes Kapitel

Das Leben geht weiter

Das Frühjahr 1962 schickte sich an, wieder zu kalt zu werden. Eigentlich konnte es uns egal sein, denn die beiden Gärten, unsere bisherige Lebensgrundlage, konnte sowieso keiner von uns bestellen. Ich hatte mich gar nicht gefragt, wie es finanziell weitergehen sollte. Wahrscheinlich hatte Großmutter nach Opas Tod die Witwenrente bekommen. Ich denke nicht, daß diese Ansprüche verfallen waren, nur weil Opa seine Altersrente nicht abgeholt hatte.

So richtig interessiert hat mich das mit meinen knapp zwölf Jahren aber auch nicht. Es würde schon irgendwie weitergehen, schließlich war ja Onkel Karl auch noch am Haushalt beteiligt.

Im Schlafzimmer baute ich mein Bett auseinander und brachte alles in unseren Kohlenschuppen. Dadurch gewann ich wenige Quadratmeter für mich und konnte mir jetzt eine kleine Ecke für meine Elektrobasteleien einrichten. Opas Bett war nun meines geworden, ebenso sein Nachttisch, der mein Bücherschrank wurde. In der oberen Schublade bewahrte ich meine große Stabtaschenlampe auf mit der ich unter der Bettdecke oft stundenlang las. Neben mir schnarchte Oma.

Wenige Wochen nach Opas Tod schreckte ich mitten in der Nacht auf. Oma hatte das Licht angeschaltet und fragte mich offenbar total verwirrt: „Günti, wo ist denn Opa?" Das schockte mich mächtig.

Oma, meine unumstößliche Instanz, sie hatte doch wohl nicht den Verstand verloren? Ihre Augen schauten merkwürdig leer und orientierungslos, so, als sähe sie durch mich hindurch.

Es gibt Momente, da katapultiert einen das Schicksal innerhalb weniger Sekunden übergangslos in die nächsthöhere Entwicklungsstufe. Ich, das Kind Günti, konnte in dieser Situation von niemandem schnelle Hilfe erwarten. Von Oma nicht, von Opa nicht mehr.

Ich mußte eigenständig handeln, wie ein großer Junge.

Schnell hatte ich mich gefaßt und kroch zu Oma ins Bett hinüber.

Jetzt war es *meine* Brust, an der ihr Kopf lag. Ich strich ihr beruhigend über das Haar. Dabei erzählte ich ihr leise nochmals unsere letzten traurigen Wochen. Sie hörte zu, ohne zu fragen. Schließlich schlief sie wieder ein. Am nächsten Morgen wußte sie von nichts. Ich erwähnte die letzte Nacht auch nicht, hatte aber eines gelernt:
Auch Erwachsene sind nicht unbegrenzt belastbar!
Nicht einmal meine Oma!

Am Morgen des 10. Juni schlug ich die Augen auf. Zwölf Jahre war ich nun alt. Wenigstens heute und auch am darauffolgenden Tag hatte der, wer auch immer, für zwei warme Sommertage gesorgt. Auf die Schlafzimmerwolke konnte man sich wie jeher verlassen. Der Nachttopf unter meinem Bett hatte noch immer keinen Deckel. Wo aber war die Melange? Langsam kam ich zu mir und setzte mich auf die Bettkante. Richtig, wo waren die Pfingstrosen?
Oma schlief noch und gab dabei lautstark beruhigende Geräusche von sich. Manchmal, wenn ich nachts aufwachte und Oma mal ohne zu schnarchen schlief, vergewisserte ich mich, daß sie noch atmete.
In mich war eine bisher unbekannte Furcht eingezogen.
Nicht, daß Oma auch noch ...
Was würde dann aus mir?
Leise zog ich mich an und trat auf unseren Hof. Sommerluft, das pure Lebenselixier. Ich öffnete die wacklige Pforte zu unserem Hausgarten. Gleich vorn standen sie – meine Pfingstrosen. So richtig aufgeblüht waren sie in diesem Jahr noch nicht. Sollten sie ab jetzt dort stehen bleiben. Als sie nach einigen Tagen dann doch in voller Pracht standen, überlegte ich es mir anders und schwang mich auf mein Fahrrad.
„Oma!" – „Ja, mein Junge?"
„Ich fahre zum Friedhof und bringe Opa die Pfingstrosen!"
„Das mach mal, mein Junge."

Es waren nur noch wenige Tage bis zum Beginn der Sommerferien.
Abends war auf der Straße wieder einmal Federball angesagt.
Die beiden Mädchen vom „reichen" Stellmachermeister erzählten, sie

würden in den ersten drei Wochen ins Ferienlager fahren. Ein Zeltlager im Wald, um die 50 km entfernt. Sie wären schon im vergangenen Jahr dort gewesen, und es hätte einen Riesenspaß gemacht.

Riesenspaß? Den könnte ich wohl auch einmal wieder gebrauchen.

Am nächsten Tag klopfte ich bei unserem Pionierleiter Meister Lampe an die Tür: „Guten Tag, Herr Lampe."

„Na, Meister Cave?" Das erklärt wohl, warum er den „Meistertitel" trug. Wir hießen nämlich alle bei ihm „Meister".

„Wo brennt's denn?" – „Ich möchte mal fragen, ob ich ins Ferienlager mitfahren kann und was das denn so kostet?"

„Ja, nein, hähähä!"

„Das verstehe ich jetzt nicht", entgegnete ich.

„Ja, du kannst mitkommen, und nein, es kostet nichts. Hier hast du ein Formular, das füllst du aus und läßt es zu Hause unterschreiben. Da steht auch alles drauf, was du mitnehmen mußt usw.

Und vergiß deinen Pionierausweis nicht!"

„Nein, den vergesse ich nicht. Vielen Dank."

So einfach war das also, überlegte ich und begab mich wieder auf den Schulhof. Der letzte Schultag fiel in diesem Jahr auf einen Sonnabend. Sonnabends hatten wir ohnehin nur vier Stunden. In der ersten Stunde las unsere Klassenlehrerin meistens etwas vor, die zweite Stunde war schon Zeugnisausgabe, und dann ging es ab in die Sommerferien.

Wenige Tage später saß ich im Omnibus. Auf der Fahrt wurde mir schon etwas mulmig. Außer den beiden Mädchen von nebenan kannte ich niemanden. Die waren jedoch mit anderen Mädchen beschäftigt. Als Nachbarskinder spielten wir gelegentlich zusammen Federball, mehr aber auch nicht. So saß ich teilnahmslos zwischen den Lärmenden, und erste Zweifel kamen auf, ob ich überhaupt hierher gehörte.

Kurz vor dem Ziel durchfuhren wir ein Dorf namens „Hammelspring". Das löste großes Gelächter aus, und die leichte „Bewölkung" in meinem Gemüt verzog sich zunächst. Nach knapp einer Stunde Fahrt hielten wir auf einem lichten Platz mitten in einer Waldgegend.

Alles aussteigen! Ich blickte dem davonfahrenden Bus hinterher.

Wieder kam dieses merkwürdige Gefühl in mir hoch. Manchmal hatte ich das sogar in der letzten Schulstunde gehabt. Auf dem Heimweg wurde es dann weniger, und wenn ich unser Haus betrat, war es ganz und gar weg. Sollte das etwa Heimweh sein? Nun ja, von zu Hause war ich bisher nie fort gewesen. Wir überquerten den Bushalteplatz und näherten uns dem Waldrand. Hier trafen wir auf einen Schlagbaum, der von zwei Pionieren bewacht wurde. Eine junge Frau in FDJ-Bluse kam uns entgegen und führte uns zum Sammelplatz.

Jetzt bekam man einen ersten Eindruck vom gesamten Lager.

Gleich vorn war das Hauptgebäude mit der Lagerleitung. Ein großes Fenster gestattete den Blick auf den zentralen Appellplatz. Daneben befand sich eine „Radiostation" (der Lagerfunk) und die medizinische erste Hilfe. Ein großer Speisesaal schloß sich an.

Rundherum standen graue Mannschaftszelte, wie ich sie später auch bei der Nationalen Volksarmee kennenlernen sollte.

Nun wurde es offiziell: Zwei große Lautsprecher neben dem Appellplatz reichten aus, um das Zeltlager zu beschallen. Es erklang laut Musik. Der Kinderchor des Berliner Rundfunks sang einige bekannte Pionierlieder, dann: „Achtung, eine Durchsage! Die Lagerleitung begrüßt herzlich die Neuankömmlinge. Stellt euch bitte in Zehnergruppen auf. Die Gruppenleiter verteilen euch zunächst auf eure Zelte.

Um 11 Uhr treffen wir uns dann alle zum Begrüßungsappell."

Weiter ging es mit Musik.

Ich weiß nicht, wieviel Zehnergruppen wir waren. Vor uns waren ja auch schon Busse angekommen. Mehr als hundert Kinder waren wir bestimmt. Jede Gruppe hatte einen Gruppenleiter. Das waren junge schon volljährige Betreuer, wahrscheinlich angehende Pionierleiter.

Theo, unser Gruppenleiter, sortierte unseren „Haufen" und ging mit uns zu unserem Zelt. Innen schlug mir feuchtwarme Luft entgegen. Zwei Bettenreihen standen links und rechts mit je fünf Betten.

Betten? Zwei Holzplanken mit zwischengespanntem Segeltuch auf vier, vielleicht 20 cm hohen Füßen. Dazu drei „Pferdedecken" und einem Bett- und einem Kopfkissenbezug. In letzteren kam eine der drei Decken. Gelebt wurde aus dem Koffer, in meinem Fall aus meinem

Campingbeutel. Hier sollte ich drei Wochen einen Riesenspaß haben? Da war er wieder, der Klumpen in meiner Magengrube. Alle bezogen ihre „Betten", also tat ich das auch und machte Probeliegen. Ich hatte mich in einer Ecke gleich neben dem Eingang niedergelassen. Neben unserem Zelt stand ein Mädchenzelt. Von dort drangen Gekicher und Gelächter herüber. Ich schaute mal kurz um die Ecke. Die jüngere „meiner" Stellmachermeistertöchter „wohnte" in diesem Zelt.

„Na, Günti, prima hier, wa?"

„Hm."

Ich sah mich noch ein bißchen auf dem Gelände um, da meldete sich schon der Lagerfunk: „Achtung, eine Durchsage! Findet euch bitte alle zum Fahnenappell auf dem Appellplatz ein." Und wieder Musik.

Das kam mir gerade recht. Solange ich beschäftigt war, kamen mir wenigstens keine trüben Gedanken.

Im Zentrum des Appellplatzes flatterten fünf Fahnen im Wind.

Die Fahne der Deutschen Demokratischen Republik: Schwarz-Rot-Gold mit Hammer, Sichel und Ährenkranz.

Das Banner der Arbeiterklasse: Schlicht und einfach, rot.

Die Fahne der Partei: Auf rotem Grund ihr Emblem „Eine Hand wäscht die andere", interpretierte das der Volksmund etwas despektierlich.

Die Pionierfahne: Auf blauem Grund ein Emblem mit den Versalien „JP" und darüber die Flamme unserer Herzen zusammen mit unserem „Schlachtruf": *Seid bereit!* Schließlich die Fahne der Freien Deutschen Jugend: Auf blauem Grund das Emblem mit der aufgehenden Sonne und darüber die Versalien „FDJ".

Die ordentliche Aufstellung in einem offenen Carré kannten alle vom Schulhof. Das geschah automatisch. Die Lagerleitung baute sich an der noch offenen Seite auf. Die Musik verstummte.

Ein Redner begann: „Ich begrüße die Mitglieder unserer Pionierorganisation ‚Ernst Thälmann' mit dem Ruf: *Seid bereit!*" Wir brüllten: *„Immer bereit!"* Hach, da konnte man so richtig die Luft rauslassen und bekam anerkennende Blicke obendrein. Danach dann: „Ich begrüße die Mitglieder unseres Jugendverbandes Freie Deutsche Jugend mit dem Ruf „Für Frieden, Völkerverständigung und Sozialismus, *Freundschaft!*" – „*Freundschaft!*", ertönte es in etwas tieferer Stimmlage. Die wenigen FDJler waren hier Ferienhelfer. Wir Pioniere stellten deutlich die Mehrheit. Dann die übliche Rede, die immer und zu jedem offiziellen Anlaß die gleichen wichtigen, unbedingt zu verwendenden Vokabeln enthalten mußte, nämlich:

Die Arbeiterklasse unter der Führung der sozialistischen Einheitspartei, der Jahresplan und das gerade aktuelle jeweilige Plenum.

Letztere waren numeriert. Wenn man das einmal „drauf" hatte, konnte man zu jedem Thema reden und war immer auf der sicheren Seite. Wir kannten das alles. Man hielt das schon aus ...

Vielleicht ein Wort zu unseren Pionierliedern:

Heute, über zwanzig Jahre nach der Wiedervereinigung, sind sie aus den öffentlichen Medien so gut wie verschwunden. Wenn sie überhaupt einmal erwähnt werden, müssen sie als Propagandamaterial im negativen Sinn herhalten. Nicht nur, daß auch *das* Propaganda ist, nein, hier wird auch ein Stück gewachsener Geschichte und Musikkultur des Ostteils Deutschlands geringgeschätzt. Diese Lieder haben mehrheitlich wunderbare Melodien, wie z.B. „Unsere Heimat", und die Texte sind über jeden Zweifel erhaben. Qualitativ Vergleichbares hat die gegenwärtige Konsumgesellschaft bisher nicht hervorgebracht.

Nach dem Appell zogen wir in den Speisesaal und nahmen das Mittagessen ein. Am Nachmittag gab es noch einmal ein Stück Kuchen und um 18 Uhr schließlich das Abendessen. Am Küchenfenster standen ganztägig Kaffeekannen zum Trinken nach Belieben. In den Tagesablauf waren immer Veranstaltungen eingebunden. Kino im Speisesaal, Wanderungen, Basteln usw. Eigentlich gab es nichts zu kritisieren. Es lag an mir. Abends, ja sogar in der Mittagsruhe, packte mich das Heimweh. Die anderen merkten das langsam auch und schauten mich verständnislos an. Theo holte mich in sein Zelt, die Betreuer hatten natürlich ihr eigenes, und versuchte zu ergründen, warum es mir nicht gefiele. Eine plausible Antwort hatte ich jedoch selbst nicht.

Das Wochenende gestaltete sich im Ferienlager allerdings etwas langweiliger. Der Veranstaltungsplan kam erst wieder ab Montag auf Touren. Die meisten Kinder spielten Fußball oder widmeten sich anderen Sportarten. Das war nun gar nichts für mich. Ich bin nicht unsportlich, aber Sport und Spiele gehen mir fürchterlich auf die Nerven. Derartiger Betätigung kann ich bis heute nichts abgewinnen. So setzte ich mich am Sonntag nachmittag ins Zelt und schrieb an meine Oma eine Postkarte: „Liebe Oma, hier ist es ganz furchtbar. Ich will nach Hause. Dein Günti."

Daß das meine Großmutter in helle Aufregung versetzen würde, hatte ich natürlich nicht bedacht, geschweige denn beabsichtigt.

Obwohl Oma auch die Ansichten meines Großvaters für sich selbst übernommen hatte, trieb sie die Sorge um mich schließlich doch zu dem „Sozi" – dem von nebenan.

„Haben sie denn schon von ihren Töchtern Post aus dem Ferienlager bekommen?", erkundigte sie sich.

„Ja, die haben einen Riesenspaß."

„Aha, danke."

Damit war die Ermittlungsarbeit meiner Großmutter jedoch lange nicht abgeschlossen. Bestenfalls handelte es sich um ein Indiz für meine Unversehrtheit. Der Fall hatte weiteren Aufklärungsbedarf.

Drei Tage später tauchte meine Großmutter zur Inaugenscheinnahme höchstpersönlich auf! Der Mann einer ihrer zwei besten Freundinnen besaß ein Auto, einen F8. Das war der Vorgänger des späteren DDR-Trabanten, der mit der Kunststoffkarosserie und der Kraft der zwei Kerzen, auch unter Plastikbomber oder Suppenporsche bekannt. Dieser F8 war, genau wie der Trabant, ebenfalls etwas Besonderes. Im Falle eines Karosserieschadens ging man nicht zum Klempner, sondern zum Tischler. Das Gefährt war aus Holz!

Als ich meine Oma sah, ging es mir gleich viel besser. Zu einer Spontanheilung reichte es aber nicht. „Günti, was machst du denn nur für Sachen?", fragte sie. „Ach, ich hab Heimweh und möchte am liebsten mit nach Hause kommen", jammerte ich. „Na, laß uns doch erstmal etwas herumgehen", schlug Oma vor. Ich zeigte ihr meine Unterkunft und führte sie im Lager herum. Dabei unterhielt sie sich auch mit Theo. Wahrscheinlich kam dabei zur Sprache, daß es sich um mein erstes Fortbleiben von zu Hause handelte und vielleicht auch, daß Großvater erst vor wenigen Wochen gestorben sei. Letztlich konnte sie mich überzeugen, daß es hier doch recht schön ist. „In zwei Wochen bist du ja schon wieder zu Hause", sprach sie und nahm mich in den Arm. Zum Trost wurde mein Campingbeutel mit Süßigkeiten aufgefüllt, und nach einer Stunde fuhr Oma dann wieder nach Hause. Hätte ich darauf bestanden, hätte sie mich mitgenommen!

So aber war es *meine* Entscheidung hierzubleiben, was erzieherisch am klügsten war. Der Klumpen in meiner Magengrube war durch Omas Besuch um mindestens die Hälfte geschrumpft.

Für den Abend war eine Nachtwanderung angesagt. Es sollte um den nahe gelegenen See gehen. Am Ufer führte nur ein Trampelpfad entlang. Im Wald war es schon recht dunkel geworden. Immer wieder galt es über Äste oder Baumwurzeln zu steigen. Nur gut, daß ich die große Taschenlampe aus meinem Nachttisch eingepackt hatte.

Hinter mir hörte ich eine Mädchenstimme: „Aua!"

Ich drehte mich um und leuchtete ihr ins Gesicht. Lolo, ihren vollen Namen weiß ich nicht mehr, war umgeknickt. Sie „wohnte" ebenfalls im Nachbarzelt und war mir durchaus schon aufgefallen, aber meine miese Gemütslage der letzten Tagen hatte die Weiterverarbeitung in meinem Hirn blockiert. Im Licht der Taschenlampe wurde mir plötzlich bewußt, wie schön sie war. Ihre langen blonden Haare trug sie zu einem dicken Zopf geflochten seitlich nach vorn über die Schulter.

Als ich sie stützte und sie sich für viel zu kurze Zeit bei mir einhakte, nahm ich das erste Mal in meinem Leben ein Brennen in der Brust wahr. Das war nicht das Gefühl, welches ich hatte, als ich die unerreichbare Lehrerin anhimmelte, nein, dieses hier war keine Fiktion. Dies war die Realität, das richtige Leben. War ich nicht eben noch das heulende Muttersöhnchen, richtiger das Omasöhnchen gewesen? War das wieder ein Entwicklungsschritt, so aus heiterem Himmel, wie der vor wenigen Wochen, als mich Oma verwirrt geweckt hatte und ich in jener Nacht vom kleinen zum großen Jungen wurde? Konnte ein

Junge in ein gleichaltriges Mädchen verliebt sein und gleichzeitig am Rockzipfel seiner Großmutter hängen? Ja, ich hatte mich auf der Stelle in Lolo verliebt. So mußte sich das wohl anfühlen.

Das konnte gar nichts anderes sein.

Gegen Mitternacht kehrten wir in unsere Zelte zurück. Lange lag ich noch wach. Als ich damals mein Fahrrad bekam, war das für mich ein großes Glück. Lolos Gesicht im Schein meiner Taschenlampe hatte aber ein völlig anderes Glücksgefühl ausgelöst. Glück und gleichzeitig Schmerz – sonderbar. Wieviele Tage blieben mir noch? Knappe zwei Wochen? Das war ja nicht mehr lange – hatte auch Oma gesagt.

Eine Woche war schon „verplempert". Es war ja nicht so, daß Lolo nicht noch weitere Verehrer gehabt hätte. Rolf, auch aus meinem Zelt, war ebenfalls immer kräftig am Buhlen. Er wollte Seemann werden und übte ständig diese „bescheuerten" Knoten. Rolf war durchaus ein Mädchentyp und schwankte immer zwischen der jüngeren Stellmachermeistertochter und Lolo hin und her. Dabei waren die beiden eigentlich nicht vergleichbar. Na ja, diese Entscheidung wollte ich ihm jetzt abnehmen. Nun konnte man sich in unserem Alter noch nicht freimütig zu einer Freundin bekennen, ohne den Spott der anderen zu ernten. Keine einfache Zeit, so kurz vor der Pubertät. Bei jeder Gelegenheit suchte ich nun Lolos Nähe. In der Schlange vor der Essenausgabe stand ich immer hinter ihr. Wenn es sich anbot, ging ich rüber ins Mädchenzelt. Die Stellmachermeistertochter grinste mich dann an und rückte gern ein Stück zur Seite, damit ich neben Lolo Platz fände. War sie doch eine Rivalin los und konnte sich ungestört Rolf widmen. Eines Nachmittags erklang aus dem Mädchenzelt Gesang mit Gitarrenbegleitung. Theo sang, von Mädchen umringt, offizielle Pionier- und Jugendlieder, aber auch Schlager aus dem Radio. Mädchen aus anderen Zelten waren hinzugekommen und einige wenige Jungen. Es herrschte eine ungezwungene Stimmung, und schließlich sangen alle mit, was jeder so konnte. Ich schaute Theo dabei genau auf die Finger. Schließlich spielte ich ja selbst zwei Melodieinstrumente und fand, daß ich dabei mehr tun müßte, als er es hier tat. So schwer konnte das nicht sein. Ein Begleitinstrument hatte ich aber noch nicht gespielt.

In den nächsten Tagen durchlief ich einen Gitarrenmarathon. Theo zeigte mir die Grundgriffe einer Tonart und gab mir die Gitarre auch mit in mein Zelt. Das war nämlich nicht seine Gitarre, sondern die gehörte zur Lagerausstattung. Nach wenigen Tagen konnte ich bereits einige Lieder begleiten. Dabei taten mir die Finger heftig weh, denn diese sogenannte Gitarre war eine furchtbare Wanderklampfe mit recht hochliegenden Saiten. Ein sauberes Akkordspiel war kaum möglich, weil die Finger tief eintauchten und die Nachbarsaiten bedämpften.

Egal, ich spielte jetzt *auch* Gitarre. Die Mädchen umringten nun auch mich. Selbst die Stellmachermeistertochter hielt mehr von meinem Gitarrenspiel als von Rolfs „bescheuerten" Seemannsknoten.

Hatte ich eigentlich schon erwähnt, daß ich im Ferienlager einen Riesenspaß hatte?

Am Nachmittag des vorletzten Tages saß ich mit Lolo allein im Zelt. Ab und zu guckte einer neugierig durch den offenen Zelteingang.

„Wir könnten doch zum See runtergehen", schlug ich vor.

Lolo willigte ein. Hätte doch nur jemand ein Bild gemacht.

Ich, der „große Junge" mit der Gitarre in der Hand und seiner ersten Liebe an der Seite, auf dem Weg zum Seeufer lustwandelnd.

Dort saßen, sprachen und scherzten wir bis zum Abendbrot. Zwischendurch spielte ich auf der Gitarre, was ich eben so konnte. Wenn es sich ergab, saßen wir auch mal enger beieinander. Beim Necken berührten sich manchmal kurz unsere Wangen. Mehr trauten wir uns nicht.

Am Abreisetag standen wir wieder alle beieinander und warteten auf die Busse. Lolos Bus fuhr in die entgegengesetzte Richtung.

Beim Einsteigen kam sie trotz der „Zuschauer" nochmals auf mich zu und hauchte mir einen flüchtigen Kuß auf die Wange.

„Wir schreiben uns, ja?" – „Ja, wir schreiben uns."

Ich sah sie nie wieder.

Die zweite Hälfte der Ferien sollte meinem Busenfreund Rudi gehören. Gleich am nächsten Morgen saßen wir wie üblich auf den Stufen der Treppe vor seinem Haus und schmiedeten Pläne. Solche Pläne hatten nur allzu oft zum Ergebnis, daß Rudi am Ende einen fürchterlichen Arsch voll von seinem Vater bekam. So auch dieser.

Als ich Rudi von meiner großen Liebe aus dem Ferienlager berichtete, interessierte ihn daran nur: „Und, hatte die schon Titten?"

Dieser Banause reduzierte meine Lolo doch tatsächlich auf derartige Nebensächlichkeiten. „Du Arsch", entgegnete ich entrüstet, „du hast ja gar keine Ahnung, wie schön die ist."

Einen Moment lang kehrte wieder dieser süße Schmerz in meine Brust zurück. Er entführte mich in das Reich der Tagträume ...

Ein wunderschönes Mädchengesicht nahm im Schein meiner Taschenlampe Gestalt an. Wie in Zeitlupe legte sie ihre elfenhaften Arme um meinen Nacken. Unhörbar sprach sie etwas zu mir. Dabei öffneten sich ihre Lippen und gaben den Blick auf die weißen glitzernden Zähne frei. Sie kam näher – und näher – gleich würde sie mich berühren.

„Hee", meldete sich der Trottel neben mir zurück, „ich hab' da 'ne Idee. Kennst du Tittenlilli?"

Er zog mich von der Treppe hoch und bereitete mich auf dem Weg durch die Gärten auf Lillis Titten vor. Dazu streckte er beide Arme weit nach vorn. „Solche Dinger, kann ich dir sagen." Als ich noch überlegte, welcher Hilfsmittel sich Tittenlilli wohl bedienen müßte, um „solche Dinger" sicher zu transportieren, waren wir auch schon angekommen.

Wir hatten Glück, Tittenlilli war tatsächlich vor Ort. „Die ist fast immer hier", sagte Rudi. Der Bretterzaun war relativ niedrig. Auf Zehenspitzen konnten wir gut darübergucken.

„Scheiße, die kenn' ich", sagte ich, „die wohnt bei meinem Onkel im Haus. Wenn die mich sieht ..."

Lilli war die Tochter der Nachbarin meines Onkels Paul. Vielleicht wenig älter als zwanzig Jahre und „schön kräftig" gebaut, aber nicht, was man üblicherweise dick nennen würde. Sie sah „mittelprächtig" aus und kniete gerade weit vorgebeugt über einem Gartenbeet, während wir gespannt warteten, ob und wann eventuell der Balkon in ihrer tief ausgeschnittenen halbdurchsichtigen Bluse abstürzen würde.

Unser Wunsch wurde vom Allmächtigen nicht erhört.

Meine Großeltern hatten eben doch recht. Der läge nun seit über 2000

Jahren auf der faulen Haut. Wahrscheinlich gäb's den gar nicht. Man müßte der Sache auf die Sprünge helfen. An Ideen mangelte es mir nie. Bei Unternehmungen wie dieser delegierte ich besondere Aufgaben doch auch gern. „Ruf doch mal was", spornte ich Rudi an.

„Hee, Tittenlilli", rief Rudi laut, „zeig' uns mal deine Titten!"

Weil ich gut erzogen war, hatte mein Ruf zwar den gleichen Inhalt, aber nur die halbe Lautstärke. – Zunächst tat sich nichts.

Was erwarteten wir eigentlich? Rudi repetierte.

Plötzlich schoß Tittenlilli hoch und kam den zum Glück recht langen Gartenweg auf uns zugerannt. Eine Sekunde lang starrten wir auf ihren wogenden Balkon in der Hoffnung, spätestens jetzt ... Schade.

Dann legten wir einen Katapultstart vom Feinsten hin. In rekordverdächtiger Zeit „fegten" wir auf Rudis Haus zu, überrannten auf dem Torweg fast seinen Onkel Franz und verschwanden in den beiden kleinen Außentoiletten auf dem Hof.

Da war unsere Verfolgerin bereits heran. Sie riß die erste Tür auf.

Der kleine Haken war für solche Attacke nicht ausgelegt.

Tittenlilli erwischte mich zuerst. Peng, hatte ich eine sitzen.

Rudi, der Idiot, rief nach seinem Vater, während auch seine Tür kapituliert hatte. Sein Vater eilte ihm zur Hilfe – dachte Rudi ...

Eine Erklärung war nicht nötig, die Situation rein optisch eindeutig. Irgendwas hatten wir ausgefressen. Zur Sicherheit bekam Rudi erstmal seinen Arsch voll. Im Zweifel *auf* den Angeklagten.

Tittenlilli verließ den Hof. Ich hatte eine geknallt bekommen und Rudi war immer noch am Einstecken. Nicht, daß ich vielleicht auch was abbekommen würde? Ich legte nochmals den „dritten Gang" ein und „fegte" mit Vollgas wieder vom Hof, meiner häuslichen Sicherheitszone entgegen. Das Bild meines zweiten Katapultstarts taugte noch Jahre später zur allgemeinen Familienbelustigung.

Mein Busenfreund Rudi litt zweifellos an einer genetischen Mutation. Das äußerte sich in einer äußerst ungewöhnlichen Entwicklung seines Cortex praefrontalis, dem Ort, wo normalerweise der Verstand gedeiht. In Ansätzen gedieh der zwar auch bei Rudi aus medizinischer Sicht unauffällig, jedoch veränderte diese graue Masse, je nach Situation, ihren Aggregatzustand von fest zu flüssig, das *Morbus-Bahlsen-Syndrom* – hat was mit feuchtem Keks zu tun – um sich in einer Art Liquor, über den Rückenmarkskanal heruntertröpfelnd, im Hoden anzustauen. Einmal dort angekommen, verfestigten sie sich wieder. Rückkehr unmöglich – irreversibel. Den dabei entstehenden Hohlraum im Schädel lernte Rudi dann später mit Gerstensaft und Hochprozentigem aufzufüllen. Diagnose: Bedingt bildungsfähig, bei herausragender Potenz.

Aus dieser Sicht war es nun nicht besonders verwunderlich, daß trotz guter Aussichten auf einen weiteren Arsch voll das Tittenprojekt als noch nicht erledigt bestehen blieb. Es mußte noch andere Mittel und Wege geben. Warum ließ ich mich nur immer so leicht überreden?

Am folgenden Tag mieden wir die Gefahrenzone Gartenstraße.

Rudi kam zu mir. „Was machen wir heute?" – „Auf jeden Fall nicht in die Gartenstraße gehen", antwortete ich. Vielleicht hatte Tittenlilli ihr Aggressionspotential noch nicht vollständig an uns abgearbeitet?

Rudi kannte solcherlei Bedenken nicht.

„Weißt du was?", die Gitarre tauchte wieder vor meinen Augen auf, „wir gehen zum Musikladen und fragen mal, was denn eine einfache Gitarre kostet." Rudi war nicht nur einverstanden, sondern geradezu begeistert. Das hätte mich schon stutzig machen müssen. Waren mir etwa rudimentäre Eigenschaften eines Schöngeistes an ihm verborgen geblieben? Das klärte sich schnell, als er seinen neuen Plan vorstellte:

„Wenn wir eine Gitarre haben", bis hierher gefahrlos, „können wir doch mit Mädchen", eigentlich brauchte er nicht weiterzureden, „ gemeinsam singen", war mir da noch was entgangen, „und dabei können wir vielleicht die eine oder die andere überreden, uns ihre Titten zu zeigen."

Rudis Gedankengänge waren nie sehr kompliziert.

Im Klartext: Während ich den Minnesänger geben sollte, wollte Rudi die Mädchen zutexten. Meine Erfahrung aus dem Ferienlager sagte mir – das könnte durchaus klappen. Zumindest die anziehende Wirkung auf das weibliche Geschlecht wußte ich bestätigt. Ich will nicht behaupten, daß ich dem Plan völlig uninteressiert gegenüber gestanden hätte. Wir würden sehen. Erstmal müßte eine halbwegs brauchbare

Gitarre her. Auf dem Weg zum Musikladen entkleidete Rudi gedanklich die Mädchen reihenweise. Er listete die in Frage kommenden schon einmal auf und klassifizierte sie nach „Ausstattungsgrad". Die meisten kamen allerdings aus der Gartenstraße. Dort, wo Tittenlilli ...!

„Guten Morgen, Frau Borchert", begrüßte ich die Verkäuferin im Musikgeschäft. Sie kannte mich als einen Klassenkameraden ihrer Tochter. „Na, Günter, ist wieder mal eine Saite deines Banjos gerissen?" „Nein", entgegnete ich, „ich habe im Ferienlager Gitarre spielen gelernt und würde nun gern selbst eine haben wollen." – „Na, dann schau dich mal um, da haben wir inzwischen eine größere Auswahl." An einer der Wände hingen mehrere Gitarren und eine besonders schöne stand im Schaufenster. „Ja", sagte Frau Borchert, „das ist jetzt unser teuerstes Modell. Möchtest du mal probieren?"
Sie holte die Gitarre aus dem Schaufenster, eine dunkelrote Halbkorpusgitarre *Jolana*, damals eine sehr erfolgreiche tschechische Marke. Oh, Mann. Man brauchte nur wenig Druck auf die Saiten auszuüben, schon „stand" der Akkord. So mußte das sein. Was nicht sein mußte, waren die knapp 600 Mark. Lächelnd stellte sie die Gitarre zurück. „Unser preiswertestes Modell kostet knapp 50 Mark. Schau mal hier", und nahm eine sehr schlichte Gitarre von der Wand herunter. Die griff sich zwar immer noch besser als die aus dem Ferienlager, aber auch diese überzog meine preislichen Vorstellungen. Daß ich gar kein Geld in der Tasche hatte, sagte ich natürlich nicht.
„Muß es denn unbedingt eine neue Gitarre sein?", fragte sie.
„Nö." Daran hatte ich noch gar nicht gedacht.
„Hast du denn schon im An- und Verkauf nachgefragt?"
Das war quasi der DDR-Second-Hand-Shop. Damals sprachen wir aber alle noch Deutsch! „Nein, das machen wir doch gleich.
Danke, auf Wiedersehen!"
Die Idee war gut. Der kleine Laden befand sich in unserer Straße kurz vor dem Marktplatz. Ich hatte ihn bisher kaum beachtet, weil nur Unbrauchbares im Schaufenster herumlag. „Sag mal", fragte ich Rudi, „selbst wenn da eine Gitarre unter 50 Mark sein sollte, woher nehmen

wir das Geld?" – „Na, erst mal sehen", antwortete Rudi, „wieviel wir wirklich brauchen. Vielleicht habe ich ja schon eine Idee." Sprach's und bog rechts in eine Querstraße ab. „Wollten wir nicht eigentlich zum Markt?", wandte ich ein. „Nu' wart's doch mal ab."

Vor dem Schaufenster einer Gärtnerei blieben wir stehen.

„Und nun?", fragte ich. „Schau mal dort die Pommedutschen!"

„Die Pomme... was?"

Er zeigte auf diese zigarrenähnlichen dunkelbraunen Rohrkolben, die am Rand von stehenden Gewässern zu finden sind. In einer hohen Vase standen einige dieser Pommedings zum Stückpreis von einer Mark. „Was willst du denn damit?" Rudi war schon im Laden am Verhandeln. Als er wieder herauskam, erklärte er: „Diese Pommedutschen sind als Raumschmuck der Renner, und wir könnten sie für 35 Pfennige an den Gärtner liefern!"

„Prima, und wo bekommen wir die her?"

„Na, von den Russen! – Mensch, vor dem Russenzaun stehen die doch in Massen herum." Richtig, dort wo die Kameraden uns mit Zigaretten versorgen wollten, standen diese Rohrkolben dicht an dicht. Wahrscheinlich war die Wiese durch die „Düngung" von deren Tierhaltung so versumpft und mit Nährstoffen angereichert, daß das ein idealer Standort war. „Morgen besorgen wir uns Gummistiefel", die gab es auch in unserem Haushalt, „und ernten Pommedutschen!" Egal, was dabei herauskäme, Geld, von dem die Erwachsenen nichts wußten, konnte man sowieso immer gut gebrauchen.

Wir waren beim An- und Verkauf angekommen. Im Schaufenster lagen nur alte Klamotten herum, und einen Kaffeekocher brauchten wir gerade nicht. „Guten Tag, wir suchen eine Gitarre." Die Verkäuferin zeigte wortlos auf eine Ecke hinter dem Ladentisch. Zwischen einem räudigen Pelzmantel und einer Küchenmaschine lag doch tatsächlich eine Gitarre. Ich berichtige: Eine Wanderklampfe, mit einer äußerst „geschmackvollen" Bemalung: Südseestrand mit Palmen!

„Ah ja, was soll die denn kosten?", fragte ich. „15 Mark!"

Unsere Gesichter hellten sich auf – also meines – Rudi rang noch mit der Mathematik. „Jeder um die zwanzig Pommedings und der Fisch ist gegessen", erlöste ich ihn. „Genau", antwortete er, „können sie uns die zurücklegen?", nun war er wieder am Zug, „wir bekommen erst in zwei Tagen Geld." Die Verkäuferin guckte uns mißtrauisch an.

„Na gut, bis übermorgen abend, dann verkaufe ich sie."

„Vielen Dank, wir kommen bestimmt. Auf Wiedersehen!"

„Den „Hobel" hätte die in Jahren nicht verkauft", sagte ich, wieder auf der Straße stehend. Allerdings – wir wollten den Hobel ja auch.

„Och, die bekommst du doch schnell wieder hin", meinte Rudi.

Sicher, so wie ich immer derjenige war, der die Requisiten für unsere Unternehmungen anfertigen mußte. Ob Säbel, Flitzbogen, Steinschleuder, Holzpistolen ... Immer mußte ich eine Zweierserie auflegen. Rudi bekam eigentlich gar nichts hin. Trotzdem befruchteten wir uns quasi gegenseitig. Hatte ich eine Idee – handelte *er*.

Ging das in die Hose – verzog ich mich, und er bekam den Arsch voll.

Hatte *er* eine Idee – war das Ergebnis dasselbe.

Gummistiefel besorgen!

Der Ernteeinsatz am nächsten Morgen ging zügig von der Hand. Unser Fleiß speiste sich dabei aus unterschiedlichen Quellen. Ich würde wahrscheinlich eine Gitarre haben und er nur Bilder im Kopf, deren Umsetzung in reale Geschehnisse rein futuristischer Natur waren.

Neben einem eventuellen gemeinsamen Erlebnis blieb am Ende jedoch nur eine halbe Gitarre für jeden übrig! Da Rudi nicht spielen konnte, nie würde spielen können, fände das Instrument vielleicht seine dauerhafte Heimstatt in meiner Wohnung, praktisch in Dauerleihe. Schließlich müßte ich ständig üben. Ein Banjo und eine Klarinette besaß ich schon. Dazu würde sich nun auch noch eine Gitarre ...

„Fertig", rief Rudi. Er hatte seinen Haufen zusammengetragen und gezählt. In Gedanken versunken, hatte ich meine Pommedings immer nur aufs Trockene geworfen. Eine schnitt ich noch ab, dann balancierte ich, ebenfalls die Sumpflöcher vermeidend, an Land. Trotzdem suppte es in den Stiefeln. Das war kein klares Wasser! Schließlich schnitten wir alle Stengel auf gleiche Länge und zählten durch. Es reichte dicke. Erst nach Hause Füße waschen, dann beim Gärtner abkassieren und dann die Gitarre holen. Der Gärtner hielt Wort, wir bekamen über 20 Mark. „Aber bitte nicht morgen schon wiederkommen. Vielleicht in 14 Tagen." – „Jaha!" Keine schlechte Idee.

Mit klingender Münze erschienen wir im An- und Verkauf. Die Verkäuferin guckte nicht schlecht. „Guten Tag, wir möchten die Gitarre abholen." Es war noch nicht mal Mittag geworden!

Diese Unternehmung ging als eine der wenigen erfolgreichen in die Geschichte der Busenfreunde ein.

Ich benötigte einige Tage, bis ich den „Hobel" spielbereit hatte. Herr Bünger half mir, mit seinen Präzisions-Meßwerkzeugen die Saitenlage zu optimieren. Alle Bundstäbchen mußten erneut eingepaßt werden damit sie fluchteten. Der Steg wurde geplant und die Wirbelmechanik überholt usw. Ein besonders feines Schleifpapier „versenkte" auch die Südseeinsel, und eine Schicht Klarlack aus der Spritzpistole hatte schon damals meinem Fahrrad ein zweites Leben eingehaucht. Am Ende war die Gitarre brauchbar, bundrein würde sie nie werden.

„Na, siehste", sagte Rudi.

Die nächsten Tage waren wir musikalisch ausgelastet. Ich spielte Gitarre und Rudi gab den Grobmotoriker. Seine Musikalität war ähnlich der des Kaisers Wilhelm II. Der Legende nach erkannte dieser bei jedem Musikstück bereits nach wenigen Takten treffsicher:

„Das ist nicht der Radetzky-Marsch!"

Auf dem Mühlberg waren wir die Attraktion, und in die Gartenstraße konnte man auch über einen Umweg gelangen. Angemerkt sei, daß das Gitarrenspiel sich einer außerordentlichen Beliebtheit erfreute. Die Beatles wurden langsam auch in der DDR bekannt. Radiowellen kennen weder Grenze noch Berliner Mauer.

Es war die Zeit einer vollkommen neuen Jugendmusik angebrochen.

In unserem speziellen Fall erfüllten aber noch die geläufigen Schlager ihren Zweck. Es klappte – genau wie im Ferienlager. Ich spielte und sang „Weiße Rosen aus Athen" und „Tiritomba". Meist reichte es aus, wenn wir den Musikwünschen nur in Ansätzen entsprachen.

Neben den kleinen Kindern interessierten sich allerdings auch die schon etwas größeren Jungen für unseren Auftritt.

So war das von uns nun eigentlich nicht gedacht.

Rudi moderierte nicht schlecht. Er hatte bereits Anni und Rosi am Wickel und versprach ihnen eine Künstlerkarriere – weil sie doch so wunderbare Stimmen hätten. Am besten wäre, wenn sie mit uns auf seinen Hof kämen. Mit den kleinen Kindern um uns herum könne man nicht ernsthaft üben. Auf jeden Fall waren seine Worte überzeugend, wenn auch von schlichterem Ausdruck.

Anni und Rosi kamen jedenfalls mit uns. Auf dem Hof angekommen, war gar nicht mehr die Rede von Singsang, sondern ungestörter wären wir nur in der Wohnung. Nun war ich am Staunen.

Wie machte der das? Die Mädchen rannten hinter ihm her, während er unablässig labernd vorausging. Begünstigend wirkte, daß niemand sonst im Haus war. Wahrscheinlich waren alle bei seinem Onkel Franz im Garten. Im Sommer war das oft der Fall.

Von Wein, Weib und Gesang hatte Rudi den Gesang kurzerhand gestrichen. Zunächst ging es mal um Wein.

„Wein, hi, hi", kicherte Anni.

Rudi ging ins Wohnzimmer und kam mit einer angebrochenen Flasche Rotwein und vier Tassen zurück. Dann öffnete er den Kleiderschrank seiner Mutter und holte zwei Sommerkleider heraus. Als angehende Schlagersängerinnen müßten sie auch entsprechend aussehen, meinte er. Passende Hackenschuhe fanden sich auch.

Anni und Rosi zogen ihre Sachen aus, um die Kleider zu probieren.

Rudis Cortex praefrontalis wechselte den Aggregatzustand ...

Ich fand die Situation nicht besonders aufregend, denn von Tittenbesichtigung konnte bei den gleichaltrigen Mädchen keine Rede sein. Dort, wo Tittenlilli einen ausladenden Balkon hatte, hatten die beiden eine Nische. Rudi war trotzdem des Lobes voll:

Er hätte gar nicht gedacht, daß sie eine so schöne Figur hätten. Am besten könne man das aber unbekleidet beurteilen!

„Nee, hi, hi", kicherte Rosi.

Der Wein entfaltete seine entspannende Wirkung ...

Letztlich lagen beide auf dem Rücken über den Ehebetten der Eltern, die Schlüpfer in den Kniekehlen und die Hemden hochgezogen. Neugierig betasteten wir hier und da die nackten Leiber. Ich fand, daß die volkstümliche Bezeichnung Pflaume der Realität recht nahe kam. Allein die Reife fehlte. Alles in allem ähnelte die Aktion doch noch sehr den Doktorspielen vergangener Jahre als der Befriedigung aufkeimender pubertärer Gelüste.

Als Rudis Eltern nach Hause kamen, hatten wir die Wohnung schon wieder verlassen. Wir hatten auch kurz aufgeräumt, die Betten zurechtgezogen und Mutters Kleider zurückgehängt. Das blieb alles unentdeckt. Die nach Wein riechenden vier Tassen hätten wir vielleicht noch ausspülen sollen!

Und wieder war es mein Rudi, der für den Wein bezahlen mußte.

Statt die Namen der Mädchen preiszugeben, nannte er unter Schmerzen jedoch die zweier anderer Lausbuben – gab ja reichlich Auswahl.

Das war dann doch ein edler Zug von ihm.

Wir gaben nicht auf. Das Projekt Tittenbesichtigung müßte auf ein solides Fundament gestellt werden. Dieses wohnte einige Häuser weiter und hieß Waltraud. Sie war schon 16 Jahre alt und hatte alle Attribute einer Frau richtig gut ausgebildet.

Bis auf ihren Cortex praefrontalis, dem Ort, wo der Verstand …

Der andere Ort, dessen Bedeutung wir weitaus schwerer gewichteten, war bei ihr deutlich schwergewichtig. Nein, gut sah sie nicht aus – auch nicht beim zweiten Hinsehen. Die sozialen Verhältnisse, aus denen sie kam, unterschieden sich nicht wesentlich von meinen. Bei ihr schien es jedoch sogar an Wasser und Seife zu mangeln. Das brachte ihr auf dem Mühlberg einen recht gemeinen Spitznamen ein, Wallischwein, den auch wir benutzten. Heute – nicht!

Als wir, eher ungewöhnlich, zusammen Federball spielten, legte Rudi wieder seine schmierige Platte auf. „Oh, Walli, wenn du so springst, das sieht ja schon wie bei einer richtigen Frau aus."

Ich weiß nicht, ob Walli den Hinterhalt erfaßte. Sie wertete es jedenfalls als Schmeichelei. Rudi setzte sicherheitshalber in Gebärdensprache nach und befleißigte sich darüber hinaus in recht gelungener Weise einer pantomimischen Darstellung, die auf das Ziel unmißverständlich hinwies: Wallis Balkon. Des weiteren stellte er in Aussicht, daß einer tiefen Freundschaft prinzipiell nichts im Wege stünde – zustimmendes Kopfnicken von meiner Seite – wenn sie uns doch wenigstens einmal auf ihren Balkon ließe.

Einige Sekunden verrannen – sollten wir einen Katapultstart ins Auge fassen? Sie musterte uns argwöhnisch, zeigte aber keine Spur von Empörung. „Wenn ihr mich nie wieder Wallischwein nennt, lasse ich euch mal anfassen." – „Aber auch so richtig ohne Sachen an", vergewisserte sich Rudi sogleich. – „Ja, auch ohne Sachen an."

Rudis Wohnung schied als Stätte der Begegnung verständlicherweise für die nächste Zeit aus. Wir kamen überein, daß wir einfach auf die Wiese gehen könnten. Das Gras war noch nicht gemäht. Da würde uns niemand sehen. Durch den kleinen Gang, der zu den Russen und den Pommedutschen führte, erreichten wir den Ort bevorstehender Freuden. Wir setzten uns in reichlichem Abstand zum Russenzaun und der Gartenanlage ins hohe Gras.

Es bedurfte auch keiner weiteren Überredungskünste, prüde war Walli nicht. Sie zog ihre Bluse aus – ich saß vor ihr – Rudi saß hinter ihr.

Als sie sich auf den Rücken griff – klickte es leise. Dieses Geräusch sollte neben der Musik eines meiner liebsten im Leben werden. Dann streifte sie den BH über die Schultern ab.

Aus den Fesseln befreit, quollen zwei beachtliche Brüste hervor, geziert von großen hervorstehenden rosa Brustwarzen. Das alles keinen halben Meter entfernt vor mir, im wahrsten Sinne zum Greifen nahe.

Das Leben hat es so an sich, daß man alles irgendwann zum ersten Mal tut. Dieses hier war so ein erstes Mal. Verschiedenerlei nackte Frauenleiber kannte ich inzwischen von bildlichen Darstellungen her. Gleich würde ich erfahren, wie sich das tatsächlich anfühlt. Zunächst streichelte ich noch zaghaft Wallis Brüste. Daraus wurde bald ein sanftes Kneten. Schließlich schöpfte ich aus dem Vollen ...

Walli hatte sich bequem auf die Arme nach hinten abgestützt und ließ sich alles gefallen. Ich spürte den unwiderstehlichen Drang, an diesen Brüsten zu saugen, wäre da nicht dieser strenge Geruch ihres ansonsten durchaus ansehnlichen Leibes gewesen, der meiner so jungen Libido immer wieder den Hahn zudrehte.

Rudi war da nicht so empfindlich. „Jetzt laß mich auch mal."

Damit zog er Walli nach hinten hinüber und schmatzte sofort an ihren Brüsten herum. Sie lag jetzt auf dem Rücken und fing bald darauf leise zu stöhnen an. Ich konnte ihr zwischen die Schenkel gucken und sah Anlaß zu der Vermutung, sie könne eventuell Zucker haben. Ihr Schlüpfer zeigte in der Mitte eine dezente Tönung – in chamois. Vielleicht hätte sie unweit entfernt auch noch Zimt?

Rudis liebende Hand nahm daran keinen Anstoß und knetete auch diese Zone ausgiebig. Wallis Beine spannten und entspannten sich rhythmisch. Das konnte ich ihr gut nachfühlen. Das war bei Mädchen dann wohl nicht anders. Als Rudi der halb abwesenden Walli sein entblößtes Patengeschenk in die Hand schob, mußte das eine Signalwirkung auf sie gehabt haben. Ihr Bewußtsein meldete sich zurück: „Nein, das möcht' ich nich'!"

Rein akustisch war unser Treiben sicher unproblematisch.

So weit hätte wohl kaum jemand hören können.

Wenn aber einer gute Augen besaß – wie Rudis Nachbar – der uns aus seinem Garten erspäht hatte ...

Ich sag' mal: Der Arsch hätte auch gut seinen Mund halten können. Daß es sich um ein „Unternehmen" im gegenseitigen Einverständnis handelte, war auch aus der Ferne offensichtlich.

Da dieser Nachbar aber nichts Besseres zu tun hatte, als am Abend Rudis Vater zur Seite zu nehmen ...

Ach ja – mein Busenfreund Rudi.

Gut zehn Jahre haben wir miteinander verbracht und dabei mit so manchem Streich viel Spaß gehabt. Zum Ende der Pubertät trennten sich unsere Lebenswege. Ich ging den meinen, und er folgte seinem zweiten Freund: dem Schnaps.

Achtes Kapitel

Kein Kind mehr

Zwei Jahre besuchte ich nun schon die Musikschule. In meiner Straße
kannte man mich als einen, der auf der Klarinette spielen kann.
Peter Heyden, das Geschenk eines russischen „Freundes" an unsere ehe-
malige „Magd" Fräulein Heyden, fragte mich eines Tages, ob ich nicht
Lust auf eine Kapelle hätte. Ein Musikinteresse war mir bei Peti bisher
gar nicht aufgefallen, und so fragte ich zurück:
„Na, was spielst du denn?"
„Ich mach' so'n bißchen Schlagzeug", antwortete er.
„Und, hast du auch ein Schlagzeug?"
„Klar, zeig ich dir", sprach's und begab sich auf den Weg zu seinem
Holzschuppen. Tatsächlich hatte Peti grundlegende Teile eines
Schlagzeuges zusammengewürfelt, deren Herkunft die verschieden-
sten Quellen vermuten ließ. Unter Musikern wird ein derartiges Teil
treffend „Schießbude" genannt. Na ja, er konnte darauf irgendwie
herumklappern. Vielleicht für den Anfang ...
„Ich kenne auch noch Roland", sagte Peti, „der spielt Akkordeon und
macht sicher auch mit." Roland ging ebenfalls zur Musikschule. Da
sich die Räumlichkeiten, wie bereits erwähnt, über die Stadt verteilten,
waren wir uns als Musikschüler bisher nicht begegnet.
Lange Rede ... Wir trafen uns eines Nachmittags im Pionierhaus.
Irgendein Raum war dort immer frei. Schnell einigten wir uns über das
bevorzugte Genre: Schlager aus dem Radio.
Peti zuckte mit allen vieren, egal welcher Rhythmus es werden sollte.
Roland war dagegen ein begabter Musikschüler und hatte sogar schon
einen Auftritt in einer Junge-Talente-Sendung des Fernsehfunks der
DDR gehabt. Dort hatte er einen recht „halsbrecherischen" russischen
Tanz vorgespielt. Später kam sein spielerisches Können in der Kapelle
allerdings selten zum Tragen. Wenn es spieltechnisch oder harmonisch
etwas komplizierter wurde, verzog er auf seine eigene Art das Gesicht.

Wir wußten dann, jetzt tut er's wieder. Was hieß, er tat es eben nicht. So eine schwierige Stelle ging ja auch irgendwann von allein vorüber. Mit meiner Klarinette hatte ich auch so meine Mühe. Keiner meiner erlauchten Lehrer hatte mich je ordentlich in das Instrument eingewiesen. Mein Onkel nicht, Herr Behrmann nicht und mein letzter Lehrer Herr Krause auch nicht. „Du mußt nur immer schön üben, dann wird das schon!" Klang irgendwie nach Glauben.

Nun hat jedes Naturinstrument so seine Tücken. Für die Gruppe der Rohrblattinstrumente gilt das im besonderen. Der Ton entsteht im Mund mittels eines Rohrblattes. Bei Fagott und Oboe sind es sogar zwei, ein sogenanntes Doppelrohrblatt. Blätter sind aus Holz gefertigt. Es gibt keine zwei gleichen Holzstückchen!

Das beschreibt auch schon das Problem. Die Suche nach *dem* Blatt begleitet einen Holzbläser ein Leben lang. Da wird gefeilt, geschliffen, gepreßt und geglättet. Hat man mit viel Glück und einiger Mühe endlich mal so ein „tolles" Blatt gefunden, gibt es nach Tagen, selten nach Wochen, seinen Geist auf. Der Speichel im Mund ist ja eigentlich der Anfang des Verdauungsvorganges. Das bekommt auch das „tolle" Blatt zu spüren. So entstehen dann die Legenden:

„Ich hatte da mal vor Jahren ein Blatt, also ..."

Die Besonderheiten des Instrumentes, welche Form des Mundstückes ist für die Anatomie des Mundes (Lippen, Zahnstellung) für den jeweiligen Spieler geeignet, wie suche bzw. korrigiere ich ein Blatt so, daß es spielbar ist, all' das wollten meine Lehrer gern für sich behalten.

Ich glaube ja, es war ihnen einfach nur egal. Vielleicht hatten sie beim Studium an der Stelle aber auch geschlafen.

Dieser Typ von Musiklehrer ist leider bis heute noch anzutreffen. Ich nenne so einen Unterricht „überwachtes Notenspiel". Zum Glück läßt es sich dabei nicht immer vermeiden, daß daraus manchmal trotzdem erfolgreiche Musiker hervorgehen. Den Anteil der Lehrer daran sollte man jedoch nicht allzu hoch bewerten.

Eines Tages, es war Winter geworden, begleitete ich Roland nach einer Probe über unseren flachen zugefrorenen See.

Er hätte heute *noch* eine Probe, sagte er.

Am Seeufer, in der Nähe des Hafens, befand sich eine Gaststätte mit einem angebauten Saal. Zu der Zeit gehörte das Anwesen der Deutschen Reichsbahn und war ihr Betriebskulturhaus. Die Gaststätte wurde aber auch öffentlich genutzt. Auf Initiative der Inhaberin gab es hier eine Laientheatergruppe. Roland spielte dort mit, und ich schaute mir die Sache interessiert an. Dieses in erster Linie Kinder- und Jugendtheater wurde von unserem Landestheater nach Kräften unterstützt. Schauspieler betätigten sich ehrenamtlich als Regisseure. Bühnenausstattung und Kostüme wurden zum Teil in den Werkstätten des Landestheaters angefertigt. Das war schon alles recht professionell. Die Proben für ein neues Theaterstück hatten gerade begonnen: „Des Kaisers neue Kleider".

Als die „Chefin" mich erblickte, sagte sie: „Du siehst eigentlich nach einem Kaiser aus. Die Rolle ist noch nicht besetzt. Wie wär's damit?" „Blaublütig" wie ich war, mein Ururgroßvater mütterlicherseits war ein Bastard des ungarischen *Grafen von Ledebur*, sagte ich zu. Ich bekam mein Rollenheft. Großmutter und ich hatten die Winterabende etwas zu tun. Wenn ich wollte, *wenn* ich wollte, lernte ich solche Dinge in Windeseile. Da ich mich aber am besten kannte, hatte ich auch nicht *die* Hast. Der Regisseur fragte mich bei den Proben oft, wann ich denn gedächte, mein Textheft zur Seite zu legen. An meinem Spiel hätte er ja nichts auszusetzen. Der „Chefin" wurde auch schon bange. Um sie nicht zu beunruhigen, sagte ich ihr meinen Text für die nächste Probe zu. Oma sabbelte sich eine Woche lang den Mund fusselig, und ich antwortete ihr gemäß meiner Rolle. Dann hatte ich auch das drauf.

Die Premiere fand in den Winterferien 1963 in unserem Landestheater statt. Das Stück hatte immerhin eine „normale" Länge.

Ich besitze heute noch Fotos von der Generalprobe. 2010 feierte das Laientheater sein 50-jähriges Bestehen und in der begleitenden Ausstellung fand ich mich auf Bildtafeln wieder. Ich im Alter von knapp 13 Jahren mit Lockenperücke und Unterhosen auf der großen Bühne unseres Landestheaters.

Wir führten dieses Stück auch auf Bühnen anderer Städte auf. Das hat viel Spaß gemacht. Trotzdem, ich konnte zwar recht gut schauspielern, jedoch meine Bestimmung war das nicht. Nach einer Spielzeit hatte ich keine Lust mehr. Im späteren Leben erwiesen sich die erworbenen Fähigkeiten trotzdem noch als brauchbar.

Mit unserer Kapelle ging es voran. Ich erinnere mich an unseren ersten Auftritt und die damit verbundene erste Gage: Die „Chefin" vom Kinder- und Jugendtheater hatte uns diesen verschafft. Wir probten zu der Zeit sowohl im Pionierhaus als auch im Kulturraum der Gaststätte. Oft hörte sie uns zu und hatte ihre helle Freude an unserem Engagement. Manchmal spendierte sie uns auch eine Bockwurst. Sie war wirklich gut zu leiden. Die geborene Übermutter. In ihrer Verwandtschaft oder Bekanntschaft, das weiß ich nicht mehr so genau, gab es eine große Geburtstagsfeier. Ich glaube, es war sogar ein 80. Geburtstag. Unter den zahlreichen Gästen befanden sich auch Besucher aus Schweden, die irgendwann mal Besitzer der Liegenschaft dieser Gaststätte gewesen waren. Vor diesem „internationalen" Publikum sollten wir für die Jubilarin ein Geburtstagsständchen darbieten. Recht aufgeregt brachten wir uns in Stellung. An Petis Schießbude hatte ich kleine Glühlämpchen angebracht und Roland hatte einen Schalter unter dem Fuß. Wenn auch „gewöhnliche" Kapellen den Takt akustisch einzählen mußten, kam das natürlich nicht für uns in Frage. Wozu war ich „anerkannter" Elektrobastler. Wir spielten auf diesem Geburtstag vielleicht eine halbe Stunde. Wir wurden gelobt und jeder von uns bekam zwei Mark! Zwei Mark(!): Zwei große Brote bzw. 20 Kugeln Vanilleeis oder sechs Kinokarten für die Kindervorstellung am Sonntagvormittag. Die Geldmenge ist nicht entscheidend, sondern das, was man dafür bekommt. Tonbandgeräte gab es zwar derzeit schon, aber die waren privat kaum verbreitet. So gibt es leider keine Aufzeichnung unserer Mühen. Heute würde ich mir das, wenn auch unter Qualen, gern anhören. Peti, unser zuckender Schießbudenbetreiber, hatte mit unserem ersten Auftritt bereits die letzte Sprosse seiner Karriereleiter erreicht. Peti war gefeuert. Jetzt kam Fredi. Die Großschnauze vom Schulhof. Fredi erinnerte mich sehr an meinen Busenfreund Rudi, was seinen

113

Cortex praefrontalis anbetraf. Allerdings war Rudi harmlos und fried-
lich, wohingegen Fredi dummfrech war und zum Raufen neigte. Er bot
auch gern mal größeren Schülern Prügel an, vorausgesetzt, sein älterer
Bruder war in greifbarer Nähe. Das war eigentlich weder Rolands noch
mein Umgang, aber Fredi konnte den „Twist" klopfen!
Ja, das funktionierte jedenfalls besser als bei Peti. Und noch ein neues
Mitglied kam hinzu. Nein, kein Musiker.
Sigurd – unser Conférencier!
Wenn schon mit unseren frühen Künsten nicht allzuviel los war, könnte
man eventuell mit einem Conférencier Boden gutmachen?
Unseren ersten Auftritt in dieser neuen Formation hatten wir im Klub-
haus *Juri Gagarin* in einer benachbarten Kleinstadt.
Sigurd betrat die Bühne und wies das Publikum gleich am Anfang
spontan darauf hin, daß wir uns alle extra neue Hosen gekauft hätten.
Wir fanden diesen Einfall hochgradig gelungen ...
Sigurd war gefeuert!
... da waren's wieder drei.
Einige Wochen später, wir probten gerade einmal wieder im Pionierhaus,
bekamen wir unangekündigt Besuch von Hermann. Hermann war
Trommler im Fanfarenzug des Pionierhauses. Er beguckte sich Fredis
Künste und sagte: „Gib' mal her, das geht ganz anders."
Und – es ging wirklich anders.
Hermann konnte einige verschiedene Rhythmen vorführen.
So konnte er z. B. den Hully-Gully recht gut trommeln. Damals *der*
Schlagerrhythmus. Sein Spiel hatte Präzision, kein Geklapper.
Fredi war gefeuert.
Zugegeben, unsere Diplomatie steckte noch in den Anfängen.
Zur nächsten Probe kam Hermann nicht allein. Er brachte Rainer mit.
Der wiederum brachte eine Gitarre mit, eine sogenannte Brettgitarre
Marke *Jolana*. Knallrot, mit Reglern und zwei Tonabnehmern daran.
Uns klappten die Unterkiefer runter.
Ein kurzer Einhalt: Wir befanden uns in der Zeit, als in der DDR eine
eigene Jugendmusik im Entstehen war. Junge Bands wie die Spotlights,
Team 4, die Butlers oder die Sputniks hatten sich zusammengefunden

und begannen, die Musik aus Amerika und England nachzuspielen. Die Entstehung der „Gitarrengruppen" und der damit einhergehenden Beatbewegung war auch bei uns in vollem Gange. Eine unvergeßliche Zeit voller Umbrüche und Tabubrüche. – Eine wunderbare Zeit. Durch Rainer und seine knallrote Jolana wurde es auch für uns ein neuer Anfang. Die Schlagermusik wurde mehr und mehr aussortiert. An deren Stelle traten die Titel der obigen angesagten Bands. Für meine Klarinette war damit nun auch Feierabend, jedenfalls in der Band. Jetzt gab es nur noch Gitarren. Die typische Besetzung dieser modernen Beatgruppen war: Schlagzeug, Melodiegitarre, Rhythmusgitarre, Baßgitarre und später dann auch Gesang.

Roland besorgte sich von irgendwoher eine fette Korpusgitarre, die er mit dickeren Baßsaiten bespannte. Rainer hatte seine Jolana und ich nur meine Wanderklampfe. Ich kann mich erinnern, noch einen Versuch mit einem eingebauten Mikrofon gemacht zu haben, aber das koppelte mit dem Verstärker immer ein, wenn man etwas lauter aufdrehte. Laut war damals jedoch die Bedingung. Später wurde es dann sogar richtig laut. So konnte das alles nicht gehen, denn diese modernen Gitarren funktionierten ohne einen Verstärker gar nicht. Der fehlte uns dringend. Für die Probenarbeit im Pionierhaus gab es eine stationäre Verstärkeranlage. Ein Auftritt außer Haus war uns damit nicht möglich. Das war ja auch nicht vorrangig, denn ein neues Repertoire mit dieser Beatmusik mußte zunächst einmal erarbeitet werden.

In den Sommerferien 1963 hatte auch unsere Band Pause. Jeder machte etwas anderes, wie z. B. mit den Eltern in den Urlaub fahren oder auch ins Ferienlager. Urlaub fiel für mich aus, aber ich hatte ja noch zwei weitere Interessen: meine Elektrobastelei und die Fotografie. Aus unserem Postamt holte ich mir vom Hausmeister alte Telefone. Der war froh, wenn sich einer für den „Schrott" aus dem Keller interessierte. Da waren noch wirklich alte Geräte dabei. Richtig gute Tischlerarbeiten, ja fast Möbelstücke möchte man sagen. Ein Jammer, daß man das so einfach „verwertet" hat. Heute würde wohl so manches Teil Liebhaberpreise erzielen. Damals war das eben Schrott. Ich baute das alles auseinander und sortierte die Teile fein säuberlich ein. Meine Bastelkiste mußte sich hinter Uwes Schatztruhe nicht mehr verstecken. Wir tauschten auch gegenseitig Teile. Immer konnte einer irgendetwas vom anderen „gut gebrauchen".

Eine elektrische Türklingel hatten wir ja schon!

Eine Türsprechanlage aber nicht. In Herrn Büngers Werkstatt schnitt ich mir ein Aluminiumblech zurecht, bohrte Befestigungslöcher hinein sowie ein Muster kleinerer Löcher für Hör- und Sprechmuschel.

„Na, Günter, wieder ein Projekt in der Planung?", amüsierte er sich.

„Ja."

Wenn ich die Werkstatt mit den vielen Werkzeugen nicht gehabt hätte, wäre so manche meiner Ideen nicht umsetzbar gewesen. Inzwischen durfte ich alle Maschinen benutzen, bis auf das Schweißgerät und die Drehbank. Später durfte und konnte ich auch das.

Eigentlich sollte ich Herrn Bünger ein Denkmal setzen.

Vielleicht ist dieses hier ja ein kleines:

Danke für alles, lieber Herr Bünger.

Oma standen inzwischen die Haare zu Berge. „Junge, was machst du denn jetzt wieder auf unserem Flur?" Besorgt beäugte sie meine Stemmarbeiten neben unserer Wohnungstür. Wer schon mal einen Ziegelstein weggestemmt hat, weiß, daß es Dreck wie bei einem Hausabriß gibt. Nachdem ich in das Loch sauber einen Holzrahmen eingegipst hatte und die Aluminiumplatte bündig mit der Wand darübergeschraubt war, sagte Oma schließlich: „Was du alles kannst, mein Junge.

Wenn Opa das doch noch sehen könnte."

Der elektrische Teil war nur noch Formsache. Die Türsprechanlage funktionierte. Ich wies Oma in die Bedienung ein und nahm ihr das Versprechen ab, künftig niemandem mehr die Tür zu öffnen, wenn er nicht vorher seinen Namen gesagt hätte.

„Ja, wieso denn nicht?", wandte Oma ein, „die Tür ist doch offen."

Meine Begründung: „Na, weil wir jetzt eine Türsprechanlage haben!"

Ich wage mal zu behaupten, daß das zu jener Zeit die einzige private

Türsprechanlage in unserer Stadt gewesen ist. Im Einzelhandel gab es so etwas jedenfalls nicht zu kaufen. Die Haustüren waren im Osten, zumindest in den kleineren Städten, selten verschlossen. Das änderte sich erst, als wir zum zweiten Mal „befreit" wurden.

Unser alter Hausarzt war einer der ersten Besucher, der die neue Einlaßverordnung zu spüren bekam. „Was, das hat ihr Enkelsohn gebaut? Donnerwetter!" Spätestens jetzt war auch Oma von der Notwendigkeit dieser Anlage überzeugt.

Wenige Tage später buddelte ich bei einbrechender Dunkelheit und auf wenig Lärm bedacht einen kleinen Graben quer über unseren Hof bis zum Hausgarten. Die Hausbewohner sollten das nicht unbedingt mitbekommen – die Kinder schon gar nicht!

„Und was wird das jetzt?", Oma wunderte sich kaum noch.

Ich erklärte ihr, daß es eleganter wäre, wenn ich von meinem Hochsitz in unserem Apfelbaum mit unserer Wohnung telefonisch in Kontakt treten könnte. Die dazu notwendige Gegensprechstelle stünde ja bereits auf unserem Clubtisch im Wohnzimmer. „Ach so, dafür ist das Ding." Was ich wirklich gut an Großmutter fand, sie benutzte all' diese Dinge tatsächlich. Fortan rief sie mich nicht mehr zum Mittagessen über den Hof, sondern klärte das fernmündlich mit mir.

In den Jahren danach erweiterte ich dieses Telefonnetz vom Dachboden bis zur Gartengrenze. Vom Mühlberg aus konnte man mich nun auch anklingeln, vorausgesetzt, man war in die getarnten Verstecke der kleinen Steckdosen eingeweiht. Außerdem hatte ich in zwei oder drei Seifendosen Sprech- und Hörkapseln eingebaut und diese Handapparate meinen wichtigsten Geheimnisträgern zu treuen Händen gegeben. Natürlich war das an ein kurzes Stück Kabel gebunden. Heute haben bereits die Kinder ein Handy – wie langweilig.

Meine kleine Werkstattecke in unserem Schlafzimmer hatte ich inzwischen optimiert. Neben dem elektromechanischen Teil mußte ja auch noch mein Fotolabor Platz finden. Meine Filme hatte ich nur kurze Zeit zu Herrn Letzner getragen. Das dauerte alles viel zu lange. Wie schon erwähnt, gibt es Dinge im Leben, die man zum ersten Mal macht und diese wandern unauslöschbar ins Langzeitgedächtnis. So auch die Entwicklung meines ersten Films. Die Chemikalien konnte man kaufen. Man konnte fast alles kaufen, nur das Geld dafür mußte man haben. Mein Geld reichte gerade für die Entwicklerlösung: Atomal, ein Feinkornentwickler. Der basierte auf einem alten AGFA-Rezept aus den dreißiger Jahren. Nach einem Patentstreit zwischen Wolfen und Leverkusen hieß dieser schließlich in der DDR A49. Damit waren beide Seiten zufrieden. Unsere Fachleute sagten weiterhin Atomal. Schließlich stammte er ja auch ursprünglich aus Wolfen!

Ebenso wurde der erste Farbfilm der Welt nicht etwa in Amerika erfunden, sondern in Wolfen! Die erste Spiegelreflexkamera und das erste Zoomobjektiv, damals hieß das Vario-Objektiv oder Gummilinse, kam nicht etwa aus Japan, nein, beides wurde in Dresden erfunden und gebaut! Nur mal so nebenbei, damit es nicht vergessen wird!

Meinen ersten Filmentwickler hatte ich also mühsam „zusammengekratzt". Für die Zwischenwässerung bzw. den sicheren Abbruch des Entwicklungsvorganges tat es eine verdünnte Essiglösung, die stand bei Oma im Schrank. Fixierbad, das hatte ich nicht.

Am Abend, wenn es dunkel geworden war, wollte ich unbedingt meinen ersten Film entwickeln. So faßte ich mir ein Herz und ging nicht ins Fotogeschäft zu Herrn Letzner, sondern in das Fotostudio in der Hauptstraße. In der DDR existierten der Fotohandel und das Fotografenhandwerk getrennt nebeneinander.

„Guten Tag", sagte ich beim Betreten des Ladens. Hinter der Theke stand eine Frau mittleren Alters und davor einige Kunden. Einige weitere Kunden warteten in einem kleinen Vorraum darauf, daß sie fotografiert werden würden. Zwischendurch ging immer mal die Tür zum Atelier auf und so konnte ich einen Blick auf Lampen, Stative und eine gewaltige Atelierkamera auf Rädern sehen.

„Na, was möchtest du denn?", fragte mich die Frau.

Etwas umständlich suchte ich nach Worten, denn ich wollte weder was kaufen noch fotografiert werden. Eigentlich wollte ich schnorren, was so gar nicht zu meinem Strickmuster paßte. Also ließ ich mit ein paar Fachbegriffen den Fotoamateur „raushängen", und schließlich rief die

Frau über die Schulter: „Herbert, kommst du mal?"
Der Chef kam persönlich. Herbert hatte irgendwie was vom „kleinen Französlein". Vom Stadtbild und von öffentlichen Veranstaltungen war er mir bekannt. Einen Fotoapparat trug er praktisch immer um den Hals. Dazu eine Baskenmütze, etwas keck aus der Symmetrieachse gerückt, verbunden mit einer markanten immer leicht geröteten Nase.
Er war nicht sehr groß, aber auch nicht klein. Vielleicht könnte man sich auf „mittel" mit Tendenz zum Kleinen einigen. Seine Stimmlage war für einen Mann etwas zu hoch mit einer deutlichen Präsenz der Zischlaute. Auf jeden Fall wähnte er sich nicht unbedeutend.
Das erinnerte mich sehr an meine Großmutter.
Ohne Worte gab die ihrer Umwelt zu verstehen, sie möchte auf keinen Fall dem gemeinen Volk zugehörig betrachtet werden.
Als vermeintlicher Nachwuchs seiner Zunft lieh mir der Chef sein leicht gerötetes Ohr, und nach einem wirklich freundlichen Gespräch hielt ich schließlich ein Tütchen mit Fixiersalz in der Hand.
„Das reicht für einen Liter", sagte er. Ich bedankte mich.
Wieder zu Hause angekommen, setzte ich sogleich die Chemikalien für das bevorstehende Abenteuer am Abend an.
Da ich keine Entwicklerdose hatte, mußte ich mit dem Film in völliger Dunkelheit hantieren. Drei Suppenschüsseln aus Omas Küchenschrank mußten provisorisch für die Lösungen herhalten. Die Temperatur des Entwicklers kontrollierte ich mit unserem Zimmerthermometer, dessen Holzbrettchen sich an diesem Abend von ursprünglich Buche hell zu Eiche dunkel umfärbte – und diesen Zustand beibehielt.
„Haben wir ein neues Thermometer?", fragte Oma. „Nö."
Es war eine knifflige Sache mit dem nassen glitschigen Film, aber es gelang. Später hatte ich dann auch eine Entwicklerdose. Damit kroch ich am Tage in unseren großen Kleiderschrank und spulte dort den trockenen Film ein. Die Naßverarbeitung konnte dann im Hellen weitergehen. So mußte ich für die Filmentwicklung nicht mehr auf den Abend warten. Für die eigentlichen Bilder, im Volksmund „Abzüge", obwohl das mit „Abziehen" gar nichts zu tun hat, benötigte ich aber noch einige Gerätschaften mehr. Zumindest ordentliche Schalen aus

Plastik, einige dunkle Flaschen, eine Dunkelkammerbeleuchtung und einen Kopierrahmen. Damit wären Bildchen im Kontaktverfahren möglich, die so groß wie das Negativ selbst sind. In meinem Fall also 6 x 9 cm. Das Fotopapier kostete natürlich auch etwas. Um das alles zu finanzieren, blieb mir nur der Weg zum Altstoffhandel. Das war zu meiner Zeit eine gängige Geldquelle. Gesammelt wurde alles: Flaschen, Gläser, Altpapier und Schrott. Bald darauf machte ich auch „Kundenbilder". Meine kleinen Kontaktabzüge waren zu dieser Zeit noch der Normalfall, und so hatte ich schnell einige Bekannte, denen ich in ein bis zwei Tagen ihre Bilder anfertigte. Dafür nahm ich dann etwas weniger Geld als unser Fotogeschäft. Für größere Bilder brauchte ich aber unbedingt ein Vergrößerungsgerät. Das kostete jedoch fast dreihundert Mark und kam erst wenige Jahre später in Frage.

Nach den Sommerferien begann für mich die siebente Klasse.
Neue Schüler kamen hinzu, neue Lehrer und neue Fächer. Die größte Neuerung war unsere Klassenlehrerin, Frau Fechner. Ihr eilte der Ruf voraus, zwar „total in Ordnung" zu sein, aber auch keinerlei „Zicken" zu dulden. Ich erinnere mich sehr genau an ihren ersten „Auftritt". Wir erwarteten gespannt die erste Deutschstunde mit ihr. Wenn ich sagen würde, die Tür ging auf, würde das den Öffnungsvorgang nur unzureichend beschreiben. Würde ich sagen, die Tür „flog" auf, wäre das eine maßlose Übertreibung. Sie öffnete die Tür resolut und selbstsicher. Ebenso betrat sie den Klassenraum. Sie hatte schon „gewonnen", bevor sie überhaupt ein Wort gesagt hatte. Das muß man erstmal können. Der Unterricht mit ihr verlief weitgehend „störungsfrei" und selbst unsere Rabauken, wozu ich mich trotz meiner großen Klappe nicht gezählt habe, fraßen ihr aus der Hand. Natürlich gelang ihr das nicht bei allen sofort und reibungslos, aber – es gelang. Ihre „Zauberformel" hieß schlicht: Gerechtigkeit für alle. Sicher gab es auch Schüler, die sie bestimmt etwas mehr mochte als andere. Diese anderen bekamen aber die gleiche Zuwendung von ihr. Sie waren ihr genau so wichtig. Frau Fechner war mehr als nur unsere Klassenlehrerin, nicht nur für mich. Das Prädikat *Pädagoge* kann ich für meine Schulzeit nur noch an

einen weiteren Lehrer vergeben. Das war unser Russischlehrer Herr Steinführer. Ich darf wohl für die überwiegende Anzahl meiner Mitschüler stellvertretend sagen: Russisch, das war nicht unser Lieblingsfach, wirklich nicht, meins schon mal gar nicht. Herr Steinführer verstand es, seinen Unterricht so „farbig" zu gestalten, daß man sich auf die nächste Stunde – ja – fast freute. Fernab von aller Paukerei lehrte er uns, diese Sprache wirklich zu sprechen. Er war wohl maßgeblich daran beteiligt, wenn nicht sogar der Initiator, daß es ein Russischkabinett gab. Hier wurde in akustisch abgekoppelten Kabinen quasi Einzelunterricht erteilt. Außerdem organisierte er für einige Unterrichtsstunden einen Lehrertausch. Das heißt, eine russische Deutschlehrerin unterrichtete uns in ihrer Muttersprache. Maria hieß sie. Jung und hübsch war sie obendrein. Nur mal so am Rande. Herr Steinführer brachte mich von Note vier auf Note zwei. Das war zwar irgendwie auch meine Leistung, aber ich habe mich dabei nicht sonderlich anstrengen müssen. Es geschah einfach – und *das* ist die Leistung von Herrn Steinführer.

Ein Kuriosum gab es auch: Oberstudienrat Zummach, seines Zeichens Mathegenie. Man wollte auf ihn wohl nicht verzichten, denn nebenbei unterrichtete er, obwohl schon lange im Rentenalter, noch gestandene Mathematiklehrer. Zum Gehen mußte er einen Krückstock benutzen. Darüber hinaus hatte er eine Brille auf der Nase, in die Gläser wie zwei Flaschenböden eingelassen waren. Das reichte aber zum Nahsehen noch nicht aus. Er benutzte noch eine XXL-Leselupe. Um sicher zu gehen, beschrieb er seine Arbeitsblätter ebenfalls mit XXL-Zahlen.

Bei Klassenarbeiten hatte das den Vorteil, daß diese Riesenzahlen sehr gut durch sein benutztes Arbeitsblatt hindurchschienen. Für Normalsichtige gut aus fünf Metern Entfernung ablesbar.

Sönken, der war sein Lieblingsschüler. Er rechnete mit ihm während des Unterrichts Aufgaben aus der Abiturstufe. Ich hoffe, wir anderen haben die beiden dabei nicht allzusehr gestört. Logisch denken war wohl kaum mein Problem. Ein Herr Steinführer als Mathematiklehrer wäre bestimmt gut für mich gewesen.

Neuntes Kapitel

Die Komets

Im Juni 1964 wurde ich 14 Jahre alt. Wegen meiner späten Einschulung war ich im Schnitt ein Jahr älter als meine Klassenkameraden. Nach meinem Geburtstag führte mich mein erster Weg zum VPKA (Volkspolizei-Kreisamt) und dort zur Paß- und Meldestelle.

Ich bekam meinen blauen Personalausweis und galt damit als fast erwachsen. Ebenso wechselte meine Mitgliedschaft von den Pionieren zu unserem Jugendverband *Freie Deutsche Jugend*.

Unsere Kapelle war inzwischen eine richtige „Beatgruppe" geworden. Es gab nur ein Problem, nämlich meine Gitarre. Mit meiner Wanderklampfe war kein öffentlicher Auftritt möglich. Wenn ich mir auch keine „Brettgitarre" kaufen konnte, so baute ich mir eben eine. Wieder war es Herr Bünger, der mir half.

Da er oft alte Holzteile an größeren Waagen ersetzen mußte, unterhielt er enge Beziehungen zu einer Tischlerei. Mit ihm und dem Tischlermeister durchstöberten wir das Holzlager und fanden eine recht alte Lindenbohle. Nachdem diese im Dicktenhobel „verdünnt" war, mußte ich nur noch eine von Rainers Gitarre stammende Schablone auflegen, und die Bandsäge machte dann eine „Jolana" daraus. Na gut, so schnell ging es nicht. Ich hatte allenfalls den Rohling. Es schlossen sich schon noch einige Wochen Bastelei an. Herr Bünger schlug vor, den Korpus einfach mit Klarlack zu überziehen. Die Maserung sei doch wunderschön. Es sollte aber unbedingt Rot sein! „Wenn es denn sein muß, spritzen wir eben erst noch Füller auf das schöne Holz, und nach dem Feinschliff wird es rot lackiert", gab er nach. So sollte es sein. Die Wirbelmechanik, den Steg und die Bundstäbchen baute ich von meiner Wanderklampfe ab. Einen Tonabnehmer hatte ich mir auch besorgt, woher, weiß ich nicht mehr. Der elektrische Teil war für mich kein Problem, und so besaß ich wenige Wochen später fast eine „Jolana", genau wie Rainer. Auf eine Vibratormechanik mußte ich an meinem Eigenbau allerdings verzichten. Wenn ich bei einigen Titeln die Melodiestimme übernahm, tauschte ich mit Rainer das Instrument, denn bundrein war meine Gitarre auch nicht geworden, aber wenn man in der oberen Lage blieb, waren die Akkorde einigermaßen sauber.

Für Auftritte fehlte jetzt nur noch ein Gitarrenverstärker und – ein klangvoller Name. Wir nannten uns „The Fans". Hermann hatte sich ein versilbertes Armband gekauft und auf die Plakette *The Fans* eingravieren lassen. Außerdem trug er an jedem Finger einen Ring wie der Schlagzeuger der „Beatles" Ringo Starr. An jedem Finger!

Letztlich trugen wir alle ein solches Armband. Das mit den Ringen ließen wir lieber. Als „Fingerakrobaten" behinderten uns die nur, und Hermann beanspruchte diesen Look ohnehin für sich allein.

So ausstaffiert stellten wir uns in unserer Blauäugigkeit bei der Kreisleitung der FDJ vor. „The Fans" brauchten unbedingt einen Gitarrenverstärker. Hätte nur noch unser blaues FDJ-Hemd gefehlt, aber darauf waren wir glücklicherweise nicht gekommen.

Bernd, der ehemalige „große Junge" aus unserem Haus, war in seiner Laufbahn inzwischen zum Leiter der Abteilung Agitation und Propaganda aufgestiegen. Wir spielten zwar nicht zusammen im Sandkasten, aber man kam aus demselben Stall. Er hörte sich unser Anliegen an und bemühte sich um eine Lösung, die es ermöglichen konnte, eine junge Gitarrengruppe, welche sich anschickte, in den Sog der monotonen Beatmusik des Klassenfeindes zu geraten, mit dem Anliegen unseres Arbeiter-und-Bauern-Staates in Übereinstimmung zu bringen und ihr damit einfühlsam den rechten Weg zu weisen – respektive den linken.

„Also Jungs, hört mal zu", holte Bernd aus. „Natürlich können und wollen wir euch unterstützen. Als Mitglieder unseres Jugendverbandes müßt ihr euch stets bewußt sein, daß ihr als Volkskünstler auch eine Außenwirkung und damit eine Vorbildfunktion habt. Überdenkt bitte nochmal euren Bandnamen und das Erscheinungsbild. Ich könnte mir sehr wohl eine moderne Gitarrengruppe vorstellen, die uns in unserer Jugendarbeit unterstützt. Auch größere Auftritte und weitere finanzielle Förderung für die Zukunft sind dabei nicht ausgeschlossen!"

Daß wir Volkskünstler waren, war uns bisher gar nicht aufgefallen, aber gut – ja – „The Fans" und Volkskünstler, das paßte nicht so recht. Das sahen wir ein. Wir würden uns einen anderen Namen überlegen. Bernd bewies Weitblick. Die DDR bekam zunehmend ein Problem mit den wie Pilze aus dem Boden schießenden Beatformationen. Am liebsten hätte man wohl diese Entwicklung unterbunden, was bestimmt nicht funktioniert hätte. So entschloß man sich, statt dessen zu fördern und dabei die Fäden in der Hand zu behalten. Um den Jugendlichen einen Gegenpol zu den westlichen Radiosendern anzubieten, ging kurz darauf exklusiv ein staatlicher Jugendsender DT 64 in den Äther.

So wurden wir schließlich zu den *Komets* und bekamen unseren ersten Gitarrenverstärker, verbunden mit einem ersten Auftrag. Angemerkt sei, daß alle offiziellen Veranstaltungen, an denen wir später häufig mitwirkten, finanziell honoriert wurden. Wir mußten also nicht die uns übergebenen Gerätschaften quasi abbezahlen!

Nur, daß kein falsches Bild aufkommt.

An einem herrlichen Sommertag fuhren wir in einem von der FDJ gestellten Kleinbus in ein nahe gelegenes Ferienlager.

In *mein* Ferienlager! – Zwei Jahre war das nun her. Wie hatte ich mich verändert. In Gedanken versunken saß ich auf der Sitzbank und wünschte mir, der Zufall möge es einrichten, daß ich auf Lolo treffen würde. Schließlich müßte sie noch bei den Pionieren sein. Sie war ja ein Jahr jünger als ich. Ach, wenn sie mich doch jetzt sehen würde – als Mitglied einer Gitarrengruppe – oh, Mann!

Sie hatte damals Wort gehalten. Wenige Tage nach meinem Ferienlageraufenthalt hatte ich einen lieben Brief von ihr bekommen. Darin lag auch ein Porträt in Postkartengröße von einem Fotografen angefertigt. Auch ich hatte zurückgeschrieben, jedoch gingen uns bald die Themen aus und die Briefe wurden seltener. Wie hätte sich aus einer Romanze ein Verhältnis entwickeln können, ohne beieinander zu sein? Unsere Wohnorte lagen 100 km voneinander entfernt. Heute lächelt man vielleicht darüber. Zu dieser Zeit war unser geläufiges Verkehrsmittel das Fahrrad! Die Bahn kostete Geld. Es blieb nicht die letzte Liebelei, die meiner damaligen Immobilität zum Opfer fallen sollte ...

Wir erreichten das Ferienlager:
Natürlich waren wir als Attraktion angekündigt. Bevor wir für die nächsten zwei Tage unsere Unterkunft bezogen, mußten wir einen schnellen „Notaufbau" in dem kleinen Raum des Lagerfunks improvisieren. Unser Verstärker wurde vor das Sprechermikrofon gerückt, und wir spielten den „Gitarrentwist" von den Sputniks. Der lief damals fast täglich im Radio. Der Sprecher verkündete, daß die *Komets* angekommen seien und daß heute nachmittag im Essensaal der erste Tanz stattfände. Für die Mehrzahl der Mädchen und Jungen waren wir sicher die erste leibhaftige Gitarrengruppe, die sie bestaunen konnten. Unser gefühlter Grad der Bedeutung war von den *Beatles* nicht weit weg.

Das sind schöne Ferien gewesen. Im September kam ich in die achte Klasse. Großmutter kränkelte die letzten Wochen. Im Oktober mußte sie schließlich für zwei Wochen ins Krankenhaus. Ihr Herz machte zunehmend Probleme, und man wollte der Sache stationär auf den Grund gehen. So blieb ich zu Hause allein. Onkel Karl hatte unter dem Dach ein Zimmer, welches ihm nur Schlafstelle war. Ursula hatte die ehemalige gemeinsame Wohnung wieder für sich allein. So Tür an Tür, das war wohl nichts, auch wenn diese verschlossen blieb. Morgens frühstückte ich mit Onkel Karl zusammen, danach ging er zur Arbeit und ich zur Schule. Zum Feierabend kam er oft angetrunken nach Hause. Ich versuchte dann zu dieser Zeit nicht anwesend zu sein, denn er konnte fürchterlich nerven. Da er mich in der Regel also nicht vorfand, trollte er sich dann meist auf sein Zimmer. Am Abend hatte ich die Wohnung oft für mich allein. Die zwei Wochen ging das schon. Ein viel größeres Problem tauchte auf, als Oma das Krankenhaus wieder verlassen konnte. Sie sollte für vier weitere Wochen zur Kur in ein Ostseebad fahren. Wäre es nach mir gegangen, hätte ich auch diese Zeit auf bewährte Weise „überlebt". Das wollte sie als Alleinerziehungsberechtigte aber nicht riskieren. Also kamen wir überein, daß ich für diese Zeit bei einer von Omas besten Freundinnen wohnen sollte. Bei der, deren Mann einen F8 besaß. Dort ging es mir recht gut.
Vor allem gab es ein Fernsehgerät! Und natürlich Westfernsehen!

Von unserer Wohnung hatte ich nur den Briefkastenschlüssel. Den Wohnungsschlüssel hatte Oma an Tante Martha, so nannte ich sie, zu treuen Händen übergeben. Ich sollte wahrscheinlich nicht den Tag über in unserer Wohnung „herumlungern" und nur zum Schlafen zu Tante Martha gehen. Kein Problem, ich hatte mir schon lange einen eigenen Wohnungsschlüssel bei Herrn Bünger zurechtgefeilt. Der lag in unserem Holzschuppen gut versteckt.

So fand ich eines Tages in unserem Briefkasten einen Brief von der Musikschule. Es war eine Einladung zu einem klärenden Gespräch, wie dort geschrieben stand. Den Brief hatte noch keiner gesehen, und so erschien ich zu diesem Termin in gewohnter Pünktlichkeit.

Charlotte Pfeiffer, zweiter Teil:

„Da bist du ja", empfing sie mich in ihrer schroffen Herzlichkeit.

„Warum bist du allein gekommen?"

Ich erklärte, mein Großvater sei schon über zwei Jahre tot und meine Großmutter zur Kur. „Aha, das tut mir leid."

„Und nun bist du also allein zu Hause?", fragte sie weiter.

„Nein", antwortete ich, „ich wohne vorübergehend bei einer Tante."

Darauf sie wieder: „Dann klären wir das erstmal unter uns."

Sie pumpte in ihrer Eigenschaft als ausgebildete Opernsängerin ihr Zwerchfell randvoll und verpaßte mir in einem einzigen Atemzug einen Anschiß, der sich gewaschen hatte, wie man so schön sagt.

Was ich mir einbilden würde. Ich würde meine Begabung verschleudern. Schließlich würde ich eine besondere Förderung in Form einer Freistelle genießen. Wenn ich nicht damit aufhöre, wäre mein Rausschmiß die Folge! – Wegen Blasphemie sozusagen, denn ich machte Tanzmusik! Welch ein Frevel für einen damaligen Musikschüler.

Pfeiffers Charlotte ließ den trotzdem noch verbliebenen Rest ihres Luftvorrates ausströmen, und ich gelobte völlig verdaddert Besserung. Hauptsache, erstmal raus hier.

Wieder auf der Straße, überlegte ich, wer mir das eingebrockt haben könnte. Mein Verdacht fiel auf eine Klarinettenstunde vor wenigen Wochen. Ich hatte in der Privatwohnung meines inzwischen zweiten Lehrers am Fenster vor meinem Notenpult gestanden und mich so recht und schlecht durch eine langweilige Etüde geplagt. Der hatte sich zwar auch geplagt, aber nicht mit mir. Er übte derweil den ersten Satz des Klarinettenkonzerts Nr. 1 von *Carl Maria von Weber* in F-moll. Der Satz *allegro moderato* hat einige recht schwierige Läufe. Ab und zu hatte er auch auf mein Notenblatt geguckt, und mir einen guten Ratschlag gegeben, den ich aber schon kannte: „Üben, üben!"

Danke, wär' ich nicht drauf gekommen.

Dann wandte er sich wieder „Herrn Weber" zu. Gut, dachte ich, mach' ich halt auch eine kleine Übungsrunde für mich und blies mal kurz den „Baby-Blues" durch. Sehr schön, wie ich fand.

Kräftiger Ton, leichtes Vibrato ... Da is' er ausgerastet.

Ich beschloß, die Musikschule zum Ende des Schuljahres zu beenden. Orchestermusiker wollte ich ohnehin nicht werden.

Auf dem Nachhauseweg überkam mich wieder diese Übelkeit. Das geschah in den letzten Tagen häufig. Das Essen schmeckte mir nicht, was nicht an Tante Marthas Küche lag. Ich fühlte mich auch irgendwie kraftlos. Auf der Toilette hatte ich bemerkt, daß das Ergebnis meiner Mühen anders als sonst aussah. Das „Groß" war gelb und das „Klein" war braun. Eigentlich gehörte das anders herum.

Am nächsten Morgen stand ich so wacklig auf den Beinen, daß mich Tante Martha nicht zur Schule gehen ließ.

„Ich mach' dir erstmal was zur allgemeinen Stärkung", sprach sie und verschwand in der Küche. Dort schlug sie mit dem Schneebesen zwei Eigelb, Zucker und etwas Zitronensaft in einer kleinen Aluminiumschüssel zu einem ekligen Schaum. Gut, zu ihrer Schulzeit hatte sie noch keinen Chemieunterricht gehabt. Daß es sich um eine Säure handelte, die freudig mit dem unedlen Aluminium eine wahrscheinlich unaussprechliche Verbindung eingegangen war, schwante mir schon am Geruch dieser Substanz in meiner Tasse. Undankbar wollte ich nicht sein, und so bot ich dieses Produkt meinem Magen an. Der erkundigte sich ahnungsvoll bei der Gallenblase ob der Verträglichkeit und erfuhr heftigste Absage. Da war die Tasse wieder voll ...

Es war sogar etwas mehr und paßte nicht vollständig rein. In meinem

Gesicht stand nur noch Leid geschrieben. Unser alter Hausarzt kam. Dem reichte ein Blick:

„Der Junge hat die Gelbsucht!"

„Der Junge gehört sofort ins Krankenhaus!"

Der Junge hatte sofort Schiß, und zwar mächtig.

„Ach du Scheiße", sagte Tante Martha. Als ehemalige Säuglingsschwester muß vor ihrem inneren Auge der Seuchentrupp mit Ziel auf ihre Wohnung aufgetaucht sein. Dem war auch so, nur, da war ich schon weg. Wer sich noch an den Geruch des Desinfektionsmittels in den 60er Jahren erinnern kann, weiß, daß genau genommen eine „entseuchte" Wohnung unbewohnbar war.

Der Krankenwagen brachte mich auf die Isolierstation. Das war eine Holzbaracke, gut hundert Meter vom Krankenhaus entfernt. Rein und raus ging es nur durch besondere Sicherheitsmaßnahmen. Besucher hatten gar keinen Zutritt. Diese standen vor einem etwa zwanzig Meter entfernten Zaun und brüllten in Richtung Fenster zu ihren Lieben. Die Lieben brüllten zurück. Privatsphäre geht anders.

Ich kam auf ein Zweibettzimmer. Dort lag bereits ein Mann, der mein Vater hätte sein können. Die Baracke stand am Hafen, quasi mit Meerblick, nur lag ich auf der gegenüberliegenden Seite. Bis zu unserem Haus wären es nur fünf Minuten gewesen, darum kam ein Gefühl wie Heimweh dieses Mal nicht auf. Trotzdem hatte ich Angst vor dem, was jetzt alles kommen würde. Oma wußte von meiner Krankheit sicher noch nichts. Erst in zehn Tagen wäre sie wieder hier.

Die Tür ging auf. Die Stationsärztin kam herein und begrüßte mich. Sie hatte viele Fragen und schrieb alles in meine Akte. Ich hatte nur *eine* Frage: „Wie lange muß ich hier bleiben?" – „Na", sagte sie, „wenn alles gut geht, ungefähr sechs Wochen." Der Klumpen aus dem Ferienlager kehrte in meinen Magen zurück. Diesmal füllte er den Magen allerdings vollständig aus. Hinzu kam ein zweiter, der sich in meinem Hals festsetzte. „Na", sprach die Ärztin weiter, „rechne mal lieber mit acht Wochen, das ist realistischer." Dann verschwand sie. Dafür betrat eine Schwester das Zimmer mit einem Tablett voller Laborgerätschaften.

„So", sagte diese, „ich müßte mal ein paar Liter Blut haben", und lachte. „Ich bin Schwester Helga!" Sie streckte mir ihre Hand entgegen.

Mein Humor war ins Krankenhaus nicht mitgekommen.

Ein Schlauch schnürte meinen Arm ab, und eine stumpfe Kanüle schaute sich nach einer Vene suchend in meinem jugendlichen Fleisch um. Ich stöhnte leise vor mich hin. „Ja, daran wirst du dich gewöhnen müssen", sagte Schwester Helga, die optisch irgendwie was von Witwe Bolte hatte, „die Blutuntersuchung machen wir jetzt jede Woche".

„Jede Woche?" – „Jede Woche!"

Raus war auch sie. Ich sank in mein Kissen zurück.

Der Mann gegenüber grinste mich an und schmatzte auf einem Gummischlauch herum, der ihm zwischen den Zähnen heraushing und zu einer tropfenden Flasche über seinem Bett führte.

„Das war drei Wochen mein Essen", zischelte er.

„Heute kommt der endlich raus. Bekommst du sicher auch noch."

„Ich, wieso?"

„Das hängt von deinen Blutwerten ab", erklärte er, „wenn die über 7,0 sind, gibt es nur noch Nährlösung." Sofort meldete sich noch ein dritter Klumpen in meinem kranken Leib. Diesmal im Unterbauch.

Im Enddarm, um genau zu sein. Ich war völlig verklumpt.

Nach der Toilette suchend, wollte ich aus dem Zimmer gehen.

„He, he", meldete sich mein Nachbar mit der zischelnden Aussprache (Schlauch!), „das Zimmer dürfen wir nicht verlassen. Hier gibt es noch andere Infektionskrankheiten. Eine reicht doch wohl, oder?"

Sein Finger wies auf ein Möbel, welches ich noch nicht wahrgenommen hatte. In der Ecke stand ein besonderer Stuhl. Heute würde ich sagen: Bauhaus-Stil. Schnörkellos und zweckbestimmt. Eine Öffnung in der Sitzfläche und darunter ein brauner Emailleeimer. Zusammen mit dem Beige des Gestells könnte man einen Sinn für Ästhetik vermuten, das war aber wohl eher Zufall. Ein Schwenkarm sollte dem Personal den Zugang zu den „Machenschaften" der Patienten komfortabel ermöglichen. „Darfst nicht allzudoll feuern, sonst schießt du den Eimer nach hinten weg", lautete der Rat meines Bettnachbarn. Dann verschwand er mit einer letzten eigennützigen Anweisung unter seiner Bettdecke:

„Und bitte gleich das Fenster weit auf, ja?"

„Ja, mach' ich."

Mein Schamgefühl und mein Schließmuskel begannen eine fruchtlose Debatte. Ich mußte dringend – es ging aber nicht. Schließlich stieg ich wieder ins Bett. Am Abend gab es endlich eine Weißbrotschnitte und einen Teller Milchsuppe. Milchsuppe ist o. k.

Die erste Nacht in einem Krankenhaus begann. Irgendwann schlief ich ein. Mindestens sechs Wochen noch ...

Fünf Uhr. Jemand fummelte mir an meinem Arm herum. Erschrocken fuhr ich hoch. Schon wieder eine stumpfe Kanüle?

„Fieber messen!", eine hübsche Schwester lächelte mich an. Die kannte ich noch nicht. Ich schlief wieder ein.

Sechs Uhr. Polternd öffnete sich die Tür. Die Leuchtstoffröhre an der Decke erwachte flackernd und tauchte das Zimmer in ein besonders trostloses Licht. Das Scheuerlappengeschwader kam herein: Zwei Damen, zwei Eimer und jede Menge Lärm. Eine hatte wohl die Aufgabe, nachzuzählen, ob über Nacht ein Bein an den Betten abhanden gekommen sein könnte. Nachdem sie alle acht Beine gefunden, und mit ihrem Schrubber kräftig angestoßen hatte, war sie zufrieden. Die andere fuhr mit ihrem Wischlappen über alles, was ihr in die regen Hände fiel. Beide waren äußerst gesprächig – auch untereinander.

Halb sieben. Eine junge Lehrschwester brachte zwei Schüsseln: „So, die Herren, das Bad ist angerichtet." Katzenwäsche war mir von zu Hause geläufig. Mein Bettnachbar schickte sich an, daraus ein Vollbad zu machen. Zum Schluß schrubbte er gewissenhaft seine beiden Zahnprothesen, oben und unten, in der trüben Brühe.

Sieben Uhr. Wieder Poltern auf dem Flur.

Dann klirrte es auch vor unserer Tür. Das Frühstück. Die beiden Frauen am Servierwagen sahen aus, als würde ihnen die Krankenhausverpflegung selbst prima schmecken. Solche Menschen sind in der Regel lustig. „Ich hätte gern zwei dünne Scheiben von dem kalten Fasan auf etwas Toast", bestellte mein Bettnachbar. „Kommt sofort", erhielt er zur Antwort. Zwei Scheiben Weißbrot landeten auf seinem Teller und der Fasan wäre heute aus. Marmelade wäre da. Gelächter.

Da war sie wieder: Vierfruchtmarmelade. „Die nehm' ich auch", sagte ich, „und von der Milchsuppe." Milchsuppe ist o. k.

Neun Uhr. Visite: Die Stationsärztin blätterte meine Unterlagen durch. „Aha, hier", sagte sie und studierte die Werte meiner Blutuntersuchung mit bedeutsamer Miene. „Dein Bilirubinwert beträgt 6,9", verriet sie und schaute mich an. „Bekommst also keinen Schlauch in den Magen geschoben." – „Danke!", sagte ich. Als ob die Ärztin irgend etwas mit meinen Blutwerten zu tun hätte.

Bei Licht besehen, konnte man gegen die Hepatitis-A gar nichts machen. Die heilte von allein. Bettruhe und Diät waren die Therapie, sonst nichts. Da man aber zu Hause eine potentielle Infektionsquelle abgab, war die Quarantäne in einem Krankenhaus Pflicht. Die Diät zudem war ziemlich eklig. Ob Fisch, Fleisch oder Leber, alles war gekocht. Nichts Gebratenes. Besonders die gekochte Leber gab es häufig. Blaß grau bis bräunlich – igitt. Ein echter Kotzbrocken.

Nach weiteren drei Tagen hatte ich immer noch nicht den stilvollen Thron in unserem Zimmer besucht. „Och", sagte die gerade zuständige Schwester, „das haben wir gleich. Ich hole mal einen Torpedo." Mir standen die Haare zu Berge. „Was macht die?", fragte ich meinen Nachbarn. Der wiegelte ab: „Die holt nur ein Zäpfchen."

Ich erinnerte mich an das Stückchen Kernseife meiner stets hilfreichen Großmutter ... Da kehrte die Schwester auch schon zurück.

„Na", sagte sie, „bekommst du das allein in den Po geschoben?"

„Klar!" Ich konnte meinen Schließmuskel zum Durchlaß überreden, aber dann machte er wieder dicht – und blieb dicht. Es tat sich rein gar nichts. „Ja", sagte die Schwester, „da bleibt uns nur ein Einlauf übrig. Ich komme gleich wieder!"

Wieder schaute ich meinen Nachbarn an: „Einen Einlauf?"

Ich konnte mir nichts darunter vorstellen. Mein Nachbar grinste und machte eine unmißverständliche Handbewegung.

„Gartenschlauch in den Arsch und absaugen", war seine Erklärung. Als er merkte, daß ich für solch' derbe Späße noch zu unbedarft war, schränkte er ein: „Na, so dick wie mein kleiner Finger!" Ich schaute mir seinen kleinen Finger an – und wollte auch den nicht unbedingt ...

„So, da sind wir wieder!" WIR!

Das ist Krankenhaussprache. Arzt, Personal und Patient sind immer auf unerklärliche Weise im Plural vereint. Ja, was haben *wir* denn? Sind *wir* etwa krank? Na, da nehmen *wir* doch gleich ...

Immer erwischt es dabei *nur* den Patienten – Singular!

Als *wir* uns bücken mußten, tat ich das letztlich allein!

An der einen Hand hielt die Schwester ein Gefäß mit einem Schlauch daran hoch, mit der anderen suchte sie zwischen meinen verängstigten Pobacken Einlaß. Da kannte sie aber meinen Schließmuskel schlecht. Erst eine Extraportion „Schmiermittel" ermöglichte letztlich doch noch die Penetration auf sehr unsensible Weise.

Ob sie das vielleicht aus ihrem häuslichen Umfeld ähnlich ...

„Nun schön zusammenkneifen, bis es nicht mehr geht!"

„Oh, oh, oh", sagte mein Nachbar. Wie recht er behalten sollte.

Die ersten Tage vergingen, und endlich hörte ich Oma über den Zaun rufen: „Günti!" Die unteren Fensterflügel waren verschlossen, damit über Nacht keiner auf die Idee kommen sollte, einen kleinen Ausflug zu machen. Oben ließen sie sich aber öffnen, und so hingen dann die Besuchten auf Zehenspitzen über dem Fensterkreuz.

Wie gesagt, Privatsphäre geht anders.

Omas Besuch war nicht sehr lange. So konnte man sich einfach nicht unterhalten. „Schreib' mir doch Briefe nach Hause", schlug Oma vor, „ich komme trotzdem alle paar Tage vorbei." Am nächsten Tag brachte sie Briefpapier, Marken und etwas Geld. Bücher von „draußen" waren nicht erlaubt. Jede Seite hätte einzeln mit einem heißen Bügeleisen behandelt werden müssen. Die Briefe und Geldscheine mußte der Hausmeister auf diese Weise desinfizieren.

Die Tage verrannen. Weihnachten und Silvester würde ich wohl im Krankenhaus verbringen müssen, so viel war schon mal klar.

Der öde Tagesrhythmus schaltete mich allmählich äußerlich wie innerlich auf Leerlauf. Ich mußte hier nur meine Zeit „absitzen".

Viel mehr würde nicht geschehen. Meine Eltern schickten regelmäßig Pakete mit Südfrüchten. Apfelsinen, Pampelmusen und Bananen erweiteren meinen Speiseplan. Trotzdem sank mein Bilirubinwert nur langsam, langsamer als bei den anderen jedenfalls. Silvester wären sechs Wochen herum gewesen. Eine Entlassung war jedoch nicht in Sicht. „Beim einen geht's schneller, beim anderen langsamer", war der einzige Trost, den mir die Stationsärztin anbot.

Heiligabend kam Oma und zog geheimnisvoll das Weihnachtsgeschenk meiner Eltern aus ihrer Einkaufstasche.

„Schau mal, was Mutti und Papa geschickt haben", rief Oma über den Zaun. Dann holte sie ein schwarzes Kästchen hervor, ungefähr so groß wie eine Zigarrenkiste, und zog eine chromblitzende Antenne aus. Es war ein Kofferradio! Ich besaß jetzt ein Kofferradio! Welch ein Statusgewinn. Das machte mich wirklich euphorisch.

Meine Mutter hatte in der Inhaltsliste des Paketes, die war Pflicht bei Paketen aus dem „nichtsozialistischen Ausland", das Radio ordnungsgemäß aufgeführt und einen kleinen Text an den oder die Kontrollbeamten des Zolls gerichtet, sie mögen einem kranken Kind im Krankenhaus doch nicht die Weihnachtsfreude verwehren. Normalerweise hätte das für den Zoll keine Bedeutung gehabt, denn es galt ja, den Klassenfeind abzuwehren. So ein Kofferradio hätte auch eine geheime Sendeanlage sein können. Bomben waren damals noch nicht üblich. Vielleicht war einer der Zollbeamten ein heimlicher Kirchgänger und *Der Herr* hatte ihn milde gestimmt. Vielleicht wurde das Paket aber auch im Weihnachtsverkehr einfach „durchgewinkt", wer weiß das schon. Es war jetzt hier!

„Ich habe bereits mit der Stationsärztin gesprochen", sagte Oma, „aber das Radio kann man nicht desinfizieren. Da mußt du einfach schnell gesund werden." Das einzige Taschenradio, welches einige Jugendliche zu der Zeit bei uns besaßen, war das „Sternchen". Ein Mittel- und Kurzwellenempfänger mit eingebauter Ferritantenne und DDR-Transistoren. Meines hatte jedoch eine Teleskopantenne und empfing auch den UKW-Bereich. Das klang natürlich wesentlich besser.

Wenn ich doch nur bald hier raus käme ...

Es vergingen weitere sechs Wochen! Meine Blutwerte standen bei 3,0 und sanken nicht weiter ab. Inzwischen hatte ich schon einige Entlassungen gesehen. Damit ich nicht so traurig sei, wurde ich in ein 6-Bett-Zimmer verlegt. Ja, da ging es munterer zu. In meinem Alter war zwar niemand dabei, aber hier gab es jüngere Männer und auch einen Spaßvogel. Der nannte mich immer „Sputnik". Sollte er doch. Freundlich waren sie alle, kein Stänkerer dabei.

Eines Morgens erklärte mir die Stationsärztin, man wolle eine Laparoskopie bei mir machen, um sich die Leber mal genau anzusehen. Sie brauchte dafür aber das Einverständnis meiner Großmutter, da das einer Operation gleichkäme. Jetzt sollte es mich also doch noch kalt erwischen. Ich hatte wirklich große Angst davor.

So lag ich wenige Tage später sehr früh am Morgen allein auf der Pritsche vor dem Endoskopieraum auf einem langen dunklen Krankenhausflur. Von der oberen Etage hallte das Geklapper des Scheuerlappengeschwaders durch das Gebäude. Ich kam mir so richtig verlassen vor. Mein Herz klopfte wild.

Heute würde man vorher ein Beruhigungsmittel bekommen. Körper und Psyche wurden damals noch getrennt behandelt. Am Kopf war ich ja nicht krank. Was einen nicht umbringt ...

Endlich lag ich auf dem Operationstisch. Zwei Spritzen wurden in die Bauchdecke gegeben. „Gleich merkst du nichts mehr!"

Ja, vielleicht, wenn man 10 Minuten gewartet hätte, bis sich das Anästhetikum im Gewebe verteilt. Die Zeit war wohl nicht. Unmittelbar danach durchdrangen sogenannte Trokare meine Bauchdecke. Das sind praktisch Kanülen in Stärke eines Bleistiftes. Das hätte ich nicht merken sollen! Als dann noch kaltes Kohlendioxid meinen Bauch aufblähte, fing es an, richtig weh zu tun.

Es reichte. Ich hatte auf Heldentum keine Lust mehr und begann heftig zu jammern. Erst dann erbarmte sich die Anästhesistin, mich „schlafen" zu legen. Nach dem Motto: Mal seh'n, was der so aushält, eine Narkose kann man ja immer noch machen.

Auch im späteren Leben bin ich immer mal wieder an Ärzte geraten, denen einfach mal richtig eins auf die Fresse gehört.

Ich erwachte in meinem Zimmer. Die beiden kleinen Wunden an meinem Bauch waren geklammert. Das zwickte natürlich auch ständig.

Zwei Fäden und zwei Knoten, da muß wohl auch keine Zeit für gewesen sein. Trotzdem, jetzt war ich damit erstmal durch und froh.

Nach einer weiteren Woche war mein Laborwert auf 2,1 gefallen und stieg eine Woche später wieder auf 2,4. Dann tat sich nichts mehr. Ich war sozusagen austherapiert. Mehr konnte man eben nicht tun. Die Laparoskopie hatte nichts Auffälliges ergeben.

Fast vier Monate war ich jetzt hier. Ich erinnere mich genau, es war ein Dienstagmorgen, als die Stationsärztin bei der Visite sagte:

„Na, dann, in Gottes Namen lassen wir dich gehen, aber eine Magenspiegelung machen wir noch vor der Entlassung."

Vielleicht war diese Untersuchung präventiv irgendwie zu begründen. Ich wußte aber aus Patientengesprächen, daß der Chefarzt wissenschaftlich arbeitete und als Experimentator bekannt war. Laß ihn auch einen guten Arzt gewesen sein, mein Maß war voll. Was man wissen muß: Gastroskope waren zu der Zeit starre Metallröhren und keine geschmeidigen Glasfaseroptiken wie heute!

„Nein!", sagte ich energisch, ich war fast 15 Jahre alt, „wenn meine Großmutter heute nachmittag kommt, gehe ich nach Hause!"

Diesen „Schlußakkord" mußte ich wohl rhetorisch gut rübergebracht haben, denn die Ärztin ging, ohne sich groß zu echauffieren.

Kurz darauf brachte eine Schwester meine Entlassungspapiere.

Voller Freude strebten Oma und ich unserem Haus entgegen. Es war noch Winter und meine Straße kam mir merkwürdig fremd vor. Als ich unsere Wohnung betrat, wurde mir der schlechte Zustand unserer Behausung zum ersten Mal so richtig bewußt. Oma und Onkel Karl hatten mein Bettgestell aus dem Schlafzimmer geholt und im Wohnzimmer aufgestellt. Da ich noch mindestens zwei Wochen Bettruhe einhalten sollte, mußte ich nicht im kalten Schlafzimmer liegen. Zur Schule sollte ich erst in vier Wochen gehen. Solange befand ich mich noch in der Rekonvaleszenz. Na, das klang nun wirklich bedeutend. Meine erste Nacht nach vielen Wochen wieder in meinem Bett. Der Tag hatte mich doch richtig geschafft. Ich war zwar praktisch gesund, aber die Wochen im Krankenhaus hatten mich merklich entkräftet.

Nach einem friedlichen Tiefschlaf nahm ich im morgendlichen Dämmerzustand als erstes das vertraute Schlagen unseres Wandregulators wahr. Oma hatte schon sehr früh den Ofen angeheizt und das Feuer knisterte leise. Sie schlief jetzt auch im Wohnzimmer auf der Couch. Mein Kofferradio stand vor mir auf unserem großen Wohnzimmertisch. Die Musik klang auf UKW viel klarer als aus unserem Radio. Ich freute mich schon auf den Tag, an dem ich am „Trabrennen" auf der „Idiotenrennbahn" teilnehmen würde.

Am Wochenende liefen die Jugendlichen allein oder in kleineren Gruppen die Hauptstraße herauf und herunter. Das bevorzugte Outfit, so man besaß, bestand aus einer Jeans, spitzen Schuhen mit Eisenbeschlägen unter den Hacken, tack-tack-tack, einem engen Rollkragenpullover und einer sogenannten NATO-Pelle. Das war ein dünner Nylonmantel. Den gab es ausschließlich aus'm Westen. Ein Kofferradio war Pflicht. Das alles hatte ich jetzt! Wartet Jungs, ich komme.

Im April hatte mich die Schule wieder. Fast ein halbes Schuljahr hatte ich gefehlt. Mein 15. Geburtstag war inzwischen auch nichts Besonderes mehr. Die Tradition, an diesem Tag meinem Großvater seine Pfingstrosen auf das Grab zu stellen, behielt ich jedoch bei.

Kurz vor dem Ende der 8. Klasse besuchte uns meine Klassenlehrerin zu Hause. Frau Fechner, Oma und ich saßen an unserem Wohnzimmertisch beieinander. Sie hatte das Klassenbuch mitgebracht und sagte: „Also, den Zensuren nach könnte ich dich versetzen, aber ich überlege, ob das für die nächste Klasse empfehlenswert ist. Du hast doch einigen Unterrichtsstoff versäumt. In der Oberstufe kommt auch noch das Fach Astronomie hinzu und überhaupt erhöht sich der Schwierigkeitsgrad nochmals deutlich. Ich gebe dir den Rat, die 8. Klasse zu wiederholen. Du bist nicht wirklich sitzen geblieben. Ich meine es doch nur gut mit dir." Für mein Empfinden war ich aber eben doch so gut wie sitzen geblieben. Das knickte mich damals schon sehr. Auf der anderen Seite war mir klar, daß ich ab sofort „richtig lernen" müßte, wenn ich mich gegen die Wiederholung der 8. Klasse entscheiden würde. Diese Option hätte ich wohl gehabt. So verstand ich dieses

Gespräch jedenfalls. Es war ja auch nicht so, daß mir das Lernen schwer fiel, das würde den Umstand nicht treffen. Ich war am größten Teil des Schulstoffes zu der Zeit einfach nicht interessiert. Ich hatte meine Lieblingsfächer wie Biologie und hauptsächlich Physik, das ging von allein in meinen Kopf. Heute möchte ich sagen: Mit dem richtigen Lehrer und einem interessanten Unterrichtsaufbau wären mir auch ungeliebte Fächer zu vermitteln gewesen. Die russische Sprache bei Herrn Steinführer war ja das beste Beispiel.

Nein, pauken würde ich nicht. Das wäre gegen meine Natur gewesen. Meine Interessen galten der Elektronik, der Fotografie und der Musik. Andererseits konnte ich schon in der vierten Klasse sehr gut lesen. Eine Tageszeitung fließend vorlesen, das war für eine Reihe meiner fleißigen Mitschüler in der zehnten Klasse immer noch ein Problem. Trotzdem hatten diese in der Regel eine bessere Deutschnote als ich. Klar, wenn man im Fach Literatur die Lebensläufe der wichtigsten Dichter nicht kennt, versaut das am Ende auf dem Zeugnis die Zensur. Da gab die Differenzierung in Lesen, Rechtschreibung und Grammatik, wie es in den unteren Schulklassen noch üblich war, wesentlich besser Auskunft über das Leistungsvermögen eines Schülers.

Ein richtiger Witz war meine Zensur im Fach Musik. Auch hier waren mir damals die Lebensläufe der behandelten Klassiker relativ „wurscht", obwohl ich durch die Musikschule und nicht zuletzt durch meine Großmutter einige ihrer Werke *mehr* kannte als meine Mitschüler und deren Themen hätte vorsingen können. Ich war auch in der Lage, von einem Notenblatt vorzutragen, ganz zu schweigen von drei verschiedenen Instrumenten, auf denen ich spielen konnte. Daß sich meine damalige Musiklehrerin nicht selbst an den Kopf gefaßt hat, als sie auf dem Schulfest nach den Klängen unserer Band schwofte.

Soviel zu Schulnoten.

Nach dem Gespräch war auch ich überzeugt, daß es besser sei, die achte Klasse noch einmal von vorn zu beginnen. Wenn schon mein Leben hier einen kleinen Knick bekommen sollte, konnte ich auch gleich noch über den Sinn der Musikschule für mich nachdenken und eine Entscheidung treffen. Orchestermusiker war, wie schon gesagt, nicht mein

Ziel und was ich derzeit für die Tanzmusik hätte gebrauchen können, wurde mir dort nicht vermittelt. Zu meiner Zeit jedenfalls nicht. Also, Schluß damit.

Fräulein Dehn konnte mich recht gut leiden. Sie hatte mich bereits für kleinere Klarinettenparts im Schülerorchester eingesetzt. Mit ihr konnte ich gut reden. „Wozu du das später auch immer gebrauchen kannst", riet sie mir, „beende das Jahr mit einer Abschlußprüfung, dann hast du was in der Hand." Sie meldete mich für die Prüfung im Juni an. Mit meinem Klarinettenlehrer besprach ich das alles nicht. Onkel Karl kramte in seinen alten Noten und fand ein Musikstück, welches er zu seiner Lehrzeit selbst gespielt hatte: *„Lang, lang ist's her ..."* Von Thomas Haynes Bayly - um 1830.

Das Stück war für Klavier und Klarinette bearbeitet worden und stand in drei kleinen Sätzen: Thema, Adagio und Variationen.

An einem der letzten Junitage trat ich schließlich in einem der Festsäle unserer Orangerie vor ein Publikum aus Lehrern, Musikschülern und Eltern. Frau Werner saß an einem schwarzen Konzertflügel und lächelte mich freundlich an. Mir ging der Arsch auf Grundeis. Das ist nicht sehr fein ausgedrückt, aber besser kann man es nicht sagen.

Sie spielte eine kurze Einleitung, dann hatte ich meinen Einsatz. Die Akustik war hervorragend, und so gewann ich schnell an Sicherheit. Nach dem Thema kam das Adagio, welches das Thema in *moll* wiederholte. Bei den Crescendi fügte ich ein behutsames Vibrato hinzu. Das klang sehr gut und hat den Zuhörern bestimmt gefallen. Allerdings ist bei der deutschen klassischen Spielweise für die Klarinette ein Vibrato quasi verboten. Das sehen jedoch nur die Deutschen und in besonders rigoroser Form die Österreicher so eng.

So hat z. B. der bekannte Klarinettist und Bandleader Benny Goodmann Mozarts weltberühmtes Klarinettenkonzert in A-Dur KV 622 stellenweise mit zartem Vibrato gespielt. Gerade Mozart hat sich in der Notation bei den Spielanweisungen sehr zurückgehalten.

Endlich dann der dritte Satz *allegro*, die Variationen des Themas. Frau Werner begann eine Spur zu schnell. Es war ein warmer Sommertag und mein Blatt hatte auf Staccati keine Lust. Meine Klarinette sprach zu träge an, jedenfalls für das Tempo. Frau Werner unterbrach und kam an mein Notenpult. „Na ja", sagte sie, „sieht ja auch nicht gerade leicht aus. Hat das dein Lehrer für dich ausgesucht?" – „Nein", antwortete ich, „das habe ich von meinem Onkel." – „Na gut", fuhr sie fort, „eigentlich reicht das auch schon. Andere wollen heute auch noch gehört werden." So wurde ich vorzeitig erlöst und bekam trotzdem Beifall – den bekam allerdings ohnehin jeder der Gequälten. Auf meinem Zeugnis stand später in Theorie und Praxis die Note „gut". Die Musikschule, einstmals so freudig begonnen, hatte ich recht freudlos beendet. Ob das nur an mir gelegen hat, lasse ich hier einfach einmal offen ...

Bernds Mutter war gestorben. Bernd, das war der „große Junge", der sich inzwischen als unser Wohltäter bei der FDJ-Kreisleitung erwiesen hatte. Er war nun schon seit einigen Jahren verheiratet und wohnte nicht mehr in unserem Haus. Aber seine Mutter wohnte immer noch hier, und deren Wohnung wurde jetzt frei.

Oma, die nach Opas Tod die „Chefin" im Haus war, bestimmte: „Wir ziehen um!" Die „neue" Wohnung war etwas größer, hatte zwei Fenster zur Straße und eines zum Mühlberggang. Der Gesamtzustand war auch nicht so katastrophal wie der unserer alten Behausung. Das Beste aber war: Ich hatte ein kleines Zimmer für mich allein.

Obwohl es praktisch nur über den Flur von einer Tür in die andere ging, wurde es doch ein richtiger Umzug. Ehe alles wieder seinen neuen Platz gefunden hatte – das dauerte. Herr Bünger war ebenfalls sehr froh. Er nahm unsere alte Wohnung zu seiner Werkstatt hinzu, was uns sicher ein paar Mark mehr Miete einbrachte.

Unser großer Kleiderschrank stand nun in meinem Zimmer, ebenfalls Opas Bett und unsere Kommode aus dem Schlafzimmer. Die, auf der immer die Vase mit den Pfingstrosen gestanden hatte. Einen kleinen Aktenschrank und einen etwas zerschlissenen großen Ohrensessel übernahm ich aus dem Nachlaß der verstorbenen Dame. Das war jetzt mein Chefsessel. Omas alte Singer-Nähmaschine wurde mein Tisch. Mit einem kleinen transportablen Kachelofen war mein Zimmer dann auch schon ausgefüllt. Nun hatte ich die Raumtemperatur selbst in der Hand und machte es mir gemütlich. An das einzige Fenster zum Mühlberggang brachte ich eine Holzblende an und konnte auf diese Weise mit zwei dicken Decken auch am Tage Dunkelheit schaffen. Damit war das Fotolabor perfekt. Allerdings konnte ich meine Hobbys nur nacheinander betreiben. Entweder Elektrobasteln oder Fotolabor. Beides ging auf dem kleinen Nähmaschinentischchen nicht. Mußte ja auch nicht. Für meinen Freundeskreis war mein Zimmer nun ein gern besuchter Ort. Rainer, unser Melodiegitarrist, kam mich öfter besuchen. Wir übten zu zweit neue Musiktitel. Er war bereits 16 Jahre alt geworden und rauchte schon – auch bei mir im Zimmer. Unsere Wohnung roch durch Onkel Karl ohnehin immer nach Zigarette, so daß Oma das kaum auffiel. Sie kam auch nicht in mein Zimmer, wenn sie hörte, daß Besuch da war. Trotzdem traute ich mich nicht, in Abwesenheit von Besuchern zu rauchen. Das tat ich dann allerdings spät abends, wenn sie im Bett lag und ich meistens bis in die Nacht Fotos entwickelte. Ab jetzt rauchte auch ich regelmäßig.

Ich glaube, in diesem Sommer spielten wir offiziell das erste Mal als *Komets* in unserem Jugendklubhaus. Zwei weitere Bands hatten sich dort bereits etabliert. In der einen spielten meine beiden ehemaligen Mitschüler aus der Musikschule Horst und Walter. Sie nannten sich die *Telstars* und waren eine reine Rockformation. Sie bevorzugten die etwas „härtere" Schiene. Richtige Beatmusik eben. Dazu fehlten bei uns die Sänger. Eine gute Solostimme hatte bei uns keiner. So blieben wir in erster Linie bei den reinen Gitarrentiteln, die es zu der Zeit reichlich gab und ebenso gern zum Tanz gehört wurden.
Die andere Band bestand aus schon etwas älteren Mitgliedern. Als Quintett hatten sie neben einem Pianisten auch einen Saxophonisten. Ihr Repertoire war die „normale" Tanzmusik. Man kam sich also vom Genre her nicht ins Gehege. Die Klubhausleitung freute sich über die abwechslungsreiche Musik zu ihren Jugendtanzveranstaltungen, die regelmäßig am Sonntagnachmittag von 14 bis 19 Uhr stattfanden. Nach so einer Veranstaltung hatte dann jeder von uns 50 Mark in der Tasche. Setzt man das mit dem damaligen durchschnittlichen Monatseinkom-

men zwischen 350 bis 600 Mark ins Verhältnis, kann man durchaus von einer „fürstlichen" Entlohnung sprechen. Feste Freundinnen hatten wir zu der Zeit noch nicht, und so saßen wir meistens nach der Mucke in irgendeiner Gaststätte und ließen es uns gut gehen.

Für den Leser: Entstanden ist der Begriff „Mucke" eigentlich aus dem „musikalischen Gelegenheitsgeschäft" und sollte „Mugge" geschrieben werden. Die „Mucke" hat sich jedoch als Begriff verselbständigt, und die meisten kennen nicht einmal mehr die Herkunft des Wortes. Wir gingen also zur Mucke bzw. wir muckten.

Auch diese Ferien verrannen, und es erwartete mich eine neue Schulklasse, die irgendwie doch die alte war nur mit neuen Gesichtern. Als nunmehr Ältester hatte ich mit der „Rangordnung" keine Probleme. Schnell hatten sich um mich neue Schulfreunde gesammelt. Meine Popularität als Mitglied der *Komets* spielte dabei sicher auch eine Rolle. Die Jugendmusik der 60er Jahre ging uns damals alle etwas an. Man hatte einfach zu wissen, welche Musiktitel zu welcher Band gehörten und welche Neuerscheinungen gerade in den Hitparaden der „Feindsender" liefen. Das war oft das zentrale Pausenthema. Man konnte dabei durchaus das blaue FDJ-Hemd tragen, das störte nicht.

Auf dem Schulhof gab es ein Mädchen, hinter dem einige Jungs „hinterher" waren. Es gab sie eigentlich schon im Jahr davor an unserer Schule, aber da sie einen reiferen Eindruck machte, hatte ich keine „Traute" gehabt und mich damit begnügt, ihr nur hinterher zu schauen, obwohl sie mir sehr gefiel. Sie kam aus einem nahen Dorf und war in unsere Stadt gezogen und nun – ging sie in meine Klasse! Wahrscheinlich hätte ich sie nie näher kennengelernt, wenn ich nicht die achte Klasse wiederholt hätte. So hatte die berühmte Medaille dann auch in diesem Fall wieder einmal ihre sprichwörtlichen zwei Seiten.

Endlich hatte ich Gelegenheit, sie mir richtig anzuschauen. Ihr Gesicht war recht hübsch, und sie trug eine Brille. Brillen waren zu unserer Zeit nicht besonders filigran und keine Zierde. Bei ihr störte mich das in keiner Weise. Ich fand sogar, daß selbst diese schmucklose Brille ihr Gesicht irgendwie interessanter erscheinen ließ. Daß ich überhaupt ein

Faible für Frauen mit Brille hatte, war mir damals noch nicht bewußt. Es gab Jungen in unserer Klasse, die sie mit Brillenschlange betitelten. Sogar weit üblere Schimpfwörter rief man ihr hinterher. Als Junge konnte ich derartige Ausbrüche verstehen – im Sinne von verstehen – nicht von gutheißen. In Wirklichkeit interessierten sich diese Jungen ebenfalls für sie, waren sich aber wahrscheinlich ihrer eigenen Unzulänglichkeit, ob ihres Aussehens oder einfach nur ihrer Dusseligkeit bewußt. So ließen sie dann ihren Frust in Gemeinheiten ab.

Nun war ich mit 15 Jahren auch kein Charmeur, was den Umgang mit gleichaltrigen Mädchen anbelangte. „Blöde Kuh", so was kam auch über meine Lippen, aber keine sexuelle Fäkalsprache.

Und da gab es noch Heiner. Heiner war ein sportlich gebauter Junge, an dessen Attraktivität ich nach eigener Einschätzung nicht herankam. Er interessierte sich ebenfalls für Marie.

Marie – war ihr Name.

Heiner war kein Dummkopf, brillierte aber auch nicht mit besonders gepflegter Sprache. Nicht so schlimm wie mein „Fahrrad-Horst", aber ähnlich laut und unsensibel. Da nützte ihm auch sein gutes Aussehen nichts, Marie beachtete ihn kaum. Mich – allerdings auch nicht.

Eigentlich beachtete sie kaum einen Jungen, was wiederum ihr Desinteresse an mir relativierte. Wahrscheinlich hatte sie mit Jungen in ihrem Alter keine guten Erfahrungen. Maries Äußeres war das einer jungen Frau: Voll entwickelt und wohlproportioniert.

Sie stach zwischen den anderen Mädchen deutlich hervor. Ich will ja nicht wieder mit dem berüchtigten „Balkon" anfangen, aber auch der ging bei ihr mehr als in Ordnung. Das wird wohl die hauptsächliche Angriffsfläche ihrer bisherigen Jungenkontakte gewesen sein, und von daher rührte sicher ihre Zurückhaltung und ihr Argwohn. Trotz ihrer Fraulichkeit hatte sie aber auch etwas Jungenhaftes an sich. Sie war mitnichten das typische Opfer, welches still vor sich hin litt, wenn es gehänselt wurde, nein, sie langte dann auch mal kräftig zu und wußte sich zu verteidigen. Es klatschte öfter mal auf dem Schulhof. Dann hatte wieder einmal irgendeiner einen Satz heiße Ohren.

Das Ungerechte war, daß es meist *sie* war, die dafür getadelt wurde.

Hätte sie sich hingestellt, und, wie es sich für ein „ordentliches" Mädchen gehört, geweint, wäre wahrscheinlich der Tadel an ihr Gegenüber gegangen. In der Regel hatte sie nur auf Provokationen reagiert. So aber attestierte ihr der „Lehrkörper" ein mangelndes Betragen, und das war schlicht ungerecht. Strafe kann man durchaus einsehen, aber Ungerechtigkeit macht wütend. Ansonsten bewegten sich ihre schulischen Leistungen im unteren Mittelfeld, was mir jedoch egal war. Ich hatte mich in Marie verguckt und wollte ihr das auch zeigen, nur wie? Die beste Möglichkeit bot sich in den Unterrichtstagen in der Produktion. Zwei Unterrichtsfächer sollten uns an unser bevorstehendes Berufsleben heranführen. Das Fach ESP (Einführung in die sozialistische Produktion), der theoretische Teil, und das Fach UTP (Unterrichtstag in der sozialistischen Produktion), der praktische Teil, waren schon in der vorigen Klasse meine Einser-Fächer. Den Umgang mit Werkzeugen hatte ich bereits früh verinnerlicht. Der Theorie dazu brachte ich das gleiche Interesse entgegen. Schließlich mündete diese ja unmittelbar in die dazugehörige Praxis. Lernen in seiner ureigensten Form.

Marie war im Umgang mit Hammer, Feile und Metallsäge nicht ungeschickter als andere Mädchen, eher im Gegenteil, aber ihre Königsdisziplin war es auch nicht. Wie schön für mich. Bei jeder Gelegenheit bot ich ihr, natürlich vollkommen unauffällig, meine Hilfe an. Anfangs erntete ich ebenfalls ihr Mißtrauen, aber bald schaute sie auch mal kurz zu mir herüber, wenn ihr was nicht so recht von der Hand ging. Manchmal unkte dann einer aus der hinteren Ecke:

„Nnnn, na, wwwilst d-dir wohl wwieder ihre T-titten bebebegucken?" Das war meist Axel. Der hatte schon öfter von Heiner körperliche Züchtigung erfahren, nicht nur wegen Flegeleien gegen Marie. Heiner fuhr total auf die Partisanenbewegung ab. Er trug auch gern mal ein Käppi mit einem roten Stern. Axel kommentierte: „I-ich g-glaub' ja, die Pa-partisanen ko-kommen." Da verstand Heiner aber keinen Spaß und Axel versuchte in letzter Not abzuwiegeln: „Hei-heiner, rreg' dich b-bloß nnich' a-auf. Einmal hatte er unseren Axel gepackt und über einen Maschendrahtzaun geworfen. Was haben wir gelacht. Die Monate vergingen, ebenso wie Weihnachten und Neujahr.

Im Februar war eine Klassenfahrt ins Erzgebirge geplant. Unser Klassenlehrer Herr Werner war relativ streng. Einen „heißen Draht", wie Frau Fechner ihn gehabt hatte, kann ich ihm nicht bescheinigen. Außerhalb des Unterrichts war er allerdings wie umgewandelt, ja, fast väterlich. So hatte eben jeder Lehrer seine Eigenarten. Mit ihm sollte es für knapp zwei Wochen ins Erzgebirge gehen.

Ordentliche Wintersachen, jedenfalls solche, die für einen Schneeausflug geeignet gewesen wären, hatte ich nicht. Nicht einmal feste hohe Winterschuhe. Zum Glück war ich durch die Musik nicht mehr ganz mittellos. Eine Gage reichte aus, um mir diese kaufen zu können.

Als ich mein Kofferradio einpacken wollte, warnte mich Oma: „Junge, laß das Radio hier. Das geht dir in dem Trubel verloren!"

Das Radio war aber doch ein „Wichtigkeitsfaktor". Natürlich hörte ich nicht auf meine Oma – und natürlich behielt sie wieder Recht.

Mein Kofferradio erlebte gerade noch die Berliner S-Bahn, da war es schon geklaut. Es war genau dieser Trubel, den Oma vorausgesagt hatte. Beim Aussteigen bemerkte ich auf dem Bahnsteig, daß mir etwas fehlte. Da fuhr die Bahn aber schon weiter. Unser Klassenlehrer machte noch eine Meldung bei der Bahnaufsicht, doch in Wahrheit glaubte niemand an einen „Finder". Ich war sehr niedergeschlagen und mir durchaus meiner Schuld bewußt. Wie sollte ich das nur Großmutter beibringen. Der größte Teil der Freude an der Klassenfahrt war mir dadurch genommen. Der Gedanke an diesen Verlust war ständig gegenwärtig und überschattete alle darauffolgenden Tage.

Von unserer Jugendherberge aus machten wir täglich Ausflüge in die Umgebung. Ich erinnere mich an eine Schlittenfahrt mit mehreren Pferdeschlitten oder auch an die „Besteigung" des Fichtelberges mit der Seilbahn. Am Abend saßen wir immer im Essenraum zusammen und spielten Karten oder taten andere Dinge. Mit Marie saß ich dabei öfter nebeneinander, aber ein freundschaftliches Verhältnis konnte man das noch nicht nennen. Man bekam nicht so recht Zugang zu ihr. Scherze mußte man vorher gut abwägen, sonst verschloß sie sich für Tage.

Sie war ein schwieriger Fall.

Auf der Rückfahrt kam wieder der Gedanke an mein verlorenes Radio hoch. Oma sagte zu Hause nur: „Ooch, siehste, hab' ich doch gleich gewußt, aber du wolltest ja nicht hören. Nun hast du kein Radio mehr." Was sollte sie weiter sagen? Sollte sie schimpfen? Ich war fast 16 Jahre alt und überragte sie inzwischen um mehr als einen Kopf, selbst Onkel Karl war deutlich kleiner als ich.

Am nächsten Tag ging ich zu Ursula eine Treppe höher hinauf in die Wohnung. In der Woche war ich öfter mal bei ihr, und auch sie kam gelegentlich zu uns herunter. Obwohl sie nicht mehr mit Karl verheiratet war, verstand sie sich mit Oma gut. Sie brühte für uns Kaffee auf, gleich in der Tasse, so, wie ich es bis heute tue. Dann zündeten wir uns eine Zigarette an. Bei ihr war es schon immer gemütlich gewesen.

Ich erzählte Ursula, Tante sollte ich nicht mehr sagen, von der Klassenfahrt und natürlich vom Verlust meines tollen Radios. Da hatte sie auf einmal eine hervorragende Idee:

Ursula arbeitete zu der Zeit in einem ortsansässigen volkseigenen Elektrobetrieb. Dort fand u. a. die Endmontage eines Kofferradios statt, welches für den Westexport bestimmt war. Ein relativ großes Radio, eher ein Campingempfänger als zum Herumtragen gedacht, in einem typisch westlichen Design. *Vagant* hieß er. Viele werden das Radio wohl nicht kennen, denn in unserem Handel war es, soviel ich weiß, nicht erhältlich. Natürlich konnte Ursula aus dem Betrieb kein Radio „mitnehmen", aber es gab einen „Schrottplatz", wo beschädigte Gehäuse herumlagen. Von dort brachte sie mir mehrere Gehäuse mit, aus denen ich schließlich ein unbeschädigtes zusammensetzen konnte. Sogar den Original-Lautsprecher konnte sie „ausgraben". Eine leichte Delle in der Membran zog ich mit einer Nadel heraus und verschloß das Löchlein mit einem Tropfen Nagellack. Um es kurz zu machen:

Radiobastler gab es damals einige. Bald darauf hatte ich mir eine fertig bestückte Leiterplatte eines *Sternchen* Radios besorgt und aus allem ein funktionierendes Kofferradio zusammengefügt. Durch das größere Gehäuse und den größeren Lautsprecher war der Klang entsprechend gut. Daß innen „nur" ein *Sternchen* steckte, mußte ich ja nicht unbedingt jedem auf die Nase binden.

145

Das Schuljahr neigte sich seinem Ende entgegen. Ein nicht geringer Teil meiner Mitschüler würde nach der achten Klasse die Berufsausbildung beginnen. Mit diesem Schulabschluß war das Erlernen einer Vielzahl von meist handwerklichen Berufen möglich. Allerdings war dann eine 3-jährige Lehrzeit zu absolvieren. Für einige weitere Berufe war die 10. Klasse erforderlich, dann nur mit 2-jähriger Lehrzeit. Für die akademische Laufbahn brauchte es einen gymnasialen Abschluß. Das war in der DDR die Erweiterte Oberschule, die bis zur 12. Klasse reichte und mit dem Abitur endete.

Es gab aber auch Fälle, bei denen die Weiterführung in die „höheren Weihen" nicht von der Klugheit abhing, sondern schlicht von sozialen oder sogar von finanziellen Problemen. Einer meiner Schulfreunde war ein solcher Fall. Er gehörte zwar nicht zu den Überfliegern, aber die nächsten zwei Klassen hätte er auch locker geschafft. Trotzdem bat ihn seine Mutter, die Lehre zu beginnen, weil das Geld zu Hause einfach nicht reichte. Hans-Jürgen, Hansi, hatte keinen Vater mehr. Er ergriff einen metallverarbeitenden Beruf bei der Deutschen Reichsbahn und wurde einer der besten Dreher, die es in unserer Stadt gab.

Für meine „Freundin" Marie war mit der achten Klasse allerdings das Ende der Fahnenstange erreicht. Sie wollte Verkäuferin werden.

Vielleicht hätte es zwischen Marie und mir keine Fortsetzung der noch nicht einmal so richtig begonnenen Beziehung gegeben, da sie jetzt von der Schule abging und damit aus meinem Blickfeld geraten würde. Beim Abschlußfest änderte sich die Situation:

Der große Essensaal war mit Girlanden geschmückt. Unser strenger Klassenlehrer saß mit zwei meiner Klassenkameraden am Tisch. Man prostete sich zu, die Bowlegläser klangen, und eine Tabakwolke kündete von erfolgreich verlaufenden Friedensverhandlungen: Sie rauchten gemeinsam! Ich traute meinen Augen nicht. Auch *so* war er – unser Klassenlehrer. Ungerecht war *er* übrigens nie!

Natürlich sorgten an unserem Abschlußball wir, die *Komets*, für die Musik. Ich fühlte mich in meiner Rolle pudelwohl und genoß mein Ansehen bei meinen Klassenkameraden. „Eh, Günti, spiel mal was von den Beatles!", riefen sie mir zu. „Kommt sofort!"

146

An diesem Abend war Marie deutlich aufgeschlossener. Wenn wir Pause machten, saßen wir allein zusammen. Sie verstand sich augenscheinlich als meine „offizielle" Freundin. Das durften die anderen jetzt ruhig mitbekommen. Ob ihr vielleicht bewußt geworden war, daß dieser Abend auch unser letzter hätte sein können, wenn sie nicht ihre Zurückhaltung aufgäbe? Schließlich würden wir uns ab jetzt nicht mehr in der Schule begegnen. Daß auch sie mich mochte, dessen war ich mir inzwischen sicher. So kam sie dann bereitwillig mit, als ich ihr vorschlug, etwas frische Luft zu schnappen.

Es war eine laue Sommernacht, ganz wie im Kinofilm, als wir auf den spärlich beleuchteten Schulhof traten. Auf der Treppe faßte ich ihre Hand, die sie mir auch nicht entzog, als wir unten angekommen waren. Hinter den hohen alten Bäumen standen hier und da einige kichernde und tuschelnde Pärchen. Auch wir verzogen uns hinter einen solchen Baum – der übrigens noch heute dort steht.

Ein Küßchen hatte ich natürlich inzwischen schon mal bei dieser oder jener Mucke getauscht. Das kleine Küßchen von Lolo im Ferienlager mit eingeschlossen. Jetzt aber küßte ich Marie mit aller Innigkeit, die ein Verliebter meines Alters aufzubieten hatte. Das war ein richtiger Liebeskuß – der erste in meinem Leben.

Unter ihrem leichten Sommerkleid spürte ich deutlich ihren weichen wohlgeformten Körper. Durch mein dünnes Nylonhemd fühlte ich die üppigen Brüste, als berührten sie direkt meine Haut. Ich küßte ihren Mund, ihren Hals, ihr Gesicht. Minutenlang waren unsere Zungen verschlungen. Oft hatte ich mir diesen Augenblick vorgestellt und mich so sehr nach ihm gesehnt. Nun endlich durfte ich sie küssen.

Meine Marie.

Als wir etwas zerzaust in den Saal zurückkehrten, wartete man schon auf mich. „Eh, Alter, hattest wohl reichlich zu tun?", fragte Hermann und grinste. Lässigkeit war Pflicht, und so antwortete ich ihm: „Ja, da gibt es noch 'ne Menge zu tun" und grinste zurück.

In Wirklichkeit war ich innerlich aufgewühlt. Die Liebe brannte in meiner Brust. Gern hätte ich Marie nach dem Klassenfest nach Hause gebracht, aber des Musikers Los ist es, nach den Festivitäten eine weitere lästige Pflicht zu haben: das Einräumen der Instrumente und den Transport zum Aufbewahrungsort. Die Gäste lagen meistens schon in ihren Betten, während wir immer noch auf der Landstraße „herumtobten". So wurde z.B. aus einer „normalen" Tanzveranstaltung mit Auf- und Abbau für uns schnell ein kräftezehrender Achtstundentag. Anreisewege nicht einmal mitgerechnet. Mühelos bekamen wir unsere Gage jedenfalls nicht!

Als dann endlich unser mit Instrumenten beladenes Auto den Schulhof verließ, kam mir in den Sinn, daß auch ich dieses Gebäude so schnell nicht wiedersehen würde. Neun Jahre hatte ich hier verbracht. Hatte lesen, schreiben, rechnen gelernt und heute abend meine erste richtige Freundin geküßt. An die neue Schule verlor ich noch keinen Gedanken. Für die beiden letzten Klassen würde ich an eine anderen Schule gehen müssen, da diese hier schon lange zu viele Schüler beherbergte. Die Oberstufe würde ich an der Tagesheimschule absolvieren. Mit der „Tagesheimerziehung" hätte ich sicher nichts zu tun, dachte ich, denn schließlich hatte ich ja keine berufstätigen Eltern. Zunächst aber gab es mal wieder die großen Ferien. Man würde schon sehen ...

Unser Auto hielt ein paar Straßen weiter vor dem Jugendklubhaus. Wir schleppten unsere Sachen durch den großen Saal hinter die Bühne. Die Klubhausleitung hatte uns diesen Platz genehmigt, schließlich spielten wir hier regelmäßig. Eine knappe Stunde später schlief ich mit dem Gedanken an Marie in meinem Bett ein.

Auch am nächsten Morgen, ein Sonnabendmorgen, war mein erster Gedanke – Marie. Ich hatte mich gar nicht mit ihr verabredet.

Na, vielleicht würde ich sie ja am Nachmittag in der Stadt treffen.

Wenn im Jugendklubhaus nichts los war, saßen die größeren Jugendlichen in den Gaststätten und Kneipen. Mitte der 60er gab es noch sehr viele davon. Gerammelt voll waren sie eigentlich immer, denn die Preise waren erschwinglich und staatlich festgelegt. Bier war nie mein Getränk, aber ich weiß heute noch, daß ein Glas 51 Pfennige kostete, egal ob in der HO-Gaststätte oder in der privaten Kneipe.

Spontan fällt mir eine Redewendung ein, die bei uns Ostdeutschen sofort ein Schmunzeln hervorruft, aber von vielen Schwestern und Brüdern der alten Bundesländer wahrscheinlich nicht verstanden wird: „Draußen nur Kännchen!"

Das war der vorauseilende Ruf einer Kellnerin oder eines Kellners einer HO- oder Konsum-Gaststätte, wenn man auf einer Freilichtterrasse Kaffee bestellen wollte. Die hatten einfach keine Lust, wegen einer Tasse Kaffee eventuell noch einmal rennen zu müssen, falls der Gast nach einer weiteren verlangen sollte, darum: „Draußen nur Kännchen!"

Bei uns jüngeren Jugendlichen hatte sich die *Mokkabar* in der Hauptstraße als Treffpunkt eingebürgert. Ab 14 Uhr war auch diese gerammelt voll. Als Mitglied der *Komets* hatte man aber kein Platzproblem. Man wurde johlend begrüßt. Es gab eine Bar mit hohen Hockern und einen Barmixer. Hier saßen meistens die „Einzelkämpfer" und tranken Alkoholhaltiges. An den Tischen wurde auch schon mal nach dem Ausweis gefragt, wenn man einen Weinbrand bestellte. Geraucht wurde überall, und wenn nicht jemand auffallend kindlich aussah, interessierte es kaum, ob er schon rauchen durfte oder nicht. An den Tischen bedienten uns Kellnerinnen, deren Berufsbekleidung aus einem schwarzen Rock, einer weißen Bluse und einer weißen Schürze bestand. Wahrscheinlich war die *Mokkabar* nie als Jugendtreff konzipiert worden. Wir hatten sie aber einfach fest in Beschlag genommen. Wenn sich mal Erwachsene hierher verirrten, drehten sie sich meist auf dem Absatz um und suchten das Weite.

In der Ecke stand eine Musikbox, ein automatischer Plattenwechsler, der keine Ruhepause kannte. Witzbolde warfen hier öfter gleich drei Mal ein 10-Pfennig-Stück ein und wählten denselben Titel.

Bis zum Erbrechen dudelte dann *Drafi Deutscher* „Marmor Stein und Eisen bricht ..." Ich „drückte" gern „Cry for a Shadow", einer der wenigen Instrumentaltitel der *Beatles*. „He, Günti, den spielt ihr doch am Sonntag auch wieder?", rief dann jemand durch den Raum.

„Klar!" – Man war schon „wer".

Was in der Gaststätte das Bier war, war in der *Mokkabar* „Himbeer-Eiscreme-Soda" und kostete ebenfalls 51 Pfennige! Nicht wenige hielten sich mangels Kleingeldes den ganzen Nachmittag daran fest.

An diesem Sonnabend konnte ich Marie nirgendwo finden, aber am nächsten Tag begegnete ich ihr auf der „Idiotenrennbahn".

Am Sonntagnachmittag kam sie mir in Begleitung ihrer Eltern auf der anderen Straßenseite entgegen. Als sich unsere Blicke trafen, hellte sich ihr gelangweiltes Gesicht auf. Mit einem Blick auf ihre Begleiter gab sie mir jedoch zu verstehen, daß ich mich lieber zurückhalten sollte. Ich verstand – schade. Nach einigen Metern wechselte ich auf die andere Straßenseite und ging in gebührendem Abstand hinter ihnen her. Schon komisch – Marie war nur ein halbes Jahr jünger als ich, also 15 Jahre, und „mußte" mit Mama und Papa spazieren gehen. Daß es ihr keinen Spaß machte, war unschwer erkennbar. Kurz vor dem Marktplatz gab ich die Verfolgung auf und lenkte meine Schritte wieder in Richtung *Mokkabar*. Vielleicht würde sie ja am nächsten Sonntag auch ohne meine Einladung ins Klubhaus kommen.

Die Reihe war wieder an uns. Jugendtanz mit den *Komets*.

Wir und die Mitglieder des Klubrates fanden uns in der Regel eine Stunde vor dem Tanznachmittag ein. Eine breite Treppe führte in die erste Etage zum großen Saal. Durch die zweiflügelige Eingangstür kam man in einen relativ großen Vorraum. Hier befand sich die Garderobe. Eine verglaste Tür führte in den Wintergarten. Ihr gegenüber war die Bar, an deren Tresen fünf Barhocker standen.

Ein zweiter Tresen öffnete sich zum großen Saal hin und „belieferte" ausschließlich die Kellner. Vis-à-vis zur Eingangstür war die eigentliche Saaltür. Sie war genau so breit und zweiflügelig. Geöffnet erblickte man über Tischreihen und Tanzfläche hinweg die Bühne. Sie erstreckte sich über die gesamte Breite und lag etwa einen Meter über dem Saalniveau. Rechts war eine kleine Treppe mit sechs Stufen. Der Bühnenzugang für die Akteure ging über einen kleinen Vorraum, den man vom Saal und vom Wintergarten erreichen konnte. Von hier gingen auch zwei kleinere Türen zu den Toiletten.

Im Saal selbst waren drei Tischreihen und im Wintergarten nochmals zwei. Wenn ich mich recht erinnere, müssen es einschließlich des Wintergartens so um die 25 - 30 Tische mit jeweils vier Sitzplätzen gewesen sein. Die Kellner hatten jedenfalls gut zu tun, und ich erinnere mich eigentlich nur an einen bis auf den letzten Platz gefüllten Saal.

Für uns war die Bar bereits vor dem offiziellen Einlaß geöffnet. Bis die Band vollständig war, warteten wir dort aufeinander und sorgten für ersten Umsatz. Draußen stauten sich meist schon die Besucher. Unsere Instrumente waren schnell aufgebaut. Im Klubhaus hatten wir kurze Wege, weil, wie gesagt, alles hinter der Bühne deponiert war. Ein kurzes Anspiel – alles o. k.

Eine halbe Stunde vorher war der offizielle Einlaß. Der Saal begann sich zu füllen. Von der Bühne herunter hatte ich einen guten Überblick. Ich hielt nach Marie Ausschau, konnte sie aber nirgends entdecken.

„He, Jungs, ich geh noch mal vor die Tür", rief ich.

„Na, kommt dein Schwarm nicht?", fragte Roland grinsend.

Vor der Tür war immer noch eine Traube Wartender. Ich zwängte mich an ihnen vorbei und fand Marie fast am Ende der Schlange.

„Komm' rein", begrüßte ich sie, „du mußt hier nicht anstehen. Eintritt mußt du auch nicht bezahlen!" Ich nahm Marie an die Hand und ging mit ihr am Tisch der Kartenverkäufer vorbei.

„Ah, Günti heute mit Freundin?" Ein Mädel so offiziell an der Hand zu halten, war auch für mich ein neues Gefühl. Am reservierten Tisch der Klubratsmitglieder waren immer einige Plätze frei. Hänschen und Gerd saßen dort mit ihren „Frauen", und ich setzte mich mit Marie dazu. Es dauerte nicht lange und die drei „Damen" waren im Gespräch. Mit Hänschen und Gerd verband mich unsere gemeinsame Interessenlage. Immerhin war ich „anerkannter" Elektrobastler.

In unserer Stadt gab es zwei private Rundfunk- und Fernsehwerkstätten. In jeweils einer arbeiteten Hänschen und Gerd als Mechaniker. Wir hatten immer reichlich Gesprächsstoff. Hänschen sagte, er würde gerade ein Tonbandgerät zu einer Echomaschine umbauen. Wenn alles klappen sollte, könnten wir das beim nächsten Mal ausprobieren.

Otto kam. Otto war schon Rentner und kellnerte hier. Ich weiß nicht, ob es ihm um den kleinen Nebenverdienst ging oder ob ihm zu Hause einfach nur die Decke auf den Kopf fiel. Unter den Jugendlichen stach er eigentlich nur wegen seiner weißen Haare hervor. Ansonsten beherrschte er die „Jugendsprache" und brachte grundsätzlich die Bockwurst ohne

Knochen. Jeder Tisch hörte mindestens einmal den neuesten Witz von ihm. Otto mochten alle. Als ich meine Bestellung aufgab, fragte er mich, ob die „gnädige Frau" zu mir gehöre und ob von „vornherein" alles in Ordnung sei. Genau das war Otto.

Marie hatte das zum Glück nicht richtig mitbekommen.

„Ja, die gehört zu mir", antwortete ich.

„Dann bitte ich gnädigst, mich zurückziehen zu dürfen."

„Bitte", sagte ich, „Hauptsache, der Kaffee und der Saft kommen noch, bevor wir anfangen." – „Aber ‚stelbstversendlich'", weg war er.

Inzwischen war der Saal voll, und es lärmte heftig. Roland nickte von der Bühne herunter. „Ich muß", sagte ich zu Marie.

Beim ersten Titel war die Tanzfläche voll. Zu der Zeit sahen die Mädels noch wie Mädels aus und die Jungen trugen Jacket, Hemd und Schlips. Das Auseinandertanzen war in der DDR noch nicht üblich. Man hielt seine Partnerin im Arm. Nach einigen Runden war auch Marie auf der Tanzfläche. Den Anblick mußte ich erstmal verdauen. Da hatte doch tatsächlich „so ein Kerl" sie zum Tanz aufgefordert. Das war eben *auch* unser Los. Wir standen immer oben ...

Diesmal klappte es dann mit einem gemeinsamen Weg nach Hause. Um 19 Uhr war für uns Feierabend. Ich legte meine Gitarre in den Koffer und Roland winkte ab: „Geh' mal, wir machen das schon."

Kurz darauf schlenderte ich mit Marie Hand in Hand durch die Stadt. „Ich muß aber abends pünktlich um acht zu Hause sein, sonst bekomme ich Stubenarrest", sagte sie. Auf meinen erstaunten Blick hin gab sie ein wenig mehr von sich preis. Sie erzählte, daß sie unehelich sei und ihren leiblichen Vater nie zu Gesicht bekommen hätte. Ihr Stiefvater könne sie nicht recht leiden. Außerdem müsse sie sich mit ihrem jüngeren Halbbruder ein kleines Kinderzimmer teilen.

„Und du darfst abends gar nicht weggehen?", fragte ich.

„Nein, bisher nicht", antwortete sie, „aber vielleicht wird es ja anders, wenn ich im September in die Lehre gehe."

„Richtig, wo fängst du eigentlich an?", fragte ich weiter.

Sie erzählte, daß sie bei der HO (Staatliche Handelsorganisation) eine Lehrstelle als Fachverkäuferin für Fleisch- und Wurstwaren bekommen hätte. Unterdessen waren wir fast angekommen. Ihr Haus war das letzte einer langen Häuserzeile, die Ende der 50er von der AWG (Arbeiterwohnungsbaugenossenschaft) errichtet wurde. Faktisch ein Neubau und doch auch nur ein „Arbeiterschließfach". Als wir uns dem Hauseingang näherten, wurde Marie zunehmend nervös.

„Ich weiß nicht", sagte sie unsicher, „vielleicht guckt meine Mutter aus dem Fenster. Komm' lieber nicht bis vor die Haustür mit."

Hm, dachte ich bei mir. Ich hatte mir gerade noch eine abschließende Knutscherei in ihrem Hausflur vorgestellt. „Wann sehen wir uns denn wieder?", fragte ich. „Du kannst natürlich auch jederzeit zu mir nach Hause kommen, wir haben doch noch Ferien!" – „Mal seh'n", sagte sie. Dabei schaute sie sich nach allen Seiten um und gab mir einen flüchtigen Kuß. Für einen kurzen Augenblick spürte ich ihre süße Zunge in meinem Mund. Die letzten Schritte ging sie allein. An der Haustür drehte sie sich noch einmal um, dann war sie entschwunden.

Den Nachhauseweg nahm ich durch die Gartenanlage. Da sah ich nicht so viele Leute und konnte noch etwas vor mich hin träumen. Das war ja eine blöde Situation. Ich mußte darauf hoffen, daß Marie irgendwann bei mir zu Hause auftauchen würde. Abholen könnte ich sie nicht. Sie sollte ja auch meinetwegen keinen Ärger bekommen. Außerdem hatte ich vergessen, ihr zu sagen, daß ich in den nächsten drei Wochen erst am Nachmittag zu Hause sei. Ich hatte nämlich für eine Ferienarbeit bei einem kleinen Brauereibetrieb in unserer Stadt angeheuert. Bereits morgen um fünf in der Frühe sollte ich dort auf der Matte stehen. Na ja, vormittags würde Marie wohl kaum bei mir auftauchen, wenn überhaupt.

Der Wecker holte mich aus dem Tiefschlaf. Aufstehen! Zur Arbeit gehen! Ich dachte: „So eine Arbeit werde ich mir bestimmt nicht aussuchen." Ich wollte genau wie Hänschen und Gerd Radio- und Fernsehmechaniker werden. Zunächst aber stand ja noch die 9. und 10. Klasse bevor. Jetzt wollte ich einfach mal ein bißchen mehr Geld auf einen Schlag haben und mir eine Spiegelreflexkamera kaufen. Mit dem mich beflügelnden Gedanken an eine nagelneue Kamera kam ich auf dem Hof der

Brauerei an. Hier roch es gärig nach Bier- und Brauseflaschen und dem beißenden Gestank von laufenden Dieselmotoren.

Ein LKW stand vor der Verladerampe und wartete schon auf mich. Davor ein kräftiger, doch freundlich dreinblickender „Bierkutscher", der eine speckige Lederschürze vor den Bauch gebunden trug.

„Bist du der Ferienhelfer?" – „Guten Morgen, ja!"

„Dann mal los, den LKW beladen und ab geht's!"

Er gab mir auch so eine Lederschürze und sagte: „Wenn du die nicht trägst, sind deine Sachen heute Abend durchgescheuert!"

Ich war leger in Jeans und leichtem Sommerhemd gekommen.

Oben auf der Rampe stand ein Arbeiter und stellte Bier und Brause-kästen für uns bereit. Mein Fahrer war auf den LKW geklettert und wartete, daß ich ihm die Ladung von der Rampe zureichte. Also los. Ich schätze, es waren ungefähr 200 Bierkästen, die ich von der Rampe herunterhob und dann wieder zur Ladefläche des LKWs hochreichte. Zum Schluß kamen noch ein paar Bierfässer auf das Auto. Die faßten wir aber zusammen an. Dann stieg ich ins Fahrerhaus auf den Beifah-rersitz, und wir verließen die Stadt. „Na", fragte der Fahrer, „kannst du noch?" Ich sah wohl ein bißchen blaß aus und war auch ziemlich aus der Puste. Obwohl man es mir nicht unbedingt ansah, ich war kein Schwächling. „Gewöhnst dich dran, bist ja'n junger Bengel. Außerdem können wir uns ja beim Fahren immer erholen." Er lachte sich eins. Wie es sich herausstellte, war der Mann ganz in Ordnung. Wir erzähl-ten die ganze Fahrt lang. Es ging über die Dörfer zu den Gaststätten und Kneipen. Meistens wurden nur ein oder zwei Fässer abgeladen und selten mehr als 20 Bierkästen. Das war alles kein Problem. Je nach Tour waren wir gegen 14 Uhr wieder in der Stadt. Ein, zwei Tage lang hatte ich mächtigen Muskelkater, dann war ich zum Bierkutscher herangereift. Die morgendliche Beladung des Fahrzeuges, das war die eigentliche Härte. Hinter uns warteten ja weitere Fahrzeuge darauf, daß die Lade-rampe für sie frei würde. „Nu' mal 'n bißchen zügig!"

Am Freitagnachmittag gab es Geld. Es wurde jedes Wochenende ab-gerechnet. Ich bekam 110 Mark und dazu den „Haustrunk". Das hieß, ich hätte mir pro Woche einen Kasten Bier mitnehmen können oder

alternativ 10 Mark. Bier, bähh. Da nahm ich doch lieber die „Kohle".
Nach drei Wochen hatte ich 360 Mark und ein paar Muskeln mehr.
Marie war inzwischen tatsächlich eines Nachmittags bei mir aufgetaucht, war aber gleich wieder gegangen, nachdem sie von Großmutter
erfahren hatte, daß ich arbeiten würde und immer sehr müde nach
Hause käme. Das stimmte zwar, hätte mich jungen Spund aber kaum
von einem Tête-à-tête abhalten können.
In Wirklichkeit hatte meine Großmutter meine Marie in wenigen
Sekunden in die richtige Schublade gesteckt. All' ihren Söhnen, das
galt auch für mich, hätte sie gern „andere" Frauen „verordnet", aber auf
sie hörte ja keiner. Einzig meine leibliche Mutter kam bei ihr etwas
besser weg. Großvater und „sein Lenchen" waren in den Jahren bis zur
„Republikflucht" meiner Eltern ein Herz und eine Seele gewesen. Da
konnte Großmutter schlecht gegen anstinken.
Bald darauf kam Marie regelmäßig zu mir. Meine Oma beobachtete,
wie wir stundenlang auf der Bank vor unserem Küchenfenster oder in
unserem Hausgarten herumknutschten. Sie bekam aber auch mit, wie
ich mit Marie ebenso regelmäßig stritt, manchmal recht lautstark. Oft
sahen wir uns dann wochenlang nicht. Man konnte bei Marie sehr
schnell ins Fettnäpfchen treten und einmal eingeschnappt, schnappte
sie so schnell auch nicht wieder aus. Oma brauchte für ihr Urteil nicht
sehr lange, wörtlich: „Günti, was willst du denn mit dem Mädchen.
Die ist doch dumm!"
Natürlich wollte sie mir ihre ganze Lebenserfahrung angedeihen lassen.
Ich aber hatte bereits einen Schluck von dem „vergifteten" Wein gekostet, war von Maries süßen Lippen trunken, hatte den Duft ihres verführerischen Leibes eingesogen, war verzaubert von dem, was sich mir
noch verbarg und doch so offensichtlich war. Da war auch Großmutter
machtlos. In den Fluß *mußte* ich springen.
Schwimmen konnte ich ja schon ...

Die Ferien waren zu Ende. In Jeans, lockerem „Westhemd", Lederkop-
pel und langer heraushängender Uhrkette betrat ich, die Aktentasche
lässig schwenkend, den Schulhof. Heute sagt man „cool".

Zwei Monate vorher war ich 16 Jahre alt geworden. Daniel, der lange Detlef und Henne kamen sofort auf mich zu. Sie gehörten zu meinem Freundeskreis aus der alten Schule. Mit Daniel war ich am engsten. Außer ein paar Mädchen, die auch „mitgekommen" waren, gab es nichts Vertrautes. Auch auf diesem Schulhof standen alte hohe Bäume. Wir verzogen uns gleich erstmal hinter ein besonders dickes Exemplar und steckten uns zur Beruhigung eine Zigarette an.

Die Pausenaufsicht hatte uns trotzdem entdeckt. Daß der unangenehme Typ unser Klassenlehrer war, konnten wir da noch nicht wissen. Gut, Rauchen war wie in jeder Schule verboten, aber die Art, wie er uns anschnarrte, war herablassend und arrogant. Für uns war das kein Pädagoge, das war ein Arsch. Na, das konnte ja was werden.

In der ersten Deutschstunde kamen wir gleich in den Genuß seiner „Wertschätzung". Unsere vier Gesichter landeten auf seiner Merkliste. Wir waren für ihn etwas, was man mit spitzen Fingern anfaßt. Selbst sah er sich als Lichtgestalt. Natürlich war er ein gebildeter Mann, aber Bildung bildet, mehr nicht – sag' ich immer.

Die Deutsche Sprache und Literatur waren sicher sein Lebensinhalt. Zwei gestärkte und gebügelte Armstulpen und ein Buchhalterposten, das wäre auch noch gegangen. Nur auf die Jugend hätte man ihn nicht loslassen sollen. Wie gute Lehrer aussahen, hatte ich ja zum Glück schon erfahren dürfen. Der hier gehörte nicht dazu.

Er hat eine höchst unrühmliche Rolle in meiner Schulzeit gespielt, denn nur seinetwegen wäre ich in diesem so entscheidenden Entwicklungsstadium beinahe auf die schiefe Bahn geraten:

Unser erster Unterrichtstag an der neuen Schule war beendet, und selbstverständlich gingen wir nach Hause. Wir gingen an diese Schule, weil die alte überfüllt war. Einen anderen Grund gab es nicht. Daß man uns damit automatisch in die Ganztagsbetreuung einbeziehen würde, war mit uns jedenfalls nicht besprochen worden!

Wir fielen aus allen Wolken, als uns, na, wer schon, anschnauzte, wo wir gestern am Nachmittag gewesen seien? Auch an diesem Tag gingen wir demonstrativ nach Hause – nach dem Unterricht natürlich. Von nun an lauerte uns dieser Typ täglich an der Ausgangstür auf.

„Wo wollen die Herren denn hin?"

Das mußte ihn irgendwie erregen. Man spürte, wie er sich in seiner Macht suhlte. Ärgerlich sah er dabei nicht aus. Ich tippte eher auf eine Form von entartetem Orgasmus. Wenigstens mußte er „Sie" zu uns sagen. Das fanden *wir* nun wieder gut. Wir haßten den Kerl, und ich kann mich beim besten Willen an niemanden aus unserer Klasse erinnern, der ihm zugetan gewesen wäre. Fiel sein Name, wurde meist abfällig abgewinkt. „Ach, der."

Die „Tageserziehung" sah so aus, daß wir nach dem Unterricht in der Aula unser Mittagessen einnahmen und dann wieder in den Klassenraum gingen. Wir setzten uns in die Bänke, in denen wir bereits sechs Stunden vorher gesessen hatten. Der Typ saß vorn am Lehrertisch und beaufsichtigte unsere „Hausaufgaben!". Man brauchte sich gar nicht zu beeilen, er fand immer etwas. Nie kamen wir vor 16 Uhr dort raus. Das mag an heutigen Ganztagsschulen vielleicht nicht anders sein, jedoch wählt man diese Schulform aus und bekommt sie nicht alternativlos übergestülpt. Wir fühlten uns jedenfalls wie Inhaftierte, und folglich war der Ausbruch nur eine Frage der Zeit.

Daniel, der lange Detlef, Henne und ich gingen eines Morgens nicht mehr zur Schule. Statt dessen ströperten wir in der Gegend herum und machten jede Menge Unsinn. Daniel brachte das Luftgewehr seines großen Bruders mit, und auch ich kaufte mir eins. Gegen Vorlage des Personalausweises konnte man in der DDR ein Luftgewehr in jedem Sportwarenladen erwerben. Damit zogen wir über die Wiesen und durch die Gärten und ballerten dort herum. Abends waren wir wieder zu Hause, so daß für einige Tage unser Treiben dort nicht auffiel. Als die Schule dann reagierte und ihre „Spione" in die Elternhäuser entsandte, „knickten" Henne und der lange Detlef ein. Auf Androhungen ihrer Eltern beendeten sie den Streik. Daniel und ich beschlossen, in den „Untergrund" abzutauchen.

Wir verbrachten den größten Teil des Tages in unserer Wohnung oder stromerten durch die Gegend. Onkel Karl war am Tag zur Arbeit. Als wenige Tage später die Polizei vor unserem Fenster parkte, flüchteten wir über den Hof. Das konnte nur uns gelten. Ab jetzt suchten wir unser Gehöft nur noch bei Dunkelheit auf. Wir schliefen in unserem Holzschuppen, doch bald wurden die Nächte dort recht kalt. Richtig gefahndet wurde nach uns natürlich nicht, denn Henne und der lange Detlef konnten ja unsere Unversehrtheit bestätigen. Meine Oma lag zu der Zeit wegen einer Gallenblasen-OP im Krankenhaus und wurde rücksichtsvollerweise nicht behelligt.

Eines Nachts erwischte uns Daniels großer Bruder. Wir hatten uns im Schutz der Dunkelheit sein Moped aus der Garage „ausgeliehen" und waren damit herumgekurvt. Eine Fahrerlaubnis besaßen wir natürlich nicht. Daniels Bruder war etwa 30 Jahre alt und lange verheiratet. Er meckerte uns auch nicht aus, sondern nahm uns mit in die Wohnung und machte heißen Tee. „Was macht ihr bloß, Jungs?", fragte er voller Sorge. Wir sahen bestimmt schon reichlich zerknittert aus. Die Nächte in unserem Holzschuppen hatten sicher ihre Spuren hinterlassen.

So, wie man in den Wald hineinruft, so schallt es heraus:

Wir unterhielten uns recht lange und nannten dabei auch die Gründe für unsere Taten. Daniels Bruder machte auf mich einen guten Ein-druck. Es war seine besonnene und ruhige Art. Erst arbeitete sein Hirn und dann sein Mund, genau in dieser Reihenfolge. Dabei war er „nur" Schlosser. Schnell faßte ich Vertrauen zu ihm und erfuhr in dieser Nacht auch etwas mehr über meinen Freund Daniel:

Ihr gemeinsamer Vater war das, was man landläufig einen Vagabunden nennt. Die Familie hatte er immer wieder für Wochen und Monate im Stich gelassen, bis er schließlich gar nicht mehr auftauchte.

Daniels Mutter war über die Jahre verbittert. Wenigstens ihr großer Sohn machte ihr keine Sorgen. Daniel jedoch wurde von ihr sozusagen überbehütet, weil er Eigenschaften seines Vaters in sich tragen könnte, die seine Mutter in Ansätzen auch bei ihm zu erkennen glaubte. Aus dieser Sorge heraus appellierte Daniels Bruder an mich, da er mich durch unser Gespräch als anständig einschätzte. Er hatte Sorge, sein kleiner Bruder könne aus der Bahn geworfen werden, wenn er erstmal auf einen Abweg geraten wäre. Stimmt, auf so einen Abweg schienen wir geradewegs zuzusteuern. Vernünftigen Worten habe ich mich nie verschlossen. Man hört sie nur selten. Noch in dieser Nacht brachte der große Bruder seinen kleinen nach Hause, und ich versprach ihm in die Hand: „Morgen sind wir wieder in der Schule."

Am nächsten Morgen, kaum auf dem Schulhof angelangt, wurden wir zum Direktor zitiert. Wir erwarteten eine Standpauke, die aber so nicht eintraf. Er hörte uns ruhig zu. Wir beklagten, daß wir uns von der Tagesheimerziehung überrumpelt fühlten, und man uns am ersten Schultag völlig ahnungslos vereinnahmt hätte.

Um es nicht in die Länge zu ziehen ... Wir bekamen einen Tadel, ein recht mildes „Urteil". Ohne Sanktionen konnte man unser Fehlverhalten nicht durchgehen lassen, das war auch uns klar.

Normalerweise hätte dieser Verstoß beim Schulrat gemeldet werden müssen. Das wollte sich unser Direktor Herr Neumann für den Fall eventueller weiterer Aufmüpfigkeit vorbehalten.

Was unseren Klassenlehrer anbetraf: Er schaltete danach deutlich einen Gang zurück – oder war er zurückgeschaltet worden?

Im Frühjahr fand in unserer Stadt die Kreisdelegiertenkonferenz der FDJ statt. Wir spielten am Nachmittag in der Orangerie zum Jugendtanz. Im Trubel tauchte ein junger Fotograf von der Presse auf. Nachdem er uns von allen Seiten auf seinen Film gebannt hatte, kamen wir ins Gespräch. Er war wenige Jahre älter als wir und trällerte gern in der Badewanne. Die neuesten Tagesschlager aus Ost und West lagen ihm am Herzen. Wilhelm hieß er.

Natürlich hatten Wilhelm und ich gleich Gesprächsstoff. Ich war ja schließlich auch „Fotograf". Schnell hatten wir einige Titel gefunden, die ohne große Probe über die Bühne zu bringen waren. Er griff sich das Mikrofon und fand sofort Kontakt zum Publikum.

Wilhelm war eine Rampensau. Das ist kein Schimpfwort! Der Schwenk in Richtung „Tanzmusik für alle" kam gerade zur rechten Zeit.

In der DDR fand die Entwicklung der Jugendmusik zunehmend das Mißfallen der Partei- und Staatsführung. Der Wortlaut zweier Filmdokumente widerspiegelt die Situation:

Walter Ulbricht, 1965 auf dem XI. Plenum des ZK der SED:

„Ist es denn wirklich so, daß wir jeden Dreck, der vom Westen kommt, nur kopieren müssen? Mit Monotonie, dieses Yeah, Yeah, Yeah und wie das alles heißt – ja? – sollte man doch Schluß machen."

Erich Honecker nahm sich gleich noch den Jugendsender vor:
„Über eine lange Zeit hat DT 64 in seinem Musikprogramm die Beatmusik einseitig propagiert. Hinzu kam, daß es im Zentralrat der Freien Deutschen Jugend eine fehlerhafte Beurteilung der Beatmusik gab. Sie wurde als musikalischer Ausdruck des Zeitalters der technischen Revolution entdeckt. Dabei wurde übersehen, daß der Gegner die Art Musik ausnutzt, um durch die Übersteigerung der Beatrhythmen Jugendliche zu Exzessen aufzuputschen. Der schädliche Einfluß solcher Musik auf das Denken und Handeln von Jugendlichen wurde grob unterschätzt. Niemand in unserem Staate hat etwas gegen eine gepflegte Beatmusik. Sie kann jedoch nicht als die alleinige und hauptsächliche Form der Tanzmusik betrachtet werden."

Wilhelm blieb als Sänger bei uns. Er bestritt bald den größten Teil des Repertoires mit Tagesschlagern. Aus geschäftlicher Sicht brachte es uns den Vorteil, daß wir so auch für den „normalen" Tanz einsetzbar waren, sprich für die Erwachsenen. Trotzdem ging uns der Jugendtanz nicht verloren, zu dieser Zeit jedenfalls noch nicht.
Die Schlagerinterpreten Chris Andrews, Cliff Richard, Drafi Deutscher u. v. a., sie alle waren bei der Jugend beliebt. Auch die FDJ-Kreisleitung mußte sich den neuen „Befehlen" unterordnen, und so waren wir nun erst recht die erste Wahl. Die *Komets* konnte man vorzeigen, die machten ja „ordentliche" Musik.
Das Verhältnis zwischen Marie und mir war etwas eingeschlafen. Ich war praktisch den ganzen Tag in der Schule, und sie arbeitete in einer Fleischerei in einem kleineren Stadtteil. Außerdem mußte sie in regelmäßigen Abständen für einige Wochen auswärts die Berufsschule besuchen. Das alles war für Marie sicher „abendfüllend". Auch im Klubhaus wartete ich vergeblich auf ihr Erscheinen.

An einem Samstag, ich hatte in meinem Zimmer mal wieder meinen Gitarrenverstärker voll aufgedreht, kam Ursula herein und zwinkerte mir bedeutungsvoll zu. Ob ich nicht Lust auf einen Kaffee und eine Zigarette hätte, bei ihr wäre „netter" Besuch ...

Na, da war ich aber gespannt. Kaum oben angekommen, stellte sie mir Regine vor. „Ihr kennt euch doch sicher?" Vom Ansehen her kannte ich sie aus dem Klubhaus. Daß sie zur entfernten Verwandtschaft Ursulas gehörte und ihr Name Regine war, wußte ich nicht.

Regine war von zierlicher Gestalt und durchaus hübsch. An ihr war zwar nichts Üppiges, trotzdem traf das Attribut wohlproportioniert zu. Ein richtiges Püppchen eben. Wegen ihres tänzelnden Ganges hatte ich ihr auf dem Tanzboden auch schon mal hinterher gesehen, ein kleines Zulächeln oder Augenzwinkern eingeschlossen. Das Herz schlug dabei sicher ein wenig höher – stand aber nicht in Flammen.

Nun saß sie also hier auf Ursulas Sofa und strahlte mich an. War sie etwa meinetwegen gekommen? In den vergangenen Jahren hatte ich sie jedenfalls hier nie gesehen. Es wurde eine nette Kaffeerunde mit viel Gequatsche und viel Gelächter. Regine war schon irgendwie eine Süße. Sie verbreitete ebenso wie Ursula ein wenig Sonnenschein im Raum. Als Ursula sich sicher wähnte, daß der Nachmittag den gewünschten Verlauf nähme, mußte sie auf einmal dringend weg! Ich kann mich an ihren damaligen Vorwand nicht mehr erinnern, aber wir sollten ruhig sitzen bleiben ... Die alte Kupplerin.

Ich nahm neben Regine auf dem Sofa Platz, worauf sie völlig unbefangen mit einem verführerischen Lächeln nah an mich heranrückte.

Das Radio lief leise, die Situation eindeutig:

Unsere Lippen trafen sich zu einem ersten zärtlichen Kuß. Das ging so einfach, war so unstrapaziös. Mit Marie war das immer irgendwie viel komplizierter. Man mußte auf Grenzen achten, mußte Worte bedenken. Dem Ganzen fehlte einfach die gewisse Leichtigkeit.

Jedoch – ich begehrte Marie.

Beim zweiten Kuß erfuhr ich, wie es sich anfühlt, wenn ein Mädchen *mich* begehrte. Ihre Zunge drang tief und ungestüm in meinen Mund. Dabei umschlang sie mich und preßte mit ihren kleinen zarten Händen mein Gesicht in ihres. Wenn ich sagen würde, ich wäre erschrocken gewesen, ist das sicherlich viel zu dramatisch ausgedrückt. Es hatte aber schon etwas von: „Jetzt freß' ich dich!"

Hätte sich doch nur Marie je so über mich hergemacht, ich wäre sicher höchst verzückt in eine Art Duldungsstarre gefallen.

Die zarte zerbrechliche Regine in meinen Armen war mir letztlich dann doch zu wenig Frau. Dabei hätte ich bestimmt *alles* von ihr haben können. So blieb es dann bei einem netten „knutschigen" Nachmittag.

Die größte DDR der Welt zelebrierte alljährlich ihren größten Feiertag, den 7. Oktober, den Tag der Republik. Bereits am Vorabend war in Stadt und Land Tanz in allen Sälen. Wir entschieden uns fürs Land, denn dort gab es immer reichlich – nicht nur Geld!

Es war ein Donnerstagabend, als wir unsere Instrumente auf der kleinen Bühne des Kulturraumes der dortigen LPG (Landwirtschaftliche Produktionsgenossenschaft) in einem noch kleineren Dorf, nur wenige Kilometer vom Heimatort entfernt, aufbauten. Die Dorfjugend nahm uns bei solchen Tanzveranstaltungen immer freudig in Empfang.

Die Jungen waren gern bereit, unsere Instrumente auf die Bühne zu schleppen, derweil konnten wir Blicke auf die „verfügbaren" Mädchen werfen. Die ersten voll betankten Gäste gab es meist schon bevor wir überhaupt angefangen hatten. Das war auf dem Dorf quasi Tradition – alles im grünen Bereich. Der Raum war brechend voll. Die Tanzpaare drängten sich dicht an dicht bis an den Bühnenrand.

Vorrangig spielten wir die neuesten Titel aus der jeweils aktuellen *Beat-Club*-Sendung von Radio Bremen. Obwohl es eine offizielle staatliche Richtlinie gab: 60 Prozent Titel aus dem Osten und 40 Prozent Titel aus dem Westen. Wen kümmerte das.

Der Kapellenleiter, also Roland, mußte nach allen Veranstaltungen eine AWA-Liste (Anstalt zur Wahrung der Aufführungsrechte) einreichen. Was da alles reingeschrieben wurde ...

Wilhelm war als Sänger und Moderator der Knaller. Er war im Saal immer die Hauptperson und süffisant beförderte er nebenbei den einen oder anderen Witz, gern auch weit unterhalb der Gürtellinie, unter die

Massen. Da er ein wenig älter war als wir, scharte sich um ihn schnell die holde Weiblichkeit. Für uns ergab sich dadurch die angenehme Situation, daß in den Pausen immer einige Mädel auf die Bühne bzw. hinter die Bühne kamen. Das, was heute hochtrabend „backstage" genannt wird, hatten wir damals auch. Schon zu unserer Zeit war es der Ort, wo „Gespräche" geführt und „Trost" gespendet wurde.

„Hallo, Günti!"

Dicht vor der Bühne tanzte ein Mädchenpaar. Eine davon war Laura, die ging in meine neue Klasse und saß ebenso wie ich hinten. Warum saß ich eigentlich hinten? Als „Liebling" meines Klassenlehrers hätte ich doch vorn sitzen müssen. Ich denke, besser läßt sich unsere gegenseitige Abneigung gar nicht beschreiben, daß er sogar darauf verzichtete, mich besser sehen zu können. Mir war es recht. Laura tuschelte während der Unterrichtsstunde gern zu mir herüber und animierte mich zu Späßen. Zu derlei Gefälligkeiten war ich immer leicht zu „überreden".

Ich hatte ja auch immer gute Einfälle ...

Besonders erfreute sie „die Nummer" mit der Frühstücksstulle, deren Verzehr ich im Unterricht, allerdings nie bei unserem Klassenlehrer, auf schauspielerisch recht hohem Niveau zelebrierte. Voller Dankbarkeit standen ihr dann die Lachtränen in den Augen. Ebenso verriet ihr Blick, daß sie auch gern anderenorts für mich zu „Tränen" bereit sei. Sie mochte mich offensichtlich. Das konnte ich nun leider nicht erwidern. Es blieb ein freundschaftliches Verhältnis über die Schulzeit hinaus.

Nun tanzte sie hier vor mir mit ihrer zwei Jahre älteren Schwester Lisa, wie ich kurz darauf erfuhr. Lisa sah recht gut aus. Sie war ein „Mädel vom Lande" mit ansehnlicher Figur, langen dunkelbraunen Haaren und braunen Augen. Als ich in diese braunen Augen blickte, glaubte ich, daraus zu entnehmen: „He, wenn schon nicht meine Schwester, wie findest du *mich* denn?" Wir lächelten uns mehrfach zu.

So überwältigend, daß ich auf der Stelle in hektisches Balzgebahren verfallen würde, fand ich sie nun aber auch wieder nicht.

„Schau mal", damit lenkte ich Wilhelms Aufmerksamkeit auf das vor uns tanzende Paar, „wie findest du denn die mit den langen dunklen Haaren?" – „Welche?" – „Na, die da!"

Wilhelms Lunte „anzuzünden" war nicht schwer. Seine Betriebsamkeit hatte bei so mancher Mucke für unser Amüsement gesorgt. Diesmal blieb es jedoch nicht bei „einmal ist keinmal". Lisa wurde seine feste Freundin und bereits drei Monate später, im Frühjahr 1967, war es ihm gelungen, ob gewollt oder wahrscheinlich eher ungewollt, Lisa „anzuzünden". Lisa wurde schwanger. Peng.

An diesem Abend gab es noch eine weitere Begegnung der lieblichen Art. Hermann trommelte sich in höchste Sphären, wobei seine Augen lüstern Laura abtasteten. Wie Laura gucken konnte, hatte ich ja schon erwähnt, jetzt guckte sie so. Konsens auf animalisch.

Obwohl Hermann inzwischen auch eine feste Freundin hatte, die leicht abgerundete Elfriede nämlich, fand er von nun an trotzdem und regelmäßig einen freien Platz für Laura, oder *in* Laura, wie man will.

Es dauerte gar nicht lange, da konnte Hermann einfach nicht mehr an sich halten. Er mußte mich unbedingt über Lauras außerordentliche Beschaffenheit in Kenntnis setzen: „Wahnsinn, sag' ich dir."

Die Brüste konnte er kaum gemeint haben, das hätte ich längst bemerkt. Schließlich hab' ich es noch im Detail von ihm erfahren. Trotzdem, Laura war nicht meine Kragenweite. Das Leben würde für mich schon noch ähnliche Genüsse bereithalten.

Zunächst galt es jedoch, eine wichtige Hürde zu nehmen. Im März fanden die Einstufungen der Laientanzkapellen unseres Kreises statt. In der DDR konnte nicht jeder einfach mal so sein Unwesen auf der Bühne treiben. Die verschiedenen Kapellen und Besetzungen mußten vor eine Fachkommission treten und ein Kurzprogramm darbieten. Nur so bekam man eine staatliche Spielerlaubnis. Es wurde die Grundstufe, die Mittelstufe und die Oberstufe vergeben.

Das höchste Prädikat war die Sonderstufe. Die war aber dem Leistungsvergleich auf bezirklicher Ebene vorbehalten. Um die Sonderstufe zu erreichen, mußte man sich von den anderen schon deutlich abheben. Einige namhafte Bands, die nicht selten später die Profilaufbahn einschlugen, profilierten sich bei derartigen Veranstaltungen. Weiterhin wurde in der Spielerlaubnis der Stundensatz festgeschrieben, den man dem Veranstalter offiziell in Rechnung stellen durfte. Natürlich erhöhte der sich je nach erreichter Leistungsstufe.

Heute war nun auch für uns dieser Tag gekommen. Normalerweise hätte mein Onkel Karl mit in der Jury gesessen, jedoch genau diese Spielerlaubnis hatte man ihm als Vorbestraften entzogen. Auch als Zuschauer war er nicht gekommen, was ich gut verstehen konnte. Er gehörte einfach nicht mehr dazu. Das hat ihm sicher sehr weh getan. Dafür war ich gekommen, und – ich hatte seine Klarinette mitgebracht. Bevor sie für die nächsten 33 Jahre bedeutungslos für mich werden sollte, wollte ich heute mit ihr bei der Jury Punkte gutmachen.

Wir spielten ein buntes Repertoire aus reinen Gitarrentiteln, Instrumentalmusik und auch, Wilhelm sei Dank, Tagesschlagern.

Hänschen, der Rundfunk- und Fernsehmechaniker vom Klubrat, hatte das Echogerät fertiggestellt und nahm es für uns erstmalig in Betrieb. Meine Klarinette klang großartig. Ein schnelles Echo ist für das Ohr kaum vom Hall zu unterscheiden. Natürlich blies ich den Baby-Blues. Allerdings fehlten in der Begleitung einige wichtige Akkorde, die im Jazz typisch sind und ihn ausmachen. Diese konnte unser Gitarrist zu der Zeit noch nicht. In der normalen Tanzmusik kamen sie auch selten vor. Am Ende bekamen wir „nur" die Mittelstufe.

Im Direktorat meiner Schule war ein Brief von der Kreisleitung der FDJ eingegangen. Der Jugendfreund Cave ist für eine Woche vom Unterricht freizustellen, da er wichtige kulturpolitische Aufgaben zu erfüllen hat. Ich wußte von der Freistellung natürlich schon im Voraus, doch wollte ich so furchtbar gern meinen Klassenlehrer schäumen sehen. Praktisch handelte es sich doch um einen Parteibefehl, da war der große Genosse Klassenlehrer recht klein.

Wir gehörten zur Kreisdelegation anläßlich des Pfingsttreffens der Jugend in Karl-Marx-Stadt. In dessen Vorbereitung war ein Seminar in einem kleinen Schloß nahe Berlin vorgesehen. Mit dem Sonderbus traten wir die Fahrt an. Ich will mich ja nicht in „Weibergeschichten" erschöpfen, aber zum einen sind diese nun mal der Dreh- und Angelpunkt der Jugendzeit, zum anderen: Wann konnte man 1967 in der

DDR schon eine echte Französin küssen?

Im Bus ging es locker zu. Alkohol war natürlich verboten, aber bis zur Taschenkontrolle ging das selbstverständlich nicht. Hartmut, ein Freund unserer Band, hatte eine Französin auf dem Schoß.

Es muß auch damals schon so etwas wie einen zeitweiligen Studentenaustausch gegeben haben. Die Zusammenhänge kannte ich aber auch nicht so genau. Auf jeden Fall war die junge Dame mindestens neunzehn Jahre alt, sehr lustig und sehr süß. Angelique hieß sie.

Hartmut saß mit ihr auf der Sitzbank mir gegenüber.

Ausgelassen alberten wir herum und buhlten um ihre Gunst. Angelique ging es auch nicht um Hartmut, sie wollte einfach nur Spaß haben.

Immer, wenn sie seinen Namen aussprach: „Ardmude", flog mir fast die Sicherung raus. Als es bei „Ardmude" zappenduster wurde, weil er bereits seine zweite Taschenflasche so langsam ausgetrunken hatte, zog ich Angelique zu mir herüber. Ich erinnere mich nur noch an ihre strahlenden Zähne, ihr helles Lachen und wie sie meinen Vornamen artikulierte. Dann kam nur noch ein leises Glucksen aus ihr.

Unsere Lippen waren für viele Minuten verschmolzen. Zwischendurch schnatterte sie lachend, auf ihre so betörende Art, Wörter, die ich nicht verstand, die mich aber auf der Stelle wieder in Trance schickten.

Als wir aus dem Bus ausstiegen, „flatterte" Angelique davon.

Zehntes Kapitel

Melinda

Vor uns lag Schloß Sommerswalde, ein ehemaliger Gutsbesitz, inmitten des Schwanter Forstes. 1949 hatte man dort die FDJ-Schule *Alexej Meressjew* eingerichtet. Ausgewählte Mitglieder der Kreisdelegationen sollten kurz vor dem großen Ereignis des Pfingsttreffens in Karl-Marx-Stadt nochmals eine extra Portion „Rotlichtbestrahlung" erhalten. Das war bitteschön als Auszeichnung zu verstehen. Wir gehörten also zu den Auserwählten, die, gefestigt durch das Studium des Marxismus-Leninismus (drei Tage), den Geist des Sozialismus während des Pfingsttreffens in den Herzen der Jugend wach halten sollten.

Bei Licht betrachtet, war natürlich keiner von uns zu einer so verantwortungsvollen Aufgabe fähig, geschweige denn würdig. In dem Brief an meine Schule stand jedoch ausdrücklich, ich hätte einen kulturpolitischen Beitrag zu leisten. Genau! – Welchen?

Bernd erklärte das im Detail: Tanz ist jeden Nachmittag bzw. Abend nach den Seminaren. Zwei große Lagerfeuer wären geplant, dort möchten wir uns mit Gitarre unter das „Volk" mischen. FDJ-Lieder wären sehr wünschenswert! Ansonsten wäre es gern gesehen, wenn auch wir die Seminare besuchten. Oberstes Gebot aber sei:

Frohsinn verbreiten!

Zum Glück war Wilhelm nicht dabei. Das mit dem Frohsinn hätte bei ihm gut ins Auge gehen können. In Wilhelm steckte einfach zu viel Frohsinn – bei dem Mädchenangebot hier. Sein Fehlen hatte aber einen anderen Grund. Er war kein FDJler mehr. Wilhelm hatte seine Lehre als Reprofotograf bei der Tageszeitung bereits abgeschlossen und seine Mitgliedschaft in der Freien Deutschen Jugend stillschweigend auslaufen lassen. Das konnte man in der DDR durchaus machen. Zum Pfingsttreffen vier Wochen später trug er natürlich auch ein Blauhemd. Bernd hatte ihm eines angedeihen lassen und gesagt:

„Hier, zieh' das an und gut."

167

Wir bezogen unser Quartier in einem Wirtschaftsgebäude seitlich des Schlosses bei den „Führungskräften". Die meisten Unterkünfte befanden sich in der ersten Etage im Schloß, ebenso Seminarräume und ein kleiner Kinosaal. Unten waren der Essensaal, die Küche und weitere Seminarräume. Am nächsten Tag sollten die Schulungen beginnen.

In der Frühe stürzte Bernd in unser Zimmer herein und brüllte wie ein Bekloppter: „Alarm, Alarm!" Wir standen senkrecht in den Betten. Bis auf Hermann, der zeigte ihm einen Vogel und drehte sich wieder um. „Ach, möönsch, macht doch mal mit, Jungs. Wir müssen doch auch mal eine Notsituation üben."

In den Zimmern davor mußte er wohl auch auf wenig Gegenliebe gestoßen sein, denn schnell zog er ein bißchen beleidigt ab.

Die Ruhe war vorbei. Also widmeten wir uns ausgiebig der Morgentoilette. Im Zimmer waren zwei Waschbecken. Hermann stand neben mir und beobachtete, wie ich in meinen Zahnputzbecher einige Tropfen Mundwasser tat. Das mußte er noch nie gesehen haben.

„He, mach mal bei mir auch was rein", sagte er und hielt mir sein Glas entgegen. Ich spendierte ihm auch ein paar Tropfen. Bevor ich mich versah, hatte Hermann den Trunk hinuntergestürzt. So was hatte ich nun wieder noch nie gesehen.

„Hast du vielleicht 'n Schaden", rief Robert, „damit gurgelt man nur, Mensch!" Rainer krümmte sich im Bett vor Lachen.

„Und nu?", Hermann war echt besorgt. „Im Magen brennt das nur ein bißchen", sagte Rainer, „aber es kann gut sein, daß dir in den nächsten Tagen der Sack eintrocknet." Hermann guckte jetzt wirklich stark verunsichert. Rainer bekam den nächsten Lachanfall.

Ich schaute aus unserem Fenster und rieb mir ungläubig die Augen. Auf der großen Freitreppe zum Schloß standen ein paar Mädchen. Eine davon war Marie! Wie das?

Robert meinte: „Die ist bestimmt von der Kreisdelegation der HO. Die Betriebe haben doch auch FDJ-Gruppen. Freu' dich doch."

Das stimmte. Mir wurde bewußt, daß Marie ja nun zur werktätigen Bevölkerung gehörte. An den Gedanken mußte ich mich erst gewöhnen. Na, gleich würde ich sie ja dann beim Frühstück treffen.

Hermann, Rainer, Robert und ich konnten im Speisesaal einen separaten Vierertisch ergattern. Ich reckte meinen Hals und suchte Marie. Schließlich konnte ich sie einige Tische weiter ausmachen.

„Jungs, ich geh' mal kurz rüber", sagte ich und steuerte auf Maries Tisch zu. Sie saß dort mit weiteren sieben Mädchen. Marie hatte mich längst erspäht. Als ich mich zu ihr beugte, um sie zu begrüßen, glotzten die anderen Weiber und hörten sofort auf zu schnattern. Marie war in der Öffentlichkeit sowieso immer ein bißchen verklemmt und unser Verhältnis hatte in den letzten Monaten des öfteren pausiert. Kleinere Meinungsverschiedenheiten wuchsen sich schnell zu einem handfesten Streit aus. Marie war nicht wie andere Mädchen. Ich liebte sie und fand sie sehr anziehend, aber eigentlich war sie anstrengend.

Andere Mädchen hätten sich in dieser Situation kaum wie sie verhalten, hätten vielleicht sogar versucht, vor den anderen von ihrem „Status" zu profitieren. Ich war ja schließlich „einer von der Band".

Sie aber brachte nur raus: „Ja, siehste, so sieht man sich wieder."

Ich kehrte zum Tisch zurück. Kaum hatte ich mich gesetzt, traf mich fast der Schlag. Nie zuvor hatte ich in natura ein schöneres Mädchen gesehen als das, was da in der Zwischenzeit am Nachbartisch neben drei anderen Platz genommen hatte.

Jedenfalls müssen mir die Gesichtszüge völlig entglitten sein, so daß sich Hermann besorgt erkundigte: „Ist dir nicht gut?"

„Oh Gott, guck mal da", erwiderte ich. Wenn ich mich schon auf *Den Herrn* berief, konnte es nur was Weltbewegendes sein.

Seine Augen folgten meinem Blick zum Nachbartisch. „Oh ja, die Schwarze sieht wirklich gut aus." – „Quatsch, die Schwarze, die daneben natürlich, die mit der Lockenfrisur."

Mit Hermann konnte ich unbesorgt über Mädchen reden. Unsere Vorlieben lagen so weit auseinander, daß wir uns nie ins Gehege kommen konnten. Seine leicht abgerundete Elfriede ... Na ja.

Bei Wilhelm mußte man da schon vorsichtiger sein, sonst schnappte er einem „die Braut" vor der Nase weg. Er differenzierte weit weniger. Ich will ja nicht sagen, daß ihm alle gefielen, aber wesentlich mehr als mir schon. Wilhelm war zwar jetzt „guter Hoffnung", aber ob das seinen

Jagdtrieb schmälerte? Aus dem Gespräch am Nebentisch entnahm ich, daß dieses himmlische Wesen auf den Namen Melinda hörte. Bei ihr war einfach alles auf dem Punkt. Zunächst mal rein optisch. Marie war aus meiner Wahrnehmung wie ausradiert. Nach dem Frühstück trödelten wir gemäßigten Schrittes die große Treppe hinunter. Unauffällig hatten wir es eingerichtet, daß Melinda mit ihrer Freundin Jutta vor uns ging. Hermann hatte ebenfalls „gezündet", und ich brannte lichterloh. Ich konnte mich an Melinda kaum satt sehen. Ihre Erscheinung entsprach meinen Idealvorstellungen. Diese hatte ich zwar noch nie definiert, aber nun sah ich sie vor mir und wußte von diesem Augenblick an: Genau so sahen sie aus. Ihre Hüften waren eine Spur ausladend, aber gerade so viel, wie es zu ihrer Wespentaille paßte. Perfekt. Von „Mädchen" konnte man nicht mehr sprechen. „Dame" war hier dringend von Nöten. Beim Gehen – ach, was sag' ich – beim Herunterschreiten wiegte sich ihr Hinterteil leicht von einer Seite zur anderen. Atemberaubend. Melinda war zum Niederknien. Zum Mittagessen das gleiche Spiel. Inzwischen hatte es sich herumgesprochen, daß es sich bei unserem Tisch um die „Prominenz" handelte. Ja, ja, das ist jetzt übertrieben. Wir fühlten uns aber schon in etwa so. Die Band, das waren nicht Hinz und Kunz. Auf jeden Fall bekamen wir zunehmend neugierige Blicke, und ich hoffte, das würde sich für mich bei Melinda irgendwie vorteilhaft auswirken. Da wir nicht weit entfernt voneinander saßen, schaute ich sie öfter an, aber mehr fiel mir nicht ein. Ich glaub', ich war wirklich gehemmt. In ihrer Gegenwart fiel mir sogar das Schlucken schwer. Um 14 Uhr war das erste Seminar für alle im Kinosaal angesagt. Wir beschlossen: „Da gehen wir auch hin." Bernd sollte uns nach dem mißlungenen „Alarm" wieder lieb haben. Schließlich hatte er sich in Anbetracht des bevorstehenden Pfingsttreffens von uns eine nagelneue Gitarre aus dem Kreuz leiern lassen, denn mit meiner selbstgebauten konnte und wollte ich dort unmöglich antreten. Im Kinosaal wurde es eng. Hermann und ich bekamen zwar einen Platz, aber Robert und Rainer saßen anderswo. Vorn, einige Reihen vor uns, saßen unsere Angebeteten. Es wurde dunkel. Auf der Leinwand flimmerte zur Einstimmung ein Aufklärungsfilm mit dem Titel: Wie stellt sich der Genosse Lenin einen sozialistischen Beischlaf vor. Ne, ne, natürlich hieß der anders, wie, weiß ich nicht mehr. Das Ding war eine einzige Katastrophe. Plumper ging's nimmer. Aber schlimmer ging's noch. Nach dem Film war Aufklärungsstunde.

Jetzt sollten wir mal geradeheraus über alles reden. Die hierzu geladene sachverständige Dozentin war eine Frau Dr. Sommerfeld. „Ah, die aus der *Bravo*", tuschelte einer hinter uns. Gekicher. Ich schätzte sie so um die Fünfzig. Offen erklärte sie uns, daß es überhaupt nicht schlimm sei, wenn wir alle masturbieren täten. Endlich erfuhr ich aus berufenem Munde: Der Knubbel, den mein Busenfreund Rudi damals so hingebungsvoll und erfolgreich bedient hatte, war der Kitzler. Die Clitoris, um genau zu sein.

Der Saal war voller Jugendlicher, die sicher alle darauf gewartet hatten, daß man sie von ihrer Schuld losspräche. Ich wurde das Gefühl nicht los, daß diese Frau Dr. Sommerfeld in Wahrheit einfach ein verkapptes Ferkel war. Häßlich wie die Nacht war sie obendrein. Wahrscheinlich lebte sie hier verbal ihren Voyeurismus aus.

Hermann verkrümmte gichtartig seine Finger und fragte leise: „Guck mal, hab' ich vom Wichsen. Soll ich sie mal fragen, ob das wieder weg geht?" Nach der Pause gingen wir nicht wieder in den Saal zurück. Rainer und Roland tippten sich ebenfalls nur an den Kopf.

Im Foyer bauten wir derweil in Ruhe unsere Instrumente auf. Von 16 bis 18 Uhr sollte heute der erste Jugendtanz stattfinden. Zwei Stunden, das bekamen wir auch ohne Wilhelm gut hin. Unser altes Repertoire war ja noch nicht so weit weg.

Als die Massen aus dem Kinosaal quollen, empfingen wir sie mit dem „Gitarrentwist" von den Sputniks. Sofort herrschte Ausgelassenheit und alle drängten auf die Tanzfläche. Hermann lief sogleich zur Hochform auf, tanzten doch unsere Angebeteten dicht vor uns. Er drückte sich sonst gerne vor dem Schlagzeugsolo, weil es ihm nicht immer gelang. Heute gelang es. Die Massen johlten, als er seine Stöcke fliegen ließ. Danach übernahm ich den Melodiepart und spielte die Titel

„Theme For Young Lovers" von den Shadows und „Nordlicht" von den Sputniks. Unser altes Repertoire lief wie am Schnürchen. Die gelöste Stimmung ermutigte uns im Verlauf des Nachmittags auch zu Gesangsnummern. Rainer nuschelte Drafi Deutschers „Welche Farbe hat die Welt" ins Mikrofon und Hermann sah sich mindestens zu „Marmor, Stein und Eisen bricht" aufgefordert: „Dam, dam ... Dam, dam." Hier und da sang ich so etwas wie eine zweite Stimme mit. Wie gesagt, Sänger waren wir alle nicht. Beifall fanden unsere Bemühungen trotzdem. In der Pause steuerten drei Mädchen über die Tanzfläche auf uns zu. Freudig erregt erkannten Hermann und ich unsere Angebeteten nebst einer, wie sagt man? ... und es kam eine lange Dürre.

Rainer setzte sich umgehend in Bewegung und vereinnahmte diese prachtvolle „Müllerstochter". Daß sie ihn um einen Kopf überragte, fand er wohl hocherotisch. Was in Rainers Kopf vorging, war uns oft auch bei anderen Dingen rätselhaft geblieben.

Ob sie denn mal singen dürften, fragten die Damen. Was immer sie auch wollten, Hauptsache, sie würden möglichst lange bleiben. Das Eis war gebrochen und endlich traute ich mich, heftig zu baggern.

Am Ende standen alle drei vor dem Mikrofon und sangen eine triefende Schnulze von Andrea Frank „Tschau, tschau mein Kapitän".

Ihre Hinterteile wiegten sich dabei im Takt und meine Augen waren von Melindas Wespentaille und dem Darunter gefesselt.

Am Abend fand das erste Lagerfeuer statt. Bernds Wunsch war uns Befehl. Immer, wenn er nahte, vernahm er tief zufrieden Arbeiterkampflieder: „Avanti o popolo, Bandiera rossa ..." Vielleicht war ja zum Pfingsttreffen noch ein größerer Gitarrenverstärker drin?

Zum Frühstück am nächsten Morgen schoben wir unseren Tisch mit dem der Mädchen zusammen. Roland war auch nicht allein geblieben, und so gab es ab sofort einen großen Tisch, an dem die Band mit ihren „Frauen" saß. Das Kennenlernen mit Melinda hatte sich als vollkommen unkompliziert herausgestellt und wir, zumindest ich, waren verliebt bis über beide Ohren. So hätte die Zeit gern stehenbleiben können.

Der nächste Tag verlief ähnlich. Unsere „Damen" besuchten artig die Seminare und wir beschäftigten uns anderweitig, immer auf der Hut,

Bernd nicht in die Arme zu laufen. Am Nachmittag spielten wir zum Tanz, und am Abend gab es ein Lagerfeuer. Im Nu war es Donnerstag geworden. Diesmal sollte der Jugendtanz bis 21 Uhr dauern. Die Ausgelassenheit entsprach den Tagen zuvor, obwohl es hier und da bei den Schmusetiteln Pärchen gab, die mit Abschiedstränen rangen. Neben uns hatten natürlich auch andere zarte Bande geknüpft. Am nächsten Morgen sollten die ersten Busse um 8 Uhr zur Abfahrt bereitstehen. Der letzte Abend hatte begonnen.

Es sollte der mühsamste werden, denn fünf Stunden Tanz ohne Wilhelm wollten durchgestanden sein. Es fiel kaum auf, wenn wir einige Titel doppelt spielten. Nachdem auch das geschafft war, machten wir unser Equipment reisefertig. Unseren „Damen" war das zu langweilig. Sie würden inzwischen auch ihre Koffer packen und man könnte sich ja danach noch sehen. Wie es der Zufall wollte, lagen sie alle mit vier weiteren Mädchen auf einem Zimmer. Ein kleiner Schlafsaal also. Hineingeschaut hatten wir zwischendurch schon einmal.

Nie zuvor erlebten unsere Instrumente ein schnelleres Verpackungsprozedere. Trotzdem wurde es fast 22 Uhr. Mit unseren verschwitzten Körpern konnten wir auch nicht zum Rendezvous erscheinen. Eine Schnellduschung mußte dringend her.

Auf dem Zimmer benötigten plötzlich alle mein Mundwasser.

„Jungs", sagte ich, „beim nächsten Mal bitte selbst besorgen, ja?"

Und zu Hermann: „Gurgeln, nich' aussaufen!"

Die große Tür zum Hauptgebäude war zum Glück noch nicht verschlossen. So konnten wir auf leisen Sohlen unbemerkt zu den Damengemächern vordringen. Einen Weg zurück gab es bis zum nächsten Morgen allerdings nicht mehr, denn während der Nacht waren wir im Gebäude eingeschlossen. Die Schließhoheit lag dann allein beim Hausmeister. Zu diesem Zeitpunkt war uns das schlicht egal.

Irgendwie kämen wir schon wieder hinaus.

Freudig erregt öffneten wir vorsichtig die Tür zum Schlafsaal. Die Mädchen hatten die Raumbeleuchtung schon gelöscht. Offiziell war bereits Bettruhe. Vom gegenüberliegenden großen Balkonfenster drang gerade noch soviel Licht in den Raum, daß man nicht völlig orientierungslos im Dunkeln tappen mußte. Leises Gekicher empfing uns.

„Kein Licht machen!", zischelte eine Mädchenstimme. Das mußte wohl Hermanns Jutta gewesen sein. Schnell fanden wir uns zurecht und ein jeder setzte sich auf die Bettkante zur jeweiligen Angebeteten. „Dann viel Spaß", hörten wir von einer unbekannten Mädchenstimme. Die anderen hatten den Herrenbesuch zwar registriert, aber was sollten sie denn machen? Sie begaben sich kommentarlos in Schlafposition und waren sicher auch bald eingeschlafen, obwohl – acht Liebestolle können nicht lautlos gewesen sein.

Zunächst war der Raum nur von leisem Getuschel erfüllt, doch schon bald konnte man die ersten schmatzenden Geräusche vernehmen.

Roland war der erste, der entsprechend seiner Position als Bandleader komplett unter der Bettdecke verschwunden war. Er gab sozusagen den Takt vor. Rainer mußte irgendwie nicht ganz unter die Decke seiner „Müllerstochter" passen, wenngleich, sie füllte zwar ihr Schlaflager in der Länge aus, aber in der Breite war doch reichlich Platz?

Manchmal schaute man ja doch zum Mitstreiter hinüber, und immer konnte man Rainer vor ihrem Bett knien sehen, oder besser, sein unterer Teil kniete vor ihrem Bett. Sein oberer Teil befand sich unter der Bettdecke, ziemlich genau in der Mitte. Ihre Füße schauten seitlich links und rechts heraus. Ihr Kopf war mit halboffenem Mund leicht nach hintenüber gefallen. Die konnte eigentlich nur ohnmächtig sein. Mensch, Rainer.

Hermann hatte jegliche Kommunikation zur Außenwelt eingestellt. Melinda und ich waren ebenfalls in totale Knutscherei versunken. Sie ließ sich nicht nur küssen, sondern sie küßte ebenfalls. Nicht so wie Regine vor wenigen Wochen, die mich fast fressen wollte. Ihre Küsse waren liebevoll, dabei nicht weniger intensiv, aber nicht stürmisch. Sie war eine Genießerin. Das paßte gut zu meiner Gefühlswelt. Melindas Pyjama bestand aus einem geknöpften Oberteil und einer kurzen Hose. Während sich unsere Münder ineinander sogen, schob ich zaghaft eine Hand unter ihr lockeres Oberteil. Ihre Brüste waren recht groß, dabei weich und fest zugleich. Eine Hand konnte sich ihrer Pracht jedenfalls nicht bemächtigen.

Ich öffnete einen Knopf ihres Oberteils nach dem anderen. Dann fiel der leichte Stoff zur Seite. Meine wunderschöne Melinda lag mit nackten Brüsten vor mir. Inzwischen hatten sich die Augen an das Halbdunkel gewöhnt. Sie sah mich mit „strafendem" nicht wirklich ernst gemeintem strengen Blick an und sagte leise:
„Naaa, das tut ein artiger Junge aber nicht."
„Nein", antwortete ich mit gespielter Reue, „ich weiß, meine Oma hat mir auch verboten, mit großen Mädchen mitzugehen."
Sie mußte sich zurückhalten, um nicht lachend loszuschreien. Dabei war ihr weit geöffneter Mund mit den strahlenden Zähnen und dem betörend reinen Atem dicht vor mir. Ich preßte mein Gesicht an ihren Mund, so daß sich ihre Zähne leicht schmerzend in meine Wangen gruben. Insgeheim wünschte ich: „Mein Gott, beiß zu."
In dieser Nacht hätte *Der Herr* seine helle Freude an mir gehabt, so oft wie ich ihn bemühte. Seine Aufforderung: „Liebet Euch", war wahrscheinlich sein einziger brauchbarer Einfall.
Wir liebten uns sehr zärtlich, dennoch schien es schier unmöglich, angesichts dieses Leibes der profanen Fleischeslust zu entkommen. Küssen, so konnte man das bald nicht mehr nennen.
Als ich den Druck ihrer Zähne aus meinem Gesicht löste, schloß sie nicht ihren Mund, sondern fuhr mit ihm und ihrer Zunge über meine Wangen. Lustvoll sog sie an ihnen, während sie sich etwas aufgesetzt hatte, um ihr Oberteil vollends abzustreifen. In Windeseile hatte auch ich mein Hemd ausgezogen. Nun lagen wir fest umschlungen und küßten uns sehr heftig – und sehr lange.
Das erste Mal in meinem Leben fühlte ich nackte Mädchenhaut auf der meinen. Ihre Brüste fanden kaum Platz in unserer Umarmung und verteilten sich großflächig zwischen den entblößten Oberkörpern. Von allerhöchsten Gefühlen überwältigt stammelte ich: „Melinda, meine Liebste, ich liebe dich so sehr."
Sie lächelte mich an und erwiderte: „Ja, ich dich auch."
Mit gierigem Mund fuhr ich über ihr Gesicht, sog an ihrem Kinn und küßte genußvoll an ihrem Hals entlang. „Mach mir bloß keine Flecke!", flüsterte sie leise. Sie hatte einen Arm hinter ihren Kopf gelegt, wobei

sich ihre leicht behaarte Achselhöhle entblößte. Trotz ihres reinlichen Körpers nahm ich den zarten, überaus angenehmen und verführerischen Geruch wahr. Dieser wirkte so anziehend, daß ich nicht anders konnte, als mein Gesicht dort hineinzukuscheln.

Melinda lachte leise und flüsterte wieder in diesem vorwurfsvollen Ton: „Sag' mal, darfst du denn überall an mir herumknutschen?"

Dabei wandte sie ihr Engelsgesicht dem meinen zu. Erneut traf mich ihr warmer Atem mitten ins Gesicht. Behutsam schob ich eine ihrer Brüste in die Nähe unserer Münder, was durch deren Fülle recht einfach war. Auf engstem Raum konnte ich nun ihre Lippen, ihre Brustwarze, ihre Achsel und die weiche Haut ihrer Schulter liebkosen. Als einer meiner unzähligen Küsse ihre Lippen traf, hielt sie meinen Kopf fest und versenkte seufzend ihre Zunge tief in meinen Mund. Dabei glitt sie langsam über mich, und lag nun, nur noch mit der kurzen dünnen Hose bekleidet, auf mir. Mein Gesicht war zwischen ihren vollen Brüsten gefangen. Trunken vor Glück stammelte ich: „Mein Gott, Melinda."

Mit gespreizten Fingern fuhren meine Hände über ihren Rücken, um möglichst viel von diesem Traumkörper zu ertasten, der sich in sanfter Kurve bis zur Taille verjüngte, um kurz dahinter deutlich zuzulegen. Zaghaft tastete ich mich zu ihrem Hinterteil vor.

Vielleicht wäre ja an dieser Stelle ihre Toleranzgrenze erreicht?

Schließlich kannten wir uns erst seit zwei Tagen.

Als sie mein vorsichtiges Massieren mit einem süßen Seufzer quittierte, verstand ich das als Zustimmung und schob meine Hände in ihre Pyjamahose. Ich fühlte das nackte weiche Fleisch, welches sich unter meinem lustvollen Pressen und Kneten bereitwillig verformte.

Was für eine Pracht.

Von den intensiven Küssen lag feuchter Glanz auf unseren Gesichtern. Auch unsere Körper waren durch die starke Erregung nicht mehr wie vorher. Für mich wollte ich das wohl als gewöhnliches Schwitzen durchgehen lassen, so jedoch nicht für meine Geliebte. Die Tröpfchen auf ihrer Haut waren für mich reinster Engelstau.

Meine Hände waren noch mutiger geworden. Sie versuchten sich nun im Abstieg von den prachtvollen Hügeln hinab ins Tal. Mein Verstand hatte sich endgültig verabschiedet. Lust brach sich Bahn.

Es ergab ein leise schmatzendes Geräusch, als Melinda plötzlich ihre Brust aus meinem Mund zog. War ich doch zu weit gegangen? Der Gedanke war kaum zu Ende gedacht, da war sie bereits ein Stück hinuntergerutscht und ihr Mund hatte meinen wieder verschlossen. Nach einem kurzen Kuß hob sie ihr Gesicht und blickte mich ernst an.

„Versprichst du mir, daß du deine Hose nicht ausziehst?", flüsterte sie. Jetzt wußte ich wirklich nicht, was sie wollte.

„Versprichst du es?" „Ja", sagte ich, „ich verspreche es dir."

Sie erhob sich, trat neben das Bett und entledigte sich ihres Höschens. Schon war sie wieder bei mir. Nun lag sie nackt auf dem Bauch. Ihr Kopf war zur Seite gedreht und ihre Augen geschlossen. Ob sie sich ein wenig schämte? Ich küßte ihren Nacken und die unter ihr hervorquellenden Brüste. Schon lächelte sie wieder.

Ihr makelloser Körper war nicht nur ein höchst erregender, sondern auch ein ästhetischer Anblick. Mit dem Gesicht fuhr ich über die zarte Haut ihres Rückens und wanderte langsam an ihm herunter. Tastend glitten meine Hände an ihren Kurven entlang. Als meine Lippen ihre Pobacken berührten, schüttelte es meinen Körper wie im Fieber.

Vom Adrenalin überflutet, zitterte ich am ganzen Leib.

Das hatte ich noch nie vorher gehabt. Instinktiv spürte ich jedoch, das konnte nichts Gefährliches sein. „Ist dir kalt?", flüsterte Melinda. „Nein, bitte sag' jetzt nichts mehr."

Ich übersäte ihren Popo mit saugenden Küssen und vergrub mein Gesicht zwischen den Hügeln. Im Rausch der Gefühle führte mich mein Verlangen in die Tiefe. Auch Melinda lag nun nicht mehr ruhig, sondern bewegte ihr köstliches Hinterteil lustvoll hin und her.

Meine Küsse waren auf dem heißen Grund angekommen.

Ihr Atem ging schnell und stoßweise.

Ich küßte sie dort so intensiv und so leidenschaftlich – als wäre es ihr Mund. Die weiche Fülle ihrer Pobacken drängte sich zu beiden Seiten an meine Wangen. Alle Gedanken waren aus meinem Hirn entwichen.

Minuten völliger Glückseligkeit.

Ein zaghaftes Tasten erweckte mich aus diesem Traum.

Melindas Hand streichelte meinen Kopf und schob ihn sehr sanft aus ihrem Tal. Das tat sie so behutsam, daß ein Gefühl von Scham oder Zurückweisung gar nicht aufkommen konnte. Langsam drehte sie sich um und lag nun mit geschlossenen Augen regungslos vor mir.

In ihr Gesicht war ein entrücktes Lächeln eingekehrt.

Voller Bewunderung betrachtete ich diesen göttlichen Leib. Dieses engelshafte, überaus schöne Gesicht mit diesem wundervollen Mund, von dem allein schon ein hohes Suchtpotential ausging. Ihr schlanker Körper mit den vollen Brüsten, die viel zu reichlich geraten, kein Ideal im klassischen Sinne abgaben, die aber jeden Mann, der nur halbwegs richtig tickte, um den Verstand bringen mußte. Ein Traum.

Ihre ausgeprägte Taille und ihr flacher Bauch, der sich nach unten hin in einer Erhebung vollendete, aus dessen niedlich gelockter Behaarung zwei üppige Lippen hervortraten. Dieses Gesamtkunstwerk war eine einzige Aufforderung: Liebe mich – liebkose mich – jetzt!

Sie lag da, mit unverkrampft geschlossenen Beinen, die widerstandlos nachgaben, als ich mich behutsam zwischen sie schob.

Abwechselnd hauchte ich einen Kuß auf die großen weichen Polster ihrer Oberschenkel und kreiste mit der Nasenspitze zärtlich durch die niedlichen Löckchen. Ihre Hüften fest umschlungen, ließ ich meinen Kopf in ihren Schoß sinken. Mein Mund fand Kontakt zu diesen mir bisher unbekannten Lippen. Ihr betörender Duft war nur aus nächster Nähe erfahrbar. Er versetzte mich in einen fast hypnotischen Zustand. Melinda – meine Göttin ...

Wieder waren es ihre liebevollen Hände, deren zärtliches Streicheln mich „zurückholte". Von leisem Stöhnen begleitet, drückte sie mein Gesicht noch einmal fest in ihren Leib, dann zog sie mich zu sich hoch. Sie umfaßte meinen Kopf mit beiden Händen und küßte mich ungestüm auf den Mund. Ohne ihren Kuß zu lösen, preßte sie zwischen ihren Lippen hervor: „Was machst du denn mit mir?"

Außer Atem sank ich an ihre Seite. Beide auf dem Rücken liegend, hielten wir uns an den Händen. Beseelt seufzte ich: „Melinda, was soll ich nur tun, ich liebe dich so sehr?" Keine Antwort.

Nach einer Weile: „Das kann ich dir sagen – Limonade trinken!"

Der Schalk hatte sie wieder. Sie beugte sich über mich, um an das kleine Tischchen neben dem Bett zu gelangen. Dabei durchquerten ihre Brüste mein Gesicht. Sie griff nach der Limonadeflasche und wählte denselben Weg zurück. Scheinheilig schaute sie mich an.

„Sag' mal", fragte ich, „gibt es da eventuell noch mehr Flaschen?"

Melinda spielte mit: „Keine Ahnung, ich guck' gleich mal."

Diesmal hielt ich sie fest und sog genußvoll an ihren Warzen ...

Halb über die Seite gedreht lag sie über mir und trank. Sie unterbrach und betrachtete mit gespielter Ironie mein affektiertes Genuckel.

„Denkst du vielleicht, das läuft gleich durch, oder wie?"

„Hm, das schmeckt bestimmt gut", erwiderte ich, „selbst wenn es das blanke Gift sein sollte, du wunderschöne Hexe."

„So, so, du bist also der Meinung, ich würde dich verhexen, ja?"

„Schon passiert, antwortete ich. Dein Gift wird niemals mehr aus mir herauszubekommen sein."

„Möchtest du das denn?", fragte sie mich.

Dabei schaute sie so süß, daß es mir fast die Brust zerriß.

Voller Leidenschaft zog ich sie an mich, schmiegte mich an ihren Busen und stöhnte in sie hinein: „Ich liebe dich."

„Oh, oh, du bist ja wirklich vergiftet." Ich nickte.

„Komm, ich kann dich heilen", flüsterte sie.

Noch einmal trank sie aus der Flasche, dann ergriff sie mich am Schopf und zog meinen Kopf in den Nacken. Ihr süßer Mund öffnete sich leicht über meinem. Ein feines Rinnsal floß von ihren Lippen.

Wieder überkam mich dieses Frösteln.

Melindas Stimme hatte eine etwas dunklere Färbung angenommen.

Mit „gruseliger" Stimme fragte sie: „Bist du jetzt wieder gesund?"

Ich schüttelte den Kopf und flüsterte, es sei noch schlimmer geworden. Nochmals füllte sie ihren Mund, drückte ihn zart auf meinen und überschwemmte mich mit seinem Inhalt. Gierig trank ich, obwohl das schon bald keine Limonade mehr sein konnte ...

Nun zitterte ich wieder.

Ich umfaßte ihren Leib und drehte mich mit ihr, so daß sie unter mir lag. Genußvoll leckte ich die süßen Limonadenreste aus ihrem Gesicht und massierte dabei behutsam ihre Brüste. Ihre großen Brustwarzen kamen mir jetzt viel fester vor. Küssend wanderte ich über ihren flachen Bauch. Die niedlichen Löckchen kitzelten mich an Mund und Nase. Ihre halb geöffneten Schenkel erwarteten mich. Lustvoll begann ich, auf ihren zarten fleischigen Innenpolstern herumzuknutschen.

Jedesmal – wenn ich den Kopf wendete, um auch die andere Seite zu liebkosen, berührten mich ihre seidenweichen Lippen.

Jedesmal – verweilte ich dort etwas länger und kuschelte intensiver.

Von leisen Seufzern begleitet, küßte sie mich mit diesen Lippen, unter kleinen kreisenden Bewegungen und kaum wahrnehmbaren zärtlichen Stößen – mitten auf den Mund. Schließlich hob sie ihre Beine und zog sie eng an den Körper. Ihre Schenkel öffneten sich weit.

Die süßen Lippen, die eben noch meinen Mund so zärtlich liebkost hatten, bemächtigten sich nun seiner vollends ...

Von einem Moment auf den anderen umklammerten ihre Schenkel ein wenig schmerzhaft meinen Kopf. Die weichen Innenpolster waren nun fast hart und bebten. Ihr schöner Körper krampfte in mehreren Wellen – dann sank sie ermattet zurück.

Ihre ausgestreckten Beine zuckten noch wenige Male.

Stille.

Mit geschlossenen Augen ruhte mein Kopf auf ihrem flachen Bauch, der sich mit jedem Atemzug hob und senkte. Dabei tunkten meine Lippen immer wieder in die kleine salzige Pfütze in ihrem Nabel ein.

Was hatte ich da eben erlebt?

Vor mir lag die schönste Frau der Welt.

Wie töricht, an ein Paradies im Jenseits zu glauben.

In dieser Nacht hatte ich meines gefunden. Im Diesseits!

Erst jetzt wurde mir bewußt, daß ich in den letzten Minuten unseres Liebesrausches fast keinen Laut von ihr vernommen hatte. Ihre Atemzüge waren wieder ruhiger geworden, trotzdem glaubte ich, ein feines Zittern zu spüren. Weinte Melinda etwa?

Erschrocken öffnete ich die Augen. Melinda hielt ihr Gesicht unter dem Kopfkissen verborgen. Wie auch sonst hätte ihr überwältigend heftiger Gefühlsausbruch von so wenig Geräusch begleitet sein können. Nie werde ich den Anblick vergessen, als ich ihr das Kissen sanft aus dem Gesicht zog. Die Liebe hatte ihre Tränen in kleine glasklare Perlen verwandelt. Sie kullerten aus ihren Augenwinkeln, rollten über ihr schönes Gesicht und glitzerten auf ihrer samtenen Haut, als wäre sie mit winzigen Diamanten besetzt.

„Warum weinst du?", fragte ich leise. Behutsam nahm ich sie in den Arm und sammelte mit zärtlichen Küssen ihre kostbaren Perlen ein.

„Ich weiß nicht", flüsterte sie, „ich weiß es nicht."

Noch leiser hauchte sie: „Ich hab' so etwas noch nie erlebt."

Melinda flüsterte ihre Worte direkt in meinen Mund. Ihr warmer Atem mischte sich mit meinem. Wir schwiegen minutenlang.

Näher – konnten sich zwei Menschen wohl kaum sein.

Gerade wollte auch ich ihr meine jugendliche Unerfahrenheit gestehen, da legte sie ihre süßen Fingerchen auf meine Lippen und knubbelte sie sanft hin und her. Mit einem verträumten in sich versunkenen Lächeln betrachtete sie diese nachdenklich, als würde sie gleich fragen wollen: „Könnt ihr das nochmal?"

Langsam, schlangengleich, schob sie ihren Traumkörper über mich. Mit gespreizten Schenkeln lag sie nun wieder auf mir. Meine Hände verliebten sich auf der Stelle erneut in ihr himmlisches Hinterteil. Schamlos, ja, fast ein wenig vulgär, jedoch äußerst erregend, zog sie mit breiter Zunge sehr, sehr langsam eine sehr, sehr nasse Bahn über mein Gesicht. Dann schaute sie mir auffordernd in die Augen, als erwarte sie Anerkennung. Doch in ihrem Blick lag noch etwas anderes.

„Los, mach' schon", dachte ich.

Sie küßte mich zärtlich in den Mundwinkel und schob danach unerwartet heftig ihr süßes Fingerchen tief hinein. In meinem Kopf begann das Licht erneut zu flackern. Adrenalin – da war es wieder.

Mit kleinen kreisenden Bewegungen tastete ich mich durch ihr Tal und erreichte sehr bald seinen heißen Grund. Die kräftigen Pobacken zogen sich bei dessen Berührung kurz um meine Hand zusammen, um sich gleich darauf mit einem wohligen lustvollen Seufzer zu entspannen. Wie von allein gelangte ich in die heiße Tiefe ihres schönen Leibes.

Melinda begann ihr süßes Fingerchen in meinem Mund hin und her zu bewegen und stöhnte dabei leise vor sich hin. Jeder war auf seine Weise im Körper des anderen. So brauchten wir nicht gänzlich auf das verzichten, was wir uns klugerweise doch besser versagen wollten.

Kaum, daß ich ihre mit Liebestau benetzten Löckchen fühlen konnte, flossen mir ihre prallen Lippenpaare in die Finger und breiteten sich in meiner Hand aus. Mit einem leisen „Ahh" richtete sie sich auf, preßte mir ihren überquellenden Schoß in die Hände und stieß mit kräftigen rhythmischen Bewegungen in meinen Unterleib. Fast zur gleichen Zeit erlöste ein heftiger Liebeskrampf unsere jungen Körper.

Melinda fiel, nach Luft ringend, über mich.

Vollkommen erschöpft lag ihre süße Last der Länge nach auf mir. Feuchte aus ihrem Mundwinkel rann mir auf die Stirn. Kleine Seufzer begleiteten jeden ihrer Atemzüge. Nach einer Weile hob sie ihren Po etwas an. Ungern verließen meine Hände das Traumland.

Dann lachte sie leise: „Oje, wenn das deine Oma wüßte."

Melinda rollte sich von mir herunter und lag nun wieder in meinem Arm. Meine Hose war sowohl von innen als auch von außen völlig durchnäßt. Ich stellte mir vor, wie überwältigend sich das auf bloßer Haut angefühlt hätte, aber ... Melindas Vorsicht war sicher richtig.

Als ich meine Augen öffnete, zeigte die Uhr auf dem kleinen Tischchen neben uns auf halb sechs. Melinda lag in meinem Arm und war noch sichtlich im Tiefschlaf. Während wir erschöpft im Glücksrausch lagen, hatte uns Morpheus unbemerkt an die Hand genommen ...

Jetzt war es kurz vor Sonnenaufgang. Vorsichtig, um meine Liebste nicht zu wecken, schaute ich mich im Raum um.

Hermann lag mit seiner Jutta im Bett nebenan und schlief ebenfalls noch. Robert lag mit seiner Susanne in der Bettenreihe gegenüber. Nur zwei Haarbüschel schauten unter der Decke hervor.

Und, nee ... Beinahe hätte ich laut losgelacht. Rainer kniete immer noch, oder schon wieder(?), vor dem Bett der Müllerstochter.

Leider hatte ich meinen Fotoapparat zu Hause gelassen.

Mein Blick fiel auf Melinda. Ihre Haare wie ihr Antlitz trugen Spuren unserer Liebesnacht, trotzdem – was für eine Schönheit.

Mit einer Hand stützte ich ihren Nacken und zog vorsichtig meinen Arm unter ihr heraus. Als ich ihren Kopf in das Kissen sinken ließ, mußte ich mich sehr beherrschen. Vorsichtig zog ich die Bettdecke über sie. Keiner sollte sie so unverhüllt sehen – meine Königin der Nacht.

Ich zögerte – einmal noch wollte ich ihren Duft in mich aufnehmen.

Ihre niedlichen Löckchen kitzelten mich an Nase und Mund.

Melinda – mein Engel.

Schnell zog ich mein Hemd über und schlüpfte in die Schuhe. Mein Gott ... Meine Hose! Zum Glück war ich als erster erwacht. Wie wäre ich wohl in diesem Zustand hier herausgekommen. Leise öffnete ich die Tür und eilte die große Treppe herunter. Tatsächlich, die Haustür war schon offen. In unserem Zimmer tauschte ich meine Hose gegen die unserer Bandkleidung, eine weitere hatte ich nicht mitgenommen. Ein Blick in den Spiegel ... Meine Herren. Wie sah der denn aus? Obwohl es schmerzte, Melinda von meiner Haut zu waschen, so konnte das nicht bleiben. Kurz gekämmt und zurück zu den anderen. Auf dem Korridor begegneten mir vereinzelte Frühaufsteher.

„Morgen!" Ich huschte ins Mädchenzimmer.

Eine saß bereits auf ihrer Bettkannte und guckte mich vorwurfsvoll an. Schamvoll verdeckte sie ihren mickrigen Busen und zischte:

„Na, seid ihr nun fertig? Das war ja nicht auszuhalten."

„Was?" Ob die was mitbekommen hatte? Ach, egal.

„Nee", antwortete ich, „ist nur 'ne kurze Pause."

Zunächst weckte ich Hermann und Robert. Dann entschloß ich mich, auch unseren Rainer auszugraben. Vorsichtig lüftete ich die Bettdecke. Die Müllerstochter war mir keinen Blick wert.

Eine Schönere als Melinda mußte ohnehin erst noch geboren werden. Kaum vorstellbar.

Ich fand Rainer dort, wo ich ihn vermutet hatte. Um seinen Schwarm über die Nacht am Leben zu erhalten, mußte er sie wohl durchgängig beatmet haben. Daß er dabei das falsche Ende gewählt hatte, war doch hoffentlich Absicht? – Mensch, Rainer.

Nun guckten mich drei völlig ramponierte Kometen an, die in einen

Meteoritenhagel geraten sein mußten.

„Los, raus hier, Jungs", flüsterte ich, „gleich ist Weckzeit!"

„Is' unten schon auf?" – „Ja, is' auf."

Während die anderen in die Kleidung schlüpften, nutzte ich die Zeit für Melinda. Sie hatte sich auf die Seite gedreht und schlief immer noch. Dicht vor ihrem Gesicht hockte ich mich vor das Bett, strich ihr verträumt über den Kopf und nahm ihr Bild tief in mich auf.

Nie sollte es verblassen. Gab es nicht irgendeinen gangbaren Weg für uns? Das Schicksal konnte uns doch jetzt nicht trennen.

Notfalls würde ich mich sogar *Dem Herrn* unterwerfen.

Für Melinda? Sofort!

Vorsichtig schob ich die andere Hand unter die Decke und zog ihren Oberkörper an mich. Ihre samtene Brustwarze schmiegte sich auf meine Lippen. Sie roch so wundervoll. Ein heftiger Schmerz bohrte sich in meine Brust. Meine Augen füllten sich mit Tränen ...

Jugendliebe tut so schrecklich weh.

Zwei zärtliche Hände hoben meinen Kopf aus ihrem Busen. Als ich zu ihr aufblickte, schob mir Melinda ihre Zunge tief in den Mund.

Noch einmal versank die Welt um uns herum ...

„Los Alter, raus jetzt!" Hermann faßte mich an die Schulter.

Ich schob Melinda noch schnell ihren Pyjama unter die Bettdecke.

Er hatte immer noch am Boden vor dem Bett gelegen.

„Bis gleich. Wir sehen uns beim Frühstück."

Schweigend trotteten wir in Richtung Unterkunft. Keiner wollte einen Witz machen. Rainer humpelte und rieb sich die Knie. Mehr als ein schwaches Grinsen gab auch das nicht her.

„Wieso hast du eigentlich unsere Bandhose an?", fragte Hermann.

Ich guckte ihn vielsagend an.

„Ach", fragte er, „hast du deine etwa anbehalten und vollgesaut?"

Ich nickte. – „Hut ab, das hätt' ich nicht ausgehalten."

„Sag' bloß du ... Ich schaute Hermann etwas entsetzt an.

Und wenn Jutta nun schwanger wird?"

Hermann schwieg.

Eh' Frauen so fertig werden. Das ist wohl bei allen so.
Wir saßen schon am Frühstückstisch und warteten.
Viel Zeit blieb uns nicht mehr.
Endlich.
Melinda und ich saßen so eng beieinander, wie es nur ging.
Unter dem Tisch hielten wir uns an den Händen.
Wir sahen alle etwas übernächtigt aus, auch Melinda.
Ihrer Schönheit tat das keinen Abbruch.
Wir nippten an unseren Tassen.
Die Brötchen blieben angebissen liegen.
Wir schauten uns nur an.
Lautlos formten meine Lippen: „Ich liebe dich."
Zwei Perlen kullerten über ihr Engelsgesicht.

„Alle mal herhören!
Der Bus Woldegk, Strasburg, Pasewalk fährt in fünf Minuten!"
„Bleib hier sitzen. Komm' nicht mit an den Bus", sagte Melinda.
Ihre Stimme erstickte.
Unser inniger Kuß fiel in dem Getümmel nicht weiter auf.
„Wir sehen uns in Karl-Marx-Stadt."
„Ja."
„Mach's gut."
Beim Rausgehen sah ich auf ihre wiegenden Hüften, auf ihren Po ...
Melinda – meine Königin der Nacht.
Glitzernd zerfloß ihr Bild vor meinen Augen ...

Elftes Kapitel

Die Schulzeit geht zu Ende

Freitag, der 12. Mai 1967. Der Platz vor unserem Hauptbahnhof war von der Menge Jugendlicher überfüllt. Auf den Gleisen wartete ein langer Zug nach Karl-Marx-Stadt. Wahrscheinlich konnte die Bahn republikweit gar nicht so viele Personenwagen bereitstellen, wie für diesen Sondertransport nötig gewesen wären. Notgedrungen entschloß man sich für die reichlich vorhandenen Güterwagen.

Was diese geschlossenen Waggons anging, gab es auch leise Stimmen, die sich Bemerkungen zur dunklen deutschen Geschichte nicht verkneifen konnten. Immerhin waren wir Jugendlichen der DDR, was dieses Thema anging, umfassend informiert.

Ich konnte mir gut vorstellen, daß es bestimmt auf höchster Ebene einige heiße Diskussionen gegeben hatte. Eine andere Lösung gab es aber nicht, und so wurden die Waggons zumindest außen mit bunten Fähnchen und Spruchbändern verziert, so gut es eben ging. Parolen hatten wir immer sehr reichlich, oftmals äußerst unsensibel plaziert. In der Regel ließ der Spott dann nicht lange auf sich warten.

Wer hatte unserem Leiter für Agitation und Propaganda nur dieses Spielzeug geschenkt? Voller Begeisterung rannte unser lieber Bernd zwischen den Massen herum und trug überglücklich ein Megaphon um den Hals. Ihm mußte sein mißratener Alarm! Alarm! schlaflose Nächte bereitet haben. Aber nu' konnte er Gas geben.

Mit glänzenden Augen verkündete er die aktuellen Parolen, er kannte alle und animierte uns zum Mitsingen. „Kinnings, nu' macht doch mal, wat seid ihr denn für'n lahmer Haufen."

Wenn das jetzt nicht klappen sollte, würde er bestimmt beim nächsten Mal mit einem Lautsprecherwagen auftauchen. Gnadenlos!

Trotzdem, Bernd ist immer schwer in Ordnung gewesen.

Wilhelm war natürlich auch dabei – im Blauhemd! Bernd fand immer eine Lösung. So waren wir nun fünf blaue Kometen nebst den ebenfalls blauen festen Freundinnen. Macht eigentlich Zehn, waren aber nur Neun. Ich hatte mich nicht bemüht, daß meine Marie mit uns fuhr, denn ich hatte einfach keine Lust, mir ihre ständigen Nörgeleien anzuhören. Irgendetwas ging ihr immer gegen den Strich. Sie war in der Gruppe eine richtige Spaßbremse.

Hinzu kam, daß sich mein Herz nach Melinda sehnte. Ich hoffte, der Zufall wäre auf der Seite der Verliebten. Was hätte ich da mit Marie anfangen sollen? Das ist nicht ganz sauber von mir gewesen, zugegeben, aber Melinda war eben meine Taube auf dem Dach ...

Ich kann gar nicht einmal sagen, ob Marie beim Pfingsttreffen überhaupt mit dabei gewesen ist. Allerdings hätte ja dann auch das FDJ-Seminar im Vorfeld für sie keinen Sinn ergeben.

Hermann schien inzwischen vollständig genesen zu sein. Er hatte selbstverständlich seine leicht abgerundete Elfriede dabei. Vielleicht hatte es ihn auch nicht so arg getroffen wie mich.

Rainer war wie immer. Er hatte die Müllerstochter erfolgreich über die Nacht gebracht. Damit war der Fall für ihn dann wohl erledigt.

Robert hatte inzwischen auch eine feste Freundin, Rita. Die gefiel mir auch sehr. Sie hatte ebenfalls etwas Damenhaftes an sich und war sehr hübsch. Als er sie uns vor Monaten das erste Mal vorstellte, hatte ich spontan kräftig schlucken müssen. Aber das war nun mal die Frau vom Chef. Jedenfalls ließen sich auch bei Robert keine zurückgebliebenen seelischen Schäden wegen der Nacht in Sommerswalde feststellen.

Na ja, und Wilhelm. Lisa und er waren guter Hoffnung. Was soll man mehr sagen. Damals verstanden sie sich recht gut.

Alles einsteigen!

Wir schleppten unser Equipment in einen Waggon. Die „Sitzplätze" hatte man liebevoll aus Strohballen nachempfunden. So unbequem war das gar nicht. Hermann schimpfte wie ein Rohrspatz, als er mitbekam, daß die Damen nicht mit in den gleichen Waggon durften. Fast fünf Stunden Fahrt lagen vor uns. Da wollte man sichergehen, daß Frohsinn nicht allzu großzügig interpretiert wurde.

Man stelle sich nur einmal vor: Da fährt ein Zug mit 30 Viehwaggons vorbei, außen ist Freie Deutsche Jugend plakatiert, und innen bricht sich der zügellose Frohsinn Bahn. In unserem Alter ...?

Ich weiß gar nicht mehr, wie wir uns die Zeit vertrieben. Am Essen mangelte es jedenfalls nicht. Unsere Versorgungspäckchen waren prall gefüllt. Von wegen wir hatten keine Bananen. Na, gut, immer galt das nicht. Bei solchen Anlässen aber versorgte die größte DDR der Welt ihre Jugend mit allem reichlich.

Sonnabend, Sonntag hatten wir volles Programm. Manchmal wurden es drei Auftritte am Tag. Es machte wirklich viel Spaß. Überall herrschte ausgelassene Stimmung, und an allen Ecken war wirklich was los. Doch, das hatten die Organisatoren gut hinbekommen.

Allerdings wurde mir langsam klar, daß, wenn nicht irgendetwas Besonderes passieren würde, ich Melinda nicht zu Gesicht bekäme. Es gab niemanden, den ich hätte fragen können, wo sich die Strasburger Delegation gerade aufhält. Und selbst dann hätten wir vielleicht zur gleichen Zeit einen Auftritt am anderen Ende der Stadt gehabt.

Wie hätte ich dort hin kommen sollen? Vielleicht hätten uns für den günstigsten Fall zehn Minuten zur Verfügung gestanden. Das wäre ja noch schlimmer gewesen. Mobiltelefone gab es erst Jahrzehnte später!

Die Rückfahrt verlief deutlich ruhiger. Wir hatten nicht unbedingt ein Schlafdefizit, aber auch für uns junge Bengels waren die Aktivitäten der letzten Tage kräftezehrend gewesen. Hermann ahnte mal wieder, was in mir vorging. Er war nicht gerade der Klügste, wenn man das an den gängigen Maßstäben messen wollte, aber er war in bestimmten Dingen durchaus emphatischer als so mancher „Klügere".

„Na, Alter", fragte er, „hast' mächtig Schmerzen, wa'?"

„Hm."

Ich hatte es mir auf dem Strohlager bequem gemacht und hielt die Augen geschlossen. In den letzten drei Wochen hatte ich mich mit dem Gedanken getröstet, daß ich Melinda bestimmt in Karl-Marx-Stadt treffen würde. Das war nun nicht geschehen.

Seit jener Nacht hatte ich nur noch Melinda im Kopf gehabt. Ich lebte sozusagen virtuell mit ihr und führte sogar Zwiegespräche, wenn ich allein war. Sie war immer bei mir.

In der Schule hatten mir das meine Kumpel auch angemerkt. Ich fühlte mich nicht mehr als einer von ihnen. Ich hatte eine Nacht mit einer jungen Frau verbracht, nichts anderes war Melinda.

Das hatte mich verändert.

Wenn ich jedoch für mich Bilanz zog, kam ich immer wieder zum gleichen ausweglosen Ergebnis:

Ich lebte bei meiner Großmutter in einer Bruchbude und ging noch zur Schule. Ich besaß ein Fahrrad. Geld hatte ich zwar immer in der Tasche, aber so viel war das auch nicht. Es reichte gut für meine Hobbys, für die Mokkabar und für Zigaretten. Für die Schule mußte auch mal was gekauft werden, und schließlich kam meine Kleidung auch nicht *nur* aus dem Westen.

Melinda wohnte nicht so weit weg, knappe 70 km. Aber wenn ich das jedes Wochenende mit der Bahn bewerkstelligen wollte ...

Was würden wir dort anfangen? Stundenlang in Cafés herumsitzen und Händchen halten? Von ihrem häuslichen Umfeld wußte ich fast nichts. Kam sie aus „besseren" Verhältnissen? Ihrer Kleidung nach war das anzunehmen. Sie besuchte bereits die erweiterte Oberschule, und ich „hing" in der neunten Klasse herum. Sicher würde sie studieren wollen. Wo würde das dann sein? In Rostock? In Leipzig?

Und wenn wir uns vielleicht abwechselnd besuchten?

Für mein Zuhause hätte ich mich schlicht schämen müssen, so wohl ich mich dort auch fühlte. Das war doch nichts für so eine Perle.

Wie lange würde es wohl dauern, bis mein „Glanz" erloschen wäre, wenn sie erst mit eigenen Augen sehen könnte, welch' arme Sau ich war. Jaaa, als Gitarrist in einer Band machte ich da wohl wesentlich mehr her – bildete ich mir jedenfalls ein.

Wie sagt man? Die Frau fürs Leben? Ja – das hätte sie sein können. Davon bin ich auch heute noch überzeugt. Wir hatten uns einfach um ein paar Jahre zu früh getroffen.

Montagmorgen trabte ich nachdenklich und mißgelaunt an unserem kleinen tiefen See entlang in Richtung der ungeliebten Schule. Dicht an seinem Ufer schwammen Enten herum, die warteten, daß ihnen

die ersten alten Leute ihre Brotreste bringen würden. Ein Schwanen-
paar zog am Schilf entlang seine Bahn. Ringsherum tröstete mich das
frische Grün mit seinem Duft. Wieder einmal war es Mai geworden.
In wenigen Wochen würde ich zum letzten Mal große Ferien haben.
Ich hatte mich einigermaßen damit arrangiert, daß ich diese Schule so
hinnehmen mußte, wie sie war. Es gab ja auch nicht *nur* meinen bor-
nierten Klassenlehrer. Einige „Juwelen" aus dieser Zeit:
Im Deutschunterricht sollten wir als schriftliche Arbeit ein technisches
Gerät beschreiben. In der Stunde zuvor hatte unser Klassenlehrer seinen „guten" Fotoapparat mitgebracht, den er nun recht umständlich
erklärte. Er hatte schlicht keine Ahnung davon. Mir juckte gleich das
Fell. Was er da vorzeigte, war eine, na?, richtig: Eine Belfoca.
Ich trommelte mich schon mal leise mit den Fingern auf der Tischplat-
te warm und formulierte vorsorglich in Gedanken passend geschliffe-
ne Sätze. Das konnte er gar nicht leiden, wenn einer den Handschuh
aufnahm. Ich wußte zwar nicht immer wann, wer und in welchem
Jahrhundert zur intellektuellen Befruchtung der Menschheit beigetra-
gen hatte, doch die Schule meiner Großmutter hatte bei mir durchaus
gefruchtet. Im mündlichen Ausdruck konnte ich auf jeden Fall parieren.
Ich überlegte ernsthaft, ob ich ihm nicht, sozusagen als Ouvertüre,
gleich die Show stehlen sollte. Ich hätte ihn gut davon in Kenntnis setzen können, daß ich mit der Belfoca schon als Elfjähriger fotografiert
hatte und inzwischen eine Spiegelreflexkamera für das Minimum des
Zumutbaren empfände. „Nee, laß mal", dachte ich, „das geht sicher
noch eleganter. Erst einmal abwarten."
Gleich zu Beginn hatte er vergessen, wie man die Kamera in Betriebs-
stellung bringt. Die Belfoca ist eine Klappkamera. Im Ruhezustand ist
sie recht handlich. Den kleinen Knopf zum Öffnen kann man durchaus übersehen, denn er ist nur leicht erhaben unter dem Lederbezug
verborgen. Wenn man nur gelegentlich fotografiert ...
Bei jedem anderen wäre das keine Reaktion wert gewesen, aber ich
trommelte ja schon mit den Fingern, und da machte mir mein Lieblingslehrer doch gleich am Anfang diese Freude.
Er kam nicht drumherum, die Klasse grinste schon, er mußte meine

Hilfe in Anspruch nehmen. Ein Griff, klick: „Bitteschön."
Das befriedigte mich erstmal für eine Weile, und so lauschte ich seinem
Vortrag und „unkte" auch nicht weiter herum. Wäre er „cool" gewesen,
hätte er sagen können: „Komm, bleib mal gleich hier und erkläre uns
den Apparat." So etwas bekam er nicht fertig. Lieber entwickelte er im
weiteren eigene Termini, die sehr gut zu einer Küchenmaschine gepaßt
hätten. War's das schon? Nein!
Heut' war mein Tag. Der nächste Lapsus bei der Vorführung des Zen-
tralverschlusses: Nachdem er stolz das Surren des Hemmwerks bewerk-
stelligt hatte, wollte er auch das Vorlaufwerk in Gang setzen. Ja, mein
Lieber, das Hebelchen ist aus gutem Grund nun wirklich gut versteckt.
Fummel, fummel – die Klasse guckte zu mir.
Wie gesagt, ich saß hinten. Er rief mich auch nicht nach vorn, also ließ
ich ihn kommen. Der Weg war ausreichend lang und damit für einen
Gang nach Canossa sehr gut geeignet. Ein Griff, ssst: „Bitteschön."
Mit meinem Chemielehrer hatte ich ein entspanntes Verhältnis. Über
spontane „Einwürfe", die mein Klassenlehrer sofort kleinlich geahndet
hätte, sah er großzügig hinweg. Meinen Wortwitz quittierte er stets mit
einem verständnisvollen Lächeln und nahm sie als das, was sie waren:
eine kleine Auflockerung. Mir fällt kein Mitschüler ein, der sich je über
ihn beklagt hatte bzw. nicht mit ihm auskommen konnte.
Mein Physiklehrer war ein zarter Mann. Ja, nicht falsch verstehen.
Er hatte eine Ehefrau und auch Kinder. Das meine ich nicht.
Er war eben kein maskuliner Typ und ging auch ein wenig fraulich.
Ihm fehlte es an Ausstrahlung, an Durchsetzungsvermögen. Er wollte
Wissen vermitteln, nicht Kinder erziehen. Wenn ich da an meine Lieb-
lingsklassenlehrerin dachte: Tür auf, peng, war Ruhe im Schiff.
Das hat man, oder eben nicht.
Kleffi nannten wir ihn, denn wenn er seine Stimme erhob bzw. es ver-
sucht, hatte das in der Tat etwas von einem kläffenden Hündchen.
Mein Beistand war ihm gewiß. Es kam vor, daß ich quasi seinen Part
übernahm und er das auch geschehen ließ. Ich rief dann schon mal:
„Schnauze, ich will das jetzt hören!", falls sich jemand erdreistete, „meinen" Physikunterricht zu stören. Unerhört.

Einmal gab er mir meine Klassenarbeit zurück und sagte: „Also, für die Meißnersche Rückkopplungsschaltung bekommst du natürlich eine Eins, aber ob das andere richtig ist, kann ich nicht beurteilen." Ich war nach einer Viertelstunde mit dem Thema durch und hatte ihm noch aufgemalt, wie man mit besagter Grundschaltung einen einfachen Rundfunkempfänger aufbauen kann. Es stimmt schon, ich habe gerne mal vorgezeigt, was ich meinte, so alles „auf dem Kasten" zu haben. Den „Angeber" lasse ich mir trotzdem nicht anhängen.

„Heiße Luft" hab' ich nie verkauft.

Neben dem Fach Physik gab es aber durchaus weitere Lieblingsfächer und Lehrer, mit denen ich mich bis heute schon von weitem grüße. In den Fächern ESP/UTP war ich für Herrn Tesch das, was Sönken für Oberstudienrat Zummach gewesen war.

Endlich hatte ich auch mal einen richtig guten Musiklehrer.

Und, ja, wie das nun zusammenhing, kann ich selbst nicht genau erklären. Staatsbürgerkunde war irgendwie mein Fall. Die schon etwas ältere Lehrerin mit dem grauen Dutt und der Whiskystimme benutzte kaum das Lehrbuch. Wir diskutierten über „Gott und die Welt". Eine humanistische Weltanschauung entstand in dessen Folge sozusagen zwangsläufig. Den Pflichtstoff „schob" sie uns dabei unmerklich unter. So könnte ich die Fächer durchgehen ...

Fast unbemerkt waren wieder drei Schulwochen an mir vorübergezogen. Freitagnachmittag sinnierte ich in meiner Bank vor mich hin. „Morgen werde ich also 17 Jahre alt ..." Mein „Lieblingslehrer" schritt durch die Bankreihen und kontrollierte hier und da, ob wir denn auch schon schreiben konnten. Was für ein Kindergarten.

Mit geringschätzigem Blick erspähte er in der Brusttasche meines Westhemdes die Schachtel Westzigaretten Marke *Lux*.

Mein Blick begegnete seinem auf Augenhöhe. Wortlos ging er weiter.

„Ob ich vielleicht heute abend Marie von der Arbeit abhole?

Vielleicht läßt sie sich ja zu meinem Geburtstag einladen?" Nach dem Seminar in Sommerswalde waren wir uns nicht mehr begegnet.

Sie hatte zwar mitbekommen, daß ich nur Augen für Melinda gehabt hatte, aber von der Nacht mit ihr konnte sie eigentlich nicht wissen. Heftig zog sich mir die Brust zusammen, sobald Melindas Bild vor meinem inneren Auge erschien. Trotzdem, ich mußte meinen Alltag leben, einen anderen Alltag gab es nicht. Zu dieser Welt gehörte Marie. Ich fand sie sehr anziehend, ja, ich liebte sie – *auch*. Nur gegen Melinda hatte sie keine Chance gehabt. Melinda war meine Königin der Nacht. Sie war die Taube auf dem Dach ...

Von der Bank vor dem kleinen bepflanzten Rondell aus konnte ich direkt in die zwei Schaufenster des Fleischereigeschäftes sehen.

Marie und die zwei anderen Kolleginnen liefen geschäftig hinter dem Tresen hin und her und bedienten Kunden. Hübsch sah sie aus. Einen erwachsenen Eindruck hatte sie ja schon in der Schule gemacht.

In ihrer weißen Berufskleidung mit dem kleinen Käppi war sie schon eine fesche „Fleischermamsell".

Ihre Verklemmtheit schien sie den Kunden gegenüber abgelegt zu haben. Während ich etwas abwesend in die flimmernde Abendluft starrte, ging mein Geist auf Reisen und waberte durch irgendeinen Hörsaal. Vorn am Pult dozierte eine wahnsinnig schöne Frau in einem eleganten, streng taillierten Kostüm. Ihr Busen brachte die Knopfleiste ihrer weißen Bluse in arge Bedrängnis.

Und wie sie sich bewegte ... Ein Hinterteil zum Träumen.

Trotz dieser reichen Gaben wirkte alles passend – edel – perfekt.

Als ich um sie herum schwebte, war ich bestürzt, daß sie mich offenbar nicht wahrnehmen konnte. Melinda ...?

„Na, das ist ja eine Überraschung." Marie stand vor mir.

Ich hatte nicht mitbekommen, daß das Geschäft inzwischen geschlossen hatte. „Wie komm' ich denn zu der Ehre?" Ziemlich blöd faselte ich etwas von dem schönen Wetter und ähnlichen Unsinn. Wir bestiegen den Stadtbus, einen „Schlenki" voller werktätiger Bürger. Da konnte ich mich erstmal noch ein wenig sortieren.

Am Marktplatz stiegen wir aus. Von dort war es nur eine Straße weiter, und so standen wir bald vor ihrem Haus. Vor der weit geöffneten Haustür redeten wir dann noch einige Zeit über dies und das.

Die Furcht von damals, Maries Mutter könnte uns sehen, schien keine Bedeutung mehr zu haben. Von ganz oben schallten Schritte durch das Treppenhaus. Als dieser „herunterkommende Mensch" um den letzten Absatz bog, glaubte ich eine Erscheinung zu haben.

Mein Klassenlehrer!

Pikanterweise wohnte er genau in diesem Haus. Gleichzeitig öffnete sich nun auch noch Maries Wohnungstür. Ihre Mutter guckte um die Ecke. Beide, sowohl Maries Mutter als auch mein Klassenlehrer, schauten mich überrascht und nicht besonders freundlich an.

„Großmutter? Wie ging das gleich nochmal mit der Contenance?"

Also der Wichtigkeit nach: „Guten Abend, Frau Schulz."

Und noch den anderen da: „'n Abend." Das mußte reichen.

„Kommst du nun morgen zu meinem Geburtstag?"

„Kannst mich ja abholen." Marie ging ins Haus.

Ob es nun Großmutters „hochwohlgeborene" Erziehung war oder sie schlicht honorierte, daß ich ihr das Haus nicht voller Weiber schleppte, sondern Marie die Einzige blieb, die sie je zu Gesicht bekommen hatte? Jedenfalls kredenzte sie uns allen freundlich meinen Geburtstagskuchen: Marmorkuchen. Damit war der offizielle Teil dann „gegessen". Marie und ich gingen in den Garten. Am Eingang, gleich vorn auf der linken Seite, waren die dicken Knospen des Pfingstrosenstrauches kurz vor dem Aufplatzen. Großvater wäre sicher einverstanden gewesen, wenn ich sie Marie geschenkt hätte. Er hatte immer seine Freude an hübschen Schwiegertöchtern gehabt, und Marie war zweifellos hübsch. Nun, so weit war es noch nicht – auch nicht mit den Rosen.

Seit Großvaters Tod war der Garten unberührt geblieben. Ich fand, daß dieser Wildwuchs durchaus seinen Charme hatte. Die Sträucher wucherten und bildeten über der kleinen Bank ein dichtes Dach aus Himbeer- und Holunderblättern. Ein kleines geschütztes Plätzchen, welches oft meine Zuflucht war. Mein Hochstand im Apfelbaum hatte seine Funktion lange verloren. Ein Stück von einer Telefonstrippe baumelte noch herum und zeugte von Abenteuern vergangener Jahre. „Komm, laß uns setzen", sagte ich zu Marie, und zog sie auf die kleine Bank. Sie setzte sich neben mich, hielt ihren Kopf etwas nach hinten und blinzelte in den Himmel. In aller Ruhe wanderten meine Augen an ihr entlang. Sie trug einen kurzen Rock, der den Blick auf mehr als die Hälfte ihrer gut geformten Beine erlaubte. Für Strümpfe war es in diesem Jahr bereits zu warm geworden. Ihre Haut war makellos. Weil sie nicht sehr groß war, wirkten besonders ihre Oberschenkel wie ihr Hinterteil gut bemessen. Auch Marie hatte einen flachen Bauch und eine schlanke Taille. Ihre recht großen Brüste versuchte sie verschämt in einen etwas zu kleinen BH zu zwängen. Dadurch machten diese ständig den Eindruck, als wollten sie herausspringen. Von Anfang an hatte das meine Halsschlagadern immer sehr belastet. Marie war ein hübsches Mädchen, für mich jedenfalls. Aber auch an gängigen Maßstäben gemessen war sie durchaus ein Hingucker.

Was war das, was mich an Melinda schon vor der Liebesnacht so überaus fasziniert hatte? Melinda war von allem die Platinausgabe. Sie war nicht nur hübsch, sie war überdies auch schön. Da gibt es einen feinen Unterschied, ebenso wie einfach ein Bein vor das andere zu setzen oder elegant daherzuschreiten. Marie ging – Melinda schritt!

„Gibt's was zu gucken?" Marie schaute mir in die Augen.

„Bin ich jetzt wieder gut genug?" Ein bißchen beschissen kam ich mir schon vor. Wenn ich jetzt nichts sagte, hätte sie mich in der Ecke.

Ich wandte mich ihr zu und gab ihr ein Küßchen auf den Mund. Sie verzog keine Miene, wehrte aber auch nicht ab. Auch als ich sie etwas länger küßte, blieb ihr Mund verschlossen. Langsam drehte sie ihren Kopf zur Seite und schaute traurig auf den Boden.

Mir traten die Tränen in die Augen. Sie konnte doch nichts dafür. Ich legte einen Arm um ihre Schulter und versuchte mit der anderen Hand, zärtlich ihren Kopf heranzuziehen. Jetzt blieb sie steif.

Da war sie wieder, die Situation, die mich an ihr so störte, und deretwegen oft unsere Beziehung manchmal für Wochen auf Eis gelegen hatte. Marie konnte so verstockt und so bockig sein, daß ein Herankommen einfach nicht mehr möglich war. Jetzt, in diesem Fall, war ich eindeutig der Schuldige. Jedoch auch weit geringere Unstimmigkeiten eskalierten häufig und führten dann zu eben diesem Ergebnis.

Heute sollte das nicht wieder so enden. Ich erhob mich langsam, so daß sie das nicht als Schlußpunkt mißdeuten konnte, und schlenderte einige Minuten durch den Garten. Als ich sie so sitzen sah, dachte ich: „Warum kann sie nicht liebevoller sein?" Sie hatte von all' dem, was ich an Frauen liebte, reichlich. Wenn sie doch nur ein wenig zärtlicher wäre und nicht immer so passiv. Sie ließ bestenfalls geschehen. Von ihr selbst kam so gut wie nichts. Ach, Marie ...

Ich näherte mich wieder der kleinen Bank, hockte mich dicht vor ihr Gesicht und nahm zärtlich ihren Kopf in die Hände. Dann schaute ich ihr tief in die Augen und sagte langsam und eindringlich:

„Marie, ich liebe dich – hörst du, ich liebe dich."

Das war kein bißchen anders gemeint – und es stimmte ja auch.

Vorsichtig zog ich ihr die Brille von der Nase. Ihre schönen großen Augen kamen nun voll zur Geltung. Mit Brille wirkten sie kleiner.

Ich liebkoste ihr Gesicht so innig und liebevoll, wie ich nur konnte.

Endlich öffnete sie ihre vollen sinnlichen Lippen und schenkte mir die süße feuchte Zunge.

Geschützt vor neugierigen Blicken, saßen wir im Garten auf unserem Grundstück. Niemand würde hier ungefragt herkommen. Selbst wenn, wäre das an diesem stillen Samstagnachmittag und an diesem lauschigen Plätzchen schon von weitem zu hören gewesen.

Marie trug eine dünne ärmellose Bluse, durch die ihr BH hindurchschien. Die Körbchen faßten nur mühsam ihre Oberweite. Durch die windgeschützte Lage an diesem Ort war uns bei der Knutscherei recht warm geworden. Unter ihren Armen schauten einige Härchen heraus, an denen jetzt winzige Tröpfchen glitzerten. Marie war immer frisch und sauber. Jetzt roch sie verführerisch nach Frau. Das Licht in meinem Kopf begann wieder zu flackern. Inzwischen kannte ich dieses Symptom. Wie gern würde ich ihren Oberkörper entblößen, mit ihren Brüsten schmusen, meine Lippen mit diesen glitzernden Tröpfchen benetzen oder sogar die weichen Polster ihrer Schenkel küssen.

Ihr anziehendes Hinterteil zu massieren und den Duft ihres Schoßes einzusaugen wollte ich mir gar nicht erst vorstellen. Der kurze Rock hätte das sehr einfach gemacht. Nichts von alledem ging mit Marie.

Das war schlicht Folter. Ach, Marie ...

Nun, gut. Vielleicht dauerte es eben bei ihr etwas länger. Allerdings waren wir jetzt mit kleineren Pausen über ein Jahr zusammen.

Endlich waren diese drei Wochen geschafft. Ferien, zum letzten Mal.

Marie hatte mir verziehen, und so hatte mich mein Alltag wieder.

Wochentags holte ich sie nun regelmäßig von der Arbeit ab. Stadtbus, kurzer Nachhauseweg, quatschen im Hausflur, Küßchen und ...

„Tschüs, bis morgen."

Oftmals wurde es auch eine kleine Knutscherei, und wir blieben etwas länger im Hausflur stehen. Ihre Mutter guckte dann um die Tür und rief: „Marie, das Abendbrot ist fertig." Natürlich grüßte ich sie immer besonders freundlich, was aber nicht half. Irgendwann rückte Marie damit heraus, warum ich „überaus sympathischer" Junge bei ihren Eltern nicht landen konnte. Mein Klassenlehrer hatte seine Expertise über mich offeriert. Wenn er auch zweifellos ein Arsch war, aber auf diesem Niveau? Nicht einmal ich hätte ihm das zugetraut.

Das war ja auch nicht die ganze Wahrheit. Weil es ihr peinlich war, hatte Marie den zweiten Teil bisher unterschlagen. Mein Klassenlehrer hatte noch einen jüngeren Bruder. Der wohnte ebenfalls in diesem Haus. Ich denke, es war die Idee meines Klassenlehrers, der seinen Bruder, kurz nachdem er mich mit Marie „erwischt" hatte, beiseite nahm und instruierte: „Paß auf, Brüderchen, wenn du dir jetzt nicht ein Herz faßt, wird nichts aus deinen Träumen, denn dieser mißliebige Schüler von mir ist bereits voll in der Spur."

Brüderchen faßte sich ein Herz und sprach bei Maries Eltern vor:

Er würde natürlich warten, bis Marie volljährig sei, aber dann stünde er als Bräutigam stante pede zur Verfügung. Daß er mehr als doppelt so alt wie Marie war, fand er normal. Sein Bruder sowieso.

Den Vogel wollt' ich sehen. Ich sah ihn sogar öfter. Auch er kam eines Abends die Treppe herunter und sah uns im Hausflur knutschen. Wir tauschten ein freundliches „Guten Abend", dann ging er seiner Wege. Chapeau, mein Lieber. So sieht ein gepflegter Abgang aus, wenn man keine Chance hat. Da konnte sich der Bruder mit dem Standesdünkel von dem „einfachen" Eisenbahner gut 'ne Scheibe abschneiden.

An einem Wochenende besuchten Maries Eltern die Verwandtschaft auf dem Dorf. Auch ihren Bruder hatten sie mitgenommen, daher hatten wir „sturmfreie Bude". Bis dahin war ich nie in einer Neubauwohnung gewesen. Küche und Bad waren kleine „Schläuche". Wohnzimmer und Schlafzimmer waren etwas größer. Immerhin hatte das Wohnzimmer einen Balkon zum Hof hin. Im Kinderzimmer stand an der einen Wand ein Doppelstockbett. Damit war die Breite des Zimmers fast ausgefüllt. An der gegenüberliegenden Wand stand ein Schrank für beide und unter dem kleinen Fenster ein kleiner Tisch. Von dort waren es nur zwei Schritte bis zur Tür. Das war's auch schon. Im wesentlichen bestand also Maries Lebensraum aus einem Stuhl! Tisch, Schrank und Bett mußte sie bereits mit dem Halbbruder teilen. Einen nennenswerten Rückzugsbereich hatte sie praktisch gar nicht. Sie wurde zum Ende des Jahres ebenfalls 17 Jahre alt!

In unserem Haus bröckelte zwar manchmal der Putz von der Decke, aber ansonsten war ich mein eigener Herr. Konnte meinen Hobbys nachgehen, Nägel in die Wände schlagen, Telefonleitungen kreuz und quer ziehen. In der kalten Jahreszeit machte ich mir meine Bude so warm, wie ich wollte. Ein extra Stück Holz lag immer irgendwo herum. Ich saß, die Beine hoch in meinem Chefsessel, trank Kaffee, hörte laut Musik, spielte Gitarre und rauchte. Ach, wie ging es mir doch gut.

Wir schmusten in der guten Stube zwar ein bißchen auf der Couch herum, aber in diesen Räumen wohnte ein biederer, einer jungen Liebe abträglicher Geist. Bloß raus hier. „Komm, wir gehen Eis essen und danach bummeln wir durch die Gärten zu mir."

Durch einen kleinen Gang spazierten wir, uns an den Händen haltend, an unserem alten Schulhof vorbei. Das war nun schon ein Stück gemeinsamer Vergangenheit geworden. „Guck mal, kommt dir der Baum dort irgendwie bekannt vor?" Wir küßten uns flüchtig.

Gegenüber der alten Schule war eine Eisdiele. Wie oft hatten wir hier in Freistunden oder nach dem Unterricht gesessen. Die „Kleinen" mußten akzeptieren, daß die hinteren zwei Tische den Schülern der Oberstufe und den Pärchen vorbehalten waren. Nun saßen wir wieder hier und verzehrten einen großen Eisbecher. Wir scherzten, schoben uns gegen-

seitig die Löffel in den Mund, lachten und – schwiegen auch.
Marie war meine Jugendliebe. Sie gehörte fest zu meinem Alltag.
Einen anderen Alltag hatte ich nicht.

Mädchen, denen galt natürlich in unserem Alter das Hauptinteresse.
Trotzdem gab es weitere Dinge. Zum Beispiel die Fotografie. Die bekam
bei mir durch Wilhelm neue Impulse. Nicht nur, daß er zu Hause eine
richtige Dunkelkammer mit Vergrößerungsgerät, Belichtungsschalt-
uhr und Hochglanztrockenpresse hatte, er arbeitete in der Reproab-
teilung einer Tageszeitung und ging mit professionellen Gerätschaften
um, die ich noch nie zuvor gesehen hatte. Ich besuchte ihn des öfteren
an seinem Arbeitsplatz und war fasziniert von der Technik.
Zwischen Wilhelm und mir entwickelte sich eine Beziehung über das
gemeinsame Musizieren hinaus. Er wohnte außerhalb des Stadtzen-
trums in einer Siedlung aus Holzhäusern. Das klingt nach Ferienhaus
oder Ähnlichem. Nein, das waren richtige kleine Häuser mit Keller,
einer Wohnung unten und einer kleineren oben, nur daß der Grund-
baustoff eben Holz war. Innen waren es normale Räume. In so einem
Haus also wohnte Wilhelm mit seiner Mutter. Sein Reich war die obere
kleine Wohnung. So manche Kapellenparty feierten wir mit unseren
„Frauen" bei ihm, und dann war die kleine Bude aber so richtig voll.
Wilhelms Mutter war hochgradig taub und erblindete später sogar
noch. Trotzdem bekam sie bei unserem Lärm einmal mit, daß sich
Robert mit seiner Rita auf der Toilette eingeschlossen hatte, wo sie laut
„harmonierten". Da war aber was los. Wenn sie sich auch so manches
gefallen ließ, einen Puff wollte sie dann doch nicht haben.
An Ideen stand mir Wilhelm in nichts nach, oder war es umgekehrt?
Im Klubhaus gab es eine kleine Süße mit langen blonden Haaren.
Das Lustfleisch, welches in der Regel für den Balkon gedacht ist, hatte
Der Herr bei ihr am Hinterteil installiert – zusätzlich.
Vorne ein Brett und hinten sehr reichlich. Wer's mag. Ihr Gesicht war
jedenfalls durchaus hübsch. Von der Band hätte sie gerne einen gehabt.
Oder ging es ihr darum, am Kapellentisch zu sitzen?
Ungeachtet dessen, daß wir mit Frauen inzwischen alle versorgt waren,

bekam als erster Hermann einen Liebesbrief von ihr. Damit kam er dann vertrauensvoll zu mir. Ja, zu wem denn sonst?

„Und, was hast du vor?" Hermann überlegte.

Seine leicht abgerundete Elfriede stand nicht zur Debatte. Das war sein Fels in der Brandung. Fels – hmm.

Ein Herz, welches sich nach ihm verzehrte, wollte er auf der anderen Seite auch nicht so gnadenlos enttäuschen. Apropos enttäuschen. Eine Woche später erschien Hermann zum Rapport:

Vorne sei nichts dran, das wußte man ja. Vorne, weiter unten, sei aber auch nichts dran. Alles hart wie ein Brett. Eine Klärung der Verhältnisse hätte er gar nicht erst in Erwägung gezogen. Sicher war er durch Laura überaus verwöhnt. Ach ja, und küssen könne sie auch nicht.

Was blieb, war ein hübsches Gesicht vorne und ein Arsch vor dem Herrn hinten. Das reiche ihm nicht, meinte Hermann.

Tage später klingelte es an meiner Tür. Eine Freundin überbrachte mir persönlich einen Brief. Nun also ich. Daß sie hübsch war, sagte ich ja bereits. Ein üppiges Hinterteil? – Gerne.

An Stelle eines Balkons eine Nische? – Das ging nun gar nicht.

Meinen Vorlieben entsprach Marie in allen Punkten.

Ich will ja nicht alles auf Wilhelm schieben, vielleicht war *ich* es ja auch, aber als wir den Fall berieten, kamen wir zu dem Ergebnis, daß ein solches Angebot mit unseren fotografischen Interessen durchaus in Übereinstimmung zu bringen sei. Bliebe nur noch zu klären:

Wer zieht sie aus und wer fotografiert.

Der technische Teil würde mir eher liegen, sagte ich, und wegen der „Liebe" ...? Schließlich sei er drei Jahre älter.

Die Generalprobe: In Wilhelms Schlafzimmer quetschte ich mich mit Kamera und Blitzgerät auf den Kleiderschrank. Sehr gute Position, rein aufnahmetechnisch. Er wollte sie schon auf der Treppe beschwatzen, so daß sie gar nicht merke, wenn sie in ein spärlich beleuchtetes „Nest" käme. Gleich ab in die Koje, so war der Plan. Wilhelm löschte das Licht und legte sich probeweise ins Bett. Ich mußte mit der Kamera zwar „blind" schießen, aber so gut würde ich schon zielen können. Auch hätte ich nur einen Schuß gehabt, aber damit wäre ja die Untat auch schon im Kasten gewesen. Doch, so sollte es wohl gehen. Blöd war, daß die Dame von irgendwoher Wind bekommen hatte. Schade, alles war so gut vorbereitet. Streckenweise benahmen wir uns manchmal wirklich wie moralische Tiefflieger – und zwar alle.

Dann hatte auch Marie Ferien. In Kreisen der werktätigen Bevölkerung nannte sich das ja Urlaub. In diesen drei Wochen verbrachten wir fast den ganzen Tag miteinander. Streitereien waren seltener geworden. Ich lernte, daß das, was sich bisher als vermeintliche Kompliziertheit dargestellt hatte, in Wirklichkeit eine ergreifend einfache, leicht vorhersagbare Schlichtheit war. Bewegte ich mich in diesem Rahmen, war auch der Friede gesichert. Wenn das der Preis für ihren begehrenswerten Körper sein sollte, würde ich mich sicher anpassen können.

Marie bemerkte, daß sie in der kommenden Woche wohl nicht so viel Zeit hätte, denn sie würden Besuch aus dem Westen erwarten. Mit dabei wäre ihre gleichaltrige Cousine, die sie bisher selbst noch nicht zu Gesicht bekommen hätte. Ich dachte bei mir: „Wenn die vielleicht so einigermaßen aussieht, kann vielleicht Wilhelm ..." Na, mal seh'n.

Lisa war inzwischen im sechsten Monat schwanger und verbrachte eine Kur in einer nur wenige Kilometer entfernten Erholungseinrichtung. Wilhelm hatte sich vor kurzem ein Motorrad gekauft, eine 150er MZ. Angesichts meines Fahrrades beneidete ich ihn darum sehr.

„Komm", schlug er vor, „wir fahren Lisa besuchen. Während ich bei ihr bin, kannst du gern auf der Dorfstraße herumfahren."

Na, das waren ja herrliche Aussichten. Nichts wie los.

Ein wunderschöner Tag mitten im Hochsommer. Haare und Hemden flatterten im Wind. Helmpflicht gab es erst später.

Lisa begrüßte uns sichtlich erfreut. Wilhelm gab mir den Motorradschlüssel. „Paß auf, daß dich der ABV nicht erwischt, dann bin ich meine Fleppen los!", rief er mir noch hinterher.

Hui, machte das Spaß. Ich fuhr so sicher und selbstverständlich, daß ich von niemandem beachtet wurde. Und das kam daher:

Manchmal hatte sich Ursula das Moped ihres Vaters für einige Tage ausgeliehen. Ich durfte dann auch immer für wenige Minuten auf dem

Mühlberg oder zwischen den Gärten herumfahren. Da war ich so um die 12 Jahre alt. Vorher lernte ich allerdings schon Auto fahren. Hört sich nach einem Märchen an? Nein, nein. Herr Bünger hatte mich manchmal in seinem PKW „Wartburg" zu kurzen Reparaturterminen mit über Land genommen. Das war meist in die nähere Umgebung. Fasziniert hatte ich dann auf dem Beifahrersitz gesessen und mir die nötige Bedienung und die „Antwort" des Motors eingeprägt. Abends unter der Bettdecke bin ich dann oft noch lange Strecken gefahren und habe auch die entsprechenden Geräusche dazu gemacht. Wäre Großmutter zufällig aufgewacht, hätte sie bestimmt den Notarzt gerufen. Tatsächlich bin ich dann Jahre später mit dieser „Ausbildung" von Herrn Bünger mein erstes Auto gefahren *und* auch einen Dienstwagen! Ohne gültige Fahrerlaubnis. So weit bin ich aber noch nicht.
Eine Stunde, hatte Wilhelm gesagt. Pünktlich parkte ich das herrliche Gefährt wieder vor dem Heim. Ich hatte bei Lisa immer das Gefühl, als wolle sie mir mit den Augen etwas sagen. Auch jetzt, als wir das Krad wieder bestiegen. Wie sie so dastand – mit ihrem dicken Bauch ...
Eine Viertelstunde später waren wir dann schon wieder zu Hause. Ich erzählte Wilhelm, daß ich mich heute nachmittag mit Marie treffen würde, und auch ihre Cousine aus dem Westen sei dabei.
„Na, prima, die schauen wir uns doch gleich mal an", meinte Wilhelm.
„Nee," antwortete ich, „ich muß schon erstmal vorfühlen, ob das den Damen recht ist. Außerdem habe ich sie selbst noch nicht gesehen", gab ich zu bedenken, „was ist, wenn die häßlich is?" – „Ja, nee," lenkte Wilhelm ein, „guck' sie dir lieber erst an."
Wie verabredet, schlenderte ich gegen 15 Uhr zwischen den Gärten herum. In der Regel holte ich Marie zwar öfter von zu Hause ab, ohne jedoch an der Wohnungstür zu klingeln. Ich wartete meist zur verabredeten Zeit im Hausflur. Im heutigen Fall hatte sie wahrscheinlich gesagt, daß sie mit Britta ein wenig spazieren gehen wolle. Daß das im Herrengeleit stattfinden sollte, hatte sie sicher für sich behalten.
Die Damen waren pünktlich. „Das ist Britta", stellte mir Marie ihre Cousine vor. Gut gelaunt spazierten wir durch die Gartenanlage.
Britta strahlte ständig. Jeder Satz war von ihrem Lachen begleitet.

Eine richtige Frohnatur. Oha, dachte ich bei mir, als ich sie unauffällig musterte. Ihr Wesen erinnerte mich an Angelique, die Süße aus dem Bus. Von Britta hätte ich mich auch küssen lassen oder umgekehrt. Ihr Körper war allerdings nicht *so* anziehend wie der von Marie. Wenn ich jetzt nicht umgehend ein gewisses Desinteresse in mein Antlitz heuchelte, hätten wir gleich wieder den Salat. Marie „tastete" bereits meine Gesichtszüge ab. Mein Debüt als Schauspieler hatte ich jedoch schon im Alter von 13 Jahren gehabt.

Im Verlauf des recht lustigen Nachmittags fragte ich Britta dann, ob sie etwas dagegen hätte, wenn ich morgen meinen Freund Wilhelm mitbrächte. „Nö, hahaha, das wird bestimmt lustig."

Noch am gleichen Abend fuhr ich mit meinem Fahrrad zum Rapport. Als ich Wilhelm berichtete, Britta sehe sehr gut aus, war Wilhelm überzeugt, Britta sehe sehr gut aus. Auf mein Urteil konnte er sich verlassen.

Zum Rendezvous am nächsten Tag hatten wir unser Outfit abgestimmt. Nur das Beste kam in Frage. Das war unsere Bandkleidung. Unsere hellblauen Hosen hatten wir uns schneidern lassen. Der Schnitt stammte aus einer westlichen Modezeitung. Twistform nannte sich das damals. Ein recht knapper kurzer Bund und Beine, die ab dem Knie leicht ausgestellt waren. Das war die Vorform von den kurze Zeit später modern werdenden Schlaghosen, die dann so übertrieben weit wurden, daß wir sie Schlackerhosen nannten. Auch unsere Hemden waren der letzte Schrei. Nylon natürlich, darin schwitzte es sich besonders gut, plus einem recht auffälligen Muster. Auf jeden Fall fanden wir uns so schön, das würden die Frauen sicher kaum aushalten können.

Bis heute unbegreiflich: Zwei aktive Fotografen und nicht ein einziges Bild von diesem wunderbaren Tag. Ja, das wurde er wirklich. Britta und Wilhelm ... Alles andere hätte mich auch sehr gewundert.

Zuerst holten wir uns vier große Portionen Eis. Damit zogen wir durch die Gartenanlage, und weil es so herrlich warm war, schmolz das Eis schneller, als wir lecken konnten. Ein ungeplanter, aber willkommener Anlaß, unseren Geliebten die Kleckerei von Fingern und Lippen zu lecken. Britta fand das, ganz klar, sehr lustig, und auch Marie war entspannter als gewöhnlich. Beim Spaziergang durch die Gärten trafen wir einfach noch zu viele Menschen, darum ich unsere Schritte in Richtung der Wiesen am Stadtrand lenkte ... Mein Refugium.

Wenige Meter voneinander entfernt setzten wir uns ins hohe Gras. Damit Maries weiße Bluse keine Grasflecken bekäme, breitete ich mein Hemd unter ihr aus. Gegenüber arbeitete Wilhelm gerade sein kabarettistisches Repertoire ab, immer wieder von Brittas begeisterten leisen Aufschreien begleitet. Ja, das war seine Königsdisziplin.

Mit freiem Oberkörper lag ich über Marie gebeugt und knutschte mit vielen kleinen Küßchen in ihrem Gesicht und an ihrem Hals herum. Einmal ihre Arme um mich zu schlingen, das war nicht Maries Art. Wenn sie still hielt, durfte ich schon zufrieden sein.

„Findest du nicht, daß deine Bluse zerknittern könnte?" Marie schaute mich an, zögerte einen Augenblick, setzte sich dann entschlossen auf, entledigte sich ihrer Bluse und legte sie locker ins Gras neben sich. Die Fleischeslust war dabei sicher nicht ihr Antrieb, sondern eher eine Art Zugzwang, denn von gegenüber war Gegacker und Gekicher zu hören. Sie hatte sich wieder zurückgelegt und bedeckte mit einem Arm ihre Augen. Am liebsten hätte ich sofort ihre feucht glitzernden Achseln geküßt. Solche spontanen Gefühlsausbrüche waren aber mit Vorsicht zu genießen. Ich liebte Marie immer mit „angezogener Handbremse".

So richtig Spaß machte das nicht. Also betrachtete ich sie in aller Ruhe und versuchte meine Lust zu disziplinieren. Es war ja auch das erste Mal, daß sie mit fast freiem Oberkörper vor mir lag. Selbst beim Baden am See hatte sie immer einen Badeanzug an, nie einen Bikini.

Als ich mein Gesicht in ihren verlockenden Bauch sinken ließ, zuckte sie ein wenig zusammen und griff instinktiv nach meinem Kopf.

Eine derartige Berührung hatte sie mit Sicherheit noch nie erfahren. Ich nahm ihre Hände und küßte sie in die Handflächen. Dann schmiegte ich mich an ihre Haut und fuhr mit der Zunge durch ihren süßen Nabel. Die pralle Sonne stand über uns und hatte unsere Körper aufgeheizt. Ihre Haut schmeckte leicht salzig. Ich mußte einfach stöhnen. Es war berauschend. Marie lag regungslos da und ließ geschehen. „Was ist das nur für ein sonderbares Mädchen", dachte ich bei mir.

Küssend wanderte ich zu ihren Brüsten, die wie immer in einem zu kleinen BH steckten und auf ihre Entdeckung warteten. Mit Mund und Nase drückte ich zärtlich ihre Turmspitzen ein. Die pralle Fülle federte energisch zurück. Wenn ich etwas fester preßte, quoll das zarte Fleisch oben heraus. Das war ein schönes Spiel. Marie hatte die Arme wieder über die Augen gelegt und lächelte nun sogar ein wenig. Nur ihre Nase und ihr süßer Mund waren zu sehen. Mit der Zungenspitze fuhr ich über die zarte Haut ihrer Lippen und küßte ihre Nasenspitze. „Huh, das kitzelt aber." Während sie das sprach, öffnete sich ihr Mund mit den weißen glitzernden Zähnen. Ihr Atem roch noch ein bißchen nach Erdbeereis. Marie zu küssen war eine Wonne, auch wenn sie selbst dabei nicht besonders aktiv wurde.

„Ich weiß, wo es noch schön kitzelt." „Na?" Bevor sie reagieren konnte, kuschelte ich mein Gesicht in die feuchten Haare unter ihrer Schulter. Marie muß so verdutzt gewesen sein, daß sie länger still hielt, als ich es erwartet hatte. Der frische fast geruchlose Schweiß ihres geliebten und begehrten Körpers rief in mir heftige Gefühle hervor. Wollüstig stöhnte ich vor mich hin. „Findest du, daß das normal ist?"

Na, mich mußte sie nicht fragen.

Bei ihr wußte man nie so genau, was da kam. Hätte sie es wirklich empörend oder abstoßend gefunden, was ich ihr da gerade zumutete, würde sie mich kaum weiter gewähren lassen. Mit Sicherheit konnte sich das „arme" Mädchen gar nicht vorstellen, wie heftig mir Aphrodite gerade wieder am Lichtschalter rumfummelte.

Ich schaute ihr mit einem verklärten Lächeln ins Gesicht.

„Aber bitte jetzt nicht auf den Mund küssen, nein?"

Das war nicht bös' gesagt, aber daß sie das jetzt eklig finden würde, konnte man dem trotzdem entnehmen. Nun, ganz so gefühllos war Marie nun auch wieder nicht. So spielte ich das Spiel weiter.

„Nein", sagte ich zu ihr, „das – hatte ich auch nicht vor."

Küßchen an Küßchen setzend, wanderte ich über ihr Dekolleté zur anderen Schulter herüber. „Nö, ne'?" „Doch, doch", antwortete ich.

„Du tickst doch nicht ganz richtig", entgegnete Marie. Warum setzte sie mir keinen Widerstand entgegen, als ich ihren Arm hinter ihren Kopf legte? Nun ließ ich meinen Gefühlen freien Lauf. Laut stöhnend vergrub ich mein Gesicht in ihrer köstlichen Feuchte. Marie hielt still und gab sogar ab und an ein kurzes Lachen von sich. Inzwischen hatte ich ihren Arm wieder freigegeben. Ihre Schulter war in die natürliche Stellung zurückgekehrt, und mein Gesicht lag nun eng unter ihrem Arm. Das Gefühl kam dem eines Frauenschoßes recht nahe. Mein Verstand war sicher bedenklich getrübt, und die zur „Tat" passenden Geräusche habe ich wahrscheinlich auch von mir gegeben.

„Was machst du denn mit dem armen Jungen?", rief Wilhelm zu uns herüber, „der stirbt uns ja weg."

„Von wegen wegsterben", entgegnete Marie, „ein altes Ferkel ist das." Inzwischen hatte ich mich erhoben. Nun schauten alle vier Köpfe über das hohe Gras hinweg. Als Britta mich so verwüstet erspähte, brach sie in einen lauten Lachkrampf aus.

„Na, dann ist ja alles in Ordnung", sagte Wilhelm. Die vier Köpfe tauchten wieder unter. „Jetzt wisch dir mal das Gesicht ab."

Mit einem kleinen Anflug von Scham fragte mich Marie leise: „Macht dir das wirklich so viel Spaß – so an mir, mein' ich?"

Mir war, als würde sich Marie in diesem Moment etwas öffnen. Als ob eine neue Nähe zwischen uns im Entstehen war. Das Geknutsche als Freund und Freundin war die eine Seite. Daß ich mich an ihrem jugendlichen Leib jedoch so berauschen konnte, erweckte in ihr vielleicht ein bisher unbekanntes Körperbewußtsein.

Vielleicht ängstigte oder verunsicherte sie das sogar ein wenig?

Auf der anderen Seite bescherte es ihr aber auch Macht.

In der zaghaften Frage „... so an mir, mein' ich?" offenbarte sich jedoch auch ihr Verständnis der eigenen Position in diesem Liebesspiel.

Begriff sie sich denn *nur* als Lustobjekt?

Die Befriedigung eigener Gelüste von mir einzufordern kam ihr dabei nicht in den Sinn? Hatte *sie* etwa keine?

Ein Gedanke ging mir durch den Kopf. Eine ähnliche „Attacke" hatte unlängst meine Melinda mit süßer „Strafe" geahndet. Mein Herz hatte sie dafür gefordert – und bekommen.

In meiner Brust schlug seit jener Nacht ein anderes.

Marie hatte sich auf den Bauch gelegt. Lange schlanke Beine waren ihr nicht beschieden. Wohlgeformt waren sie allemal. Diese leichte Gedrungenheit betonte die Form sogar noch und förderte meine Lust, „hineinzubeißen". Ich massierte voller Gefühle ihre Waden und küßte sie zärtlich in die Kniekehlen. „He, das kitzelt ja schon wieder", rief sie. Schließlich umfaßte ich ihre eng aneinanderliegenden Schenkel und kuschelte mein Gesicht hinein. Bis zu ihren Pobacken war es nicht mehr weit. Der recht kurze Rock gab den Blick auf ihr blütenweißes Unterhöschen frei. Unter lustvollem Stöhnen hatten meine Hände ihr prächtiges Hinterteil erreicht – leider nur für Sekunden.

Marie bewegte ihren Popo hin und her. Das hatte ich schon einmal erlebt, als begehrliche Aufforderung. Bei ihr hieß es jedoch: „Weg da!" Vielleicht wäre dieser Moment geeignet gewesen, bestimmte Bilder in meinem Kopf zu ihren Gunsten auszutauschen. Nicht, daß diese zu löschen gewesen wären, aber die Dominanz zu mildern – vielleicht.

Statt dessen legte ich meinen Kopf auf ihren Rücken. Ihre Haut roch und schmeckte ebenso gut. Trotzdem, Engelstau? – dieses Wort sollte für immer zu einer anderen gehören. Marie hatte ihre Grenze deutlich kundgetan. Mit allem anderen wäre sie also einverstanden?

Drei kleine Haken und Ösen glitzerten in der Sonne. Dicht vor meinen Augen. Sollte ich sie öffnen?

Meine Absicht mußte sich für Marie beim Gefummel am Verschluß ihres Büstenhalters sofort offenbaren, jedoch – sie ließ mich gewähren. Wollte sie mich – „entschädigen"?

Schnell hatte ich den Verschluß geöffnet. Die beiden Stoffstreifen an den Körbchen fielen zur Seite. Ihr Rücken lag nun völlig frei. Von den Schultern bis zur Taille liebkoste ich die große Hautfläche. Vom Zwang befreit, schaute an beiden Seiten zartes Fleisch hervor.

Wenn Marie sich zu etwas entschlossen hatte, tat sie es immer ungestüm. Einen feinen Sinn für das Besondere des Augenblicks schien sie nicht zu haben. So drehte sie sich kurzerhand um und präsentierte mir ihre Brüste in einer Art, als wolle sie sagen: „Wenn es denn gar nicht anders geht, hier sind sie. Bist du nun zufrieden?"

Oft war mir Maries Busen in sehnsüchtigen Stunden erschienen. Was sie mir jetzt zu überlassen bereit war, übertraf meine Erwartungen. Ich starrte auf ihre schwankenden Türme, die sich unter der eigenen Last ein wenig zur Seite neigten. Kippen konnten sie nicht, dagegen stand ihre Jugend. Jeder Atemzug, mit dem sich ihr Busen hob und senkte, versetzte diese in ein taumelndes Hin und Her. Wie Inseln schaukelten auf ihren Gipfeln zwei große rosabraune Vorhöfe, gekrönt von Brustwarzen, wie zwei überreife Himbeeren. Eine Zerreißprobe für meine Halsschlagadern. Maries Brüste übten auf mich eine unbändige Anziehung aus. Wenn ich mich nun augenblicklich und zügellos dieser Pracht bemächtigte, würde das meiner Lust wohl entsprechen – aber – diesen Moment gäbe es eben nur ein einziges Mal.

Aus Maries Blick war zu entnehmen, daß sie meiner Andacht nicht folgen konnte. „Was hast du denn?", fragte sie, mein Zögern bemerkend. Sie kicherte verlegen in sich hinein. Warum nur war sie mit diesem Leib gesegnet, wenn sie doch durch ihn so wenig Lustgewinn erfuhr?

Mit geschlossenen Augen näherte ich mich ihren erhitzten Hügeln. Der Sonne wegen waren auch sie von einem dünnen Feuchtigkeitsfilm überzogen. Diese Haut duftete noch ein wenig anders, süßlicher. Nur noch wenige Millimeter, dann würde ich sie spüren, schmecken ...

Die große feste und doch so wundervoll zarte Warze schob sich mir zwischen die Lippen. Berauscht öffnete ich den Mund. Wie wäre es wohl, könnte ich aus dieser süßen Quelle trinken. Mit diesem Gedanken liebkoste ich auch ihre andere Brust. Zwischendurch flüsterte ich Marie eindeutige Komplimente ins Ohr. Sie lächelte ein wenig verlegen und sagte: „Ach, du spinnst ja". Ernst meinte sie das sicher nicht. Vielleicht machte es sie sogar ein wenig stolz oder glücklich oder auch beides. Beim Küssen fühlte ich ihre süße Zunge in meinem Mund. Das blieb jedoch die höchste Form ihrer Aktivität. Vielleicht dachte sie, das mache man wohl so. Auf ein lustvolles Seufzen oder Stöhnen wartete ich bei ihr jedenfalls immer vergeblich. Über ihre Gefühle ließ sie mich stets im Unklaren. Was sie *nicht* wollte, ließ sie mich allerdings immer sofort wissen. Meistens, wenn ich gerade so schön „weggetreten" war. Wem dieser Zustand jedoch fremd ist, kann sich kaum vorstellen, wie ernüchternd das sein kann. So kam sie jedenfalls nie in den Genuß meiner vollen Kreativität. Selbst schuld.

Drüben war es lange Zeit ruhig geblieben. Marie rief ihrer Cousine zu: „Britta, wir haben versprochen, zum Abendbrot zu Hause zu sein!"

„Ja, ist gut!"

Wir erhoben uns ohne Eile aus dem Gras und klopften unsere Sachen ab. Marie rückte ihren BH zurecht. Ich konnte meine Augen einfach nicht losreißen. „Nu' glotz nicht so." Dabei lächelte sie dann doch. Wilhelm hatte einen Riesenfleck in der Hose – vorne. Da mußte ich lachen. In meinen Ohren hörte ich Hermann: „Ach, hast du die etwa anbehalten und vollgesaut?" Weitere Bemerkungen machte ich aber nicht, denn ich war mir ziemlich sicher, daß Wilhelm von meiner Liebe zu Melinda keinen Wind bekommen hatte. Er hätte sich sonst längst dafür interessiert. Für Rainer und Robert war das alles wahrscheinlich bereits Schnee von gestern, und Hermann, der mit seiner Jutta damals im Bett quasi an meiner Seite „gekämpft" hatte, offenbarte sich in heiklen Liebesangelegenheiten in erster Linie mir. Keinem anderen gegenüber hatte ich je meine Seelennot gestanden.

In richtig guter Laune stapften wir durch das hohe Gras.

Wir scherzten und neckten uns.

Britta hatte ihren Spaß gehabt.

Wilhelm in großen Teilen auch.

Sein Fleck trocknete schnell in der warmen Sommerluft.

Eng umschlungen schlenderten wir durch die bunten Gärten zurück. Bilder „meiner" Sommerwiese aus vergangenen Tagen tauchten aus der Erinnerung auf : An fast gleicher Stelle hatte ich vor mehr als zehn Jahren gelegen. Welch' Glücksgefühl hatte mich kleinen Steppke damals durchströmt, weil ich mich dem Kindergarten erfolgreich entzogen hatte. Mit weit ausgebreiteten Armen war ich durch das hohe Gras gelaufen. Damals reichte es mir noch bis zur Brust. Heute war es meiner Marie und mir ein schützendes Nest gewesen. Egal, was das Leben noch mit uns vorhaben sollte, dieser Sommertag würde für immer ein unauslöschbarer Moment und Zeugnis unserer Liebe bleiben.

Nichts könnte ihn jemals ungeschehen machen.

Marie gehörte fest in mein Leben, fest in meinen Alltag.

Einen anderen Alltag hatte ich nicht.

Maries Urlaub war vorbei. Natürlich blieben uns die Wochenenden, die wir auch regelmäßig miteinander verbrachten. Unsere Beziehung war enger geworden, und es gab kaum einen Abend, an dem ich sie nicht von der Arbeit abholte. Im Klubhaus galt sie als „Güntis Frau".

Mein letztes Schuljahr stand vor der Tür. Vielleicht sollte ich mich auch mal um eine Lehrstelle bemühen? Diese Sorglosigkeit von damals war für uns DDR-Jugendliche bezeichnend. Natürlich gab es Schüler, die eine feste Laufbahn im Auge hatten. In der Mehrzahl herrschte aber Ratlosigkeit. Daß jedoch am Ende jeder eine Lehrstelle bekommen würde, war so sicher wie das Amen in der Kirche. Ebenso wußten wir, daß zwar die persönlichen Interessen durchaus berücksichtigt würden, aber letztlich der Staat das letzte Wort hätte. Daß Leute eine teure Ausbildung erhielten, die zur Zeit nicht benötigt wurde und damit ziellos akademische Taxifahrer produziert würden, war in der Planwirtschaft undenkbar. Eines wußte ich jedoch genau. Eine berufliche Laufbahn als klassischer Musiker wollte ich nicht einschlagen. Rundfunk und Fernsehmechaniker? Ja, das konnte ich mir sehr gut vorstellen. Fotograf? – Vielleicht an zweiter Stelle.

Allerdings war die Fotografie bei mir gerade wieder in den Vordergrund gerückt. In der Tageszeitung hatte gestanden, daß sich in unserer Stadt ein Fotoklub gründen wollte. Da durfte ich natürlich nicht fehlen. Die Gründungsveranstaltung war dann jedoch ernüchternd.

In meinem Alter war zu der Zeit keiner dabei. Allerdings lernte ich einen sehr interessanten Mann kennen. Er war knapp 80 Jahre alt und hatte früher bei der AGFA-Leverkusen gearbeitet. Für jeden Spezialfall hatte er ein eigenes Entwicklerrezept auf Lager, welches er bei Bedarf aus dem Hut herunterbeten konnte. Er erinnerte mich sehr an Otto aus dem Klubhaus (Bockwurst ohne Knochen). *Der* war auch nicht wirklich alt, nur sein Körper eben. Da hatte ich wohl noch Zeit.

Mehrmals habe ich Herrn Geisler, so hieß er, zu Hause besucht. Das war immer sehr beeindruckend. Chemikaliengläser füllten eine Wand. Mit seinen weißen Haaren stand er wie ein Hexenmeister in seinem kleinen Labor. Wenn seine Frau hereinschaute, gifteten sich die beiden an. „Ach", sagte er einmal zu mir im Vertrauen ‚unter Männern', „das wird auch mal wieder Zeit, daß ich die Alte austausche." Völlig offen erzählte er während unserer Fachgespräche zwischendurch auch seine Weibergeschichten. Ja, verheiratet sei er auch mal gewesen. Ein einziges Ärgernis. Danach hätte er sich für Monate oder auch Jahre mal bei der einen oder anderen niedergelassen, und jetzt wäre es seit zwei Jahren eben diese. Am Anfang hätte sie sich im Bett ja noch Mühe gegeben, aber langsam würde sie nur noch nerven. So ab 55 sind die Weiber dann einfach zu alt. Eine Jüngere wäre der aktuelle Plan. Ich nickte verständnisvoll. Wie ich ihn so hin und her wuseln sah, konnte ich mir tatsächlich sehr gut vorstellen, wie er die „Alte" abends bestieg. Seine Konstitution gab das durchaus her. Obwohl er schon irgendwie einen Knall hatte, so war er doch auch ein faszinierender Mensch. Alt, im herkömmlichen Sinne, war *der* jedenfalls nich'.

Neben anderen Gerätschaften standen zwei moderne Vergrößerungsgeräte auf seinem Tisch. In einer Ecke erblickte ich etwas Ähnliches, jedenfalls sah man diesem Teil den Selbstbau an. „Ja", sagte er, „das ist ein sogenannter Plattenansatz. Eine Plattenkamera mit einem Lampengehäuse, die sozusagen verkehrt herum betrieben wird." Lange Jahre hätte er damit gearbeitet. Das würde richtig gut funktionieren, nur etwas umständlich sei es eben. Doch wenn man nichts anderes hätte ...

Ich brauchte dringend ein Vergrößerungsgerät. Ich wollte wissen, ob es für die Plattenkamera noch Kassetten gebe. Dann wäre sie nämlich darüber hinaus auch weiterhin als Fachkamera nutzbar und nicht nur als „Vergrößerungsgerät". Immerhin hatte sie eine verstellbare Frontstandarte, mit deren Hilfe sich die Scheimpflugbedingung erfüllen ließ. Für die Fachfotografie eine unabdingbare Voraussetzung.

Klar, hätte er die, sogar einen Rollfilmansatz. Als ich mein Interesse bekundete, sagte er: „Ja, weißt du, ich würde dir das alles schenken, aber bei meiner Rente muß ich Geld machen, wo es nur geht." Wenn ich aber mit 50 Mark einverstanden wäre, würde er mir noch eine kleine elektrische Trockenpresse dazu geben. Das war trotzdem noch ein sehr günstiges Angebot. Gleich am nächsten Tag erledigten wir das Geschäftliche. Ab jetzt konnte ich endlich Bilder machen, die größer waren, als es das Negativformat bisher vorgegeben hatte. Nun konnte ich alle Arbeiten wie ein richtiges Fotolabor ausführen.

Auch diese letzten Ferien vergingen. Ich besuchte nun die zehnte Klasse, und Marie hatte gerade ihr zweites Lehrjahr begonnen.

In der Schule bewegte ich mich relativ unauffällig im Mittelfeld, bis auf die Fächer, denen mein Interesse galt. Es gab auch ein neues Fach: Astronomie. Unser Direktor unterrichtete es höchstpersönlich. Ich hatte mich in ihm nicht getäuscht. Nicht nur, daß er jovial war, er konnte auch gut unterrichten. Die Klasse hörte interessiert zu.

In diesem Jahr würde ich also volljährig werden, fast genau zum Ende der Schulzeit. Bereits jetzt war mein persönliches Umfeld praktisch nur von Erwachsenen geprägt. Zunehmend überkam mich das Gefühl, irgendwie im falschen Film zu sein. Ich wollte mich etwas mehr um die ungeliebten Fächer kümmern, damit mein Notendurchschnitt wenigstens auf dem Abschlußzeugnis vorzeigbar wäre.

Im November bekam Wilhelm Nachwuchs, ein Mädchen. Lisas Vater nahm ihn ins Gebet. Wenn er, Wilhelm, nicht seine Tochter heiraten würde, könne er sich aber festhalten. Seinen Geburtstag durfte er noch in Freiheit verbringen, aber bereits am nächsten Tag war die Hochzeit anberaumt. Lisa und die gemeinsame Tochter zogen zu Wilhelm.

An den Jahreswechsel 1967/68 habe ich keine besondere Erinnerung. Wahrscheinlich spielten wir im Klubhaus. Wir spielten jetzt sowieso viel öfter dort, weil sich das Klubhausquintett aufgelöst hatte und wir uns ab jetzt nur noch mit den *Telstars* abwechselten.

Nach den Winterferien passierte nun in der Schule kaum noch etwas. Ganze Stoffgebiete wurden im Schnelldurchlauf wiederholt. Alles war auf die Abschlußprüfungen im Juni gerichtet. Das war für mich die Gelegenheit, den Schlendrian der letzten Jahre wett zu machen. Mein Sportlehrer, ein ähnlich ekelhafter Patron wie „der andere da", wunderte sich über meine Betriebsamkeit. Die Sportnote galt gleichberechtigt neben den anderen. Das konnte den Durchschnitt schon versauen. Also gesellte ich mich im Langstreckenlauf mal kurz zur Spitzengruppe und holte eine Eins. Das konnte er nicht verstehen. Auch an den Geräten forcierte ich nun meinen Leib. Meine Vorzensur zur Prüfung stieg um eine Note. Wie gesagt, ich war nie wirklich unsportlich, aber es ging mir tierisch auf den Sack, auf gut Deutsch. Im Mai wurden uns die Prüfungsfächer mitgeteilt. Maximal in fünf Fächern durfte ein Schüler geprüft werden. Mein Klassenlehrer legte sich mächtig ins Zeug, damit ich auch ja nicht zu kurz käme. Ich bekomme alle fünf nicht mehr zusammen, aber Sport, Russisch und Physik waren dabei. Im Letzteren sollte ich meine Eins bestätigen. In der Sportprüfung mußte ich eine Bodenübung und eine Geräteübung abliefern. Am Barren machte ich wohl eine brauchbare Figur. Bei der Bodenübung kam ich mir jedoch ziemlich daneben vor. Ich sah mich als Ballerina im Spitzenröckchen. In beiden Übungen wurde es eine Zwei und am Ende zertifizierte man mir ein Befriedigend. Kein Einspruch meinerseits. So sah ich meinen Sport auch. Russisch: Einen zweiten Herrn Steinführer gab es nicht. Mit einer Vier ging ich in die Prüfung. Ich wurde das Gefühl nicht los, der Lehrkörper wollte möglichst wenige schlechte Russischabsolventen. Man mußte schon „mit dem Klammerbeutel gepudert" sein, wenn man das verpatzten würde. Eine schriftliche Übersetzung *mit* Wörterbuch und dazu noch viel Zeit – also lesen konnte ich wirklich gut. Ich staunte selbst über meine Zwei, also auch eine Abschlußnote Drei. Physik: Beinahe wäre ich hereingefallen. „Kleffi" wollte mir ja eine Eins geben. So ging ich davon aus, daß er mir Elektrotechnik oder Teilchenphysik „zuschustern" würde. Da konnte eigentlich nichts schief gehen. Was ich nicht wußte, daß das nicht zu hundert Prozent allein in seinen Händen lag. Und so geschah es, daß ...

Etwas aufgeregt betrat ich den Vorbereitungsraum. Physik und Chemie wurden im selben Raum unterrichtet und teilten sich daher auch diesen Vorbereitungsraum. Mein Chemielehrer war anwesend und bereitete irgendetwas für seine eigenen Prüflinge vor. Er mochte mich und begrüßte mich freundlich. Das beruhte auf Gegenseitigkeit. Wir hatten miteinander nie Probleme gehabt. Auf dem Tisch lag ein A4-Bogen, auf dem ich mir Stichpunkte für einen 15-Minuten-Vortrag machen durfte: Günter Cave, Klasse 10a, Fach Physik. Erläutern Sie an Hand eines praktischen Versuches das Gravitationsgesetz. Peng!

„Wie war das noch gleich ...?"

Mein Chemielehrer schaute mir über die Schulter: „Na, Günter, nicht

deine Glanzstrecke?" „Na ja", antwortete ich, „ich hatte doch an etwas anderes gedacht." – „Ja", erwiderte er, „danach geht es im Leben nicht immer, aber denk mal nach, nur die Ruhe, das weißt du doch."
Er ging an seinen Tisch zurück und stieß dabei absichtlich(?) an den Nebentisch. Auf diesem Tisch schaukelte an einem Metallstativ nebst anderen Gerätschaften, ein Gewicht an einem Bindfaden.
Daneben lag eine Stoppuhr!
Richtig! Pendellänge, Frequenz und Schwerkraft, alles klar.

Die letzten Wochen waren doch recht anstrengend gewesen. Trotzdem war auch eine Atmosphäre von Ende und Aufbruch zu spüren.
Uns fehlte nur noch das Zeugnis, dann würde diese Tür hinter uns zufallen. Nur die Lehrer mußten bleiben. Strafe muß sein!
Zum Abschluß erhielten wir in einer Feierstunde ein Stück Papier, auf dem geschrieben stand, was der Lehrkörper von jedem Einzelnen zu wissen glaubte. Glauben! Wissen hätten sie es sollen.
Danach war Jugendtanz – mit den *Komets*.
Als ich in einer Pause mit Daniel, dem langen Detlef und Henne beieinander saß, überkam uns ein kurzer Anflug von Sentimentalität.
„Hee, Alter, haben wir hier Dinger gedreht?", bemerkte Henne.
„Hör' mir auf", winkte der lange Detlef ab, „wißt ihr eigentlich, was mir mein Alter für einen Job besorgt hat?" – „Nee, sag' an." – „Ich geh' ab September zur Polizeischule." Kurze Pause, dann entgegnete Henne: „Ich kann dir sagen, was du sofort machst, nämlich dich schleunigst von unserem Tisch entfernen." Großes Gelächter.
„Und du, Henne?" – „Ich gehe zum Arbeiterensemble und werde Bühnentechniker. Jede Menge Hupfdohlen, versteht ihr?" Henne grinste.
Was er meinte, waren die Tänzerinnen dort. Wir verstanden.
„Henne, du alte Sau", rief Daniel. Wieder Gelächter. Dann erklärte Daniel, er würde zunächst einmal Maurer. Was anderes hätte er nicht gefunden. „Oh, oh", dachte ich, „du und auf dem Bau ..."
Das lag außerdem deutlich unterhalb seines Leistungsvermögens.
Was *ich* werden würde? „Na, katholischer Priester!"
„Ja, ja, geh' mal lieber wieder auf die Bühne!"

Zwölftes Kapitel

Lehrjahre

Aus die Maus. Nie wieder würde ich diese Lehranstalt betreten. Mein Abschlußzeugnis war eine gute Drei. Ich glaube 2,7 wenn ich mich recht erinnere. In einem Handwerksbetrieb würde das sicher kaum eine große Rolle spielen, dachte ich mir. Ein Studium hatte ich nicht ins Auge gefaßt. Als letzten Gruß wollte mir mein ehemaliger Klassenlehrer gern noch eins „reinwürgen". Das soll so gewesen sein: In meine Klasse ging eine Christine, die mir immer schöne Augen gemacht hatte. Nein, das ist nicht eitel, so was fühlt man doch. Ich hatte ihr nie Anlaß zur Hoffnung gegeben, trotzdem hatte sie an mir „einen Narren gefressen". Ihre Eltern waren beide Lehrer und unterrichteten auch an unserer Schule. Manchmal plauderte sie Dinge von zu Hause weiter, die nicht für ihre Ohren bestimmt waren.

So erfuhr ich, daß in der letzten Konferenz, als es um die Abschlußnoten ging, mein „Lieblingslehrer" gemeint habe, ihm fiele für mein Betragen nur eine Fünf ein. Fast hätte es einen Eklat gegeben. Mein Chemielehrer soll ihm sogar einen Vogel gezeigt haben. Selbst der Direktor hätte gemeint, er kenne mich nur als höflich und zuvorkommend. Wie gesagt, dabei war ich nicht.

Hatte ich nun doch nochmal Ferien, oder war es Urlaub oder nur noch mal eine kurze Pause, bevor das richtige Leben losgehen würde?

Auf jeden Fall war es höchste Zeit für eine Lehrstelle.

Aus heutiger Sicht ist mir meine Schlamperei unbegreiflich. Großmutter hatte sich da ganz auf mich verlassen, schließlich war ich volljährig. Also zog ich in der ersten Woche nach der Schule los und betrat die erste Rundfunk- und Fernsehwerkstatt. Bestimmt würden die schon auf mich warten. Gerdchen, der aus dem Klubrat, kam auf mich zu.

„Na, Günti, was willst du denn hier?", begrüßte er mich.

Als ich fragte, ob ich hier anfangen könne, meinte er, der Chef sei zwar nicht da, aber daß keine freie Lehrstelle zur Verfügung stünde, wüßte er genau. Wieso ich denn so spät käme, er hätte gern ein gutes Wort für mich eingelegt. Ja, das fragte ich mich inzwischen auch. Es gab ja noch eine weitere Werkstatt, und die war nur eine Straße weiter.

Gleiches Spiel, nur diesmal war es nicht Gerdchen, sondern Hänschen, der mit dem Echogerät. Er war inzwischen sogar Meister geworden.

„So", dachte ich, „das hast du ja fein hinbekommen – und nun?" Langsam schlenderte ich die Straße zurück. An der Ecke blieb ich stehen. Links war „meine" Konditorei. Durch die offen stehende Tür sah ich den Zuckerbäcker, der mir tänzelnden Schrittes die riesigen Windbeutel kredenzt hatte. Das war nun auch schon 13 Jahre her.

Ein paar Häuser weiter gab es ein zweites Fotogeschäft. Nicht das, wo ich mir mein Fixiersalz geschnorrt hatte, nein, das gehörte dem Vater. Inzwischen hatte der Sohn ein eigenes Geschäft eröffnet.

„Wieso eigentlich nicht Fotograf werden?", dachte ich.

Ja, meine Berufswahl war auch nicht das, was andere Leute normal nennen würden. Ich bin eben ein typischer Zwilling. Die sollen so sein.

„Guten Tag!" Eine ältere Dame stand hinter dem Tresen und schaute mich freundlich an. Ich trug mein Anliegen vor und bekam wieder die bekannte Antwort. Ihres Wissens nach sei die Lehrstelle für dieses Jahr vergeben, aber sie würde mal zum Labor hinunterrufen, der Chef wäre gerade im Hause. Dann kam er, der Chef.

Er war der Sohn seines Vaters, klar. Die Nase hatte er ihm vermacht und auch die Stimme. Schwer zu beschreiben. Ich stellte mich vor.

Völlig unbekannt war ich ihm nicht. Er hatte auf der Kreisfotoschau Bilder von mir gesehen. Mein erstes Ausstellungsfoto überhaupt trug den Titel: Rummel bei Nacht. So etwas vergißt man nicht. Außerdem landete es auf dem 2. Platz. Ich hatte diese Langzeitbelichtung mit den verwischten Lichtern der Karussells, die dadurch etwas von der Bewegung vermittelten, mit meiner „sauer" verdienten Spiegelreflexkamera gemacht. Leider noch in Schwarz-Weiß.

„Ja, Herr Cave", sprach er, „eigentlich habe ich zwei Bewerberinnen, aber ich gebe Ihnen die Möglichkeit, am Eignungsgespräch in der kommenden Woche teilzunehmen."

Viel länger war unser erstes Gespräch nicht. Weg war er wieder.

Beim Rausgehen raunte mir die nette ältere Dame zu: „Da machen sie man nur 'ne gute Figur. Ich kann mir vorstellen, daß der Chef gern einen männlichen Lehrling hätte." Ich verabschiedete mich.

Vergeben war die Stelle also definitiv nicht. Besser noch, ich bekäme die Möglichkeit, im Fachgespräch zu punkten. Das war doch was.

Um es kurz zu machen: Das Bewerbungsgespräch verlief für mich erfolgreich. Den beiden Mitbewerberinnen war anzumerken, daß sie eine Lehrstelle suchten, Fotograf mußte das nicht unbedingt sein. Von der Materie verstanden sie nichts, nur daß man da eventuell auch einen weißen Kittel anhaben könnte. Das war keine Konkurrenz.

Ich reichte meine Bewerbungsunterlagen nach, reine Formsache. Tage später unterschrieb ich den Lehrvertrag. Ich würde also Fotograf werden. Darauf freute ich mich jetzt. Vielleicht wäre es ja sogar besser als mein ursprünglicher Wunsch. Den ganzen Tag Fernseher reparieren? Dieser Beruf bot eine viel größere Palette an Möglichkeiten. Vom eigenen Fotogeschäft bis zum Kameramann beim Fernsehen war alles drin. Auf meinen ersten Arbeitstag war ich sehr gespannt.

Am Montag, dem 2. September, trabte ich voller Erwartung die lange Hauptstraße hinunter. Meine Arbeitsstelle lag fast am Ende. So fühlte es sich also an, wenn man zur Arbeit ging. Wenn ich mich recht erinnere, begannen wir im Sommer um 7 Uhr. Feierabend war dann gegen 16 Uhr, so konnte man mit dem Rest des Tages noch genug anfangen.

Das Ladengeschäft öffnete zwar erst um 8 Uhr, aber der Arbeitsprozeß war schon im vollen Gange. Es war Hauptsaison.

Die Kunden waren alle wieder aus dem Urlaub zurückgekehrt und überschütteten die Fotoläden mit ihren Filmen. Damals brachte man seine Filme noch zum Fotografen! Auch die Fotoateliers florierten.

Zuerst lernte ich die Belegschaft kennen. Im Labor waren zwei ältere Damen. Sie waren ausgebildete Laborantinnen. Im Vorraum stand eine große Trockenmaschine, das war eine beheizbare rotierende und hochglänzend verchromte Trommel. Sie wurde von einer Hilfskraft bedient. Elfi war ihr Name, und Zwölfi wurde sie genannt. Für Spitznamen war

Hanna zuständig. Die hatte beim Eignungsgespräch mit am Tisch gesessen. Innerhalb von Minuten waren wir ein Paar. Also, im Sinne von Kumpel. Hanna hatte eine „Kodderschnauze", wie wir Mecklenburger sagen. Immer ein Spruch auf den Lippen. Neben ihr gab es noch drei junge Damen. Wappel, Möppi und Pierdmüller. Alles Wortschöpfungen von Hanna. Der Chef hieß Pfiffi. Ich weiß nicht, ob er das wußte. Ach ja, und die Ladenkraft natürlich, eine ältere Dame. Sie war die graue Eminenz, die Vertraute vom Chef. Sie hatte schon viele Jahre davor im Fotogeschäft seines Vaters gedient.

Die ersten Wochen schnitt ich mit den anderen Damen fast den ganzen Tag Bilder. Gut, das mußte gemacht werden. Viele hundert am Tag! Eine höchst langweilige Tätigkeit. Allerdings war der Informationsfluß hoch. Ich mußte nur zuhören. In wenigen Tagen kannte ich alle Kunden einschließlich ihrer Macken. Selbst Interna der „Cheffamilie" erreichten mein Ohr. Bei den Damen war ich recht schnell beliebt. Die beiden älteren Laborantinnen waren auch so richtige Spaßvögel.

Wenige Wochen später machte ich meinen ersten „Karrieresprung": Eines Vormittags kam der Chef und fragte: „Wer hat gerade Zeit? Ich benötige dringend eine Vergrößerung für die Tagespresse."

Die Damen zeigten auf ihre großen Bilderberge. Das war meine Stunde, der Eintönigkeit zu entrinnen. „Ich mach' das", rief ich.

Dazu war ich in den Augen der anderen noch gar nicht „befugt". Hier war er nun „cool", mein Chef. Er gab mir das Negativ. Ich erhob mich unter den Blicken der anderen mit einer Geste wie damals: „In G-Dur haben wir nämlich ein Fis!" So betrat ich gewichtigen Schrittes mit dem Negativ in der Hand das „heilige" Fotolabor.

Ich setzte mich an das Vergrößerungsgerät und richtete, die Blicke im Nacken, mein Negativ ein. Dann guckte ich am Papierregal entlang. „Na, Herr Cave, was suchen *wir* denn", fragte die ältere der beiden Laborantinnen. „BH1 in 13 x 18", antwortete ich, „aber bei der gelbgrünen Dunkelkammerbeleuchtung erkennt man ja die blaue Banderole nicht, sonst hätte ich es gleich gefunden." Es gab fünf verschiedene Härtegrade (Gradationen) bei den Fotopapieren. Welche für das jeweilige Negativ geeignet war, lehrte nur die Erfahrung. Ich hatte die Sorte „hart" angepeilt, weil mir das Negativ nicht besonders kontrastreich erschien. Dann legte ich ein Blatt in die Kassette und griff zur Belichtungsuhr. Die richtige Belichtungszeit mußte man ebenfalls schätzen. Mit keiner bzw. wenigen Proben die richtige Zeit zu treffen, war der Stolz einer „richtigen" Laborantin. Ich hatte einfach Glück. Die erste Belichtung saß. Lässig stand ich neben den beiden „Altgedienten" an der großen Entwicklerschale. Argwöhnisch und „unauffällig" wurde ich beäugt.

„Mit der Zange dürfen sie aber nicht in das Unterbrecherbad tauchen!" – „Keine Sorge", beschwichtigte ich die Damen, „ich weiß schon, daß das Kaliummetabisulfid den Basenpuffer des Entwicklers neutralisiert." Daß es sich um diese Substanz handelte, war am Geruch erkennbar. Es wäre sonst nur noch Essigsäure im Fotolaborbereich üblich gewesen, die roch aber völlig anders. „Hm", sagte die Ältere.

Da wollte ich doch noch ein wenig Unterhaltung provozieren.

Ich fragte also zurück: „Ist denn das Fixierbad auf Natrium- oder auf Ammoniumthiosulfat-Basis, wegen der Fixierzeit mein' ich?"

Pause.

„Das holen wir aus dem Keller aus einem großen Sack", bekam ich zur Antwort. – „Und, steht denn auf dem Sack A300 oder A304?"

Pause.

„Da is' es dunkel!"

Ich zog mein fast fertiges Bild in die Wässerung und nahm es nach wenigen Minuten heraus. „Das ist aber noch nicht ausgewässert!"

Einen hatte ich noch: „Ach, wissen Sie, der Diffusionsprozeß ist in erster Linie vom Konzentrationsgefälle abhängig, neben der Wassertemperatur natürlich. In den ersten Minuten findet der größte Teil des Ausgleichs statt, und dieses Bild muß nur bis zur Zeitungsredaktion halten. Natürlich kann man auch, wenn es schnell gehen soll, ein Ammoniumpersulfat-Bad nachschalten. Steht das vielleicht auch im Keller?"

Pause.

Dieser Lehrling war ihnen unheimlich. Ich hatte dem alten Hexenmeister Herrn Geisler immer gut zugehört und viele Fotobücher gelesen. Nach einer Viertelstunde hatte der Chef jedenfalls sein Bild.

Am nächsten Morgen war mein Bilderschneidedienst erstmal beendet.

Eine verantwortungsvollere Tätigkeit wäre mir zugedacht.

Das hieß: Tankkammer.

Wer wollte da schon rein, außer Zwölfi, die aber mußte.

Die Tankkammer war der Raum, in dem die Filme entwickelt wurden. In hohen Steingutgefäßen waren jeweils 80 Liter der jeweiligen Lösungen. Die Filme hingen in ihnen frei der Länge nach. Unten wurde ein kleines Gewicht angeklipst und oben eine Klammer zum Aufhängen. In so einer Tankkammer roch es wie in einer Gruft. Da war ich zwar noch nie, aber eigentlich konnte es dort nur so riechen.

Alles, wirklich alles, geschah in vollkommener Dunkelheit.

Wenn einem ein Film aus den Händen rutschte, mußte man auf dem Fußboden nach ihm tasten. War der Fußboden sauber, meistens nicht, kam der Film kaum zu Schaden. Rutschte er einem über dem Tank von der Stange, lag er in einem Meter Tiefe in der jeweiligen Lösung. In der Regel war er dann „nichts geworden". Ich kann mich nicht erinnern, je einen Film „versaut" zu haben. Wirklich nicht.

Auch diese Wochen vergingen. Nun konnte ich also „richtig" Filme entwickeln. Solcherlei Handgriffe verlernt man nie mehr.

Wieder stand Weihnachten vor der Tür. Die Belegschaft dieses kleinen Betriebes war fast wie eine Familie. Unsere Weihnachtsfeier fand im Atelier statt. Das machte viel Spaß. Es war eine tolle Stimmung, und der Chef verteilte kleinere Geldprämien an die Mitarbeiter, die in der Saison am meisten „gelitten" hatten. Das waren in erster Linie die zwei Laborantinnen und die Ladenkraft. Für die Betriebschronik wurde auch fotografiert. Einen „sozialistischen Wettbewerb" mit Wandtafel und Bildern der Mitarbeiter gab es in diesem privaten Handwerksbetrieb allerdings nicht. Das lernte ich dann wenige Jahre später kennen. Natürlich fotografierte ich auch. Mit meiner höchstpersönlichen sauer verdienten Spiegelreflexkamera! Schon am nächsten Morgen zeigte ich die fertigen Bilder. Inzwischen war ich in den Augen der Kollegen nicht mehr das, was man landläufig einen Lehrling nennt. Ich war ein Fotoamateur und wollte das zum Beruf machen. Da kam ich natürlich schon vorab mit einigen theoretischen und praktischen Fähigkeiten.

Im Frühjahr wurde der erste von insgesamt vier Lehrgängen in der Fotografenschule im Schloß Caputh nahe Potsdam fällig. Ich weiß nicht, ob Albert Einstein Fotoamateur gewesen ist, auf jeden Fall stand sein Wohnhaus in der Nähe. Das stimmt jetzt tatsächlich, soll aber nur spaßenshalber erwähnt sein. Ich hatte mich sehr auf diese vier Wochen gefreut. Sollte es wirklich eine Schule geben, in der nur Unterricht stattfand, der mich komplett interessierte? Ja – so war es. An meine Lehrzeit habe ich nur gute Erinnerungen. Es sollten zwei sehr schöne und erlebnisreiche Jahre werden. Aber das ist jetzt vorgegriffen.

Mit Sack und Pack und guter Laune saß ich im Zug nach Potsdam. Vom Hauptbahnhof aus mußte ich nochmals den Bus nach Caputh nehmen, aber dann stand ich schließlich vor dem Schloßgebäude vor einem großen schmiedeeisernen Eingangstor.

Links war ein Wachhäuschen, welches zur Eingangskontrolle immer mit ein oder zwei Lehrlingen besetzt war. Auf dem Schloßhof kam mir Bernd freundlich grinsend entgegen. „Na, Günti, hergefunden?"

Bernd war Lehrling in einem staatlichen Betrieb in der nahe gelegenen Bezirkshauptstadt. Wir hatten uns bei Veranstaltungen der Handwerkskammer bereits kennengelernt. Ich setzte mich zu den anderen Lehrlingen, die sich auf und um die beiden Bänke neben dem Eingang zum Schloßgebäude zusammengefunden hatten. Natürlich waren wir sofort im Gespräch, schließlich vereinte uns ein gemeinsames Interesse, und jeder erzählte was aus seinem Betrieb und von seinen bisherigen fotografischen Ambitionen. Wir waren nur sechs männliche Lehrlinge unter ca. 20 weiblichen. Neben uns Fotografen gab es an dieser Schule noch eine Klasse mit angehenden Werbefachleuten. Alles Damen! Das versprach nicht langweilig zu werden.

An diesem Tag sahen wir uns das erste Mal vollzählig beim Abendessen in der großen Gewölbeküche im Keller. Die Wände waren bis zur Decke mit wertvollen handbemalten weiß-blauen Fliesen besetzt. Wir nahmen an langen alten Holztischen Platz. Vor mehr als 300 Jahren wurde hier schon das Schloßpersonal verköstigt – heute nun wir.

Am nächsten Morgen begann der Unterricht. Die Räume befanden sich im linken Flügel des Schlosses und waren modern eingerichtet. Tafel, Tische und Bänke wie in der Schule. Unserem Fachlehrer eilte ein besonderer Ruf voraus. Er sollte sehr witzig sein, aber auch eine straffe Unterrichtsführung haben. Außerdem war er der Autor des damals einzigen offiziellen Fachbuches für die berufsschulmäßige Ausbildung zum Fotografen in der DDR. Schon kam er herein. „Guten Morgen, die Damen und Herren!", begrüßte er uns lautstark. Ach ja, das war eine weitere Eigenschaft: Er war nicht zu überhören.

Mit ihm hatten wir alle Fächer, die unseren Beruf angingen, bis auf Optik, das unterrichtete ein anderer Lehrer. Eine dritte Lehrkraft sollte uns befähigen, sozialistische Fotografen zu werden. Ich glaube, Staatsbürgerkunde hieß das nicht, aber es war auch Maximum-Lenimum, wie wir immer sagten. Damit hatte ich keine Schwierigkeiten.

Fachlich gehörte ich zur Spitzengruppe. Allerdings ärgerte mich bei mancher Benotung, daß ich eine Zwei bekam, obwohl das inhaltlich eine Eins war. Das war aber weniger *mein* Problem als das meines lautstarken Fachlehrers mit seiner selbstgeschriebenen „Bibel". Er wollte es in Arbeiten genau so hören, wie er es ersonnen hatte. Ich konnte aber selbst denken, und fachliche Defizite hatte ich nicht. Im zweiten Lehrgang habe ich mich einmal erdreistet, eine Definition aus unserem Lehrbuch, seinem Allerheiligsten, „auseinanderzunehmen".

Ich bestand darauf, daß eine Definition keiner Interpretation Raum lassen dürfe, sonst sei es eben nicht definitiv formuliert.

Die Klasse hatte ihren Spaß, aber wir beide auch. Er wertete es schlicht als Interesse an der Sache, und das honorierte er insgeheim.

Unser „Kraffti" war schon ein „cooler" Typ, keine Frage. Trotzdem blieb sein Leitspruch: „Jeder hat ein Recht auf meine Meinung."

Diese ersten vier Wochen waren schneller vorüber als gedacht. Der Unterricht hatte rundherum Spaß gemacht, und ich freute mich schon auf den nächsten Lehrgang. Mehr muß man nicht sagen. Hübsche Mädchen, um auch dieses Thema nicht zu unterschlagen, gab es in unserer Klasse nur eine, Ilonka. Zu mehr, als ein bißchen herumzublödeln, hatte ich jedoch keine Zeit gefunden. Man würde sehen ...

222

Wieder war es Mai geworden, Mai 1969. In meiner Abwesenheit war Robert zur Nationalen Volksarmee eingezogen worden. Hermann folgte ein halbes Jahr später nach. Rainer war zur Konkurrenz übergelaufen, zu den *Telstars,* die sich darüber hinaus als nun alleinige Klubhausband, auch noch *Komets* nannten. Das war schon eine Frechheit, wie wir fanden. Die Band, bestehend aus Rainer, Wilhelm, Hermann, Robert und mir, gab es nicht mehr. Sicher würden wir uns wieder zusammenfinden, wenn diese Zeit erst vorüber wäre. Was allerdings spürbar schmerzte, war der finanzelle Ausfall. Bisher hatte ich immer Geld in der Tasche gehabt, nun würde es nur das spärliche Lehrlingsgeld sein. Aber auch das regelte sich auf eine unerwartete Weise.

Mein Chef hatte schnell erkannt, daß ich als Arbeitskraft bereits jetzt in fast allen Bereichen einsetzbar war. Das Fotolabor hatte seine räumlichen Grenzen, und wenn am Tag das normale Geschäft lief, war eigentlich kein Raum für einen weiteren Arbeitsplatz. Man stand sich dann einfach im Wege und rempelte sich schlimmstenfalls an.

So bekam ich einmal mit, wie er im Laden mit einem Kunden über einen Liefertermin für Großfotos verhandelte. Dies ginge nicht, und das ginge nicht, weil er während der Arbeitszeit nicht das Labor mit diesem Auftrag blockieren könne. Den Auftrag würde er aber schon gerne ausführen, aber erst über das Wochenende. Dann würde er sich selbst der Sache annehmen. Das war aber für den Kunden nicht termingerecht. Es handelte sich um Fotos für eine Betriebsmesse, und da geschah immer vieles, wahrscheinlich bis heute, auf dem „letzten Drücker".

Das war meine Chance. Also nahm ich ihn bei Seite und sagte: „Das ist für mich kein Problem. Nachts arbeiten bin ich durch die Musik gewöhnt. Meine Kapelle gibt es nicht mehr. Ich mach' das gerne."

Es blieb dann nicht bei diesem einen Auftrag. An solchen Tagen gab er mir seinen eigenen Schlüssel, und über die Nacht war der Fotobetrieb „meiner". Da mir damit auch alle anderen Geräte zur Verfügung standen, konnte ich hier und da „eigene Aufträge" parallel ausführen. Für die Nachtarbeit bekam ich nicht einen normalen Lohn, sondern er rechnete immer gleich am nächsten Morgen seinen Gewinn aus und gab mir einen großen Teil davon bar in die Hand. In vielen Dingen war

er wirklich in Ordnung. Manchmal „ritt" ihn aber auch der „Chef".
Sachen wie diese waren dann vollständig daneben:
Unsere Frühstückspause gehörte nicht zur Arbeitszeit. Nachdem wir
gegessen hatten, „verpißten" wir Raucher uns in eine Hofecke und
frönten unserem Laster. Eines Tages kam er hinterher und meinte, in
seinem Betrieb würde nicht geraucht. Wir sollten unsere Zigaretten
ausmachen. Hallo? Wir waren alle volljährig! Dann ging er wieder.
Das mußte er wohl einfach mal loswerden. Pfiffi.
Natürlich haben wir weiterhin in unserer Frühstückspause geraucht.
Da waren aber auch noch weitere Schrullen ...
Trotzdem bin ich gehalten, über ihn zu sagen, daß er in der Regel großzügig und engagiert war und seine Lehrlinge nicht als billige Arbeits-
kräfte ausnutzte. So manches Mal durfte ich mir Kameras und Wech-
selobjektive über das Wochenende mit nach Hause nehmen, um Dinge
auszuprobieren, die mich brennend interessierten. Selbst Verbrauchs-
materialien und seltene Papiersorten überließ er mir oft kostenlos. Ich
erinnere mich an einen Morgen während der Hauptsaison:
Eine automatische Belichtungskassette stand auf dem Tisch und drumherum aufgeregte Gesichter. Dieses „handgeschmiedete" Gerät vom
VEB Pentacon Dresden war für die Produktion der Kundenbilder von
zentraler Bedeutung. Ein Arbeitsplatz stand praktisch still.
Der Chef wollte gerade seinen „russengrünen" PKW *Wolga* damit beladen und nach Dresden fahren. Ich sagte: „Gemach, wie äußert sich
denn der Fehler?" Daß ich „anerkannter" Elektrobastler war, konnte
in diesem Umfeld noch niemand wissen. Entsprechend ungläubig waren die Blicke. Nun hängt er sich aber zu weit aus dem Fenster, dieser
Lehrling. Mein Chef dagegen traute mir einiges zu und erklärte, daß
die Kassette den Belichtungsvorgang zwar starte, aber dann nicht mehr
abschalte. Um es kurz zu machen: Eine halbe Stunde später lief das Teil
wieder. Es war nur eine schlampig ausgeführte Lötstelle, aber auch die
wollte erst gefunden werden. Er war sehr erleichtert, sein Portemonnaie
ebenso. Großzügig bekam ich von ihm 50 Mark zugesteckt.
So war er eben – auch.

Der Sommer mit Marie war schön. Unterbrechungen in unserer Beziehung hatte es nicht mehr gegeben. An den lauen Abenden saßen wir in unserem Garten. An den Wochenenden gingen wir spazieren, fuhren mit dem Ruderboot vom Bootsverleih auf unserem flachen See herum und knutschten im Schilf. An ihrem wundervollen Busen durfte ich so manche Stunde träumen. Ansonsten war sie meine Meerjungfrau ohne Unterleib! Eine Episode ist sehr gut geeignet aufzuzeigen, wie weit ihre Empathie reichte: Ihre Oma mütterlicherseits wohnte in dem kleinen Dorf aus dem Marie kam. Wir hatten sie schon gelegentlich besucht. Sie war eine einfache, aber warmherzige Frau. Sie liebte Marie, und ich bekam davon auch etwas ab, weil sie spürte, daß auch *ich* Marie liebte. So fuhren wir also an einem Sonntag wieder einmal mit dem Zug die wenigen Kilometer zu ihrer Oma. Ich hatte meine „guten Sachen" an nebst meinen Westschuhen: Dunkelrotes Leder mit schwarzen Lackspitzen. Zum Niederknien schön. Einem geschenkten Gaul ...

Beim Einsteigen in den Personenwagen verfehlte ich die erste eiserne Stufe und rutschte mit meiner glatten Ledersohle ab. Mein Schienbein schrammte an der scharfen Kante entlang, und mein Fotokoffer flog in hohem Bogen davon. Das war nicht schlimm, denn die Kamera lag dort in weichem Schaumstoff. Anders dagegen mein Schienbein. Die Haut war über mehrere Zentimeter aufgerollt, und die höchstempfindliche Knochenhaut lag frei. Der Schmerz war so gravierend, daß ich dachte, mich gleich übergeben zu müssen. Marie fand die Figur, die ich beim Sturz abgegeben hatte, so komisch, daß sie kaum zu lachen aufhörte. Mein Schmerz kam bei ihr nicht an.

Wäre ihr etwas Ähnliches zugestoßen, hätte ich sie im Arm gehalten und mir wären selbst die Tränen gekommen. Marie nicht!

Ich schob die Haut über den Knochen zurück und band fest mein Taschentuch darüber. Die Narbe habe ich heute noch.

Die Zugfahrt verlief schweigsam. Ich war enttäuscht und nachdenklich. Diese Episode hat sich tief in meine Erinnerung gegraben.

Im Juli hatte Marie ihren letzten Lehrgang in der Berufsausbildung. Diesmal waren es drei Wochen. Trotz aller Ungereimtheiten waren wir doch so zusammengewachsen, daß mich in dieser Zeit eine schmerzhafte Sehnsucht plagte. Eine schriftliche Prüfungsarbeit müßte sie in vier Wochen abliefern, berichtete sie ziemlich ratlos. Am besten sei es, ich würde mal kurz Fachverkäufer für Fleisch- und Wurstwaren, schlug ich ihr vor. Daraufhin ließ sie ihre beiden Fachbücher bei mir, und ich las wenige Abende den nicht sehr umfangreichen Stoff „quer".

Schnell hatte ich eine Disposition zusammengestellt und kurze Stichpunkte zu den Themenbereichen gemacht. Man müßte das noch bebildern, dachte ich mir. Das macht bestimmt kaum jemand, und da gibt es sicher extra Punkte. Also tauchte ich in der Fleischerei auf und fotografierte Fleischteile und Anschnitte der verschiedenen Wurstsorten. Das waren nicht so viele. In meinem Lehrbetrieb überzog ich dann eine käufliche Bindemappe mit Fotoleinwand. Als Titelmotiv fertigte ich eine Collage aus Bildern des Fleischereigewerbes an nebst der Zeile: Hausarbeit und Maries Name. Sie trug übrigens den Mädchennamen ihrer Mutter. Wenn ich mich recht erinnere, bekam sie dafür die Note „Gut". Ich hatte ihr eingeschärft, den Text noch mehrmals zu lesen, falls inhaltliche Fragen in der mündlichen Prüfung kämen.

Seit Anfang des Jahres waren immer mal wieder Leute vom Bauamt bei uns aufgetaucht. Sie hatten die Bausubstanz begutachtet und Gespräche mit Großmutter geführt. Zunehmend fielen dabei die Wörter baufällig und extrem schlechter Zustand. Das war mit Sicherheit alles richtig, trotzdem vermute ich aus heutiger Sicht eine Strategie.

Großmutter sollte auf den Abriß unseres Hauses vorbereitet werden. Den hätte sie als Besitzerin finanziell selbst tragen müssen. So ließ sie sich schließlich dazu überreden, den Besitz schlicht aufzugeben. Als Gegenleistung würde die Stadt den Abriß übernehmen und ihr eine zumutbare Wohnung stellen. Die besondere Bedeutung lag auf dem Wort „zumutbar". Großmutter war damals 71 Jahre alt.

Man wies ihr unweit unseres Hauses eine kleine Wohnung, bestehend aus einem Zimmer, einem Durchgangszimmer und einer Küche, zu. Mit ihrem Sohn Karl zog sie dort ein. Ich wurde dabei nicht berücksichtigt und blieb alleiniger Bewohner des Hauses. Schließlich war ich bereits volljährig. Alle anderen Mieter waren schon ausgezogen.

Das traf mich völlig unvorbereitet. So auf mich gestellt war ich noch nie gewesen. „Wieder ein Schritt zum Erwachsenwerden", dachte ich. Also führte mich mein Weg zum Rat der Stadt, Abteilung Wohnraumlenkung. Alleinstehende hätten so gut wie keinen Anspruch auf Wohnraum. Schließlich gäbe es noch genügend junge Ehepaare, die weiterhin bei ihren Eltern unterkommen müßten, erfuhr ich hier.

Ziemlich ratlos zog ich zunächst ab. Ich beriet mich mit Wilhelm. Der hatte inzwischen ja eine kleine Familie. Wilhelm meinte: „Wenn die hier erst anrücken und das Haus abreißen wollen, stecken sie dich in irgendein Loch. Ich würde lieber die Situation ausnutzen und schnell heiraten. Schließlich wollen die dich hier raus haben. Mit Frau müssen sie dir aber eine zumutbare Wohnung geben." Klang logisch.

„Wen soll ich heiraten?", fragte ich zurück.

„Na, da fragst du noch? Marie natürlich!"

Am Abend sprach ich mit Marie über Wilhelms Ratschlag. Auch sie war mit ihrer Situation zu Hause nicht besonders glücklich.

Marie und ich beschlossen: Wir heiraten!

Am nächsten Abend kam sie mit einer steilen Stirnfalte zu mir, die ich sehr gut kannte, und sagte: „Meine Mutter ist dagegen." Was nichts weiter hieß, nun habe ich einen „Bock". Jetzt erst recht. Das war das einzige Mal, daß Maries „Bock" auch zu meinen Gunsten stieß.

Um unserem Entschluß nicht nur eine entsprechende Außenwirkung zu verleihen, sondern auch einfach für uns selbst, verlobten wir uns kurzerhand. Am Verlobungstag schauten wir uns abends eine seichte Operette in unserem Landestheater an. Am nächsten Tag gingen wir zum Standesamt und machten einen Hochzeitstermin.

Denen hatten wir es aber gezeigt.

Natürlich hätten wir auch unsere Hochzeit in gleicher Weise „erledigen" können, was uns beiden jedoch etwas zu glanzlos erschien. Was tun? Ich verfügte über keine finanziellen Mittel. Nicht einmal ein festlicher Anzug hing in meinem Kleiderschrank. Mußte ich nicht haben, bisher jedenfalls nicht. Marie besaß ein Sparbuch. In ihrer Familie war es üblich, daß die Kinder derart ausgestattet waren. Der Zugriff darauf war jedoch an das Wohlwollen ihrer Mutter gekoppelt.

Zwei Dinge galt es zu ändern: Meine finanzielle Situation mußte kurzfristig eine bessere werden, und einen Sinneswandel ihrer Mutter konnte nur wiederum deren Mutter herbeiführen. Frisch verlobt saßen wir
abermals im „Wüstenexpresss" und fuhren in Maries Heimatdorf.
Der Empfang war wie immer herzlich, allerdings auf eine Art, die
sich fast nur auf das Verbale beschränkte. Man gab sich die Hand. An
Körperkontakte, sich in den Arm nehmen oder sich drücken, kann ich
mich nicht erinnern. Marie verhielt sich ja ähnlich. Wenn ich sie in
den Arm nahm, blieben ihre Arme in der Regel am Körper, anstatt sie
um mich zu legen. Ob es Verklemmtheit oder Lieblosigkeit oder noch
etwas anderes war, erschloß sich mir zum damaligen Zeitpunkt nicht.
Heiraten wollte mich Marie jedenfalls, aus welchen Gründen auch immer. Ihre Oma hatte gegen unseren Entschluß keinen Einwand.
„Jung gefreit hat nie gereut", war ihr Motto. Noch in derselben Woche
wollte sie sich ihre Tochter „zur Brust nehmen", was sie auch tat. Nach
diesem „Gespräch" ging es nur noch um Organisatorisches. Inzwischen
stand auch unser Hochzeitstermin fest:
Am 12. Dezember 1969 sollte es unser Bund fürs Leben werden.
Vier Tage vorher würde auch Marie 19 Jahre alt. In der DDR waren sehr
junge Ehen keine Seltenheit. Trotzdem war es aus meiner heutigen Sicht
eine Kinderhochzeit, pragmatisch und den Umständen geschuldet.
Nun also noch mein Part:
Ich vertraute mich meinem Lehrmeister an und fragte gleichzeitig, ob
er auch den Postillon d'Amour spielen würde. Gemeint war die Fahrt
des jungen Paares zum und vom Standesamt. Die „Kutsche" sollte sein
russengrüner *Wolga* sein. Er sagte zu. Weil ich noch dringend Geld
benötigte, regelten wir das über zusätzliche Aufträge und Nachtarbeit.
Kein Problem, so hatten wir beide etwas davon.

Am Tage der Hochzeit betrat ich das erste Mal offiziell die Wohnung
meiner Brauteltern. Fairerweise muß ich sagen, daß von Ablehnung
jeglicher Form nichts zu spüren war. Man hatte sich mit mir als Bräutigam abgefunden. Maries Oma hatte ganze Arbeit geleistet.
So nahm ich dann meine in Weiß gekleidete Braut in Empfang.

Die standesamtliche Trauung fand im wunderschönen barocken Festsaal unseres Standesamtes statt. Die Zeremonie war mir inzwischen gut bekannt. Ich hatte hier bereits viele Hochzeiten fotografieren dürfen. Wie es sich für dieses Ambiente gehörte, wurde der Akt von einem Pianisten an einem Flügel untermalt. Mein Lehrmeister hielt unsere Hochzeit fotografisch für die „Ewigkeit" fest. Natürlich gehörte er als Dankeschön danach zu unseren Gästen.

Das kleine Wohnzimmer war zu einer großen Festtafel umgestaltet. Neben Maries zahlreicher Verwandtschaft waren auch meine Großmutter und meine beiden Onkel eingeladen. Meine Eltern und mein Bruder trauten sich zu dieser Zeit noch nicht wieder in den Osten. Mein Vater hatte Angst vor den Russen. Ob das damals noch begründet war, ließ sich nicht beurteilen. Die Hochzeitsfeier bestand vor allem im Auf- und Abräumen der Speisen und Getränke. Es war sehr laut und streckenweise durchaus lustig. Die Gäste aus Maries Sippe waren in der Überzahl, und ein „Fahrrad-Horst" sorgte für den größten Teil der Unterhaltung. Meine Schwiegermutter erwies sich als ordentliche und rechtschaffene Frau, die im Grunde nichts gegen mich hatte, ihre Mutter sowieso nicht. Mein Schwiegervater, der er ja genetisch nicht war, bekam einen Schnaps und wurde sanft von den Blicken seiner Holden durch das Fest geleitet. Sein Motto: Ich hab' die Hosen an. Was meine Frau sagt, wird gemacht. Maries Halbbruder war ein netter Kerl. Mit ihm konnte man sich durchaus unterhalten.

Die Contenance meiner Großmutter reichte bis zum Abendbrot, dann zog sich meine Sippe höflich zurück:

„War sehr schön."

Kurz nach Mitternacht verabschiedete sich dann auch das junge Paar, begleitet von gut gemeinten Ratschlägen aus der Mottenkiste.

Trotz der recht kalten Nacht schlenderten wir ohne Eile Hand in Hand meiner Behausung entgegen. Wir waren die einzigen Bewohner. Mein kleiner Ofen bekam nochmal einige Kohlen extra, dann fielen wir erschöpft in mein Bett. Eigentlich in Großvaters Bett, dessen Matratze, völlig durchgelegen, die Form einer Hängematte hatte.

Hochzeitsnacht:
Für unsere jungen Körper war diese Hängematte eigentlich kein Problem. Man lag wie der Igel in der Furche. Mit zwei Personen allerdings rollte man aneinandergequetscht in deren Mitte, wie damals mit Oma. Da war ich jedoch noch klein, und es diente ja auch nur dem Schlaf an sich. Marie trug ein Nachthemd, denn wir wollten auch nur schlafen. Ohne eine Knutscherei war das dann aber doch nicht zu machen. Bald lag ich zwischen Maries Brüsten. Ihr Unterleib entblößte sich durch das hochgeschobene Nachthemd zwangsläufig. An meinem Bauch spürte ich deutlich ihren behaarten Venushügel. Wahrscheinlich hatte ihr ihre Mutter zur Hochzeit die Genehmigung zur Aufnahme des ehelichen Beischlafes erteilt. Marie verhielt sich jedenfalls so.
Wörtlich, und mit peinlichem Unterton, flüsterte sie verschämt:
„Na, versuch es doch mal."
Dabei öffnete sie ihre Schenkel wenige Zentimeter. Klar, in der Kuhle, in der wir lagen, ging das kaum anders. Eine andere Stellung einzunehmen oder sich gar vollständig zu entblößen grenzte für Marie jedoch an eine zügellose Sauerei. Natürlich war ich von unbändiger Lust getrieben. *So* ging es jedoch nicht. Nach einigen erfolglosen Versuchen in dieser räumlichen Enge ans Ziel zu gelangen, gab ich frustriert auf. Jungfrau war sie obendrein. Da hätte es ohnehin eines gemeinsamen zärtlichen Miteinanders bedurft. Die Atmosphäre hatte eher etwas von einer Pflichtveranstaltung. Wenn ich auch ein lustvoller junger Bengel war, so war ich doch auch ein bißchen ein Sensibelchen. So leicht, wie ich zu erregen war, so leicht war ich auch zu verstimmen.
In der Liebe durfte es keinen Raum für Peinlichkeiten geben.
Eine Pflichtveranstaltung ging jedenfalls gar nicht. Marie hatte sich auf die Seite gedreht und war einfach eingeschlafen.
Mit dem Gesicht eng an ihren halb nackten Rücken gekuschelt, fielen auch mir die Augen zu. Nun war also auch ich verheiratet ...
Ich weiß nicht, wie viele Stunden wir geschlafen hatten, als ich, wahrscheinlich durch eine ihrer Bewegungen, erwachte. Mit allen Sinnen fühlte ich den schönen Körper meiner jungen Frau. Ich zog sie fester an mich und tastete nach ihren vollen Brüsten. Ihr nacktes Hinterteil lag

eng an meinen Unterleib gepreßt. Mein „aufgeregtes" Patengeschenk war von ihren warmen Pobacken umgeben. Wenige Bewegungen, und seine „Explosion" wäre nicht aufzuhalten gewesen. Sanft, ohne sie aufwecken zu wollen, küßte ich an ihrem Rücken entlang und liebkoste ausgiebig ihr weiches üppiges Hinterteil. Wie oft hatte ich mich danach gesehnt. Als dann mein Gesicht in ihren heißen Schoß eintauchte, entlud sich meine Anspannung ohne jegliches Zutun. Nach einigen intensiven Minuten kuschelte ich mich wieder an ihren Rücken.

Auch diese zweite Chance hatte Marie unwissentlich(?) verpaßt. Wie gern hätte ich meine Gefühle und mein Verlangen von nun an ausschließlich auf *sie* gerichtet. Jetzt aber mußte ich ungewollt an meine zärtliche Melinda denken. Mit ihr wäre diese Nacht zu einer wahrhaft unvergeßlichen Liebesnacht geworden, so wie wir uns verstanden hatten.

Am nächsten Morgen schaffte es meine mir Angetraute tatsächlich, der Peinlichkeit noch eins draufzusetzen: Als ich erwachte, war Marie bereits aufgestanden und stand vor dem großen Spiegel meines alten Kleiderschrankes. Intensiv mit ihrer Frisur beschäftigt, drehte sie sich zu mir um, und fragte wörtlich:

„Na, hat es dir denn geschmeckt? Hä, hä, hä."

Das verschlug mir die Sprache.

Für Sekunden kam in mir Ärger, ja sogar ein wenig Haß auf.

Da stand diese Frau, grinste linkisch, und äußerte sich nach unserer ersten Nacht in einem gemeinsamen Bett wie ein Trampel. Mit Spaß hatte das jedenfalls nichts zu tun.

Während ich mit heftigsten Gefühlen gerungen hatte, mußte sie wach geworden sein. Unbeteiligt und regungslos hatte sie mein Verlangen hingenommen. Ich wollte ihr ja gern eine große Portion Verklemmtheit zu Gute halten, damit wäre ihr Verhalten in der Nacht in Teilen erklärbar gewesen, jedoch nicht diese Bemerkung an diesem Morgen.

Was hatte Großmutter damals gesagt? „Günti, was willst du denn mit diesem Mädchen? Die ist doch dumm!"

Eine andere Erklärung fiel mir jetzt auch nicht ein. Marie bekam den zweiten Minuspunkt von mir. Den ersten hatte ich ihr bei meinem kleinen, aber sehr schmerzhaften Unfall damals auf dem Bahnsteig stillschweigend angekreidet. Nachdenklich, und auch ein wenig traurig, wandte ich ihr wortlos den Rücken zu.

Es war März geworden. Über die Wintermonate hatte die Stadt mit dem Abriß unseres Hauses keine Eile gehabt. Wir warteten immer noch auf unsere gemeinsame Wohnung. Bis dahin, so hatten wir beschlossen, bleibt jeder in seiner bisherigen Behausung. Natürlich wohnten wir quasi zusammen. Das waren an den Wochentagen aber nur wenige Abendstunden und natürlich die Wochenenden. Schließlich arbeiteten wir beide in Vollzeit, wie es heute heißt. Zum Schlafengehen brachte ich meine Frau jedoch meistens wieder in „ihr" Bett. Das stand nicht neben meinem, sondern zwei Straßen weiter. Bei mir gab es weder ein Bad noch eine ordentliche Toilette. Ich hatte das nie anders kennengelernt und kam damit zurecht. Ihr aber wollte ich das nicht zumuten. Außerdem stand mein dritter Lehrgang in Caputh an, da sollte Marie nicht für fast einen Monat als einzige Bewohnerin allein in unserem sonst leeren Haus bleiben.

Dann saß ich im Zug. Die Landschaft flog am Fenster vorüber. Die Gedanken gingen auf Reisen. Sicher würde dieser Lehrgang wieder Freude machen. Mit Bernd war ich inzwischen näher befreundet. Einige Aufgaben für unsere Arbeitsmappe hatten wir schon gemeinsam erledigt. Eine der Arbeitsproben lautete: Fotografieren Sie eine ganze Figur in modischer Kleidung in verschiedenen Posen und aus verschiedenen Perspektiven. Eine „ganze Figur" ist in der handwerklichen Fotografie ein offizieller Fachterminus und sagt nichts weiter aus, als daß die Person von Kopf bis Fuß abgebildet werden soll. Bernd hatte als ausgesprochen attraktiv aussehender junger Mann immer „Zugriff" auf gut aussehende Damen. Er hatte mich angerufen und gesagt: „Komm rüber, ich kümmere mich um ein Modell." Das stand dann auch bereit, das Modell. „Wow ...", Berndi grinste. Sicher konnte er sich seine Freundinnen aussuchen. Immer klappte das aber auch nicht. Das wäre ja auch wirklich ungerecht gewesen. Von den Fotografenlehrlingen war jedenfalls keine dabei, die sein Interesse fand. Ilonka war nicht sein Ding. Aber bei den Werbefachleuten im

Parallelkurs waren zwei Damen, bei denen einem einfach die Kinnlade herunterklappte. Eine Blonde und eine Brünette. Wie im Kino. Walburga, die Blonde, kam aus Dresden. Bodo aus Berlin hatte sie sich erfolgreich „gekrallt". Ich weiß ihren Namen nur darum bis heute, weil ich mit ihr ein kurzes, aber unvergeßliches Erlebnis hatte: Eines Abends mußte sie sich mit Bodo gestritten haben. Jedenfalls warf sie sich mir heulend in die Arme. Ich war eben zur rechten Zeit am rechten Ort. Sie war so groß wie ich. Ihre langen blonden Haare fielen ihr bis zur Hüfte. Unter ihrem weißen hautengen Rollkragenpullover prangte ein phantastischer Busen. Man konnte einfach nicht darüber hinwegsehen. Wie kam dieser außergewöhnliche Engel ausgerechnet in meine Arme? Nun gut, wenn ich mir Bilder aus dieser Zeit anschaue, war auch ich ein durchaus attraktiver Typ, nur eben nicht so blendend wie Berndi. Die Mädchen mochten mich aber auch.

Während sie mir also ihr Herz ausschüttete, was Bodo doch für ein Schuft sei, schlang sie ihre Arme um meinen Hals und knutschte wie eine Wilde auf mich ein. So viel Dankbarkeit – nur fürs Zuhören? Das war sehr gut auszuhalten ...

Als ihre letzte Träne geflossen war, fand auch mein himmlischer Traum sein Ende. Es sollte dann doch wieder Bodo sein. Schade. Trotzdem, es war ein Erlebnis der besonderen Art. Danke – Walburga.

Die wirklichen Traumfrauen schienen mir immer nur für Stunden zugestanden. Das mußte die Strafe *Des Herrn* für meine Ungläubigkeit sein. Auch für Walburga hätte ich mich zum Beten bewegen lassen.

Berndi hatte immer wieder erfolglos bei der Brünetten gebaggert. Ha, ha, das brauchte er mal. Natürlich waren sich beide Damen ihrer Schönheit bewußt, und wenn ich schön sage, meine ich schön.

Nein, eingebildet waren sie eigentlich nicht, doch sie konnten es sich leisten, bei ihren Bekanntschaften wählerisch zu sein.

Während der letzten beiden Lehrgänge war zwischen Berndi, Bodo, Ketchup und mir ein freundschaftliches Verhältnis entstanden. Man sah uns so gut wie nie einzeln. Diese Quadriga lohnt es sich, optisch näher zu beschreiben: Bodo und ich waren uns recht ähnlich, was Körpergröße, Habitus und Wesen anbelangte. Wir waren zwar lustige Typen, die aber trotzdem auch öfter mal zum Nachdenklichsein neigten.

Berndi dagegen war eher der ausgeglichene Hüne. Noch größer als wir und mit Händen wie Klosettdeckel. Seinen Charakter könnte man mit dem eines Bernhardiners vergleichen. Man sah ihm die körperliche Überlegenheit an, also mußte er damit nicht protzen.

Ketchup, ich glaube er hieß Hans-Joachim und kam aus Schwerin, war relativ klein, gegen uns auf jeden Fall. Seine Wirbelsäule war schon seit Geburt verkrümmt, und die Schulter war auch nicht wie sie sein sollte. Landläufig nennt man das wohl einen „Ast". Seine Stimme tönte in tiefer Lage und war knarrig, krächzend. Wir mochten ihn, vor allem wegen seines trockenen Humors. Er stand unter unserem, und insbesondere unter Berndis, Schutz. Wegen seiner Kodderschnauze hätte er beinahe mal von Micha eine aufs Maul bekommen, weil er ihn immer provozierend mit „Herr" und seinem Nachnamen ansprach.

Berndi baute sich bei derlei Anlässen einfach mal kurz zwischen den Kontrahenten auf – erledigt.

Beim Abendbrot warf Micha eine Tomate quer durch den Raum, die treffsicher an Ketchups Kopf landete. Das war der Moment seiner Taufe bzw. seiner Umtaufung, wenn es so etwas überhaupt gibt.

Die Abteiltür öffnete sich:

Eine junge Frau schob mit dem Fuß ihren Koffer herein und entledigte sich ihres Sportbeutels vom Rücken. Sie mußte sich beeilt haben, denn ihr Gesicht trug noch einen Hauch von Röte. Hilfreich hob ich ihren Koffer in die Ablage, dann saß sie mir am Fenster gegenüber und lächelte mich freundlich an. Ein hübsches Gesicht. Vielleicht war sie ein Jahr, höchstens zwei Jahre älter als ich. Sie studiere Rechtswissenschaften an der Universität in Leipzig, erzählte sie in einer offenen und erfrischenden Art. Ich mußte sie die ganze Zeit anschauen. War das natürliche Schönheit, welche auf jegliche „Verstärkung" verzichten konnte? Kein Schmuck, kein Lippenstift, kein Parfüm. Einfach nur sie selbst. Ihre Hände waren feingliedrig, die Nägel sauber und unlackiert. Diese Frau sah in der Frühe sicher genau so anziehend aus wie am Tage. Solche Klasse war mir bisher nie begegnet, oder hatte ich das bisher einfach übersehen? Während unserer Unterhaltung offenbarte sich mir, wie erotisch es wirken konnte, wenn sich eine Frau einer gepflegten Sprache bediente, die nicht aufgesetzt schien, sondern die man bei diesem hübschen und intelligenten Gesicht einfach erwartete. Faszinierend!

In Berlin angekommen, mußten wir umsteigen. Auf dem Bahnhof gab sie mir die Hand und sagte: „Wer weiß, vielleicht sieht man sich mal wieder?" Nach einigen Schritten drehte sie sich tatsächlich nochmals um, lächelte und winkte kurz. Es hatte die ganze Zeit in meiner Magengrube eindeutig gekribbelt. Jetzt fühlte ich einen schmerzhaften Stich. Schlagartig wurde mir klar, was Großmutter damals gemeint hatte. So, als würde sie mir in diesem Augenblick ins Ohr flüstern: „Günti, mein Junge, *das* – wäre sie gewesen.

Den Rest der Fahrt war ich sehr nachdenklich. Ich hörte immer noch die Stimme dieser jungen Frau, deren Namen ich nicht einmal erfragt hatte. Wieder mußte ich an Melinda denken. *Sie* war mir sofort aufgefallen. Ihre Erscheinung hatte mich auf der Stelle förmlich umgeworfen. Diese schlichte Schönheit von vor wenigen Minuten, an der ich auf der Straße bisher sicherlich achtlos vorübergegangen wäre, hatte erst beim zweiten Hinsehen ihre anziehende Wirkung auf mich ausgeübt – und nicht einmal eine geringere ...

Kam die Liebe etwa auf so vielerlei Arten daher? Wann konnte man sich dann sicher sein, und – was war eigentlich mit Marie – deren Ring ich am Finger trug? War sie die Richtige? War das nicht alles viel zu früh geschehen?

Die Schwermut verschwand, als ich vor dem Schloß meine drei anderen Spezies sah. Bodo strahlte, Ketchup krächzte und Berndi streckte mir einen seiner Klosettdeckel entgegen. Da hätten meine beiden Hände locker reingepaßt. „Ehh", schnarrte Ketchup, „laßt uns erstmal zum Wirt gehen, mir ist nach Currywurst." Lautstark zogen wir vom Hof. Zwei Straßen weiter war unsere Lieblingsgaststätte „Zum Wirt".

Am Nebentisch verpflegten sich bereits einige unserer Mädchen. Unter ihnen Ilonka. Die Horde aus der Fotografenschule war hier sicher gut bekannt. Wir waren nicht sehr leise, aber im Gegenzug nahm der Wirt durch unseren permanenten Hunger auch immer recht gut ein.

Seine Currywurst war „weltberühmt", zumindest aber in Caputh.

Spät am Abend lieferten sich Micha und Ketchup in unserem Zimmer erneut ein Gefecht. Als Ketchup seine Abendtoilette erledigt hatte, führte sein Weg an Michas Bett vorbei. Dabei zupfte er etwas an dessen Laken. Man muß wissen, daß Micha sein Bett mit Lineal und Zirkel baute. Ketchup stach das ins Auge. Folglich „korrigierte" er geringfügig. Daraufhin schoß Micha an Ketchup vorbei und „korrigierte" dessen Bett seinerseits – etwas mehr natürlich. Das Spiel begann. Letztlich bestaunten wir zwei völlig verwüstete Betten. Wir bekamen kaum Luft vor Lachen. Für die beiden Streithähne wurde es allerdings zunehmend ernst. Sie standen sich schreiend mit hochroten Gesichtern gegenüber. Es half nichts, Berndi mußte raus aus den Federn und sie jeweils einzeln in ihr Bett bringen. Das Erste, was wir am darauffolgenden Morgen hinten aus der Ecke hörten, war eine tiefe schnarrende Stimme mit „rollendem rrr": „Guten Morgen, Herr Nordus, haben sie denn gut geruht? Darf ich Ihnen vielleicht das Bett machen?" Michas Blutdruck reagierte prompt. Die beiden haben uns oft viel Spaß bereitet. Richtig ernst war das nie, aber es eskalierte eben gelegentlich.

Nach dem Frühstück saßen wir dann in trauter Runde im Unterrichtsraum. „Guten Morgen, meine Damen und Herren!"

„Kraffti" war wieder in lautstarker Hochform. Er hatte ein Lieblingsadjektiv „global", mit dem er passend und auch unpassend seine ausschweifenden Sätze schmückte. Bei einem meiner mündlichen Kurzvorträge flocht ich das öfter mal mit ein nebst seiner „Originalhandbewegung". Er merkte es zunächst nicht, wohl aber die Klasse. Als dann alle am „Wiehern" waren, fiel es auch ihm auf. Das war aber mit Kraffti durchaus zu machen. Für Späße war er immer zu haben.

An irgendeinem Nachmittag hatte ich schließlich auch mal „Dienst" im Pförtnerhäuschen am Eingang des Schloßgeländes. Man hockte gelangweilt an einem Schreibtisch direkt vor dem Fenster und hatte den Hof und das Eingangsportal im Auge. Fremde Personen waren per Telefon im Sekretariat zu melden. Wenn Schüler das Gelände verließen, war das zu notieren. Das war alles. Neben dem Tisch und dem Stuhl gab es noch eine Pritsche, gepolstert mit einem Stapel Decken.

Wahrscheinlich für den angestellten Nachtwächter, dessen Dienst wir am Tag in der Regel zu übernehmen hatten.

Über den Hof kamen meine Spezies geschlendert. Sie schauten kurz zu mir herein und fragten, ob sie mir aus der Stadt etwas mitbringen sollten. „Nö, laßt uns heute abend lieber wieder zum Wirt gehen", antwortete ich. „Viel Spaß", krächzte Ketchup. Sie verließen das Gelände. Ich schaute ihnen nach. „Currywurst, das wär's jetzt."

Eine Gruppe unserer Mädchen kam aus der Stadt zurück. Sie guckten durch mein Fenster. „Na, Günti, Langeweile?

„Ja", antwortete ich.

„Können wir dir vielleicht die Zeit vertreiben?", kicherten sie.

„Ich denke nicht", sagte ich und fügte nicht ganz ernst gemeint hinzu, „aber Ilonka könnte mir durchaus die Zeit vertreiben."

„Ist gut, wir sagen Bescheid." Lachend verschwanden sie im Haus. Sicher wollten sich die Mädels einen Spaß machen, als sie meine Worte tatsächlich an Ilonka übermittelten. Was sie jedoch ebenso wie ich bestimmt nicht geglaubt hatten, daß Ilonka das ernst nehmen würde. Die Röte stieg mir kribbelnd ins Gesicht, als ich sie nach kurzer Zeit mit tänzelnden Schritten allein auf mein Häuschen zusteuern sah.

Ilonka war von zartem Wuchs, aber nicht zerbrechlich. Beim Gehen drehte sie ihre Schultern ein wenig dem Schritt anpassend, was diesen grazilen damenhaften Gang ergab. Sie machte immer einen etwas „feinen" Eindruck, der durch ihre Kleidung noch unterstützt wurde. Jetzt trug sie eine hautfarbene Nylonstrumpfhose und dünne Stiefel mit etwas höheren Absätzen. Dazu einen dunkelbraunen leichten Pelzmantel, der das Knie nicht bedeckte. Echter Pelz! Das war zu dieser Zeit noch nicht verpönt. Ihr dunkelblonder Bubikopf war maßvoll toupiert. Ilonka war eine gut aussehende junge Frau mit diesem leichten Touch zum Besonderen. Ihre Sprache hatte ebenfalls etwas Feines, obwohl sie ein klein wenig „berlinerte". Großmutter hätte diese junge Dame anstandslos in ihre Empfehlungsliste aufgenommen.

Jetzt öffnete sie burschikos die Tür zu meinem Pförtnerhäuschen und sagte beim Betreten: „Du hast also Langeweile?"

Alsdann öffnete sie die drei Knöpfe ihres Mantels. Ich sprang auf und

nahm ihr den Mantel ab. Gesagt hatte ich bisher noch nichts!
In typisch damenhaft gesitteter Haltung nahm sie auf der Pritsche Platz und lächelte mir unbefangen ins Gesicht:
„Ja, was machen wir denn da?"
Ich setzte mich neben sie. So nahe war ich ihr bisher nie gekommen. Daß wir uns sympathisch fanden, hatte sicher jeder für sich bei vielen kleinen Neckereien registriert. Einen ernsthaften „Angriff" hatte ich jedoch bisher nicht gestartet. Nicht, weil Ilonka nicht meine Kragenweite gewesen wäre, nein, vielleicht sogar im Gegenteil. Für so ein bißchen „nebenbei" war sie mir irgendwie zu schade, auch wenn das angesichts meiner jugendlichen Beziehungsfreudigkeit unglaubwürdig klingen mag. Ich denke aber, das war wirklich mein damaliges Gefühl. Ilonka als feste Freundin oder sogar mehr? Ja, das entsprach meinen Empfindungen durchaus. Hatte ich jedoch nicht immer wieder erlebt, daß es mit einer Freundin, gar Geliebten, über eine größere räumliche Distanz nicht funktionierte, nichts als Schmerzen bereitet hatte?
Diese Beziehung würde zwangsläufig auch wieder den gleichen Zwängen zum Opfer fallen. Ilonka wohnte sogar von allen bisherigen Bekanntschaften am weitesten weg. Fast 300 km.
„Ja, was machen wir denn da", fragte ich nun meinerseits zurück und schaute ihr leicht verlegen in die Augen.
„Wenn wir schon mal so nett zusammensitzen, könnte ich dir doch ein bißchen Nachhilfe geben. Du hast doch heute vormittag in Optik nicht so richtig durchgesehen, oder?"
„Nachhilfe – genau daran hatte ich auch gedacht", erwiderte sie.
In ihr hübsches Gesicht zog ein Hauch von Spott. Dann lachte sie und wurde nun ebenfalls ein klein wenig rot. „So ein Blödsinn", dachte ich, „warum ist sie wohl meiner Einladung gefolgt?"
Wie zur nochmaligen Rückversicherung, um jedem Mißverständnis vorzubeugen, streichelte ich behutsam ihre Schulter. Dabei zog ich sie fast unmerklich sanft zu mir. Ilonka erwiderte selbst diese winzige Geste und folgte ihr in meine Arme. Ich zog ihren zarten Oberkörper an mich, während sie ihre Arme um meinen Nacken legte.
Dann küßten wir uns – jeder den anderen! *So* mußte das sein.

Vor dem Fenster hatte es immer mal wieder herannahende Schritte gegeben, aber die waren schließlich auch wieder gegangen. In unserer seligen Versunkenheit hatten wir das einfach nicht wahrgenommen. Ilonka war so süß – aber das ahnte ich eigentlich schon vorher.

Bis zum Abendbrot war auch beim Letzten die Neuigkeit angekommen. Berndi grinste und Ketchup schnarrte: „Aber Herrrr Cave, konnten wir uns denn wieder nicht beherrrschen?"

Von den Mädchen hörten wir zwar keine Kommentare, dafür gab es unterschiedliche Blicke. Immerhin trug ich neuerdings einen Ehering am Finger. Der war beim Lehrgang zuvor noch nicht da gewesen. Obwohl jeder Bescheid wußte, machten Ilonka und ich nicht „einen auf Pärchen", sondern benahmen uns „anständig". Wir trafen uns jedoch jeden Nachmittag im Schloßpark. „Mehr" ging nicht. Ein Besuch in der Unterkunft der Damen war schlicht unmöglich. Die Betreuerin schlief im gleichen Gebäude und wachte zuverlässig.

Auch dieser dritte Lehrgang ging schließlich zu Ende. Im Bus, der uns von Caputh zum Bahnhof bringen sollte, saßen Ilonka und ich eng beieinander. Unser Verhältnis war bei uns jungen Leuten schnell kein Thema mehr gewesen. In Potsdam angekommen, schlenderten wir schließlich Hand in Hand durch das Bahnhofsgebäude.

Ich erinnere mich genau an das euphorische Gefühl, welches ich mit dieser jungen attraktiven Frau an meiner Seite hatte. Mir war, als würden uns die Leute anschauen und denken – „welch' schönes Paar."

Mit den Schlußlichtern des Zuges verschwand jedoch auch Ilonka wieder aus meinem Leben. *Sie* würde ich allerdings wiedersehen, wenn auch erst in einem halben Jahr ...

Auf dem anderen Gleis fuhr mein Zug ein. Ich hatte Glück und bekam ein Abteil für mich allein. Wenn ich auch ein unkomplizierter kommunikativer Typ war, so brauchte und genoß ich solche Momente des Alleinseins. War nicht eben noch Ilonka an meiner Seite gewesen?

Was aus uns werden würde, war nicht abzusehen. Nun gut, zu mehr als Schmusestunden waren wir bisher nicht gekommen. Die jedoch waren sehr harmonisch verlaufen. Zudem erlernten wir denselben Beruf. Vielleicht paßten ja zwei Fotografen sehr viel besser zusammen als ein

Fotograf und eine Fleischermamsell? Wenn ich einmal von Marie und einigen unbedeutenden Kurzbekanntschaften absah, waren mir in den letzten zwei Jahren drei Frauen begegnet, die bei mir einen tiefen Eindruck hinterlassen hatten. Das Erlebnis mit Melinda würde wohl für alle Zeiten das intensivste bleiben. Doch nach dieser einen unvergeßlichen Nacht hatte ich sie auch schon wieder verloren. Ob ich sie jemals wiedersehen würde, stand in den Sternen.

Dann gab es noch das Erlebnis auf der Herfahrt. Konnte man das überhaupt gelten lassen? Meine Augen wanderten zur Abteiltür.

Nein, sie ging nicht auf, und niemand schob sein Gepäck herein.

Die Bilder aber saßen fest in meinem Kopf. Diese junge Frau von unauffällig schlichter Schönheit, die mir eine knappe Stunde gegenübergesessen hatte, war mir eine völlig neue Erfahrung gewesen.

Welch' tiefen Eindruck sie bei mir hinterlassen hatte, war mir erst bewußt geworden, als ich beim Abschied ihre Hand hielt und sie mir nochmals aus der Ferne zuwinkte. Plötzlich war es mir wie ein Blitz durch den Kopf geschossen: „Laß sie nicht gehen …!"

Was hätte ich anderes tun können? Auch *sie* würde ich wahrscheinlich niemals wiedersehen. Nur Marie – die war immer da.

Am frühen Nachmittag war ich wieder daheim. Vier Wochen hatte ich meine jämmerliche Behausung nicht gesehen. Wie sah es hier nur aus. Heimweh hatte ich nicht gehabt – auch nicht nach Marie.

Auf dem Tisch lag eine Karte vom Rat der Stadt. Wir sollten uns eine Wohnung anschauen. Was heißt anschauen, als ob es eine Auswahl gegeben hätte. Ich nahm die Karte an mich und ging zu Großmutter.

Die freute sich, als sie mich sah. Für sie war es jetzt das Gleiche, als ob ihr Sohn Paul zu Besuch käme. Sie kochte Kaffee, dann saßen wir am Küchentisch beieinander. Ich erzählte von meiner Lehre und zeigte ihr die Karte für die Wohnungsbesichtigung.

Wegen Karl mache sie sich große Sorgen, klagte sie ihrerseits. Er ginge zwar gewissenhaft zur Arbeit, käme aber jeden Abend sehr spät und meistens völlig betrunken nach Hause.

Karl hatte einen neuen Freund gefunden: Unseren alten Hausarzt.

Die kleine Gaststätte am Hafen, wo ich Theater gespielt hatte, war das zweite Zuhause der Saufkumpane geworden. Jeden Abend säßen die beiden oft bis Mitternacht dort, erzählte Oma, und bevor Karl nicht zu Hause sei, könne sie nicht einschlafen. Was sollte ich sagen. Ich kannte vom Tanzboden reichlich Trunkenbolde, aber deren Welt kümmerte mich nicht. Großmutter tat mir leid. Karl in gewisser Weise auch.

Er war nie streitsüchtig, und als Kind hatte ich auf jeden Fall so einiges Gute von ihm gehabt.

Am Abend kam dann Marie von der Arbeit. Gleich morgen wollten wir unser neues Zuhause begutachten.

Zur „Sicherheit" hatten sich auch meine Schwiegereltern eingefunden. Die uns zugedachte Wohnung befand sich auf dem Hof eines privaten Grundstückes, gerade einmal drei Häuser von „unserer" Eisdiele entfernt. Private Mietshäuser waren in der DDR ein Überbleibsel vergangener Zeiten. Mehr eine Last als ein Gewinnobjekt für den Besitzer. Entsprechend war der Zustand. Ich kannte das von meinen Großeltern. Die größte Wohnung in unserem Haus hatte dreißig Mark Miete gekostet. Damit war nicht einmal der Istzustand zu erhalten. Wenn unser Haus zum Abriß bestimmt war, wie sollte man dann dieses einordnen? Der Zustand unserer „neuen" Wohnung war noch schlechter als der meiner alten. Über einen winzigen Hausflur ging eine Tür zu einer winzigen Küche. Eine weitere Tür führte vom Hausflur geradewegs ins Wohnzimmer. Von dort ging eine kleine unbeheizbare Kammer ab. Die gesamte Wohnung war kaum größer als dreißig Quadratmeter. Die Toilette auf dem Hof, über acht Steinstufen zu erreichen. Im Winter waren diese vereist! Ich kannte das alles. – Erbärmlich.

Unbedingt zu erwähnen: Fiel im sogenannten Wohnzimmer etwas auf den Boden, rollte das in die gegenüberliegende Ecke. Es bestand ein „natürliches" Gefälle von zwanzig Zentimetern!

Mangels Alternativen sollte diese Wohnung also unser neues Zuhause werden. Alles, was ich beisteuerte, war mein Bücherschrank.

Der verschwand jedoch sofort auf dem kleinen Dachboden nebst der alten Nähmaschine meiner Oma, von der ich mich nicht trennen wollte. Aber da war ja Maries Sparbuch, dessen Guthaben sich auf

7000 Mark belief, wie sie an diesem Tag erfahren durfte.

Nicht, daß sie das Geld etwa in die Hand bekommen hätte, nein, nein. Die Herrschaft über die „Kohle" behielt weiterhin ihre Mutter.

Nachdem ich die Wände der Wohnung mit einer furchtbar schönen Tapete beklebt und die kleine Küche mit einem neuen Farbanstrich versehen hatte, war die Bude auch schon bezugsfertig.

Auf zum Einrichtungshaus. Man konnte damals in einer derartigen Verkaufseinrichtung durchaus einen kompletten Hausrat in einem Rutsch erwerben – und wir erwarben: Ein umklappbares Sofa, zwei Sessel, einen Tisch, eine Schrankwand, Auslegware gegen die blanken Dielen und eine Miniküche. Das alles paßte komplett in das vorhandene Budget! Nicht unbedingt vom Feinsten, aber es war neu und so schlecht dann auch wieder nicht. Es ging um Bedarfsdeckung, nicht um Design. Für ein richtiges Schlafzimmer war in der Kammer kein Platz, jedoch paßte da sehr gut ein Doppelbett rein. Nicht nebeneinander. Übereinander! Also wurde das Doppelstockbett aus dem Zimmer der Halbgeschwister unsere eheliche Schlafstätte. Ihr Bruder bekam bei der Gelegenheit endlich ein „richtiges" Bett.

Wenige Tage später verließ ich unser Haus – meine Kinderstube.

Für Wochen mied ich meine Straße. Erst viel später betrachtete ich den leeren Platz. Nichts, gar nichts mehr, zeugte an diesem Ort von meinen Kinderjahren. Auf den Meter genau hätte ich sagen können, wo sich mein Apfelbaum mit meinem Hochstand und dem Telefon einmal befand. Seine Wurzeln steckten bestimmt noch in der Erde. Die Pfingstrosen, nein, von denen war nichts übrig geblieben. Sie waren einfach weg. So wie Großvater damals mit seinem Banjo an unserem alten Ofen gestanden hatte und mit entrücktem Blick in sich selbst versunken war, so stand jetzt ich mit dem Rücken am Ofen in unserer neuen Wohnung und schaute Maries geschäftigem Treiben zu. Als ich für meine wenigen Sachen einen Platz gefunden zu haben glaubte, räumte Marie das alles wieder aus: „Das kommt da nicht hin!"

War das überhaupt meine Wohnung? Beim Umsehen deutete nichts darauf hin. Auch für Marie war es eine neue Umgebung, nur, daß eben alles von ihr bzw. ihrem Sparbuch stammte. Also war das hier eigentlich ihre Wohnung – Trauschein hin, Trauschein her. Das kleidete sie zwar nicht in Worte, ich empfand es aber so. Vor allem benahm sie sich so.

Ich stellte mich wieder an den Ofen und sinnierte:

Ob ich jemals mit Marie „ein Herz und eine Seele" werden würde? Im Bett verstanden wir uns bislang ebenfalls nicht. Sie war einfach nicht liebevoll genug. In meinem Hals machte sich ein Kloß breit. Am liebsten wäre ich wieder nach Hause gegangen – aber wo war das? Na, hier! – Hier?

Als junger Mensch ist man noch anpassungsfähig. Nach wenigen Wochen kehrte Normalität ein. Marie entpuppte sich als eine gute Hausfrau. Vom ersten Tag an hatte sie alles im Griff. Obwohl wir beide einer Ganztagsbeschäftigung nachgingen, schmiß sie den Haushalt größtenteils allein. Sie kochte, buk, wusch und hielt die Wohnung sauber. Das alles erledigte sie klaglos, ja, es schien ihr richtig Freude zu bereiten. Zärtlichkeiten und Liebkosungen gingen allerdings immer nur von mir aus. Ich kann mich an kein einziges Mal erinnern, daß sie ihre Arme um mich gelegt und mich von sich aus geküßt hätte.

Da wir nicht nebeneinander, sondern „übereinander" schliefen, ergab sich „Liebe" nicht wie von selbst, sondern ich „besuchte" Marie in ihrer Koje. Wir schmusten miteinander und küßten uns auch, aber bereits bei Körperküssen wurde sie zunehmend steif. Mir schien, als könne sie ihren Unterleib selbst nicht richtig leiden. Selten ließ sie sich, dann aber auch nur kurzzeitig, zu „Unanständigkeiten" überreden. Ohne gemeinsames Wollen kam ich mir aber schnell reichlich blöd vor. Dabei hatte sie doch so einen anziehenden und aufregenden Körper.

Im Mai 1970 verlobten sich Rita und Robert. Die kleine Feier fand bei uns statt. Unsere Wohnung war zwar klein, aber „sturmfrei". Wilhelm und Lisa waren dabei und einige persönliche Freunde. Marie machte auch als Gastgeberin eine gute Figur. Wilhelm war natürlich auch bei unseren persönlichen Feten immer der Unterhalter. Manchmal war es Lisa peinlich, wenn er „über die Stränge" schlug. Eine Feier ohne Alkohol war zu dieser Zeit im Osten ein Ding der Unmöglichkeit, und so rutschten seine Darbietungen im Verlauf des Abends immer weiter

unter die Gürtellinie. „Hör' jetzt auf", rief Lisa dann ernsthaft ärgerlich. Rita betrachtete das Geschehen eher amüsiert und schüttelte nur
den Kopf. Sie war die meiste Zeit mit ihrem Verlobten beschäftigt, was
ich nicht völlig neidlos registrierte. „Guck mal, wie sie den Kleinen auf
die Matte legt", witzelte Wilhelm. Rita war wenige Zentimeter größer
als Robert. Er glich das mit etwas höheren Absätzen aus, wohingegen
sie genau darauf verzichtete. So waren sie wenigstens annähernd gleich
groß. Was Wilhelm aber meinte, war die Dominanz, die Rita bei den
Schmusereien mit Robert offensichtlich an den Tag legte. Nicht, daß
Robert in der Defensive gewesen wäre, nein, Robert doch nicht. Wenn
Rita nach Schmusen war, hielt sie auch nichts und niemand davon ab.
Ich konnte mir gut vorstellen, daß sie ein „stilles Wasser" war. Gern
hätte ich mir das von Marie gefallen lassen – von Rita übrigens auch.
Am 10. Juni war mein zwanzigster Geburtstag. Schon die Tage davor waren sehr warm. Marie und ich verbrachten zu dieser Zeit gerade
unseren Jahresurlaub, so hatten wir für die Vorbereitungen der Feier
genug Zeit und keinen Streß. Am Vormittag knatterte als einer der
ersten Gratulanten Franz mit seinem Moped auf unseren Hof. Franz,
der Onkel meines Busenfreundes Rudi. Er hatte den Umgang mit der
Kupplung seines Mopeds Schwalbe immer noch nicht gelernt. Beim
Anfahren „rollerte" er mit beiden Beinen erst einige Meter, bevor er
dann unsanft die Kupplung losließ. Das hatte ihm schon damals oft
den Spott der Erwachsenen und auch den von Rudi eingebracht. Das
konnten wir beiden Bengel wirklich besser.
Für mich war er über die Kinderjahre auch „Onkel Franz" gewesen.
Ich habe zwar angesichts seiner Fahrkünste ebenfalls in mich hinein-
gegrinst, aber mich beim Spotten zurückgehalten. Von Rudis Sippe
war Onkel Franz der einzige, der im Oberstübchen gut ausgestattet
war. Nicht nur, daß außer ihm wohl keiner weiter in der Lage gewesen wäre, den kleinen Fuhrbetrieb zu leiten, nein, er unterhielt sich mit
mir deutlich lieber als mit den anderen Bewohnern des kleinen Hauses.
Außerdem war ich seit Anbeginn meiner Zeit als Fotoamateur immer
sein persönliches Fotolabor geblieben. Inzwischen hatte er sich eine
automatische Kleinbildkamera zugelegt. Es gab in der DDR nur ein

einziges Modell, die Pentina. Diese hatte eine Belichtungsautomatik, und der Film wurde von einem eingebauten Motor transportiert. Man konnte also einfach hintereinander „draufdrücken", bis der Film voll war. Draufdrücken, das bekam auch Onkel Franz noch hin, nur den Film mußte ich ihm immer rausnehmen und einen neuen einlegen. Die Bilder machte ich natürlich auch.

Auf diese Weise hatte ich also immer Kontakt zu ihm behalten, obwohl meine Zeit mit seinem Neffen, meinem Busenfreund Rudi, längst Vergangenheit geworden war. Nachdem ich seine Glückwünsche entgegengenommen hatte, wurde er etwas leiser. Geheimnisvoll und mit vielsagendem Blick raunte er mir zu: „Ich komm' die Tage noch mal vorbei, wenn deine Frau zur Arbeit ist. Da verrat' ich dir mal was. Sollst mir 'n paar Fotos machen." Beim letzten Satz wurde er kurzatmig.

„Na, du weißt schon", zwinkerte er, „Bilder, wie ich sie schon von dir bekommen habe." – „Pornos?", fragte ich zurück. „Pscht, ja, aber keine Repros, sondern welche von meiner Bekannten und mir – hm?"

Sein Atem machte ihm deutlich zu schaffen. Allein der Gedanke schien seiner Libido kräftig einzuheizen. „Onkel Franz, du alte Sau", dachte ich und grinste in mich hinein. Nachdem ich mein Interesse bekundet und ihm meine unbedingte Verschwiegenheit zugesichert hatte, fuhr er wieder vom Hof. Erst rollernd, dann kuppelnd.

Am Nachmittag sollte es eine Kaffeetafel bei uns geben. Marie wirtschaftete kräftig in der kleinen Küche herum. Sie war in ihrem Element. Ich stand derweil am Ofen im Wohnzimmer und hielt innere Einkehr. Mein Blick glitt über das Banjo an der Wand. Zehn Jahre war es nun her, daß es mir Großvater zu treuen Händen gegeben hatte. Liebevoll strich ich über die Saiten. Die Finger fielen automatisch in die richtige Position. Leise zupfte ich mit dem Daumen eine seiner mir unvergeßlichen Melodien: „Die Kirschen in Nachbars Garten".

Das werde ich nie mehr verlernen – Opilein.

Die Kaffeetafel stand im Zeichen der Familie. Großmutter und Onkel Karl waren anwesend und selbstverständlich meine Schwiegereltern. Robert hatte nur wegen seiner Verlobung Kurzurlaub von der Armee gehabt, darum waren Rita und er nicht mit dabei. Wilhelm wollte die

Familienrunde dann auch nicht stören. So blieben wir unter uns.

Tage später war er wieder da, der Onkel Franz. Ich kochte Kaffee, und wir rauchten. Die Unterhaltung mit ihm brachte mich auch immer auf den neuesten Stand. So erfuhr ich, daß Rudi Kraftfahrer lernte wie sein Vater. Auto fahren, dafür reichte es gerade noch, alles andere überstieg auch beider Horizont. Als Kind war mir das allenfalls in Ansätzen aufgefallen, später wurde es zunehmend zur Gewißheit.

Onkel Franz erzählte vom sechzigsten Geburtstag seiner Frau Minna, die richtig Wilhelmine hieß. Den kleinen Fuhrbetrieb hatte er von ihr „geerbt", als Mitgift sozusagen. Bei dem schönen Wetter hätten sie wie so oft im Garten gefeiert. An der Kaffeetafel seien Rudi und sein Vater schon hackedicht gewesen. Wenige Tage später, erzählte Franz weiter, hätte ihm Rudi gebeichtet, daß er Tante Minna gevögelt hätte.

Franz' Atmung wurde wieder so merkwürdig schwer.

Als Minna neues Besteck aus dem Haus holen wollte, wäre ihr Rudi nachgegangen. Da sie auch schon „nicht mehr ganz alleine" gewesen sei, hätte sie sich zwar zuerst echauffiert, sich dann aber doch zum Stillhalten bewegen lassen, so Franz. Vielleicht hatte es ihr ja gedämmert, daß dieses „Geschenk" auch ihr letztes sein könnte.

„Sei's drum", wird sie sich gedacht haben.

Für mich hörte sich das kein bißchen abenteuerlich an. Dabei dachte ich an Rudis Cortex praefrontalis. Nun eben seine Tante. Obwohl sie sonst eher mittlerer Durchschnitt war, überstieg ihre Körbchengröße deutlich selbigen. Durch Rudis glasigen Blick werden ihm die Tüten noch viel größer erschienen sein.

Ich denke, das wird ihn sicher schon länger gequält haben.

Onkel Franz hatte sich die Tat jedenfalls im Detail schildern lassen. Das wäre seine Bedingung gewesen, bevor er ihm schließlich verziehen hätte. „Ach", winkte Franz ab, „mit Minna läuft doch seit Jahren nichts mehr. Hauptsache, mein Ansehen im Haus leidet nicht, und Rudi wird seine Klappe schon halten, da bin ich mir sicher."

Franz kam in Stimmung. Er erzählte weiter, daß er an den Wochenenden des öfteren mit seinem Moped unsere kleinen Seen abgrase und bereits einige lauschige Plätzchen kennen würde, an denen sich Pärchen tummelten. Einen Feldstecher hätte er sowieso immer dabei wegen der „Natur"! – „Natur, aber sicher doch, Onkel Franz", dachte ich.

Ich konnte mir sehr gut vorstellen, wie er sich dort „entspannte".

Eines Tages hätte er an einem solchen Ort ein einsames Fahrrad, an einen Baum gelehnt, entdeckt und sich ahnungsvoll angeschlichen. Da hätte er sie gesehen – allein, nackt, beim Baden – Frau Vogel.

Franz mußte kurz in seinem Bericht innehalten und neuen Luftvorrat anlegen. Seine unbändige Wollust machte ihm arg zu schaffen.

Schnell hätte er sie in eine Unterhaltung verwickelt und erfahren, daß sie zwar verheiratet sei, aber früher eben alles anders gewesen wäre …

„Genau", wird sich Franz gedacht haben, „das kenn' ich auch gut."

Jedenfalls pflegten sie nun einen regelmäßigen „Gedankenaustausch".

Nein, verliebt sei er nicht, er hätte auch keine weiteren Ambitionen, aber ficken würde sie wie ein Tier. Sein Atem ging jetzt keuchend.

Damit sie beide etwas hätten, wenn sie sich nicht sehen könnten, wäre sie mit ein paar „Erinnerungsfotos" einverstanden. Dafür käme natürlich nur ich in Frage. Wenn ich auch keine gesteigerte Lust auf Franz' Alabasterleib verspürte, die Dame wollte ich mir schon anschauen. So verabredeten wir einen Treff an einem Nachmittag in unserer Wohnung. Ich war in der Regel um halb fünf zu Hause. Da sollte Franz schon parat stehen. Frau Vogel sollte eine halbe Stunde später erscheinen, damit es nicht so auffalle.

Marie kam erst halb sieben nach Hause. Die Zeit müßte reichen. Mein Freund Wilhelm war natürlich eingeweiht, schließlich benötigte ich für unser Vorhaben sein Blitzgerät. Ob es nicht besser wäre, wenn er mir assistieren würde, fragte Wilhelm. Schließlich hätten wir eine ähnliche „Tat" schon einmal vorgehabt. Er meinte die kleine Blonde aus dem Klubhaus mit dem üppigen Hinterteil, was dann letztlich leider nicht geklappt hatte. Ich tröstete ihn: „Du siehst die Bilder als Erster."

Den Wochentag weiß ich nicht mehr, aber Frau Vogel stellte wie verabredet pünktlich um fünf ihr Fahrrad an die Hauswand. Onkel Franz bekam kaum noch Luft, und ehrlich – so abgebrüht war ich nun auch noch nicht. Wir schauten uns vielsagend an: „Dann man los!"

Nachdem ich „den Vogel" hereingelassen hatte, verschloß ich unsere

Haustür. Die Dame war mir vom Stadtbild bekannt. Sie fiel durch ihr eigenartiges Äußeres auf. Meistens hatte sie einen schlabberigen Trainingsanzug an oder zumindest solche Hosen. Fast immer mit einem Kopftuch auf, wuselte sie unauffällig durch die Straßen. Man hatte den Eindruck, die „läuft nicht ganz rund". Dagegen stand ihr listiger Blick, dem nichts zu entgehen schien. Blöd war die sicher nicht, eher verschlagen. Ich schätzte ihr Alter auf Ende dreißig. Onkel Franz dagegen hatte die Sechzigermarke bereits überschritten, nur seine Libido hatte das immer noch nicht so richtig mitbekommen.

Nach einer kurzen Begrüßung „zauberte" Franz drei Schnapsgläser und eine Flasche „Klosterbruder" aus seiner obligatorischen Aktentasche.

„Komm, Günter", sprach er, „wir kennen uns nun schon so lange, da sollten wir jetzt endlich Brüderschaft trinken." Er schenkte ein, und ich gesellte mich zu den beiden auf die Klappcouch, die wir vorsorglich in den „Standby-Modus" versetzt hatten. Nachdem die Gläser geleert und mir von einem Schluck auf den anderen ein „Onkel" verlustig gegangen war, küßte Franz seine Herzensdame. Recht lang', recht laut.

Mich trieb nicht unbedingt die Sorge um, daß Franz mich gleich im Anschluß auch so küssen würde. Bevor aber Frau Vogel eventuell auf die Idee käme, mich einzubeziehen, hätte ich die Couch lieber schon wieder verlassen gehabt.

Daraus wurde jedoch nichts. Sie hatte bereits beim Hinsetzen ihren Arm um meine damals noch schlanke Taille gelegt. Gut, sie war nun nicht unbedingt mein Fall, aber richtig eklig war sie auch wieder nicht. Trotzdem korrigierte ich im letzten Moment ihre Ziellinie so, daß aus ihrem vermuteten Ansinnen eines „Bruderkusses" nur ein mißlungener Wangenkuß werden konnte.

Schon wähnte ich mich auf der sicheren Seite, da stellte der „Vogel" eine Bedingung: „Ich ziehe mich nur aus, wenn wir es alle machen!"

Alle?

Ja, es waren nur drei Personen im Raum. Franz nickte gönnerhaft.

Sollte ich die Aktion gefährden? Wenn sie nun mal darauf bestand.

Also entkleidete ich mich ebenfalls und wollte mich gerade auf meine mir zugedachte Funktion zurückziehen, als sie säuselte: „Komm, setz' dich wieder zu uns. Wir müssen uns doch nicht so beeilen."

Frau Vogel, ihr Vorname ist mir nicht mehr gegenwärtig, mußte kurzfristig umdisponiert haben. Ich sollte jetzt nicht *nur* fotografieren?

„Spielend" hatte sie Franz bereits in das Land seiner Träume befördert. Ihn suchte gerade eine Ganzkörpererektion heim. „Eine Hand hab' ich doch noch frei", mußte sie sich gedacht haben, als ich mich wieder zu den beiden auf die Couch setzte ... Mein Neuem durchaus offen gegenüberstehendes Patengeschenk schien von ihrem Ansinnen nicht viel zu halten. Als sie es mündlich umzustimmen versuchte, konnte ich mich in letzter Sekunde ihrem Eifer entziehen. Dafür bekam nun Franz die geballte Sonderbehandlung – und ich meine ersten Aufnahmen.

Die Dame war hochaktiv. Bei ihrem Einfallsreichtum und der sich ständig ändernden Szenerie hatte ich mit dem Filmwechsel alle Mühe. Die Figur, die ich abgab, hätte ich selbst gern gesehen. Splitternackt, mit einem großen Blitzgerät und einer ebensolchen Kamera um den Hals, zwischen den hitzigen stöhnenden Leibern herumturnend.

Dann hatte sie ihn geschafft, den Franz. Auf dem Rücken liegend, rang er nach Luft. Sie war aber noch nicht fertig. Also kniete sie sich über ihn – andersherum – in „Fachkreisen" nennt man das 69, und hielt ihm ihre Liebesgrotte vor die Nase. Franz erwachte augenblicklich. Als ich meine Kamera zur Nahaufnahme ansetzte, ahnte ich Hermanns Erleben mit Laura. Etwas Monströseres hab' ich bis zum heutigen Tag nicht mehr zu Gesicht bekommen. Franz gab auf und kroch auf allen vieren in den nebenstehenden Sessel. Mühsam hob er die Augenlider und gab mir mit leichtem Kopfnicken zu verstehen:

„Los, gib ihr den Rest."

Frau Vogel verharrte in ihrer Stellung, und schien tatsächlich darauf zu hoffen, ich könnte mich doch noch für sie erwärmen. Da Franz sich aber bereits an ihr „vergangen" hatte ... Und überhaupt – nee.

Tage später gab es doch noch Ärger. Zum Glück nicht für mich. Frau Vogel hätte gern den Franz gegen ihren Angetrauten umgetauscht oder so ähnlich. Jedenfalls drohte sie, seine Frau mit Hilfe der Fotos von ihren wirklich außergewöhnlichen Fähigkeiten in Kenntnis zu setzen. Untreue hätte ihm seine Minna wohl schlecht vorwerfen können, schließlich hatte Franz ja durch ihren Fehltritt mit Rudi ausreichend Munition. Trotzdem wollte Franz lieber bei seiner Minna bleiben. Der „Vogel" war ihm einfach zu „flügge". Ihre Drohung in die Tat umzusetzen fehlte der Dame glücklicherweise der Mut. Franz sprach ihr vorsorglich die Kündigung aus. Auf jeden Fall vernichteten wir das kompromittierende Material, falls sie doch noch irgendwo plaudern sollte. In der DDR war die Herstellung von pornografischem Material eine Straftat. Bei späteren Gesprächen fanden wir unser gemeinsames Abenteuer immer wieder „stark". Auch Rudi und ich hätten das damals durchaus als erfolgreiche „Unternehmung" eingestuft.

Von meinem Berufsleben als Fotograf trennten mich noch vier Monate. Offiziell war ich zwar noch Lehrling, aber mein Einsatzbereich war bereits uneingeschränkt. Mein Lehrmeister nahm mich regelmäßig zu Aufträgen außer Haus mit. So lernte ich die Industriefotografie kennen und übte mich im Umgang mit der Großbildkamera. Im Atelier fotografierte ich vom Paßbild bis zur Hochzeit die gesamte Palette selbständig. Auf dem Standesamt waren bis zu fünf Hochzeiten am Tag keine Seltenheit. Ich ging dort sehr gern hin. Die Festrede verfolgte mich zwar schon im Schlaf, aber Opa Wieden am Flügel war mein Freund.
Er war ein begeisterter Pianist und spielte recht gut, streckenweise sogar virtuos. Manchmal, wenn ihm das Einerlei der ewig gleichen Stücke, *Für Elise*, mächtig auf den „Zeiger" ging, tuschelte er zu mir herüber: „Herr Cave, was soll ich jetzt spielen?" Nein, geduzt haben wir uns nicht, uns „trennten" über fünfzig Lebensjahre, aber verstanden haben wir uns prächtig. Nach so einem Standesamttermin eilte ich sofort zum Betrieb zurück und verschwand dort in der Tankkammer. Aufatmen konnte man erst, wenn die entwickelten Filme auf der Leine hingen. Ein Fehler und ... Nicht auszudenken.
Ende Juli war wieder die Zeit der großen Bilder für die zahlreichen Messen. Die beiden dominierenden Handelsketten HO und Konsum unterhielten sogar eigene Werbeabteilungen. Für mich brachte das zwar Nachtschichten, aber eben auch den willkommenen Zusatzverdienst. Tagsüber erschienen ständig Mitarbeiter verschiedenster Betriebe mit

immer neuen Aufträgen, die sich an „Wichtigkeit" übertrafen.

Unter diesen wichtigen Auftraggebern fiel mir eine Frau im mittleren Alter besonders auf. Ich tuschelte mit Hanna, ob sie vielleicht diese Dame hier schon öfter gesehen hätte.

„Gefällt dir die etwa", fragte Hanna und schaute mich verwundert an.

„Das ist Frau Wagner", wußte sie aus dem Stand zu berichten.

„Die Alte hat aber Haare auf den Zähnen, das kann ich dir sagen".

„Das mag ja sein", erwiderte ich, „aber ihre Titten sind unglaublich."

Mit Hanna konnte ich so reden, wir waren Kumpel, sonst nichts.

„Klar", erklärte sie mir fachmännisch, „bei fünf Kindern kann es schon mal vorkommen, daß das Gesäuge abstürzt." Hanna grinste breit.

„Und, weißt du noch mehr?", fragte ich weiter.

„Na ja", antwortete Hanna, „soviel ich weiß, lebt sie allein mit ihrer jüngsten Tochter. Die geht aber schon zur Schule."

Frau Wagner diskutierte heftig mit dem Chef, so konnte ich sie unauffällig mustern. Klar, das war schon eine reife Frau, trotzdem strahlte sie etwas aus, was selbst mich jungen Burschen anzog.

Nein, nicht nur ihr ausufernder Balkon. Da war noch was anderes.

„Kommen Sie mal bitte, Herr Cave", rief mich der Chef, „kriegen Sie die großen Bilder bis morgen auch noch fertig? Na, klären Sie das mal mit Frau Wagner, Sie können das ja am besten einschätzen."

Er verabschiedete sich von ihr und ging. Nun war ich ihr Gegenüber. Ich hatte ihre Wunschliste ja schon mitbekommen, trotzdem ließ ich mir alles nochmals genau erläutern. Dabei schaute ich ihr freundlich und „interessiert" in die Augen. *Das* war es: Sie hatte einen stechenden, bohrenden Blick. Auf mich wirkte der jedoch nicht unangenehm. Irgendwie fesselnd – oder sogar anziehend?

Er gab ihrem Gesicht die besondere Note. Dennoch war sie nicht das, was man im üblichen Sinne hübsch nennt. Wie sagt man? Ein angenehmes Äußeres. Ja, durchaus. Eine vollschlanke Mutti mit schönen fraulichen Rundungen. Vielleicht bemerkte sie mit weiblicher Intuition, daß ich sie abcheckte und sie mich erregte. Deutlich entspannten sich ihre Züge, verloren an Strenge. Das wiederum wirkte auf mich zurück. In meinem Alter waren Lust und Liebe bisher immer vereint daher-

gekommen. Liebe? Nein, davon spürte ich jetzt nichts. Was dann?
Zum ersten Mal ahnte ich, daß die Lust eventuell auch ein von der
Liebe unabhängiges Dasein führen könnte?
Amüsiert registrierte sie, wie ich unbeholfen zu flirten wagte. Zaghaft,
immer eine Hintertür offenlassend, um mich notfalls auf ein Mißver-
ständnis zurückziehen zu können. Die Frau war gut vierzig!
„Also", fragte sie, „gibt es nun eine Möglichkeit, daß ich die Fotos bis
morgen früh bekommen kann? Ich brauche sie allerdings schon sehr
früh, weil mein Zug zum Messegelände um 5 Uhr geht."
„Nur Mut", dachte ich, „nutze die Gelegenheit – jetzt."
„Ja, ich mache die Bilder noch heute. Das kann allerdings spät werden.
Vielleicht so gegen 23 Uhr?"
„Na, das ist doch ein Wort. Ich wohne ja nur schräg gegenüber.
Um elf bin ich wieder hier!" Sie gab mir die Hand. „Bis dann also."
Oha, der Blick beim Hinausgehen war nicht von schlechten Eltern.
Das bildete ich mir doch nicht etwa ein?
Hanna hatte die Szene vom Atelier aus beobachtet und fragte schein-
heilig: „Soll ich heute abend auch kommen – dir helfen?"
„Wie nett von dir, laß mal." Den ganzen Tag lang zog sie mich auf:
„Ja, ja, die Frau Wagner hat schon zwei gewichtige Argumente."
„Hau bloß ab, du!" Hanna lachte laut.
Nach Dienstschluß ging ich gar nicht erst nach Hause. Für die Schicht
am Abend hatte ich mir einiges vorgenommen. Zuerst kam mal Frau
Wagners Auftrag an die Reihe. Beim verbleibenden Rest steigerte ich
die Arbeitsproduktivität derart, daß es für eine Nominierung zum
„Banner der Arbeit" locker gereicht hätte.
Gegen 22 Uhr schaltete ich schließlich die Trockentrommel ein.
Als ich die ersten Bilder durchlaufen ließ, spielte ich in Gedanken den
Moment durch, in dem Frau Wagner zur Ladentür hereinkäme.
„Guten Abend. Auf Sie ist ja Verlaß. Vielen Dank. Auf Wiedersehen!"
So oder so ähnlich würde es bestimmt ablaufen – hmm.
Intuitiv griff ich zum Regler für die Trockentemperatur und drehte ihn
auf „kalt". Aus den Bildern wurde zwar durch die Transportwalzen das
Wasser herausgequetscht, sie blieben aber leicht feucht.

„Dann sind die Bilder eben noch nicht ganz trocken", dachte ich mir. Wie das die Situation zu meinen Gunsten ändern könnte, war mir auch nicht richtig klar. Sie sollte einfach nicht gleich wieder abhauen.

Nachdem ich im Labor alle Geräte ausgeschaltet und das Licht gelöscht hatte, breitete ich auf dem Fußboden im Atelier einige Handtücher aus und legte den feuchten Bilderstapel dort ab.

Frau Wagner erschien pünktlich: „Na, alles geschafft?" – „Ja."

„Hach, Sie sind mir ja ein Schatz."

Sie trug dunkelrote Pumps mit halbhohen Absätzen. Ihre schönen Beine zierten hauchdünne schwarze Nylons mit Naht. Der eng geschnittene schwarze Rock endete eine Handbreit über dem Knie. Durch die leicht durchsichtige silbergraue Bluse schimmerte ein schwarzer BH.

Ein breiter Samtgürtel und eine leichte Strickjacke, beides in Farbe der Schuhe, machten die zurückhaltende Eleganz komplett.

Das war eine richtige Frau! Abends um elf – allein – bei mir.

Mir wurden die Knie weich. Mein diffuser Plan, den ich ja so richtig gar nicht hatte, verflüchtigte sich angesichts dieses Anblickes und nahm meinen Mut gleich auch noch mit. Dumme Bemerkungen, schon gar nicht so einer Frau gegenüber, gehörten ohnehin nicht zu meinen Umgangsformen. Mein ansonsten recht verläßlicher Alltagsverstand versagte mir in diesem Moment aber ebenfalls den Dienst.

Frau Wagner dominierte die Situation.

„Schauen Sie, ich habe die Bilder hier im Atelier. Sie sind noch nicht vollständig trocken." Meine Stimme war kurz vor dem Versagen. Ich hatte einen Kloß im Hals. Als sie an mir vorbei das Atelier betrat, fehlte nur ein winziges Stück und wir hätten Körperkontakt gehabt.

Nur aus dieser knappen Distanz konnte ich für einen Moment den Duft ihres Parfüms wahrnehmen. – „Pfingstrose?"

Auf dem Boden hockend zeigte ich ihr, Blatt für Blatt umlegend, die Bilder. „Oh", sagte sie, „das haben Sie aber gut hinbekommen."

Dabei zeigte sie auf ein Bild. „Ja, die Ecke habe ich nachbelichtet."

„Prima!" Sie hockte sich dicht neben mich und verlor dabei ein wenig das Gleichgewicht. „Huch!" Sofort griff ich nach ihr. Dabei fühlte ich diesen wundervoll weichen Körper. Mich fröstelte.

Man hatte einfach *mehr* in der Hand – kein Mädchen.

„Danke", sagte sie, „aber Sie sind ja sowieso schon mein Retter."

Sie lachte. Ihr Mund war sehr nahe. Wäre sie in meiner Altersklasse gewesen, hätte ich an dieser Stelle meine Zurückhaltung aufgegeben und mich „rollengerecht" verhalten. So aber verwirrte mich diese neue Gefühlswelt nur noch mehr. – Auch das bemerkte Frau Wagner.

Für Sekunden hockten wir wortlos nebeneinander und schauten uns an. Mühsam hielt ich ihrem Blick stand. Ich wagte nicht, mit den Augen abwärts zu wandern, obwohl mich ihr Dekolleté magisch anzog.

„Was mache ich nun mit den feuchten Bildern?", fragte sie.

„Wenn sie irgendwo frei liegen oder hängen, sind sie in ungefähr zwei Stunden trocken", antwortete ich.

„Ich habe drüben", damit meinte sie ihre Wohnung, „einen Wäschetrockner zum Aufstellen. Das müßte doch gehen?"

„Das müßte wohl gehen."

„Haben Sie denn jetzt noch zu tun, oder sind Sie hier fertig?"

„Nein, für heute reicht es", antwortete ich.

Wo waren eigentlich meine wohlgeformten Sätze, die mir Großmutter so sorgfältig antrainiert hatte und auf die wir, jeder auf seine Weise, oftmals stolz waren? „Oh, Leni, der Junge spricht aber gut!"

Meine Minimalkonversation entsprach doch nicht meinem Vermögen. Ich mußte mich zusammenreißen. Was machte diese Frau mit mir?

„Dann helfen Sie mir doch bitte beim Aufhängen der Bilder, und ich mache uns noch einen Kaffee, hm?" – „Ja, natürlich, gerne!"

Und warum rutschte mir jetzt das Herz in die Hose? Das war's doch, was ich insgeheim erhofft hatte. Nun gut, Bilder aufhängen, Kaffee trinken. Sie wollte eben nett sein. Was bildete ich mir eigentlich ein?

Sorgfältig verschloß ich die Ladentür. Auf der Straße empfing mich eine warme Sommernacht. Frau Wagner war bereits einige Schritte voraus. Der enge Rock und die Pumps ergaben diesen erotischen Gang mit den typisch kurzen Schritten, den ich an Frauen so liebte. Tip, tip, tip. So ähnlich war einmal Melinda vor mir hergegangen. Frau Wagner brachte einige Kilo mehr auf die Waage. Ihre Figur hatte sie trotz der fünf Kinder behalten. Wenn es denn stimmte, was Hanna gesagt hatte.

Aber warum nicht. Das Verhältnis von Taille zu Becken war nicht viel anders, nur eben alles eine Nummer größer. Sehr aufregend.

Ich hatte sie eingeholt und ging neben ihr. „Oje", meinte sie, „das lohnt ja kaum noch, richtig ins Bett zu gehen. Früh um fünf sitze ich ja schon wieder im Zug nach Magdeburg. Na, vielleicht nicke ich da noch ein bißchen ein." Wir überquerten die Fahrbahn und schon standen wir vor ihrem Haus. Drei Treppen stieg ich hinter ihr hinauf. Immer ihre wohlgeformten Beine und das füllige, sich hin und her bewegende Hinterteil vor Augen. „Nur einmal ...", dachte ich.

„Täglich die Treppen rauf und runter, da bleibt man jung." Sie lachte.

„Das ist wohl wahr", antwortete ich. Ob sie das verstanden hatte?

Im Korridor hängte sie den Schlüssel an ein Brettchen und öffnete eine der Türen: „Schauen Sie, hier im Schlafzimmer ist genügend Platz. Ich hole Ihnen den Wäschetrockner aus dem Bad."

Im Schlafzimmer standen zwei Betten, jedoch nicht nebeneinander, sondern jedes an einer Wand. Über einem hingen einige Filmplakate.

Sie kam mit dem Wäschetrockner.

„Ach ja", klärte sie mich auf, „ich hab' die Plakate hängen lassen. Mit meiner großen Tochter habe ich mir die letzten Jahre das Zimmer geteilt. Jetzt studiert sie und kommt nur in den Ferien."

Das paßte jetzt: „Ihre große Tochter? Klingt, als gäbe es noch mehr davon?" – „Ja, ja", antwortete sie mit einem kleinen Lächeln, „nach der fünften habe ich es aufgegeben. Ich bekomme wohl nur Töchter."

Sie lachte wieder. „Bis auf meine Kleine sind sie alle aus dem Haus."

Ich begann, die Bilder aufzuhängen, sie schaute mir zu.

„Anja geht nun auch schon in die sechste Klasse", fuhr sie fort, „sie schläft nebenan und vermißt ein bißchen den Trubel von früher.

Dafür hat sie jetzt das große Kinderzimmer für sich allein."

Rücksichtsvoll fuhr ich die Erzähllautstärke zurück.

„Oh, Sie müssen nicht leise sprechen, die schläft wie ein Murmeltier.

Sind Sie denn auch schon Vater? Wie ich sehe, sind Sie ja verheiratet.

Da haben Sie aber früh die Richtige gefunden?"

Bevor ich nach dem nächsten Bild griff, hielt ich einen Moment inne, schaute ihr direkt in die Augen und antwortete etwas bedächtig:

„Wissen Sie – diese Frage stelle ich mir selbst ab und an. Da spielten noch weitere Umstände eine Rolle. Nein, Kinder hab' ich nicht."

„Hm, glücklich verheiratet sieht anders aus, wenn ich das sagen darf." Sie musterte mich und schien selbst etwas nachdenklich zu werden. Dann sagte sie leise wie zu sich selbst: „Ja, ja, die liebe Liebe." Akkurat hängte ich weiter ein Bild nach dem anderen auf.

„Na, wenn das noch etwas dauert, kann ich ja in bequemere Sachen schlüpfen und dann koche ich uns Kaffee, ja?

„Ja, gern."

Ich hörte, wie sie in die Küche ging und die Kaffeemaschine bediente. Den Geräuschen nach mußte es jedenfalls die Küche sein. Eine zweite Tür ging. Leise rauschte Wasser. Vielleicht wusch sie sich die Hände. Aber so lange?

Fertig, die Bilder hingen. Über den Korridor sah ich die offene Badtür.

„Kommen Sie, Sie möchten sich sicher die Hände waschen."

Sie stand im Bad vor dem Spiegel und ordnete flüchtig ihre Haare. Hatte ich es doch geahnt. Sie mußte kurz geduscht haben.

„Oh, schrecklich, den ganzen Tag in ,guten Sachen' herumlaufen ... Und morgen, nein, heute schon wieder – dazu die Wärme.

Ich bleib' jetzt einfach mal so, ja? Es macht Ihnen doch nichts aus?"

Ich stand an den Türrahmen gelehnt und betrachtete sie unverhohlen. Dunkelrot, das mußte ihre Farbe sein. Ein dunkelroter, glänzender dünner Morgenmantel verhüllte ihren Körper. Seide oder Satin?

Auch Pfingstrosen gibt es in dieser Farbe. Wie sie da stand ...

Als wäre es frischer Tau, glitzerten noch vereinzelte Wassertropfen auf ihren halbbedeckten Armen und Beinen – ihrem Dekolleté.

Ob auch *ihr* Duft betörte, vergrübe man sich in ihrer Blüte ...?

„Nein, das macht mir nichts aus", beeilte ich mich zu sagen.

Nach kurzer Pause überwand ich mich und sagte leise: „Doch."

Für einen Moment hatte sie wieder diesen stechenden, höchst aufmerksamen Blick. So, wie ich sie anschaute, konnte ihr mein in das kleine Wort „doch" verpacktes Geständnis nicht verborgen geblieben sein.

Ein Lächeln huschte über ihr Gesicht.

Bis zur Tür waren es nur zwei kleine Schritte. Da ich „todesmutig" nicht zur Seite trat, als sie das Bad für mich räumen wollte, hätte sie sich in der Tür an mir vorbeidrängen müssen. – Tat sie aber nicht! Auf gleicher Höhe blieb sie stehen. Nun hatten wir Körperkontakt. Wie weich sie war.

Leise fragte sie: „Wollten wir nicht Kaffee trinken?"

Der warme Hauch ihrer Worte strich über mein Gesicht. Ich schloß die Augen. Noch immer traute ich mich nicht, sie zu berühren.

Es kitzelte unendlich sanft an meinem Mund. Ohne richtig zu küssen, streichelten sie mich nur mit ihren Lippen. Mir stockte der Atem.

Wie zärtlich sie war.

Von dieser burschikosen Frau hatte ich das *so* nicht erwartet.

Langsam öffnete sie ihren warmen sinnlichen Mund.

Ihre Zungenspitze tastete sich zaghaft vor.

Endlich füllte ihre feuchte, überaus weiche Zunge meinen Mund aus.

Ich spürte meine Knie nicht mehr.

Bewegungsunfähig – nicht mehr auf dieser Welt – versank ich in einer Wolke höchster Gefühle. Mein Herz raste. Es pochte im Hals.

Der aufregendste Kuß meines Lebens.

Das Geschenk einer reifen Frau – die ich nicht liebte?

Ebenso langsam, wie sie begonnen hatte, löste sie sich von mir.

Ein kurzes flüchtiges Lippenberühren beendete die Situation.

„Geh' schon mal ins Wohnzimmer. Ich hole uns den Kaffee."

Hatte sie mich eben geduzt?

Durch die warme Abendluft schwebte aus der Ferne das Schlagen der Kirchturmuhr durch das offenstehende Fenster herein.

Mitternacht.

Sie kam mit einem Tablett, stellte es auf dem Couchtischchen ab und setzte sich neben mich.

„Hätte ich lieber nicht tun sollen?", fragte sie.

Ihr Blick war warm und innig. War das noch dieselbe Frau?

„So wie – du – hat mich noch keine geküßt", flüsterte ich.

Das *Du* kam mir trotz allem noch schwer über die Lippen.

„Na, jetzt willst du aber einer alten Frau eine Freude machen, was?"

Das konnte sie nicht ernst gemeint haben. Sie mußte doch merken, wie ich in ihrem Bann stand. Eine Antwort würde sie aber wohl haben wollen, meinte ich aus ihren Augen lesen zu können.

Behutsam griff ich nach ihren schlanken Händen, führte ihre Fingerspitzen an meine Lippen und zog ihren duftenden Körper an mich.

Zärtlich liebkoste ich ihre Wangen, kuschelte mit ihrem Mund, wie sie es zuvor bei mir getan hatte. Dann küßten wir uns leidenschaftlich. „Puh, du lernst aber schnell." Ihre schönen vollen Lippen glänzten.

„Das stimmt. Wenn mich was interessiert, lern' ich das auf der Stelle", erwiderte ich. Sie lachte. Irgendetwas geschah mit mir. Ich spürte es deutlich in meiner Brust. Begann ich etwa diese Frau – zu lieben? „Das könnte auch meine Mutter sein", kam es mir kurz in den Sinn.

„Du weißt aber schon, selbst wenn man schnell lernt, ist Wiederholung wichtig." Das beiderseitige Lachen entspannte die Situation.

So unwirklich, fast wie im Traum, das hier auch alles war, so richtig unverkrampft konnte ich mich immer noch nicht geben.

War ja auch ein ungleiches „Duell" – die Frau Wagner und ich. Ihren Vornamen hatte ich bislang nicht erfahren. J. Wagner hatte das Namensschild an der Tür „verraten". Das konnte vieles heißen.

„Na, komm, ich schenke erstmal ein."

Als sie sich über meine Tasse beugte, löste sich der locker gebundene Gürtel ihres Morgenmantels und fiel zu Boden. Ihre Brüste entblößten sich zwar nicht vollständig, trotzdem genügte der Anblick, um mich aus der Fassung zu bringen. Das muß mir anzusehen gewesen sein.

Sie stellte die Kanne zurück, setzte sich und sah mir in die Augen. „Hattest du etwa eine straffe Mädchenbrust erwartet?"

Ihre Stimme blieb leise und warm.

Zögerlich schüttelte ich den Kopf. Mein Puls pochte in den Ohren. „Nein – die sind so ..."

„Groß und häßlich?", schnitt sie mir den Satz ab.

„Um Himmels willen, nein! Sie sind so – so wundervoll."

Peu à peu zog sie ihre Arme aus dem Morgenmantel. Dabei entließ sie meine Augen keinen Moment aus ihrem aufmerksamen Blick.

Schließlich fiel der leichte Stoff über ihre Schultern hinab. Nun saß sie völlig nackt neben mir. Heftig zog ich sie an mich, fuhr über ihre seidenweiche Haut, ihre Schultern, ihren Nacken und küßte ihren Hals, ihr Gesicht, ihren Mund, nahm ihren frischen Atem in mich auf.

Wie zwei Süchtige sogen wir uns ineinander.

Mit geschlossenen Augen tastete sie nach meinen Händen und führte sie über ihre mächtigen Brüste entlang zu ihren Brustwarzen.

Langsam rutschte ich von der Couch, entledigte mich meines Hemdes und kniete mich vor sie hin. Mein Gesicht versank zwischen ihren Schenkeln. Mit einem leise seufzenden Ausatmen fiel ihr Kopf auf die Rückenlehne zurück. Ihre Hände streichelten zärtlich meinen Kopf, zogen ihn sanft über ihren behaarten Schoß hinauf auf ihren weichen Bauch, die großen Brüste in unmittelbarer Nähe. Hob ich meinen Blick, drängten ihre aufgerichteten Warzen gegen meinen Mund. Die rehbraunen seidenweichen Vorhöfe waren zu groß, als daß ich sie mit meinen Lippen hätte umfassen können. Oh, Wonne ...

Immer heftiger wuchs mein Verlangen nach dieser reifen erotischen Frau. Stöhnend sank sie tiefer in die Rückenlehne und schob ihren Unterleib über die Sitzfläche hinaus nach vorn. Mit ihren kräftigen Waden umschloß sie meinen nackten Oberkörper, um mir sanft, aber unmißverständlich den Weg zwischen ihre fülligen Schenkel zu weisen. Begierig tauchte ich in den verlockenden Kelch ihrer weit aufgebrochenen, betörend duftenden Blüte ein ...

Mein überschießendes Adrenalin und ihr köstlicher Nektar ergänzten sich zu einer berauschenden Liebesdroge. Immer heftiger wand sich ihr erregter Leib unter meinen Liebkosungen. Schließlich rutschte sie von der Couch. Meinen Kopf zwischen ihren Schenkeln, kniete sie nun über mir auf dem Boden. Völlig die Beherrschung verlierend, rang sie nach Atem. Wieder und wieder preßte sie mir ihren pulsierenden Schoß ins Gesicht. Sein aromatischer Saft rann mir über die Wangen. Ihre schweren Brüste pendelten dicht über mir. Wie zwei große dunkle Augen schienen mich ihre Warzen aufmerksam zu beobachten.

Abrupt hielt sie inne – keine Bewegung – kein Laut.

Die weichen Polster ihrer Schenkel spannten sich und zwängten mich fast ein wenig schmerzhaft ein. Ihr üppiger Leib bebte und krampfte in mehreren Wellen. Zitternd stöhnte sie halblaut in sich hinein.

Wir waren nicht allein in der Wohnung!

Nach einigen Sekunden sank sie in sich zusammen. Dann gab sie mich frei. Ihr heißer Schoß hinterließ beim Hinuntergleiten eine breite Spur auf meiner Haut, die von ihren Brüsten weiter verteilt wurde, als sie sich schließlich völlig erschöpft auf mich legte. Nachdem auch ihr Atem wieder ruhiger geworden war, streichelte sie liebevoll und sanft mein Gesicht, bedeckte es mit zärtlichen Küssen.

„Verzeih mir", hauchte sie verschämt, „ich hab' nur an mich gedacht. Es ist schon so lange her ...

Komm, laß uns ins andere Zimmer gehen."

Sie erhob sich und ging ein klein wenig taumelnd über den Korridor. Ihr prächtiges Hinterteil erzitterte bei jedem Schritt. Die gewaltigen, tief herabhängenden Brüste überragten selbst von hinten die Silhouette ihrer Taille. Ein Traumweib trotz aller Fülle.

Schon möglich, daß mich dieser Moment prägte. Von Stund' an war dieser Anblick meine heimliche Referenz erotischen Luststrebens.

Im Schlafzimmer angekommen, verschloß sie hinter uns die Tür. Mit einem Seufzer der Entspannung warf sie sich bäuchlings auf ihr Bett. Den Kopf zur Seite gedreht, schaute sie mich schmunzelnd an.

Eine leise Melodie summend, wippte sie kaum sichtbar mit ihrem Popo, als wolle sie mich foppen. Behend entledigte ich mich des Restes meiner Kleidung und stürzte mich unverzüglich in diesen fleischgewordenen Traum von Frau. Sie gluckste leise in sich hinein. Als brauche sie weitere Bestätigung für die Reize ihres opulenten Leibes, fragte sie skeptisch: „Ist dir das nicht ein bißchen zu viel des Guten?"

Weil meine nonverbale, animalisch anmutende Artikulation nicht viel Verwertbares hergab, antworte *sie* schließlich an meiner Stelle: „Offensichtlich nicht."

Mit auseinandergesetzten Knien hob sie mir ihr Hinterteil entgegen. Von ihren großen fleischigen Pobacken umgeben, sank ich in die Tiefe. Gierig, mit zügellosen Küssen, ließ ich mich an ihrer Pracht aus. Erneut war ihre Blüte weit aufgebrochen und lockte mit frischem köstlichem Nektar. Der Duft raubte mir fast den Verstand.

Zum ersten Mal in meinem Leben glitt ich in einen Frauenschoß.

Ihre kaum versiegen wollende Feuchte ermöglichte meinem bis zum Bersten erigierten Glied ein müheloses Eindringen. Sofort nahm sich ihre kräftige und doch so weiche Muskulatur meiner an.

Göttlich – einfach göttlich.

So überwältigend hatte ich mir das niemals vorgestellt.

Diese wundervolle erfahrene Frau mußte meinen kurz bevorstehenden Ausbruch geahnt haben. Gewand drehte sie sich auf den Rücken.

„Komm, schnell", drängte sie, mir beide Arme entgegenstreckend.

„Nein, nicht so, anders herum!"

Ich zögerte etwas unsicher. Wollte sie das wirklich?

„Na, komm schon."

Ihr schöner Mund schloß sich fest um mein Glied, nahm es vollständig auf. Ich fühlte ihre Zähne, ihre warme kreisende Zunge. Wimmernd vergrub ich mein Gesicht in ihrem behaarten Dreieck und krallte mich in ihre Hüften. Süße Krämpfe schüttelten meinen jungen Leib. Aus ihrer Umklammerung gab es kein Entkommen. Sie sog und stöhnte. Erst nach geraumer Weile kam ich langsam wieder zu mir. Nun war ich es, der verschämt dreinblickte. Lachend zog sie mich an ihre Brust. „Na, war das schön?" Ich nickte. Schmunzelnd drückte sie mir einen richtig dicken Schmatzer auf die Stirn. Noch nie hatte ich mich so rundherum wohl gefühlt. Dankbar zog ich sie an mich, streichelte die glatte Haut ihrer Schultern, ihres Rückens, ihrer Hüften. Den großen Popo mußte man einfach kneten. Wohlig stöhnte sie vor sich hin. Erneut fanden sich unsere Münder. Die Küsse wurden wieder leidenschaftlicher. Deutlich spürte ich, wie die harten Brustwarzen über meinen Bauch strichen. Allein solche Brüste zu kneten konnte einem den Verstand rauben. Sie suchte meine Hand und wies ihr den Weg in ihren heißen feuchten Schoß. Durch ihre lustvollen, immer heftiger werdenden Bewegungen rieb meine empfindliche Eichel an ihrem samtweichen Bauch und stieß dabei immer wieder zwischen die weit herabreichenden Brüste. Dieser Reiz war so ungeheuer, daß ich nach kurzer Zeit nicht mehr an mich halten konnte. Ein weiterer Ausbruch entlud sich über ihre rehbraunen Vorhöfe. Ihre sensiblen Warzen mußten das gespürt haben. Sie zuckte kurz, dann zog sich ihre kräftige

Muskulatur um meine Hand zusammen. Es kam mir vor, als würde ihr Schoß zwischen meinen Fingern zerfließen. Kraftvoll zog sie mich an sich, umklammerte mich und zitterte heftig von Kopf bis Fuß. Ein gewaltiger Orgasmus brachte auch ihr selige Entspannung.

Unsere Körper beruhigten sich. Die Küsse wurden wieder zärtlich. Eng aneinandergeschmiegt lagen wir uns nun in den Armen. Restlos glücklich betrachtete ich sie. Es schien, als sei sie erblüht. Kleine Tröpfchen standen auf ihrer Stirn. Ihre erröteten Wangen, ihre verwuschelten Haare, der zarte Flaum auf ihrer weichen Haut ... Schön war sie. Jetzt – war sie für mich schön.

„Warum haben wir das *so* gemacht?", traute ich mich zu fragen.

Ihre warmen Lippen an mein Ohr geschmiegt, flüsterte sie:

„Wolltest du denn, daß meine nächste Tochter auch *deine* wird? Ich verhüte schon lange nicht mehr."

„Ach so?"

Dieser Gedanke war mir zu keinem Zeitpunkt gekommen.

„Wäre denn das so schlimm?", flüsterte ich ziemlich dümmlich.

Hatte mir doch diese Frau gerade höchste Glücksgefühle geschenkt.

Sie schaute mich erstaunt, sicher auch ein wenig ironisch an, dann stupste sie mich zärtlich auf die Nase:

„Ach, du. Was weißt du schon. Du bist doch noch so jung. Dein Leben beginnt doch gerade erst."

„Ja – heute", hörte ich mich sagen. Das meinte ich wohl auch so.

Wie ernst mir das war, konnte sie nicht wissen. Marie ging mir durch den Kopf und besonders Melinda. All' meine Sehnsüchte hatte jedoch jetzt diese Frau gestillt, mit der ich hier eng umschlungen lag.

„Wie heißt du eigentlich?"

Sie lachte laut auf.

„Ach, Herr Cave, das fällt Ihnen also erst jetzt auf, ja?

„Na ja, liebe Frau Wagner, ich wollte ja nicht ..."

Ihr weicher sinnlicher Mund liebkoste abermals meine Lippen.

„Ich heiße Johanna, und was du noch wissen wolltest, ich bin schon etwas mehr als doppelt so lange auf dieser Welt wie du.

„Ich heiße Günter – ich bin der Günti." Sie lachte amüsiert.

Noch einmal versanken wir minutenlang in Zärtlichkeiten, küßten und schmusten verspielt. Jeder mit anderen Gedanken – wahrscheinlich.

„So, nun muß ich mich sputen, in einer Stunde geht schon mein Zug. Duschen, mich wieder herrichten ..." Es war fast hell geworden.

„Wann sehen wir uns wieder", fragte ich.

Ihr Gesicht wurde ernst. Nachdenklich strich sie über meine Wangen. Dann legte sie die Arme um meinen Nacken und drückte mich fest.

„Gar nicht!"

Als sie mein Entsetzen sah, legte sie ihre Hand auf meinen Mund.

„Es war wunderschön mit dir, wirklich. Du bist sehr lieb. Nach langer Zeit war auch ich wieder glücklich. Bewahren wir es tief in uns auf, ja? Noch schöner wird es nicht – nein – schöner wird es nicht ... Glaub' mir – glaub' einer alten Frau." – Ihr Lächeln mißlang.

Ich nahm meine Kleidung auf. Ein dicker Kloß hatte sich in meinem Hals ausgebreitet. An der Tür küßten wir uns noch einmal sehr lange. Sie trug wieder ihren dunkelroten Morgenmantel. Seide oder Satin? Auch Pfingstrosen gibt es in dieser Farbe. Meine hieß Johanna.

Als sich unsere Gesichter trennten, waren unser beider Wangen naß.

Die Tür fiel ins Schloß. J. Wagner stand auf dem Namensschild. Warum konnte ich das jetzt nicht lesen? Die Treppenstufen knarrten beim Herabsteigen. Dann fiel auch die Haustür hinter mir zu.

Wie betäubt stand ich auf der Straße. Mechanisch setzten sich meine Beine in Bewegung. Beinahe hätten sie mich am Marktplatz in meine Straße getragen, in mein altes Zuhause. Ja – dort wäre ich jetzt gern.

Mein alter Schrank, in den ich mich am Tage verkrochen hatte, um meine Filme einzuspulen. Opas Hängematte, dort hatte ich es immer gut gehabt. Der zerschlissene Chefsessel neben meinem kleinen Ofen. Beine hoch, Gitarre spielen, rauchen ... Alles das – war *Ich*.

Nichts davon besaß ich mehr, ja, es war nicht einmal mehr irgendwo. Der Bagger hatte nicht nur meine Pfingstrosen gefressen, er hatte auch meine Vergangenheit gefressen. Mir wurde auf einmal übel.

Ich bog in die Straße ein, in der meine alte Schule stand. Auch unsere Eisdiele gab es noch. Nur drei Häuser weiter war mein neues Zuhause.

„Oder wohnte ich dort nur – mit Marie?"

Auf dem Hof angekommen, setzte ich mich auf die kleine wacklige Bank vor unserer Haustür. Jetzt war es hell. Wieder stand ein warmer Tag bevor. Wenn ich jetzt noch ins Bett ginge, würde Marie sicher wach werden und unliebsame Fragen stellen. So blieb ich sitzen.

Die Kirchturmuhr schlug fünfmal. Ich legte den Kopf an die Wand und schloß die Augen. Noch immer spürte ich deutlich Johanna auf meiner Haut. Wie sie mich fest umschlungen gehalten hatte, nicht losgelassen hatte, als mir die Sinne schwanden. Roch ich an meinen Händen, war sie noch da. Warum Johanna, warum? War ich wirklich noch zu jung, um sie zu verstehen? Ich zog die Knie an mein Gesicht und heulte leise in mich hinein. Ein zweites Mal hatte mir der junge Tag nach nur einer einzigen wundervollen Nacht die Liebe genommen.

„Ja, ja, die liebe Liebe", hatte Johanna gesagt.

Sicher verstand sie viel mehr davon als ich. Das tröstete mich jetzt aber nicht. Es tat einfach nur so schrecklich weh.

Halb sieben. Marie war wie immer. Sie dachte sicher, ich hätte heute mal den Frühstückstisch gedeckt. Sonntags machte ich das manchmal.

„Bist du heute morgen aus dem Bett gefallen?", fragte sie.

„Ja, konnt' nich' schlafen." Wortlos schlürften wir unseren Kaffee.

Sie ließ mich in Ruhe, weil sie wußte, daß ich einen langen ermüdenden Abend hinter mir hatte. So falsch war das ja auch nicht.

Vor mir sah ich Johanna. Sie füllte meine Tasse. Ihr Gürtel löste sich und fiel zu Boden ... Meine Kaffeetasse stand bestimmt noch dort. Zum Trinken waren wir nicht mehr gekommen. Jetzt saß sie im Zug. Ob sie an mich dachte? Sicher dachte sie an mich. Auch ihre Leidenschaft hatte sich echt angefühlt. Nun aber entfernte sie sich gerade mit jedem Kilometer ein Stück weiter von mir.

Oh Gott, jetzt bloß nich' ...

Auf dem Weg zum Betrieb gingen mir die verschiedensten Dinge durch den Kopf. Mein letzter Lehrgang mit Facharbeiterprüfung stand kurz bevor. Die wichtigsten Aufgaben waren zwar erledigt, aber zum Thema „Freie Wahl" hatte ich noch keine zündende Idee gehabt. „Ach, das fällt mir schon noch ein", dachte ich in meiner oft so sorglosen Art.

In letzter Zeit hatte ich des öfteren über mein weiteres Berufsleben als Fotograf nachgedacht. Mein Lehrbetrieb erschien mir zunehmend zu eng, jedenfalls nichts für die Zukunft. Hier würde ich kaum bleiben wollen. In meiner „alten" Straße hatte sich inzwischen ein modernes Großlabor etabliert. Der Chef dort war der Sohn „meines" Fotohändlers. Der, der mich bei meinen ersten Gehversuchen als Fotoamateur begleitet hatte. Vielleicht würde ich ja dort ...

Meine Schritte wurden langsamer.

Vor Johannas Haus blieb ich stehen. – Was für ein Erlebnis.

Wer in meinem Alter konnte schon „so etwas" vorweisen. Nein, stolz war ich nicht, obwohl ich es schon „stark" fand, daß eine attraktive über zwanzig Jahre ältere Frau mir für eine Nacht ihre Liebe geschenkt hatte. Die Traurigkeit war viel zu groß. Die Lust führte wohl doch kein eigenes Dasein? Die Waagschale mit der Inschrift „Liebe" hatte sich während der Nacht deutlich gesenkt. Aber wie sollte das gehen?

Hatte sich Johanna in ihrer „Weisheit" darum für ein Ende entschieden, bevor es richtig weh täte. Vor allem für sie?

„Noch schöner wird es nicht – nein – schöner wird es nicht ...

Glaub' mir – glaub' einer alten Frau."

Schnell ging ich weiter.

Schräg gegenüber war schon das Fotoatelier. Kein großes Haus. Die Bausubstanz glich der vieler Häuser in unserer Stadt. Nicht ganz so schlimm wie ich es kannte, aber auch übel. Das Geschäft war um die Zeit noch geschlossen, also bog ich um die Ecke auf den Hof. In einem Seitenflügel befand sich der Laborbereich.

Breit grinsend begrüßte mich Hanna. „Na, hast' gestern abend noch viel zu tun gehabt?" Sie platzte bald vor Neugier.

In diesem Moment beschloß ich, niemandem das Geheimnis meiner dunkelroten Pfingstrose zu verraten.

„Bewahren wir es tief in uns auf, ja?"

„Ja, Johanna."

Ein letztes Mal saß ich im Zug nach Potsdam. Auf meinen Knien eine dicke Bildermappe, der praktische Teil. Ich kann mich ehrlich gesagt nicht erinnern, ob auch ein theoretischer Teil dazu gehörte. Auf jeden Fall mußte jeder Prüfling vor eine Kommission aus Lehrern und Lehrmeistern treten und mündliche Fragen beantworten. In der Theorie konnte mich so leicht niemand aufs Glatteis führen. Bei der Bewertung der praktischen Arbeiten flossen jedoch auch noch „geschmackliche" Ansichten der jeweiligen Kommissionsmitglieder mit ein. Na ja, ...

Mein Optiklehrer Herr Gottweiß, er hatte bei uns immer „Weiß Gott" geheißen, nahm mich in einer Pause zur Seite. Er schlug mir vor, an seine Stelle zu treten. Er wollte sich in wenigen Jahren aus der Lehrtätigkeit zurückziehen und meinte, ich könne das sehr gut machen. Daß ich kein Abitur habe, sei nicht unbedingt das Problem. Wenn er mich in der Betriebsakademie vorschlagen würde, wäre das praktisch die Eintrittskarte für ein Teilstudium. Das reiche für diese Lehrtätigkeit aus. Gut, Optik als ein Fachbereich der Physik, das wäre sicher keine Hürde gewesen. Maximum-Lenimum auch nicht. Das war immer und in allen Studienrichtungen Bedingung. Egal was, ohne das ging gar nichts. Allerdings konnte ich mir damals als junger Spund keine so „dröge" Tätigkeit wie Fachlehrer für Optik vorstellen. Jedes Jahr dasselbe Lied. Am Ende bekäme ich noch diese furchtbare „Lehrerkrankheit".

Nee, lieber nich'. Trotzdem, danke für das Vertrauen.

Mein Verhältnis zu Ilonka hatte sich über die Lehrgänge kaum verändert. Auch bei diesem letzten Prüfungslehrgang hatten wir Zeit für Schmusestunden gefunden. Unausgesprochen hatte sich aber wohl die Einsicht einer gewissen Ausweglosigkeit eingeschlichen. Wir waren jetzt beide ausgebildete Fotografen, und jedem stand nun eine andere Wirkungsstätte ins Haus. Eine reale Aussicht auf einen eigenen, vielleicht sogar gemeinsamen Fotobetrieb bestand zu dieser Zeit in der DDR jedenfalls noch nicht. Trotzdem kreuzten sich später – viele Jahre später noch einmal unsere Wege ...

Dreizehntes Kapitel

Ja, das geloben wir

Mit dem Facharbeiterzeugnis war meine Lehre beendet. Ich hätte nun einen regulären Arbeitsvertrag unterschreiben müssen. Als ich meine Absicht kundtat, im Großlabor meine berufliche Laufbahn zu beginnen, war mein Lehrmeister sehr enttäuscht. Er hatte bereits Pläne mit mir. Das tat mir sehr leid. Ich war ihm wirklich für viele Dinge dankbar, aber Angestellter in einer „kleinen Bude"? Ach, nee.

Bereits in der ersten Oktoberwoche war ich Mitarbeiter in diesem staatlichen Fotogroßlabor geworden. Meine Einstellung hatte sich als vollkommen unproblematisch erwiesen. Den Chef kannte ich bereits aus dem Klubhaus. Er war einige Jahre älter als ich, ungefähr so wie die beiden Fernsehmechaniker Hänschen und Gerd. Nach wenigen Tagen war aus dem Kollegen Cave „Du, Günter" geworden. Neben Eberhard, dem Chef, gab es nur noch einen weiteren männlichen Mitarbeiter, Harry. Der war für die moderne Technik zuständig. So war ich denn eine weitere willkommene männliche Verstärkung zwischen den vielen „Hühnern", Pardon, den Kolleginnen.

Dieser Betrieb war für die Massenproduktion von Kundenbildern geschaffen worden. Ergo verbrachte ich die ersten zwei Wochen ebenfalls am automatischen Belichtungsgerät, dem Printer. Im Prinzip so ein Teil, wie ich es aus dem Labor meines Lehrbetriebes kannte und mit dessen schneller Reparatur ich meinen Lehrmeister „beglückt" hatte. Dieser Printer war allerdings in Schrankgröße und hatte eine wesentlich höhere Stundenleistung. Nun, das war jetzt auch nicht die Tätigkeit, die ich mir für die nächsten Jahre vorstellen wollte. Eberhard beschwichtigte mich : „Wir sind ja erst im Aufbau. Du sollst unser Fotograf im Außendienst werden. Ich denke sogar über ein Fotostudio nach."

Gut, das hörte sich schon besser an. Allerdings erfuhr meine gerade eben begonnene fotografische Zukunft eine jähe Unterbrechung: Eines Morgen fand ich in meinem Briefkasten eine Nachricht:

267

Mein vom Klassenfeind bedrohtes Vaterland, unser sozialistischer Arbeiter-und-Bauern-Staat DDR, bedürfe zu seinem Schutz auch meiner aktiven Teilnahme. Eine Kalaschnikow, überreicht aus Arbeiterhand, sollte mir Ehre und Verpflichtung sein.

Und zwar schon Anfang November! Praktisch auf der Stelle.

Heiß und kalt lief es mir den Rücken herunter. Ich war noch nicht einmal ein Jahr verheiratet und schon sollte ich für eineinhalb Jahre ...

Robert hatte seine Armeezeit gerade beendet. Ich zeigte ihm meinen Einberufungsbefehl. „Ja", sagte er, „da müssen wir jetzt erstmal alle durch. Danach machen wir wieder Musik. Das richtige Leben beginnt nach der Fahne." – „Hoffentlich", dachte ich.

„Wo mußt du denn einrücken?" Auf der Karte stand Eggesin-Karpin, Kreis Pasewalk, dort, wo sich Fuchs und Hase gute Nacht sagen.

„Ach du Scheiße", sagte Robert, „da hast du mein Mitgefühl." Bei der Musterung hatte man mich für die Luftstreitkräfte vorgesehen. Die gab es jedoch in der Gegend auf keinen Fall. War da was schief gelaufen? Ja! Was, erfuhr ich später ...

An einem ekelhaften Novembermorgen stand ich zusammen mit anderen Leidensgenossen vor dem Wehrkreiskommando unserer Stadt.

Es gibt selbst bei solcherlei Anlässen immer Leute, die das irgendwie lustig finden. Ich gehörte nicht dazu. Die Mehrzahl auch nicht.

In meiner Reisetasche befanden sich nur wenige Sachen. Auf dem Merkzettel waren in erster Linie die Dinge aufgeführt, die wir *nicht* mitbringen sollten. Für die nächsten achtzehn Monate würde sich die Nationale Volksarmee umfassend meiner annehmen. Kleidung, Kost und Logis. Nur meine Kampfkraft, die – sollte ich mitbringen.

Damit wir gleich wüßten, woher der Wind weht, bekamen wir die erste Kostprobe des nun herrschenden Tones: „In Zweierreihe angetreten!" Nix da, Herr Cave. Ich war jetzt Genosse – wir waren alle Genossen.

Die Begrüßungsfloskeln waren nicht der Rede wert. Wem jedoch an einem Déjà-vu aus Preußens Glanz und Gloria gelegen ist, der sollte die Nationale Volksarmee der DDR kennengelernt haben.

Schließlich wurden wir auf die bereitstehenden Busse aufgeteilt, die uns

an die jeweiligen Standorte bringen sollten. „Aufsitzen!"
Mit einem dicken Klumpen in der Magengrube grübelte ich während der Fahrt schweigsam vor mich hin. Was würde mich wohl erwarten? Achtzehn lange Monate ...
Großvaters gutmütiges Gesicht tauchte vor mir auf. Was hatte er erlebt in den Jahren der beiden Weltkriege, ständig vom Tod bedroht. Dagegen war das hier doch nur Krieg „spielen". Oder etwa nicht? Das westliche Lager stand den Staaten des Warschauer Paktes offen feindlich gegenüber. Eine bewaffnete Auseinandersetzung lag durchaus im Bereich des Möglichen. In der Vergangenheit hätte es ja beinahe schon mehrmals fast „geklappt". Dabei kam mir die Kubakrise wieder in den Sinn. Oma hatte mich damals in den Arm genommen und gesagt: „Günti, mein Junge. Wenn jetzt die Sirenen heulen, haben wir wieder Krieg." Sie wußte, wovon sie sprach. Opa war die Tage auch sehr still und hatte ständig seine geliebten Nachrichten im Radio verfolgt. Was von der heutigen jungen Generation oft nicht genug bedacht wird: Im Falle einer Auseinandersetzung wäre Deutschland der Kampfplatz zwischen Ost und West gewesen. An der Grenze und insbesondere in Berlin standen sich beide Systeme Auge in Auge gegenüber.
Eigentlich war immer noch Krieg – kalter Krieg.

Nach einer guten Stunde erreichten wir den Stellplatz in Pasewalk. In regelmäßigen Abständen fuhren Mannschaftswagen der NVA vor. Ein begleitender Offizier, Dienstgrade kannte ich noch nicht, rief einige Namen auf und verlud „seine Genossen" zum Transport in das jeweilige Objekt. Das geschah einige Male, dann war der Platz leer.
Bis auf mich!
Was gingen mir da für Hirngespinste durch den Kopf. Bis jetzt war ich noch nicht wirklich eingerückt. Sollte ich vielleicht einfach abhauen? Wohin? In den Westen? Zu meinen Eltern? Zu meinem Bruder?
Ein offener Trabant Kübel schoß über den Platz. Der Offizier neben dem Fahrer erspähte mich. Kurz vor mir kam das Teil mit quietschenden Reifen zum Stehen. „Was machen Sie denn hier?"
Ich war zwar noch in Zivil, aber so deppert schauen wohl nur frische

269

„junge Genossen" aus. Ich zeigte meinen Einberufungsbefehl vor.
„Mitkommen!"
Ich stieg in den mattgrünen Trabi und ab ging die Post. Nach wenigen
Straßen hielten wir vor dem Wehrkreiskommando Pasewalk.
„Absitzen, mitkommen!"
Beim OvD (Offizier vom Dienst) sollte ich warten. Bald darauf kam
mein wortkarger Häscher in Begleitung mit einem weiteren Offizier.
„Der da!" Er wies auf mich. Dann verschwand er.
Der andere Offizier, wahrscheinlich der Dienststellenleiter, war freund-
lich und weitaus gesprächiger.
„Sie sind doch der Fotograf?" Ich nickte.
„Na, fein, dann haben wir ja endlich einen Filmvorführer. Sie können
doch mit solchen Apparaten und so?"
Sollte mir das Glück hold sein und mir eine Armeezeit im Innendienst
bescheren? Ich antwortete: „Ja, die Kinotechnik ist so viel anders auch
nicht. Das kann ich schon, klar."
„Fein, fein. Ich klär' das gleich. Nehmen Sie doch noch einen Moment
Platz." Weg war er wieder. Mein Inneres fühlte sich etwas besser an.
Filmvorführer, bestimmt war das kein schlechter Posten.
Es dauerte eine Weile, dann kam er zurück. „Schade, mit Ihnen gibt es
ein Problem. Ich hätte Sie wirklich gerne hier behalten."
„Wieso?", fragte ich zurück. Freundlich, mit etwas verhaltener Stimme,
klärte er mich auf: „Wissen Sie, der Filmvorführer gehört zum Propa-
gandazug, und dort ist jegliche Form von Westverwandtschaft uner-
wünscht. Ich kann da nichts machen. Viel Glück. Sie werden gleich
abgeholt." Dann gab er mir die Hand.
Es gibt immer sone und solche – überall. Die Angst kam wieder
hoch. „So eine Scheiße, dachte ich. Nationale Volksarmee und meine
Westverwandtschaft." In diese Richtung hatte ich noch gar nicht gedacht.
Es dauerte nicht lange, da wurde ich „abgeholt". Diesmal war es die Mi-
litärstreife mit einem mattgrünen B1000 (ein Kleinbus). Ihre Uniform
unterschied sich von der „normalen" durch ein weißes Koppelzeug.
„Genosse Cave?" – „Ja?" – „Mitkommen!"

Die Fahrt dauerte etwas länger. Gesprochen wurde nicht. Die Häuser wurden weniger. Irgendwann kamen nur noch Feldwege und Kiefernwälder. Dann lichtete es sich etwas, und eine lange Straße tat sich auf. Jetzt sah ich auf der einen Seite nur Wald und auf der anderen Seite ein Armeeobjekt nach dem anderen. Vor einem dieser Objekte wurde ich ausgeladen und am KDL (Kontrolldurchlaß) abgeliefert.

Pionierbataillon 9.

Den Pionieren hatte ich immer wohlgesonnen gegenübergestanden. Daß diese Pioniere hier etwas völlig anderes waren, sollte ich dann schon recht bald erfahren.

Der Wachposten grinste mich an. „Ah, ein Spritzer. Na, viel Freude."

Wieder wurde ich abgeholt und in das Objekt geleitet.

Vom Kontrollposten aus ging es am Stabsgebäude vorbei. Rechts reihten sich die Unterkünfte der Soldaten auf. Auf der linken Seite gab es noch andere Gebäude. Die Bibliothek, die Hasenschule, der Med.-Punkt mit einigen „Gästebetten" und eine Freizeitkantine nebst einer Verkaufsstelle, wie ich später erfahren sollte. In der Mitte ein großer Appellplatz.

In eines der Gebäude auf der linken Seite führte unser Weg. In einem Raum saßen schon etwa dreißig „junge Genossen". Alle noch in Zivil wie ich, also gerade angekommen. Vor jedem lag ein Kopfhörer und auch sonst gab es in dem Raum viel technisches Gerät. Es handelte sich wohl um den Ausbildungsraum für die Funker.

„Guten Tag, Genossen", begrüßte uns ein Offizier.

„Ich bin Hauptmann Bremer, der Nachrichtenoffizier des Bataillons. Wir machen jetzt mit Ihnen einen Eignungstest, um herauszufinden, wer für die wichtige militärische Aufgabe eines Funkers in Frage kommt. Setzen Sie bitte die Kopfhörer auf. Sie bekommen kurze und lange Töne zu hören. Auf dem vor Ihnen liegenden Blatt notieren Sie bitte für jeden kurzen Ton einen Punkt und für jeden langen einen Strich. Der Test hat einen ansteigenden Schwierigkeitsgrad. Die Töne können mal hoch und mal tief sein. Ebenso sind sie zum Ende hin von Rauschen und anderen Stimmen überdeckt. Wir machen diesen Test mit allen, um herauszufinden, wer das kann. Los geht's."

Ich mußte kurz an meinen Busenfreund Rudi denken. Vergeblich hatte er sich gemüht, das Morsealphabet zu lernen. Wir wollten uns in der Nacht auf dem Mühlberg mit Taschenlampe und Blinkzeichen verständigen. Aus dem Abenteuer wurde nichts. Sein Cortex praefrontalis gab das einfach nicht her. Ich konnte das recht flüssig, aber inzwischen waren fast zehn Jahre vergangen ...

Es knackte in meinem Hörer: Di-di-di-da-da-da-di-di-di.

Ich notierte: drei Punkt, drei Strich, drei Punkt. Aha, SOS.

So ging es eine Weile, dann wurde es wirklich schwerer. Trotzdem, für mich war es einfach Musik. Ich summte die „Melodie" nach und notierte bis zum Ende fehlerfrei. Würde ich das einige Tage üben, hätte ich die „Melodie" auch zwischen Preßlufthämmern herausgehört.

Nach einer längeren Pause wurden dann die Ergebnisse ausgewertet. Nur zwei „junge Genossen" hatten ein fehlerfreies Hörprotokoll abgeliefert. Ein kleiner Blondschopf und der Genosse Cave, jedoch ...

Als wir den Raum verließen, hielt mich Hauptmann Bremer zurück: „Genosse Cave, ich hätte Sie wirklich gern in meiner Truppe gehabt, aber ..." Funker wäre ich auch gern gewesen. So wurde dann auch aus dieser Hoffnung auf einen „auszuhaltenden" Posten bei der Nationalen Volksarmee wegen meiner „Westbeziehungen" wieder nichts.

In der Kompanie wartete man schon auf uns. Der Friseur wartete, um genau zu sein. Nicht nur der größte Teil unserer Haare fiel seiner Schermaschine zum Opfer, auch die Individualität litt bei einem Blick in den Spiegel erheblich. Wir sahen hinterher einfach doof aus.

Dann ging es zur Kleiderkammer. Einkleidung:

Eine Felduniform, eine Uniform für die tägliche Dienstverrichtung, eine „Schwarzkombi", zu vergleichen mit dem „Blaumann" im zivilen Leben für die Schmutzarbeit an Fahrzeugen und Gerätschaften, eine Ausgehuniform, Lederstiefel, Halbschuhe, lange Unterwäsche, kurzes Sportzeug, Trainingsanzug, Wattejacke, langer Mantel, Mütze, ein Käppi und natürlich diverse weitere Ausrüstungsgegenstände. Wenige Tage später kam dann die persönliche „Waffe aus Arbeiterhand" hinzu. Eine Kalaschnikow.

Jegliche Form von persönlicher Kleidung war untersagt. Auch auf der Fahrt in den Urlaub und in den Ausgang. Apropos Ausgang: Wohin?

In den ersten vier Wochen der Grundausbildung gab es für uns ohnehin keinen Ausgang. Ansonsten konnte man natürlich einige Kilometer durch den Wald marschieren, um dann in die Kneipe des nächsten Dorfes einzukehren. Da mich aber Alkoholisches nicht interessierte, konnte ich auch genau so gut in der Gaststätte des Objektes bleiben. Bockwurst, Bouletten und Kaffee gab es hier auch.

Schon am nächsten Morgen kehrte für uns ohne große Umschweife der Armeealltag ein. 6 Uhr. „Raustreten zum Frühsport", brüllte der UvD (Unteroffizier vom Dienst) durch den langen Hausflur und riß die Türen auf. „Los, raus ihr faulen Säcke". Das war nicht so richtig ernst gemeint. Irgendwie dann aber wieder doch. Es galt vor allem uns „jungen Genossen". Auf meiner Stube gab es neben mir nur noch einen weiteren. Die vier anderen befanden sich bereits im zweiten bzw. im letzten Diensthalbjahr. Entsprechend war die Rangordnung.
Wir waren die „Spritzer", sozusagen die Ärsche der Kompanie. Im zweiten Diensthalbjahr stieg man dann zum „Vize" auf und durfte Spritzern „Befehle" erteilen, bekam aber noch selbst von den „EKs", den Entlassungskandidaten, „eins zwischen die Hörner". Klingt schon sehr nach Kindergarten, war aber durchaus belastend. Stuben- und Revierreinigen blieb grundsätzlich an uns Spritzern hängen einschließlich diverser Schikanen. Diese „Selbsterziehung" hatte Methode und wurde insgeheim von den Vorgesetzten geduldet bzw. übersehen.
Nur eine Episode von vielen weiteren:
Im Winter durfte einem EK nicht kalt werden. Um 21 Uhr hatten wir nochmals Kohlen in den Kachelofen nachzulegen. Diese mußten jedoch erstmal vom Kohlenplatz geholt werden. Ein Brennmaterialvorrat im Zimmer war nicht gestattet. Die Bettgestelle der „leidenden" EKs sollten immer dunkelrot glühen, damit sie bis zur Entlassung nicht dem Kältetod anheim fielen. Um 22 Uhr durfte allerdings keine Glut mehr in der Feuerstelle sein. Ergo zogen wir die glühenden Kohlen kurz vorher wieder heraus und fegten die Feueröffnung mit dem Handfeger sauber. Der UvD kontrollierte das zur Nachtruhe. Das war nicht lustig! Ausufern durfte das allerdings nun auch wieder nicht. Dann gab es

auch für die EKs Strafen. Schließlich waren wir alle „Genossen" im Dienste des Sozialismus. Aus Erzählungen erfuhren wir, daß es in der Vergangenheit doch einige übertrieben hatten und im Armeeknast in Schwedt an der Oder unter verschärften Bedingungen einsaßen. Die dort verbrachte Zeit galt nicht als Dienstzeit und wurde an den Wehrdienst angehängt. Davor hatten die EKs schon einigen Respekt.

Frühsport: Noch immer ziemlich verschlafen, mußten alle vor der Kompanie antreten. Anzugsordnung: Eine rote kurze Turnhose und ein gelbes kurzes schulterfreies Unterhemd. Im November!

„Rechts um, im Laufschritt, marsch!"

Laufschritt war bei den morgendlichen Temperaturen auch nötig. Der Trainingsanzug durfte erst angezogen werden, nachdem „von oben" der *Winter* befohlen war. Da hatte auch *Der Herr* nichts zu melden.

Umgekehrt ging das auch. So schwitzten wir im Frühjahr in unseren Trainingsanzügen, weil eben noch kein *Sommer* befohlen war.

Nach dem Frühsport ging es in den Waschraum. Waschtröge aus Steinzeug standen hier bereit. Darüber eine offen verlegte Eisenleitung. An dieser eine Reihe schnöder Wasserhähne. Kaltes Wasser!

Zuerst widmeten sich einmal die EKs ausgiebig ihrer Morgentoilette. Cremen und Salben, ein Aftershave auf die zarte Haut, man war ja fast schon wieder Zivilist. Für uns, die Spritzer, blieb in der Regel kaum Zeit. Dem Verlangen nach persönlicher Notdurft konnte man einen Raum weiter nachgehen. Daß Männer gewohnt sind, beim Pinkeln in einer Reihe zu stehen, ist nicht außergewöhnlich. Da gibt es aber noch das „große Geschäft". Auch das erledigten wir in einer Reihe. Gut, zwischen den Kloschüsseln waren kurze Trennwände, aber keine Türen! Scheißen im Kollektiv. Das verbindet.

Ähnlich den kollektiven Räumen fürs „Intime" war auch der Speisesaal organisiert. Tische für jeweils zwölf Mann standen in langen Reihen. Die Sitzbänke waren fest mit den Tischen verbunden, aus einem Stück Holz gehauen sozusagen. Bei der Essenausgabe stellten sich die EKs einfach immer vorn an. „Gibt's Probleme, Spritzer?"

Um 8 Uhr begann der Dienst. Für die „jungen Genossen" war das in erster Linie Sport. Meine Leidenschaft. Verpissen ging hier nicht. Bei der NVA hieß das Militärische Körperertüchtigung, MKE. Das klang, als hätte es schon zu meines Großvaters Zeiten so geheißen.

Der Sportplatz war jedoch das geringere Übel. An den verschiedensten Übungsgeräten waren Vorgaben zu erreichen. Dafür wurden Zensuren erteilt und eingetragen. Diese Zensuren hatten auch Einfluß auf die Genehmigung von Urlaub. In einer deutschen Armee ist natürlich alles geregelt, so auch das Mindestmaß an gesetzlichem Urlaub. Ein zusätzlicher Kurzurlaub oder ein Sonderurlaub gar lag im Ermessen des Kompaniechefs oder auch durch Fürsprache des Zugführers.

Ein charmanter Anreiz, um das Wort Erpressung zu vermeiden.

In Form eines 50-Kilogramm-Gewichtes lag so ein Anreiz bald vor mir. In der ersten Woche mußte jemand vergessen haben, dessen Schrauben vom Boden zu lösen. In der zweiten Woche waren „die Schrauben" wie von Geisterhand verschwunden. Nach vier Wochen, also zum Ende der Grundausbildung, konnte ich diese Masse dann sechzehn Mal an gestreckten Armen über meinen Kopf stemmen.

„Genosse Cave, eine Eins." Siehste.

Es gab ein weiteres Gewicht. 75 Kilo! Das war jedoch nicht Pflicht. Trotzdem gab es Leute, die das schafften. In der Regel handelte es sich um Genossen mit kürzeren Wegen. Mit kleinerem Kopf oder so ...

Bei etwas gutem Willen konnte man dem Sportplatz einen Rest von Spaß abgewinnen. Mit Spaß hatte die NVA jedoch wenig im Sinn, darum gab es einen weiteren Platz: Die Sturmbahn!

Wer nicht weiß, was eine Sturmbahn ist, den würde ich gern einmal mit der Stoppuhr in der Hand darüber scheuchen. Das Glücksgefühl, hinterher immer noch am Leben zu sein, ist schon berauschend.

In voller Ausrüstung, also einschließlich Gasmaske und Atemnot, Stahlhelm und Maschinenpistole, jagte man über einen Parcours. Wie eine Flunder an den Boden gepreßt, robbte man einige Meter unter einem mit Stacheldraht überspannten Hindernis hindurch. Danach dann gleich der Fuchsbau, die Eskaladierwand und das Erreichen einer offenen Häuserfront über einen meterlangen frei in der Höhe angebrachten relativ dünnen Balken. In Stiefeln und im Winter ...!

Irgendwann lag man dann, um Luft ringend, zu Füßen des Ausbilders.

Der schaute auf die Stoppuhr. Schlechter als eine Zwei wurde es bei mir auch hier nicht. Das konnte man noch „durchgehen" lassen.

So vergingen die ersten vier Wochen. Die Krönung „vons Ganze" stand bevor: Der Fahneneid.

Vorher jedoch mußten wir uns dessen würdig erweisen – in Form eines abschließenden „Härtetests". Wir nannten das Gewaltmarsch.

25 Kilometer ging es nur auf Schusters Rappen über Stock und Stein. Dabei ereilte uns so mancher Fliegerangriff oder der Zugführer schrie: „Gas!" Hieß runter auf den Boden, Luft anhalten, Augen schließen, die Maske herauszerren und den Stahlhelm wieder auf. In der Regel folgte dann ein Atomschlag! Dann wurschtelten wir eiligst unter dem Gebrüll des Ausbilders unsere Schutzkleidung an. So mußten Aliens aussehen. Zum Glück bot meist irgendeine Vertiefung im offenen Gelände ausreichend Sicherheit. Zur Not tat es auch ein Baumstamm. Da konnte die Atombombe dann nichts ausrichten. Was waren wir froh!

Um eine kleine Auflockerung bemüht, kam auch schon mal der Befehl: „Achtung, Tiefflieger von unten." In Gegenwart großflächiger Regenpfützen immer wieder gern genommen. Nein, so ein Spaß!

Ja, Tiefflieger habe ich bei der Fahne einige kennengelernt ...

Als wir uns in der Nacht mit schmerzenden Gliedern, Blasen an den Füßen und am Rande unserer Kräfte ins Objekt schleppten, fehlte hier und da ein Genosse. Irgendwann wollten ja auch mal die Gästebetten im Med.-Punkt besucht sein.

Der Morgen der „Hochzeit" begann mit Schokoladen-Milchsuppe! Milchsuppe ist o.k.

Neben dem Teller lagen Bananen und andere „Köstlichkeiten".

Der Umgangston war an diesem Tag recht milde, auffällig jedenfalls.

Die EKs kannten das schon. „Wartet nur ab, ihr Spritzer, wenn ihr erst den Eid geleistet habt ziehen die wieder andere Saiten auf."

Am Vormittag stand das gesamte Pionierbataillon 9 angetreten. In vorderster Reihe die „jungen Genossen". Der Kommandeur des Bataillons schritt nebst Gefolge mit reichlich Lametta auf den Schultern unsere Formation ab. Seine glühende Rede folgte. Ebenfalls angetreten: Die

Militärkapelle des Standortes. Ich schäme mich nicht zuzugeben, daß ich bei der Nationalhymne damals wie heute feuchte Augen bekomme. Ein Meisterwerk von Hanns Eisler und Johannes R. Becher, welches dem vereinten Deutschland besser zu Gesicht stünde als „Deutschland, Deutschland über alles". Nur, falls man mich fragen sollte.

Nachdem feierlich der Fahneneid vorgesprochen wurde und wir alle mit: „Ja, das geloben wir", geantwortet hatten, waren wir jetzt offiziell Soldaten der Nationalen Volksarmee der DDR.

Der Abmarsch der einzelnen Kompanien erfolgte unter Begleitung der Militärkapelle. Das klang dann wieder sehr nach Preußen. Danach hatten wir frei, und nun durften auch wir in den Ausgang.

Dezember 1970. Weihnachten stand vor der Tür. Wer von den jungen Genossen würde wohl Urlaub bekommen. Die Chancen standen nach so kurzer Zeit eher schlecht. Mein Bonus war, daß ich bereits eine Ehefrau zu Hause hatte. Vielleicht würde das ja helfen? Noch nie im Leben war ich so lange von zu Hause fort gewesen. Maries Eigenarten verblaßten unter der Sehnsucht nach meinem Zuhause fast vollständig. Entsprechend waren die Briefe, die wir tauschten. Vielleicht war das unsere beste Zeit, fern und doch einander so nahe ...

Ich klopfte bei meinem Zugführer an die Tür. Oberleutnant Dingsda, den Namen weiß ich nicht mehr. Bei uns hieß er nur „Hardy".

Mit der Miene des Bittstellers erkundigte ich mich in totaler Hochachtung vor der „Kraft seiner Wassersuppe" nach meinen Chancen bezüglich eines Weihnachtsurlaubes. Das gefiel Hardy. Er war sich nie sicher, ob wir ihn so richtig ernst nahmen. Jedenfalls hinter seinem Rücken. Vorn gab er gern den zackigen Offizier. Die Rolle brachte er aber nicht überzeugend. Trotzdem, er kochte nun mal die „Wassersuppe" und entsprechend ließ ich ihn das fühlen. Als ehemaliger Kaiser kannte ich mich ja in Hofknicksen aus. Hier waren die Hände an der Hosennaht jedoch die bessere, die erwartete Geste. Konnte ich.

„Der Genosse Cave, aha. In den Weihnachtsurlaub, aha. Im ersten Diensthalbjahr? Na, schau'n wir mal", damit blätterte er in dem ominösen Buch meiner militärischen Leistungen herum: „Hm, hm, in MKE 'ne gute Zwei?" – „Ja, 'ne Sportskanone bin ich nie gewesen, aber ich strenge mich wirklich sehr an", ließ ich es unterwürfig an mir heruntertropfen. „Na, das ist ja auch schon so in Ordnung", sprach Hardy mild gestimmt. Mochte ich ihn jetzt?

Er blätterte um: „Aha, im Polit-Unterricht eine sehr gute Mitarbeit", er musterte mich von oben bis unten. Ich versuchte, die militärische Grundhaltung bis an die Grenze des Erträglichen zu optimieren.

„Na, nun rühr'n 'se ma'." Ich rührte.

„Sie stehen also unserem Arbeiter-und-Bauern-Staat und dem Sozialismus positiv gegenüber – trotz ihrer Westverbindungen?"

„Jawohl, Genosse Oberleutnant. Die konnte ich mir nicht aussuchen."

„Hm, hm, stimmt schon." Hardy dachte nach.

„Was sagen Sie denn zu unserer Wandzeitung auf dem Flur? Sie haben doch als Fotograf sicher eine Meinung dazu?"

Wie kam er jetzt darauf? Intuitiv witterte ich Morgenluft. Allerdings hatte ich die Tafel gar nicht so richtig in Erinnerung. Egal.

„Das kann man bestimmt besser machen", antwortete ich.

„Dann machen 'se ma'. Einen Weihnachtsurlaub im ersten Diensthalbjahr bei guten Leistungen und der richtigen Einstellung zu unserem Staat, das kann ich vertreten", verkündete er in aufgesetztem Polterton.

Jetzt mochte ich Hardy. Das blieb auch so.

Wieder einmal saß ich in einem Zugabteil. Zuvor war ich einige Kilometer durch den Wald gewandert, um die Station des Wüstenexpresses zu erreichen. Dieser brachte mich aber nur bis Pasewalk. Hier wartete ich auf den Zug, der mich bis in unsere Bezirkshauptstadt bringen sollte. Dort wartete ich wiederum am Busbahnhof, um endlich eine halbe Stunde später in meinem geliebten Städtchen zu sein.

Mit dem Auto wäre das alles in eineinhalb Stunden zu erledigen gewesen. So dauerte es fast einen halben Tag. Keine günstigen Aussichten für einen Kurzurlaub zwischendurch. Den mußte man ja aber ohnehin erst einmal bekommen. Langsam ging ich durch die Straßen zum Marktplatz. Bald sah ich unseren Kirchturm, genau wie damals, als

mich Opa belehrte: „Wenn du dich einmal verlaufen hast ...“
Nein, verlaufen hatte ich mich nicht. Merkwürdig fremd erschien alles
um mich herum. Quatsch, fremd. Ich nahm es nur mit anderen Augen
wahr. Als ich unseren Hof erreicht hatte, bot sich mir ein erschütterndes
Bild. In der Kate dort lebten Marie – und ich.
Sie öffnete die Tür: „Wie siehst du denn aus?“
Natürlich, der junge Mann in Uniform, welcher jetzt vor ihr stand, war
nicht der, der sich vor zwei Monaten von ihr verabschiedet hatte.
Bilder hatte ich nicht geschickt, es gab auch keine.
Beim Betreten unseres Wohnzimmers kam es mir vor, als würde ich es
allein schon ausfüllen. War das alles klein hier.
„Möch'st 'n Kaffee?“ – „Hm.“ Marie verschwand in der Küche.
Endlich kam ich aus meiner Uniform heraus. In meiner eigenen Hose
und in meinem eigenen Pullover war ich dann auch wieder zu Hause.
Noch am gleichen Abend gingen wir zu Großmutter. Auch ihr hatte ich
regelmäßig geschrieben, wenigstens einmal die Woche. Ab und zu hatte
sie mir von ihrer kleinen Rente einen Zehnmarkschein mit in den Brief
gelegt. Sie freute sich, als sie mich sah. Auch ihr „vierter Junge“ hatte nun
eine Uniform an. Was ihr dabei wohl alles in den Sinn kam?
Über die Festtage trafen wir uns in Familie mal hier, mal dort. Ich
kann mich wirklich beim besten Willen nicht erinnern, mein Wiedersehen mit Marie so „gefeiert“ zu haben, wie man sich das bei jungen
Eheleuten vorstellt. Etwas „Bewegendes“ hätte sich mir eingeprägt.

Am Montag, dem 28. Dezember, mußte ich bis 24 Uhr wieder im
Objekt sein. Die Tage bis Silvester verliefen sehr ruhig. Frühsport, ohne
ging's nicht. Ansonsten hatten wir ein bißchen Polit-Unterricht und gut
war's. Neujahr fiel dann schon wieder auf einen Freitag.
Zum Silvesterabend hatten sich die EKs in den Fernsehraum verzogen.
Sie hielten wohl ihre eigene Andacht. Im April würden wir sie endlich
los sein. Dessen gedachten wir, die Spritzer. Mein persönlicher Spritzer,
Reiner aus Strausberg, mit dem ich auf meinem Zimmer das Schicksal
teilte, hatte einen heftigen „Moralischen“. Wir hatten uns immer gegenseitig Mut zugesprochen und wußten eine Menge voneinander. Reiner

war Elektriker bei der Straßenbahn. Vom „Strom" hatte er gehört, daß er fließen sollte, in der Regel jedenfalls. Wenn nicht, wäre er gefragt.

Ich wiederum fragte mich, wie man mit so wenig ...

Vielleicht wußte ich vom „Strom" auch einfach nur recht viel.

Reiner hatte natürlich keinen Urlaub bekommen, obwohl er mit seiner Freundin fest zusammen lebte, sogar ein Kind hatte. Jetzt saß er vor mir auf dem Bett und vergoß bitterlich Tränen.

In Herzensangelegenheiten habe auch ich dicht am Wasser gebaut. Gut, heulten wir eben 'ne Runde. Danach tauschten wir unsere Erlebnisse mit Frauen aus. Wenn man gemeinsam im „Schützengraben" liegt ... Bei ihm schien jedenfalls alles in Ordnung zu sein, zumindest was sein Liebesleben anbelangte.

Im Februar war ich schon wieder zu Hause. Meine Kalaschnikow aus Arbeiterhand mochte mich sehr oder umgekehrt. Schließlich hatte ich sie mindestens zweimal die Woche geputzt – ohne je daraus einen Schuß abgegeben zu haben. Heute sollte es sein. Es war bitterkalt. In dicken Wattejacken hatten wir auf der Ladefläche eines Urals Platz genommen. Das ist ein großes durstiges Armeeauto, welches mit einem Liter Benzin auch genau einen Kilometer fährt. Wir wurden heftig durchgeschüttelt. Auf dem Schießplatz angekommen, bekam jeder fünf Patronen. Wehe, es wurden nach dem Schießen nicht wieder fünf leere Hülsen abgegeben. Schon bald lag ich im Anschlag, die Scheibe in weiter Ferne. Ich glaube, es waren hundert Meter, eher mehr. Daß wir den Schaft kräftig in die Schulter ziehen sollten, hatte man uns wiederholt gesagt. Nach dem ersten Schuß wußte ich, was gemeint war. Nach einiger Zeit kam dann der Befehl: „Feuer einstellen!"

Zwei Unteroffiziere kontrollierten die Waffen. Magazin entnommen, Schloß geöffnet und die Meldung: „Patronenlager frei."

Erst dann wagten sie sich zu den Scheiben vor.

Ich schoß etwa vierzig Ringe von fünfzig möglichen. Genau weiß ich das nicht mehr. Mein Kompaniechef war aus dem Häuschen.

„Mensch, Cave!"

Besser wäre gewesen, er hätte auf meiner anderen Schulter herumgeklopft. Die rechte war von meiner Maschinenpistole arg gebeutelt. Am nächsten Morgen wurde ich vor der angetretenen Kompanie belobigt. Drei Tage Sonderurlaub!

„Da bist du ja schon wieder", sagte Marie.

Dieses Mal waren es Wochentage, und so konnte ich endlich alle meine Bekannten und auch meine Kollegen im Betrieb besuchen.

Und noch einmal schaffte ich es, im ersten Diensthalbjahr einen Sonderurlaub zu bekommen: Zur Ausbildung eines Pioniers gehört der Sprengdienst ebenso wie das Anlegen von Minenfeldern und die Panzernahbekämpfung. Bei letzterer mußten wir uns von einem fahrenden Panzer überrollen lassen. Dabei durfte man die Deckung erst wenige Meter vorher verlassen, um nicht in den Schußwinkel des Maschinengewehrs zu geraten. Wahrscheinlich war diese Übung dazu gedacht, die Angst vor diesem Ungetüm zu verlieren. Eng an den Boden gepreßt mußte man das Getöse der kreischenden Ketten, nur etwa einen Meter links und rechts vom Körper entfernt, aushalten. Immer schön in der Mitte bleiben! Nicht die Augen schließen! Gut aufpassen!

War man „mit dem Leben davongekommen", war die Besatzung „dran". Sofort von hinten auf den fahrenden Panzer aufgesprungen und eine Handgranate auf den Turm gelegt. Dann nichts wie weg.

Die Panzerbesatzung im Inneren sollte durch die Druckwelle tot sein.

Muß ich nicht erwähnen, daß das eine Übungsgranate war?

Die Panzermine, immerhin fünf Kilogramm TNT, die wir bei der praktischen Prüfung „scharf" machen mußten, war allerdings echt!

Deren Aufbau hatten wir vorher im Unterricht kennengelernt, und daher rührten auch meine durchaus berechtigten Bedenken, als ich schließlich die Sicherung zog. Die Kalaschnikow ist wirklich ein höchst zuverlässiges Gerät. Die sonstige „Russentechnik" war jedoch furchteinflößend, was die Präzision anbelangte, so auch diese Panzermine.

„Wenn ihr etwas falsch macht, merkt ihr das nicht mehr!"

Bevor wir aber tatsächlich den Panzern zu Leibe rückten, stand die theoretische Ausbildung in allen Bereichen. Den Unterricht hielt mein „Freund" Hardy ab. Das machte er recht gut. Außerdem fand ich das trotz allem durchaus interessant, und wenn ich was interessant finde ...

Wieder durfte ich vortreten. Hardy strahlte: „Sehr gut, Cave."

An meiner Uniform glänzte nun die Spange „Sprengqualifikation II".
Ich schrieb Marie, nächstes Wochenende sei ich mal wieder da.
Dieser Kurzurlaub im März 1971 war ein besonderer, sozusagen ein „bewegender", darum ich mich auch sehr gut an ihn erinnere.
„Da bist du ja schon wieder!" Diese Begrüßung kannte ich schon.
Diesmal jedoch fügte sie hinzu: „Das ist aber schön, daß du kommst!"
Was bei diesem Mal „schön" werden sollte, erfuhr ich bald.
Marie war deutlich anschmiegsamer. Nicht, daß wir uns sonst nicht auch geliebt hätten, jedenfalls was Marie darunter verstand. Beiläufig erwähnte sie, auch ihre Mutter(!) sei der Meinung, daß zu einer richtigen Familie, die wir ja nun fast wären, natürlich Nachwuchs gehöre.
Da sie doch jetzt so allein sei, könne man die Zeit auch sehr gut für eine Schwangerschaft nutzen – meinte ihre Mutter – und meinte Marie.
Der Plan war also bereits mit Zweidrittelmehrheit durchgegangen.
Jetzt nur noch mein Part …
Am Nachmittag nach dem Kaffeetrinken versetzten wir unser Klappsofa in den Standby-Modus. Bilder in meinem Kopf lebten wieder auf: Vor wenigen Monaten hatten Frau Vogel und Franz an selber Stelle mit beeindruckender Akrobatik Maßstäbe gesetzt. Marie würde das sicher auf das Notwendigste zu beschränken wissen.
Obwohl auf dem Sofa die Bewegungsfreiheit praktisch uneingeschränkt war, nicht wie damals in Opas Hängematte in der „unvergeßlichen" Hochzeitsnacht, konnte sie sich trotzdem nicht zu einer der „Sache" förderlichen Stellung entschließen. Folglich ging dann auch der erste Schuß neben die Scheibe. Maries Fruchtbarkeit kam aber selbst mit diesem Streufeuer zurecht. Dank unserer Jugend und unserer Ausdauer konnten wir den Plan schließlich doch noch mit „Leben" ausfüllen – wie man mir später auch nicht zu berichten vergaß.

Frühjahr 1971. Die EKs standen kurz vor der Entlassung. Meine „Rote Wandzeitung", der ich meinen Weihnachtsurlaub zu verdanken hatte, war nicht die einzige geblieben. Unser Bataillonskommandeur hatte sie bei einem Objektdurchgang wohlwollend besichtigt und mich daraufhin beauftragt, eine XXL-Edition im Stabsgebäude zu kreieren.

Ich könne mich im Zeichenraum melden und dort alle zur Verfügung stehenden Möglichkeiten nutzen. „Jawohl, Genosse Oberstleutnant!" Praktisch war ich von höchster Stelle mit einem „Sonderkommando" beauftragt, welches natürlich vor allen anderen Dienstverrichtungen in der Kompanie Priorität genoß. Auftrag vom Chef!

„Ein Bein hast du aus der Pioniertruppe schon mal raus", dachte ich, als ich freudigen Schrittes am Appellplatz vorbei auf das Stabsgebäude zusteuerte. Hinter der Glasscheibe am KDL des Stabsgebäudes saß der OvD Hauptmann Bremer, der Nachrichtenoffizier. Er hatte gerade Dienst und erinnerte sich sofort an mich. „Na, Genosse Cave, wo soll's denn hingehen?", fragte er freundlich. „Ich soll mich im Zeichenraum melden, Auftrag von Oberstleutnant Hase", antwortete ich ihm.

„Na dann, Treppe hoch, Gang rechts runter, letzte Tür links".

Er drückte auf den elektrischen Türöffner, ich durfte passieren.

Ehrfurchtsvoll durchquerte ich das Stabsgebäude. Hauptmann, Major, Oberstleutnant, das waren hier die Dienstgrade. Dann stand ich vor dem Zeichenraum. Nach dem Herein begrüßte mich ein Gefreiter. Ich stellte mich vor. Er darauf: „Ich bin Heinz, Heinz Klann. Setz dich."

Nachdem ich ihn in meine Mission eingeweiht hatte, grinste Heinz. „Genau", sagte er, „so hab' ich das damals auch gemacht. Wenn du es schaffst, meinen Job zu bekommen, ist die Armeezeit für dich gelaufen. Meinen Segen hast du. Für mich ist hier im April Sense."

Heinz kochte Kaffee. „He", fragte ich, „darfst du hier einfach Kaffee kochen?" „Klar, ist doch nicht wie bei den Idioten in der Kompanie. Manchmal kommt sogar Hauptmann Volker, der stellv. Stabschef, rein und trinkt einen mit, er sitzt uns genau gegenüber. Er hat, mal nebenbei gesagt, seine 25 Jahre mit dir zeitgleich herum. Ihr werdet also gemeinsam entlassen, seid also zur gleichen Zeit EKs. Das wird bestimmt lustig."

Heinz schmunzelte.

Die Tür wurde forsch geöffnet. Ein großer drahtiger Mann mit „vier Pickeln" trat ein. Wir standen auf und nahmen Haltung an. „Na, Klann, alles im grünen Bereich? Ich brauche die Karte heute mittag!"

Sein Zeigefinger pochte auf den Zeichentisch und die darauf aufgespannte Karte, an der Heinz gerade arbeitete

„Und wer sind Sie?", fragte er mich.

„Soldat Cave, Genosse Hauptmann." – „Und weiter?"

„Ich bin von Oberstleutnant Hase beauftragt, eine große Wandtafel für den Flur hier anzufertigen, Genosse Hauptmann."

„Aha, und Sie können das?" – „Meine Wandzeitung in der Kompanie hat dem Genossen Kommandeur jedenfalls gefallen", antwortete ich.

„Na ja", damit wendete er sich wieder Heinz zu, „dafür haben wir keine Zeit, was Klann? Also, bis Mittag die Karte!"

„Jawohl, Genosse Hauptmann!" Raus war er.

„Wer war das denn?", fragte ich Heinz. „Das war der Stabschef, Hauptmann Reich. Keine Angst, der ist auch total in Ordnung. Er mag es gern ein bißchen rüde wegen der Autorität." Heinz winkte ab.

„Aufpassen mußt du nur beim „Alten". Der hat so seine Tage. Da kriegt sogar der Stabschef mal einen Anschiß mit auf den Weg."

Es wurde ein schöner Tag im Zeichenraum. Fast vergaß ich, wo ich war. Heinz zeigte mir, wie man mit der großen Zeichenmaschine umgeht, wie man Lichtpausen herstellt und auch Zeichengeräte, mit denen ich bisher noch nichts zu tun hatte. Ich beobachtete neugierig, wie er strategische Einsatzkarten mit unbekannten Zeichen versah und wie er mit Feder und Ausziehtusche große Überschriften machte. Ich sog das alles förmlich auf, schaute mir so manchen effektvollen Trick ab und probierte fleißig selbst. Ich mußte das in kurzer Zeit drauf haben. Hier wollte ich nicht mehr weg. Keine Minen mehr schleppen, keine Wache mehr schieben, das mußte gelingen.

Fast eine Woche hielt ich mich mit der Wandzeitung auf, dann hing sie auf dem Flur. Der Kommandeur hatte nichts auszusetzen. Wenn er nichts sagte, konnte man das als Lob auffassen, so viel wußte ich schon.

„Was mach' ich jetzt, Heinz? Meine Aufgabe ist erfüllt. Ich kann doch nicht einfach hierbleiben. Wenn ich an die Kompanie denke, wird mir schlecht." – „Na ja", erwiderte er, „ich dachte eigentlich auch, daß dein Posten hier besiegelt ist. In wenigen Wochen bin ich hier weg, dann muß der Nachfolger nahtlos übernehmen. Wir fragen mal Hauptmann Volker, mit dem können wir Klartext reden."

Heinz kochte drei Tassen Kaffee, dann klopfte er beim stellvertretenden Stabschef an die dem Zeichenraum gegenüberliegende Tür.

„Wat", sagte der nach unserem Eintreten, „'nen Kaffee einfach so? Ihr Arschbande habt doch wat vor." Grinsend kam er zu uns rüber.

Hauptmann Volker war von relativ kleinem Wuchs, ohne jedoch das „Kleine-Mann-Syndrom" zu haben. Er hatte ein offenes, freundliches Gesicht und war eigentlich immer entspannt.

„Los, raus mit der Sprache, Klann." Wir schlürften den Kaffee.

Heinz sagte, er würde sich wundern, daß sich bisher keiner zu seinem offiziellen Nachfolger geäußert hätte. Es seien doch nur noch wenige Wochen, dann müßte der alles können. „Das ist richtig, sagte Hauptmann Volker, dann muß der alles können. Und keiner hat was zu dir gesagt, Cave?" – „Nein, Genosse Hauptmann." – „Hm, wenn dich der Stabschef bis jetzt nicht rausgeschmissen hat, dann kannst du davon ausgehen, daß das beschlossene Sache ist. Ein anderer ist doch nicht da. Ich spreche ihn aber nachher bei der Parteiversammlung mal an."

Beim Rausgehen drehte er sich nochmal kurz um und sagte zu mir: „Es sei denn, du möchtest nicht zeichnen, sondern lieber weiter Minen verlegen, ha, ha, ha." Damit waren wir dann wieder allein. „Das wird schon", beruhigte mich Heinz, „das geht seinen ‚sozialistischen' ..."

Wochenende. Sonntagmittag war Stubendurchgang. Wir standen vor unseren Spinden und hofften, der Krug möge an uns vorübergehen. Hier und da gab es etwas zu nörgeln, dann war mein Spind an der Reihe. Hardy war diesmal der OvD und machte die Inspektion.

„Ausräumen, aber komplett!"

Ich war mir keiner Schuld bewußt, mein Spind war in Ordnung. Erst dann sah ich sein Grinsen. „Sie ziehen in das Zimmer zu den Stabsleuten um!" – „Umziehen, jawohl Genosse Oberleutnant."

Am liebsten hätte ich gejubelt. Das war ja dann wohl eindeutig. Ich würde also der zukünftige Stabszeichner sein. Phantastisch.

Minen schleppen, Wache schieben: Ade!

In dem neuen Zimmer war ein völlig anderes Klima. Hier waren der persönliche Fahrer vom Kommandeur, der Fahrer vom Stabschef, der Stabsschreiber, der Koch aus der Offiziersküche, zwei Lehrer von der „Hasenschule" und der designierte Stabszeichner – ich.

EK-Allüren gab es hier nicht. Wir hatten alle einen guten Posten. Den wollte jeder behalten. Heinz Klann, der „amtierende" Stabszeichner, gehörte zu einer anderen Kompanie und hatte seine Schlafstätte dort.

Am Montagmorgen ging ich mit einer tiefen inneren Zufriedenheit zum Dienst. Ich wußte jetzt, wie der Rest meiner Armeezeit aussehen würde. Ich war zwar nicht zu Hause, aber ich ging praktisch wie ein „normaler Mensch" zur Arbeit. Damit wollte ich wohl zufrieden sein.

An Heinz' Seite eignete ich mir schnell die nötigen Fertigkeiten an, und ich lernte die Offiziere des Stabes kennen. Jeder hatte so seine Besonderheiten, aber auskommen konnte man mit allen, jedenfalls als „Mitarbeiter". Einen Offizier im Range eines Oberleutnants muß ich dann aber doch genauer beschreiben, da er sehr bald eine entscheidende Bedeutung für mich bekommen sollte: Arthur der Engel.

Sein richtiger Name ist mir über die Jahre entfallen, aber warum ihn alle so nannten, wurde auf der Stelle klar, wenn man ihn erblickte. In den 60er Jahren gab es im Fernsehen der DDR eine ungarische Zeichentrickserie mit der Hauptfigur „Arthur der Engel", die damals wohl bei fast allen bekannt war, bei Groß und Klein.

So sah unser Sicherheitsoffizier, der VO, Mitarbeiter des Ministeriums für Staatssicherheit der DDR, aus. Er hätte wirklich die Vorlage bei der Erschaffung der Comicfigur sein können.

Arthur der Engel hatte sein Dienstzimmer am anderen Ende des langen Flures. Bis zum Zeichenraum hatte er eine Wegstrecke von gut dreißig Metern zu bewältigen. Das schaffte er tatsächlich lautlos!

Sein Tritt war besonders weich, ohne dem irgendeine Bedeutung unterstellen zu wollen. Dazu trug er ein überaus freundlich dreinblickendes Gesicht vor sich her. Er strahlte, ja ich bin fast gehalten zu sagen, etwas von *Güte* aus. Vor allem, wenn man ihm umfassend Auskunft erteilte. Er erkundigte sich wirklich rührend nach dem persönlichen Befinden und hörte auch immer aufmerksam zu. Wenn er wieder ging, hatte er den kompletten Datensatz seines Gegenübers in der Tasche.

Trotzdem, ich mag nette Menschen, und er war immer nett und freundlich. Ich auch. Mehrmals war er bereits plötzlich und lautlos im Zeichenraum erschienen. Alle anderen klopften an bzw. näherten sich mit militärisch unüberhörbaren Stiefelschritten. Arthur der Engel schwebte. Er war einfach da. Eine Erscheinung sozusagen.

Kam ein Offizier herein, hatten wir die militärische Grundhaltung anzunehmen. Nicht so bei ihm, er winkte immer gleich ab.

„Genosse Cave, du hast doch bestimmt ein bißchen Zeit für mich?"

Man könnte meinen, das wäre eine Frage gewesen. Der Ton macht die Musik! Für mich klang es alternativlos und war auch sicher so gemeint.

„Schau mal, ich habe bei mir viele Aktenordner stehen und du kannst mir die doch sicher so nach und nach, immer wenn mal Zeit ist, wunderschön beschriften. „Selbstverständlich, Genosse Oberleutnant."

„So", sagte Heinz, als ‚Arthur' wieder raus war, „den hast du jetzt an den Hacken. Der kommt jetzt andauernd mit seinem Kram. Der Stabschef hat ihm mal erklärt, daß wir dafür nicht zuständig sind."

Wie gut ich getan hatte, sollte ich im April erfahren. Heinz saß praktisch auf gepackten Koffern, und ich hatte wie selbstverständlich seinen Stuhl eingenommen. Die Abende vorher war ich immer gern im Zeichenraum geblieben. Hier konnte ich in Ruhe meine Briefe schreiben, Kaffee trinken, dabei eine rauchen ... So würde ich das Jahr gut herumkriegen. Alles war gut.

... und eines Abends: „Na, Cave, so spät noch fleißig?"

Arthur der Engel hatte sich im Zeichenraum materialisiert.

„Nein, Genosse Oberleutnant, eigentlich nicht. Ich schreibe nur gern allein an meine Frau, wenn ich doch jetzt die Möglichkeit dazu habe", „berichtete" ich wahrheitsgemäß.

„Dann laß uns mal darüber reden, ob das auch in Zukunft so bleiben kann. Komm' mal mit in mein Zimmer. Da haben wir unsere Ruhe und können offen reden. Ein Bier hab' ich für uns auch."

In meinem Kopf drehte sich auf einmal alles. Es war deutlich herauszuhören, daß mein Posten aus irgendwelchen Gründen auf den letzten Metern doch noch auf der Kippe stand.

In seinem Zimmer angekommen, warf er die Uniformjacke nachlässig auf das Bett. Sein Pistolenholster, unter der Achsel getragen, folgte. Dann griff er in den Schreibtisch, holte zwei Bierflaschen und reichte mir eine freundlich herüber. Ich konnte Bier nie etwas abgewinnen, aber diese vertrauliche Geste konnte ich auf keinen Fall abweisen. „Danke.“ Er begann: „Sag mal, Cave, Du machst doch hier eine gute Arbeit.“

„Ich hoffe schon, Genosse Oberleutnant.“

„Doch, doch – aber ist dir eigentlich klar, was dieser Posten bedeutet?“ Ich sagte erstmal nichts.

„Wir nennen das eine VS-Stelle“, fuhr er fort, „du hast dort Kartenmaterial und Einsatzpläne auf dem Tisch, von denen noch nicht einmal die Kompaniechefs etwas wissen, oder anders, du wirst es vor ihnen wissen. Das ist Geheime Verschlußsache!“ Oh Gott, da war es wieder. Bestimmt wich mir das Blut aus dem Gesicht.

„Nun mal keine Aufregung, ich bekomme das hin – wenn ich mich auf dich verlassen kann!“

Schlagartig wurde mir klar, wer da vor mir saß, oder besser, vor wem ich saß. Arthur der Engel war der eigentliche Chef im Haus. Er war der Sicherheitsoffizier! Eine negative Einschätzung von ihm und man hatte keine Chance mehr, egal, ob Offizier oder in diesem Fall ich.

Und ich sollte eine haben – trotz meiner Westverwandtschaft?

„Cave, zeige für alle ersichtlich, daß du einer von uns bist, und wir sprechen nicht mehr darüber.“ Er blickte mir in die Augen.

Mein Gesicht hatte sich sicher aufgehellt, denn der Silberstreifen am Horizont war mir selbstverständlich nicht entgangen. Jedoch, was konnte er nur meinen? Für meinen Posten würde ich schon einiges tun.

„Geh’ gleich morgen früh zum Polit-Offizier Major Beck und stelle den Antrag zur Aufnahme in unsere Partei. Du kannst doch nichts dafür, daß deine Eltern im Westen sind. Daß du mit ihnen als Soldat unserer Nationalen Volksarmee keinen Briefkontakt hast, kann ich mit Sicherheit sagen. Auch im Urlaub hast du nicht geschrieben! Er grinste verschmitzt in sich hinein. Daß ich auch das verstanden hatte, dessen war er sich gewiß. Arthur, mein Schutzengel.

Am nächsten Morgen sprach ich sofort mit Heinz darüber. „Mann“, sagte er, „das wußte ich ja nicht, daß deine Eltern im Westen sind. Daß das Probleme gibt, hätte ich dir gleich sagen können.

Mann, bloß gut, daß du ihm zu Diensten warst. Hätt’ ich das gewußt.“

„Ja", erwiderte ich, „ich nehme mir seine Scheißordner alle nochmal vor und versehe sie mit einer Goldprägung, das kannst' aber wissen. Und, wie siehst du das mit der Partei?", fragte ich weiter.

„Was meinst du, wie viele Leute nur wegen eines guten Postens in die Partei eintreten. Ich würd' mir da keine Birne machen."

Ich holte noch einmal tief Luft, dann klopfte ich bei Major Beck an die Tür und baute beim Eintreten brav mein Männchen.

„Guten Morgen, Genosse Major, gestatten Sie, daß ich Sie spreche ..."

Nach einer guten viertel Stunde stand ich wieder im Zeichenraum. In meiner Hand den Antrag zur Aufnahme in die Sozialistische Einheitspartei Deutschlands einschließlich eines Urlaubsscheins für drei Tage.

„Zwei Parteimitglieder, die mich gut kennen, müssen für mich bürgen", berichtete ich Heinz. „Und, kennst' keine?" – „Klar."

„Dann mach' mal. Ich bin dann jetzt weg. Vielleicht sehen wir uns irgendwann mal wieder." Wir gaben uns die Hand. Waren wir doch über die kurze Zeit so etwas wie Freunde geworden.

„Danke, Heinz. Warst'n guter EK. Wir grinsten zwar – doch ...

„Tschüs."

„Da bist du ja schon wieder." Ich strich Marie über den Bauch.

„Nee, so fix geht das nun auch nich', is' noch nix zu sehen."

„Wieso hast du schon wieder Urlaub?"

Ich erzählte Marie die Geschichte.

„Na ja, wenn du meinst. Und wo willst du die Bürgen hernehmen?"

Ich antwortete: „Wozu arbeite ich in einem staatlichen Betrieb. Die Parteigruppe wird sich sicher freuen, einen jungen Genossen hinzuzubekommen." Genau so kam es auch. Ich hatte meine Bürgen innerhalb eines Vormittags zusammen. Blieben noch zwei schöne Urlaubstage.

Mein zweites Diensthalbjahr hatte begonnen. Ich war Stabszeichner. Unser Zimmer in der Unterkunft wurde morgens in der Regel vom UvD „übersehen". Hieß: Frühsport nur, wenn wir Pech hatten. Wir Stabsleute blieben weitestgehend von den „Sackgängen" in der Kompanie verschont bzw. konnten uns oft erfolgreich „verpissen".

Zum Frühstück gingen wir auch kaum. Meistens brachte der Koch abends etwas aus der Offiziersküche mit. In unseren Spinds lag immer Eßbares. Auch zum Mittagessen ging ich nur, wenn es etwas Ordentliches gab, ansonsten besuchte ich abends lieber die Kantine. Danach verzog ich mich bis zur Nachtruhe wieder in meinen Zeichenraum. Anfänglich hatte ich zwar noch manchmal das Problem, wieder in das Stabsgebäude zu kommen, denn, wenn mich der OvD nicht persönlich kannte, ließ er mich nicht wieder hinein.

„Haben Sie einen besonderen Auftrag, daß Sie den Zeichenraum nach Dienstschluß betreten dürfen?" Ergo informierte ich mich zukünftig, wer abends Dienst hatte. Kannte ich den nicht, blieb ich lieber gleich im Gebäude. Das regelte sich alles mit der Zeit.

Kurzzeitig sollte ich dann doch noch zu beruflichen Ehren kommen. Von einigen hundert Neuankömmlingen mußten Paßbilder für den Wehrdienstausweis angefertigt werden. Nach dem Friseurtermin!

Das war jetzt meine Aufgabe. Auch die beiden benachbarten Bataillone schickten ihre jungen Genossen herüber. Schließlich gab es im Pionierbataillon 9 einen „echten" Fotografen. Für das Fotolabor hatte ich mich bisher nicht interessiert. Es befand sich im Keller des Kulturhausgebäudes und wurde in der Freizeit sporadisch von einigen Interessierten genutzt. Viel gab es aber nicht zu nutzen, denn ein Feldwebel hielt dort seine Hand darauf und paßte auf, daß dort keine privaten Bilder angefertigt wurden. Die Ausstattung war dürftig und in einem miserablen Zustand. Nachdem ich ein funktionierendes Kameragehäuse und zwei leidlich gangbare Fotolampen gefunden hatte, machte ich mich an die Arbeit. Nach einer Woche war auch das erledigt.

Mein zweites Diensthalbjahr plätscherte dahin. Mindestens alle vier Wochen genehmigte ich mir einen Kurzurlaub. Von Hauptmann Volker hatte ich immer einige unterschriebene Urlaubsscheine in der Tasche. Ich mußte nur noch das Datum einsetzen.

„Hier Cave, mußt nich' immer erst fragen kommen. Nur nicht leichtsinnig werden und immer pünktlich im Objekt sein, klar?

„Danke, Genosse Hauptmann, darauf können Sie sich verlassen."

Sonnabendmittag verließ ich das Objekt. Gegen Abend war ich dann zu Hause. Sonntagnachmittag mußte ich aber schon wieder los, um bis 24 Uhr in der Kaserne zu sein. Die restliche Zeit verbrachte ich mit der Bahnfahrt. Trotzdem, das war immer noch besser als nichts.

In regelmäßigen Abständen sah ich nun Maries Bäuchlein wachsen. Sie fühlte sich wohl und hatte mit der Schwangerschaft keine Probleme. Ein richtiges Mädel vom Lande eben.

Im August feierten wir Halbzeit, Bergfest sagten wir dazu. „Der Zug rollt wieder langsam Richtung Heimat", so klangen die Sprüche.

Neben den Arbeiten an strategischem Kartenmaterial hatte ich auch einige Schreibarbeiten zu erledigen. Ich erinnere mich zum Beispiel an die BB-Statistik, die alle vier Wochen zur Division gemeldet werden mußte. Das war die Statistik über Belobigungen und Bestrafungen. Dazu hatte ich im Zeichenraum eine *Optima*-Schreibmaschine mit breitem Wagen, A4 quer. Die bediente ich zwar beidhändig, aber nur mit zwei Fingern. „Adlersystem". Kreisen und zustoßen.

Das konnte ich nach einigen Wochen dann doch recht zügig – fanden auch einige Offiziere, und luden mich zum Mittagessen ein.

Gut, das muß ich genauer erklären. Um z. B. vom Unterleutnant ausgehend die höheren Dienstgrade zu erreichen, machten einige Offiziere ein Fernstudium. Hierzu mußten Hausarbeiten bis hin zu Ingenieursabschlußarbeiten abgeliefert werden. Zu dieser Zeit geschah das alles noch per Schreibmaschine! So war ich dann ab und an, meist an Sonntagen, in einigen Offiziersfamilien ein gern gesehener und gut „gefütterter" Gast. Dort stand zwar eine Schreibmaschine, aber „tippen" konnte keiner, oder es ging eben zu langsam. Ich konnte das recht gut, und im Deutschen war ich auch oft besser als meine Auftraggeber.

Zum Thema Bildung und NVA soll nun endlich auch das Geheimnis um den Begriff „Hasenschule" gelüftet werden:

Von den Absolventen der Militärakademie und den hohen Offiziersdienstgraden einmal abgesehen, hatte die Armee auch einen großen Bedarf an Unteroffizieren, Unterfeldwebeln und Feldwebeln.

Die „richtige Gesinnung" brachten die meisten wohl mit, nur Lesen, Schreiben und Rechnen sollte auch soweit klappen, daß sie von den Soldaten nicht sofort als „Tiefflieger" identifiziert werden konnten.

Hierfür waren nun die beiden Lehrer, die auch auf meinem Zimmer untergebracht waren, eingezogen worden. Sie leisteten wie wir ihren Grundwehrdienst ab. Wahrscheinlich hatte man sie bis nach ihrem Lehrerstudium in Ruhe gelassen und dann erst „zugeschlagen". Für ihre Tagesberichte abends auf unserem Zimmer hätten sie Eintritt verlangen können. Selbstverständlich hielten wir unseren Mund, denn die Lehrer hatten Schweigepflicht und durften nicht verraten, wer von den Hasenschülern am bescheuertsten war. Das sah man auch so.

Auch das zweite Diensthalbjahr neigte sich seinem Ende entgegen. In wenigen Wochen würden die jungen Genossen einrücken. Sicher müßte ich wohl wieder die Paßbilder anfertigen. Ich gedachte meiner ersten Wochen. Was hatte ich mich schlecht gefühlt. Jetzt saß ich als Stabszeichner an meinem hellen Arbeitstisch, durch das offene Fenster strömte die warme Sommerluft herein, die Sonne schien ...
Hauptmann Volker hatte mir vorzeitig meinen „EK-Balken" verschafft, damit ich nicht so „nackig" herumlaufe. Ich war jetzt Gefreiter.
Irgendwie war es meinem Vorgänger gelungen, im Zeichenraum ein Radio zu etablieren. Ein kleines einfaches Gerät, aber normalerweise war selbst das nicht gestattet. Natürlich blieb es während der Dienstzeit ausgeschaltet, doch es stand für jeden sichtbar in der Ecke. Nicht einmal „Arthur" hatte sich darüber mokiert, oder aber er hörte mich damit ab. Das ist natürlich nicht ernst gemeint, denn ich war ja sein „Freund". Will sagen, im Stab genoß man schon einige Annehmlichkeiten und seien es auch nur die normalen Toiletten und das fließend warme Wasser gewesen. Die Dusche war zwar nicht unbedingt für uns gedacht, aber wer schaute dort schon nach Dienstschluß hinein. Es ließ sich aushalten. Bis auf die Uniform war es ein fast normaler Alltag.
Nach knapp einem Jahr kannte im Bataillon jeder jeden. Ich hatte einige „Mucker" ausfindig gemacht und eine Band gegründet. Mindestens einmal in der Woche probten wir im Kulturraum. Die Instrumente waren gar nicht mal so schlecht. Jedenfalls in einem besseren Zustand als die Ausstattung des Fotolabors. Mit dem Segen des Polit-Offiziers konnte ich sogar für die Anschaffung eines neuen Gitarrenverstärkers sorgen.

Dieser Verstärker, ein *Regent30,* hatte als Besonderheit einen eingebauten Federhall, der doch recht gut klang. In schöner Regelmäßigkeit tauchte mein Freund „Arthur der Engel" bei unseren Proben auf. Er setzte sich dann immer höchst interessiert in die Stuhlreihen und lauschte. Ob es sein reines persönliches Interesse war, ist im nachhinein schwer zu sagen. Oftmals stachelte er uns an: „Los, Jungs, nun spielt mal was Ordentliches." Westmusik wollte er dann hören. Mehr als „Samba pa ti" von Santana wollte ich ihm aber dann auch nicht zumuten.

Spätestens nach einer halben Stunde war er meist wieder verschwunden. Wir haben jedenfalls durch ihn nie irgendwelche Nachteile gehabt. Ich denke, daß „Arthur der Engel" im Grunde ganz in Ordnung war. Wir hatten sogar Auftritte außerhalb unseres Objektes. Ich erinnere mich an einen Tanznachmittag im Haus der Offiziere in Pasewalk. Damit wir nicht in unseren dicken Uniformjacketts auf der Bühne agieren mußten, hatte ich für alle aus der Kleiderkammer graue Blusen besorgt. Eigentlich gehörte das zur Anzugsordnung für Unteroffiziere. Natürlich setzten wir die unseren Dienstgraden entsprechenden Schulterstücke darauf. Trotzdem bestellte mich der Polit-Offizier zu sich. Als ich ihm versicherte, daß wir diese Blusen wirklich sofort nach dem Auftritt wieder auszögen, war er unter Vorbehalt einverstanden.

Etwas verstimmter war er jedoch über einen Auftritt, den wir in der „Wiesenperle" in Eggesin hatten. Das war eine öffentliche Gaststätte, und wir hatten uns im Laufe des Nachmittags hinreißen lassen, auf die Musikwünsche der zumeist Jugendlichen einzugehen. Sprich: Wir spielten Westtitel am laufenden Band. Irgendwie landete die „Superstimmung" auf seinem Tisch. Der Tanz war nicht nur öffentlich, sondern eben auch im zivilen Bereich! Natürlich hatte ich streng darauf geachtet, daß die Auswahl 40 : 60 stimmte, jedenfalls auf der AWA-Liste, die ich ihm vorlegen mußte. Unser Erfolg „stank" ihm aber trotzdem. Würden wir nochmal so eine „Stimmung" machen, wäre es mit Auftritten „draußen" vorbei. Dazu kam es ohnehin nicht mehr.

Unser Bassist war EK und verließ uns wenige Wochen später. Innerhalb unseres Bataillons konnte ich keinen Ersatz für ihn auftreiben. Dann war es so weit. Frisch frisierte „Gestalten" liefen mit bedepperten

Gesichtern durch das Objekt. Es war November geworden. Endlich war auch ich EK. Nicht, daß das eine herausragende Bedeutung gehabt hätte, jedenfalls nicht für mich. Mit „Spritzern" hatten wir Stabsleute so gut wie nichts zu tun. Sie waren nur leibhaftiges Indiz für das baldige Ende unserer Dienstzeit. „Wenn es wieder grün wird, sind wir daheim." Das war jetzt das allgemein vorherrschende Hochgefühl.

Neben der Musik hatte ich mich über den Sommer auch wieder der Elektrobastelei gewidmet. Die wichtigsten Werkzeuge hatte ich mir nach und nach von zu Hause mitgebracht, und ich hatte die Freundschaft zu einem Unterfeldwebel von der Nachrichtentruppe geknüpft. Der wollte später Nachrichtentechnik studieren, da war eine dreijährige Armeezeit praktisch die Eintrittskarte. Durch ihn kam ich nicht nur an moderne Elektronikbauteile heran, sondern ich konnte von ihm auch fachlich profitieren. Jedenfalls mutierte mein Zeichenraum nach Dienstschluß zunehmend zum Elektronikbastelraum. Das bekamen auch einige Stabsoffiziere mit und schon lagen Wünsche auf meinem Schreibtisch. Können Sie auch ...? Elektronische Zündung fürs Auto, Scheibenwisch-Intervallschalter, Ersatz für den damals noch üblichen elektromechanischen Blinkgeber, Temperaturschalter für die Badheizung zu Hause und was ihnen noch so alles einfiel. Besonders der Kfz-Offizier schien viele Freunde zu haben. Er bedankte sich zum Ende meiner Armeezeit auf seine eigene Weise ... Dazu später.

Oberstleutnant Hase brachte ein betagtes Fernsehgerät, einen „Patriot". Der ginge nicht mehr, aber wenn ich den reparieren könne, hätte er was für seinen Bungalow. Als ob der sich nicht ein neues Gerät hätte leisten können. Ich erweckte vorsichtshalber erstmal den Anschein des vorausschauenden Bedenkenträgers, sagte aber selbstverständlich die Inaugenscheinnahme unter höchster Dringlichkeitsstufe zu.

In Wahrheit wußte ich, daß diese Aufgabe meine damalige Kompetenz als „anerkannter" Elektrobastler deutlich überschritt. Aber da war ja noch mein Freund Unterfeldwebel Merz, „Merzi".

Viele Abende hatten wir schon zusammen gesessen und Kaffee getrunken. Er verfügte über ein sehr fundiertes Fachwissen. Er wußte nicht nur, wie die gängigsten Geräte funktionierten, er wußte auch, wie die einzelnen Bauteile im Detail funktionierten. Merzi blickte bis auf den Grund. Das ist eher nicht die Regel, wie ich im späteren Leben immer wieder bei den sogenannten Fachleuten feststellen mußte. Auswendig gelernt heißt noch lange nicht *begriffen*. Das kannte ich jedoch schon aus meiner Schulzeit von einigen meiner fleißigen Mitschüler.

Abendelang stand nun der „Patriot" auf meinem Bastelplatz. Die Rundfunkempfangstechnik war ja bereits Gegenstand meiner frühen Basteleien gewesen. Beim Fernsehempfang kamen jedoch noch einige eng ineinandergreifende und für mich völlig neue Baustufen hinzu. Merzi war in seinem Element. Mit Multimeter und Oszilloskop analysierte er Stufe für Stufe, erklärte mir genau, warum dieses und jenes nicht mehr funktioniere und wie es zu beheben sei. Am Ende erschienen Bild und Ton. Merzi strahlte, und ich hatte eine gehörige Portion hinzugelernt.

Oberstleutnant Hase hatte sich die Abende zuvor ab und zu nach dem „Patienten" erkundigt, doch wir hatten ihm keine Hoffnungen gemacht. Der Fernseher sei Schrott. Vielleicht könnten wir noch einige Bastelteile gewinnen ... Dieser alte Geizkragen ließ sich doch tatsächlich die von mir angebotenen 50 Mark geben. Merzi spielte natürlich mit. In Wahrheit hatten wir recht schnell festgestellt, daß die alte Kiste durchaus wieder flottzumachen war. „Man kann alles reparieren, Hauptsache, die Bildröhre und der Zeilentrafo gehen noch", hatte Merzi gesagt. „Prima, dann bekommt meine Oma auf ihre alten Tage endlich ihren eigenen Fernseher." Ihr standen Freudentränen in den Augen, als ich ihr das Gerät aufstellte. Monate zuvor war eine ihrer besten Freundinnen, die mit dem Fernsehgerät und dem Auto, in den Westen gezogen. Oma konnte daher nicht mehr ihre Lieblingssendung „Zum Blauen Bock" gucken. Jetzt konnte sie wieder. „Ach Günti, wenn das Opa sähe."

Ein Brief flatterte auf meinen Tisch. Post von Wilhelm. Ihn hatte es als Letzten unserer ehemaligen Band erwischt. Allerdings hatte er einen richtig guten Posten bekommen. Da er im Druckereigewerbe ausgebildet war, hatte man ihn zur Armeedruckerei in unserer Bezirkshauptstadt eingezogen. Dank seines Motorrades war er damit keine halbe Stunde von zu Hause entfernt. Zwischen uns entwickelte sich nun ein reger

Briefwechsel. Das Hauptthema war natürlich die Musik. Wenn ich im Frühjahr die Armee hinter mir hätte, könnte es sofort wieder losgehen. Für unsere Auftritte an Wochenenden würde er bis auf Ausnahmen wie z. B. Übungen, die Kaserne bestimmt verlassen können. Einen neuen Bandnamen hätte er sich auch schon überlegt: *Combo72*.

Bis dahin mußte zwar noch fast ein halbes Jahr ins Land gehen, aber auch bei mir stellte sich Vorfreude ein. Wie Phönix aus der Asche, sollte im Frühling 1972 ein „neuer Stern" aufgehen. Inzwischen waren wir alle junge Männer geworden. „Das richtige Leben beginnt nach der Fahne" hatte Robert damals zu mir gesagt. Darauf freute ich mich.

Es war Dezember geworden. Zeit für den Anschnitt, sprich, die letzten 150 Tage hatten begonnen. Jeder EK trug ein Bandmaß bei sich. So ein flexibles 1,50 Meter langes Teil, straff als kleine Rolle aufgewickelt, wie es Schneider benutzen. Jeden Tag wurde es um einen Zentimeter gekürzt. Als gnädige Geste durften „Spritzer" das Bandmaß auch mal in die Hand nehmen. Das mußte aber mit der nötigen Ehrfurcht einhergehen und sollte auf keinen Fall inflationär gehandhabt werden.

So ein Bandmaß wurde vom Vorgesetzten auch mal eingezogen, wenn man damit zu offen hantierte. Es war nicht erwünscht, ja eigentlich war es sogar verboten. *Wehrkraftzersetzung!* Ging's nich' 'ne Nummer kleiner? Am Morgen dieses „bedeutenden" Tages betrat Hauptmann Volker den Zeichenraum und forderte mit strenger Miene: „Los, Cave, gib dein Bandmaß her." Ich war doch sehr irritiert.

So kannte ich ihn nicht. Ich konnte mir auch schlecht vorstellen, daß er in dieser Sache so „abdrehen" würde, aber, es war, wie gesagt, verboten! Zögerlich holte ich mein Bandmaß aus der Tasche – und er gleichzeitig seines! Richtig, er war ja auch EK. Dann rissen wir gegenseitig die Blechmarken ab und lachten uns eins. Nach 25 Dienstjahren hatte auch er genug von der Truppe. Trotzdem, es war mir gegenüber ein nicht zu unterschätzender Vertrauensbeweis. Wie schon einmal gesagt: Es gibt immer sone und solche – überall.

Am 10. Dezember 1971 erreichte mich am Vormittag ein Telegramm: *Dana angekommen. Marie.*

Ich interpretierte das so: Mir wäre eine Tochter geboren worden, die

Dana heiße. Mit der Namensfindung wollte man mich wohl nicht unnötig belasten. Vielleicht sollte es ja auch eine Überraschung sein oder es war wie schon bei der Planung einfach der Zweidrittelmehrheit geschuldet. Da Marie sicher noch ein paar Tage im Krankenhaus verbringen müßte und Weihnachten ohnehin vor der Tür stand, konnte ich mit meinem Urlaub auch noch bis dahin warten.

Dann sah ich sie, meine Tochter. Keine Sorge, das Knautschige würde sich noch geben, dafür sei die Verdauung fabelhaft. Na, schön.

Wie nicht anders zu erwarten, machte Marie auch als „Mutti" eine gute Figur. Beim Weihnachtsspaziergang schoben wir stolz unsere Tochter vor uns her. „Nun seid ihr eine richtige Familie" – meinte Maries Mutter.

Das neue Jahr war angebrochen. Noch vier Monate, dann wäre der Spuk vorüber. In Gedanken schmiedete ich jetzt konkrete Pläne für die greifbar nahe Zukunft. Heimgekehrt wollte ich mich intensiv mit der Farbfotografie beschäftigen. Das war 1972 in der DDR ein durchaus exotischer Plan. Kundenbilder in Farbe wurden zu der Zeit nur im Großlabor der Filmfabrik Wolfen selbst und in zwei weiteren privaten Fotobetrieben angefertigt. Die Wartezeiten erstreckten sich bis zu einem Vierteljahr! Ein völlig unbefriedigter und damit lukrativer Markt. Der fotografische Farbprozeß war zu dieser Zeit recht kompliziert. Es mußten enge Grenzen bei den Bädertemperaturen eingehalten werden und die Steuerung der Belichtung des Farbfotopapieres geschah rein empirisch. Meßgeräte dafür waren im „Osten" noch nicht vorhanden. Ganz klar, daß sich kaum einer meiner Kollegen an diese Thematik heranwagte. Es galt also in erster Linie, diese technischen Probleme zu lösen, aber schließlich war ich ja „anerkannter Elektrobastler".

So probierte ich verschiedene Varianten einer elektrischen Bäderheizung aus, die eine ausreichend genaue elektronische Konstanthaltung zuließ. Ohne ins Detail zu gehen vielleicht so viel: Für die Herstellung von Farbvergrößerungen muß sich zur Vermeidung von Farbstichen die Farbe des Kopierlichtes verändern lassen. Grundsätzlich gibt es hierfür zwei Methoden. Die sogenannte subtraktive und die additive Steuerung der Kopierlichtquelle. Beide Methoden stehen gleichberechtigt nebeneinander und werden auch angewandt. Für die automatische Steuerung eignet sich jedoch die additive Methode besser, darum ich dieser dann letztlich während meiner Überlegungen den Vorzug gab. Die Wochen bis zu meiner Entlassung waren nun sinnvoll ausgefüllt und vergingen entsprechend schnell. Am Ende hatte ich ein elektronisches Laborgerät fertiggestellt, welches sowohl die Temperatur der Bäder konstant hielt als auch die Schaltzeiten für das Vergrößerungsgerät bereitstellte. Auch diesen letzten Schritt zu automatisieren blieb vorerst noch mein Traum, denn die entsprechenden Sensoren waren zu der Zeit noch nicht erhältlich. Auch beim Äußeren, dem Gehäuse also, hatte ich mir ein futuristisches Design einfallen lassen und der sauberen Verarbeitung die nötige Aufmerksamkeit geschenkt. Zeit hatte ich ja.

Von meinem Bandmaß war nur noch ein kleiner Rest übrig, keine fünf Zentimeter. Hauptmann Volker und ich hatten in letzter Zeit öfter mal beeinander gesessen und viel Kaffee getrunken. Die vier „Pickel" auf seinen Schulterstücken hatten kaum noch Bedeutung. Eigentlich wäre er Tischler. „Vielleicht richte ich mir eine Tischlerei ein, mal sehen." Ob er wohl nochmals diesen Weg gehen würde? Na gut, sicher hatte er in den 25 Jahren reichlich „Kohle" abgefaßt und die Armee würde sich bei seiner Altersversorgung bestimmt nicht lumpen lassen. Er dachte über seinen Lebensabend nach und ich über den Beginn des „richtigen" Lebens nach der Fahne, wie Roland gesagt hatte.

Tags darauf schaute der Polit-Offizier „mal rein". Da ich doch so prima eingearbeitet sei und ich auch einen guten Eindruck bei vielen Offizieren hinterlassen hätte – komisch, der hatte von mir doch gar keinen Intervallschalter für seine Scheibenwischer am Auto bekommen – könne er sich vorstellen, daß ich diesen Posten auch weiterhin bekleide. Könne er sich vorstellen!

Na ja, vielleicht mußte er das fragen, denn der Stabsschreiber berichtete abends auf dem Zimmer ebenfalls empört: „Stellt euch mal vor ..."

Da hätte ich völlig andere Pläne, ließ ich ihn freundlich, aber bestimmt wissen. Damit ließ er es dann auch gut sein.

„Arthur mein Engel" versuchte diese plumpe Tour erst gar nicht oder es gehörte ohnehin nicht zu seinen Aufgaben. Trotzdem kam auch er nochmal in den Zeichenraum geschwebt und fand ein paar warme Worte zum Abschied. Die waren nicht dienstlich, die waren durchaus menschlich. Ich hatte keinen Grund, ihm das nicht abzunehmen.

Der Kommandeur verabschiedete sich nicht von mir. Ich hatte schlicht keine Bedeutung mehr für ihn. Ich glaubte nicht, daß er noch seinem alten Fernseher nachtrauerte.

Und dann bekam ich doch noch ein Geschenk. Der Kfz-Offizier schaute auch „mal rein". Für ihn hatte ich einiges gebastelt, und so mancher seiner Freunde hatte wohl auch partizipiert ...

„Sag' mal Cave, kannst du eigentlich Motorrad fahren?", fragte er fast beiläufig. Dabei lag seine Hand freundschaftlich auf meiner Schulter.

„Können schon, Genosse Hauptmann, ich habe aber bisher keine Fahrerlaubnis gemacht, denn da muß man sich bei uns viele Monate vorher anmelden und kostenlos ist das ..."

„Ja, ja, ich weiß, aber ein Paßbild wirst du doch wohl haben?"

„Ja, das hab' ich."

Am vorletzten Tag schaute er wieder „mal rein" und gab mir eine Fahrerlaubnis der Klasse I, Moped und Motorrad bis 250 ccm.

„Und schön das Maul halten."

„Maul halten, jawohl, Genosse Hauptmann." Wir mußten grinsen.

Der letzte Tag. Für die nötige Andacht war gar nicht so richtig Zeit. Mit einem sogenannten Laufzettel mußten Uniform und Ausrüstung bei den verschiedenen Stellen abgegeben werden. Einmal noch durfte ich meine „Kalaschnikow aus Arbeiterhand" putzen, dann verabschiedete auch *sie* sich von mir. Wir hatten uns gut „verstanden".

In der Kleiderkammer wurde alles auf Vollständigkeit überprüft, dann nahmen wir unsere zivilen Sachen in Empfang. Eineinhalb Jahre hatte mein Päckchen hier gelegen und auf mich gewartet.

Ein letzter Appell: „Genossen, als euch unser Arbeiter-und-Bauern-Staat rief, standet ihr zu seiner Verteidigung bereit ..."

Ja, was wäre denn die Alternative gewesen?

Spatensoldat?

Vierzehntes Kapitel

Das richtige Leben

„Da bist du ja wieder!" – „Ja, geschafft." Das war schon ein besonderes Glücksgefühl, welches mich in diesem Moment durchströmte. Obwohl der Gedanke, irgendwann müsse man noch den Wehrdienst leisten, nicht unbedingt allgegenwärtig gewesen war, so war er doch ab und an ins Bewußtsein gedrungen. Das alles lag jetzt also hinter mir.

Das „richtige Leben" konnte beginnen. Ein paar Tage hatte ich noch frei, dann sollte ich an meinen Arbeitsplatz zurückkehren.

Schon am nächsten Morgen empfing mich mein neues Leben. Meine kleine Tochter verlangte lautstark nach Muttis Brust. Wir holten sie in unser Bett. „Neidisch" sah ich zu, wie sie an Maries Brüsten nuckelte. Waren diese schon vorher groß gewesen, so waren sie nun sehr groß. Mir brachte das kaum etwas, denn dieser Traumbusen gehörte allein meinem Töchterchen. Das mußte ich wohl einsehen – nach eineinhalb Jahren – gerade von der Armee zurückgekehrt – und noch nicht ganz 22 Jahre alt. – Mußte ich das einsehen?

In unserer kleinen Küche beschlagnahmte ich die Abstellfläche auf dem Kühlschrank. Dort installierte ich mein selbstgebautes Belichtungssteuergerät für mein Farbfotolabor. Nachdem ich den automatischen Filterwechsler ans Vergrößerungsgerät montiert hatte, unternahm ich den ersten praktischen Versuch. Siehe da, alles funktionierte so, wie ich es mir ausgedacht hatte.

„Und du willst tatsächlich Farbbilder machen?", fragte Marie. Selbst sie schätzte das als abenteuerliches Unterfangen ein. Wer machte denn damals schon Farbbilder?

„Hoffentlich gibt es die nötigen Chemikalien im Fotogeschäft", dachte ich. Zu der Zeit vertrieb der VEB Filmfabrik Wolfen tatsächlich komplett konfektionierte Chemikaliensätze, aber ob unser Fotogeschäft die wohl vorrätig hätte …?

„Guten Morgen!" Meinen mir so vertrauten Fotohändler aus meinen

300

Kindertagen gab es nicht mehr. Er war inzwischen in Rente gegangen. Der Neue hatte von „Tuten und Blasen" keine Ahnung. Er hatte zuvor eine Verkaufsstelle für Rundfunk und Fernsehgeräte geleitet, wie ich im Gespräch erfuhr. Ob er wenigstens davon Ahnung gehabt hatte? Egal, er war nett. Ich stellte ihm in Aussicht, daß er in Zukunft mit mir zu rechnen habe. Nachdem ich ihm die genaue Bezeichnung verraten hatte, versprach er: „Bestelle ich – dauert aber zwei Wochen." Ich kaufte noch einige Negativfarbfilme NC16, damals noch ohne Farbkorrekturmaske, und einen Entwicklersatz dafür, den hatte er da.

„Auf Wiedersehen!"

„Fotografiere ich eben erstmal nur und widme mich zunächst der Farbfilmentwicklung", dachte ich beim Hinausgehen. Meine kleine Familie würde mir bestimmt reichlich Gelegenheiten und Motive bieten.

Als wäre nichts gewesen, ging ich wenige Tage später wieder zur Arbeit. Nur mein Haarschnitt verriet mich noch einige Wochen.

„So", sagte Eberhard, „dann wollen wir mal sehen, was deine zukünftigen Aufgaben sein könnten. Am Printer ist ja wohl eher was für die Damen, also mußt du dir den Außendienst selbst erschließen."

„Da fällt mir schon was ein", antwortete ich und dachte dabei nicht zuletzt an den Freiraum, der sich damit automatisch ergeben könnte. Aber Eberhard war noch nicht fertig: „Damit du die Arbeitszeit nicht mit unnötigen Rennereien verbringst, kannst du dir aus unserem Hauptbetrieb ein Moped holen. Das steht da nur herum, also können wir das auch für uns nutzen." Der Stammsitz befand sich in der knapp 25 km entfernten Bezirkshauptstadt. „Kannst gleich mit dem Bus hinfahren und kommst mit dem Moped zurück.

Du hast doch eine Fahrerlaubnis?" – „Klar!"

Daß mich mein „Geschenk" vom Kfz-Offizier so unverzüglich glücklich machen würde, konnte ich wirklich nicht ahnen. In bester Laune saß ich im Omnibus. Eberhard hatte inzwischen beim Hauptbetrieb angerufen, und so hatte ich nach wenigen Minuten „mein" Moped. Schließlich fuhr ich damit durch die Straßen unserer nicht gerade kleinen Bezirkshauptstadt. Konnte ich Moped fahren? Klar!

War bisher mein Fahrrad mein persönliches Fortbewegungsmittel gewesen, so war es nun ab sofort dieses Moped. Es kümmerte niemanden, wenn ich damit in der Mittagstunde zum Essen fuhr. Auch am Wochenende nahm ich es mit nach Hause. Dienstfahrten trug ich pflichtgemäß in das Fahrtenbuch ein und bezahlte jede zweite Tankfüllung aus eigener Tasche, um meine privaten Fahrten zu vertuschen. Den Kilometerzähler außer Betrieb zu nehmen war nur ein Handgriff.

Endlich war es so weit. An einem Sonntagvormittag trafen wir uns im Saal der kleinen Gaststätte am Hafen, dort, wo alles begonnen hatte. Wilhelm, Robert, Hermann und ich. Rainer blieb bei der anderen Band, den „falschen" Komets. So saßen wir nach langer Zeit wieder an einem Tisch und planten die Zukunft, die *Combo72* heißen sollte. Wie Wilhelm schon angedeutet hatte, sollte es in der Regel für ihn kein Problem geben, sich zumindest an den Wochenenden vom Dienst in der Armeedruckerei beurlauben zu lassen. Robert hatte sich inzwischen eine Elektronenorgel gekauft, so daß seine Baßgitarre nun mein zukünftiges Instrument sein sollte. Hermann blieb natürlich am Schlagzeug. Reine Gitarrenmusik war in dieser Besetzung nicht mehr möglich, was aber nicht nachteilig war, im Gegenteil. Für Tanzveranstaltungen, Betriebsfeste usw. engagierte man in der Regel doch eher eine „richtige" Tanzkapelle als eine reine Gitarrengruppe.

Ende Juni, ich hatte die Armeezeit gerade vergessen, erreichte mich ein Einberufungsbefehl zur Mobilmachung. Innerhalb weniger Stunden sollte ich mich beim Wehrkreiskommando stellen. War das ein schlechter Traum? Offensichtlich nicht! Nach dem Grundwehrdienst war man bis zum 50. Lebensjahr Reservist, hatte quasi Bereitschaft für den Wehrfall. Bis zu einer Dauer von drei Monaten konnte man zu derartigen „Auffrischungsveranstaltungen" eingezogen werden. Durchaus auch mehrmals. Dieses hier sollte allerdings „nur" eine Übung zur Mobilmachung werden. Das mußte man nicht ankündigen. Wie lange der Spuk dauern könnte, wurde auch nicht verraten. Mit ein bis zwei Wochen sei in jedem Fall zu rechnen, war die allgemeine Erfahrung.

Entsprechend begeistert stiegen wir Reservisten in den bereitstehenden Bus. Die Route kam mir bekannt vor. Auf dem Gelände einer Kaserne direkt in Pasewalk war das Ziel erreicht:

„Aussteigen! – In Reihe angetreten! – Ruhe im Glied! – Genossen …"

Zur Erfassung sollten wir uns in eine größere Baracke begeben. Diese hatte ein Pappdach. Ende Juni. Glühende Hitze. Es dauerte …

Aufgescheucht liefen einige Unteroffiziersdienstgrade herum und versuchten die Erschienenen mit den ihnen vorliegenden Listen abzugleichen. Ich denke, sie hatten die Hasenschule noch vor sich oder waren gerade damit beschäftigt. Unsere Namen kamen ihnen nur schwer über die Lippen. Dann wurde auch mein Name aufgerufen:

Schawe oder Zzzzawe?

Ein Gedanke schoß mir durch den Kopf: „So heiße ich nicht!"

Also hielt ich meinen Mund. Ob es noch weitere „Kollegen" so oder so ähnlich gemacht hatten, ließ sich nur ahnen. Auf jeden Fall blieb am Ende eine Hand voll „Fälle" übrig. Wir sollten uns in einem hinteren Raum in der Baracke sammeln und warten. Man würde das klären …

Unabgesprochen verhielten wir uns leise und tauschten uns nur im Flüsterton aus. So, als würden wir im Stillen hoffen, der Krug könnte an uns vielleicht vorübergehen.

Nach ca. einer Stunde war es in der Baracke still geworden. Auf dem Kasernenhof fuhr ein Mannschaftswagen nach dem anderen davon. Bald war es auch in der Kaserne still. Der Abend kam – und die Nacht. Auf dem Fußboden zu schlafen war für uns Altgediente keine Hürde. Durst hatten wir. Mächtig Durst. Trotzdem wollten wir uns erst am kommenden Morgen bemerkbar machen. Der Plan ging auf.

Ein eilig herbeigerufener Hauptmann „besichtigte" uns erstaunt.

„Ich klär' das."

Der kam allerdings nicht wieder. Dafür kam ein Bus – und ein Major. Dieser, der Major, ließ uns antreten und hub zu einer „bedeutenden", aber kurzen Lobeshymne an:

„Genossen, als Euch unser Arbeiter-und-Bauern-Staat rief …"

Das kannten wir. Wir waren ja keine Unbedarften. Von Interesse war jedoch das Ende seiner Ansprache. Vorsorglich würden immer einige

Genossen mehr als nötig einberufen, um in jedem Fall die Kampfkraft zum Schutze unseres Arbeiter-und-Bauern-Staates ...

Wir waren also die Reserve von der Reserve, der Überschuß. Gerne. Entspannt bestiegen wir den Bus. „Manchmal lohnt es sich wohl doch, einfach mal die Klappe zu halten", dachte ich, als ich zum Mittag schließlich wieder zu Hause war.

Schlager zu spielen war nun nicht die Hürde. Harmonisch mußte man nicht mit größeren Überraschungen rechnen, und so brauchten wir nur kurze Zeit, um ein fünfstündiges Repertoire „zusammenzuschustern". Zwar war für mich die Baßgitarre quasi ein neues Instrument, doch schnell lernte ich, die Übergänge des ansonsten eher unspektakulären Quartenspiels auf meine ganz persönliche Weise mit kreativem „Beiwerk"aufzufüllen. Als Baßläufe im harmonischen Kontext würde ich das heute nicht mehr bezeichnen wollen. Trotzdem, zusammen mit unserem recht präzise trommelnden Hermann, bildeten wir beide das verläßliche Fundament der *Combo72*.

Wir waren wieder da!

Wir spielten in Stadt und Land und auch wieder regelmäßig im Klubhaus. Die Tanzveranstaltungen dort gingen in erster Linie an uns. Nicht, daß wir die „falschen Komets" brotlos gemacht hätten, nein, das natürlich nicht, aber wir hatten doch mindestens so viele „Mucken" wie sie, wenn nicht sogar mehr. Kaum ein Wochenende, an dem nicht gemuckt wurde. Selbst in der Woche ergaben sich nicht selten Spielmöglichkeiten. Die „Kohle" floß wieder und entsprach nicht selten einem zweiten Gehalt, zumindest in den typischen Veranstaltungsmonaten. Ach, damals war eigentlich immer irgendwo etwas los.

Richtig ist, daß unsere Muckerei anstrengend war, selbst für uns junge Hüpfer. Waren wir doch bis auf Wilhelm alle erst Anfang zwanzig. Richtig ist jedoch auch, daß wir trotz fester Bindungen den größten Teil der erlebnisreichen Jahre noch vor uns wähnten. Entsprechend unbekümmert war unsere Einstellung, was die Partnertreue anbelangte. Motto: In jedem Hafen eine Braut. Vom Spaßfaktor her hielt sich das mit unseren musikalischen Aktivitäten mindestens die Waage.

Hermanns leicht abgerundete Elfriede hatte für den Fall der Fälle ihre eigene Strategie entwickelt. Ohne ein Schäferstündchen vorweg ließ sie ihn nicht aus dem Haus. Ich erinnere mich, ihn oftmals allein oder auch mit Robert zusammen zur Mucke abgeholt zu haben. In der Tür erschien dann meist ein gequält grinsender Hermann mit einer triumphierend grinsenden, leicht abgerundeten Elfriede im Rücken.

„Du gehst mir nicht fremd", sollen ihre Worte gewesen sein. Hermann war eine „ehrliche Haut" – was seine Berichterstattung uns gegenüber anging. Nun, wirklich geholfen hat es nicht. Wenn er auch in den ersten Stunden unserer Einsätze noch etwas „abgespannt" wirkte, so schloß er doch zum Ende hin wieder auf. Er „kam" einfach etwas später.

Manchmal nahmen wir unsere Frauen zu Tanzveranstaltungen mit. Das trübte dann etwas den „Spaß an der Freude". Waren wir doch ständig krampfhaft bemüht, den Blickkontakten unserer „Hafenbräute" auszuweichen. Natürlich gelang das nicht immer vollständig, und so gab es regelmäßig „Stunk" am Kapellentisch. Wenn dann noch die eine der anderen „steckte", daß sie ja wüßte, daß nicht nur *ihr* Mann, sondern wir anderen ebenso ...

Zu Hause bekamen wir dann in der Regel erst so richtig Ärger. „Arbeit" unter der Aufsicht unserer Frauen – anstrengend.

Kurz vor meiner Hochzeit mit Marie hatten Lisa und Wilhelm ihre zweite Tochter bekommen. In dem kleinen Haus war es dadurch sicher etwas eng geworden. Vielleicht ein Grund dafür, daß die Liebe allmählich abkühlte. Nun wurde auch dort mal gestritten. Wilhelm hielt sich, obwohl wir sonst immer offen miteinander sprachen, dazu bedeckt. Anders dagegen Lisa.

Seit wir uns das erste Mal auf dem Tanzboden begegnet waren und ich sie seinerzeit bereitwillig an Wilhelm „weitergereicht" hatte, gab sie mir immer wieder mit kleinen Gesten und Äußerungen zu verstehen, daß ich ihr nicht einerlei sei. Nie war ich darauf eingegangen, und schon gar nicht hatte ich ihre Sympathie für mich genährt, wirklich nicht. Nun aber, da Wilhelm bei der Armee und damit seltener zu Hause war, wurde Lisa konkret: „Wann besuchst du mich denn endlich mal?"

Die ersten Male „überhörte" ich ihre Frage, tat so, als hätte ich es als

Scherz verstanden. Trotzdem, ihr Blick ließ an der Ernsthaftigkeit ihres Angebots keinen Zweifel, zumal sie es immer wieder aktualisierte. Ich focht einen inneren Kampf. Wilhelm war mein Freund. Robert und Hermann zwar auch, aber trotzdem war das Gefühl, welches Wilhelm und mich verband, ein anderes, ein umfassenderes.

Lisa war Wilhelms Frau. Da sollte es wohl nichts zu überlegen geben.

Dennoch gab es eine weitere Stimme in mir: Am Anfang, als die Liebe zwischen Marie und mir noch sehr jung war, hatte sich Wilhelm oft sehr unsensibel gezeigt: „Die mußt du nur mal ordentlich durchficken, dann wird das schon", hatte sein fachmännischer Rat gelautet. Seiner Meinung nach würde ich mit Marie nicht richtig „umgehen" können.

Wenn Marie im Klubhaus zum Jugendtanz erschien und mich hinter der Bühne begrüßen wollte, kam mir Wilhelm oft zuvor und küßte sie als erster auf den Mund. So richtig! Kein Freundschaftsküßchen!

Der Anblick traf mich immer mitten ins Herz. Was mich aber richtig wütend machte: Marie ließ sich das auch gefallen. Seltsamerweise war ich auf sie viel „stinkiger" als auf Wilhelm. Schon hatten Marie und ich wieder genügend Anlaß, das Wochenende im Streit zu verbringen.

Aber wie verhielt sich das nun mit meinen anderen Freunden?

Hatte Marie mir nicht berichtet, daß während meines Wehrdienstes alle meine Freunde, einer nach dem anderen, bei ihr aufgetaucht waren, um ihr zu später Stunde „hilfreich" zur Seite stehen zu wollen ...?

Robert, Wilhelm und auch Hermann. Meine Freunde?

Daß sie von Marie nicht erhört wurden, lag dabei wohl eher an Maries Unlust im Allgemeinen. Was wäre aber gewesen, wenn sie zugestimmt hätte? Sicher, auch ich hatte Marie schon öfter betrogen. Hätte ich es nicht getan, wenn sie nicht diese allgemeine Unlust gehabt hätte? Mit letzter Sicherheit und ehrlichen Herzens kann ich das nicht sagen.

Marie hatte alles, was mich erregte. Ich war immer „heiß" auf sie. Wenn sie nur in etwa ihre körperlichen Reize so eingesetzt hätte, wie Melinda es verstanden hatte, wäre ich ihr wohl verfallen. Sie hielt alle Karten in der Hand. Jederzeit hätte sie einen Trumpf ausspielen können ...

Ihre Schuld? Meine Schuld? Jedenfalls tat sie es nicht! Solche Frauen sollte es ja geben. Warum gehörte gerade meine Marie zu denen?

Nun kam Lisas Angebot. Dieses zielte direkt auf meine Bedürftigkeit ab. Wir verabredeten uns zu einem gemeinsamen Frühstück.

Ich beruhigte mein unreines Gewissen: „Is' ja nur zum Frühstück ...“ Lisa hatte den Tisch gedeckt und für mich Kuchen gekauft, Käsekuchen. Der kam auf meiner Beliebtheitsskala gleich hinter Marmorkuchen. Wir schwatzten gut eine Stunde über dies und das. Anzüglichkeiten gab es weder von ihrer noch von meiner Seite. „Vor Ort“ verschlechterte sich mein Gewissenszustand dann doch immens. So entschloß ich mich, wieder zu gehen, und damit wäre das Thema Lisa für mich wahrscheinlich beendet gewesen. Wir verabschiedeten uns. Zwischen Tür und Angel sagte sie dann den entscheidenden Satz: „Du bist mir ja vielleicht 'n Feigling!“

Lüsternheit und Enttäuschung schauten aus ihren braunen Augen. Schließlich zog ich die Tür wieder hinter mir zu – von innen. Noch im Korridor fielen wir übereinander her. Jede Frau ist anders. Etwas Erfahrung hatte ich inzwischen dann ja doch schon gesammelt. Mit Lisa ging alles sehr schnell. Nach wenigen Küssen fiel sie einfach um. Ihr Orgasmus hatte etwas beängstigend Komatöses. Mein Strickmuster war das nicht. Mein Miteinander ging anders. Nach kurzer unbändiger Lust war ich schnell wieder auf dem Boden. Ich liebte Lisa nicht.

In unserem Kreis gab es zwei über seine Grenzen hinaus „berühmte“ Karnevalsgesellschaften. Eine davon befand sich in der kleinen Stadt, in der wir damals mit nagelneuen Hosen und mit Verstärkung unseres „Conférenciers“ aufgetreten waren. (Gefeuert!)

Als feste Karnevalsband hatten wir dort nicht Fuß fassen können. Ortsansässige Kollegen waren uns zuvorgekommen. Dafür hatte uns Robert in einem kleinen Dorf etabliert, dessen Karnevalsverein ganz und gar nicht klein war. Zur Karnevalszeit vergnügten sich in dem Dörfchen nicht nur die umliegenden Gemeinden, sondern auch die „Haute-Volée“ unserer Kreisstadt. Nicht nur einmal! Mehrere Veranstaltungen die ganze Karnevalszeit hindurch. Wie es der Zufall wollte, war es das Dorf, in dem mein Großvater das Licht der Welt erblickt und seine Kindheit verbracht hatte. Ach, hätte er doch seinen Enkelsohn auf

der Bühne sehen können – in gleicher Mission wie er in jungen Jahren
– damals – im Schützenhaus – mit der Kapelle „Knorke".

Die ersten eineinhalb Stunden wurden bei diesen Veranstaltungen
durch das Programm des Karnevalsvereins bestritten. Mit freundlichen
Gesichtern, aber total gelangweilt, standen wir pausenlos auf der Bühne
und machten taa-taa, taa-taa, taa-taa.

Obwohl – zum einen war es bezahlte Zeit, in der wir nicht musizieren
mußten, zum anderen hatten wir dadurch reichlich Gelegenheit, uns
ausgiebig nach Damen umzusehen. Damen – möglichst ohne Partner.
Gab es! – Auch besonders trostbedürftige Damen, deren Partner an der
Theke verschollen waren – gab es. Man(n) erkannte sie an ihren interessiert suchenden Blicken – eher *nicht* nach ihren Partnern.

Rebecca – saß nur zwei Tische weiter. Kurz vor der Bühne. Natürlich
kannte ich da noch nicht ihren Namen. Meinen Blick bemerkte sie
schon nach kurzer Zeit. Ein Lächeln, dann schaute sie zur Seite. Nur
einen Moment, dann schaute sie, ob ich noch schaute. Ich schaute. Nun
lachte sie mich richtig an. Sie hatte ein hübsches Gesicht, dunkle Haare,
Lockenfrisur, wahrscheinlich war sie in meinem Alter oder etwas älter.

Das Programm war beendet. Die Gäste hatten nun erst einmal eine
halbe Stunde Pause, bevor wir dann zum Tanz aufspielen sollten.

Rebecca ging mit ihrer Bekannten, mit der sie zusammen am Tisch
gesessen hatte, aus dem Saal in Richtung Theke. Nicht ohne mir nochmals einen kurzen Blick zugeworfen zu haben. Ich schaute ihr nach. Sie
war ca. einen halben Kopf kleiner als ich und trug ein eng anliegendes
Kleid mit großem Rückenausschnitt. Ihr Oberkörper war weiblich zart
mit relativ kleinem Busen – nach meinen Maßstäben! Dafür hatte sie
eine aufregende Taille und ein etwas zu üppiges Hinterteil, welches von
wohlgeformten Beinen durch den Saal getragen wurde. Rebecca wirkte
sehr anziehend. Deutlich fühlte ich ein untrügerisches Kribbeln.

Vor der Theke war starker Betrieb. Ich fand sie ziemlich weit hinten im
Gedränge. Sie bemerkte zunächst nicht, daß ich mich dicht an sie her-
angearbeitet hatte. Mein Gesicht tauchte fast in ihren Haarschopf ein.
Ihre freie Rückenpartie strahlte spürbare Wärme ab. „Die riecht aber
gut", war mein erster Eindruck. Vorsichtig legte ich meine Hände auf

ihre fast freien Schultern und sagte leise in ihr Ohr: „Wenn *ich* etwas zu trinken hole, geht es schneller." Sicher hatte sie damit gerechnet, daß ich ihr folgen würde, denn sie erschrak nicht, obwohl ihr meine Stimme fremd sein mußte. Sie wandte mir ihr Gesicht zu und lachte mich an.

„Warum geht das bei dir schneller?"

Am liebsten hätte ich sie auf der Stelle geküßt. Es zog mich förmlich.

„Ich brauche mich hier nicht anstellen. Ich kann uns an der Seite der Theke etwas holen. Was möchtest du denn?"

„Egal, irgend etwas Kaltes, nur keinen Wein oder so."

Ihre Freundin war derweil mit einem Bekannten beschäftigt. „Wenn die mit dem zusammen an den Tisch zurückkehrt, kann ich nicht in Ruhe Süßholz raspeln", dachte ich. Also schlug ich ihr vor: „Setze dich doch an unseren Kapellentisch neben der Bühne, ich bin gleich da."

„Na, gut." – „Das ging ja schnell ..."

Wilhelm, Robert und Hermann „raspelten" bereits an einigen Frauen an der Seite der Theke bei Bier und Hochprozentigem. Hermann hatte mein Anbandeln beobachtet und streckte seinen Daumen zu mir hoch. Ich ging zu ihm hinüber und bestellte meine Getränke. Beide schauten wir Rebecca hinterher, wie sie auf unseren Tisch zusteuerte.

„He", raunte mir Hermann zu, „die sieht aber scharf aus." – „Logisch, Alter, was dachtest du denn." Wir grinsten uns vielsagend an.

Dann saß ich mit Rebecca an unserem Tisch. Langsam füllte sich der Saal wieder, und auch Wilhelm und Robert brachten ihre Eroberungen von der Theke mit. Rebecca war nicht sehr gesprächig, dabei nicht ablehnend, nein, ganz im Gegenteil. Sie hatte einfach nicht viele Worte. In der großen Pause spazierten wir Arm in Arm ein Stückchen die Dorfstraße entlang. Unter einem großen alten Baum blieben wir stehen und küßten uns leidenschaftlich. Das brauchte keine Worte.

Allerdings setzte sich ihre Schweigsamkeit auch fort, als der Tanzabend schließlich beendet war. Schnell hatte ich meine Sachen zusammengepackt, während sie wie selbstverständlich an unserem Tisch sitzen blieb und auf mich wartete. In stillschweigender Übereinkunft übernahmen bei derartigen Anlässsen die anderen die Pflichten des jeweils „beschäftigten" Kollegen. Dumm war nur, wenn wir alle vier ...

Ich erinnere mich genau an Rebeccas knallroten Mantel. Zusammen mit ihren dunklen Haaren war sie eine reizende Erscheinung. Wir steuerten wieder „unseren" Baum an, und diesmal versuchte ich, etwas mehr aus ihr herauszubekommen. Ich erfuhr, daß sie aus diesem Dorf stammt und daß sie eine kleine Tochter hat, die jedoch bei ihren Eltern untergebracht ist, die hier wohnen. Vielmehr war in der kurzen Zeit nicht aus ihr herauszuholen. Schließlich waren wir mit Kennenlernen beschäftigt. Was mich an ihr jedoch etwas irritierte und was mich ein wenig an Marie erinnerte: Von Rebecca ging keinerlei Initiative aus. Sie ließ geschehen. Knutschen, streicheln, befühlen, das alles machte ihr offensichtlich Spaß – aber eben lautlos, wortlos – hm. Nun, das war ja noch nicht die letzte Karnevalsveranstaltung in dieser Saison ...

Montagmorgen, noch etwas abgespannt im Betrieb angekommen, überraschte mich eine junge Kollegin: „Na, wie war es mit meiner Schwester?" – „Hää?" – „Ja, Rebecca ist meine große Schwester!"

Die komplette Damenmannschaft war natürlich schon ins Wissen gesetzt. Harry, gerade unter einer defekten Maschine hervorkriechend, grinste mich an: „Los, erzähl mal." – „Och."

Das richtige Leben beginnt erst nach der Fahne, hatte Robert gesagt. Es sah ganz so aus, als würde „sein Wille" geschehen. Bis auf den Schock der Mobilmachung im Juni hatte sich das Leben recht abwechslungsreich gezeigt. Nun war es Winter geworden. Marie ging inzwischen wieder arbeiten, und so begann mein Wochentag schon sehr früh am Morgen. Noch vor der Arbeit brachte ich unsere kleine Tochter Dana in die Krippe. In wenigen Tagen würde sie bereits ein Jahr alt werden. Marie kam als Verkäuferin erst am Abend nach Hause. Also holte ich Dana nach Dienstschluß wieder ab und versorgte sie. Windeln wechseln, Brei kochen, füttern. ... Papa sein dagegen sehr.

Das war alles kein Problem. Die meisten jungen Familien lebten bei uns so. War Dana einmal krank, blieb Marie zu Hause. Auch das war in der DDR kein Problem. Mutter und Kind hatten Priorität. Sorge um den Arbeitsplatz war völlig unbekannt. Das Leben der „normalen" Leute war zwar Mittelmaß, aber *das* schien auf festem Fundament.

Durch meinen Nebenverdienst kamen wir auch recht gut aus.

Mein Aufgabenbereich im Betrieb entfaltete sich dann doch nicht wie vorhergesagt. Einen weiteren Atelierbetrieb würde es nicht geben. Der Plan wurde von der Leitung des Hauptbetriebes zunächst auf Eis gelegt. Wir hatten zwei private Fotobetriebe in der Stadt. Diese waren für das Auftragsaufkommen völlig ausreichend und ließen sich von uns doch keine Kunden abspenstig machen. Vielleicht sollte ich mich nach einer anderen Arbeitsstelle umsehen, sonst liefe ich noch Gefahr, an der langweiligen Bildermaschine, dem Printer, zu landen. Nur das nicht.

Montagmorgen, ich war auf dem Rückweg von der Kinderkrippe, traf ich Hanna aus meinem Lehrbetrieb. „Na", sagte sie, „hast' die Armee hinter dich gebracht?" – „Ja, ich bin schon seit Mai wieder im Dienst." „Und", fragte sie weiter, „wie gefällt es dir im Großlabor?"

„Nich' so doll. Ist eben 'ne große Printerbude", antwortete ich.

„Ich bin jetzt erstmal im Babyjahr", erzählte Hanna weiter, „ habe auch geheiratet und werde wohl nicht wieder in unseren alten Betrieb zurückkehren. Wird sich schon was finden. Eigentlich verdient aber mein Mann genug für uns beide. Er ist beim Zoll." – „Aha."

„Sag' mal", fragte ich so nebenbei, „hast du mal was von Johanna, ähh, von Frau Wagner, gehört?" Hanna lachte laut auf.

„Wußte ich es doch. Du hattest was mit ihr, stimmt's?" Hanna wartete gespannt. „Na, dann laß es. Ist ja auch egal. Soviel ich weiß, ist sie zu ihrer Tochter nach Dresden gezogen. Jedenfalls ist sie nicht mehr in den Laden gekommen – seitdem du mit ihr im Bett warst."

Auch diesen zweiten Versuch ließ ich ins Leere laufen. Meine dunkelrote Pfingstrose hatte es nicht verdient, daß ich mich nicht an unseren „Schwur" halten und über unsere Liebesnacht herumtratschen würde. Johanna war die erste „richtige Frau" in meinem Leben.

„Ich muß los. Mach's gut Hanna, tschüs." – „Tschüs, Günti."

Hanna hatte mich aufgehalten. Das war im Zeitplan nicht vorgesehen. Kurz vor dem Marktplatz kam mir eine junge Frau von der gegenüberliegenden Straßenseite entgegen. „Hallo Günti, warte mal!" – „Heidi!"

Mit ihr war ich eingeschult worden und bis zum achten Schuljahr in dieselbe Klasse gegangen. Seitdem hatte ich sie nicht wieder gesehen.

Uns verband ein ähnliches Schicksal. Auch ihre Eltern waren damals abgehauen, und auch sie war bei ihren Großeltern aufgewachsen.

Nach einem kurzen gegenseitigen Lebensbericht kam sie zum Kern. Was ich nicht wußte, sie hatte Fotolaborantin gelernt. Das war allerdings nicht ihr ursprünglicher Berufswunsch, denn viel lieber wäre sie Bibliothekarin geworden. Wie schon einmal gesagt, jeder bekam bei uns eine Berufsausbildung, aber nicht immer die gewünschte. Darum ging es jetzt. Heidi erzählte, daß sie in einem medizinischen Institut in unserer Stadt als Fotografin beschäftigt sei, nun aber die wissenschaftliche Bibliothek übernehmen könne, denn die Stelle würde gerade frei werden. Der Leiter des Institutes wäre auch einverstanden, wenn sie für Ersatz sorgen würde. Am liebsten einen Fotografen!

Ja, der war ich ja nun. So schnell konnte es also gehen. Ich ließ mir von ihr noch ein wenig über den anstehenden Aufgabenbereich berichten. Das hörte sich interessant an. Ich versprach, ich würde mich umgehend darum kümmern. „Aber wirklich!" – „Ja, versprochen."

Nun kam ich zu spät zum Dienst. Ich hasse Unpünktlichkeit.

Der Chef war zum Glück nicht da. Montags war immer Leitungssitzung im Hauptbetrieb. Er hätte allerdings auch so nichts gesagt. Die Gelegenheit nutzend, telefonierte ich von seinem Schreibtisch aus gleich mit dem Institut. Der Telefonist stellte mich zur Chefsekretärin durch. Ich bekam einen Termin zur Mittagszeit. Da Eberhard in der Regel erst am frühen Nachmittag zurück sein würde, hatte ich keinen Zeitdruck.

Pünktlich machte ich mich auf den Weg. Das Institut gehörte zum Gebäudeensemble unseres ehemaligen Residenzschlosses und stand vis-à-vis zur Orangerie. Es war einstmals für die Herzogin Caroline im Stil englisch-gotischer Turmbauten errichtet worden. Ich öffnete die alte schwere Eingangstür und betrat das Foyer. Der Pförtner wies mir den Weg zum Direktorat in der ersten Etage. Im Vorzimmer empfing mich die Chefsekretärin: „Hatten wir miteinander telefoniert?" – „Ja." Heidi hatte sofort von meinem Termin erfahren und wartete ebenfalls auf mich. Sie war sehr froh, daß ich so umgehend reagiert hatte. Ich begrüßte sie und stellte mich der Sekretärin vor. Nach wenigen Minuten empfing mich dann auch „Seine Durchlaucht" Professor Weinberg.

Er war sehr höflich, auch sehr freundlich, aber deutlich distanziert. Großmutter sei Dank, konnte ich seiner anspruchsvollen Konversation ohne Mühe folgen. Sein hohes sprachliches Niveau war allerdings nicht zu erreichen. Mit einem Augenzwinkern hat mir seine Chefsekretärin später einmal verraten, daß sie „den Alten" beim intensiven Studium einer alten Muttersprache „erwischt" hätte. Er befleißigte sich also eines ungewöhnlichen Ausdruckes, um sich noch einmal deutlich von den Bereichsdirektoren abheben zu können. Hohe Intelligenz und „Morbus Bahlsen" können in speziellen Fällen also durchaus zusammengehen, lernte ich – ganz praktisch. Diese Macke wurde dann auch sehr gern von seinen „Untertanen" auf die Schippe genommen, also kopiert, einschließlich seines etwas hinkenden Ganges – hinter seinem Rücken! Jedenfalls mußte ich bei ihm einen guten Eindruck erweckt haben, denn nach wenigen Minuten bekam ich den Ritterschlag. Quasi ab sofort wäre ich wissenschaftlicher Fotograf, so hieß die Planstelle (wow) und diese könne ich auf der Stelle antreten. Prima. Gehalt? Prima! Mit seiner Genehmigung führte mich Heidi anschließend durch ihre Arbeitsräume. Der wissenschaftliche Fotograf gehörte zum Direktorat. „Oje, den lieben Tag lang direkt unter der Fuchtel ...", fragte ich Heidi. „Halb so schlimm", meinte sie, „das Fotolabor ist dafür im Keller!" „Ach ja?", ich verstand. „Da hat man ja dann auch die meiste Zeit zu tun", vermutete ich verschmitzt. Heidi antwortete: „Genau, und auch sonst hat dir im Haus niemand etwas zu sagen. Du unterstehst einzig dem Chef – und der ist oft nicht da", beendete sie den Satz. Im anschließenden Termin mit der Kaderleiterin war dann meine Einstellung zum Januar beschlossene Sache. Darauf freute ich mich. Nun mußte ich meinen Entschluß nur noch Eberhard beibringen ... „Daß du hier nicht alt wirst, habe ich mir schon gedacht", meinte er wenig überrascht. Er reagierte völlig unaufgeregt. Für einen Fotografen waren in diesem Betrieb einfach nicht genügend Aufgaben vorhanden. So sollte dann also die in wenigen Tagen anstehende Weihnachtsfeier mein letztes Erlebnis in diesem Betrieb werden, was es auch wurde ... Die Tische im Aufenthaltsraum waren zu einer großen Tafel zusammengeschoben. Die Damen hatten für ein reichhaltiges Buffet gesorgt.

Den Schreibtisch der Sekretärin und den vom Chef hatten sie an die Wand geschoben, so daß in diesen beiden Räumen auch getanzt werden konnte. Musik kam von Platte und Band, Harry sei Dank.

Es ging recht feuchtfröhlich zu. Das war im Osten so. Nach dem Essen tanzten einige Damenpaare mit viel Gekicher und Gegacker. Eberhard hielt sich zurück – Harry nicht. Es wurde schon lange gemunkelt, er hätte etwas mit einer Dame aus dem Labor. Die war zwar verheiratet, aber hatte sich gelegentlich bei Kolleginnen über ihre Ehe beklagt. Da Harry als Techniker praktisch an den Damenarbeitsplätzen wirkte, waren ihre Nöte unbeabsichtigt auch in seine Ohren gelangt. Harry war Junggeselle! Wenige Monate später, als ich schon lange nicht mehr zum Betrieb gehörte, hat er diese Kollegin tatsächlich geheiratet!

Heute jedoch tanzte er zunächst nur mit ihr, und zwar *nur* mit ihr. Ich hatte genügend mit der Unterhaltung der Damenwelt an den Tischen zu tun, denn ich war mit meiner spontanen, offenen und humorvollen Art bei den Kolleginnen gern gesehen. Alkohol brauchte ich dazu nicht.

„Wollen wir nicht mal tanzen?" Es war Gundula, die mich, ein klein wenig beschwipst und daher wohl mutig geworden, aufforderte.

Gundel wurde sie von ihren Kolleginnen genannt.

Wie beschreibe ich Gundel? – Eine graue Maus?

Sie war immer ruhig, wortkarg, arbeitsam – unauffällig. Ich hatte ihr bisher keine Aufmerksamkeit geschenkt. Genauer, es gab unter meinen Kolleginnen keine, der ich besondere Aufmerksamkeit geschenkt hatte. Gundel hatte dunkelblonde schulterlange glatte Haare. Das kann man klassisch nennen oder auch gar keine Frisur. Ihre Kleidung war zurückhaltend, etwas altfränk'sch, wie man so sagt. Sie war recht schlank, aber nicht dünn, keinesfalls mager. Gundel war fast so groß wie ich. Genau betrachtet war sie durchaus hübsch auf unspektakuläre Weise. Man mußte schon ein zweites Mal hinschauen. Ein ebenmäßiges Gesicht, ein großer Mund, üppige Lippen, schöne Zähne, ein Teint wie bei Schneewittchen, weiß und rein, kein Schmuck, kein Parfüm ...

Aber – war mir das nicht schon einmal begegnet?

„Gern", antwortete ich. Wir gingen zur Tanzfläche.

Jemand hatte das Licht gelöscht. Harry? Vom Nebenraum kam auch so genügend Licht herein. Die Leuchtstoffröhren an der Decke waren immer so unangenehm grell. Arbeitsraumbeleuchtung eben.

Ich nahm Gundula in den Arm. Sie tanzte sehr dicht, ich meine *sehr* dicht. Durch ihre Größe befanden sich unsere Gesichter praktisch auf gleicher Höhe. Sie schmiegte sich förmlich an, fast ein wenig drängend. Ihre Tanzschritte waren wohl dosiert, dabei rhythmisch und präzise. Kein Blatt Papier hätte zwischen uns Platz gehabt, vollflächig anliegend sozusagen. Nach nur wenigen Minuten lagen auch unsere Wangen eng aneinander. Ihr warmer Atem streifte mein Ohr. Ich zog sie noch fester an mich. Als hätte sie nur darauf gewartet, schlang sie ihre Arme um meinen Nacken und küßte mich lange und leidenschaftlich. Tief und zügellos drang ihre Zunge in meinen Mund. Für mich fühlte sich das nach einem Geständnis an. Prompt gingen mir die Lichter aus.

Dieser Orkan wie aus dem Nichts. Darauf war ich nicht vorbereitet. Wir tanzten noch mehrere Male und schmusten dabei ungeniert. Das konnte gar nicht unbemerkt geblieben sein. Die anderen Kolleginnen waren jedoch mit sich beschäftigt. Es interessierte einfach niemanden. Harry tanzte inzwischen ebenfalls sehr unbeschwert ...

Irgendwann erhob sich Gundel von der Festtafel und ging aus dem Raum. Vielleicht wollte sie zur Toilette? Von den anderen unbemerkt folgte ich ihr. Nein, in der Toilette brannte kein Licht. Ich suchte auf dem Flur nach ihr. Die Tür zu den Laborräumen stand einen Spalt breit offen. Auch dort brannte kein Licht, aber wo sollte sie sonst sein? Ich fand sie hinter der Labortür wartend. In dieser klaren Winternacht sorgte das fahle Mondlicht, welches durch die großen Fenster fiel, für genügend Orientierung. Wir verzogen uns in den am weitesten vom Eingang entfernten Raum. Sollte man nach uns suchen, würden wir das rechtzeitig bemerken. Damit war jedoch kaum zu rechnen.

Gundel schmiegte sich sofort wieder eng an mich. Ihre Küsse wurden jetzt nahezu gierig. Heftig atmend küßte sie mich ins Gesicht und fuhr mit ihren Lippen an meinem Hals entlang. Diese äußerst appetitliche junge Frau ergriff einfach Besitz von mir. Ich genoß meine devote Rolle zunächst in vollen Zügen. Dann knöpfte ich ihre weiße Bluse auf und küßte ihre freien Schultern. Gundel öffnete auch den letzten Knopf und zog ihre Bluse aus. Sie schlang ihre nackten Arme um meinen Hals und sog um so heftiger an meinen Lippen. Schließlich entledigte sie sich auch ihres BHs. Ihre Brüste waren nicht besonders groß, doch recht fest. Die hervortretenden Vorhöfe bildeten eine kleine zweite Brust mit prall aufgerichteten Warzen. Als ich sie zärtlich in den Mund nahm, flüsterte sie: „Sei ganz vorsichtig, ja?" Sie fröstelte und atmete schwer. Ihre Hände strichen über meinen Kopf und drückten ihn sanft an sich. Warm tröpfelte es mir in den Mund. Es schmeckte süß.

Mein von Hormonen überschwemmtes Hirn erwachte kurzzeitig aus seinem Dämmerzustand und versuchte, die Situation zu erfassen: Gundel war verheiratet. Erst im Frühjahr hatte sie ein kleines Mädchen bekommen. Offensichtlich stillte sie noch. Nach dieser mühevollen Analyse meldete sich mein Denkapparat umgehend wieder ab.

Ein Schauer jagte über meinen Rücken. Wie hatte es Freud definiert? „Lust ist die Überwindung des Ekels". Was ich fühlte war *nur* Lust, unbändige Lust. Vorsichtig begann ich zu saugen. Gundel wimmerte leise in sich hinein und sackte ein kleines Stück an der Wand herunter. Ich umfaßte ihr Hinterteil und zog dabei ihren Rock etwas hoch. Mit beiden Händen fuhr ich in ihr Höschen und massierte ihre nackten Pobacken. Sie quittierte mein lustvolles Kneten mit leichten rhythmischen Bewegungen ihres Unterleibes. Aus ihrer anderen Brustwarze tropfte es jetzt von selbst heraus. Es kostete mich keine Überwindung…

Was ich so gern einmal bei Marie getan hätte, Gundel genoß es. Wenn wir uns zwischendurch immer wieder küßten, leckte sie ihr süßes Naß von meinen Lippen. Hemmungen schienen ihr fremd.

So tastete ich nach ihrem Schoß. Seine Feuchte hatte sich durch ihr Höschen nicht aufhalten lassen und breitete sich über die Innenseite ihrer weichen Schenkel aus. Von heftigem Verlangen getrieben, ging ich vor ihr in die Knie und preßte dort mein Gesicht hinein. Sie roch sehr intensiv nach junger Frau, aromatisch, angenehm. Wir stöhnten beide.

Ein schwacher Schein erhellte plötzlich den Hof. Jemand mußte auf dem Flur das Licht eingeschaltet haben. Nur ein Gang zur Toilette oder suchte man nach uns? *Coitus interruptus,* wie der Lateiner sagt.

Gundel hatte sich schnell gefaßt und eilig BH und Bluse wieder angezogen. „Laß mich zuerst gehen", sagte sie, „wir sollten nicht zur gleichen Zeit wieder auftauchen." Ein flüchtiger Kuß: „Schade." – „Ja."

Sie ließ mich im dunklen Labor zurück, so konnte ich erst einmal zu mir kommen. Gundels Duft lag noch immer auf meinem Gesicht. Meine Lenden schmerzten heftig. Nicht zuletzt, weil mein pochendes Glied in eine recht enge Jeans eingezwängt war. Mein junger Körper befand sich noch immer im Alarmzustand und wollte so gar nichts von Entwarnung wissen. Schon kam mir der Gedanke, mich auf der Stelle vom Leid zu befreien, als ich durch das Fenster eine Gestalt über den Hof schleichen sah. Ich trat dicht an die Scheibe.

War das Marie?

Das war Marie!

Hatte sie etwa durch das Fenster ...? Ich sortierte meine Gedanken.

Nein, sie wäre beim leisesten Verdacht hereingestürmt. So war Marie.

Ich ging durch die Labore bis nach vorn. Dort war die Tankkammer für die Filmentwicklung, und dort gab es auch ein Waschbecken. Nachdem ich mich ohne Eile geordnet hatte, zündete ich mir im Flur eine Zigarette an und trat auf den Hof. Ich wollte Marie wie „zufällig" begegnen, denn ich war mir nicht sicher, ob nach diesem Erlebnis mein schauspielerisches Talent ausreichen würde, um von einer Sekunde auf die andere „umzuschalten". Da wäre es wohl besser, mein schuldbewußtes Gesicht dem Schutz der Dunkelheit anzuvertrauen.

Auf dem Hof war niemand.

Langsam schlenderte ich zum Torweg. Ich konnte gerade noch sehen, wie Marie schnellen Schrittes einige Häuser weiter in der Straßenkurve verschwand. Also wieder zurück zu den anderen. Ob es wohl Fragen gäbe? Harry lief mir in die Arme. Ich nahm ihn vertrauensvoll zur Seite und fragte: „Sag' mal, ist meine Frau hier hereingekommen?"

„Nee, wieso?" – „Sie ist vorhin um das Haus geschlichen", antwortete ich. – „Du meinst, als du mit Gundel spazieren warst?" – „Hm, hm."

„Das habt ihr ja geradeso hinbekommen", sprach er weiter, „kaum war Gundel wieder hier, hat sie ihr Mann abgeholt." – „Ach, du Schreck, und weiter?", entfuhr es mir. „Nix weiter, sie sind einfach gegangen."

„Pfff", ich ließ die Luft ab. Harry grinste.

„He, du hast's gerade nötig", sagte ich, „ich hab' auch keine Tomaten
auf den Augen." – „Mag sein, ich werd' zu Haus' aber auch nicht mit
'nem Knüppel hinter der Tür erwartet." Harry ging lachend davon.
Irgendwie war meine Laune im Eimer. Gundel war nicht mehr da. Die
Damen verlustierten sich auch ohne meine Unterhaltungsbeiträge. Ich
gehörte sowieso nur noch wenige Tage zu diesem Betrieb, da konnte ich
mir eine Unhöflichkeit erlauben und mich einfach davonstehlen.
Die Nacht war kalt. Ohne Hast bummelte ich in Richtung Marktplatz.
Die Kirchturmuhr zeigte noch nicht einmal 23 Uhr. Ich hatte Marie
versprochen, nicht sehr lange zu bleiben. Trotzdem hatte sie ihre Eifer-
sucht zu diesem „Kontrollgang" getrieben. Vielleicht spürte sie ja, daß
sie Grund dazu hatte. Hätte sie man lieber spüren sollen, was ich mir
von ihr wünschte, was mir so fehlte – den Grund an sich.
Ich bog auf unseren Hof ein. Alles war dunkel. Marie konnte höchstens
seit einer halben Stunde zu Hause sein. War sie sofort wieder schlafen
gegangen? Dana schmatzte in ihrem Bettchen leise vor sich hin. Alles
in Ordnung. Ich ging in die Küche, wusch mich, trank noch einen
Schluck Cola, putzte mir die Zähne und zog mich im Wohnzimmer
aus. Dann schlüpfte ich leise in mein Bett. Wir hatten die Doppel-
stockbetten nebeneinander gestellt, seit Dana da war. Marie brauchte
in der Nacht nur den Arm ausstrecken, dann hatte sie durch die Gitter-
stäbe schnellen Zugriff. Unsere Betten waren jeweils 90 cm breit. Das
Kinderbettchen nochmal 80 cm, macht 2,60 m. Haargenau die Breite
unseres „Schlafzimmers". Wir stiegen über das Fußende ein und aus.
Einen weiteren Meter bis zur Wand, das nannten wir schon geräumig.
Nach wenigen Minuten tönte es unter Maries Bettdecke dumpf hervor:
„Na, hast' die ganzen Weiber denn wenigstens gut unterhalten?"
Ich sagte nichts, war aber sofort hellwach.
„Brauchst' gar nich' abstreiten, hab' ich doch gesehen!"
Jetzt war es klar. Marie hatte in das Fenster am Giebel geschaut. Die
Vorhänge waren aber zugezogen. Sie konnte vielleicht durch einen Spalt
etwas von der Festtafel erblickt haben. Die Tanzfläche war jedoch von
dort in keinem Fall einsehbar, nicht einmal bei offenen Gardinen.
„Und?", fragte ich, „warum bist du nicht hereingekommen?"

„Nee, wollt' ja nich' stören. Hast' dich ja auch ohne mich ganz prima amüsiert." – „Was heißt amüsiert? Natürlich war es lustig. Im VEB werden eher selten Kirchenlieder gesungen. Wir haben gefeiert, na und?" Eine Minute blieb es still.

„Habt ihr auch getanzt?" – „Die Frauen haben auch getanzt, ja."

„Und du natürlich auch, is' ja klar."

„Ich hab' auch mal getanzt, selbstverständlich, warum denn nicht?" Wieder eine Minute Stille.

„Mit wem denn?"

„Mit Harry!"

„Verscheißern kann ich mich alleine."

Nun entstand eine längere Pause. Ich erwartete die nächste Frage. Unerwartet schlüpfte Marie unter meine Bettdecke. Als ich mich ihr zuwandte, um sie in den Arm zu nehmen, durchfuhr es mich heiß. Ich tastete an ihr entlang. Sie war splitternackt. Sie mußte schon die ganze Zeit splitternackt gewesen sein. Was war in ihr vorgegangen? Noch nie hatte sie sich in irgendeiner Form so angeboten. Darüber wollte ich jetzt nicht nachdenken. Auf der Stelle kehrte meine Erregung zurück. Marie war immer mein Objekt der Begierde gewesen. Sie bremste mich nur ständig aus. Irgendwie spürte ich, daß das heute nicht so sein sollte. Wir küßten uns wild und heftig. Nicht, daß Marie „ausrastete", das nun nicht, aber allein, daß sie reagierte war schon ungewöhnlich. Beim Küssen umschlangen mich ihre Arme. Ein tiefes Glücksgefühl durchströmte mich dabei. Sie schenkte mir ihre wundervollen Brüste und sie öffnete einladend ihre Schenkel, als meine saugenden Körperküsse ihr behaartes Dreieck erreicht hatten. Ihre prallen Schamlippen waren sehr feucht und rochen betörend. Ich durfte sie küssen, so lange und so intensiv ich nur wollte. Träumte ich das? War das Marie?

Bestimmte Körperreaktionen unterliegen ja nun einmal nicht unserem Willen. Genauso wie ich keine Befehlsgewalt über mein bestes Stück besaß, genauso wenig war sie Herr ihrer überbordenden Feuchte. Sollte der Damm gebrochen sein? Endlich?

Bereitwillig nahm mich ihr Schoß auf. Mein Orgasmus brachte mich an den Rand des Bewußtseins. Dieses höchste Gefühl, ausgelöst von und mit Marie. Mehr hatte ich nie gewollt. Auch sie machte keinen unzufriedenen Eindruck – auf ihre Weise. Der Gipfel schien ihr aber unerreichbar zu sein. Das wäre natürlich die Krönung gewesen – auch für mich. Ich glaube nicht, daß ich noch mehr hätte für sie tun können. Einfallslosigkeit, das traf wohl eher nicht auf *mich* zu. Einen Dialog darüber gab es selbstverständlich nicht – auch jetzt nicht.

Wir schmusten noch eine Weile, dann schlief sie in meinen Armen ein. Ein unvergeßlicher Abend. Eine unvergeßlich schöne Nacht.

Jetzt schämte ich mich. Ich liebte Marie – hatte sie immer geliebt.

Das Wochenende verlief sehr harmonisch. Wir gingen viel spazieren. Dabei schoben wir unsere kleine Dana vor uns her. Rita und Robert waren inzwischen auch schon über ein Jahr verheiratet. Ihre Hochzeit hatte an meinem Geburtstag stattgefunden, nur, da war ich noch bei der Armee. Sie hatten eine Wohnung genau gegenüber bekommen. Vieles unternahmen wir jetzt gemeinsam. Eines meiner ersten farbigen Bilder war bei einem solchen Spaziergang entstanden. Ich schaue es mir gelegentlich noch heute an. Rita sah wirklich sehr hübsch aus ...

Maries nächtlicher Gefühlsausbruch war der einzige geblieben. Ihre Beweggründe blieben im Dunkeln. Ach, Marie.

Montagmorgen. Die Woche sollte meine letzte im Großlabor werden. Für unsere Damen waren die häuslichen Vorbereitungen zum Fest das vorherrschende Thema. Die betriebliche Weihnachtsfeier fand kaum noch Erwähnung. Heiligabend fiel auf den kommenden Sonntag. Montag und Dienstag war dann Weihnachten. Für die wenigen Tage bis zum Jahreswechsel stand mir noch Resturlaub zu. – Und Gundel? Die Kolleginnen begannen gerade ihre Frühstückspause. Gundel war nicht unter ihnen. Sie saß noch im Labor an ihrem Arbeitsplatz, weil es eine kleine Störung an der Maschine gab. Ich zog mir den Stuhl vom Nachbarplatz heran und setzte mich neben sie. Wir waren allein.

„Morgen Gundel, wie geht es dir? Gab es noch irgendwie Probleme?"

„Nein, keine. Ich kam gerade noch zur rechten Zeit ..."

„Ja, Harry hat es mir erzählt", unterbrach ich sie.

„Meine Frau ist fast gleichzeitig um das Haus geschlichen."

„Nein! – da haben wir ja Glück gehabt. Stell dir nur mal vor, was das für ein Theater gegeben hätte. Du kennst meinen Mann nicht. Der hätte dir glatt seine Dienststelle auf den Hals ..." Gundel stockte.

„Wieso, welche Dienststelle denn?", fragte ich zurück.

„Ach, das willst du gar nicht wissen."

Gundel fummelte konzentriert an ihrem Negativhalter herum.

Ich musterte sie von der Seite. Ein fein geschnittenes Profil, irgendwie skandinavisch, die weiße glatte Haut, ihr großer sinnlicher Mund. In Gedanken spürte ich, wie sich ihre Zunge in meinen Mund schob ... Gefühle kamen hoch. Gundel stand auf, zog langsam ihren weißen Arbeitskittel aus – und alles andere. Ihr nackter Körper glitt über mich. Sie war ohne jegliches Gewicht, nur weich – so wunderbar weich ...

„Hallo, bist du noch da?"

Gundel hatte sich mir auf ihrem Drehhocker frontal zugewendet und schaute mir tief, ja, fast ernst, in die Augen. „Wo warst du eben?"

„Bei deinem schönen Körper – der so wundervoll schmeckt – überall."

Aus dem Kragen ihrer blütenweißen Bluse stieg langsam eine verlegene Röte empor und colorierte ihre Wangen zart rosa. Wie appetitlich diese unscheinbare junge Frau doch war. „Zuckersüße Erdbeeren in frischer kühler Vollmilch" kam mir in den Sinn. Ja – genau das war Gundel. Mit meinem Hocker rutschte ich dicht an sie heran und umschloß ihre Wangen sanft mit meinen Händen. Wenige Millimeter vor ihrem Mund öffnete sie die Lippen: „Wollen wir das nicht lieber lassen?"

Ihr warmer Atem traf mich mitten ins Gesicht. Wir umarmten uns und sogen uns, von Gefühlen überwältigt, für Minuten ineinander.

Ich glaube, daß nicht nur meine Gedanken in diesem Moment bei unserem so abrupt beendeten Liebesspiel waren. Gundels leises tiefes Seufzen verriet sie. Langsam lösten wir uns voneinander.

„Genug, sagte sie mit fester Stimme. Du hast eine Frau und eine kleine Tochter. Ich habe einen Mann und eine kleine Tochter. Das kann alles nicht gut werden." Noch einmal fuhren ihre Fingerspitzen zärtlich über mein Gesicht, dann ging sie zu den anderen in den Frühstücksraum.

„Auch *das* hätte sie sein können, mein Junge", glaubte ich, Großmutters Stimme zu vernehmen.

Fünfzehntes Kapitel

Die X. Weltfestspiele

Als Lehrling hatte ich im Labor einen grauen Arbeitskittel getragen. Im Großlabor brauchte ich keinen Arbeitskittel. Ich war ja der „fahrende" Fotograf gewesen. Zu Standesamtterminen hatte ich auch manchmal ein Jackett getragen, nicht immer. Im Institut trug man weiß – *immer*. Mein erster Tag war durchaus aufregend. Das hier war keine „Fotobude". Hier gab es Hierarchien und auch Standesdünkel.

Eine MTA war eben keine diplomierte Chemikerin und selbst ein Doktor hatte nochmals auf gebührenden Abstand zum Throninhaber zu achten. Obwohl der rein akademisch ja auch nur Doktor war. Professor Weinberg – der „Alte".

Am Morgen war er durch das Vorzimmer gesaust, leicht hinkenden Ganges, erwähnte ich bereits, hatte kurz innegehalten und ebenso kurz meine Rechte ergriffen: „Ach, Herr Cave – schön."

„Immerhin hat er Sie doch gleich erkannt", grinste die Chefsekretärin in ihre Schreibmaschine hinein. Sie weihte mich kurz in die Gepflogenheiten ein. „Wird alles nicht so heiß gegessen, wie es gekocht wird", zwinkerte sie. Ein bißchen Etikette würde trotzdem nicht schaden.

Erst einmal sichtete ich alle Gerätschaften, die nun ausschließlich meinen Aufgaben dienen sollten. Bei den Kameras gab es keine Überraschungen. So viele Modelle gab es bei uns nicht. Mehrere Blitzgeräte? Zwar alle vom gleichen Typ, aber schon richtig so. Die Hälfte war nämlich immer kaputt und die Reparatur dauerte. Das gleiche galt für die einzige Mittelformat-Spiegelreflexkamera, die es in der DDR gab. Ohne ein zweites Gehäuse ging man besser nicht aus dem Haus. Heute sagt man Kamerabody. Vorne deutsch und hinten englisch. Denglisch. Neu war ein aufwendiges Reprogestell mit einer speziellen Mikrofilmkamera und ein Vervielfältigungsapparat. Der sah aus wie eine kleine Druckerpresse aus Gutenbergs Zeiten. „Ich kann maximal drei Durchschläge machen", erklärte die Sekretärin. „Für Rundschreiben, die im

ganzen Haus verteilt werden sollen, sind Sie zuständig." – „Aha."
Drucker war ich also nebenbei auch noch. Na, sicher kein Problem.
Ja, Bürokopierer gab es 1973 noch nicht.
„Wo ist der Schlüssel für das Fotolabor?" – „In ihrem Schreibtisch!"
Als wissenschaftlicher Fotograf und Mitarbeiter des Direktorats hatte
ich selbstverständlich einen eigenen Schreibtisch! Ja, ja!
Also das Labor inspizieren. Auf der Treppe kam mir ein älterer Herr
entgegen. „Du bist sicher der Genosse Cave?" – „Äh – ja?"
Mein rechtes Handgelenk war einem Schleudertrauma nahe, doch es
waren ja genügend Doktoren im Haus. Auch Mediziner. Keine Panik.
„Ich bin Herr Voss, dein Parteisekretär. Für dich der Karl."
Mein Handgelenk hatte es noch nicht überstanden. Er informierte mich
sogleich, daß am kommenden Mittwoch um 15 Uhr unsere nächste
Versammlung sei und daß er sich sehr freue. „Ja, ich auch."
Nun ließ er mich los. Später wußte ich, seine Freude war echt. Karl war
kurz vor der Rente und ein wirklicher Genosse mit echten Prinzipien.
Er hatte Kopf und Kragen für seine Gesinnung riskiert. Nicht so ein
Opportunist wie ich, der wegen eines warmen Zeichenraums in die
Partei eingetreten war. Bestimmt gab es von meiner „Sorte" in diesem
Haus weitere Exemplare. Einen echten Kommunisten gab es aber noch,
um beim Thema zu bleiben. Unser Hausmeister, lange im Rentenalter,
sah sich bis zur Bahre in der Pflicht, dem Staat zu dienen. Das Banner
der Arbeiterklasse, die rote Fahne, die am 1. Mai bei den Demonstra-
tionen der Betriebe vorangetragen wurde, hütete er persönlich in seiner
Wohnung. Niemand traute sich, sie ihm streitig zu machen. Auch nicht
freundlicherweise beim Maiumzug. Das war keine kleine Fahne, die
war schwer! *Er* trug seine Fahne, keiner sonst, basta. Was er sonst noch
trug: Eine eintätowierte KZ-Häftlingsnummer.
Ich war im Keller. Ein langer weiß gestrichener Gang, erhellt von einer
Reihe Leuchtstoffröhren. Also kein Keller schlechthin.
Tür an Tür waren Untersuchungslabore aufgereiht. Eine davon war die
meinige, das Fotolabor. Darüber eine rote Warnlampe und daneben
eine Notfalltrage. Nicht für mich, ganz allgemein. Die Lampe schaltete
ich ein, wenn ich im Labor arbeitete. Sie hatte die Funktion anzuzeigen,

daß in der Dunkelkammer jemand war, bzw. zu signalisieren, daß sich jemand hinter der verschlossenen Tür aufhielt. Für den Notfall.

Die Trage war Vorschrift im Rahmen der Zivilverteidigung.

So ein Notfall trat schon einmal ein, wenn ich montagmorgens wegen nächtlicher Musikeinsätze noch nicht so richtig auf dem Dampfer war. Trage runter, rote Lampe an ...

Im Labor hatte ich Telefon. Aufsuchen tat mich dort niemand.

Die Geräteausstattung war gut. Ich beschloß, meinen Farbarbeitsplatz von zu Hause hierher zu verlegen. Sicher wäre es aus betrieblicher Sicht „der Hammer", wenn ich farbige Bilder selbst anfertigen könnte.

Natürlich dachte ich dabei auch daran, daß meine eigenen Bilder quasi kostenfrei nebenbei entstünden. Wie ich so beim Sinnieren war ...

Es klopfte leise. Ich hatte nicht umgeschlossen. Zaghaft öffnete sich ein Spalt, und ein dunkler Haarschopf schob sich herein: Lisa!

„Bist du allein?" Ich wußte, daß Lisa hier als MTA arbeitete, aber von immenser Wichtigkeit war das bis dato nicht gewesen, und so war es mir bei meinem Arbeitsstellenwechsel schlicht untergegangen.

Lisa kam herein. „Man sieht sich ja kaum noch", sagte sie.

Hörte ich da im Unterton einen versteckten Vorwurf? Als sei es ein Argument gegen meine Zurückhaltung, was unsere „Beziehung" anbelangte, setzte sie mich in Kenntnis, daß Laura jetzt am Marktplatz ein Zimmer bekommen habe und so nicht immer nach der Arbeit zu den Eltern aufs Dorf fahren müsse. Hermann wüßte jedenfalls die neue Konstellation sehr zu schätzen. Ich reagierte nicht.

Das wußte ich von Hermann schon längst.

„Na, das können wir doch *auch* nutzen", half sie mir auf die Sprünge. Wenn es pressieren würde, wäre ich schon selbst darauf gekommen.

Das sagte ich natürlich nicht.

Diesbezügliche Angebote lägen ihr aktuell von Robert vor!

„Schau an", dachte ich, „der Robert." Der käme aber selbstverständlich für sie nicht in Frage, schob sie gleich wieder hinterher. Dabei schaute sie mich prüfend an, ob denn ihr subtiles Kompliment auch bei mir angekommen sei. Ja, war ich denn doof?

Ich hatte natürlich kein gesteigertes Interesse, mich eventuell doch noch mit Wilhelm zu verkrachen. Bis hierher schien Gras über die Sache gewachsen zu sein. Mein Vorderhirn hatte die Verschlußsache längst in den Keller verschoben. So in den Tiefen meines Datenspeichers versenkt, wurde sie relativ selten vom Gewissen belästigt. Auf einmal stand sie nun wieder zur Disposition – und Lisa wartete ...

„Man kann sich das Zimmer ja mal anschauen", sagte ich.

„Ja", meinte sie. Sie wüßte auch schon wann.

In den folgenden Tagen und Wochen lebte ich mich im neuen Betrieb ein. Aufgaben, die an mich herangetragen wurden, erledigte ich umgehend und zur vollen Zufriedenheit. In Theorie und Praxis beherrschte ich meinen Beruf. Und – Farbbilder machte ich dann auch sehr bald. Damals war das eine kleine Sensation. Professor Weinberg war in den Gesundheitseinrichtungen und Krankenhäusern unseres Bezirkes eine respektierte, ja teils gefürchtete Person. Er war oberster Hüter für die Einhaltung der Hygienebestimmungen. Seine Kontrollen reichten vom Patientenzimmer bis in den Operationssaal. So betraten wir, natürlich entsprechend bekleidet, einen OP, kurz bevor der Operateur sein Skalpel ansetzte. Die Jungs zuckten oft ganz schön zusammen. Eventuelle Mißstände mußte ich fotografieren. Dann wurden Proben von Instrumenten, den Händen und auch von Barthaaren genommen, wenn die unter dem Mundschutz herausschauten. Prof. Weinberg konnte auch durchaus schon einmal laut werden. Die Ergebnisse landeten später in Petrischälchen als bebrütete Nährböden auf meinem Tisch. Schon wenige pathogene Keime waren ausreichend, um einen Menschen sehr krank zu machen oder ihn gar zu töten. Wenn ich den Deckel für ein Foto vom Glasschälchen abhob, hatte ich es mit einer Kultur, sprich mit Millionen dieser Keime zu tun. Meine Schutzbekleidung war dabei meine Lebensversicherung. gewissenhaftes Hantieren eingeschlossen.

Wieder war es Frühling geworden. Erst jetzt bemerkte ich so richtig, wie sehr ich „mein" Moped vermißte. In unserem Fahrzeuggeschäft am Marktplatz stand ein *Star* im Schaufenster, ein recht schnittiges und sehr beliebtes Moped. Ich denke, der Verkaufsstellenleiter hatte die Pflicht, es einige Tage auszustellen. Als Alibi oder so. Kaufen konnte ich es nicht. Es sei bestellt! Ja, sicher, von einem seiner Kumpel. Das Geld hätte ich gehabt. Mal einfach so etwas Motorisiertes kaufen, das war in der DDR nicht möglich, nicht in einer Kleinstadt, vielleicht in Berlin. Dabei spreche ich gar nicht von einem Auto. Das sollte möglichst schon bei der Geburt eines neuen Bürgers bestellt sein. Entsprechend florierte der Gebrauchtmarkt. Aber für ein Auto war es noch zu früh, außerdem reichte meine Fahrerlaubnisklasse zum Führen eines PKW nicht aus. Wie es der Zufall wollte, suchte Conny, ein Schulfreund Roberts, einen Käufer für sein Motorrad. Er war im Begriff, sich ein neues zuzulegen. Es handelte sich um eine 250er MZ, über zehn Jahre alt, aber in einem sehr guten Zustand. Der Preis stimmte. Ich hatte ein Motorrad.

Bald darauf lackierte ich das Teil von schwarz nach schokoladenbraun um. Die beiden altmodischen Einzelsitze demontierte ich und tauschte sie gegen eine selbstgebaute durchgehende Sitzbank aus. Das fuhr sich auch völlig anders als ein Moped. Der Aktionsradius vergrößerte sich dadurch natürlich erheblich. Mal schnell in die Bezirkshauptstadt oder auch nach Berlin, das war nun kein Problem mehr.

Apropos Berlin. Die DDR hatte ein „Riesending" in der Planung. Im August sollten die X. Weltfestspiele der Jugend stattfinden. Eine wahrlich internationale Veranstaltung. Seit Anfang des Jahres liefen die Vorbereitungen dazu republikweit. Ob in Schulen, staatlichen Betrieben und Organisationen, was man auch vorhatte oder sich bisher nicht bewerkstelligen ließ, unter dem Motto Weltfestspiele ließ sich fast alles durchbringen. „Das machen bzw. das brauchen wir in Vorbereitung der Weltfestspiele" war ein universeller und gern zweckentfremdeter Zauberspruch. Auch wir bedienten uns seiner. Natürlich war auch die *Combo72* für den musikalischen Einsatz vorgesehen und natürlich war unsere technische Ausstattung „völlig unzureichend". Das mußte die FDJ-Kreisleitung schon einsehen – was sie auch tat. Unser Equipment wuchs und wir konnten lauter. In Berlin mußte man einfach lauter! Kurz vorher war ein neuer Transistoren-Bühnenverstärker, gebaut in Klingenthal, auf den Markt gekommen. Wahrscheinlich in Vorbereitung der X. Weltfestspiele. 100 Watt hatte das Teil, die an zwei recht großen Boxen bereitgestellt wurden. Als „Wahnsinnseffekt" flackerten an der Front zwei „Fahrradlampen" im Takt der Aussteuerung. Wenn die klangliche Qualität im internationalen Maßstab eher bescheiden war, so sollte die Illumination die Stärke der Anlage untermauern ... Na ja, haben mußten wir jedenfalls so ein Ding. Für Bands, die sich westliche Anlagen nicht leisten konnten, und welche konnten das schon, außer den renommierten, wie die *Puhdys* zum Beispiel, war dieser Verstärker „Regent100" zunächst einmal ein Schritt nach vorn.

Auch unser Institut kam an den Vorbereitungen zu den X. Weltfestspielen nicht vorbei. Da es eine Reihe junger Kolleginnen und Kollegen gab, die rein vom Alter her noch als „Jugendfreunde" galten, gab es bei uns auch einen FJD-Sekretär, den mußte es geben. Eine FDJ-Sekretärin, um genau zu sein. Zwar nicht hauptamtlich, doch neben ihrer Arbeit hatte sie noch dieses Amt an der Backe, welches ihr nun in Vorbereitung der ... alles abverlangte. Besorgt saß sie vor meinem Schreibtisch. „Mensch Günter, hast du nicht einen Einfall? Irgend etwas müssen wir tun, um unseren Beitrag in Vorbereitung der X. Weltfestspiele zu leisten. Ich muß etwas melden, am besten etwas Großes." Hilflosigkeit in ihrem Blick. „Etwas Großes?", fragte ich. „Ja?". Hoffnung in ihrem Blick. „Wir bauen gegenüber auf dem freien Platz unser abgerissenes Schloß wieder auf und hängen ein riesiges Emblem der Weltfestspiele daran. „Ach, du bist 'n Arsch." Enttäuschung in ihrem Blick. „Moment" – Erleuchtung in ihrem Blick – „das ist die Idee!" – „Das Schloß." – „Quatsch, das Emblem."
Für die X. Weltfestspiele gab es ein zentrales extra entwickeltes Logo, welches praktisch seit Jahresbeginn an jeder freien Fläche prangte. „Woraus könnte man denn ein sehr großes Logo, also etwas Großes, machen und das an die Straßenfassade unseres Institutes anbringen?" „Links und rechts noch 'ne Wimpelkette", unkte ich. „Ja, genau!" Nun hatte ich das an der Backe. Wir besorgten federleichte Platten aus Styropor und eimerweise Farbe. Wenige Tage später hing das Teil. Links und rechts 'ne Wimpelkette: Leuchten in ihren Augen.
„Wie lange muß das hängen?" – „Bis August, Genosse Weinberg."
„Ach – schön, schön."

Am 31. Juli 1973, ein Montag, beluden wir in aller Frühe den Kleintransporter mit unseren Instrumenten. Wir wollten rechtzeitig unser Quartier in Pankow beziehen, um anschließend reichlich Zeit für einen Bummel durch Berlins Stadtmitte zu haben, denn bereits am Abend sollten wir auf einer Festveranstaltung im Kultursaal eines großen Kombinates unseren ersten Auftritt über die Bühne bringen.

Berlins Zentrum war ein brodelnder internationaler Hexenkessel im positiven Sinne. Junge Menschen aus aller Herren Länder zogen durch die Straßen, versammelten sich zwanglos auf Plätzen, lachend, singend, tanzend, sich mit Händen und Füßen unterhaltend. Sprachfetzen in Englisch, Französisch, Russisch genügten. Die Delegationen hatten für die offiziellen Begegnungen natürlich ihre Dolmetscher dabei. Auf der Straße ging es aber auch ohne. Alle Geschäfte, öffentliche Einrichtungen, Gaststätten, Bars waren geöffnet. Eintritt in Parks und Museen war in diesen Tagen frei. Eine kaum zu beschreibende Atmosphäre lag über der Stadt. Obwohl noch nie einander begegnet, sprach man sich einfach an, ging aufeinander zu, legte den Arm auf die Schulter des anderen, schloß sich spontan zu kleinen Gruppen zusammen, unterhielt sich, erzählte auch Witze, die der andere oft nicht verstand, aber fühlte, das konnte nur etwas Lustiges sein. Schwarz, braun, gelb, weiß, Kulleraugen, Mandelaugen, Schlitzaugen – belanglos. – So geht Frieden! Das war die angestrebte Botschaft – und sie funktionierte.

Selbstverständlich war ein Heer von Sicherheitskräften allgegenwärtig, nur – zu sehen waren sie nicht. Von Ausschreitungen wurde auch im nachhinein nichts bekannt. Vielleicht abgesehen davon, daß es neun Monate später einen „farbenfrohen" Reigen bei den Geburten gab.

Selbst die höchstinteressierte Springerpresse konnte nicht umhin, der DDR eine organisatorische und logistische Meisterleistung zu bescheinigen. Leider konnte man sich nicht durchringen, diese neue Leichtigkeit über die Festspiele hinaus zu erhalten. Als die bunten Wimpel wieder eingeholt, die Straßen wieder gereinigt waren, wurde auch wieder ein Bußgeld erhoben, wenn man seine Füße an heißen Tagen in das Wasserbecken des Brunnens am Alexanderplatz baumeln ließ.

Aber so weit war es ja noch nicht. Zunächst einmal stand unser erster

Auftritt am Abend an. In unserem Heimatort hatten wir zwar auch eine beachtlich große Mehrzweckhalle, in der unsere Verstärker immer auf dem letzten Loch gepfiffen hatten. Der Saal dieses Kombinates war jedoch mindestens doppelt so groß. Unsere neue 100-Watt-Verstärkeranlage war hierfür immer noch nicht die richtige „Antwort", und am nächsten Tag sollten wir einen Freilichtauftritt haben, jedoch ...

Auch wenn die Nacht lang geworden war, so stürzten wir uns trotzdem nochmals am Vormittag in den Trubel im Zentrum. Gegen Mittag fanden wir uns wieder in Pankow ein, um unsere Instrumente zu holen. Eine Nachricht machte die Runde: Walter Ulbricht ist tot.

Das lähmte die Aktivitäten. Sollten die Festspiele abgebrochen werden? War ab sofort Staatstrauer? Das alles blieb zunächst unklar. Schließlich wurde offiziell verkündet, Walter Ulbrichts letzter Wunsch sei gewesen, die X. Weltfestspiele mögen ungehindert fortgesetzt werden.

Zu spät für uns. Wir hatten inzwischen in einer Kellerbar in Pankow Platz genommen und uns dort in „tiefer Trauer" maßlos besoffen. Auch ich. Wie das kam, weiß ich bis heute nicht so richtig. Es soll sehr fröhlich zugegangen sein. Ich soll sogar vorübergehende Mädchen von der Straße hereingeholt haben. Jedenfalls hatte ich den ersten und bis zum heutigen Tage einzigen Filmriß in meinem Leben.

Schließlich sind wir wohl nach Hause gefahren, denn spielen konnten wir nicht mehr. Ob wir von der FDJ-Kreisleitung eine „aufs Dach" bekommen haben? Ich glaube nicht, sonst wüßte ich es wohl noch.

Meine erste verschwommene Wahrnehmung war ein Wäschepfahl auf meinem Hof. Hermann hatte fürsorglich meine Arme um diesen verschlungen und mir eingeschärft: „Schön festhalten, Günti."

Das habe ich wohl auch gemacht.

Dann haben meine Freunde bei Marie geklingelt und sind abgehauen. Sie fand mich, grüngelb im Gesicht und stark schwankend, mit dem Wäschepfahl im Arm auf unserem Hof stehend.

„Was ist denn mit dir los?"

„Walter Ulbricht ist tot", soll ich hervorgewürgt haben. Aber ob das alles wirklich so gewesen ist? Richtig erinnern kann ich mich erst wieder an den nächsten Tag – und an Kamillentee mit Zwieback.

Sechzehntes Kapitel

Mein erstes Auto

Die Weltfestspiele „tobten" noch eine Woche in unserer Hauptstadt. Neun Tage waren es wohl insgesamt, aber in der Provinz war nichts mehr zu spüren. Die hilfreiche „Zauberformel" hatte ihre Wirksamkeit quasi über Nacht eingebüßt. Mit der Demontage des großen Emblems an der Fassade unseres Institutes kehrte für uns der Alltag wieder ein. Für mich hielt das Jahr jedoch noch eine Fülle weiterer Ereignisse bereit. Zunächst einmal das Erfreuliche: Ich wurde Bezirkscolorästhet.

Ja, natürlich ist das ein Witz. Trotzdem klebte dieser „Titel" an mir. Es ließ sich so schön spotten. Jetzt hieß es: „Guck mal, da kommt der Alte und seinen Bezirkscolorästheten hat er auch dabei …"

Dieser Spott war aber nicht wirklich ernst gemeint, er löste allgemeines Grinsen aus, auch bei mir. Ich hatte nun auch einen „akademischen" Grad. Aber wie kam es dazu?

Wie schon erwähnt, war die Herstellung von Farbbildern zu dieser Zeit in der DDR kaum verbreitet. Wir lebten noch im Schwarz-Weiß-Zeitalter. Heute ist das ja zur Kunstform erhoben, wir erlebten es aber als Mangel. Bunte Bilder lagen nur den Briefen aus dem Westen bei.

Mein erster offizieller „Paukenschlag" war die Bezirksfotoausstellung, die natürlich in unserer Bezirkshauptstadt stattfand. Ich war der einzige Teilnehmer, der großformatige farbige Bilder ausstellte. Unter anderem sogar fotografische Sondertechniken. Allgemeines Staunen.

Ich wurde von der Jury auf den zweiten Platz gelobt. Ich denke, das war wohl eher den Farbbildern geschuldet als meinen künstlerischen Inhalten. Ich betrachte mich bis heute als den Techniker unter meinen Kollegen. So wurde ich von ihnen auch immer wahrgenommen, und das erfüllte mich mit ganz eigenem Stolz. Künstler gab es ja reichlich. Der erste Platz ging an meinen Freund Bernd. Nach unserem Abschluß an der Fotografenschule hatte er als Fotojournalist bei der Tagespresse begonnen. Jedenfalls begegneten wir uns hier nach längerer Zeit einmal wieder, und nun sollte der Faden auch nicht mehr abreißen.

Die Bezirksfotoschau hatte als Ereignis durchaus eine gewisse Bedeutung und fand in Artikeln aller Kreisredaktionen Erwähnung. Mit einem Bild der Preisträger natürlich. Über diesen Weg erreichte die Nachricht auch unser Institut. Professor Weinberg fand anläßlich einer Leitungssitzung, an der ich manchmal auch teilnehmen mußte, weil dokumentarische Themen auf der Tagesordnung standen, ein paar warme Worte zu meinem „großen" fotografischen Erfolg. Während der Sitzung wandte er sich an mich und formulierte in seiner „gestelzten" Art die Frage: „Herr Cave, welche Meinung haben Sie denn in ihrer Eigenschaft als Ästhet zu diesem (anstehenden) Problem?"
Ein Zucken ging durch die Gesichter der Anwesenden – und durch meines. – Contenance! – Schon beim Verlassen des Sitzungsraumes klopfte mir einer auf die Schulter: „Bezirkscolorästhet, Donnerwetter."
Wer hoch steigt, der tief fällt – und das kam so:
Wenige Tage später, oder waren es Wochen, klingelte im Labor mein Telefon. Das kam selten vor. Ich möchte mich sofort im Direktorat einfinden, übermittelte mir die Chefsekretärin.
Zwei Herren von der Kriminalpolizei durchwühlten derweil meinen Schreibtisch. Sie hätten sich bereits beim Institutsleiter ausgewiesen und grünes Licht bekommen. Vom „Alten" war allerdings nichts zu sehen. Außerdem hätten sie bereits eine Haussuchung in meiner Wohnung gemacht, unterrichteten sie mich weiter, und nun möchten sie auch noch das Labor sehen. Mich beschlich eine böse Ahnung ...
Tage zuvor hatte ich von einem Kollegen unseres Fuhrparks einen Kleinbildfilm bekommen. Schöne Bilder – Pornobilder! Ob ich ihm davon Abzüge machen könne? Es handelte sich um Reproduktionen aus westlichen Pornoheften. Die waren in der DDR verboten, aber im benachbarten Polen gab es derlei auf den Schwarzmärkten reichlich. Jedenfalls hatte ich dem Kollegen zugesagt und den Film neben mein Vergrößerungsgerät gestellt. Da wir gleich ins Labor gehen würden, hatte ich also keine Zeit, das *Corpus delicti* noch schnell zu beseitigen. Letztendlich war die ganze Tat, daß ich schlecht abstreiten konnte, Bilder machen zu wollen, es aber bisher tatsächlich nicht getan hatte!

In meiner Wohnung lag derartiges Material ebenfalls nicht herum. Sie hatten es schlicht nicht gefunden. So war ihre ganze Ausbeute letztlich die Filmrolle aus meinem Labor. Das sollte dann trotzdem reichen.

Der Staatsanwalt erhob Anklage wegen Verbreitung pornografischer Erzeugnisse. Es gab eine Gerichtsverhandlung und ich bekam eine Bewährungsstrafe. Der Kollege, der mich „verpfiffen" hatte, war wegen Klauereien in das Visier der Ermittler geraten. Bei seiner Hausdurchsuchung fand man neben dem Diebesgut auch derartige Bilder. Ihm fiel wohl gerade nichts Besseres ein, und so dachte er, je mehr Namen er nennen würde, desto geringer würde vielleicht seine Strafe ausfallen. Genau genommen hatte ich mit der Sache nichts zu tun. Na, vielleicht ein bißchen. Sagen wir, ich erlitt einen Kollateralschaden.

Mit einem blauen Auge davongekommen? Mitnichten!

Vor der Gerichtsverhandlung gab es ein Parteiausschlußverfahren!

Das machte sich in der Kaderakte nun nicht besonders gut. Vielleicht könnte man an der Sache noch drehen, dachte ich, und suchte meinen Freund Bernd auf. Der mit dem Megaphon! Sprosse um Sprosse war er tapfer die Karriereleiter hinaufgeklettert bis zum 1. Stellvertreter des Sekretärs der Kreisleitung der SED.

„Mann", sagte Bernd, „konntest du die Bilder nicht besser verstecken? Da kann ich auch nichts machen. Ein Genosse vor dem Richtertisch? Das geht nun gar nicht. So ist die Richtlinie. Tut mir wirklich leid."

Karl, mein Parteisekretär, versicherte mir, er sähe meine Verfehlung nicht so eng. Auf unser gutes Verhältnis würde sich das keinesfalls auswirken, aber in der Partei sei ich trotzdem nicht zu halten.

Das war mir inzwischen auch klar geworden. Am Ende noch der kurze „Anschiß" meines Professors: „Nun machen Sie sich mal keine Sorgen."

Der Herbst stand vor der Tür. Irgendwie war meine Zeit des Motorradfahrens vorbei. Ein Dach über dem Kopf, das würde mir inzwischen dann doch besser gefallen. Mein Motorrad war schnell verkauft. Wegen der neuen Lackierung und der sportlichen Sitzbank fand ich mühelos einen Käufer, der mir fast das Doppelte meines Erwerbspreises zahlte. Es gab bei uns eine Zeitung, die in der ganzen Republik gelesen wurde, mindestens von den Männern: Die Wochenpost. Mit 1,3 Millionen Stück war sie die auflagenstärkste Wochenzeitung. Auf den letzten zwei Seiten befand sich der Gebrauchtmarkt für Fahrzeuge aller Art. Nicht nur Fahrzeuge, auch Eigenheimbauer suchten z. B. eine Badewanne. Das klang dann so: *Suche Badewanne im Tausch gegen blaue Fliesen!* Na und, wird der Altbundesbürger fragen? Im Klartext bedeutete das aber, wer verkauft mir eine Badewanne gegen Westmark! So war das. Der Hundertmarkschein war in der BRD blau gefärbt und trug das Porträt des Kosmographen Sebastian Münster. In der DDR war der Hundertmarkschein auch blau und trug das Porträt von Karl-Marx. Damit es keine Mißverständnisse gab, nannten wir diesen „Türöffner" einen Karl-Marx-Orden. Wenn in der Zeitung z. B. ein fabrikneuer PKW Trabant angeboten wurde, und dahinter der normale EVP (Einzelhandelsverkaufspreis) stand, wußte jeder, entweder man sollte ca. die Hälfte in der Währung *blaue Fliesen* haben oder aber den doppelten Preis in DDR-Mark. Annoncen mit offen genannten Überpreisen wurden nicht angenommen bzw. nicht veröffentlicht.

Zu dieser Zeit hatte ich jedoch noch keine blauen Fliesen. Später schon. Ein Berliner Taxiunternehmer sortierte einige seiner EMW-340 aus und bot diese an. Der Preiswerteste sollte 1.800 Mark kosten. Seit 1952 gab es diesen Fahrzeugtyp in der DDR, der eigentlich ein BMW war. Die Automobilwerke Eisenach hatten ihn schlicht umbenannt und auf Geheiß der russischen Besatzungsmacht weitergebaut. Das blau-weiße Logo wurde zu einem rot-weißen und fertig war das Auto. Auf unseren Straßen kannten wir es als Taxi, als Krankenfahrzeug und auch als Polizeiauto, der Toniwagen der Fünfziger. Nun war seine Zeit vorüber und es wurde preiswert an Liebhaber oder eben „klamme" Leute wie mich verscherbelt. An das Baujahr kann ich mich nicht mehr erinnern, aber sicher war mein „Traumauto" knapp zwanzig Jahre alt. Egal.

Wie sollte ich die Kiste nun aber nach Hause bekommen?

Robert hatte eine Fahrerlaubnis und einen alten 311er Wartburg. Den hatte ich nachts nach mancher Mucke des öfteren gesteuert, weil Robert nicht selten total „breit" war. Autofahren konnte ich, aber ohne Fleppen durch Berlin? Das war mir dann doch zu kitzlig.

Lange Rede ... Robert und ich fuhren mit der Bahn in die Hauptstadt und holten mein Auto. In der Stadt fuhr Robert, auf der Autobahn ich. Dann stand das Teil auf meinem Hof. Und nun?

Spät am Abend drehte ich mit Marie nochmals eine Runde, aber ohne Fahrerlaubnis der Klasse IV konnte ich mich im Straßenverkehr unmöglich zeigen, dazu war ich zu bekannt, auch bei den Polizisten.

Natürlich hätte ich mich längst zum Fahrschullehrgang anmelden können, aber das bedeutete bei uns mindestens ein Jahr Wartezeit, eher zwei. Für ein paar hundert Mark war das auch in der DDR nicht zu haben. Jetzt war das keine Lösung – das Auto stand vor der Tür.

Nachdenklich blätterte ich durch die Seiten meiner Fahrerlaubnis. Praktisch ein Führerschein *honoris causa*, irgendwie schon erworben, nur eben etwas anders. Außer des Stempels von der NVA war das eine normale Fahrerlaubnis, wie auch im zivilen Sektor benutzt. Was fehlte, war einfach nur ein weiterer Eintrag mit Stempel und Unterschrift.

War ich nicht Stabszeichner gewesen, geübt im Umgang mit filigranen Zeichenwerkzeugen? Mittels meiner Gerätschaften und fotografischen Kenntnisse mußte doch wohl eine perfekte Täuschung hinzubekommen sein – oder sollte ich besser Fälschung sagen?

Gesagt, getan. Nun, etwas aufwendig gestaltete sich die Sache schon. Nachdem ich eine 1 : 1 Makroaufnahme des Stempelabdruckes angefertigt und diese durch mehrmaliges Umkopieren auf einen hohen Bildkontrast bei gleichzeitig hoher Schärfe gebracht hatte, projizierte ich das Abbild des Stempels mit meinem Vergrößerungsgerät auf die entsprechende Seite meiner Fahrerlaubnis. Dann begann die mehrstündige Feinarbeit. Es gab nur einen Versuch!

Ich befüllte den kleinsten Skribent (ein Zeichengerät mit 0,1 mm Düse) mit Stempelfarbe und setzte unter Zuhilfenahme einer Uhrmacher-Vergrößerungsbrille winzige Farbpünktchen aneinander. Tausende!

Da ich aber wußte, daß es eine Fälschung war, meinte ich mir einzubilden, daß man das bei genauer Betrachtung trotzdem bemerken könne. Das hätte sicher niemand bemerkt, es war schon ziemlich perfekt.

Robert staunte: „Donnerwetter, hast' also über Nacht die Fahrerlaubnis gemacht?" – „Ja." – „Kannst du auch Geld ...?" – „Schwierig."

Tage später entschloß ich mich, die Fälschung endgültig „wasserdicht" zu machen. Ich fingierte ein bedauerliches Malheur, indem ich die Fahrerlaubnis und, damit es glaubhafter wirke, auch meinen Personalausweis in eine Plastiktüte steckte, dazu ein neues volles Tintenfaß und das Ganze an die Wand warf. Peng. Die Dokumente waren mit kleinen Glassplittern stark verschmutzt, die Tinte zwischen die Seiten gelaufen. Ach herrje! Da war ich doch mit dem Fahrrad gestürzt. Zuerst einmal lamentierte ich bei der Paß- und Meldestelle, quasi als Generalprobe und danach zwei Türen weiter bei der Verkehrspolizei. Das klappte ohne Probleme. Jetzt besaß ich nagelneue Dokumente. Vielleicht sollte ich noch hinzufügen, daß ich mir nicht die Fahrerlaubnisklasse IV für PKW eingetragen hatte, sondern die Klasse V für LKW. Darin war die Klasse IV eingeschlossen. Bei der Armee machte man üblicherweise die Klasse V für die schweren Armeefahrzeuge, kaum die IV für PKW.

Eine kleine Strafe ließ mir *Der Herr* aber dennoch angedeihen: Zwei Jahre später mußte ich bei einem betrieblichen Ernteeinsatz auf dem Land einen Traktor und auch einen LKW über den Acker steuern. Konnte ich Traktor fahren? Klar!

Die Karnevalssaison war wieder heran. Im Westfernsehen sah man die ersten drahtlosen Mikrofone. Damals hatten sie noch ein kurzes „Schwänzchen", die Antenne. Wir waren total fasziniert. „So etwas müßte ich auch haben", meinte Wilhelm, „dann könnte ich bei den Karnevalsveranstaltungen zwischen den Tischreihen herumgehen."
Dabei dachten natürlich alle an mich, den anerkannten Elektrobastler. Ich überlegte. Gut, einen kleinen Transistorsender würde ich wohl hinbekommen. Für eine saubere Übertragung müßte es aber auch ein recht guter Empfänger sein. Was lag näher, als ein handelsübliches Radio zu benutzen. Ergo gab der Empfänger die Sendefrequenz vor. Praktisch also gleich zwei Vergehen. Der Aufbau von Sendegeräten war verboten. Das Senden im kommerziellen Rundfunkband erst recht.
Allerdings sendete am Ende des UKW-Bereiches oberhalb 100 MHz kaum noch ein Sender. Das hatte man dann wohl für mich reserviert? Wilhelm brachte sein Kofferradio mit, ein *Stern* von Sternradio Berlin.

Das Gerät hatte einen guten UKW-Tuner und vor allem eine AFC-Schaltung, eine Automatik, die den Sender „hält", auch wenn er leicht driftet. Für meinen Sender das ideale Gerät. Kurz: Es klappte hervorragend. Auch in großen Sälen hatten wir einen perfekten rauschfreien Empfang unseres drahtlosen Mikrofons. Optisch hatte ich das Teil einem legendären westlichen Sennheiser-Mikrofon nachempfunden. Wilhelm war glücklich. Nun konnte er während seiner Gesangsdarbietungen zu den Damen an die Tische gehen und sie bezirzen. Ich mußte immer erst die Pause abwarten, um meine Aufwartungen loszuwerden. Womit ich wieder bei Rebecca bin.

Unser Kennenlernen hatte erst gegen Ende der letzten Karnevalssaison stattgefunden, und so hatte es keine Vertiefung unseres Verhältnisses gegeben. Das vergangene Jahr war für mich auch mit reichlich anderen Ereignissen ausgefüllt gewesen. Jetzt war sie wieder im Saal, und sie war immer noch allein. Ungewöhnlich, denn Rebecca war wirklich hübsch. Obwohl wir uns also Monate nicht gesehen hatten, wendeten wir uns sofort wieder einander zu. Gesprächiger war sie allerdings immer noch nicht geworden. Endlich hätte sie ein kleines Zimmer in unserer Stadt gefunden, erzählte sie dann aber doch. Dieses sei nur als kurze Übergangslösung anzusehen, denn sie wolle in die Bezirkshauptstadt ziehen, wo sie inzwischen eine neue Arbeitsstelle gefunden hätte.

Ich registrierte: Rebecca wohnt jetzt in unserer Stadt, und zwar allein! In der Pause suchten wir wieder unseren Baum auf, eine alte Kastanie, die steht heut' noch dort, und vertieften uns in Zärtlichkeiten.

„Soll ich dich vielleicht mal besuchen kommen?", fragte ich Rebecca. „Das kannst du gerne machen. Abends langweile ich mich oft, und einen Fernseher habe ich leider auch noch nicht."

Wenn es nicht so sonderbar gewesen wäre, würde ich auf dieses Liebesabenteuer nicht näher eingehen. So aber ...

In der Karnevalssaison gab es für uns keine freien Wochenenden, also kam nur ein Abend in der Woche in Frage. Rebecca arbeitete in der Versandabteilung einer Druckerei in unserer Bezirkshauptstadt, die dem dortigen großen Tagesblatt angegliedert war, in dessen Redaktion mein Freund Bernd als Fotoreporter wirkte. Am späten Nachmittag hatte sie dort Dienstschluß. Danach fuhr sie mit dem Omnibus die 25 km bis in unsere Stadt, in ihr neues Zuhause. Dort angekommen, langweilte sie sich. „Paßt doch", dachte ich.

Bald darauf klingelte ich an ihrer Tür. Freudige Begrüßung, Küßchen, dann saßen wir an ihrem Tisch in der Mitte des Zimmers. Ich sah mich um: Besagter Tisch, zwei Stühle, ein zweiflammiger Gasherd, ein kleines Spülbecken und ein Waschbecken mit einem Spiegel darüber. Ach ja, an der Wand ein Klappsofa, das wahrscheinlich immer in Liegeposition blieb. Spärlich. Rein optisch paßte das so gar nicht zu ihrer Erscheinung. In der Öffentlichkeit bot sie das Bild einer jungen „leckeren" Frau. Was sie ja auch war. Was hatte das denn mit ihrer Wohnung zu tun? Wahrscheinlich steckte sie ihr Geld lieber in modische Kleidung. Jedenfalls saßen wir nun an ihrem Tisch. Man konnte ja nicht pausenlos herumknutschen, und alsbald versuchte ich, durch das Anschneiden verschiedenster Themen die bleierne Ruhe aus dem Raum zu verbannen. Rebeccas Thema war nicht dabei.

„Kannst du uns vielleicht einen Kaffee machen?", fragte ich.

„Och nö."

Ich dachte, ich hätte mich verhört.

„Hätte ich etwas zu trinken mitbringen sollen?", fragte ich weiter.

„Nö, nö."

„Wollen wir uns dann vielleicht auf das Sofa setzen, die Stühle sind so unbequem?" – „Können wir ja machen."

Normalerweise hätte ich nicht so plump auf das Sofa „hingearbeitet", aber was blieb als abendliches Thema sonst noch übrig?

Schon lag sie auf der Couch. Ich legte mich dazu, und wir knutschten wieder 'ne Runde. Das konnte Rebecca richtig gut. Als ich ihre kleinen Brüste befühlte, entblößte sie ohne weitere Aufforderung ihren Busen. Ich schmuste zwar daran herum, konnte aber mit dem Wenigen nicht so richtig etwas anfangen. Ihre Brustwarzen waren klein und hart, ja sogar etwas kratzig. Das Gefühl kannte ich noch nicht. Unterhalb des Bauchnabels überraschte Rebecca allerdings mit nahezu perfekten Proportionen. Bereitwillig hatte sie sich vollständig entkleiden lassen. Nun lag sie reglos vor mir und ließ mich „machen".

Ihr Unterleib, ihr Schoß, ihre Schenkel, das alles war wohlgeformt und sehr anziehend. Sie roch gut, sie schmeckte gut. Angesichts des Neuen stieg meine Erregungskurve schnell an. Gern wäre ich auf sie eingegangen, denn in Liebesdingen war ich wirklich kein Egoist. Gab es etwas Schöneres, als gemeinsam zu fliegen? Leider gehörte Rebecca auch zum Bodenpersonal – fluguntauglich – wie Marie. Sehr schade.

Anders als Marie jedoch legte sie mir keine Steine in den Weg und riß sogar unvermittelt ihre Beine kerzengerade in die Luft, als ich in sie fuhr. So, als zöge man einer Marionette die Gliedmaßen an den Fäden hoch. Das hatte durchaus etwas von einer sportlichen Einlage und entbehrte nicht einer gewissen Situationskomik. Dazu vielleicht noch ein wohliges Stöhnen? Hätte ja nicht laut sein müssen. Nichts. Pantomime. Ja, gab's denn so was?

Mit Rebecca war nicht viel anzufangen. So eine Schlaftablette konnte nur alleine bleiben. Wahrscheinlich hatte sie ihre kleine Tochter in ähnlicher Art und Weise empfangen. Beim Stillhalten. Passiert!

Da wir, wie ja bereits zugegeben, streckenweise moralische Tiefflieger waren, und zwar alle, erzählte ich Wilhelm von meinem Erlebnis.

Der lachte lauthals und lieferte im nachhinein den bis dahin fehlenden Ton zu Rebeccas Beinakrobatik: Zwei pfeifend-zischende Geräusche, die kaum zu beschreiben sind. Bis heute, nach immerhin 40 Jahren, muß ich nur Rebecca sagen, schon produziert Wilhelm diese Töne. Wir beide wissen dann, was gemeint ist.

Apropos Wilhelm. Die Druckerei, in der Wilhelm bisher gearbeitet hatte, war eine größere geworden, und diese hatte nun ihren Sitz in die Bezirkshauptstadt verlagert. Jene Druckerei, in der Rebecca in der Versandabteilung arbeitete. Wilhelm hatte daraufhin seinen Lehrberuf aufgegeben und ein Studium zum Kulturfunktionär begonnen. Er war jetzt im Kreiskabinett für Kulturarbeit. Somit hatten wir einen eigenen Mann an den Schalthebeln der Kultur, wie praktisch.

Um als Band an Bedeutung zu gewinnen, fehlte es in erster Linie an Geld. Wirklich brauchbare Technik war im Osten nicht zu haben. Das galt für Beschallung, wie auch z. B. für hochwertige Gitarrensaiten.

Rita, Rolands Frau, arbeitete in einem großen Straßenbaubetrieb als Bauingenieur. Sie hatte in der Vergangenheit bestimmt des öfteren den Anstoß gegeben, daß wir zu Betriebsfesten engagiert wurden. Wilhelm war Kulturfunktionär und Robert trinkfest. Beides gute Bedingungen, um mit der Betriebsleitung am Biertisch Verhandlungen aufzunehmen, die kurz darauf, Mitte Dezember 1973, in einen Patenschaftsvertrag mündeten. Wir verpflichteten uns, betriebliche Feste zu bespielen und mit geeigneten Mitarbeitern einen Betriebschor aufzubauen. Darüber hinaus sollten wir um den Titel „Hervorragendes Volkskunstkollektiv" kämpfen. Für den Betrieb ein begehrtes kulturpolitisches Aushänge-schild. Im Gegenzug bekamen wir finanzielle Unterstützung.

„Sponsoring" war in der DDR noch nicht erfunden. Außerdem hatten wir ständigen Zugriff auf einen Kleintransporter. Den durften wir auch für uns, also nicht nur für die betrieblichen Veranstaltungen, nutzen.

Wie kamen wir aber nun zu Westtechnik?

In unserem speziellen Fall kannten wir den Orchesterleiter eines nicht unbedeutenden Tanzorchesters, der mit einer Sängerin verheiratet war. Diese wiederum hatte die tschechische Staatsbürgerschaft und fuhr mit ihrem Westauto hin und her, als ob es die Grenze gar nicht gäbe. Ein Schelm, wer Böses dabei denkt.

Wir besuchten die beiden in ihrer Berliner Wohnung. Dort blätter-ten wir unsere Karl-Marx-Orden auf den Tisch. Viele! Dann suchten wir uns das gewünschte Equipment aus einem Hochglanzkatalog aus, während die Dame unsere Kohle in blaue Fliesen umrechnete.

„Bin in zwei Stunden wieder hier", sagte sie. Ein kleiner Obolus blieb selbstverständlich in ihrem Portemonnaie zurück. Schließlich lagen die begehrten Objekte auf dem Tisch. Alles paletti? Noch nicht!

Handelte es sich doch um offizielle Fördergelder. Da sollten der Finanz-abteilung unseres Patenbetriebes schon ordentliche Rechnungen vorge-legt werden – aber nich' aus'm Westen. Ich mache es kurz:

Die erworbene Dynacord-Gesangsanlage (heute PA) und die Shure-Mikrofone verkauften wir an unseren heimischen An- und Verkauf. Wie es der Zufall wollte, stand hinter uns ein „Kunde" parat, der das auf der Stelle erwarb. Für den An- und Verkauf ein lukratives Geschäft,

denn auch hier wurde ja wieder ein Obolus fällig. Am Ende gingen wir wieder mit unseren Sachen und einer „ordentlichen" Rechnung aus dem Laden. Später nahmen wir die Verkaufsobjekte erst gar nicht mehr mit. „Na, Jungs, was verkaufen wir denn heute?"
Die Handelsspanne über den Tisch gereicht und gut war's.

Im Frühjahr 1974 waren die obligatorischen Kapelleneinstufungen. Diesmal erreichten wir beim Kreisleistungsvergleich die Oberstufe.
Neben der Musik gaben wir aber auch optisch ein gutes Bild ab. Nicht nur wegen unserer neuen Westtechnik. Wir arbeiteten mit Lichteffekten und trugen dazu eine „fetzige" Bandkleidung. Die hatten wir uns in Berlin in einer speziellen Schneiderei anfertigen lassen, welche Erfahrung mit Bühnenkleidung hatte. Für 'n Appel und 'n Ei war das zwar nicht zu haben, aber hinter uns standen ja neuerdings „reiche Paten".
Ob wir vielleicht die letzte Hürde auch noch nehmen könnten?
Wilhelm meldete uns zum Bezirksleistungsvergleich an. Mit Schlagern und Trallala wurde uns dort gerade noch so die Oberstufe bestätigt. Das war auch völlig in Ordnung. Für die Sonderstufe hätte musikalisch schon einiges mehr passieren müssen. Das Niveau hatten wir einfach nicht. Trotzdem, so viele Bands, die in der Oberstufe spielten, gab es nun auch wieder nicht, darum wir es berechtigt als Erfolg sahen.
Unser erster großer und wichtigster Einsatz für unseren Patenbetrieb waren die Betriebsfestspiele. Nun erfuhren auch die kleineren angegliederten Betriebsteile von unserer Existenz. Die Tanzveranstaltungen meisterten wir bravourös. Wir erfuhren viel Lob. Einen Betriebschor hatten wir vereinbarungsgemäß inzwischen auch ins Leben gerufen. Wilhelm konnte eine stimmgewaltige Opernsängerin als Chorleiterin gewinnen. Gegen Honorar versteht sich. Welch Zufall, es war die Frau seines Chefs. Sie übte mit dem Chor und der musikalischen Begleitung durch uns ein Potpourri deutscher Volkslieder ein. Das kam bei der Belegschaft sehr gut an. So wurde dieses Fest ein weiterer Erfolg.
Tage später, wir probten jetzt immer im Kultursaal unseres Patenbetriebes, hatten dort sogar einen extra verschlossenen Raum für unsere Instrumente bekommen, besuchte uns der Betriebsleiter, der große Chef.

„Jungs", sprach er, „nicht daß es ein wirkliches Problem gäbe, aber wenn einer von euch zu unserem Betrieb gehörte, wäre es gewiß leichter, die finanziellen Mittel vor der Belegschaft zu vertreten. Möchte nicht einer von euch zu uns kommen? Die Stelle des Kulturreferenten wird zum Monatsende frei. Wäre das vielleicht etwas? Denkt mal darüber nach."

Dann ging er. Wir schauten einander an und diskutierten.

Hermann sagte gleich: „Also, ich nicht! Wofür habe ich gerade meinen Schweißerpaß gemacht?" Hermann war Schlosser. Ehrlich gesagt, an ihn hatten wir auch nicht wirklich gedacht.

Robert sagte: „Ich auch nicht. Ich habe einen wunderschönen Posten. Morgens fahre ich raus und komme abends wieder. Im Sommer mal schnell in den See springen oder auch mal zu Hause vorbeischauen, das lassen wir so." Er war Techniker bei der Deutschen Post und kontrollierte, ob auch noch alle Überlandleitungen an Ort und Stelle waren. Gut, bei Störungen wurde es für ihn auch manchmal hektisch.

Wilhelm sagte: „Na, ich auch nicht. Wozu mache ich mein Studium? Wer weiß, welchen Posten ich noch bekommen kann, wenn ich das erst beendet habe. In einem Betrieb möchte ich jedenfalls nicht versauern."

Drei Augenpaare richteten sich auf mich: „Güüüntiii ...!"

„Ich?"

Jürgen kam herein. Mit ihm hatten wir alle Vorgespräche geführt, die uns schließlich die Patenschaft mit diesem Betrieb ermöglicht hatten. Er war hier irgendwie „Mädchen" für alles, könnte man sagen. Seine offizielle Dienstbezeichnung ist mir inzwischen entfallen.

„Na?" grinste er. „Hat euch der Alte schon verklickert, daß hier einer von euch anheuern soll?" Drei Zeigefinger wiesen in meine Richtung.

„Moment!" – „Nix, Moment", entgegnete Jürgen.

„Ich begrüße dich als unseren neuen Kulturreferenten!"

„Na, prima."

„Halb zog er mich, halb sank ich hin", könnte man in Anlehnung an Goethes *Der Fischer* sagen, obwohl der Meister bei mir wegen seiner hahnebüchenen Farbenlehre doch etwas an Ansehen verloren hatte.

Als mich Jürgen schließlich über mein Gehalt und den mir immer zur Verfügung stehenden Dienst-Trabi informierte ... „Überredet!"

Am Montag, dem 5. August 1974, lenkte ich meinen 6-Zylinder EMW auf den Parkplatz des Straßenbaubetriebes.

„Dort dürfen Sie aber nicht parken!", rief der Pförtner dienstbeflissen aus seinem Häuschen. „Das ist nur für Betriebsangehörige!"

„Guten Morgen, Kollege! Ich stehe ab heute immer hier! Ich bin der neue Kulturminister!", rief ich zurück. Darauf schob ich freundlich meine Rechte durch die Fensterluke und begrüßte ihn, als wären wir alte Bekannte. „Du bist doch einer von unserer(!) Kapelle?", erkannte er mich sofort. „Ja, das auch, und ab heute kümmere ich mich noch um den kulturellen Aufschwung hier", grinste ich ihn an.

„Das mach' ma', ermunterte er mich, „der Kollege Peters hat nämlich nicht besonders viel gemacht!" Ich durfte passieren.

Daß ich noch viel weniger machen würde, konnten er und ich ja zu diesem Zeitpunkt noch nicht ahnen. Das Betriebsgelände kannte ich, und so meldete ich mich beim Direktor für Arbeit zum Dienst. Er sprach mich sogleich beim Vornamen an, denn ich war ihm ja kein Unbekannter und darüber hinaus nun auch noch ein Kollege geworden.

„Geh' mal gleich zum Jürgen hinüber, der weist dich in alles Nötige ein", sprach er. Das Nötige war nicht sehr viel. Als „Kulturminister" unterstand mir der Chor. Ich war also der Leiter der Leiterin. In den auswärtigen Betriebsteilen sollte ich mich regelmäßig sehen lassen. Dort könnte ich auch mal ein Freilichtkino organisieren oder auch eine kleine Bibliothek auf Rädern ins Leben rufen usw.

Ich empfand den von Jürgen vorgetragenen Funktionsplan doch schon irgendwie konjunktivlastig. Am besten gefiel mir: „... dich überall mal sehen lassen". Dazu gab es also den Dienst-Trabi. Den müßten wir uns allerdings teilen, sagte Jürgen. „Also nicht abends mit nach Hause nehmen", dachte ich, aber ich hatte ja auch ein eigenes Auto. Mein Büro lag im Tiefparterre. Keller würde es nicht treffen, denn die Fenster befanden sich oberhalb der Erdlinie. Für eine unaufgeregte Dienstverrichtung war das keine so schlechte Lage. Ab 9 Uhr gab es im Kulturraum Frühstück, später Mittag und nachmittags Kaffee. Das alles für wenig Geld. Die Qualität darf man selbst heute noch als eine sehr gute bezeichnen. Diese Mahlzeiten hielt ich dann auch strikt ein.

Es war Urlaubszeit. Jürgen schlug mir vor: „Wenn du deinen Urlaub in unserem Betriebsferienheim an der Ostsee verbringen möchtest, kannst du das Angenehme mit dem Nützlichen verbinden und dich dort als der neue Kulturreferent vorstellen. Schaust auch gleich einmal nach, ob dort alles seinen sozialistischen Gang geht."

So fuhr ich dann mit Marie und Dana, kaum daß ich meine neue Arbeit begonnen hatte, für drei Wochen an den Ostseestrand. Unser erster gemeinsamer Urlaub. Ich lernte: Urlaub, das ist nicht meins. Was macht man an der Ostsee? Im Sand sitzen. Natürlich spielte ich auch ab und an mit Dana, doch eigentlich plagte mich fürchterlich die Langeweile. Manchmal gab es Kurkonzerte, wenigstens das. Wir lernten eine junge Familie kennen, die ebenfalls mit ihrem Kleinkind hier war. Wir wechselten uns manchmal abends mit der Kinderaufsicht ab und stürzten uns ins „Nachtleben". Tanzabende gab es in der Urlaubssaison in fast allen Hotels, aber was macht man einen ganzen langen Tanzabend lang? Gut, für manche Leute ist ja bereits das Betrinken ein abendfüllendes Ereignis. Nicht so für Marie und schon gar nicht für mich. Selbst fünf Stunden zum Tanz aufspielen, das war mir nie langweilig, aber fünf Stunden herumsitzen und gucken?

Zum Glück hatte es Marie auch nicht so sehr mit der Vergnügungssucht, so daß wir in der Regel gegen 23 Uhr wieder im Bett waren. Hier hätte ich mir durchaus ein schönes Erlebnis mit Marie gewünscht, aber das war nun wieder nicht ihrs. Wir haben nicht eine Nacht ... Fünf Stunden reglos im Sand liegen, *das* war ihrs. Ach, Marie.

In zwei Monaten würde schon wieder die Karnevalszeit heran sein. Ob es wohl Rebecca noch in ihr Heimatdorf ziehen würde und ob sie wohl immer noch allein war? Inzwischen hatte sie eine Wohnung in unserer Bezirkshauptstadt finden können. Ich hatte es bei dem einen ominösen Besuch in ihrer kleinen Behausung belassen. Danach hatten wir uns nicht weiter verabredet und auch nicht mehr gesehen.

Jetzt aber war erst einmal wieder die Zeit der Erntefeste heran. In Mecklenburg gab es reichlich Dörfer, und überall feierte man natürlich ein Erntefest. Für uns kamen allerdings nur die größeren Gemeinden in

Frage. Immerhin waren wir inzwischen keine „billige" Kapelle für den „Dorfbums" mehr, sondern spielten nun sozusagen in der Oberliga.

Nicht alle Geschichten, was unsere „Hafenbräute" angeht, müssen der Nachwelt erhalten werden, dennoch sind in unseren Köpfen „Bilder" dieser wilden Jahre fest verankert. Einige sind uns ein Juwel, entbehren sie doch nicht eines gewissen Schmunzelfaktors wie diese:

Eine laue Spätsommernacht in einem Dorf, in dem wir regelmäßig zum öffentlichen Tanz spielten. Unser Transporter, der inzwischen von einem befreundeten Berufskraftfahrer gelenkt wurde, stand auf dem Gehöft der Gaststätte in hellem Mondlicht. Der Torweg verschlossen, man kam nur über die Tür hinter der Theke dorthin. In der großen Pause, die anderen tankten Bier und Schnaps, wollte ich frische Luft tanken. Ahnungslos betrat ich den Hof und ging sofort vor Lachen in die Knie. Die Fahrertür stand sperrangelweit offen. Ein Damenbein schaute heraus und streckte sich der Mondsichel entgegen. Ein zweites hatte sich stützend ins Lenkrad verhakt. Davor, also außen vor der Tür, stand unser Kraftfahrer. Er trug einen blauen Arbeitskittel und seinen obligatorischen, dauerhaft an den Kopf gewachsenen braunen Filzhut. Wegen seiner schweißtreibenden Tätigkeit hatte er sich entschließen können, diesen wenigstens in den Nacken zu schieben. Seine Hose hing ihm in den Kniekehlen, die Hosenträger umspielten locker seine Beine. In diesem Aufzug betankte er nun die Dame.

„Ja – ja – ja!" Aus dem Fahrzeuginneren klang es wie aus einer Lautsprecherbox. Dank des gegenüberliegenden Scheunentores folgte ihren leisen Begeisterungsschreien ein kurzes natürliches Echo:

„Jajaja – jajaja – jajaja."

Nur gut, daß unser Transporter von Hause aus an Sprachlosigkeit litt. Zahlreiche Seiten ließen sich mit seinen Berichten füllen. Auch für uns hatte sich dieses zurückgezogene Plätzchen bei der Ausübung einer „unbeschwerten Pausengestaltung" oft als hilfreich erwiesen.

Am Aschermittwoch ist alles vorbei. Einen Tag später, am Donnerstag, dem 13. Februar 1975, drohte Ungemach. Normalerweise gehört ja so etwas eigentlich auf einen Freitag, also den nächsten Tag. Aber nun stand es praktisch verfrüht vor der Tür, das Ungemach, und zwar in Form zweier dunkelblauer Ladas, ein Importauto aus der damaligen UdSSR. Eigentlich ein Fiat 124. Zwar recht aber schlecht in Lizenz gefertigt. Trotzdem galt er als der komfortabelste PKW, welcher in der DDR zu haben war, oder eher nicht – bzw. kaum. Um ihn privat zu erwerben, hatte man mit blauen Fliesen die besten Voraussetzungen. In seinem höchsten Ausstattungsgrad und eben dieser Farbe dunkelblau war er quasi Markenzeichen für Dienstfahrzeuge auf höherer Ebene. Für diese besondere Spezies hatte sich die DDR offiziell einen exklusiven Begriff einfallen lassen: *Sonderbedarfsträger.* Gut merken!

Interessiert betrachtete ich von meinem Schreibtisch aus, wie aus den Autos je zwei gut gekleidete Herren ausstiegen und sich auf das Pförtnerhäuschen zu bewegten. Dort waren sie dann allerdings aus meinem Blickfeld verschwunden. Nun gut. Vor mir stand das Frühstück aus der Kantine: Dampfender Kaffee und zwei Brötchenhälften mit wirklich köstlichem Eiersalat ... Schon klingelte mein Telefon.

„Kollege Cave, kommen Sie bitte ins Direktorat!" – „Wieso Kollege Cave", dachte ich, „ich duze mich doch mit Uta, der Chefsekretärin?" Mein Denkapparat, Ungutes ahnend, stellte blitzartig eine Verknüpfung mit den beiden parkenden blauen Autos her. Vorsichtshalber ordnete er die Ausschüttung einer kleinen Dosis Adrenalin an. Als ich das Direktorat betrat, empfingen mich die eben noch aus der Ferne wahrgenommenen beiden gut gekleideten Herren und hielten mir ihre Dienstausweise unter die Nase. Kriminalpolizei war das nicht, die Ausweise kannte ich. Nur unter derartigen Bedingungen ist man wohl in der Lage, sein persönliches Sündenregister in Sekundenbruchteilen durchzuforsten. Auch das Adrenalin war inzwischen auf Maximaldosis aufgestockt worden. Danke. Obwohl, was nützte diese Maßnahme aus ferner Zeit, in der wir als Höhlenbewohner noch mit dem Säbelzahntiger zu rechnen hatten?

Weglaufen? Kämpfen?

Mit denen da?

Alternativ machte sich Stuhldrang bemerkbar. Ein kontraproduktiver Reflex aus der Neuzeit. Weglaufen mit Stuhldrang!

„Zur Klärung eines Sachverhaltes folgen Sie uns bitte in unsere Dienststelle!" – „Das hätte ja wohl auch eine Vorladung getan", dachte ich. Diese Vorgehensweise legte den Verdacht auf eine schwere Straftat nahe. Derartiges war jedoch in meinem Sündenregister nicht auffindbar. Ich wurde abgeführt. Ja, wie soll man es sonst nennen? Gut, Handschellen waren nicht im Spiel. Wäre unser Bürogebäude nicht „festgemauert in der Erden", sondern z. B. ein Schiff auf See, es wäre jetzt gekentert. Die Gardinen auf der Luv-Seite bewegten sich heftig. Peinlich.

Ich durfte im hinteren Auto Platz nehmen. Ein Herr saß neben dem Fahrer, der andere an meiner Seite. Im Auto vor mir schien es ebenso zu sein. Die Person konnte ich jedoch nicht identifizieren. Offensichtlich handelte es sich also um die Verfolgung einer Straftat mit zwei Tätern. Die Fahrt ins Stadtzentrum erschien mir wie eine Ewigkeit. Was hatte ich ausgefressen, daß sich nun die Stasi damit befaßte?

Angekommen, verließ der „Täter" vor mir zuerst das Fahrzeug. Damit wir keinen Blickkontakt aufnehmen konnten, warteten wir, bis er und seine Bewacher im Dienstgebäude verschwunden waren. Jetzt konnte ich ihn erkennen: *Wilhelm!* Das war ja Wilhelm!

Zwei einheimische Kulturfunktionäre von der Stasi abgeholt! Aber was war *das*? Der Herr hinter Wilhelm trug eine Aktentasche. Aus dieser schaute ein kurzes Schwänzchen heraus: Die Antenne des von mir gebauten drahtlosen Mikrofons! Darum ging es also.

„Darauf steht bestimmt nicht die Todesstrafe", dachte ich erleichtert. Nun verließ auch ich mit meinen Begleitern das Auto. Am Gebäude neben der Eingangstür war ein metallenes Schild angeschraubt: „Ministerium für Staatssicherheit der DDR. Kreisdienststelle ...."

Die schwere Einganstür schloß sich hinter uns lautlos. Bevor wir den Kern des Gebäudes betraten, mußten sich meine beiden Begleiter am Kontrolldurchlaß ausweisen: „Zwei Genossen und ein ‚Vorgeführter'."

„Bitte nehmen Sie Platz!" Ich saß vor einem Schreibtisch in einem völlig normalen Büro. Kein Verhörraum und auch kein Andreaskreuz.

„Sie wissen, warum Sie hier sind?" Diese überaus dusselige Frage scheint wohl bei den Untersuchungsorganen stark verbreitet zu sein. Vielleicht, so hofft man, plaudert der Vernommene von allein sein komplettes

Sündenregister aus. Nun, mein Stuhldrang hatte sich gemäßigt.

„Nein", antwortete ich in offener und freundlicher Art. Warum sollte ich die „harte Nuß" geben, das provoziert nur.

„Vielleicht möchten Sie etwas über unsere Band wissen, denn ich habe eben auch meinen Freund Wilhelm hier gesehen?"

Meine natürliche Gabe, deeskalierend zu wirken, schien bei ihm angekommen. Er lehnte sich in seinem Stuhl zurück. Ein normal großer Mann mit bereits etwas lichterem Haar irgendwo zwischen vierzig und fünfzig. Kein unangenehmes Gesicht. Er versuchte, mich offensichtlich einzuordnen. Ein Dossier lag ihm bestimmt längst vor. Auch meine ehemalige SED-Mitgliedschaft war ihm sicherlich bekannt.

Allerdings war ich sozusagen in Unehren entlassen. Vielleicht blieb ja wenigstens ein kleiner Hauch vom „Genossen" übrig? (Hilfreich?)

„Uns interessiert, welche Gerätschaften Sie so alles zum Musikmachen benutzen, zählen Sie doch mal auf."

„Schon klar, was du hören willst", dachte ich, „dann verpacke ich mal das *Corpus delicti* irgendwo in der Mitte." Also zählte ich auf:

„Gitarren, Verstärker, Lichtanlage, Gesangsanlage ..."

„Mikrofone gehören sicher auch dazu?", unterbrach er.

„Ja." – „Was für Mikrofone denn?"

„Wir haben vier Shure und ein Mikroport", antwortete ich ihm im Tonfall völliger Arglosigkeit. „Und die ‚Schuher' Mikrofone sind doch aus dem westlichen Ausland, oder sehe ich das falsch?"

„Nein, das sehen Sie richtig. Das ist eine auf der ganzen Welt benutzte amerikanische Marke, praktisch der Standard. Leider gibt es aus DDR-Produktion keine wirklich brauchbaren Bühnenmikrofone. So benutzt z. B. auch der Fernsehfunk u. a. westdeutsche Sennheiser-Mikrofone."

„Und, wo haben Sie, also *Sie*, die Mikrofone her? Die gibt es dann doch nicht in unserem volkseigenen Handel?" – „Nein." – „Also, woher?"

„Das verkaufen sich die Kapellen untereinander. Auch die Musiker aus Rumänien, Ungarn, Polen, die hier ständig saisonale Engagements haben, verkaufen Mikrofone, Instrumente oder auch Gitarrensaiten."

„Hm, was bezahlt man denn dafür, also für so ein Mikrofon?"

„Na ja, so um die 1000 Mark für ein neues Shure sind durchaus üblich."

„Donnerwetter, und woher haben Sie das Geld?"

„Wir haben uns das ja so nach und nach angeschafft. Nicht auf einen Schlag. Wir legen dann unsere Gagen zusammen, bis es zur nächsten Anschaffung reicht." Er schien mit dem bisherigen Verlauf des Gespräches zufrieden, behielt sich „den Knaller" aber noch vor. Ich tat so, als merke ich nichts. Dann erhob er sich und sagte: „Warten Sie bitte einen Moment, ich bin gleich wieder hier." Er ließ mich allein zurück.

Es vergingen gut zehn Minuten. Als er zurückkehrte, erschien er mir etwas aufgebracht. „So", sagte er, „jetzt möchte ich einmal feststellen, ob ihre Aussagen der Wahrheit entsprechen." Er nahm wieder Platz.

„Sie schlafen doch mit der Frau von ihrem Kollegen?"

Damit hatte er mich nun tatsächlich überrumpelt. Ich schluckte.

„Ja, das stimmt, aber das ist schon wieder vorbei."

„Ach", er winkte ab, „das interessiert mich auch nicht. Ihr Kollege da drüben lügt jedenfalls wie gedruckt."

Na ja, Wilhelm erzählte vielleicht eine andere Version. Vielleicht wollte er mich auch schützen, mich nicht als Erbauer des Mikrofons angeben. Jetzt würde ich das allerdings auf keinen Fall erfahren.

„Wie verhält sich das nun mit dem Sendemikrofon, das haben Sie doch gebaut?" – „Ja."

„Sie wissen, daß das verboten ist?" – „Ja."

„Für die Sicherheit unseres Landes ist es von Bedeutung zu wissen, wer in der Lage ist, eine Sendeanlage zu errichten. Schließlich steht der Klassenfeind vor der Tür, ist praktisch unser Nachbar."

Jetzt wurde es haarig. Ich mußte versuchen abzuwiegeln, damit dem Ganzen keine staatsfeindliche Relevanz beigemessen werden konnte.

Ich erklärte, daß jeder Radiobastler in der Lage sei, einen Oszillator fast beliebiger Frequenz aufzubauen. Derartige Teile finden sich in jeder Bastelkiste. Unser Mikrofon überbrückt vielleicht fünfzig Meter freien Raum. Bis zu einer Sendeanlage mit nennenswerter Leistung ist es da noch ein weiter Weg, obwohl er streng genommen natürlich recht habe.

Die Richtung Staatsfeind schien er jetzt nicht mehr weiter verfolgen zu wollen. Nun ging es quasi in die entgegengesetzte Richtung:

Fast versöhnlich lenkte er ein: „Bestrebungen, welche die Sicherheit un-

seres Landes gefährden, kann ich bei Ihnen nicht erkennen. Sie wollten einfach auch so ein Mikrofon haben, wie Sie es im Fernsehen gesehen haben. Sie haben einen Fehler gemacht und bereuen das."
Er blickte mich an. Seine Vorlage wollte ich doch gern annehmen.
„Ja, so war es."
„Nun, einen Fehler kann man auch meistens wieder ausbügeln. Wenn Sie unserem Arbeiter-und-Bauern-Staat und dem Sozialismus positiv gegenüberstehen, haben Sie sicher auch ein Einsehen, daß wir bestimmte Bestrebungen bereits in ihren Anfängen erkennen müssen, sprich, auf die Hilfe anderer rechtschaffener Menschen angewiesen sind."
Jetzt war der Zeitpunkt gekommen, wo ich alles falsch machen konnte.
„Aber das ist doch für jeden Bürger eine Selbstverständlichkeit", hörte ich mich sagen. Gut, daß ich keine Zeit hatte, meine Wortwahl zu überlegen. Vielleicht hätte ich etwas eingeschränkt. So jedoch war es genau die richtige Antwort. Mein Vernehmer entspannte sich vollends. Er schrieb etwas auf einen Notizblock und faßte dann zusammen:
„Ihre Gesetzesübertretung (nicht Straftat!) verstößt gegen die Bestimmungen des Fernmeldegesetzes. Die Bezirksbehörde der Deutschen Post wird dahingehend ein Ordnungsstrafverfahren gegen Sie eröffnen. Für uns ist der Vorgang hiermit erledigt. Sie können jetzt gehen!
Was ich hier in aller Kürze darstelle, erstreckte sich in Wahrheit über mehrere Stunden. Das realisierte ich allerdings erst, als ich beim Hinausgehen auf die Uhr am Kontrolldurchlaß schaute. Entgegen meinen anfänglichen Befürchtungen war mein Verhör in sachlicher Form und völlig korrekt abgelaufen. Einige Nerven hatte es trotzdem gekostet.
Es hatte keinen Zweck, vor der Tür auf Wilhelm zu warten. Vielleicht käme er ja nach seiner Vernehmung zu mir nach Hause. Inzwischen war es Nachmittag geworden. In den Betrieb würde ich heute nicht mehr zurückkehren. Einen Riesenkaffee und eine Zigarette, darauf freute ich mich auf dem Nachhauseweg.
Wenig später erschien Wilhelm. Jetzt erfuhr ich die ganze Geschichte, die schon früher begonnen und die Wilhelm für sich behalten hatte. Tage vorher war ein Meßfahrzeug der Deutschen Post langsam durch seine Straße gefahren. Hatte er sich zunächst nichts Besonderes dabei

349

gedacht, so war es ihm doch plötzlich wie Schuppen aus den Haaren gefallen. Das drahtlose Mikrofon bewahrte er in seiner Wohnung auf und – das Leben schreibt die schönsten Geschichten – die Tasche mit dem Mikrofon darin lag auf dem Schrank in seinem Schlafzimmer. Zwar gab es am Mikrofon einen kleinen Schalter, aber ein Lämpchen für den Betriebszustand hatte ich nicht eingebaut. Das hätte mehr Strom verbraucht als der kleine Sender selbst. Die heutigen winzigen Leuchtdioden (LEDs) waren noch nicht erfunden. Mit der eingebauten 9 V-Batterie hielt der „Sender Jerewan" locker mehrere Tage durch ... Originalton und live aus Wilhelms Schlafzimmer. Auf einer Frequenz, die mit jedem Radio zu empfangen war. Mindestens die umgebende Nachbarschaft mußte in den Genuß dieser erotischen Hörspiele gekommen sein. Vielleicht hatten sich auch einige von ihnen beschwert, weil die Batterie dann doch irgendwann am Ende war und sie von der Post erfahren wollten, wann der tolle Sender wieder ON AIR gehe. Der Meßwagen hatte den Standort jedenfalls schnell ausgemacht und das pflichtgemäß an die Sicherheitsorgane weitergeleitet.

Unser schönes Mikrofon waren wir nun los. Ein zweites zu bauen kam selbstverständlich nicht in Frage. Wie „versprochen", bekam ich von der Bezirksbehörde der Deutschen Post, Abteilung Fernmeldewesen, nach kurzer Zeit einen Bescheid über ein Bußgeld in Höhe von 200 Mark. Das beglichen wir umgehend aus der Kapellenkasse.

Anfang Mai bekam ich einen Brief von meinen Eltern. Sie würden uns gern im Sommer besuchen kommen. Maximilian käme aber kurz vorher vorbei, um alles mit uns zu besprechen. Das Viermächteabkommen von 1971 und die Regelung über den kleinen Grenzverkehr machten einen Kurzbesuch in die DDR inzwischen möglich. Mein Bruder mußte nur ein Kurzvisum beantragen und durfte dann einreisen.

Ich erinnere mich sehr genau an den Tag, als er zum ersten Mal nach fünfundzwanzig Jahren vor mir stand. Ein bewegender Moment.

Am frühen Vormittag eines Sonntags im Mai ging einfach die Tür zu unserer kleinen Küche auf: „Hallo, ich bin der Maximilian!"

Spontan fielen wir uns in die Arme. Maximilian war etwas kleiner als ich, drahtig, sportlich, wortgewandt und wirklich gutaussehend, das mußte man auch als Mann neidvoll zugeben. Optisch war er innerhalb unserer Familie eine Ausnahme. Er kam weder nach Vater noch nach Mutter. Vielleicht kamen bei ihm die ungarischen Gene *des Grafen von Ledebur* durch, dessen Bastard unser gemeinsamer Ururgroßvater war. Maximilian hatte sich für seine Herkunft noch nicht endgültig entschieden. Da er gerade auf Frankreich-Trip war, er hatte dort eine feste Freundin, die ich später auch kennenlernte, konstruierte er für sich eine Abstammung von den Hugenotten und schrieb sich daher mit einem Accent aigu über dem „e", Cavé. Ich müsse meine Schreibweise nicht ändern, schließlich sähe ich wie ein Cave aus. Das stimmte offensichtlich. Mutter, Großmutter und nicht zuletzt mein geliebter Opa waren mir nicht nur ins Gesicht, sondern auch ins Wesen geschrieben.

„Vielleicht hast du es einfach nur falsch verstanden", frotzelte ich ihn, „vielleicht sind ja nicht die Hugenotten, sondern Hugos Nutten an deinem Stammbaum beteiligt." Wir verstanden uns prächtig.

Ja – das war mein Bruder. Ach, warum durften wir nicht zusammen aufwachsen. Ich bin mir recht sicher, daß meine Kindheit im Osten die schönere war, Bananen hin, Bananen her. Unsere Eltern hatten nach ihrer Flucht mancherlei Entbehrungen erleiden müssen. Maximilian, spontan nannte ich ihn Max, war früh ein Schlüsselkind geworden. Oftmals hatte er zusehen müssen, wie meine Eltern Spielsachen für mich in Pakete packten, die er auch gern gehabt hätte. „Die sind für deinen Bruder im Osten, der hat sonst nichts ..."

Bevor ihn die Einberufung zum Wehrdienst erreichen konnte, hatte sich Max nach Westberlin „abgesetzt". Wegen des Viermächtestatusses war es dort wohl um einiges leichter, sich dem Dienst an der Waffe zu entziehen. Auf meine Armeezeit hätte auch ich gut verzichten können, nur bei mir hätte das weitreichende Konsequenzen gehabt.

Nun wohnte er also in einer WG und studierte Elektrotechnik. Die genetische Nähe war eben unverkennbar, allerdings hatte er nicht die Musikalität geerbt. An Wein, Weib und Gesang war er trotzdem heftig interessiert. Er war mein Bruder!

Gegenseitig bewunderten wir unsere Autos. Ich seinen Renault, sein klappriges Türkenklo, das so schön nach Westen roch, und er meinen EMW. „Wahnsinn", sagte er, „damit könnte ich den ‚Chef' machen." Er erkannte sofort den BMW hinter dem „falschen" Typenschild. Natürlich ging es bei unseren Gesprächen vorrangig um unsere Eltern. Wer konnte schon authentischer erzählen als mein Bruder. Bei aller Strenge, die unser Vater bei der Erziehung Maximilians hatte walten lassen, sei er auch immer für Späße zu haben gewesen, anerkannte Max. Das deckte sich mit den Geschichten meiner Großeltern und denen seiner Schulkameraden. Kasper Cave hatte es immer geheißen.

Vor wenigen Jahren, erzählte Max, sei er bei einem seiner Abenteuer von einer Dame mit einem Blumenkohl (Gonorrhoe) bedacht worden. In der DDR unterlag diese Krankheit der Meldepflicht. Im Westen ließ sich dem anonym begegnen. Trotzdem mußte das vom Arzt verordnete Antibiotikum irgendwie aus der Apotheke abgeholt werden.

Max fand folgende Lösung: Sich unter Schmerzen krümmend, schaffte er es gerade noch, unserem Vater das Rezept in die Hand zu drücken: „Papa, ich bräuchte das ganz schnell ..."

Die Apotheke befand sich nur wenige Häuser vom Wohnhaus entfernt. Die Apothekerin schilderte Max als ausnehmend hübsch. Jedenfalls wollte er sich mit dem verräterischen Rezept dort nicht blicken lassen. Papa muß man sich so vorstellen: Schon als junger Mann hatte er fast eine Glatze. Die Gläser in seiner Brille waren dick wie Flaschenböden. Ein Hörgerät war im Alter hinzugekommen, und das Gehen funktionierte wegen seines Hüftleidens nur über kurze Strecken mit einem Gehstock. Papa erschien also aufgelöst in der Apotheke und reichte das Rezept über den Tresen. Es müsse schnell gehen ...

Als er mit dem Notfallpräparat zu Hause ankam, krümmte sich mein Bruder noch immer auf dem Boden ... Vor Lachen! Nach einem kurzen Wutanfall stimmte unser alter Herr dann mit ein. Er hatte seine eigenen Jugendstreiche nicht vergessen.

Max erzählte im weiteren, daß unser Vater immer noch Angst vor den Russen habe und große Bedenken, in die DDR einzureisen. Na ja, meinte ich, die Russen seien zwar weiterhin hier, aber so, wie ich seine Geschichte kenne, ist das sicher Schnee von gestern. Er sei ja weder

Nazi noch Kriegsverbrecher gewesen. Sollte man ihn hier nicht haben wollen, würde man ihm einfach keine Einreisegenehmigung erteilen. Max sah das genau so. Spät am Abend nahmen wir Abschied, denn bis Mitternacht mußte er wieder den Grenzübergang passiert haben.

„In ein paar Wochen sitzen wir dann alle zum ersten Mal gemeinsam an einem Tisch", setzte Max der leicht gedrückten Stimmung entgegen. „Das ist so nicht vollständig richtig, Bruderherz", erwiderte ich, „denn das Weihnachtsfest 1952 haben wir gemeinsam erlebt. Na ja, du warst noch kein Jahr alt. An dein ‚Gequarre' kann ich mich auch nicht mehr erinnern, aber an unsere Mutter – jedenfalls für Sekunden. Auch wenn du es in deinem ‚adeligen Stammbaum' wahrscheinlich ungern siehst: Du bist hier in Mecklenburg geboren – ein ‚Zoni' – wie ich!"

Wir lachten herzlich.

Mein 6-Zylinder machte mir zunehmend Sorgen. Daß er Benzin fraß, war nicht das Problem, das war vergleichsweise preiswert. Daß er Öl fraß, war ein untrügliches Zeichen für das nahe Ableben des Motors. Wollten wir Ausflüge machen, verschwand ich vorher immer erst unter der Motorhaube, um das klapprige Gestänge der beiden Solex-Vergaser wieder im Gleichtakt zu justieren oder um das dickste Öl einzufüllen, das es zu kaufen gab. Ein alter Zylinderkopf, dessen Dichtung erst einmal gewechselt werden mußte, wird nie mehr richtig dicht. Es machte einfach keinen Spaß mehr. Auch Marie schimpfte schon: „Immer, wenn wir das Auto mal benutzen wollen ..." Das Ding mußte weg. Liebhaber gab es genug, und ein Blick in die „Wochenpost" lieferte den neuen Besitzer. Aber auch ich entdeckte hier mein „neues Auto": Einen *Ford Taunus 17M* in Goldmetallic mit schwarzem Lederdach! Beim Lesen lief mir bereits ein Schauer über den Rücken. Mit einem Preis von 5000 Mark lag er sogar im Bereich meiner Möglichkeiten. Also her mit der nächsten Klapperkiste. So schlau mußte ich aber erst werden. Einmal mußte ich schon noch hereinfallen. Dabei sah alles so gut aus. Ich brauchte meinen Ford nicht einmal abholen, er wurde mir ins Haus geliefert! Der Verkäufer wollte mir aus lauter Nettigkeit die lange Fahrt aus dem Erzgebirge bis hierher ersparen. Er hätte hier sowieso zu tun, da könne er bei der Gelegenheit auch gleich ...

Wie blöd war ich damals eigentlich?

Eine zügige Rückfahrt auf der Autobahn hätte der schnittige Ford wohl kaum überstanden. Jedenfalls nicht bei Vollgas. Und natürlich wäre die linke Spur meine gewesen. Mit einem in goldmetallic lackierten Ford und schwarzem Lederdach hätte ich das als Pflicht empfunden – oder?

Die beiden Schluchtenjodler aus dem Erzgebirge holten meine 5000 Mark jedenfalls pünktlich ab. Jetzt besaß ich einen *Ford Taunus*!

Die Fahrten innerhalb der Stadt machten einen Riesenspaß. Auf den kurzen Strecken gab es mit dem Motor auch keine Probleme.

Zunächst genoß ich erst einmal die mir geschenkte Aufmerksamkeit. Meine Familie und auch meine Großmutter fanden das Auto sehr schick. Optisch war ja auch alles in Ordnung. Trabant, Wartburg und selbst der Lada sahen dagegen wie ein Stapel Bierkästen aus.

Und wie sah ich aus? Ein Kulturfunktionär in einem Westauto mit einer gefälschten Fahrerlaubnis ... Junge, Junge!

Der Direktor für Arbeit, mein direkter Vorgesetzter in meinem Betrieb, mokierte sich gleich am ersten Morgen, als er mich parken sah: „Halten wir es jetzt mit *Henry Ford*, ja?"

Was er denn wohl habe, fragte ich. Das Fahrzeug ist offiziell in die DDR eingeführt worden, hat eine Zulassung und wurde in der Zeitung ebenso offiziell zum Kauf angeboten. Alles im grünen Bereich.

„Und du mußt das natürlich haben." Kopfschüttelnd ging er.

Heute kann ich seine Sicht schon ein bißchen verstehen. Ich unterschätzte wohl damals die ideologische Seite meines Postens. Als Kulturfunktionär konnte man so etwas eigentlich wirklich nicht machen. Aber hatte ich mir den Posten denn ausgesucht?

Mein „Goldstück" wurde über die Wochen zunehmend vom Dorn zum Balken in seinem Auge. Die Angriffe wurden deutlicher und er infizierte nach und nach die Dreifaltigkeit, die es in jedem volkseigenen Betrieb gab: Betriebsleiter, Parteisekretär, Gewerkschafter.

Alle diese drei Höchsten hatten sich um mein Auto bisher nicht gekümmert. Vielleicht dachten sie ebenso wie mein Direktor für Arbeit über die Sache, aber als „Kriegsgrund" war es ihnen offensichtlich nicht wichtig genug. Nun wurden sie allerdings aufgefordert, Farbe zu bekennen. Am friedlichsten gab sich der Gewerkschafter: „Mensch Günter, dann mach' doch wenigstens das große Ford-Zeichen von der Motorhaube ab." Das war wirklich groß und so schön verchromt. Das machte ich natürlich nicht. Es hätte meinen Direktor für Arbeit sicher nicht besänftigt. Unser Verhältnis näherte sich dem Gefrierpunkt.

Über den Sommer hatte er Urlaub, dann hatte ich Urlaub. Ich glaubte, schon die Sache im Sande verlaufen zu sehen, da holte er zum finalen Schlag aus. Knapp über ein Jahr war ich nun schon der Kulturmensch in diesem Betrieb. Meine Arbeit war zwar nicht schweißtreibend, aber nur in der Kantine sitzen hätte natürlich auch nicht gereicht. Jedenfalls hatte sich bisher niemand über mein mangelndes Engagement beklagt.

Alles in allem wäre ich nicht der Richtige für diesen Posten, hatte mein Arbeitsdirektor endlich der Dreifaltigkeit stetig und letztlich erfolgreich infiltriert. So wurde ich Tagesordnungspunkt einer Leitungssitzung, zu der ich, nachdem man unter allerlei Verrenkungen zum Konsens gefunden hatte, schließlich geladen wurde. Mein Auto, und nur darum ging es zu der Zeit, lieferte für einen „Rausschmiß" keinen geeigneten Grund. Juristisch wäre das kaum zu halten gewesen, denn es war ja in keiner Weise illegal, zwar durchaus moralisch-ideologisch angreifbar, aber auch auf dieses Glatteis wollte man sich nicht begeben.

Man kann auch nicht sagen, daß ich bei den Kollegen oder etwa in der Chefetage unbeliebt gewesen wäre, sicher nicht. So wurde die Veranstaltung dann ein eher peinlicher Kuhhandel. Ich unterstelle einmal, außer meinem „Autofeind" fühlte sich kaum jemand so richtig wohl in der Runde. Letztlich ging es dann nur um meine Arbeit und ob ich nicht auch der Meinung sei, daß diese mich nicht ausfüllen würde ...

Nun, nicht gerade zu diesem Zeitpunkt und schon gar nicht mit diesem Anlaß, aber ob meine Tätigkeit die richtige für mich war, daran zweifelte auch ich insgeheim schon länger.

Also wolle man mir in gegenseitigem Einvernehmen und mit einer guten Beurteilung die Möglichkeit geben, in meinen eigenen Beruf zurückzukehren. Einen Monat(!) könne ich mich in Ruhe umsehen. Erscheinen müßte ich nicht mehr, trotzdem bekäme ich mein Gehalt.

War ich jetzt also arbeitslos? Nein, natürlich nicht. In der DDR gab es keine Arbeitslosen. In meinem Sozialversicherungsausweis fand mein „Rausschmiß" keinen Niederschlag, denn ich wurde ja nicht fristlos entlassen. Eine neue Arbeitsstelle fand sich schnell, und zwar ...

Aber viel wichtiger ist, was fast zeitgleich bzw. parallel geschah:

Am 7. Oktober 1975, dem Tag der Republik, hatten wir eine Mucke im Kreiskulturhaus einer benachbarten Kreisstadt. Die Veranstaltung war relativ groß aufgezogen. Wir wechselten uns im Festsaal mit einer zweiten Band ab. Das war ein sehr entspanntes Arbeiten mit Pausen zwischendurch. Das eigentlich Interessante aber war die zweite Band. Ein Sechstett mit zwei Blechbläsern und einer Sängerin. Fasziniert hörte ich zu. Das war es, was mir seit geraumer Zeit vorschwebte.

Wilhelms Singsang in allen Ehren, doch eine weitere Entwicklung über das erreichte Niveau hinaus war nicht in Sicht. Jetzt hörte ich diese Band, zwar auch mit Schlagern, aber mit ausgesuchten und in einem höheren Schwierigkeitsgrad. Dort wurden keine Akkorde geflissentlich „weggelassen". In der Pause suchte ich das Gespräch.

Unter „Muckern" gab es keine Berührungsängste. Man duzte sich, auch wenn man sich nicht näher kannte. Der Mann an der Orgel schien der Chef zu sein. Die Sängerin war seine Frau, erfuhr ich bald, und eine Pause weiter, daß sie sich eigentlich in Auflösung befänden, denn zu verschieden seien inzwischen ihre Ansprüche geworden.

Jetzt, wo sie es sagten ... Ähnlich ging es mir, auch wenn ich es noch nicht bis zur Handlungsreife realisiert hatte. Meine „Künste" auf der Baßgitarre waren über die Erfordernisse, wie ich sie für die *Combo72* benötigte, eben auch nicht hinausgewachsen. Ich würde aber gern ...

Wie es der Zufall wollte, fehlte ihnen für ihr Vorhaben nur noch ein Baßmann. Der jetzige war, in aller Bescheidenheit, wirklich schlechter als ich. Gerd, seine Frau Helga sowie der Schlagzeuger, der ebenfalls Günter hieß, würden bleiben. Mit mir wären wir ein Quartett. „Wollen wir es mal zusammen versuchen?", fragte Gerd. – „Gerne", antwortete ich voller Freude. Wir verabredeten uns zu einer ersten Probe.

„Wie bringe ich das nur meinen Freunden bei?", kam mir in den Sinn. Robert und ich hatten unsere Band bereits als Kinder gegründet ...

Siebzehntes Kapitel

Gruppe „dezent"

„Ich hau' dir eine ans Maul!" Hermann bot mir tatsächlich Prügel an, wenn ich die Band verlassen würde. In seinen Augen las ich jedoch keine Wut. Auch seine Körpersprache paßte nicht zu seiner Drohung. Er war traurig. Das konnte ich verstehen. Uns verband eine gewisse Seelenverwandtschaft, obwohl wir uns intellektuell unterschieden. Man könnte ihn ein Rauhbein nennen, trotzdem legte er oftmals eine unvermutete Empathie an den Tag. Hermann würde mir keine ans Maul hauen. Tage später kam er zu mir nach Hause und versuchte, mich nochmals zum Bleiben zu bewegen. Sogar sein teures Mikrofon wollte er mir schenken. Er hatte sich ein eigenes gekauft, weil er meinte, seine Stimme würde damit besser klingen. Ihm fiel nichts mehr ein, was er sonst noch tun könnte. Das rührte mich dann doch sehr.
Es gestaltete sich gar nicht so einfach, unsere finanziellen Verquickungen auseinanderzupflücken. Über die Jahre hatten wir uns, ohne groß nachzudenken, auch gemeinsames Equipment angeschafft. Das ließ sich schwer auseinanderdividieren und die Spielbereitschaft sollte ja durch mein Fortgehen nicht beeinträchtigt werden. Zum Glück fand sich schnell ein Nachfolger. Ein Kollege im passenden Alter aus meinem ehemaligen Betrieb, zu dem ich ja nun nicht mehr gehörte. Er trat voller Freude an meine Stelle. „Wat den een sien Uhl, is den annern sien Nachtigall", heißt es im Plattdeutschen. War jetzt alles gut …?

Die Auswahl an Arbeitsstellen war für mich in unserer Stadt nun nicht mehr sehr groß. Ich hatte „alle durch", aber nein, eine Möglichkeit blieb noch. Das Fotoatelier des Vaters meines ehemaligen Lehrmeisters, der, der mir meinen ersten Liter Fixierbad geschenkt hatte, war noch eine Option. Inzwischen hatte sich der Vater allerdings zur Ruhe gesetzt. Aus dem privaten Handwerksbetrieb war ein staatlicher geworden. Die Mitarbeiter hatte man praktischerweise behalten. Hinzugekommen war ein staatlicher Leiter (eine Chefin) und zwei Lehrlinge. Dort stellte ich mich vor. Am Betrieb hatte sich nichts verändert. „Hauswirtschaftliche Dienstleistung" stand jetzt auf dem Schild über den beiden Schaufenstern. Räume und Gerätschaften waren in einem maroderen Zustand als in meinem Lehrbetrieb. Ich kam mir vor, als hätte ich über die letzten Jahre „eine Runde gedreht", war also wieder dort angekommen, wo ich als Lehrling begonnen bzw. aufgehört hatte, eher noch eine Etage tiefer. Das geringere Gehalt störte mich nicht, die Musik brachte mehr als den Ausgleich. Jedenfalls war ich wieder in „Lohn und Brot". Man würde schon seh'n.

Das erste Zusammentreffen der neuen Band fand in der Wohnung von Helga und Gerd statt. Günter, der Schlagzeuger, wohnte in der benachbarten Kreisstadt, in der wir uns kennengelernt hatten. Er war natürlich auch gekommen, schließlich sollte es für alle ein Neuanfang werden. Helga und Gerd wohnten im Neubaugebiet unserer Stadt. Komisch, warum waren wir uns bisher nicht begegnet? Es lag einfach daran, daß das Sextett ein anderes Einzugsgebiet gehabt hatte als die Combo72. Ein Quartett oder eigentlich nur ein Trio mit Sängerin?
Wie sollte das wohl gehen?"
Gerd hatte da ganz klare Vorstellungen. Er hatte in Weimar Musik studiert und dort mit Günter Fischer, einem späteren Weltstar, die Schulbank gedrückt. Dem nicht besonders Musikinteressierten dürfte zumindest die Titelmusik zu „Solo Sunny" im Ohr sein. Dort spielt er den Saxophonpart. *Günter Fischer* & *Band* prägte in den Siebzigern ganz entscheidend die Musikszene der DDR u. a. mit Uschi Brüning, Manfred Krug, Veronika Fischer und weiteren. Später komponierte er auch Filmmusiken für Hollywood. Seine Kompositionen haben oft unerwartete Wendungen in der Melodie. Das macht sie für geschulte Ohren unverkennbar. Selbst Neues ordnete man ihm intuitiv zu. Diese neue Musikrichtung, die irgendwo zwischen anspruchsvollem Schlager und Jazz lag, war einmalig. Solche Musik schwebte Gerd vor.
„In unserer Besetzung mit drei Musikern?", gab ich zu bedenken.
„Du vergißt vier Stimmen", antwortete er. – „Wieso vier Stimmen?",

fragte ich zurück. – „Wir werden einen vierstimmigen Satzgesang darbieten, da wollen wir mal sehen, wer uns das hier nachmacht."
Gerd steckte uns alle mit seiner Euphorie an. Für mich war unsere erste „konsolidierende Sitzung" der Anfang einer neuen Musikerzeit.
Vielleicht sogar an der Grenze meiner Möglichkeiten, wie ich zunächst befürchtete, aber wo bitteschön hatte ich denn diese Grenze je ausloten können? Jedenfalls war die Zeit des „Quartenspiels mit Einlage" auf der Baßgitarre vorbei, das reichte nun nicht mehr. Aber wollte ich nicht genau das? Doch – genau das wollte ich.
Zuerst einmal benötigte ich dringend ein Tasteninstrument, damit ich die von Gerd transkribierten bzw. erdachten und notierten Baßlinien in Verbindung mit den Akkorden zu Hause nachvollziehen konnte. Ein Klavier wäre genau das richtige. Auf keinem anderen Instrument ist die Theorie so anschaulich. Auch Gerd analysierte alles auf dem Klavier.
Das Computerzeitalter brach erst zehn Jahre später an! In der DDR noch weitere fünf Jahre später! Eigentlich hatte Gerd ja Cello studiert, doch die Klavierausbildung gehörte zu jedem Studienfach, ob Gesang oder Instrumentalist, ja, sogar Schlagwerker. Eine meiner neuen Arbeitskolleginnen bot mir ein Klavier für 100 Mark an. Das stehe bei ihrer Mutter sowieso nur noch herum. Als junge Frau hatte sie das einmal gekonnt, aber nun passe es weder in ihren familiären Zeitrahmen noch in ihre Neubauwohnung. Wenn ich an meine Behausung dachte, kamen mir Bedenken, ob nicht unsere windschiefe Hütte mit einem Klavier überfordert sei bzw. nicht noch ein bißchen schiefer werden könnte. Schließlich stand es dann aber doch in unserer Wohnung.
Es begann für mich eine Zeit, in der es nur noch um Musik ging. In der Mittagsstunde war ich allein zu Hause. Meine Arbeitsstelle war um die Ecke etwa drei Minuten Fußweg. Marie war im Kaufhaus gegenüber und Dana war im Kindergarten. Das war dann meine tägliche Übungsstunde. Mit dem Klavier kam ich schnell zurecht. Es sollte ja nicht mein Vortragsinstrument werden, sondern diente mir nur zum Nachspielen der von Gerd vorgegebenen Stimmen.
Meine Baßgitarre war jedoch nur die „halbe Miete". Den wesentlich höheren Probenaufwand hatten wir mit dem Satzgesang.

Am Anfang probten wir in Gerds Wohnung ausschließlich Gesang. Im Neubaublock nahm dann immer die gesamte Hausgemeinschaft unfreiwillig teil. Leise war das nicht, denn wir mußten uns schon richtig aussingen, also in Bühnenlautstärke, damit der Zusammenklang zu beurteilen war. Helgas Dackel war unser erster Fan. Er kam extra aus seinem Körbchen, um neben das Klavier zu pinkeln. Sollte das nun Unmutsbezeugung oder Bewunderung sein. Man weiß es nicht.

Wenn ich auch keine Solostimme hatte, außer Helga hatte die keiner von uns, lernte ich, mit meiner Stimme wie mit einem Instrument umzugehen. Atemtechnik, richtiges Vokalisieren, den Ton mit „offenem" Hals und entspannter Mundhöhle treffsicher ansetzen, kein Pressen, nicht verkrampfen. Zum Warmwerden gaben wir die merkwürdigsten Laute von uns und schnaubten wie die Pferde. Das war wirklich hilfreich. Gerd war ein guter Lehrmeister. Ähnliches hatte ich bei den Proben „meines" Chores in meinem damaligen Betrieb von unserer „Operndiva" auch mitbekommen. Richtig singen kann man erst nach etwa 20 Minuten. Man muß es ausprobiert haben.

Auch unsere Lagen waren nicht optimal. Helga hatte eine Altstimme, Günter war ein Bariton und Gerd und ich zählten zu den Tenören. Nun mach' daraus mal einen klingenden Satz.

Wenn mir Mutter Natur auch ein gutes Gehör mitgegeben hatte, als Sänger hatte sie mich nicht vorgesehen. Mein Tonumfang umfaßte ca. eine Duodezime. Gerd ermutigte mich, ins Falsett auszuweichen. Am Anfang kam ich mir dabei etwas komisch vor. Es war aber die Lösung, und es klang gut. Bald schaffte ich es, die Brust- mit der Kopfstimme unauffällig zu verbinden und kam nun auf gut zweieinhalb Oktaven. Damit reichte unser Klangspektrum vom Bariton bis sozusagen zum Countertenor. „Na, bitte", sagte Gerd.

Zu den richtigen Proben, also mit Instrumenten und Gesang, fuhren wir ins Kreiskulturhaus in Günters Heimatstadt. Hier bei uns hatten wir keinen Probenraum zur Verfügung. Das Jahr neigte sich seinem Ende entgegen. Am Silvesterabend sollte unsere erste Mucke in einem großen Tanzcafé in der Bezirkshauptstadt sein. Dorfbums wäre für uns ein Tabu, hatten wir beschlossen. Für einen Bandnamen war bisher gar

keine Zeit gewesen. „Kommt mir nicht mit Quartett oder ähnlichem Schnulli", hatte Helga gleich vorausgeschickt. Unsere Namensfindung nahm fast eine halbe Probe in Anspruch. Manche Kuriosität war von schallendem Gelächter begleitet. Schließlich war sie es wieder, die den entscheidenden Gedanken einbrachte: „Wollen wir uns bei den Krachmachern einreihen oder wollten wir es nicht dezenter angehen?"
„Dezent", sagte Günter. – „Dezent", sagte ich.
Gerd schaute auf meine dicke Baßwumme und den darauf stehenden Baßverstärker, ein polnischer *Marshall*-Nachbau, das Original war kaum zu bezahlen, nickte mit dem Kopf und grinste: „Dezent, ja, ja!"
Dann stießen wir mit Club-Cola an: „Wir sind *Gruppe dezent.*"
Zur Silvestermucke spielten wir in der ersten Stunde zum Essen. Dabei konnten wir unsere schwierigen Nummern ausprobieren. Hier und da war noch eine „kleine Delle" im Gesang. „Das wird noch", sagte Gerd. Zum Tanz mußten es dann auch „Radionummern" sein. War ja kein Konzert. Aber selbst solche Titel wie „Amigo Charlie" oder die zu der Zeit unvermeidbaren „Schlümpfe" gewannen durch den Satzgesang im Refrain. Das wurde durchaus bemerkt und mit Beifall honoriert.

Frühling 1976. Wieder war die Zeit der Kapelleneinstufungen heran. Gerd meldete uns zum Kreisleistungsvergleich in unserem Kreis an, schließlich gehörte nur ein Mitglied, Günter, zum Nachbarkreis.
Da stand ich Abtrünniger nun auf der Bühne unseres Kulturhauses mit einer anderen Formation und trat in Konkurrenz zu meinen langjährigen Weggefährten. Zweifel? Nein! – Wehmut ...? – Ja, durchaus.
Gerd hatte gesagt: „Paßt auf, keine Experimente! Wir spielen beim Kreisleistungsvergleich nicht alle Trümpfe aus. Zur Oberstufe reicht es locker. Erst zum Bezirksleistungsvergleich ziehen wir alle Register. Bis dahin sind es ein paar Wochen und wir sind noch sicherer geworden."
Höher als Oberstufe ging es hier sowieso nicht. Sowohl die „Combo72" als auch die „Gruppe dezent" erreichten diesen Qualifikationsgrad.
Dann war es so weit. Im Mai fand der Leistungsvergleich der Amateurtanzmusiker auf Bezirksebene statt. Wir waren alle sehr aufgeregt, wollten wir doch nichts Geringeres als quasi zur „Krone" greifen.

Der Aufbau unseres Equipments verlief recht schweigsam. Nicht, weil dafür nur knappe 20 Minuten vorgesehen waren und jeder Handgriff sitzen mußte. Gerd hatte sich einen „Effekt" ausgedacht, der in der Aufregung auch hätte schief gehen können: Wir warteten hinter dem Vorhang auf die Ankündigung der *Gruppe dezent*. Gerd nahm seine Stimmgabel und gab uns unsere vier Einsatztöne vor. Die mußten jetzt für einige Sekunden fest im Ohr bleiben. Dann betraten wir die Bühne und gingen an unsere Instrumente. Ohne vorher auch nur den geringsten Laut von uns zu geben, aktivierten wir die zuvor stumm geschalteten Mikrofone und begannen *a capella* einen vierstimmigen Satzgesang: „He, Mama" von der ungarischen Interpretin Zsuzsa Koncz. Beim Einsatz unserer Instrumente kam aus dem Saal der erste Beifall. Ich kann die Titelauswahl nicht mehr wiedergeben. Zwei Titel von Uschi Brüning waren dabei und zum Abschluß die „Schneeflocke" von Veronika Fischer & Band, eine Ballade mit melodischen Baßläufen. Das Besondere an unserem Vortrag blieb aber der Satzgesang. Das Urteil der Jury: Sonderstufe!

Ein großes Putzstück von der Decke unserer Schlafkammer war heruntergefallen. Genau in Danas Bettchen. Zum Glück war das am Tage während unserer Abwesenheit passiert. Das hätte sie nicht erschlagen, aber es waren doch einige Kilo aus zwei Metern Fallhöhe. Ohne ernste Blessuren wäre das kaum abgegangen. Marie rastete förmlich aus. Fast sechs Jahre hausten wir nun schon in dieser Hütte. Was hatten wir nicht alles versucht. Eingaben beim Rat der Stadt verpufften. Wir richteten einen Brief an den 1. Sekretär der Bezirksleitung der SED. Das kann man mit dem heutigen Ministerpräsidenten vergleichen. Wir bekamen auch Antwort: Mit besonderer Dringlichkeit gebe man den Vorgang an das „örtliche Organ" zurück, denn nur dort fände die Wohnraumvergabe statt. Das kannten wir – genau so, wie wir unsere Stadtvertreter kannten, insbesondere die Dame von der Wohnraumlenkung. Ihr Name ist nicht vergessen! Zumindest ihre Familie hatte sie bestens versorgt, gute Bekannte wohl auch, vorbei an allen Vergaberichtlinien. „Amigo-Affären" gab es nicht nur im Westen.

Marie nahm ihren Haushaltstag und Dana brachten wir nicht in den Kindergarten. Wir setzten uns ins Auto und fuhren nach Berlin, direkt zum Ministerratsgebäude. Eine junge Familie mit einem kleinen Mädchen an der Hand verlangte Vorsprache. Das würde sicher mächtig Eindruck machen – dachten wir Blauäugigen. Von irgendeinem unteren Rang wurden wir auch empfangen. Man hörte uns auch aufmerksam und wirklich freundlich zu. Ergebnis: Mit besonderer Dringlichkeit gebe man den Vorgang an das „örtliche Organ" zurück ...

„Dann hauen wir eben auch ab", sagte Marie auf der Rückfahrt.

„Vielleicht hat sie ja recht", ging es mir durch den Sinn. Ab und zu war in den letzten Jahren immer mal wieder eine Familie nicht aus dem Urlaub zurückgekehrt. Auch aus unserer Stadt. Meistens hatte die „Flucht" über Ungarn stattgefunden. Ich glaube, Jugoslawien war für DDR-Bürger inzwischen „dicht gemacht" worden. Auch offizielle Ausreiseanträge hatte es schon gegeben. Das war aber ein eigenes Thema und kam für uns nicht in Frage. Streß „von oben", das fehlte uns gerade noch. Beruflich war ich wieder auf der untersten Stufe angekommen. So sah ich das jedenfalls. Als Amateurmusiker rangierte ich dagegen ganz oben. Damit wäre wohl auch im Westen was zu machen, dachte ich. Oder vielleicht auch eine Anstellung in einem renommierten großen Fotolabor, AGFA oder KODAK kam mir in den Sinn, damit könnte ich wohl leben. Fachlich war ich selbst damals auf dem neuesten Stand. Auch die internationalen Fotoprozesse waren mir kein Geheimnis. Endlich mit vernünftigen Geräten und Materialien zu arbeiten, das war schon ein verlockender Gedanke. Einmal davon abgesehen, daß meine Eltern und Max dort lebten ...

Als wir schließlich wieder zu Hause waren, stand unser Entschluß fest: Wir machen „Urlaub" am Ballaton!

Die nächsten Wochen standen nur noch unter dem Vorzeichen unserer Reise. Kartenmaterial mußte her, Geld in Kronen und Forint umgetauscht und auch das Auto mußte gründlich durchgesehen werden. Über tausend Kilometer lagen vor uns. Allerdings nicht mit dem „goldenen" Ford-Taunus. Dessen Motor war mir zunehmend „unheimlich" geworden, und so hatte ich rechtzeitig einen neuen Liebhaber gesucht und auch gefunden. Jetzt besaßen wir, wie es sich für einen ordentlichen DDR-Bürger gehörte, einen Trabant 601. Eine Limousine. Welch ein anmaßendes Wort für diese Pappschachtel. Oben Benzin reinkippen, dann das Gaspedal von der Ruhe- in die Vollgasstellung bewegen und warten. Irgendwann wurden es dann um die 100 km/h. Unter heftigem „Geschrei" versahen die beiden luftgekühlten Zylinder zuverlässig ihren Dienst. Das war neu für mich. Ich brauchte nur fahren.

Gerd und Helga hatten merkwürdig geguckt, als wir uns für unsere Urlaubsreise abgemeldet hatten. „Ihr kommt doch hoffentlich wieder?", hatten sie gefragt. Die Farce um unsere Wohnungssuche kannten sie gut. Anvertrauen konnte man sich allerdings niemandem. Republikflucht war ein Straftatbestand und hatte weitreichende Folgen. Wir kannten Fälle, wo die Eltern im Gefängnis gelandet und die Kinder in staatliche Obhut genommen worden waren. Nicht einmal Großmutter teilte ich unseren Entschluß mit. Daß ich in den Westen gehen wollte, das hätte sie nicht nur verstanden, sondern sie hätte mir sicher sogar zugeraten. Mit einer illegalen Flucht wollte ich sie jedoch nicht belasten. Sie hätte sich große Sorgen gemacht. Wenn alles überstanden wäre, wollte ich ihr eine Karte aus dem Schwarzwald schicken. Mutti, Papa, Max, Marie, Dana und ich, dieses Bild hatte ich vor Augen und damit tröstete ich mich. Daß ich meine geliebte Stadt wahrscheinlich auf Jahrzehnte nicht wiedersehen würde, wenn überhaupt, hatte ich vorsichtshalber zunächst erst einmal verdrängt.

Am Ortsausgangsschild wurde es aber schon real. Ein zwiespältiges Gefühl überkam mich. Wollte ich von hier fort? – Eigentlich nicht. Leben, wie ich es mir vorstellte, wollte hier aber nicht so recht gelingen. Bis wir mal eine vernünftige Wohnung bekämen, konnten noch Jahre vergehen. Daß ich wieder in einer Fotobude gelandet war, hatte ich mir wohl selbst zuzuschreiben. Als „Bezirkscolorästhet" hätte ich bei gutem Auskommen sicher alt werden können. Der „Kulturminister" war den Umständen geschuldet. Besser, ich hätte mich nicht dazu überreden lassen. Meine Mentalität war das genaue Gegenteil von Schreibtisch und Eventmanagement, wie es heute heißt. Hinterher ist man immer schlauer. Zum Optiklehrer war ich gleich nach der Lehre viel zu jung.

Solche „Typen" sind auch anders gestrickt, anders als ich auf jeden Fall. Ich war ein eher unruhiger Geist mit vielseitigen Interessen. Mich ausschließlich nur einer Sache zu widmen langweilte mich schnell. Immer mehrere Eisen im Feuer, möglichst in verschiedene Richtungen, das paßte zu mir. So einer wird kein Lehrer.

Trotz oder wegen des „Geschreis" der beiden Kraftpakete im Motorraum, die sich dem Wageninneren ungedämpft mitteilten, war Marie nach kurzer Zeit neben mir eingenickt, ebenso Dana. Wir hatten ihr auf der Rückbank ein Nest aus Kissen und Decken gebaut. Sie spielte oder schlief. Dana war ein sehr pflegeleichtes Kind.

Gegen Mittag passierten wir den Grenzübergang. Die DDR lag nun hinter uns. Ústí nad Labem sollte unser erster Halt sein. Wir hatten uns aber vorgenommen, die Tschechoslowakei noch an diesem Tag zu durchqueren und erst in Ungarn unser kleines Zelt aufzuschlagen. Jetzt war aber erst einmal eine große Rast angesagt. In einem Landgasthof versorgten wir uns mit frischen Getränken. Hier gab es Coca-Cola! Und nicht nur das. Ich bestellte mir einen Kaffee. So eine Qualität hatte ich bisher noch nicht getrunken, wirklich hervorragend. Mit der Verständigung gab es keine Probleme. Zwischendurch hatten wir auch mal nach dem Weg fragen müssen. Fast alle Befragten verstanden uns und antworteten ebenfalls auf Deutsch. Nach einigen Stunden passierten wir auch den zweiten Grenzübergang. In Ungarn, wenige Kilometer hinter der Grenze, steuerten wir einen ausgewiesenen Zeltplatz an. Das kleine Zelt war schnell aufgebaut. Maries Häuslichkeit erwies sich auch unter solchen provisorischen Bedingungen als äußerst hilfreich. Nach einem ausgiebigen Abendbrot schliefen wir schnell ein.

Maries emsiges Treiben weckte mich am Morgen. Dana lag an mich gekuschelt an meiner Seite. Solange wir da waren, war ihr Leben in Ordnung. Was Ausland bedeutete, lag noch außerhalb ihres kleinen Horizontes. Wir hatten ihr nur versprochen, daß wir an einen großen schönen See fahren und der wäre ziemlich weit weg.

Gegen Mittag hatten wir die letzten 300 km dann auch noch geschafft. Wir waren am Balaton! Bevor wir uns häuslich niederließen, sprangen wir sogleich erst einmal ins Wasser. Ins warme Wasser! Der Balaton ist trotz seiner Größe sehr flach, erwärmt sich also schnell. Für Kinder das Badeparadies. Sorgen mußte man sich kaum machen, denn viel tiefer als einen Meter ging es kaum und das über viele hundert Meter Einlauf. Schwimmen machte dagegen keinen Spaß. Danach schlugen wir wieder unser Zelt auf und erkundeten das weite Strandareal. Eigentlich waren wir schon im Westen. Viel anders konnte es dort wohl auch nicht aussehen. Bunte Werbung um uns herum. Coca-Cola-Automaten, Eis, Getränke jeglicher Art und Imbiß gab es an jeder Ecke. Der Plattensee war auch für westdeutsche Touristen ein beliebtes Urlaubsziel. Auch in Ungarn hatten wir keine Verständigungsschwierigkeiten. Deutschland mußte wohl kurzzeitig einmal sehr groß gewesen sein ...

Zum Mittagessen gingen wir diesmal in das Strandrestaurant. Wäre es nicht so ein kulinarisches Erlebnis gewesen, würde ich es kaum erwähnen. Nach unserem „guten Tag" überreichte man uns die Speisekarte in deutscher Sprache. Über die Preise waren wir sehr erstaunt. Natürlich rechneten wir im Kopf immer gleich in DDR-Mark um. Es war billig, nein, billig war es nicht, sondern preiswert. Für die gebotene Qualität war es wirklich preiswert. Unsere „Vorsuppe" kam in einer Terrine auf den Tisch. Hühnerbrühe mit Einlage. Hätten wir geahnt, was hier mengenmäßig unter Vorsuppe üblich zu sein schien, hätten wir es auch dabei belassen können. Die sogenannte Einlage war üppig. Kleine Würfel Eierstich, Gemüse, Wurzelwerk und sauber geschnittenes Hühnerfleisch, nicht das, was mal eben so vom Huhn übrig geblieben war, plus einer winzigen Prise Muskat, köstlich. Großmutter hätte das nicht besser hinbekommen. Nach drei gut gefüllten Tellern war immer noch die Hälfte übrig. Als Hauptgang hatten wir ungarischen Gulasch gewählt. Floß nicht in meinen Adern ungarisches Blut? Nicht viel, zugegeben, aber eine Vorliebe für scharfe Dinge habe ich immer gehabt. Ich meine jetzt das Essen! Zum Nachtisch Kaiserschmarren, praktisch ein weiterer Hauptgang. Wir beschlossen, zunächst einmal ein paar Tage hier zu verweilen. Eigentlich hatten wir auch gar keinen richtigen Plan. Gut, in Ungarn waren wir jetzt – und wie weiter?

Auf der Karte hatte ich mir Sopron ausgeguckt. Von hier aus waren es nur noch 60 km bis Wien. Ein Katzensprung? Ohne Grenze, sicher.

Wie es andere vor uns gemacht hatten, darüber wußten wir nichts. Abends im Zelt sprachen wir leise miteinander und malten uns aus, wie es uns im Westen ergehen würde. Auch Marie hatte dort Verwandtschaft. „Vielleicht müssen wir ja gar nicht bei Nacht und Nebel über die Grenze gehen", meinte Marie mit einem besorgten Blick auf Dana. Die war immer schon nach wenigen Minuten eingeschlafen. Sicher fühlte sie sich in ihrem kleinen Nest zwischen den Eltern geborgen.

„In Budapest wird es doch eine deutsche Botschaft geben. Wenn wir dort ungehindert hineinkommen, sind wir doch schon im Westen."

„Das schauen wir uns gleich morgen einmal an", stimmte ich zu.

Mein Gott, wie weltfremd wir waren. Peinlich.

Nach dem Frühstück machten wir uns auf den Weg. Adieu Balaton. Nach knapp zwei Stunden empfing uns Ungarns Metropole. Breite mehrspurige Straßen ohne Geholper führten ins Zentrum. Mehrmals mußten wir uns durchfragen, und immer bekamen wir freundliche Auskunft. Apropos Umgang miteinander: Auf einem großen mehrspurig befahrenen Platz mußten wir einmal wenden. Ich setzte den Blinker und bewegte mich vorsichtig nach links. Ohne Gehupe(!) nahm der fließende dichte Verkehr auf uns Rücksicht und ermöglichte mir den Fahrtrichtungswechsel über mehrere Spuren hinweg!

Beeindruckend – wenn ich da an die rüpelhaften Manieren in unserer Hauptstadt Berlin dachte. Spurwechsel ... Hallo?

Schließlich standen wir vor der westdeutschen Botschaft in Budapest. Direkt gegenüber fanden wir eine Parklücke. Das Botschaftsgelände war mit einem schmiedeeisernen blickdurchlässigen Zaun und einem ebensolchen Eingangsportal umfriedet. Wir gingen einfach hinein. So eine Flucht in den Westen schien also eine einfache Sache zu sein.

Wenige Treppen hoch zum Eingang, schon standen wir vor einem eingeglasten Pförtnerhäuschen. Wir kämen aus der DDR und wollten „Heim ins Reich". Natürlich sagten wir das mit anderen Worten, aber unser Anliegen äußerten wir unmißverständlich. Der Mann griff zum Telefon. „Nehmen Sie doch Platz, ich melde Sie beim Herrn Konsul an." Heute kann ich mir sehr gut vorstellen, wie dem Herrn Konsul sein Frühstücksbrötchen fast im Hals stecken geblieben ist. Unten im

Foyer saß ein Problem: Marie, Dana und ich. Das kam sicher nicht jeden Tag vor. Waren wir vielleicht 1976 die ersten Botschaftsbesetzer? Reichlich naiv waren wir, keine Frage, aber was wäre wohl geschehen, hätten wir uns tatsächlich geweigert, die Botschaft wieder zu verlassen. Man könnte den Faden aus heutiger Sicht noch weiter spinnen. Mein Bruder Maximilian hätte den „Besetzungstermin" der westlichen Journaille vorankündigen können. Nun, solch ein strategisches Vorgehen hätte ausgeklügelter vorheriger Planung bedurft. Unser Vorhaben war da mehr „aus der Hüfte geschossen". Das hatte wohl auch der Herr Konsul schnell erkannt, der uns nach einigen Minuten tatsächlich in seinem großen geschmackvoll eingerichteten Büro empfing:
„Was kann ich für Sie tun?" Im folgenden gut einstündigen Gespräch in angenehmer Atmosphäre erzählten wir unsere Lebensläufe. Alles kam zur Sprache. Unsere Arbeitsstellen, unsere verwandtschaftlichen Verbindungen zur Bundesrepublik Deutschland – natürlich auch meine Dienstzeit bei der NVA. Er notierte Seite um Seite.
„Arthur der Engel" hätte das nicht besser gemacht. Wir hatten dabei das Gefühl, gleich würden wir unsere bundesdeutschen Pässe bekommen und der Fisch wäre gegessen. Dann die Ernüchterung:
„Liebe Familie Cave, auch wir sind hier nur Gast im fremden Land! Ich kann Sie nicht über die Grenze bringen lassen, offiziell schon gar nicht. Unsere Aktivitäten werden hier auch streng beobachtet. Wenn ich Ihnen versichere, daß es meines Wissens auf ungarischer Seite weder Minen noch Schießbefehl gibt, habe ich mich eigentlich schon weit aus dem Fenster gelehnt. Falls Sie also wirklich vorhaben, die Grenzabsperrungen zu überwinden, kann und werde ich unsere Seite davon in Kenntnis setzen. Mehr kann ich wirklich nicht für Sie tun."
Gefaßt, aber mit langen Gesichtern verabschiedeten wir uns.
„So, und jetzt?", fragte Marie als wir wieder im Auto saßen.
„Plan-B", antwortete ich, „auf nach Sopron!"
Unser Trabi hatte uns wieder. Gegen Abend erreichten wir einen Zeltplatz dicht an der Grenze. Wir hatten uns Zeit gelassen. Sopron ist eine wunderschöne Stadt. Auch einen Stadtbummel hatten wir uns gegönnt. Dana maulte das erste Mal. Sie wäre lieber an dem schönen großen See

geblieben. Ein Rieseneisbecher hatte sie schnell wieder besänftigt. Der Tag war aufregend gewesen. Jetzt nur noch schlafen ...

Marie war wieder als erste auf den Beinen. Frühstück. Nicht weit von uns entfernt frühstückte ein anderes Ehepaar. Sie mußten in der Nacht angekommen sein, denn am Abend vorher waren sie noch nicht da. Der Zeltplatz war überschaubar, nicht sehr groß. Daß überhaupt in Grenznähe ein Zeltplatz war ... Das Ehepaar winkte herüber. Der Mann zeigte auf das Kennzeichen seines Autos. Jetzt sah ich es auch. Sie waren aus unserem Kreis. Nicht nur das – sie waren aus unserer Stadt(!), wie wir bald darauf aus einem belanglosen Gespräch erfuhren!

„Zufälle gibt es", meinte Marie. „Ja", meinte ich.

Nach dem improvisierten Mittagsmahl, eine Zeltplatzversorgung gab es hier nicht, sagte ich: „Ich gehe jetzt mal ein wenig spazieren."

Marie hatte verstanden. Nach der Karte mußte die Grenze sehr dicht sein. Mit dem Kompaß nordete ich im Zelt die Karte ein und merkte mir die Richtung. Dann schlenderte ich davon, als wolle ich mich zum Pinkeln in die Büsche schlagen. Als „Wandersmann" erreichte ich nach gut einer halben Stunde die Grenzanlage. Wald und hohes Gras gingen bis dicht an den Zaun. Die Grenze zwischen Ungarn und Österreich war eben keine innerdeutsche Grenze. In der Ferne war ein Postenturm zu sehen. Ein etwas besserer Ansitz, wie sie bei Jägern üblich, aber kein „deutscher Beton". Ein gepflügter Streifen, ich schätzte ihn auf maximal hundert Meter, trennte hier West von Ost. Hüben und drüben ein etwa drei Meter hoher Maschendrahtzaun, das war schon alles. Meine Armeezeit war noch nicht so weit weg. Den Zaun hätte ich mit nackten Zehen in zehn Sekunden überwunden. Die hundert Meter freies Feld mit der Angst im Nacken ... Dann den zweiten Zaun ...

Meine Flucht hätte kaum länger als ein, zwei Minuten gebraucht.

Meine! – Und Marie und vor allem Dana? Vielleicht in der Nacht und mit einer großen Drahtschere, das könnte gehen. Aber innerhalb des Niemandslandes auf der anderen Seite nochmal einen Zaun durchschneiden ... Vielleicht waren die Postentürme doch nicht die einzigen Bewacher. Vielleicht liefen ja doch noch Postenpaare zu Fuß. Sicher hätte man erst nach einigen Tagen Beobachtung sein können.

„Mit ein bißchen Glück könnte ich das auch jetzt schaffen", ging es mir durch den Kopf. Mit Familie erschien es mir dagegen zu risikoreich. Das müßte wohl doch besser vorbereitet sein. Vielleicht hatten andere vor uns sogar kundige Helfer gehabt. So blieb ich im Schutz des hohen Grases eine Weile liegen und ließ meinen Gedanken freien Lauf.

Ich sah mich den Zaun überwinden und über den Acker hetzen. So schnell könnten die von ihren Postentürmen gar nicht herunter sein. Schießen durften sie nicht, hatte der Konsul versichert. Man hatte auch noch nie etwas von Schüssen an der ungarischen Grenze gehört. Auf der anderen Seite wartete Max auf mich. „Komm", sagte er, „ wir fahren jetzt zu unseren Eltern. Die werden sich freuen. Da bleiben wir ein paar Tage und dann steigen wir in Basel in einen Flieger und fliegen nach Berlin. In meiner Studentenbude ist genügend Platz." – „Oh ja."

Meine Kinderjahre liefen im Zeitraffer vor mir ab. Der unbeschwerte Teil hatte mit Opas Tod abrupt geendet. Meine frühen Jugendjahre waren trotzdem bunt und erlebnisreich. Allerdings hatten sie nicht lange gedauert, nicht lang genug, denn gleich nach der Armeezeit erwartete mich meine kleine Familie. Wenn ich da an Max dachte …

Max kannte bereits fast die ganze Welt. Zahlreiche Diapositive hatte er uns von seinen Reisen vorgeführt. Eine Radkappe von seinem alten VW-Bus hatte er in Alaska an eine lange Bretterwand gepinnt. Wer einmal „am Ende der Welt" war, setze sich dort ein „Denkmal".

Ich sei ein Kleinbürgerarsch, hatte er öfter im Spaß gemeint, wenn ich ihm zu vermitteln suchte, daß ich nicht nur an mich denken könne. Ich glaube, es war wohl Spaß …

Mit etwas Mut könnte ich jetzt auf der Stelle mein bisheriges Leben hinter mir lassen, könnte mit Max, meinem fast gleichaltrigen Bruder, ein neues Leben beginnen. Waren wir doch beide erst Mitte zwanzig. Er hatte noch keine Verpflichtungen und meine Verpflichtungen würden hinter diesem Zaun zurückbleiben. Einfach so! – Einfach so?

Marie – das könnte ich wohl verwinden. „Die Welt ist voller schöner Frauen." Max sah das locker. So viel anders war mein Strickmuster dann auch nicht, nur das Leben hatte mich bereits viel früher an die Kandare genommen – aus mir einen Kleinbürgerarsch gemacht.

Maximilians Bild auf der gegenüberliegenden Seite des Zauns wurde zusehends verschwommener. Mit meinem Traum löste es sich auf. Langsam schlenderte ich den Weg zurück. Wieder auf dem Zeltplatz, kam mir Dana entgegengelaufen. Papa ...! Ich schloß sie in die Arme. Marie sah es schon an meinem Gesicht. „Vergiß es", sagte ich, „alle drei zusammen, das wird nichts, so einfach jedenfalls nicht.

Am Nachmittag aßen wir zum Kaffee unsere Vorräte auf. Frustfressen. „Weißt du was", sagte ich zu Marie, „ich habe irgendwie die Schnauze voll. Am liebsten würde ich auf der Stelle nach Hause fahren. Laß uns zusammenpacken. Ich fahre die Nacht durch und morgen ist der Spuk vergessen. Wir haben doch noch Urlaub. Ich möchte nach Hause."

„Ich auch – laß uns packen."

Alles ging wieder seinen sozialistischen ...

Marie stand weiterhin im HO-Kaufhaus hinter dem Ladentisch, ich saß wieder in der staatlichen Fotobude in dem vor sich hingammelnden Fotolabor oder fotografierte im Atelier Hinz und Kunz. Dana ging jetzt das letzte Jahr in den Kindergarten. Im nächsten Jahr würde sie bereits in die Schule kommen. Sechs Ehejahre waren so dahingeplätschert.

In die Musikszene hielt ein neuer Sound Einzug. Immer öfter paarten sich elektronische Klänge mit den Naturinstrumenten. Die Profibands setzten Elektropianos, Stringensembles und Synthesizer ein. Das gab es zwar schon ein paar Jahre vorher, aber nun hatte es auch die DDR erreicht. Wenn wir Titel von Veronika Fischer & Band probten, fiel es besonders auf. Es fehlten typische Klänge, die einfach nicht fehlen durften. Ein Synthesizer war nicht bezahlbar, für uns nicht. Inzwischen spielten wir zwar auf ähnlich hohem Niveau, aber staatliche Förderung bekamen nur wenige Bands. Bekannt aus Funk und Fersehen, wie es so schön hieß. In der Regel spielten diese Handvoll Bands im „nichtsozialistischen Ausland" Devisen für die DDR ein. Da wollte die technische Ausstattung wohl internationalen Ansprüchen genügen. Nein Wir hatten zwar den nötigen Qualifikationsgrad für einen Sprung in die Profilaufbahn erreicht, trotzdem hatten wir selbiges nicht im Sinn. Wir wollten einfach nur gut sein. Ein Synthesizer mußte her.

„Was ist C", Helga nannte mich immer nur C, „so was kannst du doch bestimmt bauen?" Meine Lötkünste waren in der Band geachtet und auch oft in letzter Minute bitter nötig gewesen. Trotzdem sollte das wohl mehr ein „auf die Schippe nehmen" sein. Keiner glaubte ernsthaft, daß ich einen Synthesizer bauen könnte – ich auch nicht.

„Klar", hörte ich mich sagen, „das ist zwar nicht schnell getan, aber ich gehe das an." Der Einzige, der ab sofort von Zweifeln geplagt war, war ich. Die anderen drei nahmen das als bare Münze. „C" kann das.

„Na, Günter, wieder einen Plan?", hatte Herr Bünger mich früher immer schmunzelnd gefragt. Ja, ich hatte einen Plan. Von elektronischer Klangerzeugung hatte ich kaum Ahnung, aber wenn ich erst einmal gezündet hatte, hielt mich kaum etwas ab ... Man kann alles lernen.

Auf die meisten Fragen hatte ich bisher immer Antworten in meinen Bastelbüchern gefunden. Elektronische Klangerzeugung war einfach zu neu. In der DDR hatte das noch keinen Einzug in die Fachliteratur gehalten. Und nein, Internet gab es auch noch nicht!

Wie man ungedämpfte Schwingungen erzeugt, ob Rechteck, Sägezahn oder Sinuswellen, wußte ich als „anerkannter Elektrobastler" natürlich. Im wesentlichen handelte es sich beim Synthesizer um nichts anderes, hinzu kamen aber noch Mischfeld und Hüllkurven. Abgucken konnte ich jedenfalls nirgendwo und so stürzte ich mich in die Materie und erfand das Fahrrad praktisch noch einmal. Zunächst mußte ein geeignetes Tastenfeld her, ein Keyboard, wie es heute heißt. 2 bis 3 Oktaven sollten dafür ausreichend sein. Und nochmals nein, ein USB-Keyboard konnte man 1976 noch nicht für 70 Euro bei Amazon bestellen!

Opa Wieden, mein betagter Freund vom Standesamt, schenkte mir ein altes Akkordeon. „Da gehen aber eine Reihe von Tönen nicht mehr", gab er zu bedenken. „Genau das brauche ich!" Ich versuchte, dem ehrwürdigen Pianisten der alten Schule gar nicht erst zu erklären, was ich damit anfangen wollte. Ihm reichte mein glückliches Gesicht.

Die weitere Bauteilbeschaffung war ebenfalls keine leichte Aufgabe. Ich erinnerte mich an einen meiner Schulkameraden. Der hatte in Staßfurt Fernsehmechaniker gelernt und arbeitete jetzt in einer staatlichen Rundfunk- und Fernsehwerkstatt in unserer Hauptstraße. Günter, hieß er, kein Witz, ist ja auch ein schöner Name, oder? Nach dem Schulabschluß hatten wir uns allerdings aus den Augen verloren. Das wollte ich jetzt aktivieren, denn so käme ich wohl am schnellsten an die verschiedensten Bauteile, die ich so dringend benötigte.

Tief in Gedanken versunken eilte ich in Richtung Fernsehwerkstatt über den Marktplatz und hätte beinahe eine junge Frau angerempelt.

„Stürmisch wie in alten Zeiten, Günti?" – „Lisa!"

Wir kamen ins Gespräch. Wilhelm und Lisa hatten sich scheiden lassen. Ich fragte nicht weiter nach und eigentlich interessierte es mich auch nicht. Sowohl Wilhelm als auch Lisa hatten es mit der Treue nicht so genau genommen. Der Kurztrip mit mir war nicht Lisas einziger gewesen. Auch im Institut hatte man gemunkelt. Geschenkt, nun war sie jedenfalls mit ihren beiden Mädchen allein. Sie hätte zwar einen Freund, der sie auch heiraten wolle, erzählte sie, aber die große Liebe sei das nicht, gab sie völlig offen zu. Ihr Blick wurde tiefgründig: „Heirate du mich doch!" Lisa meinte das ernst!

Es war kein Geheimnis, daß ich mit Marie nicht so konnte, wie ich gern wollte. Lisa war sich sicher, mit ihr wäre es das Nonplusultra gewesen.

„Bei mir kannst du jeden Tag, so oft du willst ..."

Was sollte ich jetzt sagen? Es entstand eine Schweigeminute, die sie wahrscheinlich so empfand, als würde ich ernsthaft nachdenken.

„Verrückte Welt, dachte ich. Die eine will, aber die willst du nicht, und die andere willst du, aber die will oder kann nicht."

Lisa hatte verstanden. „Na ja", sagte sie, „war trotzdem schön mit dir."

„Heirate ich eben meinen jetzigen Freund. Der ist ganz in Ordnung und gut verdienen tut er auch. Ich ziehe dann jetzt von hier fort. Vielleicht sehen wir uns ja einmal wieder. Tschüs, Günti."

„Mach's gut, Lisa."

Ohne sich noch einmal umzudrehen, ging sie davon. Von unserem Zusammentreffen war sie ja ebenso überrascht worden wie ich. Spontan war es in aller Offenheit aus ihr herausgesprudelt, was sie wahrscheinlich seit unserer ersten Begegnung überhaupt all die Jahre mit sich herumgetragen hatte. Lisa liebte mich. Ich hatte das immer gespürt ...

„Verrückte Welt", dachte ich noch einmal.

In den nächsten Wochen und Monaten hatte ich nur ein Ziel:
Einen Synthesizer bauen.

Günter, mein Schulkamerad, belieferte mich mit allen nötigen Teilen. Sogar einen ausgemusterten Oszillographen überholte er für mich und ließ ihn mir zukommen. Die elektronisch erzeugten Klänge mußte man zwingend auf einem Bildschirm darstellen können, sonst tappte man im Dunkeln. Die Ohren genügten da nicht. Von meinem Bruder bekam ich ein Multimeter mit Digitalanzeige. Es funktioniert noch heute! Nach einigen Wochen nahm ich erstmals das noch unfertige Gerät zu einer Probe mit. Da kamen schon einige Klänge heraus, aber zufriedenstellend war das noch lange nicht. Staunend betrachteten die anderen das offenliegende Innenleben. „Eine Verkleidung baue ich erst zum Schluß, sagte ich. Vielleicht muß ich ja noch um einige Baustufen erweitern, da brauche ich eventuell noch Platz."

Ein junger Mensch ist sehr leistungsfähig, aber nicht unbegrenzt. Am Tag zur Arbeit gehen, in der Nacht Musik machen und die verbleibende Zeit am Basteltisch grübeln. Dazu viele Zigaretten und literweise Cola. Das ging nicht lange gut. Ich bekam ernsthafte Magenprobleme.

Helgas Freundin war Ärztin an unserem Krankenhaus. Sicher wollte sie mir eine besonders wohlgesonnene Behandlung verschaffen. Daß das keine gute Idee war, stellte sich erst viele Wochen später heraus.

Aber der Reihe nach: Die mir wohlgesonnene Ärztin stellte mich erst einmal drei Wochen ruhig – auf Krankenschein. Sicher hatte ihr Helga gesagt, daß ich schon ein wenig ein Sensibelchen und das wohl der Grund meiner Magenprobleme sei. Diese „Diagnose" ihrer Freundin genügte der mir wohlgesonnenen Ärztin zunächst einmal.

Fein, so konnte ich wieder ordentlich ausschlafen, da ich nicht morgens zur Arbeit mußte. Nun hatte ich richtig gut Zeit für meinen Synthesizer – und natürlich auch für Zigaretten und literweise Cola.

Die Erschöpfung legte sich vorübergehend, was auch meinen Magenproblemen zu Gute kam. Aber sie kamen bald wieder!

Das ging so weit, daß ich auf der Straße kurzzeitig Schwindelanfälle bekam, die mir wirklich Angst machten.

„Schwindelanfälle, aha! Da ziehen wir doch sicherheitshalber einen

Neurologen zu Rate." Wie gesagt, sie meinte es gut mit mir.

Der Neurologe fand mich normal. Der HNO-Spezialist später auch. Inzwischen ging es mir immer schlechter, und das konnte man mir auch ansehen. Ich sah aus wie „Einstein nach der Wurmkur".

„Was mache ich nur mit Ihnen?", sorgte sich die Ärztin.

Auch mit Helga hatte sie sich zwischenzeitlich nochmals „beraten", die zu bedenken gab, ob ich vielleicht nicht auch ein klein wenig spinnen würde. „Aha!" Ein neuer Gedanke. Dem wollte die Ärztin dann doch nachgehen. Hintergrund war, daß meine Schwindelattacken manchmal auch kurz vor einer Fahrt zur Mucke auftraten, was mich dann sofort in die Horizontale zwang. Das war schon ärgerlich, denn dem Veranstalter mußte kurz vorher abgesagt werden.

Aber selbst das war mir inzwischen egal, denn ich war krank! Vom Gefühl her schwer krank. Was war nur mit mir los?

Mein nächster Termin war folgerichtig der Gang zum Psychologen. Dem kann ich nun gar keinen Vorwurf machen. Zur Eröffnung unseres Gespräches schickte er vernünftigerweise voraus, daß er davon ausgehe, daß ich kein organisches Leiden habe, dieses also abgeklärt sei. Er wollte mir autogenes Training beibringen ... Schaden würde es auf keinen Fall. Richtig. Helfen aber auch nicht.

Seit dem Spätsommer quälte ich mich nun schon herum. Es kam die Weihnachtszeit und die Silvestermucke. Eine Thermoskanne voller warmer Milch stand jetzt immer neben meiner Baßbox. Wenn ich alle halbe Stunde den Magen damit füllte, waren die Schmerzen erträglicher. Oftmals überkam mich bei der körperlichen Anstrengung auf der Bühne die Angst, gleich würden mir die Beine wegsacken. Anfang Januar war ich dann schon wieder krank geschrieben. In all dem Leid der letzten Monate dann aber auch endlich einmal etwas Erfreuliches. Als ich eines Vormittags im Betrieb meinen Krankenschein abgeben wollte, saß meine Chefin mit einem jungen Mann zusammen am Tisch. Sie erzählten und lachten. Sie kannten sich aus der Meisterausbildung. Als er mich sah, kam er freudig auf mich zu: „He, ihr habt ja einen Kollegen hier." Er stellte sich mir vor. Ich erfuhr, daß er ein Fotogeschäft in einer dörflichen Kleinstadt im Nachbarkreis hatte.

Mit dem Auto 15 Min. entfernt. Er erzählte weiterhin, er würde sich gern in der Kreisstadt niederlassen, aber das würde man nur genehmigen, wenn er für Ersatz, also für einen Nachfolger sorgen würde. Ob ich nicht sein Geschäft übernehmen wolle. „Natürlich!"

Was gab es da zu überlegen?

„Komm doch einfach am Dienstag zu mir in den Laden, da zeige ich dir alles und wir besprechen das Ganze." Wir strahlten beide.

Der DDR ging es inzwischen nur noch um die „Sicherung der Versorgung der Bevölkerung". Nachdem man die privaten Betriebe und vor allem das Handwerk ursprünglich aus ideologischen Gründen „kalt stellen" wollte, sah man sich inzwischen in einer mißlichen Lage.

Produkte und Dienstleistungen fehlten an allen Ecken. Die Vielfalt und vor allem das persönliche Engagement kleiner Produktionsstätten war nicht vollends durch VEB und Kombinate zu ersetzen.

Um die Situation zu entschärfen, gab es am 12. Februar 1976 einen Ministerratsbeschluß zur *„Förderung privater Einzelhandelsgeschäfte, Gaststätten und Handwerksbetriebe für Dienstleistungen im Interesse der weiteren Verbesserung der Versorgung der Bevölkerung"*.

Dieser äußerst hilfreiche Beschluß beschleunigte unser gemeinsames Vorhaben ungemein. Nachdem ich also das kleine Fotogeschäft besichtigt und wir uns auf eine Abstandszahlung für einige Einrichtungsgegenstände geeinigt hatten, holten wir uns einen Termin beim ÖVW-Chef des benachbarten Rat des Kreises. Hanning, Hans-Joachim, wir hatten uns sofort geduzt, denn er war nur wenige Jahre älter als ich, stellte mich dem Chef des Amtes für örtliche Versorgungswirtschaft vor. Sie schienen sich gut zu kennen.

„Ich bin aber ‚nur' Facharbeiter", gab ich zu bedenken.

„Wenn sie innerhalb der nächsten zwei Jahre ihre Meisterausbildung beginnen, ist das für uns auch in Ordnung", erwiderte der ÖVW-Chef.

„Guck mal an", dachte ich, „was auf einmal alles so geht."

„Einen Kredit müßte ich wohl für den Start auch haben", schob ich bei der günstigen Großwetterlage gleich hinterher.

„Dafür haben wir ja ein Förderprogramm", entgegnete der ÖVW-Chef wiederum. „Sie bekommen für anzuschaffende Geräte und für die Erstausstattung an Umlaufmitteln einen staatlichen Kredit, der mit einem(!) Prozent verzinst wird. „So müßte es sich wohl anfühlen, wenn Weihnachten und Ostern auf einen Tag fällt", dachte ich.

Da wären noch einige Unterlagen auszufüllen, und in wenigen Tagen könnte ich dann meine Gewerbegenehmigung in Empfang nehmen.

„Siehste, sagte Hanning. Dann laß uns das mal anpacken."

Ich konnte mein Glück kaum fassen. Ich würde tatsächlich ein eigenes Fotogeschäft betreiben. Natürlich wäre es auch weit und breit das einzige in dem man Farbbilder bekäme. Zwei Tage in der Woche würde ich den Laden öffnen, genau wie es Hanning bisher gehalten hatte, und die restlichen Tage würde ich zu Hause die Aufträge erledigen. Der eingeführte Kundenkreis erstreckte sich über viele Dörfer.

Nie mehr einen Chef – und Geldsorgen? Hanning machte jedenfalls einen „schönen Schein". Ich war völlig aufgedreht.

Mein Magen auch! Ich hatte Großes vor, da konnte ich doch wohl jetzt unmöglich krank sein ...

Ich ging zu unserem altgedienten und erfahrenen Hausarzt.

„Na, Cave, lange nicht gesehen. Siehst nicht gut aus!"

Die vielen Trinkgelage, die er mit Onkel Karl weiterhin tapfer abhielt, hatten auch in seinem Gesicht Spuren hinterlassen. Der Dienst und seine Hausbesuche waren ihm dabei aber immer heilig geblieben.

Ein Blick in mein Gesicht – und endlich bekam ich eine Diagnose:

„Du hast Magengeschwüre, Cave!" – „Magengeschwüre?"

„Ja, ich überweise dich ins Krankenhaus zur Magenspiegelung!"

Als er mein Zusammenzucken bemerkte, fügte er hinzu: „Inzwischen haben wir auch japanische Gastroskope, relativ dünn und geschmeidig, brauchst keine Angst zu haben."

Mit der Überweisung in der Hand saß ich letztlich wieder vor dem Tisch meiner mir wohlgesonnenen Ärztin.

Damit war es jetzt auf der Stelle vorbei. Wie konnte ich es wagen. Sie zischte mich an: „Dann wissen Sie ja, was jetzt auf Sie zukommt ..."

Im Umgang mit dem Patienten war das eine glatte Fünf. Ihre bisherige

Behandlung bzw. ihre Diagnose sowieso. Immerhin handelte es sich bei ihr um eine ausgewiesene Internistin mit Doktortitel!

Vergessen wir die Dame.

Als mir ein erfahrener anderer Internist am nächsten Morgen im Endoskopieraum das Gastroskop in den Rachen schob, nein, es war wirklich nicht schön, dachte ich nur an meinen Gewerbeschein und die rosige Zukunft. Das hier konnte mich jetzt nicht erschüttern.

„Das gibt es doch nicht!" hörte ich ihn empört ausrufen.

„Rufen Sie mir sofort Fr. Dr. ...", wies er die assistierende Schwester an. Erst dann informierte er mich über das Innere meines Magens.

„Sie haben zwei sehr große Magengeschwüre!"

„Aaahhng goongh", antwortete ich.

„Ein drittes ist gerade beim Abheilen."

„Aong." Ich denke, er kannte sich mit dieser Sprache aus.

„Sie müssen doch starke Schmerzen gehabt haben?"

Nun zog er die Glasfaseroptik heraus.

„Ist Fr. Dr. ... nicht erreichbar?" – „Nein", antwortete die Schwester, „die ist heute nicht im Haus." – „Ich hätte ihr das hier gern gezeigt", damit wandte er sich wieder mir zu.

„Sie müssen sofort hierbleiben! Ich bin mit dem Greifer extra nicht bis auf den Ulcusgrund gegangen, weil ich eine Perforation befürchtete. Die hätte Sie jeden Tag ereilen können. Sie waren in Lebensgefahr! Das heißt, das sind Sie auch jetzt noch, nur würden wir Sie hier sofort in den OP schaffen können."

So komisch es erscheinen mag, ich war richtig froh. Endlich wußte ich, was mir fehlte. Nein, nicht was mir fehlte, sondern was ich zu viel hatte. Zwei dicke Magengeschwüre nämlich. Die nächsten Wochen würde ich im Krankenhaus verbringen müssen. Danach aber wäre es draußen Frühling, und dann würde ich meinen eigenen Betrieb eröffnen:

„Günter Cave – Atelier für moderne Farbfotografie"

Oh, Mann.

Achtzehntes Kapitel

Mein neues Leben

Nicht nur warme Milch, auch warmer Kamillentee war in den letzten Monaten mein Freund geworden. Als die Schwester mit einer großen 2-Liter-Kanne kam, befürchtete ich bereits, *WIR* müßten uns wieder bücken. Einen Schlauch hatte sie diesmal aber nicht dabei, also durfte dieser Balsam seinen normalen Weg nehmen. Die Isolationsbaracke, in der über ein viertel Jahr lang meine Gelbsucht partout bei mir bleiben wollte, beherbergte mich auch jetzt wieder. Und wieder ein 6-Mann-Zimmer. Renoviert war alles worden, das ja. Jetzt war es die „Innere". Wer an Magengeschwüren litt, war einfach auszumachen. Nämlich alle, die um den Mund herum weiße Krümel mit sich herumtrugen. „Antazidum", erklärte die Schwester. Aluminiummagnesiumsilikat, so etwas merke ich mir automatisch. Man kann ja nie wissen ...
10 bis 20 Tabletten davon über den Tag verteilt, zuzüglich der Kanne mit dem Kamillenbalsam, schon waren die Behandlungsmöglichkeiten erschöpft. Die erzwungene Bettruhe war wohl die eigentliche Basis des Heilerfolges. Moderne Säureblocker, wie sie heute verwendet werden, waren noch nicht erfunden, aber wahrscheinlich ein früher Vorläufer davon. BIOGASTRONE, so was merke ich ..., sagte ich bereits.
In der DDR gehörte dieses Medikament zur sogenannten Nomenklatur-C. Auf meinem Zimmer bekam nur ich es verabreicht. Es mußte aus dem Westen eingekauft werden. Meine Riesengeschwüre waren wohl doch nicht mit der Teekanne in den Griff zu bekommen. Eigentlich hätte das ja auf die Rechnung meiner mir wohlgesonnenen Ärztin gehört. Immerhin hat sie sich vom ärztlichen Direktor einen Anschiß vor versammelter Mannschaft eingefangen. Schwestern wissen alles!
Jetzt lag ich jedenfalls hier und sah unbesorgt in die Zukunft. Unangenehme weitere Behandlungen waren nicht zu befürchten. Bis auf die kleine dunkle Wolke am Horizont: Natürlich erwartete mich vor der Entlassung in 4 Wochen wieder eine Magenspiegelung. Geschenkt.

In Gedanken stand ich bereits in meinem eigenen Fotogeschäft und würde mit Sicherheit viel Geld verdienen. Daß es bald sehr viel sein würde, konnte ich zu diesem Zeitpunkt noch nicht ahnen.

Jetzt lag neben mir zunächst einmal Erwin. *Der Herr* hatte ihn auf der ganzen Linie angeschissen: das Morbus-Recklinghausen-Syndrom. So wie er äußerlich aussah, würde er auch innerlich aussehen, hatte uns die Schwester verraten. Wir sollten ihn nicht aufregen. Jederzeit könne er einen epileptischen Anfall bekommen. Erwin regte sich von allein auf. Einen Grund mußte er nicht extra suchen, alles war Grund. Aus seiner Sicht sicherlich. Die meiste Zeit war er aber ruhig – gestellt.

Ein Bett weiter lag Burkhard. Burkhard war schwanger. Sein Darm war prall gefüllt und gab das Einverleibte nicht mehr her. Morgens kam eine Physiotherapeutin und versuchte, seine „Wehentätigkeit" anzuregen. Die wirklich gutaussehende Dame strich 30 Minuten lang liebevoll seinen Bauch. Ich weiß nicht, wie er es schaffte, kein Zelt zu bauen. Er kicherte dafür die ganze Zeit. Auf meine Frage, wie ich zu solcher Behandlung käme, traf mich nur ihr strafender Blick. Schade.

Mir gegenüber lag Herr Meyer. Über 80 Jahre war er schon auf der Welt. Manchmal erzählte er Geschichten, wie ich sie von Großvater kannte. Wirklich nur manchmal. Seine Frau war vor einigen Wochen gestorben. Nun war er allein und völlig hilflos. Sein Hausarzt hatte ihn ins Krankenhaus eingewiesen und mit dem Chef der „Inneren" ein Stillhalteabkommen geschlossen. Über die kalte Jahreszeit sollte er hier im Krankenhaus „überwacht" werden. Ohne marktwirtschaftlichen Druck konnten sich unsere Krankenhäuser für eine vorübergehende Zeit in speziellen Fällen wie diesem eine gewisse Kulanz leisten oder eben *Gratia cooperans*, wie der Lateiner sagt.

Ein weiterer junger Mann lag in der Reihe gegenüber. Ritter hieß er. Sein Vorname ist mir entfallen. Er war ein armer Ritter. Seine Nieren spielten verrückt. Er bekam Sonderkost und, wie ich später erfuhr, auch immer wieder weitere Krankenhausaufenthalte. Richtig zu helfen war ihm wohl nicht. Noch in recht jungen Jahren war sein Lebenslicht schließlich heruntergebrannt. Wir drei, der arme Ritter, der schwangere Burkhard und ich waren fast gleichaltrig und verstanden uns prächtig.

Im „Schützengraben" und im Krankenhaus lernt man oft Freunde fürs Leben kennen. Mit Burkhard und mir wurde das so. Die beneidenswerte Behandlung durch die gutaussehende Physiotherapeutin führte schließlich zum Erfolg. Bald darauf gebar er. Aus Gründen der Pietät oder so will ich das nicht näher ausführen. Trotzdem war und blieb Burkhard ein „Pfundskerl", rein physisch. Als Mensch sowieso.

Schon waren die vier Wochen herum. Zum Abschluß erwartete mich, wie vorausgesagt, nochmals der „Schlauch": „Aaahhng goongh", sagte ich. Darauf der Internist: „*WIR* sind wieder kerngesund, Herr Cave." Er war also auch gesund. War das nicht schön?

Mein Trabi wartete auf dem Parkplatz vor dem Krankenhaus auf mich. In den letzten Tagen hatte ich auch schon mal für eine Stunde die Station verlassen dürfen. Ich war dann immer schnell nach Hause gefahren, um ein wenig Normalität zu genießen. Einen Kaffee, aber noch keine Zigarette. Da wir ja nun wieder gesund waren ...

Bis zur Wohnung brauchte ich 5 Minuten. Marie war im Kaufhaus und Dana im Kindergarten. Zur Feier des Tages sollte nun die für den Notfall gehütete halbe blaue Fliese geopfert werden. In bester Laune, ein Liedchen pfeifend, fuhr ich der Sonne entgegen. Die Sonne war nur 15 Kilometer weit weg: Ein Motel für den internationalen Touristenverkehr mit einem Intershop. Beim Eintreten war man in einer anderen Welt. Muß ich erklären, was ein Intershop war?

Hier gab es fast die ganze Palette westlicher Waren. Kleidung, Schmuck, Heimelektronik, Autozubehör, Kosmetik, Waschpulver, sogar parfümiertes Toilettenpapier. Ein ähnlich buntes Gemisch von Gerüchen, wie ich es aus meiner Kindheit von unseren Kaufmannsläden kannte. Nur anders, wie Westpaket eben. Meine 50 D-Mark reichten nicht sehr weit. Kosmetik für Marie, bunte Süßigkeiten für Dana, eine Familienpackung Dr. Oetker-Eis und als Belohnung meiner erlittenen Qualen diverse Coca-Cola-Büchsen und eine Stange Marlboro.

Dann saß ich wieder in meinem Trabi. Daß auch er in wenigen Jahren durch einen VW-Golf ersetzt werden würde, wußte mein treuer Schreihals da noch nicht. Ich allerdings auch noch nicht.

Mit weit aufgedrehter Stereoanlage, heruntergekurbelten Scheiben und Frohsinn im Herzen lenkte ich mein windschnittiges Gefährt durch die warme Frühlingsluft. Gaspedal am Bodenblech und warten ...

„Jeans on" sang David Dunda zu dieser Zeit. „Genau", rief ich ihm zu, „hab' ich an." Dazu eine offene Büchse Coca-Cola und eine Marlboro zwischen den Fingern. Ach, wie ging es mir doch gut.

Auf zu Hanning in meinen zukünftigen Laden.

„He", empfing er mich, „bist du wieder auf dem Schiff?" – „Und wie!"

„Und, hast du schon deine Gewerbegenehmigung abgeholt? Der ÖVW-Chef hat schon nach dir gefragt. Ich habe ihm aber gesagt, daß du momentan im Krankenhaus liegst."

„Bin schon unterwegs!"

„Komm' auf dem Rückweg nochmal vorbei, ja?" – „Jaha!"

An diesem 11. März 1977 begann mein neues Leben.

Nur wer in der DDR gelebt hat, kann nachvollziehen, was ein Gewerbeschein damals für eine Bedeutung hatte, welche Möglichkeiten er bot und welche Schwierigkeiten damit einhergingen. Ich gehörte nun zum privaten Handwerk. Mein Handwerkerausweis liegt bis heute zusammen mit meinem blauen Personalausweis in meiner Schublade.

Man brauchte uns. Man duldete uns. Nötiges Überbleibsel einer für überwunden geglaubten alten Gesellschaftsform. Liebe war da nicht im Spiel. Sollte es einmal wieder ohne uns gehen, wäre der Hahn auch schnell wieder zugedreht. Da gab es kaum Illusionen.

Was kümmerte es uns.

Vor den Erfolg haben die Götter den Fleiß gesetzt. Wenn es nur das gewesen wäre. In 8 Wochen, am 1. Juni 1977, sollte die Eröffnung sein, so stand es in meiner Gewerbegenehmigung, und daran hatte ich mich zu halten. Bis auf unwesentliche Dinge standen die Räume faktisch leer. Geld war da. Das mit den Krediten hatte reibungslos geklappt.

Mein Fotolabor zu Hause sollte für den Anfang wohl reichen. Eine Pentacon-Six, eigentlich die einzige 6 x 6-Kamera, die man in der DDR kaufen konnte, besaß ich inzwischen auch. Allerdings war es zu gewagt, mit nur einem Kameragehäuse ein Atelier betreiben zu wollen.

Die Kamera war einfach zu störanfällig. Ein zweites Gehäuse mußte her und mindestens ein Objektiv mit einer längeren Brennweite für Porträtaufnahmen. Beleuchtung: Wenn man nicht aus alten Beständen irgendwo alte Gerätschaften auftreiben konnte, hatte man schlechte Karten. Neu konnte man nur eine einzige lächerliche Fotoleuchte auf einem klapprigen Stativ kaufen. In meinem Lehrbetrieb hatte es wenigstens Equipment aus Großvaters Zeiten gegeben. Auch Kameras(!), welche weiterhin klaglos ihren Dienst taten. Wer so was noch sein Eigen nennen konnte, hockte wie auf einem Schatz. Dort war nix zu holen. Die relativ kleinen, aber namhaften Produktionsbetriebe, deren Innovationen einstmals weltweit Beachtung fanden, waren jetzt im VEB-Kombinat-Pentacon Dresden aufgegangen. Das war es dann.

Wie oft hatte ich als Junge vor dem Fenster des Fotogeschäftes gestanden und die verschiedensten Fotoapparate deutscher Wertarbeit bestaunt. Die Altissa, die Altix mit Hinterlinsen-Zentralverschluß und Wechselobjektiven, die Werra-Modellreihe und, und, und. Oder die legendäre EXAKTA-Varex in ihrer Modellvielfalt. Einfach unverwüstlich. Das Patent wurde irgendwann ins kapitalistische Ausland verscheuert, ich glaube an die Japaner. Dafür kam dann die Praktika-Baureihe, so zuverlässig wie die Pentacon-six. Nicht, daß das Schrott gewesen wäre, aber deutsche Wertarbeit war es eben nicht mehr. Sogar einen Vollautomaten mit einem elektrischen Filmtransport gab es damals wie auch einen mechanischen Motoraufzug für die Praktina-Serie, bei den Tierfotografen sehr beliebt, später hieß das dann „Winder", da war die Fotogeräteproduktion der DDR bereits in die Bedeutungslosigkeit versunken. Wir hatten das alles schon in den 50ern und 60ern. Daß es auch ein Zoomobjektiv gab und der Farbfilm in Wolfen erfunden wurde, hatte ich schon erwähnt. Ich habe diesen Reichtum noch gesehen, betastet, selbst ausgelöst: Klick. Gute alte Zeit?

Mit dem Gewerbeschein und dem Kreditvertrag als Beweismittel bewaffnet, machten sich mein Trabi und ich auf den Weg nach Rostock. Dort war der für mich zuständige Maschinenbauhandel und der Chemiehandel. Bald kannte ich die Damen dort wie auch ihre bevorzugte Kaffeemarke. Immerhin waren sie die Verwalter des Mangels. Der

Deutsche mit dem Toilettenschlüssel, wie Wilhelm immer zu sagen gepflegt hatte. Na ja, mit Damen konnte ich gut.

Ich kaufte sechs dieser amateurhaften Fotoleuchten ein und durfte sogar das einzige Atelierstativ sofort mitnehmen, welches dort auf Vorrat im Lagerregal auf mich gewartet zu haben schien. Das habe ich immer noch. Die Firma „Berlebach" hat heute wieder einen Namen. Wegen ihrer Stative aus Eschenholz nämlich. Die sind nicht gerade leicht, aber ein ernsthafter Fotograf benutzt nur Derartiges. Aluminium oder gar Titan sieht natürlich „fetziger" aus, ist aber Wackelkram.

So stellte ich fünf dieser Fotoleuchten in mein Atelier. Zwei vorn: ein Hauptlicht und eine Aufhellung. Weitere zwei als Lichtzange oder Streiflichter hinter das Aufnahmeobjekt. Diese beiden Leuchten konnte ich mit zwei schmalen Vorhängen bei Bedarf „abnegern". Das heißt so! Die fünfte Lampe strahlte auf den Hintergrund und die sechste montierte ich als Haarlicht oder auch Oberlicht an die Decke. Fertig war die Beleuchtung. Nicht ganz. Eine ganze Figur konnte man mit diesen Rundstrahlern nicht ausleuchten. Das gab in der Mitte immer einen hellen Fleck und schwarze Füße. Ich erinnerte mich an die Schminktische, die wir in besseren Häusern manchmal hinter der Bühne vorfanden. Die Spiegel waren von einem Strahlenkranz aus Glühbirnen umgeben. Also baute ich mir einen sehr standfesten Holzrahmen, 2 m hoch 70 cm breit, und bepflasterte ihn mit innenverspiegelten Fotolampen. Das ergab ein schönes flächiges helles Licht. Zu hell, befand meine elektrische Sicherung. Ein Drei-Phasen-Anschluß mußte her. Zum Glück bekam man den als Betrieb genehmigt. Im Haushalt mußte das sehr gut begründet werden!

Tatsächlich bekam ich nach 4 Wochen wegen besonderer Dringlichkeit auch ein zweites Kameragehäuse vom Maschinenbauhandel geliefert. Das Atelier stand also. Was fehlte noch? Ein Kundentresen! Ja, nix mal schnell kaufen. So was mußte angefertigt werden.

Ein kurzer Zeitsprung zurück: Der Älteste der Großfamilie in meinem Elternhaus, ja wie soll ich sonst sagen, Oma und Opa Haus? Der hatte jedenfalls Tischler gelernt. Jetzt war er Obermeister der Tischlerinnung. Man kam aus dem gleichen Stall. Mehr noch, ich gehörte jetzt zu den

Handwerkern. „Ehrensache, Günter", sprach er, „du bekommst pünktlich deinen Tresen. Bist doch jetzt einer von uns!" Danke Erich.

Eine Woche blieb bis zur Eröffnung. Über dem Schaufenster prangte noch immer Hannings Name. Einzig einen vertrockneten Blumenstrauß hatte er im Schaufenster vergessen. Mein Ladenschild wollte ich dann doch allein malen. Wozu hatte ich das bei der Armee gelernt. *„FOTO-CAVE – Atelier für moderne Farbfotografie".* So hatte ich es erträumt und so stand es nun dort weithin sichtbar.

Am Morgen des 1. Juni 1977 fuhr ich schon recht früh von zu Hause los. Ich wollte die kurze Fahrtstrecke einfach genießen. In wenigen Minuten würden die ersten Kunden meinen Laden betreten. Guten Morgen, würde ich sie begrüßen. Ich hatte das Sagen. *Ich* war jetzt der Chef. Ich – trug ab jetzt jedoch auch die volle Verantwortung.

Schon eine halbe Stunde vor der offiziellen Öffnungszeit hatten sich einige Kunden vor dem Schaufenster versammelt. Heute erfreute mich das natürlich, aber angewöhnen sollten sie sich das besser nicht. 9 Uhr stand auf dem Schild. In Zukunft sollte das dann auch gelten.

Das Geschäft startete von Null auf Hundert, ohne Übergang. Die ersten zwei Stunden kam ich aus dem Atelier gar nicht heraus. Am späten Vormittag wurde es etwas ruhiger. Nun kamen die ersten Gratulanten. Was mich sehr erfreute: mein Lehrmeister stand vor meinem Tresen und wünschte mir gutes Gelingen. Er war jetzt Obermeister unserer Fotografeninnung und schien mir meine Untreue inzwischen nachzusehen. Bei der nächsten Berufsgruppenversammlung im Haus des Handwerks in der Bezirkshauptstadt würde ich als Geschäftsinhaber nun dazugehören. Erscheinen erwünscht. „Aber klar doch!"

Über die Mittagsstunde kamen kaum Kunden. In der DDR war es üblich, daß die Geschäfte geschlossen waren. Meist von 13 bis 15 Uhr. Mein Auftragskasten war bereits jetzt prall gefüllt. Euphorisch hatte ich die Fertigstellung für die nächste Woche zugesagt. Am Nachmittag ging es jedoch weiter. Vorsichtshalber verlängerte ich die Termine etwas. Farbaufnahmen hatte ich heute auch schon gemacht. Die Kunden hatten das schnell wie selbstverständlich angenommen. Nun, das war es *nicht*. Schon gar nicht mit 2 Wochen Lieferzeit.

Mein erster Tag war vielversprechend verlaufen. Kurz vor Feierabend überschlug ich grob das Auftragsvolumen. Der Umsatz in der nächsten Woche würde bereits meinen bisherigen Monatslohn übersteigen. Nun gut, für Kosten hatte ich noch kein Gefühl entwickelt, lohnen täte es sich allemal. Vielleicht müßte Marie bald nicht mehr zur Arbeit gehen, könnte zu Hause bleiben? Als „Kleinbürgerarsch" hatte ich ein durchaus traditionelles Familienbild. Mit einem fröhlichen Liedchen auf den Lippen steuerte ich meinen Trabi nach Hause.

„Oh Gott", empfing mich Marie, „wie willst du denn das alles schaffen und das in unserer kleinen Küche?" Praktisch, wie sie nun einmal war, schlug sie vor, daß ich über die Mittagszeit mein „Labor" nicht zusammenräumen müßte, sondern wir auch am Abend essen könnten. Dann aber wäre die Küche wieder ihre! „So machen wir das", erwiderte ich.

Der nächste Ladentag füllte meine Kasse und brachte noch mehr Aufträge. Selbst Kunden aus der benachbarten Kreisstadt und unserer Bezirkshauptstadt waren mit dem Auto gekommen: „Wir haben gehört, hier kann man sich in Farbe fotografieren lassen?" – „Na, klar."

Eigentlich wollte ich das Schaufenster mit aktuellen Bildern bestücken, aber das klappte bei dem Kundenzulauf nicht. „Mache ich das eben morgen, da hab' ich meine Ruhe." Morgen – mein 27. Geburtstag.

Am Geburtstagsmorgen parkte ich meinen Trabi vor dem Laden und schloß sogleich wieder hinter mir zu. Eine alte Frau klopfte an die Scheibe. Ein wenig ärgerlich öffnete ich. „Entschuldigen Sie, Herr Cave, ich habe ihr Auto stehen sehen. Zu ihrer Eröffnung lag ich leider krank im Bett. Wissen Sie, ich kannte ihren Großvater recht gut. Wir hatten damals hier einen Lebensmittelgroßhandel und der Johannes gehörte zu unseren Kunden. Er war so ein freundlicher Mann." Ich bat sie herein. „Ich habe Ihnen für ihr Schaufenster einen großen Strauß Pfingstrosen aus meinem Garten mitgebracht. Mögen Sie die vielleicht ...?"

Sie mußte es wohl für Freudentränen gehalten haben.

Als sie wieder ging – blieb ein Duft von Pfingstrosen.

***

NACHWORT

Als ich dieses Buch im März 2011 begonnen habe, hatte ich keine Vorstellung, wie viele Seiten es einmal werden würden. Nun sind es schon fast 400, und ich bin erst im Jahr 1977 angekommen. Ein viel dickeres Buch möchte ich beim Lesen selbst nicht in den Händen halten müssen. Die Geschichte ist aber noch lange nicht zu Ende, also wird es einen Fortsetzungsroman geben. An diesem arbeite ich fleißig:

„Im Osten heiter bis wolkig"

Er erzählt von meinen sogenannten besten Jahren. Aus dem Fotografen wird ein Fotografenmeister. Aus dem Fotografenmeister wird ein über DDR-Grenzen hinweg beachteter Spezialist für Fotolabormeßtechnik. Nicht nur aus diesen Gründen bin ich in das Netz unseres Staatssicherheitsapparates geraten. Schließlich geht auch noch meine Ehe mit Marie in die Brüche. Eine neue Liebe, eine neue Ehe ...?
Es bleibt also spannend, versprochen.

Ich bedanke mich bei:

Heide-Marlies-Lautenschläger
Christiane Witzke
Gisela Krull
Siegrid Weibezahl

für Rat und Tat bei der Realisierung dieses Buches.

Impressum:

© 2013 Günter Cave E-Mail: autor2011@medienwerkstatt-neustrelitz.de
Umschlaggestaltung C&C Medienwerkstatt-Neustrelitz

Verlag: tredition GmbH, Hamburg
Printed in Germany
ISBN: 978-3-8495-5155-1

Bibliografische Informationen der Deutschen Nationalbibliothek:
Die Deutsche Nationalbibliothek verzeichnet diese Publikation in der
Deutschen Nationalbibliografie; detaillierte bibliografische Daten sind im
Internet über http://dnb.d-nb.de abrufbar.